Immer wieder Liebe

MIRA® TASCHENBUCH
Band 20074

1. Auflage: Januar 2018

Titel der amerikanischen Originalausgaben:

The best mistake

erschienen bei: Silhouette Books, Toronto

Father Figure

erschienen bei: Silhouette Books, Toronto

Dear Mr. Right

erschienen bei: Silhouette Books, Toronto

Published by arrangement with
Harlequin Enterprises II B.V./S. à r. l.

Umschlaggestaltung: büropecher, Köln
Umschlagabbildung: Elena Schweitzer/Shutterstock
Redaktion: Maya Gause
Satz: GGP Media GmbH, Pößneck
Printed in Germany
Dieses Buch wurde auf FSC®-zertifiziertem Papier gedruckt.
ISBN 978-3-95649-756-8

www.mira-taschenbuch.de

Nora Roberts

Bist du verliebt, Mami?

Roman

Aus dem Amerikanischen von
Eva von der Gönna

mtb

1. Kapitel

Niemand machte die Tür auf. Cooper blickte auf den Zettel in seiner Hand, um sich zu vergewissern, dass die Adresse stimmte. Doch, es war die richtige Anschrift. Und da das hübsche zweistöckige Haus im Tudor-Stil in der ruhigen, baumbestandenen Straße genau das war, was er suchte, klopfte er noch einmal – lauter diesmal.

In der Einfahrt stand ein Wagen, ein nicht mehr ganz neuer Kombi, der eine Wäsche und einige Ausbesserungsarbeiten an der Karosserie vertragen konnte. Es ist jemand da, dachte er und blickte stirnrunzelnd zum Fenster im ersten Stock, aus dem Musik drang – lauter Rock mit voll aufgedrehten Bässen. Er steckte den Zettel in die Tasche und begann, die Umgebung zu studieren.

Eine sauber geschnittene Hecke aus Lorbeerbäumen schirmte das schmucke Haus von der Straße ab. Der Garten, in dem bereits die ersten bunten Frühlingsblumen blühten, wirkte ein klein wenig verwildert und gerade deshalb besonders anziehend.

Nicht, dass Cooper besonders viel von Pflanzen verstand, aber er hatte Sinn für alles Schöne.

Neben dem Auto stand ein glänzendes rotes Dreirad, und das verursachte ihm ein unbehagliches Gefühl. Er hatte zwar nichts gegen Kinder, doch ihm fehlte jeder Bezug zu ihnen. Für ihn waren sie wie Wesen von einem anderen Stern. Sie hatten eine andere Sprache und lebten in ihrer ganz eigenen Welt. Außerdem waren sie winzig und fühlten sich meistens klebrig an.

Cooper rieb sich unschlüssig das Kinn. In der Anzeige war die Rede von einer ruhigen, gepflegten Wohnung in nicht allzu großer Entfernung von Baltimore gewesen – genau das, was er suchte.

Er klopfte ein drittes Mal. Neuerliches Dröhnen der Rockmusik war die einzige Antwort, die er erhielt. Die Musik störte ihn nicht. Wenigstens verstand er sie. Allerdings war er nicht der Typ Mann, der sich vor einer geschlossenen Tür die Beine in den Bauch stand, und so drückte er versuchshalber die Klinke.

Zu seiner Überraschung ging die Tür auf. Aus Gewohnheit strich er sich das dunkle Haar aus der Stirn und betrachtete das nicht besonders ordentliche Wohnzimmer, das vor ihm lag.

Das Durcheinander erstaunte ihn, den zweiunddreißigjährigen Junggesellen, der schon seit Jahren allein lebte. Wie Cooper sich selbst oft versicherte, war er weder besonders penibel noch ein Sauberkeitsfanatiker. Bei ihm hatte nur jedes Ding seinen Platz und ließ sich deshalb schneller wiederfinden, wenn er es brauchte. Sein zukünftiger Vermieter war offenbar anderer Meinung.

In der Ecke lagen Spielsachen, daneben stapelten sich Zeitungen und Illustrierte, auf denen eine winzige Baseball-Kappe mit dem Emblem der Baltimore Orioles thronte.

Wenigstens hat der Kleine einen guten Geschmack, dachte Cooper und ging langsam weiter.

Im Gang stand eine Tür offen. Dahinter lag ein kleiner Waschraum, der in der erstaunlichen Farbkombination von Lila und Grün dekoriert war. Ein Stück weiter befand sich ein provisorisches Büro mit einem von Papieren übersäten Schreibtisch. In der Küche daneben türmte sich schmutziges Geschirr in der Spüle. An der Kühlschranktür klebten grellbunte Zeichnungen eines Kindes, das offenbar mit lebhafter Fantasie ausgestattet war.

Vielleicht ist es ganz gut, sagte sich Cooper, dass niemand aufgemacht hat. Er überlegte, ob er auch den ersten Stock inspizieren solle, solange er hier war, doch das könnte im ungünstigsten Fall als Hausfriedensbruch ausgelegt werden. Stattdessen trat er wieder ins Freie, um sich dort umzusehen. An der Rückseite des Hauses fiel ihm eine Holztreppe auf, die zu einer Terrasse führte. Offenbar der Privateingang, von dem in der Anzeige die Rede gewesen war.

Die Glastür stand offen. Mit jedem Schritt, den Cooper näher trat, wurde die Musik lauter. Er schnupperte. Es roch nach frischer Farbe – ein Geruch, den er immer schon gemocht hatte. Kurz entschlossen trat er ein.

Vor ihm lag ein großer Wohnraum, von dem im hinteren Teil eine

Küchenzeile durch eine Theke abgeteilt war. Die Geräte waren nicht neu, jedoch blank poliert. Der Kachelboden glänzte.

Etwas hoffnungsvoller ging er in die Richtung, aus der die Musik kam. Dabei nutzte er die Gelegenheit, sich ein wenig umzusehen. Das Bad war genauso blitzsauber wie die Küche und glücklicherweise kein Experiment in Farben, sondern rein weiß. Neben dem Waschbecken lag ein Buch mit dem Titel „Selbst ist der Mann". Misstrauisch drehte Cooper den Hahn auf. Zu seiner Erleichterung kam ein kräftiger Strahl glasklares Wasser heraus.

Auf der anderen Seite des Ganges lag ein kleiner Raum, von dem aus man in den Garten blickte. Hier könnte man gut ein Arbeitszimmer einrichten, überlegte Cooper.

In der Anzeige war die Rede von zwei Schlafzimmern gewesen. Die laute Musik führte ihn zu dem zweiten Raum an der Vorderseite des Hauses. Cooper blickte hinein. Platz für sein großes kalifornisches Bett wäre jedenfalls vorhanden. Der Boden, der den Rändern nach zu urteilen aus Eichendielen bestand, war mit farbbekleckten Tüchern bedeckt. In einer Ecke standen Farbeimer und Abstreifgitter. Daneben lagen Pinsel und Walzen in verschiedenen Größen.

Eine Gestalt im weiten Overall, die auf einer Trittleiter stand, vollendete das Bild. Trotz der Mütze, die das Haar verbarg, und des unförmigen Kleidungsstücks sah Cooper sofort, dass er eine große, schlanke Frau vor sich hatte.

Die nackten Füße mit gepflegten, rosa lackierten Nägeln waren mit Farbklecksen bedeckt. Sie sang laut und ziemlich falsch.

Cooper klopfte an den Türrahmen. „Entschuldigen Sie."

Die Frau strich seelenruhig weiter. Ihre Hüften bewegten sich rhythmisch, als sie mit der Deckenkante begann. Cooper trat auf sie zu und tippte ihr auf den Rücken.

Sie schrie auf und fuhr herum. Obwohl er zu Recht auf seine Reaktionsschnelligkeit stolz war, traf ihn der mit Farbe getränkte Pinsel mitten ins Gesicht.

Er stieß einen Fluch aus und machte einen Satz zurück. Gleich darauf sprang er wieder vor, um zu verhindern, dass sie von der Leiter fiel. Obwohl alles ganz schnell ging, prägte sich ihm der Eindruck eines schlanken Körpers, eines blassen, dreieckigen Gesichts mit großen, von langen Wimpern umrahmten braunen Augen und der Duft nach Geißblatt ein.

Im nächsten Moment hielt Cooper sich keuchend die Magengegend, in die sie den Ellbogen gerammt hatte. Während er noch nach Luft rang, schrie sie etwas, das er nicht verstand.

„Sind Sie verrückt?", keuchte er und umklammerte ihr Handgelenk, ehe sie ihn mit der Farbdose attackieren konnte. „Hören Sie, wenn Sie damit nach mir werfen, werden Sie es bereuen!"

„Was?"

„Ich habe gesagt, Sie sollen nicht mit der Dose werfen. Ich bin wegen der Anzeige hier."

„Was?", schrie sie wieder. In ihren Augen stand immer noch Panik, und sie sah aus, als sei sie zu allem fähig.

„Die Anzeige, verflixt noch mal!" Cooper lief zu dem tragbaren Kassettenrecorder und schaltete ihn aus. „Ich bin wegen der Anzeige hier", wiederholte er. In der plötzlichen Stille klang seine Stimme unnatürlich laut.

Sie kniff misstrauisch die Augen zusammen. „Welche Anzeige?"

„Wegen der Wohnung." Er wischte sich über die Wange, studierte die weiße Schmierspur auf dem Handrücken und unterdrückte einen Fluch. „Verstehen Sie? Ich komme auf Ihre Anzeige wegen der Wohnung."

„Tatsächlich?" Sie musterte ihn. Er sah ziemlich beunruhigend aus mit seinen breiten Schultern, dem sportlich durchtrainierten Körper und den langen Beinen. Seine Augen waren von einem hellen, beinahe durchscheinenden Grün und blickten alles andere als freundlich. Das verblichene Sweatshirt mit dem Emblem der Baltimore Orioles und die zerfransten Jeans trugen auch nicht dazu bei, ihn seriöser erscheinen zu lassen. Wenn sie Glück hatte, konnte sie zumindest über eine kurze Strecke schneller laufen als er. Im Schreien war sie ihm auf alle Fälle überlegen. „Die Anzeige erscheint erst morgen."

„Morgen?" Verblüfft griff Cooper in die Tasche und zog den zerknitterten Zettel heraus. „Das ist doch die richtige Adresse. In der Anzeige wurde hier eine Wohnung angeboten."

Die junge Frau ließ sich nicht beirren. „Die Anzeige erscheint erst morgen", wiederholte sie. „Wieso wissen Sie also davon?"

„Ich arbeite bei der Zeitung." Ganz vorsichtig streckte Cooper ihr den Zettel hin. „Da ich schon eine ganze Weile nach einer Wohnung suche, habe ich die Kollegin aus der Anzeigenabteilung gebeten, die Augen offen zu halten." Laut las er vor, was er sich aufgeschrieben hatte. „Zweizimmerwohnung, eigener Eingang, ruhige Wohngegend nahe Baltimore."

„Das ist richtig."

Cooper machte ein zerknirschtes Gesicht. „Vielleicht hat meine Kollegin etwas zu viel des Guten getan. Ich habe ihr Karten für ein Baseball-Spiel geschenkt, und deshalb wollte sie mir wohl einen Gefallen tun und hat mir die Information etwas früher gegeben." Als er sah, dass sie den Griff um die Farbdose etwas gelockert hatte, versuchte er es mit Charme. „Ich habe geklopft und bin dann ums Haus herumgegangen." Dass er sich zuerst innen umgesehen hatte, erwähnte er lieber nicht.

„Die Adresse war aber in der Anzeige nicht angegeben." Sie sah ihn nach wie vor argwöhnisch an.

„Ich arbeite bei der Zeitung", wiederholte er. Inzwischen hatte er Zeit gehabt, die Frau genauer zu betrachten. Irgendetwas an ihrem Gesicht kam ihm vertraut vor. Wirklich ein faszinierendes Gesicht mit hohen Wangenknochen, ausdrucksvollen Augen und dem zarten Porzellanteint, den Anzeigen für Gesichtscreme den Verwenderinnen versprachen. Der Mund war groß und hatte eine verführerisch volle Unterlippe.

„In der Redaktion hatte man Ihre Adresse wegen der Rechnung", fuhr Cooper fort. „Da ich einige Stunden frei habe, dachte ich, ich schaue einfach mal vorbei. Wenn es Ihnen lieber ist, komme ich gern morgen oder an einem anderen Tag wieder. Aber nachdem ich schon hier bin …" Er zückte seinen Presseausweis. „Damit Sie sich überzeugen können, dass ich die Wahrheit sage."

Zu seiner Erleichterung kniff sie die Augen zusammen und studierte das Dokument.

„Ich schreibe eine Kolumne", erklärte er lächelnd. „J. Cooper McKinnon über Sport. ‚Voll im Spiel'."

„Aha." Der Titel sagte ihr gar nichts. Die Sportseite legte sie meistens ungelesen zur Seite. Allerdings hatte das Lächeln sie etwas beruhigt. Wenn er lächelte, sah er nicht mehr so gefährlich aus. Und die Farbspur in seinem schmalen gebräunten Gesicht verlieh ihm etwas Spitzbübisches. „Also gut“, gab sie nach. „Eigentlich wollte ich die Wohnung erst zeigen, wenn sie fertig ist. Ich bin immer noch beim Anstreichen.“

„Das ist mir aufgefallen.“

Sie lachte – ein warmes, leicht raues Lachen, das zu ihrer Stimme passte. „Ich glaube, ich muss mich bei Ihnen entschuldigen. Übrigens, ich heiße Zoe Fleming“, fügte sie hinzu, während sie etwas Verdünner auf ein Tuch träufelte. „Damit können Sie sich abwischen.“

„Vielen Dank.“ Cooper rieb sich über die Wange. „In der Anzeige steht, dass die Wohnung sofort bezogen werden kann.“

„Ich hatte geplant, bis morgen, wenn die Anzeige erscheint, mit der Arbeit fertig zu sein. Sind Sie aus dieser Gegend?“

„Im Moment wohne ich in einem Apartment in der Stadtmitte, aber ich suche etwas Geräumigeres im Grünen.“

„Die Wohnung bietet viel Platz. Sie wurde vor ungefähr acht Jahren vom Rest des Hauses abgetrennt. Der Besitzer hatte sie für seinen Sohn ausgebaut. Als er starb, verkaufte der Sohn das Haus und zog nach Kalifornien. Er schreibt dort Komödien fürs Fernsehen.“

Cooper ging zum Fenster und blickte hinaus. Er bewegt sich sehr behände, dachte Zoe, wie ein Mann, der schnell und leicht auf den Füßen ist. Als sie gegen ihn getaumelt war, hatte sie seinen zugleich kräftigen und drahtigen Körper gespürt. Und starke Hände, die zupacken konnten. Zoe überlegte. Es wäre vielleicht ganz praktisch, einen Mann im Haus zu haben.

„Mit wie viel Personen würden Sie einziehen, Mr. McKinnon?“ Es wäre schön, wenn er auch ein Kind hätte, dachte sie. Dann hätte Keenan einen Spielgefährten.

„Ich bin allein.“ Die Wohnung gefiel Cooper. Es würde ihm gut tun, aus dem kleinen Apartment herauszukommen, in dem er sich kaum umdrehen konnte, ohne irgendwo anzustoßen.

Er freute sich schon darauf, frisch gemähtes Gras und gelegentlich den Rauch von Grillfeuer zu riechen. „Wenn Sie nichts dagegen haben, könnte ich am Wochenende einziehen.“

Dass es so einfach sein würde, hatte Zoe nicht erwartet. Nachdenklich kaute sie auf der Unterlippe. Vermieterin war sie bisher nicht gewesen. Doch sie hatte lange genug in gemieteten Räumen gelebt, um sich auszukennen. „Ich muss Sie um eine Kaution in Höhe von zwei Monatsmieten bitten."

„Selbstverständlich."

„Außerdem brauche ich Referenzen."

„Ich gebe Ihnen die Nummer der Hausverwaltung, die mein jetziges Apartment betreut. Sie können auch gern den Personalchef der Zeitung anrufen. Haben Sie einen Mietvertrag, den ich unterschreiben könnte?"

„Den kann ich Ihnen erst morgen vorlegen." Zoe hatte sich eigens ein Buch mit Musterverträgen aus der Bücherei geholt und vorgehabt, eine vereinfachte Version abzuschreiben. „Möchten Sie auch den Rest der Wohnung besichtigen, oder haben Sie Fragen?" Seit Tagen übte sie bereits ihre Rolle als Dame des Hauses.

„Ich habe alles Wichtige gesehen und keine Einwände."

„Aha." Das nahm ihr etwas den Wind aus den Segeln. „Dann kann ich die Anzeige ja stornieren."

Von draußen drang ein Geräusch herein, das Cooper an eine Elefantenherde erinnerte. Zoe blickte zur Tür und ging in die Hocke, um das anfliegende Geschoss aufzufangen.

Es handelte sich um einen kleinen Jungen, wie Cooper feststellte, als Zoe das Kind lachend hochhob. Der Junge hatte glänzendes goldblondes Haar, trug rote Turnschuhe und Jeans, die mit einer schwer zu identifizierenden klebrigen Substanz verschmiert waren. In der Hand hielt er eine Lunchbox aus Plastik mit einem Aufkleber, auf dem eine intergalaktische Schlacht tobte, und ein Blatt Zeichenpapier, das an den Rändern schon ziemlich schmuddelig war.

„Ich habe den Ozean gezeichnet", verkündete der Kleine. „Und dazu eine Million Leute, die alle von Haien gefressen werden."

„Schrecklich." Zoe schauderte pflichtschuldig und ließ sich einen Kuss geben. „Das sind aber große Haie", meinte sie bewundernd. Offenbar konnte sie genau unterscheiden, welche der Kleckse Haie und welche ihre Opfer darstellten.

„Das sind ja auch Monsterhaie. Mutierte Monsterhaie. Mit ganz scharfen Zähnen."

„Das sehe ich. Keenan, das ist Mr. McKinnon, unser neuer Mieter."

Keenan hielt sich vorsichtshalber am Bein seiner Mutter fest, während er den Fremden studierte. Als er das Emblem auf Coopers Sweatshirt entdeckte, leuchteten seine Augen auf. „Das ist Baseball. Ich werde es demnächst lernen. Mama besorgt sich ein Buch und bringt es mir bei."

Ein Buch. Cooper hätte beinahe verächtlich geschnaubt. Als ob man das faszinierendste Spiel, das der Mensch je erfunden hatte, aus einem Buch lernen könnte. Was für eine Niete hatte der Junge eigentlich zum Vater?

„Das ist ja toll." Mehr beabsichtigte Cooper nicht zu sagen. Er hatte es schon immer für klüger gehalten, sich nicht auf Diskussionen mit irgendjemandem unter sechzehn einzulassen.

Keenan sah das offenbar anders. „Wenn Sie hier wohnen wollen, müssen Sie Miete bezahlen. Dann haben wir nicht nur Geld für die Hypothek, sondern können sogar einen Ausflug zu Disney World in Florida machen."

Wofür hielt sich der Junge eigentlich? Für einen Buchhalter?, fragte sich Cooper spöttisch.

„Schon gut, Sportsfreund." Zoe lachte und zerzauste ihrem Sohn das Haar. „Jetzt mache ich weiter. Geh du schon einmal runter und räum deine Sachen weg."

„Kommt Beth heute Abend zum Spielen zu mir?"

„Ja, sie wird gegen sechs da sein. Nun verschwinde. Ich komme gleich nach."

„Okay." Er war bereits halb zur Tür hinaus, als seine Mutter mahnend seinen Namen rief. Ein Blick genügte, um ihn an seine Manieren zu erinnern. Keenan drehte sich zu Cooper um und grinste spitzbübisch. „Wiedersehn, Mister."

Erneut war die Elefantenherde auf der Holztreppe zu vernehmen, dann knallte eine Tür. „Keenan liebt große Auftritte und Abgänge", erklärte Zoe zu Cooper gewandt. „Das hat er von meiner Mutter. Sie ist Schauspielerin in einem experimentellen Theater in einer Seitenstraße des Broadway." Einen Fuß bereits wieder auf der Leiter, sah sie Cooper abschätzend an. „Sie sehen aus, als wollten Sie es sich noch einmal überlegen. Haben Sie etwas gegen Kinder?"

„Ganz und gar nicht", versicherte Cooper hastig. Schließlich stand nicht zu erwarten, dass der Junge ein regelmäßiger Besucher wurde. Falls doch, würde er ihm eben verständlich machen müssen, dass er seine Ruhe haben wollte. „Ein netter kleiner Bursche."

„Das ist er. Ich will nicht behaupten, dass er ein Engel ist, aber er wird Ihnen nicht zur Last fallen. Wenn er Sie stört, brauchen Sie es mir nur zu sagen."

„Selbstverständlich. Wissen Sie was, ich komme morgen wieder vorbei, um den Mietvertrag zu unterschreiben und Ihnen einen Scheck für die Kaution und die erste Monatsmiete zu bringen. Bei der Gelegenheit können Sie mir dann auch die Schlüssel geben."

„Das ist mir recht."

„Um wie viel Uhr soll ich da sein?"

Zoe überlegte. „Was ist morgen denn für ein Tag?"

„Freitag."

„Freitag." Sie schloss die Augen und ging im Geist ihren Terminkalender durch. „Da arbeite ich von zehn bis zwei – glaube ich jedenfalls. Doch, ich bin mir ziemlich sicher. Ab halb drei bin ich auf alle Fälle hier."

„Sehr schön. Es hat mich gefreut, Mrs. Fleming."

Sie nahm die ausgestreckte Hand. „Miss Fleming", stellte sie richtig. „Ich bin nicht verheiratet. Und da wir sozusagen zusammenleben werden, können Sie ruhig Zoe zu mir sagen."

2. Kapitel

Schon wieder machte niemand die Tür auf. Cooper blickte auf die Uhr und stellte fest, dass es Viertel vor drei war. Er hielt sich nicht für einen Fanatiker in Bezug auf Pünktlichkeit, doch da sein Leben sich vorwiegend um Abgabetermine drehte, hatte er Respekt davor. Diesmal stand kein rostiger Kombi in der Einfahrt. Hoffnungsvoll ging Cooper trotzdem zur Rückseite des Hauses. Ehe er die Treppe hochsteigen konnte, rief ihn vom Nachbargarten aus jemand an.

„Junger Mann! Hallo, Sie, junger Mann!" Er drehte sich um und sah eine unförmige Gestalt in geblümtem Kaftan auf den Zaun zulaufen. Über einem breiten Gesicht ringelte sich hennarotes Haar. Als sie näher kam, stellte Cooper fest, dass die Frau einen knallroten Lippenstift, pinkfarbenes Rouge und lavendelblauen Lidschatten trug.

Als sie schließlich den Zaun erreicht hatte, presste sie eine beringte Hand gegen ihren wogenden Busen. „Ich bin nicht mehr so jung, wie ich einmal war. Ach, ehe ich es vergesse – ich bin Mrs. Finkleman."

„Guten Tag."

„Sie sind der junge Mann, der bei Zoe in den ersten Stock einzieht." Mrs. Finkleman zupfte kokett ihre Locken zurecht. „Zoe hat gar nicht erzählt, dass Sie so gut aussehen. Sind Sie verheiratet?"

„Nein", antwortete Cooper vorsichtig. „Miss Fleming und ich wollten uns eigentlich um halb drei treffen. Offenbar ist sie nicht zu Hause."

„Typisch Zoe – mal hier, mal da." Mrs. Finkleman stützte die Ellbogen auf den Zaun. Offenbar richtete sie sich auf einen gemütlichen Plausch ein. „Dieses Mädchen macht immer ein Dutzend verschiedene Dinge gleichzeitig und zieht dabei diesen süßen kleinen Jungen allein auf. Ich hätte nicht gewusst, wie ich ohne meinen Harry zurechtkommen soll, als unsere Kinder klein waren."

Cooper war nicht umsonst Reporter. Da er außerdem gern Näheres über die Lebensumstände seiner Vermieterin erfahren wollte, verlegte er sich auf die Interviewtaktik. „Hilft der Vater des Jungen ihr denn nicht?“

Mrs. Finkleman schnaubte verächtlich. „Der lässt sich nicht blicken. Nach allem, was man so hört, hat er sich abgesetzt, als er erfuhr, dass Zoe ein Baby erwartet. Einfach sitzen lassen hat er sie. Dabei war sie damals selbst fast noch ein Kind. So viel ich weiß, hat er den Jungen nie zu Gesicht bekommen. Dabei ist er wirklich ein süßer Bengel.“

Cooper nahm an, dass sie von Keenan sprach. „Wirklich ein netter Junge. Wie alt ist er eigentlich? Fünf? Sechs?“

„Nein, erst vier. Heutzutage sind die Kinder einfach intelligenter. Man bringt ihnen auch eher etwas bei. Keenan geht schon in die Vorschule. Jede Minute wird er heimkommen.“

„Dann holt ihn seine Mutter also gerade ab?“

„Nein, sie ist nicht mit dem Chauffieren dran. Alice Miller – sie wohnt in dem weißen Haus mit den blauen Zierleisten an der nächsten Ecke – bringt diese Woche die Kinder zur Schule und holt sie wieder ab. Sie hat einen Jungen und ein Mädchen. Richtige Wildfänge. Die Jüngere, Steffie, ist so alt wie Keenan. Brad, der Ältere, ist kaum zu bändigen.“

Als Mrs. Finkleman begann, sich in Einzelheiten über Brads Streiche auszulassen, hielt Cooper es für klüger, das Interview zu beenden. „Könnten Sie Miss Fleming vielleicht ausrichten, dass ich hier war? Ich lasse Ihnen eine Nummer da, wo sie mich erreichen kann.“

„Ach du meine Güte …“ Mrs. Finkleman wedelte mit der Hand. „Mein Gedächtnis ist auch nicht mehr das Beste. Jetzt hätte ich beinahe vergessen, Ihnen zu sagen, dass Zoe mich angerufen und gebeten hat, nach Ihnen Ausschau zu halten. Sie ist im Blumenladen aufgehalten worden. Dort arbeitet sie drei Tage in der Woche. ‚Floral Bouquet‘ in Elicott City. Ein schönes Geschäft, aber sündhaft teuer. Dort bekommen Sie unter einem Dollar nicht einmal ein Gänseblümchen.“

„Sie ist aufgehalten worden“, erinnerte Cooper.

„Ach ja. Ihre Ablösung hatte eine Autopanne – deshalb kam Zoe nicht pünktlich weg. Sie lässt Ihnen ausrichten, dass Sie direkt in die Küche gehen können. Der Mietvertrag und die Schlüssel liegen auf dem Tisch."

„Vielen Dank."

„Das ist doch gar nicht der Rede wert. Hier in dieser Gegend helfen die Nachbarn sich gegenseitig. Ich glaube nicht, dass Zoe mir erzählt hat, was Sie von Beruf sind."

„Ich bin Sportreporter für den ‚Dispatch'."

„Tatsächlich? Mein Harry ist ganz versessen auf Sport. Wenn ein Spiel übertragen wird, ist er nicht vom Fernseher wegzubringen."

„Deshalb ist Amerika ja auch ein so großartiges Land."

Mrs. Finkleman lachte und versetzte Coopers Arm einen Stoß, der einen weniger kräftigen Mann umgeworfen hätte. „Ihr Männer seid doch alle gleich. Sie können jederzeit bei uns hereinschauen und mit Harry über Sport fachsimpeln. Ich verstehe höchstens ein bisschen was von Baseball."

Cooper, der sich eigentlich taktvoll hatte verabschieden wollen, hielt inne. „Sie mögen Baseball?"

„Mein Sohn, ich bin in Baltimore geboren und aufgewachsen." Damit war für Mrs. Finkleman offenbar alles gesagt. „Denken Sie an meine Worte – dieses Jahr werden unsere Jungs es bis an die Spitze schaffen."

„Das glaube ich auch. Seit sie diesen neuen Trainer haben …"

Ein lautes Hupen unterbrach Cooper. Als er sich umschaute, sah er Keenan aus einem roten Auto springen und auf ihn zurennen.

„Tag, Mister. Hi, Mrs. Finkleman. Carly Meyers ist hingefallen, und alles war voller Blut." Seine großen braunen Augen leuchteten. „Eine Menge Blut, und sie hat ganz furchtbar geschrien." Um zu zeigen, was er meinte, stieß er ein Geheul aus, das Cooper durch Mark und Bein ging. „Dann hat sie ein Pflaster mit lauter Sternen bekommen." Offenbar war Keenan der Ansicht, dass man für solch eine Auszeichnung schon ein bisschen Blut opfern konnte. „Wo ist Mama?"

Mrs. Finkleman lehnte sich über den Zaun und zwickte ihn liebevoll in die Wange. „Deine Mama muss heute ein bisschen länger arbeiten, Schätzchen. Sie hat erlaubt, dass du mit zu mir kommst, bis sie eintrifft."

„Okay." Keenan besuchte die Nachbarin gern, denn da gab es immer Kekse und andere Süßigkeiten. „Zuerst muss ich meine Lunchbox wegräumen."

„Bist du aber ein braver Junge! Nimmst du inzwischen diesen netten Mann mit hinein und zeigst ihm, wo er auf deine Mutter warten kann?"

„Klar."

Ehe Cooper sich eine Ausrede zurechtlegen konnte, hatte Keenan ihn bei der Hand gefasst. Ich hatte recht, dachte er ergeben. Kinderhände kleben.

„Wir haben auch Kekse", teilte ihm Keenan mit wichtiger Miene mit. Offenbar hoffte er auf eine doppelte Portion, wenn er seine Karten nur geschickt ausspielte.

„Sehr schön."

„Wir haben sie an unserem freien Abend selbst gebacken." Er blickte Cooper flehentlich an. „Sie sind wirklich gut."

„Das glaube ich gern." Cooper fing die Hintertür gerade noch ab, ehe sie zuknallte.

„Dort." Keenan deutete auf ein Keramikgefäß in Form eines großen gelben Vogels auf der Anrichte. „Da sind sie drin."

„Schon gut." Um den Jungen zufriedenzustellen, langte Cooper hinein, holte eine Hand voll Kekse heraus und legte sie auf den Tisch. Keenan machte große Augen. Mit solch einem Glücksfall hatte er nicht gerechnet.

„Sie können auch welche nehmen", erklärte der Kleine großzügig und schob sich ein Plätzchen mit Schokoladensplittern in den Mund.

„Sind sie wirklich so gut?" Schulterzuckend kostete Cooper. Nicht schlecht, gab er nach dem ersten Bissen zu. Der Junge verstand etwas von Keksen. „Jetzt gehst du aber lieber nach nebenan."

Keenan nahm sich schnell noch ein Plätzchen. „Zuerst muss ich meine Thermoskanne auswaschen, sonst riecht sie schlecht."

„Das ist richtig." Während der Junge einen Schemel zur Spüle trug, setzte sich Cooper an den Tisch, um den Mietvertrag durchzulesen.

Keenan spritzte etwas Spülmittel in die Kanne, und als er merkte, dass Cooper nicht hinsah, noch etwas hinterher. Und noch ein bisschen. Dann drehte er den Wasserhahn voll auf und kicherte, als der Schaum zu fliegen begann. Die Zunge zwischen den Zähnen, steckte er den Stöpsel in den Ausguss und begann, Geschirrspülmaschine zu spielen.

Cooper war vollauf mit dem Mietvertrag beschäftigt und achtete nicht auf ihn. Die einzelnen Klauseln entsprachen dem üblichen Standard. Zoe hatte bereits beide Ausfertigungen unterschrieben. Er zeichnete ein Exemplar gegen, faltete seine Kopie zusammen und legte den Scheck auf den Tisch. Als er aufstand und die Schlüssel an sich nahm, bemerkte er Keenan.

„Ach, du meine Güte."

Der Junge war von Kopf bis Fuß durchnässt. Auf Gesicht und Haar saßen Seifenblasen. Auf dem Kachelboden unter dem Schemel hatte sich eine ansehnliche Pfütze gebildet.

„Was machst du denn da?"

Keenan blickte über die Schulter und lächelte unschuldig. „Gar nichts."

„Schau mal, hier ist alles patschnass." Cooper blickte sich suchend nach einem Lappen um.

„Alles", bestätigte Keenan und schlug mit beiden Händen ins Wasser, als wolle er seinen Gegner auf die Probe stellen. Eine Schaumfontäne spritzte auf.

„Himmel noch mal, lass das! Solltest du nicht längst bei Mrs. Finkleman sein?" Endlich fand Cooper ein Küchentuch und lief zur Spüle. Der nächste Schwall traf ihn mitten ins Gesicht. Er kniff die Augen zusammen. „Jetzt pass mal auf …"

Die Vordertür ging auf und fiel krachend ins Schloss. Mutter und Sohn hatten offenbar einiges gemeinsam.

„Keenan?", hörte Cooper Zoe rufen. „Ich hoffe, du warst nicht an der Keksdose."

Cooper betrachtete die Krümel auf Tisch und Fußboden und den Seifenschaum in der Spüle. „Verdammt!"

„Verdammt", wiederholte Keenan strahlend und tanzte kichernd auf dem Schemel herum. „Verdammt. Tag, Mom."

Zoe, die einen Strauß Iris im Arm hielt, erfasste die Situation mit einem Blick. Ihr Sohn sah aus wie ein begossener Pudel, die Küche wirkte, als sei ein mittlerer Hurrikan durchgezogen, und ihr neuer Mieter stand mit ziemlich betretenem Gesicht da.

Wie ein Junge, den man beim Plündern der Keksdose erwischt hat, dachte sie und betrachtete die verräterischen Krümel.

„Du hast wohl wieder Geschirrspülmaschine gespielt", meinte Zoe mit einer Gelassenheit, die Cooper verblüffte, und legte die Blumen weg. „Ich bin nicht sicher, ob du mit diesem Beruf auf Dauer glücklich wirst."

Keenan warf seiner Mutter einen seelenvollen Blick unter feuchten Wimpern zu. „Er wollte unbedingt Kekse, Mom."

Cooper war im Begriff, sich zu verteidigen, beließ es dann aber bei einem finsteren Blick.

„Darauf wette ich. Geh schon mal in den Wäschekeller und zieh diese nassen Sachen aus."

„Okay." Keenan sprang vom Schemel, gab seiner Mutter einen Kuss und rannte hinaus.

„Tut mir leid, dass ich zu spät komme", erklärte Zoe heiter, zog den Stöpsel aus dem Spülbecken und ging dann zur Anrichte, um eine Vase zu holen.

Cooper wollte erklären, was sich in den vergangenen zehn Minuten ereignet hatte, aber dann wurde ihm bewusst, dass er selbst nicht ganz sicher war. „Ich habe den Mietvertrag unterschrieben."

„Das sehe ich." Sie hielt ihm die Vase hin. „Würden Sie die bitte schon einmal mit Wasser füllen? Ich muss einen Mopp holen."

„Natürlich."

Wahrscheinlich vertrimmt sie ihren Sohn damit, dachte Cooper schuldbewusst. Doch die Geräusche aus dem Wäschekeller klangen nicht nach körperlicher Züchtigung. Im Gegenteil, er hörte den Jungen kichern und das herzliche Lachen einer Frau. Mit der Vase in der Hand stand Cooper da und staunte.

„Sie stehen mitten in der Pfütze", bemerkte Zoe, als sie mit Eimer und Mopp zurückkam.

„Oh ..." Cooper blickte auf seine nassen Schuhe und trat rasch zur Seite. „Hier ist Ihre Vase."

„Danke.“ Zuerst kümmerte Zoe sich um die Blumen. „Wie es scheint, haben Sie Mrs. Finkleman kennengelernt.“

„Neuigkeiten verbreiten sich offenbar schnell.“

„In dieser Gegend schon.“ Als sie ihm ein Tuch reichte, damit er sein Gesicht abtrocknen konnte, nahm er ihren Duft wahr, frisch und intensiv. Zoe trug Jeans und ein weites T-Shirt mit der Aufschrift „Floral Bouquet“. Ihr Haar, das sie zum Pferdeschwanz gebunden hatte, war von einem schimmernden Hellbraun.

Erst als Zoe die Augenbrauen hochzog, wurde Cooper bewusst, dass er sie angestarrt hatte. „Entschuldigung – ich meine, wegen des Durcheinanders.“

„Haben Sie auch Geschirrspülmaschine gespielt?“

„Nicht direkt.“ Ihr Lächeln war einfach unwiderstehlich, und plötzlich fühlte er sich stark zu ihr hingezogen.

Es würde schön sein, eine hübsche Vermieterin zu haben, die im gleichen Haus wohnte. Vielleicht konnten sie gelegentlich zusammen essen oder …

„Mama!“ Keenan stand splitternackt in der Tür. „Ich kann meine Hose nicht finden.“

„Sie ist im Korb neben der Waschmaschine“, antwortete Zoe, ohne den Blick von Cooper zu wenden.

Er hatte den Jungen ganz vergessen und sich Tagträumen hingegeben, ohne daran zu denken, dass Zoe nicht einzeln zu haben war. Im Geiste trat er einen großen Schritt zurück und klimperte mit seinen Schlüsseln.

„Ich habe einige Kartons im Auto, die ich gern heute schon einräumen würde.“

„Natürlich.“ Es ist albern, jetzt enttäuscht zu sein, redete sich Zoe ein. Albern, sich weiblichen Gefühlen hinzugeben, nur weil ich Interesse in seinem Blick gesehen habe. Interesse, das allerdings sehr schnell verschwand, als mein Sohn nach mir rief. „Brauchen Sie Hilfe?“

„Nein, vielen Dank. Ich komme schon allein zurecht. Heute Abend muss ich über ein Spiel berichten. Deswegen bringe ich den Rest meiner Sachen morgen. Also dann …“ Rückwärts ging Cooper zur Tür.

„Willkommen an Bord, Mr. McKinnon."

„Cooper", berichtigte er, als er bereits auf der Schwelle stand. „Ich heiße Cooper."

Cooper, dachte Zoe und stützte sich auf den Mopp. Es war ihr wie eine wirklich gute Idee vorgekommen, die obere Wohnung zu vermieten.

Das zusätzliche Einkommen würde den Druck, der auf ihr lastete, etwas mildern. Vielleicht blieb sogar noch etwas übrig für den Besuch von Disney World, den Keenan sich so sehr wünschte.

Es war ein Risiko gewesen, das Haus zu kaufen. Doch sie wollte unbedingt, dass ihr Sohn in einer schönen Umgebung aufwuchs mit einem Garten und, wenn er etwas älter war, vielleicht einem Hund. Die Mieteinnahmen würden dieses Risiko ein bisschen mindern. Allerdings war ihr erst jetzt bewusst geworden, wie gefährlich es sein konnte, einen Mieter im Haus zu haben, der männlich, ungebunden und einfach unwiderstehlich war.

Wach auf aus deinem Traum, Zoe, sagte sie sich energisch. J. Cooper McKinnon ist genauso wie alle anderen, die die Flucht ergreifen, sobald sie das Getrappel kleiner Füße hören.

Im Wäschekeller fiel irgendetwas um. Zoe schüttelte nur den Kopf. „Komm, Seemann!", rief sie. „Zeit, das Deck zu schrubben."

3. Kapitel

„Hübsche Bude, Cooper. Alle Achtung." Ben Robbins, ein Reporter aus der „Dispatch"-Redaktion, trank einen Schluck von seinem kalten Bier und blickte sich in Coopers Wohnung um. „Solange wir alles hochschleppen mussten, war ich nicht besonders angetan davon, aber jetzt muss ich sagen, wirklich nicht übel."

Die Wohnung war mehr als nur „nicht übel", und Cooper wusste es. Alles stand genau dort, wo er es haben wollte. Das Wohnzimmer wurde von seiner langen niedrigen Couch aus burgunderrotem Leder und dem Fernsehgerät mit dem übergroßen Bildschirm beherrscht, an dem man Sportübertragungen wirklich mitverfolgen konnte. Einige hübsche Lampen, die warmes Licht gaben, ein Couchtisch mit verkratzter Platte und ein bequemer Sessel vervollständigten die Einrichtung im formellen Teil des Raums.

An der Wand der gegenüberliegenden Seite hatte er einen kleinen Basketballring zum Üben befestigt. Außerdem konnte er besser denken, wenn er Ball spielte. Ein gebrauchtes Flippergerät, ein Ständer mit zwei Baseballschlägern, seinem Tennis- und einem Hockeyschläger, ein Paar alte Boxhandschuhe an der Wand und ein bejahrter Billardtisch bildeten den sogenannten Erholungsteil.

Cooper hätte diese Gegenstände niemals Spielzeug genannt. Für ihn waren sie Arbeitsmittel.

Für die Fenster hatte er statt Vorhängen Jalousien ausgesucht. Mit Jalousien, dachte er, kann man einen Raum besser abdunkeln, wenn man sich tagsüber mal zu einem Nickerchen hinlegen möchte.

Die Einrichtung des Schlafzimmers bestand nur aus seinem Bett, einem Nachttisch und einem zweiten Fernsehgerät. Dieser Raum war zum Schlafen da oder, wenn er Glück hatte, eine andere Art von Sport.

Am besten gefiel ihm jedoch sein Arbeitszimmer. Schon jetzt konnte er sich vorstellen, wie er Stunde um Stunde an seinem Computer verbringen würde, während im tragbaren Fernseher auf dem Schreibtisch ein wichtiges Spiel übertragen wurde. In einem Anfall von Extravaganz hatte er sich einen Lederdrehsessel geleistet. Der Schreibtisch war groß und wies zahlreiche Kratzer und Brandstellen auf. Ein Telefondoppelanschluss, ein Faxgerät und ein Videorekorder, auf dem er sich kritische Szenen mehrmals anschauen konnte, vervollständigten die Einrichtung. Seit seine diversen Urkunden, Fotos und Souvenirs an der Wand hingen, fühlte er sich richtig zu Hause.

„Hier sieht's aus wie in einer Sportlerkneipe", stellte Ben fest und streckte die kurzen behaarten Beine aus. „Wo die Jungs nach dem Spiel entweder feiern oder ihren Kummer ertränken."

Cooper fasste die Bemerkung als großes Kompliment auf. „Solch eine Umgebung passt zu mir."

„Das kannst du laut sagen", stimmte Ben zu und prostete ihm mit der Bierflasche zu. „Welcher Mann sehnt sich nicht nach einem Ort, wo er sich entspannen und ganz er selbst sein kann? Seit ich mit Sheila zusammengezogen bin, finde ich überall kleine Porzellanfiguren und Unterwäsche im Bad. Neulich hat sie eine neue Bettdecke mitgebracht. Sie ist voller Blumen. Rosa Blumen." Ben verzog schmerzlich das Gesicht. „Ich komme mir vor, als würde ich in einer Wiese schlafen."

„Selbst schuld", entgegnete Cooper ungerührt und legte die Füße auf den Couchtisch. Er war erfüllt von der Selbstgerechtigkeit der Ungebundenen. „Du hast es dir schließlich so ausgesucht."

„Schon gut. Ich bin eben ganz verrückt nach ihr. Dabei ist sie ein Oakland-Fan."

„Solche Menschen muss es auch geben. Wie man hört, wollen die Angels Remirez verkaufen."

Ben winkte verächtlich ab. „Das kannst du mir nicht weismachen."

„So geht jedenfalls das Gerücht." Cooper trank einen Schluck von seinem Bier. „Er soll nach Kansas City gehen. An seiner Stelle kommen Dunbar und der Nachwuchsspieler Jackson."

„Die Mannschaftsführung muss den Verstand verloren haben. Remirez hat in der letzten Saison 0,280 erzielt."

„0,285“, verbesserte Cooper. „Außerdem hat er vierundzwanzig Treffer einkassiert. Er war übrigens auch an der Spitze des Teams, was Fehler angeht.“

„Schon, aber mit solch einem Schlag … Was hat Dunbar denn für eine Schlagzahl? 0,220?“

„0,218, aber an der zweiten Position ist er wie ein Staubsauger. An ihm kommt nichts vorbei. Außerdem ist er noch entwicklungsfähig – ein kräftiger Bauernbursche mit einem Schlag, dass dir Hören und Sehen vergeht. Die Mannschaft braucht dringend frisches Blut. Die meisten der Stars sind über dreißig.“

In vollkommener männlicher Harmonie tranken die beiden ihr Bier und debattierten dabei weiter über Baseball.

„Ich muss gleich los und über ein Spiel berichten“, erklärte Cooper schließlich nach einem Blick auf die Uhr.

„Heute? Ich dachte, die Orioles wären noch bis morgen in Chicago.“

„Sind sie auch.“ Cooper steckte seinen Kassettenrekorder, Block und Bleistift ein. „Ich gehe zu einem College-Spiel. Die Studenten haben einen Verteidiger, hinter dem sämtliche Talentsucher her sind. Den möchte ich mir mal anschauen. Vielleicht springt sogar ein Interview dabei raus.“

„Was für ein Traumjob.“ Ben rappelte sich hoch. „Du kommst umsonst in jedes Stadion rein.“

„Wirklich ein hartes Leben“, bestätigte Cooper schmunzelnd und legte seinem Freund den Arm um die Schultern. „Wie kommst du mit deinem Artikel über die Sterilisation von Haustieren voran?“, erkundigte sich Cooper und trat auf die Terrasse. Tief sog er die Luft ein. Was für ein herrlicher Abend – mild bei klarem Himmel. Er konnte die gerösteten Erdnüsse und die Hotdogs beinahe schon riechen.

„Erinnere mich bloß nicht daran“, entgegnete Ben seufzend. Dann hellte sich seine Miene auf. „Aber tauschen möchte ich trotzdem nicht mit dir. Während du dich in übel riechenden Umkleideräumen herumtreibst, werde ich behaglich an Sheila gekuschelt im Bett liegen.“

„Unter einer geblümten Decke.“

„Und wenn schon? Sie sagt, dass sie seitdem viel mehr Spaß am Sex hat, und ich kann dir versichern … Donnerwetter!“

Als Ben tellergroße Augen bekam, drehte sich Cooper um.

Zoe kam auf sie zu. Sie trug den kürzesten Rock, der diesen Namen noch verdiente. Darunter waren endlos lange Beine in schwarzen Netzstrümpfen zu sehen. Bei jedem Schritt wiegte sie sich in den Hüften. Wie auch nicht, wenn ihre Füße in Pumps mit mindestens zehn Zentimeter hohen Absätzen steckten?

Eine knappe weiße Weste ließ sehr viel Ausschnitt sehen. Um den Hals trug sie eine glänzende schwarze Fliege – ein Anblick, der Coopers Blut in Wallung brachte.

Ihr Haar fiel gerade auf die Schultern. Im warmen Abendlicht erinnerte ihn der Anblick an ein Reh im sonnenüberfluteten Wald.

Sie blieb stehen, lächelte und sagte etwas, doch Coopers Verstand hatte sich abgeschaltet, als er ihre Beine sah.

„… eingewöhnt haben.“

„Äh …“ Er schüttelte benommen den Kopf wie ein Mann, der aus dem Koma erwacht. „Wie bitte?“

„Ich sagte, ich hatte noch keine Gelegenheit nachzufragen, ob Sie sich schon ein bisschen eingewöhnt haben.“

„O ja“, versicherte er. „Sehr gut sogar.“

„Das freut mich. Keenan hatte eine starke Erkältung, deswegen war es ziemlich hektisch in den vergangenen Tagen. Neulich habe ich gesehen, wie Sie Möbel nach oben getragen haben.“

„Ja“, entgegnete Cooper, weil ihm sonst nichts einfiel. „Ach, übrigens“, fügte er rasch hinzu, als sein Freund ihn mit dem Ellbogen anstieß, „das ist Ben. Er hat mir beim Umzug geholfen.“

„Tag, Ben. Ich bin Zoe.“

„Tag, Zoe“, entgegnete Ben. „Ich bin Ben“, setzte er überflüssigerweise hinzu.

Sie lächelte nur. Sosehr sie das Kostüm hasste, manchmal war es höchst erheiternd, wie manche Vertreter des anderen Geschlechts darauf reagierten. „Arbeiten Sie auch bei der Zeitung?“

„Ja. Ich … äh … Ich schreibe gerade an einem Artikel über die Sterilisation von Haustieren.“

„Tatsächlich?“ Sein Adamsapfel hüpfte so heftig auf und ab, dass

Ben ihr beinahe leidtat. „Ich werde danach Ausschau halten." Zu Cooper gewandt, fuhr Zoe fort. „Schön, dass Sie sich hier wohlfühlen. Jetzt muss ich zur Arbeit."

„Sie gehen aus?", platzte Cooper heraus. „In diesem Aufzug?"

Ihre Lippen zuckten. „Normalerweise bin ich so angezogen, wenn ich die Kinder zur Schule fahre, aber ich dachte, heute trage ich es zur Abwechslung einmal zur Arbeit. Sie kennen das Restaurant vielleicht: ‚Shadows'. Ich bin dort Bedienung. Schönen Abend noch. War nett, Sie kennenzulernen, Ben."

Sie ging weiter zu ihrem Auto. Nein, verbesserte Cooper, „gehen" war viel zu profan für diesen beunruhigend wiegenden Gang. Beide Männer starrten ihr noch nach, als sie schon längst rückwärts aus der Einfahrt rangiert war.

„Deine Vermieterin?" Ben flüsterte beinahe vor Ehrfurcht. „Das war deine Vermieterin?"

„Ich glaube schon." So hatte sie nicht ausgesehen, als er hier gewesen war, um den Mietvertrag zu unterschreiben. Dass sie schön war, war ihm von Anfang an aufgefallen. Doch die ersten beiden Male hatte sie weniger beunruhigend gewirkt. Heute war sie so … so … Cooper fand das passende Wort nicht. Verflixt, sie war Mutter. Mütter durften nicht so aussehen. „Sie hat ein Kind."

„Tatsächlich. Was für eins?"

„Ich glaube, es handelt sich um ein menschliches Wesen."

„Sehr komisch."

„Einen Jungen", fügte Cooper abwesend hinzu. „Ungefähr so hoch." Er hielt die ausgestreckte Hand etwa einen Meter über den Boden.

„Sie hat nicht nur ein Kind, sondern auch atemberaubende Beine. So hoch." Ben deutete mit der Hand auf seinen Hals. „Cooper, du bist wirklich ein Glückspilz. Meine Vermieterin hat Arme wie ein Sumo-Ringer mit einer tätowierten Eidechse drauf. Deine könnte für eine Sonderausgabe des ‚Playboy' posieren."

„Sie ist Mutter", wiederholte Cooper halblaut.

„Ich hätte jedenfalls nichts dagegen, zu ihr nach Hause zu kommen und mich mit Milch und Keksen verwöhnen zu lassen. Bis morgen in der Redaktion."

„Ja, natürlich." Noch lange stand Cooper stirnrunzelnd vor dem Haus. Mütter dürften nicht so aussehen, dachte er wieder. Ihr Äußeres sollte Vertrauen und Geborgenheit vermitteln – Mütterlichkeit eben. Er atmete tief aus und hoffte, das eigenartige Gefühl in seiner Magengegend würde schnell weggehen.

Schließlich war Zoe nicht seine Mutter.

Um Mitternacht brannten Zoes Füße wie Feuer. Der Rücken tat ihr weh, und in den Armen hatte sie ein Gefühl, als habe sie Mühlsteine geschleppt statt Tabletts mit Getränken. Sie hatte sechs unsittliche Anträge abgewehrt. Zwei waren so komisch gewesen, dass sie mit einem Scherz darüber hinweggegangen war, einer so beleidigend, dass sie dem Kerl ihren Pfennigabsatz in den Fuß gebohrt hatte, und die anderen hatte sie wie üblich einfach ignoriert. So etwas gehörte zu ihrem Job, und sie regte sich nicht mehr darüber auf.

Die Bar hatte ihren Namen von den Schatteneffekten der Neonbeleuchtung. Das Dekor erinnerte an die Fünfzigerjahre, und die Kellnerinnen waren entsprechend geschmacklos aufgeputzt. Dafür waren die Trinkgelder großzügig und die Gäste – jedenfalls größtenteils – harmlos.

„Zweimal Hauswein weiß, ein Schwarzer Russe und einmal koffeinfreier Kaffee." Nachdem Zoe dem Barkeeper ihre Bestellung gegeben hatte, rollte sie die schmerzenden Schultern.

Hoffentlich hatte sich Keenan ohne allzu großes Theater ins Bett bringen lassen. Den ganzen Tag über war er quengelig gewesen, was bedeutete, dass er seine Erkältung fast überwunden hatte. Am Morgen war er direkt wütend geworden, als sie ihm erklärte, er könne noch nicht wieder zur Schule gehen.

Von mir hat er das nicht, dachte Zoe. Ich habe jede Gelegenheit wahrgenommen, den Unterricht zu schwänzen. Jetzt, mit fünfundzwanzig, bereute sie, dass sie ihre Schulbildung so vernachlässigt hatte. Wenn sie sich Mühe gegeben und die Aufnahmeprüfung fürs College abgelegt hätte, würde sie sich heute nicht mit Gelegenheitsjobs durchschlagen müssen.

Stattdessen besaß sie einen Oberschulabschluss, den sie nicht wirklich verdient hatte, und servierte Männern, die ihr in den Ausschnitt starrten, Drinks.

Doch Zoe war nicht der Typ, der verpassten Gelegenheiten nachtrauerte. Was auch immer sie falsch gemacht hatte – der größte Preis gehörte ihr. Keenan. In ein oder zwei Jahren würde sie genug gespart haben, um Weste und Fliege für immer an den Nagel zu hängen und sich für Abendkurse einzuschreiben. Wenn sie einmal die Grundlagen der Betriebswirtschaft beherrschte, konnte sie ihr eigenes Blumengeschäft eröffnen. Dann würde sie Keenan abends nicht mehr von Babysittern betreuen lassen müssen.

Zoe servierte eine Runde Getränke, nahm eine neue Bestellung auf und war dankbar, dass sie in fünf Minuten Pause hatte.

Als sie Cooper hereinkommen sah, galt ihr erster Gedanke Keenan. Doch die Panik verging so schnell, wie sie gekommen war. Cooper wirkte völlig entspannt. Offenbar wollte er nur etwas trinken. Als ihre Blicke sich trafen, nickte er freundlich und kam auf sie zu.

„Ich habe Durst."

„Dann sind Sie hier richtig. Möchten Sie sich an die Bar setzen oder lieber an einen Tisch?"

„An einen Tisch. Haben Sie eine Minute Zeit?"

„Ich habe bald eine Viertelstunde Pause. Warum?"

„Ich möchte mit Ihnen reden."

„Von mir aus. Was wollen Sie trinken?"

„Einen schwarzen Kaffee."

„Kommt sofort. Nehmen Sie schon einmal Platz."

Cooper blickte ihr nach, wie sie zur Bar ging. Er versuchte, nicht daran zu denken, wie attraktiv sie aussah. An und für sich machte er sich nichts aus Bars wie dieser, doch seit er Zoe vorhin gesehen hatte, gingen ihm einige Fragen im Kopf herum, die nur sie beantworten konnte. Deshalb war er entschlossen, die ganze Geschichte aus ihr herauszubekommen. Darin war er gut – ebenso wie er die Kunst beherrschte, ein Spiel genau zu analysieren und den Finger auf alle kleinen Triumphe und Niederlagen zu legen, die das Ergebnis beeinflussten.

„Heute war hier unglaublich viel los." Zoe stellte zwei Tassen Kaffee auf den Tisch und setzte sich Cooper gegenüber. Sie seufzte tief und dehnte sich leicht. „Seit Stunden bin ich ununterbrochen auf den Beinen."

„Ich dachte, Sie arbeiten in einem Blumenladen."

„Dort bin ich drei Tage in der Woche." Verstohlen streifte sie die Schuhe ab. „Vor so wichtigen Festen wie Weihnachten, Ostern oder Muttertag auch öfter." Sie trank einen Schluck Kaffee, den sie kräftig gesüßt hatte. „Es ist nur ein kleiner Laden. Deswegen arbeitet Fred, der Besitzer, nur mit Aushilfskräften. Für die braucht er keine Sozialabgaben zu entrichten. Lohnfortzahlung bei Krankheit fällt natürlich auch weg."

„Das ist ziemlich verantwortungslos."

Zoe zuckte die Schultern. „Dafür macht mir die Arbeit Freude. Seit ich dort bin, habe ich sehr viel über Blumen und Pflanzen gelernt."

Irgendjemand warf eine Münze in die Musikbox, und gleich darauf wurde es laut. Cooper lehnte sich vor, damit Zoe ihn hören konnte. Einen Moment verlor er sich in ihren großen braunen Augen.

„Sind wir uns vielleicht schon einmal begegnet?", fragte er lächelnd.

„In der Wohnung."

„Nein, das meine ich nicht." Er schüttelte den Kopf. Jetzt war nicht der richtige Zeitpunkt, das Thema weiterzuverfolgen. „Warum hier?"

„Wie bitte?" Verständnislos schaute Zoe ihn an.

„Warum arbeiten Sie hier?"

„Weil ich gut dafür bezahlt werde."

„Irgendwie finde ich, Sie gehören nicht in eine Bar."

„Wieso?" Zoe wusste nicht, ob sie erheitert oder beleidigt sein sollte. Sie entschied sich für Ersteres, weil das ihrer Natur entsprach. „Haben Sie etwas gegen Bardamen?"

„Nein, natürlich nicht. Aber Sie sind Mutter."

„Allerdings. Ich habe einen Sohn, der das beweist." Sie lachte und stützte das Kinn auf die Hände. „Würden Sie es für passender halten, wenn ich zu Hause bliebe und strickte?"

„Nein." Das war gelogen, denn genau das dachte er. „Es ist dieser

Aufzug", platzte Cooper heraus. „Wie diese Männer Sie alle ansehen …"

„Wenn eine Frau sich so anzieht, sehen Männer natürlich hin. Mehr passiert aber nicht. Wenn es Sie beruhigt, zu Elternabenden gehe ich nicht so."

Cooper kam sich von Sekunde zu Sekunde lächerlicher vor. „Schauen Sie, es geht mich ja nichts an. Fragen zu stellen ist einfach eine Gewohnheit von mir. Ich finde nur, Sie könnten etwas Besseres erreichen. Sie haben den Job im Blumenladen, die Miete …"

„Darüber hinaus eine hohe Hypothek", unterbrach Zoe, „einen Sohn, der laufend aus Kleidung und Schuhen herauswächst, Ratenzahlungen für den Wagen – von den Ausgaben fürs Essen und den Arzt ganz abgesehen."

„Arzt? Ist der Junge krank?", fragte Cooper leise.

Zoe schloss einen Moment die Augen. Gerade als sie anfing, wütend zu werden, hatte er ihr mit dieser Bemerkung den Wind aus den Segeln genommen. „Nein, aber Kinder in Keenans Alter bringen häufig irgendwelche Infektionen aus der Schule mit nach Hause. Deswegen muss er regelmäßig vom Kinderarzt untersucht werden. Dazu kommen Besuche beim Zahnarzt. Das alles kostet viel Geld."

„Denken Sie, das weiß ich nicht? Für so etwas gibt es aber doch Zuschüsse und …"

Er verstummte, als ihre Augen plötzlich zu blitzen begannen. „Ich bin durchaus imstande, den Lebensunterhalt für mich und mein Kind zu verdienen."

„Das habe ich nicht gemeint …"

Zoe ließ ihn nicht ausreden. „Ich habe zwar keinen Collegeabschluss oder eine tolle Berufsausbildung, aber ich kann für uns beide sorgen. Meinem Sohn fehlt nichts." Sie schlüpfte wieder in ihre Schuhe und stand auf. „Keenan und ich sind bisher sehr gut allein zurechtgekommen. Auf einen neugierigen Reporter, der mir Vorschriften machen will, wie ich mich als Mutter zu verhalten habe, kann ich verzichten. Der Kaffee geht auf meine Rechnung."

Seufzend sah Cooper Zoe nach, wie sie mit hocherhobenem Kopf davonging. Das hatte er gründlich verpatzt. Ob sie ihm am nächsten Morgen die Kündigung präsentieren würde?

4. Kapitel

Zoe warf Cooper nicht hinaus. Sie hatte den Gedanken zwar erwogen, war aber dann zu dem Schluss gekommen, dass die Genugtuung den Verlust der Miete nicht aufwog. Außerdem hatte sie ähnliche Argumente schon mehrfach gehört.

Einer der Gründe, warum sie von New York nach Baltimore gezogen war, lag darin, dass sie es leid war, von Freunden und Verwandten zu hören, wie sie ihr Leben führen und ihren Sohn erziehen sollte.

Hier in einem anderen Staat hatte sie ganz neu angefangen. Sie hatte genug Geld gespart, um sich eine hübsche Dreizimmerwohnung leisten zu können und den Rest anzulegen. Da sie bereit war, jede Arbeit anzunehmen, fand sie rasch eine Anstellung und dann bald eine zweite. Keenan tagsüber in den Kindergarten zu geben war ihr nicht leicht gefallen, doch sie hatte sich umsonst Sorgen gemacht. Er blühte geradezu auf, denn er hatte die Kontaktfreudigkeit seiner Mutter geerbt.

Heute, zwei Jahre später, besaß sie ein Haus mit Garten in einer Gegend, wie sie es sich für ihren Sohn gewünscht hatte. Das alles hatte sie ohne Hilfe geschafft.

Zu viele Leute hatten ihr gesagt, sie sei verrückt oder zu jung. Sie werfe ihr Leben und die Aussicht auf eine Zukunft weg.

Mit Schwung wuchtete Zoe den Rasenmäher herum und nahm die nächste Bahn in Angriff. Das ist mein Gras, dachte sie mit zusammengebissenen Zähnen. Ich habe es allen gezeigt. Ohne jegliche Unterstützung habe ich mein Kind bekommen, für es gesorgt und ihm ein gemütliches Zuhause geschaffen. Keenan und ich sind keine Statistik, sondern eine richtige Familie.

Auf Mitleid oder Wohltätigkeit konnte sie verzichten. Auch wenn es vielleicht länger dauerte als bei anderen, hatte sie bisher noch alles erreicht, was sie sich in den Kopf gesetzt hatte. Und sie hatte Pläne, solide, gut durchdachte Pläne.

Eine Berührung an der Schulter ließ sie zusammenzucken. Als sie sich umdrehte und Cooper entdeckte, fasste sie den Griff des Rasenmähers fester. „Was ist?"

„Ich möchte mich entschuldigen!", schrie er. Als sie ihn nur wortlos ansah, bückte er sich und schaltete den Motor aus. „Ich möchte mich entschuldigen", wiederholte er. „Es war falsch von mir, mich in Ihr Leben einzumischen."

„Tatsächlich?"

„Leider ist es eine schlechte Angewohnheit von mir, meine Nase in die Angelegenheiten anderer Leute zu stecken."

„Sie sollten versuchen, sie abzulegen." Zoe wollte das Startkabel ziehen, doch Cooper hielt ihre Hand fest. Einen Moment lang hielt sie ganz still. Er hatte eine große Hand mit einer leicht rauen Innenfläche. Sie erinnerte sich, wie sie bei der ersten Berührung unwillkürlich an Kraft und Energie gedacht hatte. Diesmal war sein Griff sanft und ganz behutsam.

Es war schon sehr lange her, seit sie die Hand eines Mannes gefühlt hatte. Bisher hatte sie auch nichts vermisst.

„Manchmal rede ich, ohne vorher nachzudenken", erklärte Cooper. Auch er betrachtete ihre Hände und dachte, wie klein sich ihre Hand unter seiner anfühlte. Wie klein und weich. „Ein oder zwei Mal habe ich mir dadurch ein blaues Auge eingehandelt." Als sie zu ihm aufblickte, lächelte er.

„Das überrascht mich nicht."

Sie lächelte zwar nicht zurück, doch er spürte, dass sie nachgiebiger wurde. Das Aufheulen des Rasenmähers hatte ihn aus dem Nachmittagsschlaf geweckt. Eigentlich hätte er sich am liebsten auf die andere Seite gedreht und sich ein Kissen über den Kopf gezogen, doch als er sich aufrichtete und Zoe in weiten Shorts, einem T-Shirt und mit einem großen Strohhut auf dem Kopf im Garten sah, verspürte er den Wunsch, mit ihr zu reden.

Nur um Waffenstillstand zu schließen, rechtfertigte er sich. Schließlich muss ich mit ihr leben – mehr oder weniger.

„Bitte denken Sie nicht, dass ich Sie kritisieren wollte. Ich war nur neugierig. Ich wollte etwas erfahren über Sie. Sie und den Jungen", setzte er rasch hinzu. „Als ich Sie dann gestern Nacht in Ihrem Kostüm sah, habe ich wohl die falschen Schlüsse gezogen."

Zoe brauchte nicht lange zu überlegen. Die Entschuldigung klang ehrlich. „Schon gut. Ich bin Ihnen nicht mehr böse."

Das war einfacher gewesen als erwartet. Cooper beschloss, die Gunst der Stunde zu nutzen. „Ich gehe nachher ins Stadion, um über ein Spiel zu berichten. Hätten Sie nicht Lust, mit mir hinzugehen? Es ist ein herrlicher Tag für Baseball."

Zoe nickte. Die Sonne schien, und es wehte eine laue Brise. Es würde bestimmt Spaß machen, sich zusammen mit einem attraktiven Mann ein Spiel anzusehen, vor allem, wenn dieser Mann sich große Mühe gab, einen Fehler wiedergutzumachen.

„Wenn ich nicht arbeiten müsste, würde ich gern mitkommen. Aber Keenan wäre bestimmt begeistert." Sie sah seinen bestürzten Gesichtsausdruck und unterdrückte ein Lächeln.

„Keenan? Sie möchten, dass ich ihn mitnehme?"

„Baseball ist seine große Leidenschaft. Manchmal lassen die größeren Kinder ihn mitspielen, wenn sie zu Hause im Garten trainieren. Solch ein richtiges Spiel hat er bisher nur am Fernseher erlebt." Zoe lächelte unschuldig. Sie konnte sich sehr gut vorstellen, was jetzt in Cooper vorging.

„Ich verstehe nicht besonders viel von Kindern", sagte er vorsichtig.

„Dafür umso mehr von Sport. Es wäre ein ganz besonderes Erlebnis für Keenan, sein erstes Spiel zusammen mit einem Fachmann anzusehen. Wann brechen Sie denn auf?"

„In ... in ungefähr zwei Stunden."

„Ich werde dafür sorgen, dass er rechtzeitig fertig ist. Wirklich lieb von Ihnen, dass Sie ihm diese Freude machen wollen." Als Cooper nicht reagierte, lehnte Zoe sich vor und küsste ihn auf die Wange. Dann bückte sie sich und startete den Rasenmäher.

Cooper stand wie vom Donner gerührt da und sah ihr nach. Was, um alles in der Welt, sollte er den ganzen Nachmittag mit einem Vierjährigen anfangen?

Nach der Ankunft im Stadion kaufte Cooper als erstes Popcorn, Hotdogs und zwei große Becher Saft. Wenn der Junge genug zu essen und zu trinken hatte, würde er hoffentlich ruhig sein. Die ganze

Fahrt über war Keenan auf dem Rücksitz auf und ab gehopst und hatte ihn mit Fragen bestürmt.

Nach einer Weile hatte Cooper aufgegeben zu zählen, wie oft er „Was ist das?“ oder „Warum?“ gehört hatte.

„Du kannst das Spiel von da drüben durchs Fenster anschauen“, sagte er zu Keenan, als sie die Pressetribüne erreicht hatten. „Aber sei ganz leise und stör niemanden. Die Leute sind alle nicht zum Vergnügen hier, sondern um zu arbeiten.“

„Ist klar.“ Ganz rot im Gesicht vor Aufregung umklammerte Keenan seinen Hotdog.

Auf der Pressetribüne saßen viele Männer. Einige hatten tragbare Computer wie Cooper, andere trugen Kopfhörer. Einige von ihnen hatten ihm zugelächelt, als sie Cooper begrüßten. Keenan wusste, dass Cooper ein wichtiger Mann war. Wie seine Mutter ihm eingeschärft hatte, hielt er sich dicht an Coopers Seite und drängelte nicht, dass dieser ihm etwas kaufte. Dabei gab es tolle Sachen an den verschiedenen Ständen. Zoe hatte ihm fünf Dollar gegeben und ihm gesagt, er dürfe sich dafür ein Andenken aussuchen. Bei der großen Auswahl fiel ihm jedoch die Entscheidung schwer, und Cooper war so schnell gegangen, dass Keenan keine Zeit geblieben war, sich alles richtig anzuschauen.

Wichtig war nur, dass er zum ersten Mal bei einem Baseballspiel zusehen durfte.

Mit großen Augen musterte Keenan das Spielfeld. Dass es so groß sein würde, hatte er nicht erwartet. Er wusste, wo der Werfer stand, und erkannte auch das Ziel, aber alles andere war ihm ein Rätsel.

Auf der elektronischen Anzeigetafel erschienen plötzlich Bilder und viele Worte, die er nicht entziffern konnte. Auf den Rängen rundherum saßen mehr Leute, als er jemals gesehen hatte.

Als die Spieler einzeln vorgestellt wurden, betrachtete er sie voll Bewunderung. Dann erklangen aus dem Lautsprecher die ersten Takte der Nationalhymne, und wie seine Mutter ihm beigebracht hatte, stand er auf.

Cooper sah den kleinen Jungen ehrfürchtig dastehen, in der Hand den Hotdog. Plötzlich musste er daran denken, wie er selbst zum ersten Mal im Stadion gewesen war. Ohne die Hand seines Vaters loszulassen, hatte er versucht, alles gleichzeitig aufzunehmen, und vor lauter Aufregung vom Spiel selbst ziemlich wenig mitbekommen.

Als die Spieler sich aufstellten, lehnte Cooper sich vor und zupfte Keenan am Haar. „Ganz schön beeindruckend, was?"

„Einfach Klasse." Keenan flüsterte beinahe. „Die in Grün sind unsere, nicht wahr?"

„Genau. Pass auf, gleich geht's los."

Cooper, der erwartet hatte, dass der Junge unruhig werden oder quengeln würde, sah sich angenehm getäuscht. Da er daran gewöhnt war, inmitten von Lärm und Durcheinander zu arbeiten, störten ihn Keenans Fragen kaum. Wenigstens war der Junge wissbegierig und merkte sich, was man ihm erklärte.

Während der Pausen zwischen den einzelnen Spieldurchgängen guckte Keenan Cooper über die Schulter und versuchte, die Wörter zu buchstabieren, die auf dem Bildschirm von dessen Computer erschienen. Dabei geriet etwas Senf auf Coopers Hemd, doch insgesamt war der gemeinsame Ausflug keineswegs die befürchtete Katastrophe.

Als der Stadionsprecher Keenan einlud, sich eine Runde lang auf seinen Schoß zu setzen, verspürte Cooper sogar Stolz. Die meisten Kinder hätten sich überwiegend für die Buden mit Süßigkeiten interessiert. Keenan dagegen war hier, um das Spiel anzuschauen.

„Warum ist er nicht die ganze Strecke gelaufen? Er hätte es doch locker geschafft." Keenan trat von einem Fuß auf den anderen. Nach zwei großen Gläsern Saft war ein Besuch auf der Toilette eigentlich überfällig, doch er wollte keine Minute verpassen.

„Der Wurf wurde der anderen Mannschaft gutgeschrieben. Deshalb hätte es gar nichts genützt, wenn er bis zum Ziel gerannt wäre."

„Liegen wir trotzdem noch in Führung?", wollte Keenan wissen.

„Das schon, aber nur mit einem Punkt. Der nächste Durchgang wird das Spiel entscheiden. Ich schätze, dass sie gleich einen Linkshänder als Fänger einwechseln. Vermutlich Scully." Aus dem Augenwinkel sah Cooper, dass Keenan die Knie überkreuzte. „Musst du mal?"

„Schon, aber nicht so dringend", log der Kleine tapfer.

„Komm, wir haben genug Zeit, ehe der nächste Durchgang anfängt." Cooper nahm Keenan bei der Hand. Hoffentlich war es noch nicht zu spät. Als sie die Tribüne verließen, wurde gerade durchgesagt, dass Scully Miller ablösen würde.

„Genau, wie Sie gesagt haben." Bewundernd blickte Keenan zu Cooper auf. „Sie sind gescheiter als alle anderen Leute, die ich kenne."

Cooper unterdrückte ein Lächeln. „Sagen wir einfach, ich verstehe etwas von Baseball."

Als die beiden zu Hause eintrafen, trug Keenan ein Trikot der Orioles und hielt einen Baseball mit Autogrammen in einem Fanghandschuh von Kindergröße. In der anderen Hand schwenkte er eine Fahne.

„Mama! Schau, was ich von Cooper gekriegt habe." Er rannte auf seine Mutter zu. „Wir sind in die Umkleideräume der echten Orioles gegangen. Dort haben mir alle Spieler ihren Namen auf den Ball geschrieben. Ist das nicht super?"

„Zeig mal her." Zoe nahm den Ball und betrachtete ihn eingehend. „Da hast du wirklich etwas Besonderes, Keenan."

„Den behalte ich in alle Ewigkeit! Guck mal, ich habe auch das gleiche Hemd an wie sie. Und einen Handschuh. Der passt wie angegossen."

Auf einmal hatte Zoe einen Kloß im Hals. „Ich sehe es. Jetzt bist du wirklich richtig ausstaffiert, um selbst zu spielen."

„Ich gehe an die dritte Position, denn das ist ... das ist ..." Hilfe suchend blickte sich Keenan zu Cooper um.

„Die heiße Ecke", half dieser nach.

„Genau. Die heiße Ecke. Kann ich schnell zu Mr. Finkleman? Ich muss ihm unbedingt meinen Baseball zeigen."

„Geh nur, Schatz."

„Der wird vielleicht Augen machen." Keenan drehte sich um und umschlang Coopers Beine. „Vielen Dank, dass Sie mich mitgenommen haben. Ich werde diesen Tag nie vergessen. Können wir mal wieder hin? Vielleicht hat Mama dann auch Zeit."

„Äh ... Ja, natürlich." Verlegen tätschelte Cooper dem Kleinen den Kopf.

„Okay." Keenan umarmte ihn noch einmal und stürmte dann hinaus, um seine Schätze vorzuzeigen.

„Sie hätten ihm die Sachen wirklich nicht zu kaufen brauchen", meinte Zoe. „Es war schon genug, dass Sie ihn überhaupt mitgenommen haben."

„Es hat mir Freude gemacht. Und ich kann Ihnen versichern, dass Keenan nicht darum gebeten hat." Cooper steckte die Hände in die Taschen. „Er war außer sich vor Begeisterung, als ich ihn mit in die Spielerkabine genommen habe. Und irgendwie kam eins zum anderen."

„Das kenne ich. Wie ich höre, hat unser Team gewonnen."

„Ja, allerdings nur ganz knapp. Auf dem Rückweg musste ich noch an der Redaktion anhalten und meinen Artikel abgeben. Sonst wären wir bestimmt schon eher hier gewesen."

„Ich bin selbst gerade erst nach Hause gekommen." Aus einem Impuls heraus ging Zoe auf Cooper zu und umarmte ihn. Er blieb stocksteif stehen. „Dafür haben Sie etwas bei mir gut. Keenan wird diesen Tag nie vergessen." Sie trat zurück. „Ich auch nicht."

„Eigentlich habe ich ja gar nichts getan", wehrte Cooper ab. „Er hat sich einfach auf der Pressetribüne vergnügt, während ich gearbeitet habe."

„Sie haben sehr wohl etwas getan", verbesserte Zoe. „Vor allem, da ich Ihnen praktisch keine andere Wahl gelassen habe." Lachend strich sie sich das Haar aus dem Gesicht. „Sie hätten heute Mittag Ihr Gesicht sehen sollen. Der Gedanke, einen Vierjährigen mitzunehmen, hat Sie zu Tode erschreckt. Jedenfalls ..." Zoe verstummte, als das Telefon klingelte. „Entschuldigung. Hallo? Tag, Stan. Heute? Ich bin doch heute Abend gar nicht dran." Sie atmete hörbar aus und setzte sich auf die Stuhllehne. „Darf ich Ihnen noch Bescheid geben? Nein, Stan, ich kann mich jetzt noch nicht festlegen. Erst muss ich sehen, ob ich so kurzfristig einen Babysitter bekomme. In Ordnung, in einer Stunde. Ja, natürlich. Ich verstehe, dass Sie in der Klemme stecken. Sie können sich darauf verlassen, dass ich so schnell wie möglich zurückrufe."

„Gibt's ein Problem?", erkundigte sich Cooper.

„Hmmm ... Zwei Kellnerinnen aus dem ‚Shadows' haben sich

krankgemeldet, und Stan hat Schwierigkeiten, Ersatz zu finden." Zoe wählte bereits eine Nummer. „Hallo, Mrs. Finkleman. Ja, ich weiß. Er wird tagelang von nichts anderem reden. Hmmm …" Zoe warf Cooper einen Blick zu, während Mrs. Finkleman sich wortreich darüber ausließ, wie wichtig es für einen Jungen war, eine männliche Bezugsperson zu haben. „Sicher, da bin ich ganz Ihrer Meinung. Sagen Sie, haben Sie heute Abend schon etwas vor? Ach so, das hatte ich ganz vergessen. Nein, nichts Wichtiges. Ich wünsche Ihnen viel Spaß."

Sie hängte ein und biss sich auf die Lippen. „Mittwoch ist Bingo-Abend. Beth hat mir letzte Woche schon gesagt, dass sie heute verabredet ist. Vielleicht kann Alice einspringen." Dann schüttelte sie den Kopf. „Nein, die erwartet ihre Schwiegereltern zum Essen." Abschätzend betrachtete sie Cooper. „Sie sind doch heute ganz gut mit ihm zurechtgekommen."

„Sagen wir, es gab keine großen Probleme." Cooper, der wieder eine Falle witterte, blieb zurückhaltend.

„Stan braucht mich erst um neun. Keenan geht um acht ins Bett. Er schläft immer gleich ein. Sie müssten also gar nichts tun, außer im Haus zu sein. Sie könnten fernsehen oder lesen …"

„Soll ich das so verstehen, dass ich hierbleibe, während Sie arbeiten?" Cooper trat einen Schritt zurück. „Ich wäre mit Keenan allein – wie ein Babysitter? Hören Sie …"

„Selbstverständlich würde ich Sie bezahlen. Beth bekommt zwei Dollar die Stunde, aber ich gebe Ihnen gern mehr."

„Ich will Ihr Geld nicht, Zoe."

„Sie sind lieb." Lächelnd ergriff sie seine Hand. „Wirklich. Könnten Sie also gegen halb neun da sein?"

„Moment mal, ich habe doch gar nicht …"

„Sie können sich zu essen nehmen, was Sie wollen. Wenn ich Zeit habe, backe ich noch ein Blech Plätzchen. Jetzt will ich rasch Stan zurückrufen, ehe er sich die letzten Haare ausrauft." Sie lächelte Cooper dankbar an. „Jetzt stehe ich doppelt in Ihrer Schuld."

„Schon gut." Cooper ergriff die Flucht, ehe sie einen Weg fand, ihr Schuldkonto auf drei zu erhöhen.

5. Kapitel

Die nächsten Stunden vertiefte sich Cooper in seine wöchentliche Kolumne „Voll im Spiel“, die nicht nur in Baltimore, sondern in Lokalzeitungen in ganz Amerika veröffentlicht wurde. Keenan hatte ihn auf die Idee gebracht, über den ersten Besuch im Stadion, die Weitergabe von Traditionen und die zwischenmenschlichen Kontakte zu schreiben, die in einer Atmosphäre von Jubelrufen, krachenden Schlägen und Unmengen vertilgter Erdnüsse zwischen ganz unterschiedlichen Menschen entstanden.

Der Artikel ging Cooper leicht von der Hand, und er spürte, dass er sich genauso flüssig lesen würde. Da die Anregung dazu von Keenan gekommen war, konnte er sich ruhig dadurch revanchieren, dass er den Abend im Erdgeschoss verbrachte und Zoes selbst gebackene Plätzchen aß, während der Kleine schlief.

Als Cooper an die Tür klopfte, kam Zoe gerade aus der Küche.

Sie war sich nicht sicher gewesen, ob er überhaupt kommen würde. Ihr war sehr wohl bewusst, dass sie ihn schamlos ausgetrickst hatte. Nachdem der erste Triumph verklungen war, schlug ihr Gewissen. Doch nun stand er – pünktlich auf die Minute – vor ihr.

„Ich habe Sie heute Nachmittag ziemlich überrumpelt“, begann sie.

„Das stimmt.“ Sie wirkte so zerknirscht, dass er sich das Lachen verbeißen musste. „Dafür scheinen Sie ein besonderes Talent zu haben.“

Zoe zuckte die Schultern und lächelte. „Manchmal muss man Druck machen, wenn man etwas erreichen will. Aber im Nachhinein habe ich immer Schuldgefühle. Jedenfalls habe ich Ihnen die versprochenen Plätzchen gebacken.“

„Der Duft zog durchs ganze Haus.“ Als sie sich nicht rührte, neigte Cooper den Kopf zur Seite. Eigentümlich, heute wirkte Zoe nicht so provozierend, obwohl sie bereits in „Arbeitskleidung“ war.

Was sein Blut jedoch nach wie vor in Wallung brachte, war die schwarze Fliege um ihren schlanken weißen Hals.

„Lassen Sie mich herein, oder soll ich lieber draußen stehen bleiben?“, erkundigte er sich, als sie keine Anstalten machte, beiseitezugehen.

„Ich habe immer ein schlechtes Gewissen“, erklärte sie, „wenn ich andere Leute um einen Gefallen bitten muss. Es war wirklich lieb von Ihnen, dass Sie Keenan mit zu dem Baseballspiel genommen haben, besonders wenn man bedenkt …“

„Dass ich eigentlich Sie eingeladen hatte?“

Sie senkte den Kopf. Er sah sie wieder auf diese ganz besondere Weise an, und irgendetwas in ihr reagierte instinktiv darauf. Es war das Beste, von Anfang an einige Regeln festzulegen. „Ich gehe nicht mit Männern aus. Das hätte ich Ihnen schon heute Nachmittag sagen müssen.“

Cooper musste an sich halten, nicht die Hand auszustrecken und an der Fliege zu zupfen. „Überhaupt nicht?“

„Damit erspare ich mir viele Komplikationen. Die meisten Männer interessieren sich nicht für Keenan. Manche tun so, als ob, weil sie denken, dass ich dann schneller mit ihnen ins Bett gehe.“ Als Cooper sich verlegen räusperte, lachte sie auf. „Diese Männer ahnen nicht, wie leicht sie zu durchschauen sind. Sehen Sie, Keenan und ich sind ein Team. Als Sportreporter wissen Sie sicher, was das ist.“

„Natürlich. Ich verstehe.“

„Jedenfalls haben Sie ihm den schönsten Tag seines Lebens beschert. Bitte denken Sie nicht, dass ich Sie jetzt obendrein noch ausnutzen will.“

Nach einigen Augenblicken kam Cooper zu dem Schluss, dass Zoe ihn nicht einwickeln wollte, sondern es ehrlich meinte. Wenn er selbst Schuldgefühle verspürte, weil er tatsächlich daran gedacht hatte, wie er sie am besten verführen könnte, war das sein Problem.

„Keenan schläft doch schon, oder?“

„Wie ein Murmeltier. Die Aufregungen des Tages haben ihn geschafft.“

„Dann werde ich den Abend damit verbringen, Ihre Kekse zu

essen und hier statt oben fernzusehen. Das ist wirklich keine Zumutung."

Zoe lächelte ihn auf eine Art und Weise an, dass sich sein Herzschlag beschleunigte „Ich habe für alle Fälle die Nummer des Clubs neben das Telefon gelegt. Die Finklemans kommen meistens gegen elf vom Bingo zurück. Wenn es Ihnen zu viel werden sollte, würde Mrs. Finkleman Sie danach bestimmt ablösen."

„Jetzt sehen wir doch erst einmal, wie es läuft."

„Noch einmal herzlichen Dank." Zoe machte einen Schritt zur Seite, um ihn einzulassen. „Meine Schicht endet um zwei, wenn die Bar schließt."

„Das ist aber auch ein langer Tag für Sie."

„Dafür habe ich morgen frei." Zoe griff nach ihrer Handtasche und schaute sich noch einmal prüfend um. „Fühlen Sie sich ganz wie zu Hause, ja?"

„Das werde ich. Bis später."

Als sie hinauseilte, klapperten ihre hohen Absätze auf dem Steinboden. Cooper atmete langsam aus und ermahnte sich, Ruhe zu bewahren. Erst vor wenigen Minuten hatte die Dame des Hauses ihm die Spielregeln dargelegt. Ein Abenteuer war ausgeschlossen.

Sie hatte das Gesicht einer schönen Verführerin, den Körper einer Göttin und Beine, die den stärksten Mann schwach werden ließen. In ihrem Herzen war sie jedoch Hausfrau und Mutter.

Cooper schnupperte und beschloss, sich mit einer Platte Karamellplätzchen zu bescheiden.

Das Gewitter brach kurz vor Mitternacht los. Cooper hatte Zoe beim Wort genommen und es sich bequem gemacht. Er lag ausgestreckt auf der Couch, die Füße auf dem Tisch, und döste bei einem alten Kriegsfilm vor sich hin. Nur schade, dass er nicht daran gedacht hatte, ein oder zwei Flaschen Bier mit herunterzubringen.

Zoes Getränkevorrat beschränkte sich auf Milch, Saft und eine Flasche mit undefinierbarem grünem Inhalt.

Er hatte ein wenig herumgeschnüffelt – das lag ganz einfach in seiner Natur. Das Durcheinander erstreckte sich übers ganze Haus, doch allmählich erkannte er eine gewisse Methode darin. Zoe war ganz offensichtlich keine Frau, die Wert auf penible Ordnung legte, doch das Haus wirkte trotzdem einladend und behaglich. Cooper war nicht sicher, ob das Ergebnis gewollt oder nur das Ergebnis der Tatsache war, dass sie an zwei Stellen gleichzeitig arbeitete und nebenbei einen kleinen Jungen großzog.

Nach den Büchern aus der Bibliothek zu schließen, die sich überall stapelten, verbrachte sie ihre Freizeit damit, ihr Wissen über Blumenzucht, Autoreparaturen, Steuergesetzgebung und Zeitmanagement zu erweitern.

Unwillkürlich musste er daran denken, was für ein Jammer es war, dass das Leben solch einer Frau auf Bücher und Aushilfsjobs beschränkt war, die sie nicht weiterbringen würden. Doch das war nicht sein Problem.

Das Krachen des Donners draußen klang wie ein Echo des Geschützfeuers aus dem Fernseher. Cooper war gerade zu dem Schluss gekommen, dass Babysitter wirklich ein leichtes Dasein hatten, als er klägliches Weinen hörte.

Marinesoldaten weinen nicht, dachte er benommen, vor allem nicht, wenn sie gerade den Kampf gegen die bösen Feinde gewinnen. Er streckte sich und bog den Kopf zurück, bis es knackte. Plötzlich entdeckte er Keenan.

Der Junge stand in einem Batman-Schlafanzug am Fuß der Treppe. Im Arm hielt er einen Plüschhund. Sein Gesicht war tränenüberströmt.

„Mama!“, jammerte er. „Wo ist meine Mama?“

„Bei der Arbeit.“ Cooper setzte sich gerade hin und betrachtete den Kleinen ratlos. „Stimmt irgendetwas nicht?“

Ein Blitz tauchte das Zimmer in grelles Licht. Als gleich darauf ein gewaltiger Donnerschlag folgte, schrie Keenan auf und sprang auf Coopers Schoß. „Ich habe Angst. Da draußen sind Ungeheuer, die mich holen wollen.“

„Heh …“ Ungeschickt tätschelte Cooper den blonden Kopf. „Das ist doch nur ein Gewitter.“

„Ungeheuer“, schluchzte Keenan. „Ich will zu meiner Mama.“

„Die ist aber …“ Cooper verstummte abrupt. Der Junge zitterte wie Espenlaub. Getrieben von einem Instinkt, von dem er bisher nichts geahnt hatte, zog Cooper Keenan an sich. „Du magst keine Gewitter, wie?" Keenan schüttelte wortlos den Kopf und drängte sich enger an ihn. „Die sind eigentlich nur so etwas Ähnliches wie ein Feuerwerk. Du hast doch bestimmt schon einmal eins gesehen, zum Beispiel am vierten Juli oder wenn unser Team die Meisterschaft gewonnen hat. Vermutlich ist oben im Himmel gerade ein wichtiges Spiel zu Ende gegangen, und jetzt wird gefeiert."

„Ungeheuer", beharrte Keenan, aber er hatte sich wieder so weit gefangen, dass er den Kopf hob und Cooper ansah. „Große schwarze Ungeheuer mit scharfen Zähnen." Als es gleich darauf wieder donnerte, flossen die Tränen von Neuem. „Die wollen mich fressen."

„Das dürfte ihnen schwerfallen." Fachmännisch befühlte er den Bizeps des Kleinen. „Dafür bist du zu stark."

„Wirklich?"

„Und ob. Jedes Ungeheuer, das durchs Fenster hereinschaut und dich sieht, würde sich sehr gut überlegen, ob es einen Angriff wagen soll. Mit uns beiden würde es erst recht keins aufnehmen."

Keenan wischte sich die Augen. „Ehrlich nicht?"

„Ganz ehrlich." Cooper sah, wie die Unterlippe des Jungen beim nächsten Donnergrollen zitterte. „Jetzt hat die heimische Mannschaft einen Punkt gemacht."

Keenan lächelte zaghaft. „Kann ich hier bei dir bleiben?" Solange Gefahr drohte, war die korrekte Anrede von Erwachsenen, die seine Mutter ihm beigebracht hatte, wirklich nebensächlich.

„Von mir aus. Wenn du willst."

Keenan, der in dieser Hinsicht über mehr Erfahrung verfügte als sein neuer Freund, machte es sich auf Coopers Schoß bequem, bettete den Kopf an seine Brust und seufzte zufrieden.

Zoe schwankte vor Müdigkeit, als sie nach Hause kam. Ihre Uhr zeigte kurz vor drei. Das hieß, sie war jetzt seit zwanzig Stunden praktisch ununterbrochen auf den Füßen. Sie hatte nur einen Wunsch, sich ins Bett fallen zu lassen und zu schlafen.

Das Rauschen des Fernsehers ließ sie stutzen. Im grauen Licht des leeren Bildschirms entdeckte sie schließlich die beiden Gestalten, die eng aneinandergekuschelt auf der Couch lagen. Der Anblick von

Keenans zerzaustem blonden Kopf unter Coopers kräftiger gebräunter Hand rührte ihr ans Herz.

Ohne den Blick von den beiden zu wenden, legte sie Tasche und Schlüssel weg.

Wie klein ihr Sohn aussah. Und wie geborgen.

Zoe streifte die Schuhe ab und ging auf Strümpfen zur Couch. In einer ganz natürlichen Geste strich sie Cooper übers Haar, ehe sie Keenan behutsam aus seinen Armen hob.

Der Kleine rührte sich und machte die Augen auf. „Mama."

„Ja, mein Schatz." Sie küsste ihn aufs Haar, das auf einmal nicht mehr nur nach kleinem Jungen, sondern auch nach Mann roch.

„Die Ungeheuer waren da, aber wir haben sie verjagt."

„Das glaube ich gern."

„Cooper sagt, der Donner ist genau wie Feuerwerk. Feuerwerk mag ich."

„Ich weiß." Zoe brachte Keenan ins Bett, deckte ihn gut zu und gab ihm einen Kuss auf die Wange. „Nun schlaf weiter."

Die Aufforderung war überflüssig, denn der Kleine hatte sich bereits zusammengerollt. Einen Moment lang betrachtete sie ihn noch im schwachen Schein des Nachtlichts, ehe sie wieder nach unten ging.

Cooper war ebenfalls erwacht und hatte sich aufgesetzt. Mit dem Handrücken rieb er sich die Augen. Zoe schaltete den Fernseher aus und setzte sich auf die Lehne der Couch. Ein Mann, der so selig mit einem Kind im Arm schlief, besaß in ihren Augen ungeahnte Möglichkeiten. Einen Moment lang fragte sie sich, wie es wohl sein würde, neben ihm zu schlafen.

„Hat das Gewitter Keenan aufgeweckt?"

„Ja." Seine Stimme klang belegt, und er räusperte sich. „Anfangs hatte er ziemliche Angst."

„Er hat mir erzählt, dass Sie die Ungeheuer verjagt haben."

„Jedenfalls glaubt er das." Cooper wandte sich um und betrachtete Zoe. In ihren großen braunen Augen stand ein Lächeln. Wieder spürte er, dass sein Herz schneller schlug, ein Warnzeichen, dass er lieber gehen sollte. Doch er konnte sich nicht dazu überwinden. „Hat er sich jetzt wieder beruhigt?"

„Ganz und gar. Sie würden einen guten Vater abgeben."

Alarmglocken schrillten. Cooper stand auf und streckte sich. „Für die Rolle bin ich nicht geschaffen. Dass ich Keenan während des Gewitters Mut gemacht habe, war doch ganz selbstverständlich."

„Für mich nicht." Zoe merkte, dass sie ihn in Verlegenheit gebracht hatte. Das war wirklich nicht ihre Absicht gewesen. „Wie wäre es, wenn ich Sie zum Dank morgen früh zum Frühstück einlade?"

„Wie bitte?"

„Ich könnte Ihnen Pfannkuchen machen. Mrs. Finkleman hat mir erzählt, dass Sie häufig Pizza und Essenspakete vom Chinesen mit nach Hause bringen. Daraus schließe ich, dass Sie nicht selbst kochen. Mögen Sie Pfannkuchen?"

„Wer mag die nicht?"

„Dann klopfen Sie einfach dreimal auf den Boden, wenn Sie morgen früh wach sind." Zoe hob die Hand und strich Cooper das Haar aus dem Gesicht. „Vielen Dank, dass Sie heute eingesprungen sind."

„Das habe ich gern getan." Er hatte sich bereits zum Gehen gewandt, doch plötzlich hörte sie ihn leise fluchen. „Hören Sie, ich muss das einfach tun."

Ehe sie reagieren konnte, hatte er ihr die Hände ums Gesicht gelegt und sie geküsst.

Es war nur ein leichter, flüchtiger Kuss. Trotzdem begann es überall in ihrem Körper zu prickeln.

Als Zoe sich nicht rührte, hob Cooper den Kopf. Sie sah ihn unverwandt an. Er glaubte, in ihren Augen die gleiche Überraschung zu entdecken, die ihn selbst gefangen hielt. Zoe öffnete die Lippen, als wolle sie etwas sagen, doch er schüttelte den Kopf und küsste sie von Neuem. Länger und intensiver diesmal, bis er spürte, wie ihr Körper ganz weich wurde.

Zoe stöhnte leise auf. Sie ließ die Hände über seine Arme gleiten und vergrub sie dann in seinem Haar. Lange standen sie eng umschlungen da.

Ein Zittern durchlief beide. Cooper hatte das Gefühl, dass der Geruch und der Geschmack dieser hinreißenden Frau ihn betäubte. Er kam sich vor wie in einem Traum, der ihn nicht loslassen wollte. Ein Traum, in dem man die Wirklichkeit vergaß.

Zoe hatte sie vergessen. Zum ersten Mal seit unendlich langer Zeit hielt ein Mann sie in den Armen und ließ sie spüren, wie sehr er sie begehrte. Wünsche und Sehnsüchte, die tief verschüttet gewesen waren, regten sich.

Berühr mich. Sie fragte sich, ob sie die Worte ausgesprochen oder nur gedacht hatte. Doch gleich darauf konnte sie seine Hand auf ihrem Körper fühlen. Die Liebkosung entfachte ein Feuer in ihr.

Sie erinnerte sich noch daran, wie es war, vor Leidenschaft zu brennen. Auch die Verzweiflung danach, als die Flammen erloschen waren und sie allein zurückblieb, hatte sie nicht vergessen.

„Cooper ..." Zoe wünschte sich sehnsüchtig, es einfach geschehen zu lassen. Doch diesmal war sie kein junges Mädchen mehr, das jede Vorsicht in den Wind schlug. Diesmal gab es noch jemanden, an den sie denken musste. „Cooper ... Nicht."

Einen Moment lang küsste er sie weiter, dann ließ er sie sanft los. Er atmete genauso heftig wie sie, während er sie leidenschaftlich ansah. „Jetzt soll ich wohl sagen, dass es mir leidtut."

Zoe schüttelte den Kopf. „Nein. Mir tut es ja auch nicht leid."

„Gut." Cooper drückte ihre Schultern noch einmal, ehe er zurücktrat. „Das habe ich tun wollen, seit ich zum ersten Mal deine Füße gesehen habe."

Sie glaubte, sich verhört zu haben. „Wie bitte?"

„Deine Füße. Du hast barfuß auf der Leiter gestanden und die Decke gestrichen. Weißt du, dass deine Füße unglaublich sexy sind?"

„Tatsächlich?" Zoe staunte, dass er sie erst völlig aus dem Gleichgewicht und im nächsten Moment zum Lachen bringen konnte. „Dann sollte ich mich wohl bedanken."

„Ich glaube, jetzt gehe ich besser."

„Das halte ich auch für klug."

Er nickte und trat einen Schritt zurück. „Ich werde nicht versuchen, dich mit schönen Worten ins Bett zu locken. Trotzdem solltest du wissen, dass ich schrecklich gern mit dir schlafen würde."

„Ich weiß deine Offenheit zu schätzen." Ihre Stimme war nicht ganz fest.

Als Cooper die Tür hinter sich geschlossen hatte, ließ Zoe sich auf die Couch sinken. Wie sollte es jetzt nur weitergehen?

6. Kapitel

Als Cooper endlich aus dem Bett fand, war es beinahe Mittag. Er tastete sich zur Dusche und stellte sich unter den eiskalten Strahl, bis er beide Augen offen hatte. Er rubbelte sich trocken, überlegte kurz, ob er sich rasieren sollte, und verwarf den Gedanken.

Zuerst brauche ich einen starken Kaffee, dachte er, während er Shorts und T-Shirt anzog. Er füllte die Maschine und stellte sie an. Dann öffnete er die Fenster, damit das Sonnenlicht hereinströmen konnte. Vielleicht würde ihm das helfen, richtig aufzuwachen.

Zoe und Keenan waren im Garten. Die Mutter warf dem Sohn einen großen Gummiball zu, den dieser mit einem Plastikschläger zu treffen versuchte. Viel Glück hatte er nicht, aber dem fröhlichen Gelächter nach zu urteilen, waren beide mit Begeisterung bei der Sache.

Cooper wollte sich eigentlich wieder zurückziehen, doch die angeborene Neugier ließ ihn verharren.

„So wird das nie etwas!“, rief er, nachdem er eine Weile zugesehen hatte. Im nächsten Moment waren zwei große braune Augenpaare fragend auf ihn gerichtet.

„Tag, Cooper. Siehst du, wie ich Baseball spiele?“ Geschmeichelt, dass er Publikum hatte, wedelte Keenan mit dem Schläger hin und her und hätte seine Mutter beinahe am Kinn getroffen.

„Vorsicht, Champion“, mahnte sie und trat ein Stück zurück. „Guten Morgen!“, rief sie Cooper zu. „Möchten Sie frühstücken?“

„Gern.“

Keenan startete einen weiteren Fehlversuch. Cooper schüttelte den Kopf. Der Junge schwingt den Schläger wie ein Mädchen, dachte er. Jemand sollte ihm zeigen, wie man es richtig macht. Ehe er den Gedanken richtig zu Ende gedacht hatte, war er bereits auf der Treppe.

„Du darfst ihn nicht so nah am Körper halten!“, sagte er zu Keenan.

Zoe runzelte die Stirn. „In dem Buch, das ich gelesen habe, heißt es …“

„Buch!“ Cooper entfuhr ein unfeiner Ausdruck, den Keenan sofort wiederholte. „Tut mir leid“, entschuldigte er sich hastig, als Zoe ihn strafend ansah. „Hören Sie, aus Büchern lernt man vielleicht Rechnen oder Fremdsprachen, aber nicht Baseball.“ Er ging neben Keenan in die Knie und fasste ihn am Handgelenk. „Ganz locker lassen. Jetzt hältst du ihn noch wie ein Mädchen.“

Zoe, die drauf und dran gewesen war, dem Fachmann das Feld zu überlassen, reagierte empört. „Wie bitte? Wollen Sie damit andeuten, dass Frauen unsportlich sind?“

„Das habe ich nicht gesagt. Du musst aus der Schulter schwingen“, rief er Keenan zu, ehe er zu Zoe gewandt fortfuhr: „Es gibt viele ausgezeichnete Sportlerinnen. Immer den Ball ansehen, Keenan“, mahnte er. Er umfasste leicht die Hand des Jungen und warf mit der anderen den Ball in die Luft. Mit einem hohlen Klatschen traf der Schläger auf.

„Getroffen!“, jubelte Keenan. „Hast du gesehen, wie fest ich geschlagen habe?“

„Wenn du so weitermachst, wirst du bald in die erste Liga vorstoßen“, meinte Cooper. „Wollten Sie nicht Pfannkuchen machen?“, erkundigte er sich bei Zoe.

„Ich … Ja, natürlich.“ Langsam atmete sie aus. „Wie es aussieht, bin ich hier überflüssig.“

„Na ja, ich habe keine Ahnung von Pfannkuchen, und Sie verstehen nicht besonders viel von Baseball. Warum konzentrieren wir uns also nicht alle beide darauf, was wir gut beherrschen?“

„Ist es vielleicht etwas Besonderes, einen albernen Ball mit einem albernen Schläger zu treffen?“, murmelte sie halblaut, bereits auf dem Weg zur Tür.

Cooper hatte ihre Worte gehört. „Sie können es zum Beispiel nicht.“

Zoe blieb wie angewurzelt stehen. „Und ob ich es kann.“

„Komm, Keenan“, meinte Cooper, als habe Zoe nichts gesagt. „Probieren wir's noch mal.“

„Jetzt bin ich dran.“ Mit herausfordernder Miene nahm Zoe ihrem Sohn den Schläger aus der Hand.

„Glaubst du, du triffst ihn, Mama?“, fragte der Kleine aufgeregt.

„Das werden wir gleich sehen.“ Sie ließ sich von Cooper den Ball geben, warf ihn in die Luft und schlug ihn direkt in den Zaun zum Nachbargrundstück.

„Treffer!“, schrie Keenan und rannte los, um ihn zurückzuholen.

Cooper schmunzelte. „Für ein Mädchen war das gar nicht schlecht. Aber solch einen Ball – der Fachausdruck heißt Fungo – kann jeder schlagen.“

„Keenan ist noch zu klein für Lederbälle.“

„Das habe ich auch nicht gemeint. Mit Fungo bezeichnet man einen Ball, den man selbst geworfen hat.“

„Oh …“

„Jetzt werfe ich, Cooper“, entschied Keenan, „und du fängst.“

„Dann mal los.“

Drei Versuche mit einer immer kleiner werdenden Entfernung waren nötig, bis Keenan den Ball auch nur in Coopers Nähe brachte.

„Sie glauben wohl, ich würde nicht treffen, wenn Sie mir den Ball zuwerfen“, meinte Zoe.

„Das habe ich nicht behauptet.“

„Dann lassen wir es doch einfach darauf ankommen.“

„Es wäre besser, wenn Sie sich ein Stück zur Seite drehen“, empfahl Cooper. „So ist es richtig.“ Er trat einige Schritte zurück. „Zoe, Sie halten den Schläger, als wollten Sie einen Nagel in die Wand hämmern. Aufgepasst, jetzt kommt er.“

Er warf den Ball ganz weich. Trotzdem musste sie sich zwingen, nicht zurückzuzucken.

Weil ihr Stolz und der Respekt ihres Sohnes vor dem weiblichen Geschlecht auf dem Spiel standen, legte Zoe ihre ganze Kraft in den Schwung. Niemand war überraschter als sie, als sie den Ball traf. Cooper fing ihn auf, ehe er auf seiner Nase landete.

„Na also.“ Zoe reichte den Schläger ihrem Sohn und wischte sich die Hände ab. „Jetzt backe ich Pfannkuchen.“

„Sie hat ganz fest zugeschlagen“, meinte Keenan bewundernd.

„Allerdings.“ Cooper blickte ihr nach. „Deine Mutter ist wirklich etwas ganz Besonderes.“

„Wirfst du mir den Ball zu, Cooper? Bitte!“ Während Zoe nach dem leidenschaftlichen Intermezzo in der Nacht zuvor zum förmlichen Sie zurückgekehrt war, war für Keenan die Freundschaft endgültig besiegelt.

„Na klar. Aber du musst immer schön auf deine Haltung achten, abgemacht? Wir wollen doch, dass du wie ein richtiger Baseballspieler aussiehst."

Als Zoe den letzten Pfannkuchen wendete, blickte sie aus dem Fenster und sah ihren Sohn den Schläger schwingen. Weit flog der Ball nicht, doch Cooper hechtete sehr überzeugend danach ... und vorbei.

„Daneben!", schrie Keenan und sprang ihn an.

„Du wirst mir allmählich zu gefährlich", erklärte Cooper. „Heh, beim Baseball gibt es kein Gerangel, und die Football-Saison ist schon vorbei." Er packte den zappelnden kleinen Kerl und hielt ihn mit dem Kopf nach unten ausgestreckt von sich weg. Überrascht stellte er fest, dass seine schlechte Laune wie weggeblasen war.

Allmählich wurde es für Cooper zur Gewohnheit, sich mit Keenan zu beschäftigen. Es wurde zwar nichts geplant, doch immer wieder einmal ergab es sich, dass sie im Garten herumtobten oder er dem Jungen die Grundbegriffe von Baseball beibrachte. Nicht, dass ich besonders an dem Kleinen hänge, dachte Cooper, aber warum soll ich nicht mit ihm spielen, wenn ich nichts anderes zu tun habe?

Irgendwie war es rührend, wie bewundernd ihn Keenan manchmal anblickte. Außerdem tat es gut, ihn so herzlich lachen zu hören.

Betrachtete man es genauer, hatte Cooper seit der Gewitternacht wesentlich mehr Zeit mit Keenan als mit Zoe verbracht. Wenn sie sich trafen, war sie immer freundlich, doch Cooper hatte den Eindruck, dass sie es sorgfältig vermied, mit ihm allein zu sein.

Das werden wir ändern, beschloss er und schaltete seinen Computer aus.

Dann sammelte er diverse Spielzeugautos und anderen Krimskrams ein, den Keenan in seiner Wohnung liegen gelassen hatte. Inzwischen glaubte er, Zoe gut genug zu kennen, um zu vermuten, dass sie sich über die Spielsachen mehr freuen würde als über einen Strauß langstieliger Rosen.

Zoe war im Waschkeller, als er an die Tür klopfte. „Wer ist da?", rief sie laut.

„Cooper."

„Kommen Sie rein", rief sie nach kurzem Zögern. „Ich bin gleich so weit." Sie schaltete die Waschmaschine ein und packte einen Korb mit frischer Wäsche. Eigentlich konnte der genauso gut im Keller bleiben, doch sie fühlte sich sicherer, wenn etwas Cooper auf Abstand hielt.

Wie attraktiv er war! Sie hatte sich wirklich Mühe gegeben, nicht daran zu denken, wie gut er aussah. Wie männlich mit seinem schlanken, durchtrainierten Körper, dem ständig zerzausten Haar und diesen faszinierenden grünen Augen. Wenn ihr Herz nur nicht immer aus dem Rhythmus geraten würde, wenn er sie anlächelte.

„Hallo." Mehr als einen flüchtigen Blick schenkte sie ihm nicht, ehe sie den Korb auf den Tisch stellte und damit begann, die Wäschestücke zu falten.

„Hallo." In der Küche herrschte das gewohnte Durcheinander. Sie braucht wirklich jemand, der ihr hilft, ihr Leben besser zu organisieren, dachte Cooper. Wie gut sie riecht! „Keenan hat seine Autos oben bei mir vergessen." Er stellte sie auf den Tisch. „Ich wollte sie vorbeibringen, ehe er sie vermisst."

„Danke."

„Wo ist er denn?"

„In der Schule."

„Ach so." Dabei kannte er Keenans Stundenplan genauso gut wie die Ergebnisse der Erstligaspiele. „Sind Sie gerade erst aus dem Blumenladen nach Hause gekommen?"

„Hmmm … Wir haben ziemlich viel zu tun, weil wir für mehrere Hochzeiten die Sträuße binden und die Tischdekoration vorbereiten sollen. Fred hat mich gefragt, ob ich die nächsten drei Wochen ganztags arbeiten kann."

„Das ist doch sehr schön." Ganz selbstverständlich nahm Cooper ein Hemd aus dem Korb und faltete es zusammen.

„Wäre sehr schön", verbesserte Zoe. „Leider lässt es sich mit Keenans Stundenplan nicht vereinbaren. Die Vorschule, in die er geht, schließt um drei. Außerdem bin ich nächste Woche sowieso an der Reihe, ihn und drei andere Kinder hinzufahren und wieder abzuholen. Nicht zu vergessen, dass ich versprochen habe, mit ihm und einigen Freunden am Freitag ins Hallenbad zu fahren. Darauf freut er sich schon lange."

„Er hat es erwähnt." Mindestens zwanzig Mal, setzte Cooper im Stillen hinzu.

„Ich möchte ihn ungern enttäuschen."

„Dann springe ich eben ein."

Zoe blickte auf, eine blaue Kindersocke in der Hand. „Wie bitte?"

Cooper konnte selbst nicht fassen, was er da gesagt hatte. Einen Moment lang blickte er sie stumm an, dann zuckte er die Schultern. „Ich passe auf Keenan auf. Wenn er nach Hause kommt, kann er bei mir bleiben."

„Müssen Sie denn nicht arbeiten?"

„Doch, aber den Großteil meiner Artikel schreibe ich hier. Wenn ich wirklich einmal in die Redaktion oder zu einem Interview muss, nehme ich ihn eben mit. Vermutlich wird es ihm großen Spaß machen."

„Dessen bin ich sicher." Abschätzend betrachtete Zoe ihn. Dieser J. Cooper McKinnon besaß wirklich die Gabe, sie zu verblüffen. „Aber warum sollten Sie das tun?"

Darauf wusste er eigentlich selbst keine richtige Antwort. „Was ist denn schon dabei? So schlimm ist Keenan wirklich nicht."

Lachend wandte sich Zoe wieder ihrer Wäsche zu. „Das mag sein, aber Sie haben offenbar den Fahrdienst vergessen."

„Fahren kann ich auch. Was macht es schon aus, wenn ich außer ihm noch einige Kinder im Auto habe?"

Dazu hätte Zoe ihm einiges erzählen können, aber sie verzichtete darauf. Manche Erfahrungen musste jeder Mensch selbst machen. „Und der Ausflug zum Schwimmen?"

„Im College habe ich das Team der Schwimmer angeführt. Ich bin sogar zum Lebensretter ausgebildet."

Sie blickte auf. „Ich dachte, Sie hätten Baseball gespielt. Jedenfalls hat Keenan so etwas erwähnt."

„Das stimmt auch. Während meiner letzten Saisons habe ich zweihundertzwölf Punkte gemacht. Beim Basketball lag meine durchschnittliche Quote pro Spiel bei zweiundvierzig." Cooper merkte, dass er genauso angab wie ein Teenager, der seine heimliche Flamme beeindrucken wollte. Verlegen begann er, Keenans Autos auf dem Tisch hin und her zu schieben.

„Keenan sagt, dass Sie täuschend echt Motorengeräusche nachahmen können", meinte Zoe lächelnd.

„Jedenfalls klingt es schön laut", wehrte er ab.

Er geniert sich, dachte sie und hätte ihn am liebsten umarmt. „Wissen Sie was?", schlug sie vor. „Wir fangen mit einem Probetag an. Wenn es Ihnen zu viel wird ..."

Seine Augen blitzten. „Ich bin sicher, dass ich mit einer Handvoll kleiner Jungen zurechtkomme."

„Dann will ich es anders ausdrücken. Wenn Sie keine Lust mehr haben, brauchen Sie es nur zu sagen. Ich werde Ihnen bestimmt nicht böse sein."

„Abgemacht. Wann wollen wir anfangen?"

„Von mir aus am liebsten gleich morgen."

„Ist mir recht." Dies wäre geklärt. Nun zu seinem eigentlichen Anliegen. „Wie wäre es mit Abendessen?"

Überrascht blickte Zoe auf. „Wenn Sie wollen ... Es gibt Hühnchen. Ich weiß noch nicht, ob ich es brate oder mit Nudelsuppe serviere."

„Nein." Cooper machte einen Schritt auf sie zu. Instinktiv wich sie zurück. „Ich wollte Sie eigentlich fragen, ob Sie mit mir essen gehen wollen."

„Ich ... Also ..." Wirklich eine präzise Antwort, dachte sie und vergrößerte die Entfernung zwischen ihnen. „Ich muss heute Abend arbeiten."

„Dann morgen."

„Eigentlich gehe ich überhaupt nicht aus."

„Das ist mir bereits aufgefallen. Wovor haben Sie Angst, Zoe?"

„Vor Ihnen", gestand sie und hob die Hand. Warum diese plötzlich auf seiner Brust lag, konnte sie sich freilich nicht erklären. „Ich will keine neue Beziehung eingehen. Dafür habe ich triftige Gründe."

„Die würde ich gern einmal hören." Cooper fasste ihr sanft

ins Haar und löste das Band, mit dem sie es zusammengebunden hatte.

„Sie wollen mich doch nicht wieder küssen!", rief sie alarmiert.

„Doch." Cooper zog Zoe fest an sich. Ohne die Augen zu schließen, begann er, mit Zunge und Zähnen ihre Unterlippe zu liebkosen. „Du hast einen unglaublichen Mund."

Zoes Herz klopfte wie wild. Ihr wurde schwindlig. Trotzdem dachte sie nicht daran, sich loszumachen. Das ist nicht fair, sagte sie sich, als sie sich ganz dem seligen Gefühl überließ. Wahrscheinlich reagiere ich nur deshalb so intensiv, weil es schon so lange her ist.

Sie glaubte zu zerschmelzen. Cooper hatte nicht erwartet, dass es so erotisch sein würde, wenn dieser schlanke Körper weich wurde. Eigentlich hatte er nur vorgehabt, Zoe zu küssen, um sie beide auf die Probe zu stellen, doch jetzt begann er instinktiv, sie zu streicheln.

Die Berührung seiner Hände auf ihrer bloßen Haut war unglaublich erregend.

„Cooper", flüsterte sie. „Ich muss nachdenken."

„Das kannst du später auch."

Wie herrlich es war, vor Leidenschaft zu glühen! Doch Zoe wusste nur zu gut, was folgte, wenn diese Leidenschaft einmal gestillt war. „Cooper, das können wir nicht ..."

„Doch. Ich werde es dir zeigen."

Halb lachend, halb stöhnend drehte Zoe den Kopf weg. „Mir dreht sich alles. Du musst aufhören. Weißt du eigentlich, was du mir antust?"

„Ich habe noch gar nicht richtig angefangen. Komm mit hoch zu mir, Zoe. Ich möchte dich unter mir spüren, ganz mit dir eins werden."

„Das wünsche ich mir auch", gestand sie. „Aber ich muss zuerst nachdenken, Cooper. Es ist fünf Jahre her, seit ich mit einem Mann zusammen war."

Cooper, der dabei war, eine Spur von Küssen über ihren Hals zu ziehen, blickte auf. Zoes Augen waren verschleiert und der Mund leicht geschwollen. „Es hat niemanden gegeben?"

„Nein." Lieber Gott, betete sie stumm, lass mich wieder zur Vernunft kommen, ehe ich dem Drang nachgebe, mit diesem Mann zu schlafen. „Keenans Vater und ich haben uns schon lange vor seiner Geburt getrennt. Ich hatte das Gefühl, als wären alle meine Bedürfnisse vertrocknet wie Laub. Du hast ein Zündholz darangehalten, und nun weiß ich nicht, wie ich damit umgehen soll."

„Liebst du Keenans Vater noch?", fragte Cooper vorsichtig.

„Nein." Wenn sie nicht so durcheinander gewesen wäre, hätte diese Frage Zoe zum Lachen gebracht. „Er hat nichts damit zu tun. Das heißt, in gewisser Weise natürlich schon, aber ... Ich muss mich setzen." Sie ließ sich auf einen Stuhl sinken. „Dass so etwas passieren würde, habe ich geahnt, als ich dich zum ersten Mal sah. Es hat viele Jahre keinen Mann in meinem Leben gegeben, weil ich keinen wollte. Mir war nur mein Kind wichtig. Außerdem habe ich Pläne für die Zukunft." Es klang wie ein Vorwurf. „Ich will eine richtige Ausbildung absolvieren und eines Tages meinen eigenen Blumenladen eröffnen." Ihre Stimme schwankte, was Cooper alarmierte.

„Zoe ..."

Doch sie ließ ihn nicht weiterreden. „Alles lief so, wie ich es mir vorgestellt hatte. Ich habe das Haus gekauft, weil ich wollte, dass Keenan im Grünen und umgeben von netten Familien aufwächst. Jeder hat mich gewarnt, dass ich es allein nie schaffen würde. Dass ich verrückt sei, alles aufzugeben, um ein Kind ohne Vater großzuziehen. Doch ich bedaure nichts. Keenan hat mir mehr gegeben als ich ihm. Und ich bin eine gute Mutter. Mein Sohn ist fröhlich, gesund und intelligent. Wir haben ein schönes Leben, und es wird noch schöner werden. Ich habe all die Jahre niemanden gebraucht. Und nun ... Ich glaube, ich liebe dich."

Cooper erstarrte. „Wie bitte?"

„Was für ein Durcheinander." Zoe fischte eine bunte Kindersocke aus dem Korb und wischte sich über die Augen. „Vielleicht spielen nur meine Hormone verrückt. So etwas ist immerhin möglich. Doch als ich neulich nachts nach Hause kam und euch schlafend auf der Couch fand, ist irgendetwas mit mir passiert. Noch in dieser Nacht hast du mich geküsst, doch verliebt habe ich mich in dich, als du zum ersten Mal mit Keenan Baseball gespielt hast. Wenig später hast du mir hier gegenübergesessen und mich angesehen. Weißt du, dass ich kaum atmen kann, wenn du mich ansiehst?"

Cooper war völlig irritiert. „Irgendwie habe ich den Faden verloren."

„Kein Wunder. Meine Gedankensprünge sind wohl für niemanden nachvollziehbar." Zoe putzte sich die Nase. „Es ist alles meine Schuld. Du warst nett zu Keenan und ehrlich zu mir. Glaub mir, meine Gefühle sind allein mein Problem." Er sah sie immer noch an wie ein Mann, der plötzlich von einem bisher für harmlos gehaltenen Hund angesprungen worden war. „Es tut mir leid, Cooper, dass ich dich mit diesen Dingen belastet habe. Ich wusste selbst nicht, was sich in mir alles angestaut hatte."

Diesmal war er es, der einen Schritt zurücktrat. „Zoe, ich mag den Jungen wirklich. Wer würde das nicht tun? Und zu dir fühle ich mich hingezogen. Aber ..."

„Du brauchst mir nichts zu erklären." Sie hatte sich wieder unter Kontrolle und stand auf. „Wirklich nicht. Ich verlange nichts von dir, und wenn ich dich in Verlegenheit gebracht habe, bitte ich dich um Verzeihung. Aber ich fühle mich jetzt viel besser." Eigenartigerweise stimmte das wirklich. „Wenn wir miteinander ins Bett gehen, weiß jeder, was er vom anderen erwarten kann."

Cooper traute seinen Ohren nicht. „Wenn wir ..."

„Wir wissen doch beide, dass es passieren wird", sagte Zoe ruhig. „Du willst es genauso wie ich. Ist es nicht klüger, die Tatsache zu akzeptieren, als die Spannung ins Unerträgliche steigen zu lassen? Keenan drängelt schon lange, dass er bei einem Freund übernachten will. Ich werde etwas ausmachen." Als sie Coopers fassungslose Miene sah, musste sie lachen. „Mit einem Vierjährigen im Haus ist es nahezu unmöglich, spontan zu sein. Oder stört es dich, eine Nacht zu zweit vorauszuplanen?"

„Nein ... Ich meine, natürlich nicht. Lieber Himmel, Zoe ..."

„Wenn du es lieber lassen oder noch in Ruhe darüber nachdenken willst, nehme ich es dir nicht übel."

Er betrachtete ihr Gesicht und verspürte wieder das schon vertraute Begehren. Begehren und noch ein anderes, bisher nie gekanntes Gefühl. „Ich will dich", erklärte er. „Wann immer es dir recht ist."

„Wie wäre es mit Montag?"

„Da ist es ungünstig, weil ich über ein Doppelspiel berichten muss.“ Kaum zu fassen, dachte er. Hier stehe ich und vereinbare eine wilde Liebesnacht wie einen Termin beim Zahnarzt.

„Mittwoch?“

Er nickte. „Mittwoch passt mir gut. Möchtest du, dass wir irgendwohin fahren?“

„Lieb, dass du mich fragst, aber das ist nicht notwendig.“ Zoe legte ihm die Hand an die Wange. „Ich brauche weder Blumen noch Kerzenlicht. Wenn Keenan sich bei seinem Freund eingewöhnt hat, komme ich nach oben.“

„Ist gut ... Also dann ... Ich muss wieder an die Arbeit.“

„Willst du morgen immer noch auf Keenan aufpassen?“

„Selbstverständlich. Sag ihm, er soll einfach heraufkommen.“ Cooper ging rückwärts auf die Tür zu, während Zoe gelassen weiter Wäsche faltete. „Also dann ...“

Sie lauschte seinen Schritten auf der Treppe. Sich mit ihm einzulassen war mit Sicherheit ein Fehler. Doch es wäre nicht der erste. Schließlich war das Leben ziemlich eintönig, wenn man jeden falschen Schritt vermied.

7. Kapitel

„Schuss uuuund Treffer!“, schrie Cooper, als Keenan den Ball im Korb versenkte.

„Ich schaff's noch mal, wetten?“ Von seinem luftigen Sitz auf Coopers Schultern aus ließ Keenan die Füße baumeln.

„Ich halte dagegen.“ Cooper hob den kleinen Ball auf und reichte ihn Keenan. „Du hast zehn Sekunden Zeit, den Wurf zu machen. Wenn du triffst, hast du das Match gewonnen. Wenn nicht, Pech. Alles klar?“

„Alles klar“, bestätigte Keenan.

„Atemloses Schweigen herrscht im Stadion, als Fleming jetzt an die Linie tritt. Er hat heute das Spiel seines Lebens geboten, doch von seinem nächsten Wurf hängt alles ab. Er fixiert den Korb. Fixierst du den Korb?“

„Und wie!“ Vor Aufregung biss sich Keenan auf die Zunge.

„Er zielt ... und wirft.“ Cooper zuckte zusammen, als der kleine Gummiball genau den Rand traf, ein Stück daran entlangrollte und schließlich doch durchs Netz fiel.

„Die Menge tobt vor Begeisterung!“ Cooper vollführte einen Tanz ums Sofa, während Keenan ihm mit Triumphgeheul auf die Schultern trommelte. Als er den Jungen in die Kissen plumpsen ließ, gab Keenan das glucksende Lachen von sich, das Cooper so liebte. „Du bist ein Naturtalent.“

„Jetzt bist du dran mit Werfen“, forderte Keenan.

Gehorsam vollführte Cooper eine Pirouette und warf dann aus der Drehung heraus. Eigentlich genau das Richtige für einen verregneten Nachmittag, dachte er. Wenigstens dachte er dann nicht unentwegt daran, wie er die Nacht verbringen würde. Heute war Mittwoch.

„Schluss jetzt!“, rief er. „Ich muss noch meinen Artikel über die Leichtathletikmeisterschaften schreiben.“

„Fahren wir wieder in die Redaktion? Ich find's toll dort."

„Heute nicht. Ich werde den Artikel durchfaxen, sobald er fertig ist. Wenn du willst, kannst du ein bisschen fernsehen."

„Krieg ich was zu trinken?"

„Im Kühlschrank steht ein Krug Saft, den mir deine Mutter für dich gegeben hat. Stell nichts an, verstanden?"

„Verstanden."

Als Cooper in seinem Arbeitszimmer verschwunden war, rappelte sich Keenan hoch. Er verbrachte die Nachmittage gern bei seinem großen Freund. Bei Cooper lernte er nicht nur jede Menge interessante Dinge über Sport, sondern dieser fragte auch nie, ob er sich die Hände gewaschen hatte, oder hielt Vorträge darüber, dass zu viele Kekse ungesund waren.

Am meisten liebte es Keenan, wenn Cooper ihn hochhob. Das war so ganz anders als bei seiner Mutter. Die rubbelte ihn nach dem Baden liebevoll trocken oder kuschelte mit ihm, wenn er schlecht geträumt hatte. Aber Cooper roch anders und fühlte sich auch anders an.

Keenan wusste auch, warum. Cooper war keine Mama, sondern ein Papa.

Er tat gern so, als sei Cooper sein Papa. Wenn er sich Mühe gab und ganz brav war, würde Cooper vielleicht für immer bleiben.

Mit dem dritten Anlauf gelang es Keenan, die Kühlschranktür zu öffnen. Dass Cooper seine Zeichnungen daran geheftet hatte, machte ihn stolz. Er spähte hinein und entdeckte den Krug mit dem Saft, den seine Mutter für ihn gekauft hatte. Daneben standen die grünen Flaschen, aus denen Cooper so gern trank.

„B-I-E-R", buchstabierte Keenan. Er hatte Cooper einmal gefragt, ob er kosten dürfe, doch dieser hatte gesagt, damit müsse er sich gedulden, bis er groß sei. Aber Cooper hatte ihn schnuppern lassen, und Keenan war froh gewesen, dass er noch nicht erwachsen war.

Heute stand eine neue Flasche im Kühlschrank. Keenan runzelte die Stirn und versuchte, die Aufschrift zu entziffern. C-H-A-R-D-O-N ... Das waren zu viele Buchstaben für ihn, und er gab es auf.

Mit beiden Händen nahm er den Krug heraus und stellte ihn auf den Boden. Dann zog er einen Schemel zum Küchenschrank, wo Cooper die Becher aufbewahrte. Eines Tages würde er so groß sein wie Cooper und nirgendwo mehr draufsteigen müssen, wenn er etwas brauchte. Er stellte sich auf die Zehenspitzen und lehnte sich vor.

Ein Krachen gefolgt von lautem Geheul ließ Cooper so abrupt hochschrecken, dass er mit dem Knie gegen die Schreibtischkante stieß. Papier stob nach allen Seiten, als er in die Küche rannte.

Keenan schrie immer noch. Neben ihm lag ein umgekippter Schemel. Die Kühlschranktür stand weit offen, und auf dem Boden breitete sich ein See aus Saft aus.

Cooper watete mitten hindurch und hob Keenan hoch. „Was ist denn passiert? Hast du dir wehgetan?" Als er nur Schluchzen zur Antwort erhielt, stellte er den Kleinen auf den Küchentisch und suchte ihn nach offenen Wunden oder Knochenbrüchen ab. Wer so laut brüllte, musste sich ernsthaft verletzt haben.

„Ich bin runtergefallen." Keenan drängte sich an Cooper.

„Das habe ich gehört. Hast du dir den Kopf gestoßen?"

„Nein, den Po." Keenan wartete auf die Küsse, mit denen Mama ihn immer tröstete. Aber offenbar musste er Cooper auf die Sprünge helfen. „Du musst einen Kuss drauf geben."

„Ich soll deinen … Das ist doch wohl ein Witz!"

Keenans Unterlippe zitterte. „Man muss genau die Stelle küssen, wo es wehtut. Sonst wird es nicht besser."

„Ach du meine Güte." Ratlos fuhr sich Cooper mit der Hand durchs Haar. Er war unendlich erleichtert, dass Keenan sich nicht schlimmer verletzt hatte. Doch wenn jemals ein Mensch erfuhr, was er gleich tun würde, war sein Ruf als zäher Bursche für immer ruiniert. Er drehte Keenan um und küsste ihn schnell aufs Hinterteil. „Hilft es?"

„Na klar." Keenan wischte sich über die Augen und streckte Cooper die Arme entgegen. „Nimmst du mich hoch?"

„Wenn du möchtest." Es fühlte sich nicht so lächerlich an wie befürchtet, als Keenan ihm die Arme um den Hals schlang. „Geht's wieder besser?"

„Hmmm …“ Keenan bettete den Kopf an Coopers Schulter. „Ich hab’s nicht mit Absicht gemacht. Jetzt ist der ganze Saft verschüttet.“

„Das ist nicht so schlimm.“ Ohne sich richtig bewusst zu werden, was er tat, küsste Cooper Keenan aufs Haar. Dabei ging etwas mit ihm vor, für das er keine Worte fand.

„Bist du nicht sauer? Du gehst auch nicht fort?“

„Natürlich nicht.“ Was geht wohl in dem Kleinen vor? fragte sich Cooper. Dabei war er vollauf damit beschäftigt, sich über seine eigenen Gefühle klar zu werden. „Ich gehe nirgendwo hin.“

„Ich hab dich lieb“, erklärte Keenan mit der Kindern eigenen Selbstverständlichkeit.

Cooper schloss die Augen und fragte sich, wie ein erwachsener Mann damit fertig werden sollte, dass er sein Herz an einen Vierjährigen verloren hatte …

Da wäre ich, dachte Zoe, als sie am Fuß der Treppe zu Coopers Wohnung stand. Ich brauche nur nach oben zu gehen, die Tür öffnen und eine Affäre beginnen. Ihr Magen krampfte sich zusammen.

Es ist doch albern, so nervös zu sein, versuchte sie sich zu beruhigen, als sie die ersten Stufen erklommen hatte. Sie war eine ganz normale Frau mit normalen Bedürfnissen. Irgendwie würde es ihr schon gelingen, nicht zu viel Gefühl ins Spiel kommen zu lassen.

Wenn man nichts erwartete, konnte man nicht so leicht verletzt werden.

Erwartungen hatte sie früher einmal gehabt. Jetzt war sie klüger. Was sie und Cooper verband, war einfach die körperliche Anziehung zweier gesunder, alleinstehender Menschen.

Trotzdem musste Zoe sich zwingen, den nächsten Schritt zu tun. Alle notwendigen Vorkehrungen waren getroffen. Wie sie sich eben noch telefonisch vergewissert hatte, lag ihr Sohn bereits im Bett und alberte mit seinem Freund herum. Auch an Verhütung hatte sie gedacht. Solch ein Versäumnis würde ihr nicht noch einmal passieren.

Was auch immer passiert, nahm sie sich vor, als sie an die Tür klopfte, ich werde es nicht bedauern.

Cooper machte so schnell auf, dass Zoe zusammenzuckte. Eine ganze Weile standen sich beide reglos gegenüber.

Zum ersten Mal, seit er sie kannte, trug sie ein Kleid, eines jener leichten Sonnenkleider, die einen Mann mit Dankbarkeit erfüllten, dass der Winter vorbei war. Das Haar fiel ihr lose auf die Schultern. In ihren Augen stand Nervosität.

„Hallo." Er deutete auf das schnurlose Telefon, das sie in der Hand hielt. „Erwartest du einen Anruf?"

„Nein, natürlich nicht." Sie lachte verlegen. „Ich möchte nur erreichbar sein, wenn Keenan nicht da ist."

„Ist er bei seinem Freund gut untergebracht?"

„Ja." Zoe trat ein und legte das Telefon auf die Anrichte. „Er war so aufgeregt, dass er …" Sie verstummte, als ein Schuh am Boden festklebte.

Cooper verzog das Gesicht. „Offenbar habe ich doch nicht alles erwischt. Wir hatten heute Nachmittag eine kleine Überschwemmung."

„So?"

„Keenan ist vom Schemel gefallen und hat mir einen fürchterlichen Schreck eingejagt. Allerdings ist kein Blut geflossen, sondern nur zwei Liter Orangensaft." Als Zoe nur lächelnd nickte, ging er zum Kühlschrank. Besonders geistreich war seine Konversation nicht. „Möchtest du ein Glas Wein?"

„Ja, gern." Zoe merkte, dass er genauso unsicher war wie sie, und ihre Zuneigung zu ihm wuchs. „Keenan kann es kaum erwarten, nachmittags aus der Schule nach Hause zu kommen und zu dir zu gehen. Seit Neuestem muss ich den Sportteil der Zeitung genau lesen, um mitreden zu können, wenn er mir etwas erzählt."

„Er lernt unglaublich schnell."

„Ich auch." Zoe nahm das Glas Wein entgegen. „Frag mich doch mal nach den neuesten Statistiken. Ich weiß alles über RBIs und ERAs." Sie trank einen Schluck. „Die Orioles hätten das zweite Spiel der Doppelpartie neulich Abend bestimmt gewonnen, wenn sie im zweiten Durchgang den Pitcher ausgewechselt hätten."

Coopers Mundwinkel zuckten. „Glaubst du?"

„Na ja, dem ersten war jedenfalls sichtbar die Puste ausgegangen. Das hat der Stadionsprecher auch gesagt."

„Dann hast du dir das Spiel also im Fernsehen angeschaut?"

„Ich schaue mir auch die ‚Sesamstraße' an, damit ich mit Keenans Interessen mithalten …" Sie verstummte, als Cooper sich eine ihrer Locken um den Finger wand.

„Zurzeit redet er mit Vorliebe über Dinosaurier."

„Ich weiß. Bei uns unten liegen mehrere Bildbände aus der Bücherei. Wir …" Coopers Hand lag jetzt auf ihrer Schulter. „Wir waren auch schon zwei Mal im Naturkundemuseum."

Zoe stellte das Glas ab und warf sich in seine Arme.

Er küsste sie leidenschaftlich. Diesmal verlor er keine Zeit mit Spielereien, sondern presste sie ganz fest an sich. Zoe seufzte leise.

„Ich war nicht sicher, ob du kommen würdest", gestand er.

„Das war ich auch nicht. Aber …"

„Ich kann an nichts anderes mehr denken als an dich." Cooper hob sie hoch. „Eigentlich wollte ich ganz langsam vorgehen."

„Dafür haben wir später noch Zeit", flüsterte sie und küsste seinen Hals, als er sie nach nebenan trug.

Nur flüchtig nahm Zoe wahr, dass das Schlafzimmer peinlich aufgeräumt und in gedeckten Farben eingerichtet war, ehe sie aufs Bett fielen.

Geduld hatten sie beide nicht. Ihre Hände flogen, als sie einander entdeckten. Das Gefühl, Haut an Haut, Mund an Mund zu liegen, machte Zoe schwindlig. Erst jetzt wurde ihr bewusst, wie sehr sie sich danach gesehnt hatte, berührt zu werden, sich nach so langer Zeit endlich wieder als Frau zu fühlen.

Sie ließ sich fallen. Alle Nervosität und Ängste waren vergessen. Wenn man liebte, war die körperliche Vereinigung umso erfüllender.

Solch eine Frau hat bisher nur in meiner Fantasie existiert, dachte Cooper – leidenschaftlich, manchmal fast aggressiv. Und wunderschön. Wie sie jetzt vor ihm lag, konnte er kaum glauben, dass in diesem schlanken Körper ein Kind herangewachsen war. Im goldenen Abendlicht leuchteten Zoes Augen. Wann und wo immer er sie berührte, er sah in ihrem Blick, was sie empfand.

Er beobachtete, wie sich diese zauberhaften braunen Augen verschleierten, spürte, wie ihr Körper sich anspannte, und hörte sie im Moment der Erfüllung aufschreien. Dass er ihr solche Lust bereiten konnte, gab Cooper ein Gefühl der Macht.

Es dauerte nicht lange, bis sie von Neuem übers Bett rollten, die Lippen in einem leidenschaftlichen Kuss vereint. Diesmal war es Zoe, die die Initiative ergriff. Als er in sie eindrang, glaubte sie zu vergehen. Einen Moment lang hielten beide ganz still, denn sie wussten, dass sie bei der kleinsten Bewegung den Punkt überschreiten würden, an dem es kein Zurück mehr gab. Bald jedoch trieb sie die Ungeduld zu einem überwältigenden Höhepunkt.

Etwas anders hatte ich mir das schon vorgestellt, dachte Cooper. Sie lagen aneinander gekuschelt auf seinem Bett. Draußen dämmerte es, und das Zimmer war von Schatten erfüllt.

Er hatte geplant, sich langsam voranzuarbeiten. Sie waren beide erwachsen und hatten gewusst, wie der Abend enden würde, doch eigentlich hatte er sich mehr Zeit lassen wollen.

Aber als Zoe ihn vorhin angelächelt hatte, wusste er, dass er nicht mehr warten konnte. Noch nie hatte er eine Frau so begehrt wie sie.

Ein wenig schämte er sich auch. Zoe verdiente mehr als einen rasch vollzogenen Liebesakt, so schön er gewesen war. Doch die Nacht hatte gerade erst angefangen. Sie hatten noch viel Zeit.

Er zog sie an sich und küsste sie auf die Schläfe. „Alles in Ordnung?“

„Ja.“ Zoe hatte das Gefühl, ihr Körper sei aus Gold. An und für sich müsste er im Dunklen leuchten, überlegte sie träumerisch.

„Ich bin ein bisschen überstürzt vorgegangen.“

„Du? Ich dachte, das sei ich gewesen.“

Zärtlich streichelte Cooper ihren Arm und spürte, dass er sie schon wieder begehrte. Nimm dich zusammen, Cooper, befahl er sich streng. „Bleibst du?“

Sie öffnete die Augen und sah ihn an. „Ja.“

„Dann hole ich den Wein.“

„Das ist eine gute Idee.“ Als er aufstand, seufzte Zoe. Sie hatte vergessen, wie man sich danach verhielt. Nein, das war falsch. Auch von dem, was vor und während des Liebesaktes vor sich ging, war ihr nicht viel im Gedächtnis geblieben. Angesichts dessen hatte sie sich eigentlich ganz gut gehalten.

Erst jetzt war ihr bewusst geworden, welche Gefühle sie jahrelang in sich verschlossen hatte. Wie groß ihre Sehnsucht gewesen war, wieder in den Armen eines Mannes zu liegen. Allerdings hatte sie auch nicht geahnt, dass sie noch fähig war zu lieben.

Als Cooper mit den Gläsern kam, zog sie automatisch das Laken über die Brust.

Bei ihrem Anblick wurde er erneut von Verlangen erfasst, doch dieses Gefühl war nicht nur in den Lenden, sondern auch in der Herzgegend zu spüren. Er sagte nichts, sondern reichte ihr nur das Glas und legte sich wieder zu ihr.

„Warum hat es all die Jahre niemanden gegeben?“ Sobald die Frage heraus war, hätte Cooper sich am liebsten die Zunge abgebissen. „Tut mir leid, das geht mich nichts an.“

„Schon gut.“ Weil niemand da war, den ich lieben konnte, beantwortete Zoe seine Frage im Stillen. Aber sie wusste, dass er das nicht hören wollte. Ihm ging es um etwas ganz anderes. „Du möchtest etwas über Keenans Vater erfahren, nicht wahr?“

„Bitte halte mich nicht für neugierig. Manchmal geht einfach der Reporter mit mir durch.“

„Es macht mir nichts aus, darüber zu reden. All das liegt schon so lange zurück. Ich bin in New York aufgewachsen. Dass meine Mutter Schauspielerin ist, habe ich, glaube ich, schon erwähnt. Ich stamme aus ihrer zweiten Ehe. Inzwischen ist sie zum fünften Mal verheiratet.“

„Fünf Mal?“

Zoe lachte und trank einen Schluck Wein. „Clarice wechselt die Ehemänner mit der gleichen Selbstverständlichkeit wie andere ihre Frisur oder ihre Kleidung. Mit meinem Vater war sie ungefähr vier Jahre zusammen, ehe sie sich in aller Freundschaft trennten. Clarice hat sich immer im besten Einvernehmen scheiden lassen. Ich habe Dad selten gesehen, weil er nach Hollywood zog. Dort arbeitet er als Sprecher beim Film und im Werbefernsehen. Jedenfalls war Mutter gerade zum vierten Mal verheiratet, als ich mit der High School fertig wurde. Ihr Mann hatte Verbindungen zur Towers Modelagentur.“

„Von der habe ich gehört.“

„Jedenfalls brachte er mich dort unter, und ich war ziemlich schnell erfolgreich.“

„Jetzt fällt es mir wieder ein", unterbrach Cooper. „Ich wusste, dass ich dein Gesicht schon einmal irgendwo gesehen hatte."

„Vor fünf oder sechs Jahren war das auch kaum zu vermeiden. Einmal war ich in einem Monat auf zwanzig Titelblättern zu sehen."

„Zum Beispiel im Sonderheft über Badeanzüge von ‚Sports Magazine'."

Zoe lächelte. „Du hast ein gutes Gedächtnis. Das ist jetzt sechs Jahre her."

Cooper konnte sich noch genau an die Aufnahme erinnern – die langen, mit Sand bestäubten Beine, den knappen Badeanzug, das lachende, verführerische Gesicht. Er trank einen großen Schluck Wein.

„Das war eine tolle Aufnahme."

„Es hat Stunden gedauert, bis der Fotograf endlich zufrieden war. Jedenfalls habe ich damals viel Geld verdient, wurde häufig in der Presse erwähnt und ging auf viele Partys. Bei einer davon traf ich Roberto."

„Roberto." Cooper verzog das Gesicht.

„Nachname Lorenzi. Ein Tennisspieler. Vielleicht hast du schon von ihm gehört."

„Lorenzi? Natürlich. Er hat drei Jahre hintereinander die French Open gewonnen und ist dann in Wimbledon im Halbfinale untergegangen. Er legt sich mit Schiedsrichtern an, fährt nebenbei Autorennen und kann an keiner schönen Frau vorbeigehen. Wenn ich mich recht erinnere, ist er in den letzten beiden Jahren nicht mehr über Platz fünfundzwanzig der Weltrangliste hinausgekommen. Irgendwann hat es auch einen Skandal gegeben, als er nach einigen Gläsern Wein zu viel einen Fotografen verprügelte. Das ist Keenans Vater? Aber er ist …"

„Ein Schürzenjäger? Ein reicher, verwöhnter Egoist? All das stimmt", bestätigte Zoe. „Damals habe ich jedoch nur einen charmanten Mann gesehen, der mir Rosen schickte und mich zu einem romantischen Abendessen zu zweit nach Monte Carlo entführte. Ich war geblendet. Er schwor, er würde mich anbeten und könnte ohne mich nicht leben. Ich glaubte ihm und wurde seine Geliebte. Naiv wie ich war, ging ich davon aus, dass er mein erster und einziger Mann sein würde. Jedenfalls merkte ich nicht, dass er meiner bereits überdrüssig zu werden begann, als ich schwanger wurde. Als ich es ihm sagte, tobte er zuerst. Dann wurde er ganz ruhig. Er ging davon aus, ich würde das Kind abtreiben lassen, und bot an, alles zu arrangieren und sämtliche Kosten zu übernehmen."

„Wirklich ein Gentleman, dieser Roberto", meinte Cooper sarkastisch.

„Es war nicht überraschend, dass er so dachte", fuhr Zoe gelassen fort. „Ich machte gerade Karriere in einer Branche, wo man bestimmt nicht auf mich gewartet hätte, bis ich nach der Schwangerschaft meine Figur wiederhatte. Er dachte natürlich nicht daran, mich zu heiraten, und war überzeugt, ich wäre mit den Spielregeln vertraut. Das stimmte, doch als mir der Arzt sagte, ich sei schwanger, veränderte sich etwas. Nachdem die erste Panik, die Ungläubigkeit, der Zorn vorbei waren, freute ich mich. Ich wollte das Baby. Also gab ich meinen Job auf, ging von New York weg und las alles, was ich über Mutterschaft auftreiben konnte."

„Einfach so?"

„Es gab natürlich einige Szenen. Die Trennung zwischen Roberto und mir verlief nicht so herzlich wie die Scheidungen meiner Mutter. Schließlich einigten wir uns darauf, dass ich aus seinem Leben verschwinden würde und er aus meinem."

„Was hast du Keenan denn gesagt?", fragte Cooper leise.

„Das war schwer." Noch heute hatte Zoe jedes Mal ein schlechtes Gewissen, wenn sie daran dachte. „Ich habe ihm erzählt, dass sein Vater fortmusste und nicht zurückkommen wird. Zum Glück ist er ein fröhliches Kind und fragt nicht oft danach."

„Und du? Bist du glücklich?"

„Ja." Zoe lächelte und berührte Cooper zärtlich. „Mein ganzes Leben lang habe ich mir ein richtiges Zuhause, eine Familie und Geborgenheit gewünscht. Ehe Keenan zur Welt kam, kannte ich das alles nicht. Er hat mein Leben von Grund auf verändert."

„Dann drängt dich nichts, wieder für viel Geld in die Kamera zu lächeln?"

„Absolut nichts."

Cooper legte ihr die Hand in den Nacken und betrachtete Zoe. „Was für ein wunderschönes Gesicht", sagte er lächelnd. Im Moment gefiel ihm der Gedanke, dieses Gesicht für sich allein zu haben, sehr gut.

8. Kapitel

Die Idee, dass die Mütter von Schulkindern abwechselnd den Fahrdienst übernehmen sollten, war offenbar von einem Menschen mit einem recht verdrehten Sinn für Humor entwickelt worden. Cooper, der den Großteil seines Lebens in Städten verbracht hatte, wo man entweder mit öffentlichen Verkehrsmitteln oder sogar zu Fuß von zu Hause zur Arbeit kam, verfügte über keine Erfahrung mit Fahrgemeinschaften. Allerdings waren ihm Gerüchte zu Ohren gekommen über Auseinandersetzungen, kleinliches Hickhack, qualvolle Enge und verschütteten Kaffee.

Nach einer Woche als ehrenamtlicher Chauffeur kam er zu dem Schluss, dass die Kinderversion viel schlimmer war als alles, was Erwachsene sich ausdenken konnten.

„Brad hat mich schon wieder gezwickt, Mr. McKinnon. Aua!"

„Lass das, Brad."

„Carly starrt mich die ganze Zeit an. Ich habe ihr gesagt, dass ich das nicht mag."

„Schau woanders hin, Carly."

„Mir ist schlecht, Mr. McKinnon. Ich muss mich bestimmt gleich übergeben."

„Atme tief und gleichmäßig."

Obwohl Matthew Finney Würgegeräusche von sich gab, die die anderen Kinder kreischend zur Seite rücken ließen, biss Cooper die Zähne zusammen und fuhr weiter. Matt drohte mindestens zwei Mal am Tag mit Erbrechen, wenn er nicht vorn sitzen durfte. Nach fünf anstrengenden Tagen kannte Cooper seine Pappenheimer allmählich. Trotzdem waren seine Nerven zum Zerreißen gespannt.

Keenan, der als Letzter den begehrten Platz neben dem Fahrer hatte einnehmen dürfen, richtete sich auf, drehte sich um und schnitt Matt fürchterliche Grimassen, was prompt zu Püffen, Beschimpfungen und Geschubse führte.

„Keenan, dreh dich wieder um!“, befahl Cooper. „Und ihr auf dem Rücksitz setzt euch ganz gerade hin. Wenn ich euretwegen anhalten muss …“ Cooper verstummte. Jetzt klang er schon wie seine Mutter. Allmählich wurde ihm selbst übel. „Erster Halt. Matt, raus mit dir.“

Eine Viertelstunde später war der Rücksitz endlich leer. Cooper bog in die Einfahrt und legte seinen schmerzenden Kopf aufs Lenkrad. „Jetzt brauche ich einen Drink.“

„Wir haben Zitronenlimonade“, teilte Keenan ihm mit.

„Fantastisch.“ Vorausgesetzt, fuhr Cooper im Stillen fort, ich kann sie im Verhältnis eins zu eins mit Wodka versetzen.

„Fahren wir bald wieder mal zum Schwimmen?“

Der Gedanke, in absehbarer Zeit noch einmal eine Horde kreischender Kinder ins Hallenbad zu begleiten, erfüllte Cooper mit Grauen. „Da musst du deine Mutter fragen.“

Als er einen Blick auf den Rücksitz warf, verdrehte er die Augen. Irgendwie würde er Zoe dazu bringen, Nein zu sagen. Bereits Anfang der Woche hatte er Kaugummi an der Türverkleidung, Krümel auf den Fußmatten und eine geheimnisvolle grüne Substanz auf dem Sitz entdeckt. In seinem jetzigen geschwächten Zustand konnte bereits ein Bonbonpapier eine Kurzschlussreaktion auslösen.

„Huhu!“ Mrs. Finkleman streifte ihre geblümten Gartenhandschuhe ab und watschelte auf den Zaun zu. Sie trug ein zeltartiges Kleid mit grafischen Mustern in Orange und Braun und grellblaue Sandalen. „Wie war's beim Schwimmen, junger Mann?“

„Wir sind ein Rennen geschwommen, und Brad hat Carly untergetaucht, bis sie weinte, obwohl Cooper es ihm verboten hat“, erzählte Keenan begeistert. „Ich kann unter Wasser zwölf Sekunden die Luft anhalten.“

„Das ist ja fantastisch!“ Lachend zerzauste Mrs. Finkleman dem Jungen das Haar. „Dann wird es nicht mehr lange dauern, bis du in die Olympiamannschaft aufgenommen wirst.“ Mit einem wissenden Blick betrachtete sie Coopers blasses Gesicht. „Sie sehen etwas mitgenommen aus. Keenan, lauf mal ins Haus und sag Mr. Finkleman, er soll dir ein Stück von dem Kirschkuchen geben, den er heute gebacken hat.“

„Okay." Keenan ergriff Coopers Hand. „Kommst du mit? Du willst doch sicher auch welchen."

„Im Moment nicht. Geh nur."

Mrs. Finkleman blickte ihm schmunzelnd nach. „Wir werden ihn einige Stunden bei uns behalten. Sie sehen aus, als würde Ihnen ein Stündchen in einem stillen Zimmer guttun."

„Manchmal befürchte ich schon, reif fürs Irrenhaus zu sein", murmelte Cooper. „Wie schaffen es nur manche Leute, im Umgang mit Kindern die Nerven zu behalten?"

„Es ist einfacher, wenn man alle Phasen mit ihnen durchmacht. Wenn Sie einmal eine Nacht mit einem von Bauchkrämpfen geplagten Baby auf dem Arm auf und ab gewandert sind, bringt Sie nicht so schnell mehr etwas aus der Ruhe." Sie seufzte. „Abgesehen von Hausaufgaben in den naturwissenschaftlichen Fächern. Da hätte ich manchmal beinahe die Waffen gestreckt. Und bei der ersten Fahrstunde." Mrs. Finkleman schüttelte den Kopf. „Das hat mich mehr mitgenommen als die Kinder. Aber bis dahin vergehen noch Jahre", meinte sie und tätschelte Cooper beruhigend den Arm. „Sie machen Ihre Sache wirklich ganz prima. Erst neulich haben Harry und ich darüber gesprochen, wie schön es ist, dass Zoe und Keenan einen Mann in ihrem Leben haben. Sie hat zwar bisher alles ohne Hilfe bewältigt – allein ein Kind aufgezogen, auf zwei verschiedenen Stellen gleichzeitig gearbeitet und das Haus versorgt –, aber mir tut es in der Seele wohl zu sehen, wie Sie mit Keenan im Garten herumtoben oder wie Zoes Augen aufleuchten, wenn Sie in der Nähe sind. Ihr drei gebt eine reizende kleine Familie ab. Nun gehen Sie hinauf und legen Sie sich ein bisschen hin. Wir passen inzwischen auf Ihren Jungen auf."

„Ich bin nicht … Er ist nicht …" Ehe Cooper die richtigen Worte gefunden hatte, hatte Mrs. Finkleman sich bereits abgewandt.

Familie? überlegte er. Sie waren doch keine Familie. Natürlich hatte er den Jungen gern, und nach der Mutter war er ganz verrückt. Das machte sie aber nicht zu einer Familie. Auch wenn er sich freiwillig dazu bereit erklärt hatte, hin und wieder auf Keenan aufzupassen, und ihm Baseball beibrachte, war er deshalb nicht in die Vaterrolle geschlüpft.

Cooper marschierte sofort zum Kühlschrank, holte eine Flasche Bier heraus und trank sie in einem Zug zur Hälfte leer.

Es stimmte schon, dass er gern mit dem Jungen zusammen war, von Zoe ganz zu schweigen. Er war sogar geschmeichelt gewesen, als eine Frau im Schwimmbad Keenan irrtümlich für seinen Sohn gehalten und gemeint hatte, was für einen reizenden Jungen er habe. Das hieß jedoch nicht, dass er nun anfangen würde, an Familientarife bei der Krankenversicherung oder ein Sparkonto für Keenans Collegestudium zu denken.

Er war Junggeselle – ein Zustand, der ihm sehr behagte. Er konnte kommen und gehen, wie es ihm passte, die ganze Nacht Poker spielen oder tagsüber im Fernsehen Sport anschauen, ohne jemand darüber Rechenschaft schuldig zu sein.

Es gefiel ihm auch, in seinen eigenen vier Wänden zu arbeiten. Deshalb schrieb er die meisten Artikel nicht in der Redaktion, sondern zu Hause, weil hier niemand an seine Sachen ging oder über seine Zeit verfügte.

Mit Schaudern erinnerte Cooper sich noch an die erzwungenen Ausflüge mit Eltern und Geschwistern in seiner Kindheit. Auf keinen Fall würde er sein behagliches Leben aufgeben und sich an die Bedürfnisse einer Familie anpassen.

Es war wohl ein Fehler, dachte Cooper, als er mit seinem Bier ausgestreckt auf der Couch lag, so viel Zeit mit dem Jungen und Zoe zu verbringen. Was er gab, hatte er zwar freiwillig gegeben. Doch inzwischen war ihm bewusst geworden, dass diese Geste auch falsch ausgelegt werden konnte.

Vor allem, da Zoe das Wort Liebe bereits ausgesprochen hatte, allerdings nur ein einziges Mal. Er hatte sich damit getröstet, dass Frauen von Natur aus gefühlsbetonter waren und man ihre Äußerungen nicht ganz ernst nehmen musste.

Dennoch war damit zu rechnen, dass Mutter und Sohn zunehmend von ihm abhängig werden würden, wenn er nicht auf Distanz ging. Cooper richtete sich abrupt auf, als ihm plötzlich bewusst wurde, dass auch er von den beiden abhängig werden könnte.

Es war Zeit, das Verhältnis wieder auf die Basis Hauswirtin und Mieter zu stellen.

Keenan hörte seine Mutter vorfahren und rannte ihr entgegen.

„Mama, Mama! Ich habe unter Wasser zwölf Sekunden die Luft angehalten."

Zoe fing ihn auf und wirbelte ihn zwei Mal herum. „Dann hast du hier wohl irgendwo Kiemen versteckt", meinte sie und kitzelte ihn zwischen den Rippen. „Guten Tag, Mrs. Finkleman."

„Hallo, Zoe. Wir haben gerade eine Stunde wunderbar zusammen gespielt. Cooper sah so erschöpft aus, als er heimkam, dass ich ihn ins Bett geschickt habe. Es scheint ein anstrengender Tag für ihn gewesen zu sein."

„Vielen Dank." Zoe gab Keenan einen Kuss. „Hmm ... Du schmeckst nach Kirschen."

„Mr. Finkleman hat Kirschkuchen gebacken, der schmeckt ganz toll."

„Das glaube ich gern. Hoffentlich hast du dich bedankt."

„Klar. Matt hätte fast in Coopers Auto gekotzt."

„Das ist ein hässliches Wort. Richtig heißt es ‚sich übergeben'."

„Jedenfalls hat er behauptet, ihm sei schlecht, nur weil heute nicht er, sondern ich vorn sitzen durfte. Mama, stell dir vor, ich bin sogar ein Stück ohne Schwimmflügel geschwommen. Cooper sagt, ich habe das Zeug zum Champion."

„Dessen bin ich sicher." Zoe ließ sich auf einen Stuhl sinken. Der Gedanke, dass sie Abendessen machen, ihre Uniform anlegen und dann sechs Stunden auf hohen Absätzen Drinks servieren sollte, war alles andere als verlockend. „Drück mich mal ganz fest", bat sie Keenan, der der Aufforderung sofort nachkam. „Auch im Drücken bist du ein Champion. Wie wäre es, wenn du mit in die Küche kommst und mir erzählst, was du heute sonst noch erlebt hast, während ich koche?"

Zoe war dabei, die Spaghettisoße zu würzen, als sie Coopers Schritte auf der Treppe hörte. Sofort schlug ihr Herz schneller. Diese ganz normale Reaktion erheiterte sie. Wie hatte sie nur glauben können, sie sei immun gegen Männer?

Sie stellte die Flamme unter dem Topf klein und ging zur Hintertür, als er gerade unten ankam. „Hallo. Schön, dich zu sehen."

„Wie geht's?" Cooper klimperte mit den Schlüsseln in der Hosentasche. Täuschte er sich, oder leuchtete sie wirklich von innen heraus? Trotz der Schatten der Müdigkeit unter den Augen tanzten Lichter darin.

„Ich wollte dich gerade rufen. Nach einem anstrengenden Tag im Schwimmbad hast du vielleicht Lust, dich an einen gedeckten Tisch zu setzen." Zoe lehnte sich vor, um ihm einen Kuss zu geben. Als er zurückwich, erlosch ihr Lächeln. „Allerdings kann ich dir nur Spaghetti mit Tomatensoße anbieten."

Das Essen duftete fast so gut wie sie. Cooper warf einen Blick in die Küche – die dampfenden Töpfe auf dem Herd, frische Blumen auf der Anrichte, der kleine Junge, der ausgestreckt am Boden lag und mit Wachsstiften malte, die schöne Frau, die ihn mit einer Mahlzeit und Küssen verlockte.

Ganz eindeutig eine Falle.

„Vielen Dank, aber ich bin schon auf dem Sprung. Ich habe es ziemlich eilig."

„Ach so. Ich dachte, du hättest noch einige Stunden Zeit, ehe das Spiel beginnt." Als Zoe ihn die Augenbrauen hochziehen sah, lachte sie. „Ich habe in letzter Zeit die Sportszene etwas genauer verfolgt. Heute findet die erste von drei Begegnungen Baltimore gegen Toronto statt."

„Stimmt." Wenn eine Frau sich die Interessen eines Mannes zu eigen macht, herrscht wirklich höchste Alarmstufe. „Aber ich muss vorher noch etwas erledigen."

„Kann ich mitkommen?" Keenan war aufgesprungen und zupfte Cooper an der Hose. „Nimmst du mich mit zu dem Spiel? Mit dir macht es am meisten Spaß."

Cooper konnte beinahe hören, wie sich der Schlüssel zu seinem Gefängnis umdrehte. „Tut mir leid. Ich habe zu viel zu tun."

Einen so schroffen Ton hatte Keenan noch nie von ihm gehört, und seine Unterlippe begann zu zittern.

„Schau, das ist nicht nur ein Spiel, sondern ich muss arbeiten", fügte er etwas sanfter hinzu.

„Du hast gesagt, dass ich dir Glück bringe."

„Keenan." Zoe legte ihrem Sohn die Hand auf die Schulter, doch ihr Blick ruhte auf Cooper. „Hast du vergessen, dass Beth heute Abend zu dir kommt? Bald wird sie da sein, und dann könnt ihr eine Videoaufnahme von deinem Lieblingsfilm anschauen."

„Ich möchte lieber ..."

„Jetzt lauf schnell ins Bad und wasch dir die Hände vor dem Essen."

„Aber ..."

„Marsch."

Keenans klägliche Miene hätte einen Eisklotz zum Schmelzen gebracht. Mit gesenktem Kopf verließ er die Küche.

„Ich kann ihn nicht überallhin mitnehmen", verteidigte sich Cooper schuldbewusst.

„Natürlich nicht. Er ist einfach übermüdet. Ich hätte ihm sowieso nicht erlaubt, mit zu dem Spiel zu gehen." Forschend betrachtete Zoe ihn. Hoffentlich trog ihr Instinkt. „Ist alles in Ordnung?"

„Bestens." Cooper wusste selbst nicht, weshalb er beinahe schrie. Er fühlte sich scheußlich. „Weißt du, ich habe ein eigenes Leben. Auf ein Kind, das an mir herumklettert, oder ständige Einladungen zum Abendessen kann ich verzichten. Vor allem aber bin ich niemandem Rechenschaft schuldig."

Zoes Blick wurde kühl. „Selbstverständlich nicht. Ich bin dir sehr dankbar, dass du mir in den letzten beiden Wochen aus der Klemme geholfen hast. Lass mich wissen, wie ich es wiedergutmachen kann."

„Zoe ..."

„Entschuldige, aber ich muss jetzt das Essen auf den Tisch bringen, sonst komme ich zu spät zur Arbeit. Viel Spaß bei dem Spiel."

Zoe wusste genau, wie lange er noch vor der Tür stand, während sie sich am Herd zu schaffen machte. Auch wann er sich umdrehte und ging, spürte sie.

Sein Verhalten kam nicht unerwartet. Dieser Rückzug war typisch, in gewisser Weise sogar verständlich. Vielleicht hatte Cooper einige Wochen gebraucht, um sich dessen bewusst zu werden, dass sie nicht einzeln, sondern nur als Teil eines Zweiergespanns zu haben war. Dass sie Verantwortung trug und sich an eine gewisse Routine halten musste.

Nun hatte er begriffen, worauf er sich einließ, und ging auf Distanz. Auch wenn er es möglicherweise noch nicht wusste, hatte er den ersten Schritt zur endgültigen Trennung getan.

Plötzlich verschwamm Zoe alles vor den Augen, doch sie wischte entschlossen die Tränen weg. Weinen würde sie später. Jetzt musste sie zuerst ihren kleinen Jungen beruhigen.

Als Keenan aus dem Bad kam, ging sie neben ihm in die Hocke.

„Du hast doch heute einen schönen Tag mit Cooper verbracht, nicht wahr?"

Keenan nickte schniefend.

„Du hast viel Spaß gehabt und eine Menge neue Dinge gelernt."

„Ich weiß."

„Dafür solltest du dankbar sein, mein Schatz, anstatt zu schmollen, weil du nicht noch mehr haben kannst."

Zoe richtete sich auf und hoffte, sie würde es fertigbringen, ihren eigenen Rat zu beherzigen.

9. Kapitel

„Du verbringst in letzter Zeit verdächtig viel Zeit hier.“ Ben setzte sich auf eine Ecke von Coopers Schreibtisch. An den vielen, nur durch Stellwände abgeteilten Arbeitsplätzen rundherum klingelten Telefone, klapperten Schreibmaschinen.

„Was willst du damit sagen?“ Ohne seinen Freund anzusehen, hämmerte Cooper auf die Tasten seines Computers.

„Eigentlich hatte ich gedacht, du würdest von jetzt an überwiegend zu Hause arbeiten. Dort hast du deine Ruhe.“ Ben dachte an Zoe. „Die Aussicht ist auch viel schöner. Als du noch in der Stadt gewohnt hast, warst du nicht so oft hier.“

„Ich brauche eben hin und wieder Tapetenwechsel.“

„So, so.“ Ben lächelte vielsagend und nahm einen Baseball von Coopers Schreibtisch. „Gibt’s Ärger im Paradies?“

„Ich weiß nicht, wovon du redest. Übrigens muss ich in einer halben Stunde einen Artikel abliefern.“

Ben ignorierte die unausgesprochene Aufforderung, ihn in Ruhe zu lassen. „In den letzten Wochen war nicht zu übersehen, dass du in deine Vermieterin verschossen warst.“ Er warf den Ball von einer Hand in die andere. „Wenn ein Mann auf Schritt und Tritt einen kleinen Jungen mitnimmt und ihm Baseballhemden kauft, liegt der Verdacht nahe, dass er bei der Mutter Eindruck machen will.“

Coopers Augen blitzten. „Ich mag den Kleinen, verstanden? Um eine Frau zu erobern, brauche ich keinen Vierjährigen als Unterstützung. Keenan ist ein prima Junge.“

„Heh, ich hab’ doch nichts gegen Kinder. Eines Tages werde ich wahrscheinlich selbst welche haben. Ich will auf etwas ganz anderes hinaus. Wenn die Angebetete eines Mannes bereits Mutter ist, muss der in die Vaterrolle schlüpfen, wenn er eine Chance haben will.“

„Denk bloß nicht, dass ich mich verbiegen muss, um eine Frau zu erobern.“

„Aber letzte Woche konntest du nicht am Basketball-Training teilnehmen, weil du mit der Familie im Zoo warst." Ben grinste verschmitzt und legte den Ball weg. „Trotzdem wette ich, dass du mehr Punkte gemacht hast als ich." Er wich zurück, als sein Freund Anstalten machte, sich auf ihn zu stürzen.

„So ist das nicht", entgegnete Cooper mit zusammengebissenen Zähnen.

„Heh, heh. Merkst du nicht, dass ich dich nur provozieren will? Wenn ich gewusst hätte, dass du es ernst meinst, hätte ich bestimmt nicht so alberne Witze gemacht."

Cooper atmete tief durch. „Ich habe nicht gesagt, dass ich ernste Absichten habe."

„Wie du meinst."

Wütend auf sich selbst ließ Cooper sich wieder auf seinen Stuhl sinken. Seit über fünf Jahren zogen er und Ben einander über ihre Erfolge beziehungsweise Misserfolge beim weiblichen Geschlecht auf. Es gab also wirklich keinen Grund, so übertrieben zu reagieren und sich zum Narren zu machen.

„Tut mir leid. Mir geht nur im Moment viel im Kopf herum."

„Schon vergessen. Du brauchst Ablenkung, mein Junge. Kommst du heute Abend mit zum Pokern?"

„Klar."

„Wenn du erst einmal ein hübsches Sümmchen verloren hast, wirst du vermutlich wieder normal."

Jetzt merken also schon andere, dass mit mir etwas nicht stimmt, sagte sich Cooper nachdenklich und starrte seinen Bildschirm an.

In den letzten drei Tagen hatte er kaum geschlafen, fast nichts gegessen und sich mit jedem angelegt, der in die Nähe kam.

Vermutlich gab es nur eine Möglichkeit, sein Leben wieder in den Griff zu bekommen. Er musste sich dem Problem stellen.

Das Schönste an einem freien Nachmittag für Zoe war das Alleinsein. Keine Kunden, mit denen sie sich unterhalten musste, keine ungeduldigen Gäste, kein Sohn, der ständig ihre Aufmerksamkeit forderte. Während dieser wenigen kostbaren Stunden war sie weder Verkäuferin, Kellnerin noch Mutter, sondern einfach Zoe.

Im Augenblick saß sie auf den Stufen zur Veranda und versuchte, aus der Anleitung für die Montage eines Gartengrills schlau zu werden. Wenn das gelang, würde sie Keenan am Abend mit Hamburgern überraschen.

Zoe wusste, dass niemand in der oberen Wohnung war. Sie versuchte, nicht an Cooper zu denken und daran, dass er in den letzten Tagen nur zum Schlafen nach Hause gekommen war.

Es war dumm von ihr gewesen zu glauben, dass er anders sein würde als andere Männer. Er hatte sie begehrt, erobert und das Interesse an ihr wieder verloren. Begehrt hatte sie ihn auch. In dieser Hinsicht hatte keiner dem anderen etwas vorzuwerfen. Der Schmerz in der Herzgegend würde wieder vergehen. Sie und Keenan würden allein zurechtkommen. Schließlich hatten sie Übung darin.

Der Schraubenzieher rutschte ab und schürfte ihr die Fingerknöchel auf. „Verdammt!"

„Was, zum Teufel, machst du da?", fragte Cooper plötzlich neben ihr.

Mit blitzenden Augen blickte sie zu ihm auf. „Ich backe einen Kuchen. Wonach sieht es sonst aus?"

„Du kannst nichts zusammenbauen, wenn du die Einzelteile über den ganzen Garten verstreust." Automatisch bückte er sich, um Ordnung in das Chaos zu bringen. Zoe schob seine Hand mit dem Schraubenzieher weg.

„Auf die Dienste eines Hobbyhandwerkers kann ich verzichten. Ich bin kein hilfloses Frauchen, das ohne die Unterstützung eines Mannes nichts zustande bringt."

Beleidigt steckte er die Hände in die Taschen. „Wie du willst. Dann mach es eben selbst."

„Das tue ich ja auch. Es macht mir Spaß, mich mit technischen Dingen zu beschäftigen."

„Fantastisch. Wenn das Ding dann auseinanderfällt, ist niemand anders da, dem du die Schuld zuschieben kannst."

„Genau." Zoe blies eine Haarsträhne aus dem Gesicht. „Ich bin durchaus imstande, Fehler zuzugeben." Sie nahm einen Schraubenschlüssel und zog eine Mutter fest. „Willst du den ganzen Nachmittag hier stehen bleiben?"

„Ich möchte mit dir reden."

„Bitte sehr."

Cooper hatte sich seine Rede sorgfältig zurechtgelegt. Schließlich war er Journalist. „Mir ist bewusst geworden, dass du vielleicht die falschen Schlüsse gezogen hast, weil ich so viel Zeit mit dir und dem Jungen ..."

„Er heißt Keenan", erklärte Zoe mit zusammengebissenen Zähnen."

„Das weiß ich auch. Jedenfalls könnte ein unzutreffender Eindruck entstanden sein."

„Ach ja?" Zoe klopfte sich mit dem Schraubenzieher auf die Handfläche.

„Keenan ist wirklich ein reizendes Kind. Es hat mir viel Spaß gemacht, mit ihm zusammen zu sein."

Das ist ja das Problem, dachte Zoe. Sie wusste, dass Cooper Keenan ehrlich gern hatte. Dadurch wurde die Situation noch schwieriger. „Es hat ihm gutgetan, dass du dich so um ihn gekümmert hast."

„Einerseits ist das richtig. Andererseits besteht natürlich die Gefahr, dass er ... dass du ... also, dass ihr beide meine Motive missversteht. Keenan soll nicht denken, dass es von nun an immer so weitergeht, nur weil ich gelegentlich mit ihm Ball spiele oder ihn mit ins Stadion nehme."

„Ich verstehe." Zoe war ganz ruhig. „Du hast Angst, er könnte dich als Vaterfigur sehen."

„So ungefähr."

„Das ist ganz natürlich. Allerdings verbringt er auch sehr viel Zeit bei Mr. Finkleman und Billy Bowers am anderen Ende der Straße."

„Harry Finkleman könnte sein Großvater sein, und Billy Bowers ist selbst erst achtzehn." Cooper merkte, dass seine Verteidigungsrede nicht frei von Eifersucht war. „Außerdem ist das Verhältnis dieser beiden zu dir anders."

„Verhältnis?" Zoe zog die Augenbrauen hoch.

„Beziehung. Nenn es, wie du willst. Verflixt, wir haben schließlich nur einmal miteinander geschlafen."

„Dessen bin ich mir sehr wohl bewusst." Sorgfältig legte Zoe den

Schraubenschlüssel weg. Die Versuchung, Cooper damit auf den Kopf zu schlagen, war zwar groß, doch die Genugtuung würde nur von kurzer Dauer sein.

Cooper war wütend auf sich. „So habe ich das nicht gemeint", erklärte er hastig. „Es klang, als hätte unsere gemeinsame Nacht nichts bedeutet. Und das stimmt nicht, Zoe." Sie bedeutete ihm sogar sehr viel. „Es ist nur ..."

„Du hast Angst, dass Keenan und ich dich in die Familienfalle locken. Dass du eines Morgens aufwachst und Vater bist, mit einer Frau, einer Hypothek und einem kleinen Jungen, der viel Zuwendung braucht."

„Ja. Nein. So ungefähr." Dieses Gespräch verlief nicht so, wie er es geplant hatte. „Ich wollte mich nur deutlich ausdrücken."

„Das hast du. Überdeutlich." Zoe schaute ihn fest an. „Du brauchst keine Angst zu haben, Cooper. Ich habe nach einem Mieter inseriert, nicht nach einem Vater für mein Kind oder einem Ehemann für mich. Mit dir geschlafen habe ich, weil ich es wollte, nicht weil ich hoffte, dich damit zum Altar zu locken."

„Mir geht es um etwas anderes." Nervös strich sich Cooper durchs Haar. „Ich wollte dich haben – will dich immer noch –, aber ich weiß, dass du bereits eine große Enttäuschung erlebt hast. Ich will weder dir noch Keenan wehtun. Du sollst nur nicht denken, dass ich die Lücke ausfüllen würde."

Von Neuem flackerte Zorn in ihr auf. Sie sprang auf. „Bei Keenan und mir gibt es keine Lücke. Wir sind eine richtige Familie." Um ihren Worten Nachdruck zu verleihen, stieß Zoe mit dem Schraubenzieher gegen seine Brust. „Auch ohne Vater sind wir glücklich und zufrieden."

„Ich wollte nicht ..."

„Ich werde dir sagen, was du gemeint hast. Du siehst eine alleinstehende Frau mit einem kleinen Jungen und denkst, dass sie sich nach einem starken Mann verzehren, der ihrem Dasein Sinn gibt. Das ist Unsinn. Wenn ich einen Mann wollte, würde ich einen haben. Wenn ich denken würde, dass Keenan einen Vater braucht, damit er glücklich aufwächst, würde ich einen für ihn suchen. Falls du denkst", erneut versetzte Zoe Cooper einen Stoß, „falls du denkst, dass du ganz oben auf einer Fantasieliste stehst, irrst du dich. Mag sein, dass ich mich in dich verliebt habe, doch das reicht nicht. Es geht hier nicht nur um mich oder um dich, sondern an erster Stelle steht Keenan. Sollte ich jemals einen Vater für Keenan auswählen, wird es ein Mann mit Nachsicht und Geduld sein, der bereit ist, sein Leben zu ändern, um Platz für mich und meinen Sohn zu machen. Du kannst also ganz beruhigt sein, Cooper. Dir droht keine Gefahr."

„Ich bin nicht hierhergekommen, um mich mit dir zu streiten."

„Das ist schön, weil ich nämlich fertig bin."

Er packte sie am Arm, ehe sie sich abwenden konnte. „Aber ich nicht. Ich versuche, ganz ehrlich zu sein, Zoe. Du bedeutest mir viel, verstanden? Ihr beide bedeutet mir viel. Ich möchte nur nicht, dass die Situation außer Kontrolle gerät."

„Wessen Kontrolle? Deiner? Dann gibt es gar kein Problem. Du bist ein Meister darin, dich unter Kontrolle zu halten. Wegen Keenan und mir brauchst du dir keine Sorgen zu machen. Wir kommen sehr gut allein zurecht." Zoe machte sich los, setzte sich wieder hin und nahm sich erneut die Bedienungsanleitung vor.

Warum fühle ich mich auf einmal wie ein verschmähter Liebhaber? fragte sich Cooper. Kopfschüttelnd trat er einen Schritt zurück.

„Hauptsache, es bestehen keine Missverständnisse."

„Absolut keine."

„Ich … Ich habe noch etwas Zeit. Soll ich dir helfen, den Grill zusammenzubauen?"

„Nein danke, das schaffe ich schon." Zoe sah kurz zu ihm auf. „Heute Abend werde ich Hamburger grillen. Du bist herzlich dazu eingeladen. Es sei denn, du hast Angst, dass du dich damit zu irgendetwas verpflichtest."

Wenn sie wirft, dann trifft sie auch, dachte er. „Vielen Dank, aber ich habe schon etwas vor. Vielleicht ein andermal."

„Gern. Du weißt ja, wo du uns findest."

Cooper betrank sich, und zwar nicht aus Versehen, sondern mit Absicht und sehr gründlich. Als er lange nach Mitternacht aus dem Taxi stolperte und aufs Haus zuwankte, wusste er bereits, dass er die

Zechtour am nächsten Tag bitter bereuen würde. Doch bis morgen war noch lange hin.

Er lehnte sich an Zoes Haustür und wartete, dass der Boden unter seinen Füßen aufhörte zu schwanken. Wenn sie dachte, dass sie miteinander fertig waren, hatte sie sich gründlich getäuscht.

Ihm waren mindestens ein Dutzend Dinge eingefallen, die er ihr noch sagen wollte, und Wichtiges sollte man nicht aufschieben.

Mit der Faust hieb er gegen die Tür. „Komm schon, Zoe. Ich weiß, dass du da bist.“ Auch als drinnen Licht anging, klopfte er weiter. „Zoe, mach auf!“

„Cooper?“ Zoe band den Gürtel ihres Bademantels zu. Sie war erst vor zwanzig Minuten aus der Bar nach Hause gekommen und hatte sich gerade hingelegt. „Es ist nach zwei Uhr! Was willst du?“

„Mit dir reden. Lass mich rein.“

„Wir reden morgen früh.“

„Du hast eben selbst gesagt, dass schon morgen ist.“

Als er wieder zu klopfen anfing, schob sie den Riegel zurück. „Hör auf, sonst weckst du noch Keenan.“ Wütend öffnete sie und hätte beinahe das Gleichgewicht verloren, als fünfundsiebzig Kilo Lebendgewicht gegen sie taumelten. „Was ist los? Bist du verletzt?“ Doch als Zoe seine Bierfahne roch, legte sich ihre Panik rasch. „Du bist betrunken.“

„Ein bisschen“, gab Cooper zu. Er machte Anstalten, sich aufzurichten, doch ihr Duft war zu verführerisch. „Lieber Himmel, wie gut du dich anfühlst. Womit wäschst du dein Haar?“ Er rieb die Wange daran. „Es riecht wie … wie Mondschein.“

„Sturzbetrunken“, verbesserte sie sich. „Setz dich. Ich mache dir einen Kaffee.“

„Ich will keinen. Kaffee macht einen nicht nüchtern, sondern nur wach. Wach bin ich schon. Ich habe dir etwas zu sagen.“ Er versuchte, sich ganz gerade hinzustellen, doch die Wände neigten sich eigentümlich. „Vielleicht setze ich mich doch hin.“ Er ließ sich in einen Sessel fallen. „So viel getrunken habe ich seit Jahren nicht mehr. Nicht, seit ich zum ersten Mal in der Zweiten Liga gespielt habe. Habe ich dir eigentlich erzählt, dass ich in der Zweiten Liga war?“

„Nein.“ Zoe war verblüfft, blieb aber wachsam.

„Gleich nach der High School. Zwei Jahre. Eine Zeit lang dachte ich, ich würde es bis ganz an die Spitze schaffen, aber dazu reichte es nicht. Also ging ich aufs College und schreibe heute über die Leute, die mehr Talent haben als ich."

„Das tut mir leid."

Cooper machte eine wegwerfende Handbewegung. „Braucht es nicht. Schreiben macht mir Spaß – immer schon. Ich kann die Spiele viel besser genießen, als wenn ich mittendrin bin. Wenn ich Berufsspieler geworden wäre, hätte ich jetzt die beste Zeit schon hinter mir. Ich bin fast dreiunddreißig – beim Baseball ist das alt." Er kniff die Augen zusammen, weil Zoes Gesicht ganz verschwommen war. „Du bist die schönste Frau, die mir je begegnet ist. Weißt du, dass der Junge genauso aussieht wie du? Wenn ich ihn betrachte, glaube ich, dich vor mir zu haben. Es ist richtig unheimlich. Unentwegt sehe ich dich. Auch wenn ich mit etwas ganz anderem beschäftigt bin, ist dein Gesicht plötzlich da. Was sagst du dazu?"

„Ich weiß nicht." Zoe wünschte sich, sie könnte böse auf ihn sein, aber in diesem Zustand war er geradezu rührend. „Weißt du was, Cooper? Am besten bringe ich dich nach oben ins Bett."

„Ich will dich in meinem Bett haben, Zoe. Ich will dich in den Armen halten und mit dir schlafen. Dich berühren."

Das wünschte sie sich auch, doch seit heute Nachmittag hatten sich die Voraussetzungen grundlegend geändert. „Du sagtest, du willst mit mir reden."

„Weißt du, wie sich deine Haut anfühlt? Genau beschreiben kann ich sie schlecht, aber sie ist weich und glatt und warm. Während ich heute Abend Poker gespielt und mich dabei betrunken habe, musste ich unentwegt an deine Haut denken. Dabei habe ich gewonnen – über hundertfünfzig Dollar, und das bloß mit ein paar Sechsen."

„Herzlichen Glückwunsch."

„Trotzdem habe ich immer an dich gedacht. Du hast hier ein Grübchen." Cooper stach sich beinahe mit dem Finger ins Auge, ehe er sich bis zur richtigen Stelle am Mundwinkel vortastete. „Den ganzen Abend habe ich mir dieses Grübchen, deine Haut und deine fantastischen Beine vorgestellt. Wusstest du, dass ich dich manchmal heimlich beobachte, wenn du mit Keenan im Garten spielst?"

„Nein, das wusste ich nicht", erwiderte Zoe ruhig.

„Also …" Cooper gestikulierte wild. „Du hast eine ganz bestimmte Art, dir durchs Haar zu streichen. Das macht mich völlig verrückt. Keenan hat mich lieb. Das hat er mir selbst gesagt. Du übrigens auch."

„Das habe ich nicht vergessen."

„Aber ich habe alles, was ich heute Nachmittag gesagt habe, so gemeint."

„Ich weiß." Seufzend ging sie auf ihn zu und band seine Schnürsenkel auf.

„Jedes Wort, Zoe. Mein Leben ist genauso, wie ich es mir gewünscht habe, und so soll es bleiben."

„Es versucht ja niemand, etwas daran zu ändern." Sie zog ihm die Schuhe aus und hob seine Beine auf die Couch.

„Du kannst also aufhören, vor meinem inneren Auge zu erscheinen, weil das überhaupt nichts ändern würde."

„Daran werde ich denken."

Noch ehe Zoe sich vorgebeugt und ihn auf die Wange geküsst hatte, war Cooper eingeschlafen.

10. Kapitel

Cooper brauchte gar nicht erst die Augen zu öffnen, um festzustellen, dass er einen entsetzlichen Kater hatte. Sein Kopf hämmerte, und ihm war verdächtig flau im Magen.

Er wusste nicht mehr, wie er nach Hause und ins Bett gekommen war. Abgesehen von den ersten Stunden war der gestrige Abend nur verschwommene Erinnerung.

Vorsichtig öffnete er die Augen. Als er mitten in ein vertrautes Gesicht blickte, zuckte er zurück. Im nächsten Moment stöhnte er vor Schmerz.

„Guten Morgen!", rief Keenan fröhlich. „Hast du verschlafen?"

„Ich weiß nicht." Cooper presste die Hände gegen die Schläfen. „Wo ist deine Mutter?"

„Mama macht mir gerade das Pausenbrot zurecht. Sie hat erlaubt, dass ich dich ansehen darf, solange ich dich nicht wecke. Aber ich habe dich nicht geweckt, nicht wahr? Ich war ganz leise."

„Ganz leise", wiederholte Cooper mechanisch. Nie wieder würde er Alkohol anrühren.

„Bist du krank? Hast du Fieber?" Keenan legte die Hand auf Coopers schmerzende Stirn. „Mama kann dich bestimmt wieder gesund machen. Bei mir funktioniert das immer." Behutsam küsste er die Stelle zwischen den Augenbrauen. „Wird's schon besser?"

Gegen diesen Kleinen hat auch ein ausgewachsener Kater keine Chance, dachte Cooper. „Ja, vielen Dank. Wie spät ist es denn überhaupt?"

„Der große Zeiger ist auf der Zehn und der kleine auf der Acht. Wenn du willst, kannst du in meinem Bett liegen und mit meinen Sachen spielen, bis du wieder gesund bist."

„Danke." Cooper rappelte sich hoch. Dabei hielt er den Kopf mit beiden Händen fest, weil er so schmerzte. „Keenan, sei ein Schatz und frag deine Mama, ob sie ein Aspirin für mich hat."

„Okay." Keenan stürmte davon. Das Getrappel auf dem Holzboden war eine Qual für Cooper.

„Kopfweh?", erkundigte sich Zoe wenig später.

Cooper hob den Kopf. Sie trug ihren Morgenmantel. An den konnte er sich vage erinnern. Allmählich kehrten auch andere Ereignisse der vergangenen Nacht in Bruchstücken zurück. „Wenn du vorhast, mich anzuschreien, könntest du es vielleicht auf später verschieben?"

Schweigend reichte sie ihm eine Tablette und ein mit einer rötlichen Flüssigkeit gefülltes Glas.

„Was ist das?", fragte er skeptisch.

„Ein Allheilmittel, das mir Joe, der Barkeeper, verraten hat. Du wirst dich gleich besser fühlen."

„Danke."

Ein Hupen auf der Straße ließ Cooper aufstöhnen. Noch ehe das Echo in seinem Kopf verklungen war, kam Keenan angerannt.

„Tschüss, Mama!", rief er und gab seiner Mutter einen Kuss. „Tschüss, Cooper."

Nachdem die Tür krachend hinter Keenan ins Schloss gefallen war, stürzte Cooper Joes Zaubertrank in einem Zug herunter.

„Willst du Kaffee?" Zoe hatte Mühe, ernst zu bleiben. „Und Frühstück?"

„Wirst du mir denn keine Strafpredigt halten?"

„Dafür, dass du mich mitten in der Nacht aus dem Bett geholt hast und dann auf meiner Couch eingeschlafen bist? Ich glaube, das kann ich mir sparen. Du leidest schon genug."

„Das darfst du mir glauben." Cooper stand auf und folgte ihr in die Küche. „Und zwar nicht nur körperlich. Ich fühle mich wie ein Schuft."

„So hast du dich auch benommen." Zoe schenkte ihm eine Tasse Kaffee ein und stellte sie auf den Tisch. „Der dritte Ehemann meiner Mutter hatte einen Hang zu Bourbon. Er schwor darauf, dass Eier zum Frühstück die Nachwirkungen begrenzen. Wie möchtest du sie?"

„Am liebsten als Rührei." Vorsichtig setzte Cooper sich hin. „Bitte verzeih mir, Zoe."

„Was denn?"

„Dass ich mich gestern Nachmittag und vor allem nachts so unmöglich benommen habe. Es tut mir wirklich sehr leid."

„Ach so. Das war sicher nicht das erste Mal, und es wird auch nicht das letzte Mal gewesen sein."

„Du hast ..." Verlegen rutschte er auf dem Stuhl hin und her. „Keenan weiß hoffentlich nicht, dass ..."

„... du sturzbetrunken nach Hause gekommen bist?" Zoe lächelte. „Ich habe ihm gesagt, dass du dich nicht wohlgefühlt hast und auf der Couch eingeschlafen bist. Das kommt der Wahrheit ziemlich nahe."

„Vielen Dank. Ich möchte nicht, dass er denkt ... Du weißt schon. Normalerweise trinke ich nie so viel."

„Das sagtest du gestern Nacht schon." Sie legte Speckscheiben in die Pfanne und begann, die Eier zu schlagen.

Cooper betrachtete sie. Nur allmählich erholte er sich von der Überraschung, dass sie darauf verzichtete, ihm seine Fehler vorzuhalten. Unwillkürlich musste er an den vergangenen Nachmittag denken, als sie ihm voll Stolz und Zorn die Meinung gesagt hatte. An jene Nacht, als er zum ersten Mal auf ihrer Couch eingeschlafen war, und die Art und Weise, wie sie ihn angesehen hatte, als sie Keenan aus seinen Armen hob.

Dutzende von Bildern gingen ihm durch den Kopf, bis sie schließlich zu einem einzigen verschmolzen – dem, das er jetzt vor sich sah. Zoe, die im Morgenmantel am Herd stand, die Sonne im zerzausten Haar. Um sie herum ein köstlicher Duft nach gebratenem Speck und Eiern.

Wie hatte er nur jemals glauben können, dass er solch ein Leben nicht wollte? Wichtiger noch – was sollte er jetzt machen, da ihm die Wahrheit bewusst geworden war?

„Ein kräftiges Frühstück wird dich wieder auf die Beine bringen." Zoe brachte ihm einen Teller. „Ich muss mich für die Arbeit fertig machen."

„Kannst du ... Hast du einige Minuten Zeit?"

Sie schenkte sich auch einen Kaffee ein. „Eigentlich schon. Ich muss erst um zehn im Geschäft sein."

Cooper begann zu essen und versuchte gleichzeitig, seine Gedanken zu ordnen. „Das schmeckt köstlich. Vielen Dank."

„Gern geschehen." Zoe lehnte sich an die Anrichte. „Möchtest du noch etwas anderes?"

„Ja." Cooper schob sich noch einen kräftigen Bissen in den Mund und legte die Gabel weg. Das war der letzte von neun Durchgängen, und er hatte bereits zwei verpatzt. „Dich. Ich will dich."

Sie lächelte. „Cooper, dafür bist du wohl kaum in der Verfassung. Außerdem muss ich wirklich zur Arbeit."

„Nein, so habe ich das nicht gemeint. Das heißt, irgendwie schon …" Er verstummte und holte tief Luft. „Heirate mich."

„Wie bitte?"

„Ich finde, du solltest mich heiraten. Das ist wirklich eine gute Idee." Staunend stellte er fest, dass ihm der Gedanke bereits sehr vertraut war. „Du kannst deinen Abendjob aufgeben und aufs College gehen. Oder einen Blumenladen aufmachen. Was auch immer. Ja, so sollten wir es machen."

„Tatsächlich." Zoe stellte die Kaffeetasse ab, weil ihre Hand plötzlich zitterte. „Das ist sehr großzügig von dir, Cooper. Aber um zu studieren oder mich selbstständig zu machen, brauche ich nicht zu heiraten. Trotzdem vielen Dank."

Er schaute sie fassungslos an. „Heißt das, du sagst Nein? Aber du liebst mich doch. Das hast du selbst gesagt. Zwei Mal sogar."

„Ich sage es dir auch noch ein drittes Mal. Ja, ich liebe dich. Aber ich werde dich nicht heiraten. Und nun muss ich wirklich gehen." Zoe wandte sich zum Gehen.

„Moment mal." Der Kater war vergessen, als Cooper aufsprang. „Was ist das für ein Spiel? Du liebst mich, dein Sohn liebt mich auch, wir harmonieren fantastisch im Bett. Ich weiß inzwischen sogar, wie der Fahrdienst zur Schule funktioniert – aber du willst mich nicht heiraten?"

„Du bist wirklich naiv, Cooper. Weil ich mit dir ins Bett gegangen bin, ohne mich erst gebührend zu zieren, scheinst du zu glauben, dass du alles haben kannst, was du dir in den Kopf gesetzt hast, und zwar genau dann, wenn es dir gerade passt. Da muss ich dir leider sagen, dass du dich irrst."

Er verzog schmerzlich das Gesicht, als Zoe hinausrannte und die Tür hinter sich zuwarf. Der erste Wurf war gründlich danebengegangen. Dabei hatte er den Ball nicht einmal kommen sehen.

Doch das Spiel war erst beim Abpfiff vorbei.

Zoe kochte immer noch vor Zorn, als sie von der Arbeit nach Hause kam. Von allen arroganten, herablassenden und ichbezogenen Männern, die ihr je begegnet waren, schoss Cooper McKinnon den Vogel ab. Was für eine Frechheit, ihr erst einen Heiratsantrag zu machen und dann aufzuzählen, was sie dabei alles gewinnen konnte.

Offenbar hielt er sich für einen Hauptgewinn.

Erst gestern hatte er ihr gesagt, sie solle sich den Gedanken an eine dauerhafte Beziehung aus dem Kopf schlagen, als habe sie es darauf angelegt, ihn in die Falle zu locken. Und keine vierundzwanzig Stunden später hatte er ihr großzügig die Hand entgegengestreckt.

Ich hätte hineinbeißen sollen, dachte sie erbittert.

Nicht mit einem Wort hatte er gesagt, was sie ihm bedeutete, was er für sie empfand, was er sich wünschte. Auch davon, ob er bereit und fähig war, das Kind eines anderen Mannes als sein eigenes anzunehmen, war keine Rede gewesen.

Zoe riss die Haustür auf und schlug sie heftig hinter sich zu. Cooper konnte sich seinen Heiratsantrag an den Hut stecken.

„Mama, Mama!" Keenan kam auf sie zugerannt und fasste sie bei der Hand. „Komm schnell! Wir haben eine Überraschung."

„Was denn für eine Überraschung? Und was machst du hier? Du solltest doch bei den Finklemans sein."

„Cooper ist da." Ungeduldig zerrte Keenan an ihrer Hand. „Wir haben eine Überraschung. Und ein Geheimnis. Nun komm schon."

„Also gut." Zoe atmete tief durch und ließ sich in die Küche ziehen.

Der ganze Raum war voller Blumen – in Vasen, Körben und Gestecken. Aus dem Radio drang leise eine Klaviersonate. Auf dem Tisch entdeckte Zoe Gläser und Geschirr, das sie noch nie gesehen hatte. In der Mitte stand eine Flasche Champagner in einem Eiskübel. Cooper trug zum ersten Mal, seit sie ihn kannte, eine Krawatte.

„Das ist die Überraschung!", rief Keenan. „Wir haben alles besonders schön gemacht, damit du dich freust. Mrs. Finkleman hat uns ihr bestes Geschirr geliehen. Und Mr. Finkleman hat Hühnchen mit Pilzen gebraten, weil er sagt, dass das widerstehlich ist."

„Unwiderstehlich", verbesserte Cooper, den Blick auf Zoe gerichtet. „Du … du hast einmal gesagt, dass du Blumen und Kerzenlicht nicht brauchst. Aber da ich dich noch nie ausgeführt habe, wollte ich es dir auf diese Weise schön machen."

„Gefällt's dir, Mama?", fragte Keenan. „Nun sag schon!"

„Es ist wirklich sehr hübsch." Sie beugte sich hinunter und gab ihrem Sohn einen Kuss. „Vielen Dank."

„Kann ich jetzt zu den Finklemans, damit ihr es euch richtig romantisch machen könnt?"

Cooper hob ihn hoch. „Komm, junger Mann. Ich bringe dich hinüber. Eigentlich solltest du das mit der Romanze noch nicht verraten", flüsterte er ihm zu.

„Was ist eigentlich Romanze?"

„Das erkläre ich dir später einmal."

„Na gut." Zufrieden schlang Keenan Cooper die Arme um den Nacken. „Wirst du Mama jetzt das Geheimnis anvertrauen, dass wir heiraten?"

„Das habe ich vor."

„Prima. Dann wohnst du immer bei uns und wirst mein Daddy?"

„Genau. Darauf freue ich mich schon." Am Zaun blieb Cooper stehen und gab Keenan einen Kuss. „Ich habe dich lieb."

„Okay." Der Kleine drückte Cooper ganz fest. „Tschüss."

„Tschüss."

Mrs. Finkleman wartete bereits an der Tür. Sie zwinkerte Cooper verschwörerisch zu und streckte beide Daumen in die Luft, ehe sie mit Keenan im Haus verschwand.

Zoe stand noch immer an der gleichen Stelle, als Cooper zurückkam. Er war sich nicht sicher, ob das ein gutes Zeichen war oder nicht.

„Wie wäre es mit einem Schluck Champagner?"

„Cooper, das ist sehr nett von dir, aber …"

„Hoffentlich gefallen dir die Blumen." Nervös wie er war, gelang es ihm erst beim dritten Mal, die Flasche zu öffnen.

„Sie sind wunderschön …“

„In dem Laden, wo du arbeitest, konnte ich sie nicht kaufen, weil es sonst keine Überraschung mehr gewesen wäre. Keenan hat mir geholfen, alles vorzubereiten.“ Cooper reichte Zoe ein Glas und nutzte gleich die Gelegenheit, sie sanft zu küssen.

„Cooper …“ Zoe musste eine Weile warten, bis ihr Herzschlag sich wieder beruhigt hatte. „Du hast dir sehr viel Mühe gegeben und …“

„Das hätte ich schon längst tun sollen. Ich wusste nur nicht, wie viel mir daran lag.“

„Nein, nein, Cooper.“ Zoe versuchte, ihre Gefühle unter Kontrolle zu bekommen. „Diesmal habe ich dir einen ganz falschen Eindruck vermittelt. Ich brauche keine romantische Umrahmung wie Champagner und …“, sie deutete auf den Tisch, „… Kerzenlicht.“

„O doch. Ich übrigens auch, solange ich sie mit dir zusammen genießen kann.“

„Du versuchst, mich mit Charme zu betören“, sagte Zoe unsicher. „Das ist neu.“

„Du weißt, was ich für ein Mensch bin. Seit zwei Monaten leben wir praktisch zusammen. Auf diese Weise lernt man einander schneller und besser kennen, als wenn man sich nur gelegentlich am Abend trifft. Du kennst mich also und hast dich trotzdem in mich verliebt.“

Zoe trank einen Schluck. „Darauf brauchst du dir nichts einzubilden. Ich habe dir bereits einmal gesagt, dass ich für meine Gefühle ganz allein verantwortlich bin. Daran ändert auch ein romantisches Abendessen nichts.“

Es sah aus, als würde sich die zweite Niederlage anbahnen, doch Cooper dachte nicht daran, kampflos unterzugehen. „Was ist denn dagegen einzuwenden, wenn ich dich ein bisschen verwöhnen möchte? Ein Heiratsantrag beim Frühstück von einem völlig verkaterten Mann ist nicht unbedingt das, was sich eine Frau wünscht.“ Als Zoe nicht reagierte, wurde er ungeduldig. „Verflixt, kannst du nicht ein bisschen nachsichtig sein? Ich mache so etwas zum ersten Mal. Nein, sag nichts. Lass mich erst ausreden. Du brauchst mich nicht. Jedenfalls nicht, um dich und deinen Sohn zu ernähren, den

Rasen zu mähen oder einen albernen Grill zusammenzubauen. Doch was ist damit, was ich brauche? Hast du daran schon mal gedacht?"

Überrascht sah Zoe ihn an. „Verstehst du denn nicht, dass es mir genau darum geht? Du hast mir unmissverständlich klargemacht, dass du keine Bindungen willst. Ich bin aber bereits gebunden."

„Ich konnte dir schon deshalb nichts klarmachen, denn ich wusste selbst nicht, was mit mir los ist. Ich wollte es gar nicht wissen, weil ich Angst hatte. So, jetzt ist es heraus." Cooper sah sie zornig an. „Mir wurde bewusst, wie sehr ich dich brauche, und das jagte mir Angst ein. Um mich wohlzufühlen, muss ich dein Gesicht sehen, deine Stimme hören und dein Haar riechen. Ich brauche dich in meiner Nähe. Und damit ich spüre, dass du mich auch brauchst, wünsche ich mir, dass du mich dir beim Rasenmähen oder beim Zusammenbauen eines Grills helfen lässt."

„Oh!" Zoe schloss lächelnd die Augen. „Das klingt gut."

„Dann sag Ja." Er nahm sie in die Arme. „Sag, dass du meine Frau wirst."

„Ich …" Wie gern sie nachgegeben hätte! „Es geht aber nicht nur um dich und mich, Cooper."

„Glaubst du etwa, ich will Keenan nicht? Merkst du denn nicht, was ich für ihn empfinde? An ihn hatte ich bereits mein Herz verloren, ehe ich mich in dich verliebte. Ich will euch beide heiraten und mit dir zusammen vielleicht noch ein oder zwei Kinder bekommen, damit ich die ersten Jahre nachholen kann, die mir bei ihm fehlen. Keenan und ich haben das bereits geklärt."

„Wie bitte?" Zoe schaute ihn verdutzt an.

„Ich meine, wir haben darüber gesprochen. Schließlich wollte ich wissen, wie er dazu steht." Als Zoe schwieg, schob Cooper die Hände in die Hosentaschen. „Da ihr beide ein Team seid, steht ihm ein Mitspracherecht zu, wenn es um eine Erweiterung geht. Jedenfalls ist er dafür. Das heißt, es steht zwei zu eins."

„Ich verstehe."

„Natürlich gibt es noch eine ganze Menge, was ich über die Vaterrolle lernen muss, aber ich liebe ihn. Das ist ein guter Anfang, würde ich sagen."

Zoe blickte ihm tief in die Augen, und ihr Herz schlug heftiger. „Darin stimme ich dir voll und ganz zu.“

„Ich liebe dich.“ Cooper lockerte die verkrampften Hände. „Das ist das erste Mal, dass ich so etwas zu einer Frau sage – mal abgesehen von meiner Mutter. Ich liebe dich, Zoe. Also sag, dass du mich heiraten wirst, damit Keenan und ich wieder ruhig schlafen können.“

„Wie es aussieht, bin ich überstimmt.“ Sie berührte zärtlich seine Wange.

„War das ein Ja?“

„Absolut.“ Glücklich und lachend ließ sie sich von ihm in die Arme nehmen. „Daddy.“

„Es gefällt mir, wie das klingt.“ Cooper küsste Zoe leidenschaftlich. „Es gefällt mir sehr.“

– ENDE –

Rebecca Daniels

Verräterische Blicke

Roman

Aus dem Amerikanischen von
Yvonne Hergane

Prolog

„Lass mich doch erklären …“

„Was gibt es da noch zu erklären?“, schrie Dylan und schleuderte den Ball, den er in der Hand hielt, auf den Boden. „Es hat funktioniert – ich bin auf deinen Trick reingefallen. Ihr hattet euren Spaß, du und deine Schwester. Jetzt lass mich in Ruhe!“

„Dylan, bitte“, flehte Marissa. Noch nie in ihrem Leben war sie so verzweifelt gewesen. „Es war nicht, wie du denkst, es war kein Spaß.“

„Was dann, Marissa?“ Dylan starrte auf sie hinunter. „Wie würdest du es denn nennen, dass du mich die ganze Zeit hast glauben lassen, du wärst Mallory? Wie würdest du es nennen, wenn eine Zwillingsschwester vorgibt, die andere zu sein?“

Marissa sah zu ihm hoch. In seinen dunklen Augen glänzten Tränen, die er nicht weinen wollte. „Ich wollte es dir sagen …“

„Ach ja? Wann wolltest du es mir sagen?“, fragte er wütend. „Bevor du mit mir geschlafen hast oder danach?“

Dylans Worte trafen Marissas Herz wie tausend kleine Pfeile. Mallory hatte sie davor gewarnt, mit dem Feuer zu spielen, hatte sie inständig gebeten, Dylan die Wahrheit zu sagen. Warum hatte sie nicht auf ihre Schwester gehört? Sie hatte ihn nicht verletzen wollen. Marissa war es gewohnt, mit ihrer Zwillingsschwester verwechselt zu werden. Und so hatte es sie nicht überrascht, dass Dylan sie für Mallory hielt, als sie an die Tankstelle fuhr, an der er den Sommer über arbeitete.

Als Leiterin der Cheerleader-Gruppe war Mallory mit allen Mitgliedern der Football-Mannschaft befreundet – auch mit dem Quarterback Dylan James. Mallory galt als die beliebtere, lustigere der Schwestern. Marissa dagegen war die ruhigere, die „Kluge“, die stets über ihren Büchern saß und Klassenbeste war. Aber an diesem Sommermorgen an der Tankstelle hätte sie in dem Augenblick, als Dylan auf ihren Wagen zukam und sie ansprach, alles darum gegeben, Mallory zu sein.

Sie hatte es richtigstellen wollen – wirklich. Aber es war einfach so schön gewesen, dass er ihr für eine Weile seine ganze Aufmerksamkeit widmete. Mallory hatte es nicht gekümmert – sie war an Dylan nicht interessiert. Die telepathische Verbindung zwischen den Schwestern – der „Zwillingsradar“, der die eine immer wissen ließ, was die andere fühlte – bestätigte Marissa, dass es so war. Und Mallory wusste, dass Marissa schon immer heimlich für Dylan geschwärmt hatte. Aber irgendwie war das harmlose Spiel außer Kontrolle geraten.

Plötzlich hatte Dylan sie um eine Verabredung gebeten, und sie hatte Hals über Kopf zugesagt. Sie schwor sich, ihm die Wahrheit zu sagen, sobald sie ihn wiedersehen würde. Doch als er am Abend dann auf ihrer Veranda stand, sah er sie mit seinen dunklen Augen auf solch eine Art an, dass sie nicht anders konnte, als ihn weiterhin im falschen Glauben zu belassen. Und so folgte auf diese erste Verabredung eine zweite und dann noch eine und noch eine …

Von da an vergingen die Sommermonate wie im Flug. Marissa und Dylan verbrachten jede freie Minute zusammen. Mallory, die sah, was passierte, hatte sie angefleht, mit dem Versteckspiel aufzuhören, aber Marissa hatte gezögert. Zu groß war die Angst, Dylan für immer zu verlieren. Sie wusste, dass die Zeit knapp wurde. Bald würde das neue Schuljahr anfangen, und dann würde die Wahrheit unweigerlich ans Tageslicht kommen. Sie hatte sich in Dylan verliebt, und er liebte sie auch. Sie wollte, dass er erfuhr, dass *sie es* war, die er liebte – Marissa, nicht Mallory. Sie wollte nur auf den richtigen Zeitpunkt warten, ihm alles zu erklären.

Aber sie hatte zu lange gewartet. Irgendwie hatte jemand Wind von der Wahrheit bekommen und die Nachricht verbreitet, sodass er alles erfuhr. Die ganze Football-Mannschaft wusste, wie Marissa ihn hereingelegt hatte, und nun würde er ihr niemals verzeihen.

„Bitte, Dylan“, rief sie unter Tränen. „Es tut mir so leid. Ich liebe dich.“

„Du liebst mich?“, schnaubte Dylan wütend. „Ich weiß nicht einmal, wer du bist. Ich weiß gar nichts über dich.“

„Das stimmt nicht“, sagte sie schluchzend. „Du weißt alles über mich.“

„Ich dachte, du wärst Mallory“, knurrte er. „Ich dachte, ich würde Mallory kennen.“ Er schüttelte den Kopf. „Ich dachte, ich hätte mich in Mallory verliebt.“

„Dylan“, schrie Marissa, als er sich abwandte und quer über den Platz wegging. „Bitte, komm zurück.“

„Lass mich in Ruhe.“ E blieb stehen und drehte sich langsam zu ihr um. „Ich hatte noch nie Lust, mit der Zweitbesetzung zu spielen.“

1. Kapitel

Sechzehn Jahre später

Dylan stieg die Treppe zum Büro des Sheriffs von Amador County voller Elan hinauf. Es war kurz vor zehn Uhr morgens, aber in diesem nordkalifornischen Städtchen namens Jackson kletterte die Temperatur bereits kräftig nach oben. Dylan wischte sich den Schweiß von der Stirn und stieß einen Fluch aus. Die Sommer konnten in dieser Gegend grässlich heiß sein.

Als er eine Tür mit der Aufschrift „Zutritt nur für Berechtigte" aufstieß, schlug ihm ein wohltuend kühler Luftzug entgegen. Dylan hasste es, zu spät zur Arbeit zu kommen. Er hasste es auch, den Vormittag in einer endlosen Haushaltsdebatte verbringen zu müssen, zusammen mit einem Stab von Aufsichtsratsmitgliedern, die sich mehr um die Kampagnen zu ihrer Wiederwahl kümmerten als um die Betreuung ihrer Wahlkreise. Aber er hatte keine Wahl. Für ihn als Sheriff war die Anwesenheit bei der halbjährlichen Haushaltsdebatte des Bezirks zwingend vorgeschrieben. Dabei pflegte eine Debatte meist wie die andere abzulaufen – er verlangte Geld, um fünf neue Hilfssheriffs einstellen zu können, und der Aufsichtsrat genehmigte gerade genug Mittel für einen.

Dylan griff nach der Post in seinem Fach. „Ich bin wieder da, Kim", sagte er zu der blonden Schalterbeamtin, ohne aufzublicken. „Könnten Sie mir die eingegangenen Nachrichten rüberlegen? Und versuchen Sie bitte, die Liste mit den Überstunden zu finden."

„Alles klar, Sheriff", antwortete Kimberly Young rasch. „Ach, und …"

„Und stellen Sie eine Verbindung zum Büro des Staatsanwalts her", unterbrach sie Dylan. „Ich möchte gern wissen, was mit dem Steckbrief passiert ist, den wir rübergeschickt haben."

„Mach ich", sagte Kimberly und nickte. „Aber …"

„Machen Sie denen bitte klar, dass wir darauf warten.“

Kimberly war mit ihrer Geduld am Ende. Entschlossen packte sie Dylan am Arm. „*Sheriff.*“

Überrascht sah Dylan auf. „Was ist denn?“

Sie senkte die Stimme. „Da wartet jemand auf Sie.“

Er verzog das Gesicht und blickte auf seine Uhr. „Ich bin ziemlich in Zeitdruck. Haben Sie eine Ahnung, worum es geht?“

„Es geht um Joshua Wakefield.“

Die Überraschung traf ihn wie ein Blitz. Dylan sah auf und fühlte sich plötzlich in die Zeit zurückversetzt, als er der Quarterback der High School von Jackson war und glaubte, das Mädchen seiner Träume gefunden zu haben.

„Marissa?“

„Hallo, Dylan“, flüsterte Marissa. Die Stimme hatte er tausendmal in seinen Träumen gehört. „Es ist lange her.“

„Da hast du recht“, sagte er und ließ seine Stimme so unbeteiligt wie möglich klingen. In Wirklichkeit hatte es ihm einen richtigen Schock versetzt, sie wiederzusehen. „Wie ist es dir so ergangen?“

„Gut, danke.“ Sie holte tief Luft. „Und dir?“

Obwohl ihm zumute war, als hätte er gerade auf schmerzhafte Weise mit den Fäusten eines Boxers Bekanntschaft geschlossen, zuckte er nur die Achseln. „Gut. Sehr gut.“

Die Erinnerungen begannen Dylan einzuholen – schmerzliche, quälende Erinnerungen, von denen er gehofft hatte, dass sie für immer verschüttet bleiben würden. Er hatte hart daran gearbeitet, Marissa Wakefield aus seinem Leben und seinen Gedanken zu verbannen. Doch nun, nach so langer Zeit, drängte sie mit aller Macht wieder in sein Leben und seine Gedanken zurück. „Du wolltest mich sprechen?“, fragte er.

„Wie ich sehe, bist du sehr beschäftigt“, sagte sie mit einem leisen Lachen. „Es ist nur so, dass morgen Joshs Verhandlung stattfindet, und ich dachte, wenn du ein paar Minuten Zeit hättest …“ Sie machte eine Pause und strich sich eine blonde Strähne hinters Ohr.

Dylan war nicht wirklich überrascht. Marissa Wakefields Neffe hatte in den letzten Jahren eine Menge Ärger verursacht. Dylan hatte Josh und seine Freunde schon öfter wegen verschiedener Vergehen festnehmen müssen, die von Hausfriedensbruch bis hin zu unerlaubten Spritztouren mit dem Auto von Joshs Mutter reichten. Die Wakefields hatten in der Vergangenheit immer jemanden gefunden, der die Jungs gegen Kaution freibekam – aber diesmal war es wirklich ernst. Josh und seinen Freunden wurde eine Brandstiftung zur Last gelegt, und es drohten ihnen Jugendstrafen in einer Erziehungsanstalt.

Dylan sah seine einstige Freundin an. Als sie sich damals auf der Schule kennenlernten, waren sie nur wenig älter gewesen als Josh jetzt, und doch hatte sie sich seither kaum verändert. Natürlich war sie reifer geworden, aber ihre Schönheit und Eleganz waren gleichgeblieben. Wie sie da in ihrem blaugrünen Leinenkostüm vor ihm stand, sah sie wirklich umwerfend aus. Um den Hals trug sie eine schmale goldene Halskette mit einem Anhänger, der mit einem Schwarm kleiner Sternchen besetzt war. Sie war wirklich eine tolle Erscheinung, aber Dylan wusste besser als jeder andere, wie der Schein trügen konnte – ganz besonders, wenn es um Marissa Wakefield ging.

„Kim, stellen Sie jetzt bitte keine Anrufe durch“, sagte er ruhig, wandte sich wieder Marissa zu und deutete auf die Tür hinter dem Schalter. „Komm mit. Wir können in meinem Büro sprechen.“

„Es war schön, Sie wiederzusehen, Kimberly.“ Marissa lächelte die junge Beamtin hinter dem Schalter an. „Bitte grüßen Sie Ihre Familie von mir.“

„Mach’ ich“, sagte Kim und winkte kurz.

Marissa trat in den schmalen Gang, wo Dylan auf sie wartete. Sie fühlte sich verlegen und hilflos, fast wie ein Lamm, das die Höhle des Löwen betrat. Aber sie war schon zu weit gegangen, um jetzt noch einen Rückzieher zu machen. Joshs Zukunft stand auf dem Spiel, und dafür war sie bereit, alles in Kauf zu nehmen.

Joshs Anwalt war der Meinung gewesen, wenn der Sheriff von Amador County vor Gericht zugunsten von Josh aussagte, hätten sie vielleicht gegen den Staatsanwalt, der darauf erpicht war, den Angeklagten nach dem Jugendrecht verurteilt zu sehen, einen Trumpf in der Hand. Marissa war zwar von der Idee, Dylan wiederzusehen und ihn um Hilfe zu bitten, nicht gerade begeistert gewesen, aber es stand zu viel auf dem Spiel, als dass sie sich hätte Bedenken erlauben können. Also hatte sie beschlossen zu kommen – einfach so.

Normalerweise tat Marissa nichts „einfach so". Ihr geradliniges Wesen sprach gegen schnelle, übereilte Entscheidungen. Ein einziges Mal nur hatte sie schnell und übereilt gehandelt – vor sechzehn Jahren, um genau zu sein –, und ihr Leben war seitdem nie mehr wie zuvor gewesen. Von jenem Zeitpunkt an hatte sie großen Wert darauf gelegt, mit Bedacht zu handeln. Doch wenn es um Josh ging, fiel es ihr schwer, sich an diesen Vorsatz zu halten.

Marissa ließ sich von Dylan den schmalen Gang entlangführen, an dessen Ende sich mehrere Türen befanden. Seine Hand, die ihren Ellbogen umfasst hielt, machte sie nervös. Marissa fühlte sich unbehaglich, aber sie wollte Dylan nicht merken lassen, dass sie zitterte.

„Hier entlang", sagte er und öffnete eine der schweren Holztüren.

Er ließ ihren Ellbogen los und trat höflich zur Seite. Aber Marissa war kaum ein paar Schritte gegangen, als sie plötzlich umknickte und ein scharfer Schmerz in ihre Wade schoss. Sie verlor das Gleichgewicht und prallte gegen Dylans Brust.

„Hast du dir weh getan?", fragte er hastig, während er sie automatisch stützte.

„Nein", stöhnte sie, vor Scham wie vor Schmerz. „Es ist nur mein Knöchel."

„Was ist damit?" Er wartete keine Antwort ab. „Am besten, ich bringe dich hinein, und du legst das Bein hoch." Er legte ihr den Arm um die Taille und führte sie zu einem Stuhl. „Vielleicht sollten wir jemanden kommen lassen, der sich das ansieht", sagte er, während er sich vor sie hinkniete und mit einer Hand sanft ihren Knöchel umfasste.

„Nein, wirklich, es ist schon gut", beharrte Marissa. Ihre Wangen glühten, und Dylans Hand um ihren Knöchel brachte sie völlig aus der Fassung. Nur der dünne Stoff ihrer Strümpfe trennte seine Haut von ihrer. Sie schob seine Hand sacht beiseite. „Es ist nichts, wirklich. Ich habe mir vor einiger Zeit den Knöchel gebrochen. Der Gipsverband ist erst seit ein paar Tagen ab – das Gelenk wird noch ein bisschen schwach sein, das ist alles."

Dylan sah zu Marissa hoch. Als er sie berührte, hatte er ein Zittern gespürt, einen flüchtigen Schauder auf der Haut. „Du solltest den Fuß eine Weile schonen“, empfahl er, stand langsam auf und ging um den Schreibtisch herum. „Bei einem weiteren Sturz könnte sonst die alte Verletzung wieder aufbrechen.“

„Ich weiß“, seufzte sie. Nun, da Dylan sie nicht mehr berührte, begann sie sich wieder zu entspannen. „Ich mache schon aufbauende Übungen, aber es wird wohl noch einige Zeit dauern, bis alles wiederhergestellt ist.“

„Das muss ein ziemlich schwerer Unfall gewesen sein, den du hattest.“

Marissa verdrehte die Augen. „Jedenfalls war er schlimm genug, dass ich nicht traurig wäre, eine Weile mal keine Krücken mehr zu sehen.“

Als sie sich im Büro umschaute, entdeckte sie ein kleines gerahmtes Foto von Dylan, der eine abgewetzte Uniform der High School von Jackson anhatte und einen schmutzigen Ball triumphierend über dem Kopf hochhielt. Zweitbesetzung. Sie konnte immer noch hören, wie er sie so nannte. Sie hatte ihm all ihre Liebe geschenkt, aber er hatte in Wirklichkeit nur das beliebteste Mädchen der Schule haben wollen.

„Nett hast du’s hier.“ Sie versuchte die Erinnerungen zu verbannen. „Sieht so aus, als hätten sich die Dinge für dich gut entwickelt.“

„Ja, es ist ganz gut gelaufen.“ Dylan stopfte ein paar herumliegende Blätter in eine Aktenmappe. Plötzlich fielen ihm die Bilder auf, die an den Wänden hingen, und die vielen Erinnerungsstücke, die sich im Laufe der Zeit in seinem Büro angesammelt hatten. Es war, als ob man diesem Raum sein ganzes Leben ablesen konnte, und er war nicht sicher, ob er Marissa so viel von sich zeigen wollte. „Ist Mallory auch mit zurückgekommen?“, fragte er beklommen. Marissas Zwillingsschwester war ein Gesprächsthema, das er nur ungern anschnitt.

„Nein, ich bin gestern allein hierhergeflogen.“ Marissa lächelte eine Spur zu strahlend. „Mallory ist derzeit auf Hochzeitsreise. Sie hat vor Kurzem geheiratet.“

„Tatsächlich? Das wusste ich nicht“, sagte er und lehnte sich in seinem Sessel zurück. „Bitte richte ihr meine herzlichsten Glückwünsche aus. Jemand, den sie in Washington kennengelernt hat?“

„Nein“, antwortete sie. „Jemand, den sie in Arizona kennenlernte, während sie mich dort besuchte. Benjamin Graywolf. Er ist Anwalt – setzt sich für die Rechte der Navajos ein. Sie leben jetzt im Reservat.“

Dylan zog die Augenbrauen hoch. „Klingt interessant. Ich hoffe, dass sie immer glücklich bleiben.“

„Das werden sie“, sagte Marissa versonnen. Sie dachte daran, wie wunderschön ihre Schwester am Tag ihrer Hochzeit ausgesehen hatte. „Graywolf ist ein wundervoller Mann, und er liebt Mallory wirklich sehr.“

„Und was ist mit dir?“

Überrascht sah sie auf. „Wie meinst du das?“

„Gibt es einen Ehemann?“ Dylan war froh, dass der neutrale Ton seiner Stimme nichts von seinen Gefühlen verriet. All die Jahre hatte er sich immer wieder dabei ertappt, wie er sich Marissa vorstellte – auf ewig ein Teenager, jung und schön … und auf ewig die Seine. Aber nun stand hier eine richtige Frau, die die Zeit mit ihm hinter sich gelassen und ihr Leben weitergelebt hatte. Doch noch immer weigerte sich ein Teil von ihm, die Vorstellung zu akzeptieren, dass sie einem anderen Mann gehören könnte.

„Ich bin nicht verheiratet“, antwortete sie kopfschüttelnd.

„Kinder?“

Marissas Magen krampfte sich zusammen. Wenn er wüsste. Aber sie hatte alle Vorkehrungen getroffen, damit er nie davon erfuhr.

2. Kapitel

„Nein, keine Kinder“, sagte sie leise und fürchtete, ihr Gesichtsausdruck könnte ihre Worte Lügen strafen. Sie zwang sich zu einem Lächeln. „Aber ich meine gehört zu haben, dass du geheiratet hast. Stephanie Jacobs, richtig?“ Sie konnte sich erinnern, dass sie zwei Tage lang geweint hatte, nachdem Mallory ihr am Telefon die Nachricht erzählt hatte.

„Ja, Steph. “ Dylan nickte und dachte daran, wie leicht er die vier Jahre mit Stephanie hinter sich gelassen hatte. „Aber das ist lange vorbei.“

„Tut mir leid“, murmelte Marissa. Auch das hatte sie gewusst.

Er zuckte die Achseln. „Es ist für uns beide besser so, und zum Glück waren keine Kinder davon betroffen.“

Er dachte an die Zeit vor sechzehn Jahren. Damals war er hinter Mallory Wakefield her gewesen – wie alle Jungs im Football-Team der Jackson High. Sie war das beliebteste Mädchen der Schule, reich und hübsch. Er konnte es kaum glauben, als sie zusagte, mit ihm auszugehen. Aber die Wakefield-Zwillinge hatten ein falsches Spiel gespielt, hatten die Doppelgängerin ins Rennen geschickt, und am Schluss hatte er wie der dumme August dagestanden.

Natürlich hatten ihn seine Freunde ausgelacht, als sie davon erfuhren. Der clevere Mannschaftskapitän hatte es fertiggebracht, sich zum Trottel zu machen. Und natürlich hatte er das getan, was er immer tat, wenn ihn etwas sehr verletzte – er hatte gelacht, Witze gerissen und alles zu überspielen versucht. Aber in Wahrheit war er am Boden zerstört.

Dylan schloss die Augen. Das war Vergangenheit. Er hatte Wichtigeres zu tun, als zuzulassen, dass Dinge, die vor einer Ewigkeit geschehen waren, ihn jetzt noch quälten. „Ich habe gehört, was deinem Bruder zugestoßen ist – und Penny. Tut mir so leid. Muss ein schwerer Schlag für deine Familie gewesen sein.“

Marissa atmete tief ein. Calebs tödlicher Autounfall vor zwei Jahren war für sie alle ein Schock gewesen – vor allem für ihren Neffen Josh.

Er begann die Schule zu schwänzen und geriet in Schwierigkeiten. Auch Penny konnte den Verlust nie überwinden, und Joshs Probleme überforderten sie. Vor drei Monaten war sie mit dem Auto gegen eine Felswand geprallt. Aber in Wirklichkeit war sie an gebrochenem Herzen gestorben. Josh war allein zurückgeblieben – mit all seinen schlimmen Problemen. Knapp einen Monat nach der Beerdigung seiner Mutter war er wegen Verdachts auf Brandstiftung festgenommen worden.

„Ja, es war schwer", sagte Marissa leise. „Besonders für Josh."

„Und deswegen bist du hier – um über Josh zu sprechen."

Marissa sah zu ihm hoch. Der Schwung seiner Augenbrauen, die Linie seiner Wangenknochen – alles an ihm war ihr so liebevoll vertraut. „Ich werde morgen vor Gericht das Sorgerecht für Josh beantragen." Dylans Augen weiteten sich. „Oh? Ich hatte angenommen, er würde hier bei deiner Familie leben – wenn all das vorbei ist, meine ich."

„Meine Eltern sind der Aufgabe, einen Teenager großzuziehen, nicht gewachsen", wiederholte sie den Satz, den sie gut einstudiert hatte, für den Fall, dass jemand sie nach ihren Beweggründen fragen würde. „Dad wird bald achtzig, und Mom ist auch schon dreiundsiebzig."

„Aber wenn du in Arizona bist, wird es da keine Probleme mit dem Gericht geben?"

„Ich bin wieder nach Jackson gezogen", sagte sie tonlos. „Für immer. Ich habe an der Sutter High School eine Stelle angenommen." Dylans Schläfen begannen zu pochen. Er kannte die Schule für schwer erziehbare Jugendliche nur zu gut – er hatte sich schon öfter den einen oder anderen Schüler vorknöpfen müssen. „Ich wusste gar nicht, dass du Lehrerin bist."

„Ich wurde als Direktorin eingestellt. " Sein prüfender Blick beunruhigte sie. Es war, als könnte er an ihrem Gesicht mehr ablesen, als ihr lieb war.

„Verstehe", sagte er unverbindlich.

„Wir … ich meine, die Familie … wir haben alles besprochen, als ich zu Pennys Beerdigung hier war“, fuhr Marissa fort. „Ich hätte die Papiere damals schon ausgefüllt, aber es gab keinen Grund zur Eile, und unser Rechtsanwalt meinte, es würde sich vor Gericht besser machen, wenn ich schon mit klaren Plänen aufwarten könnte – bezüglich des Umzugs, des Jobs, solche Dinge. Leider kam dann diese dumme Knöchelgeschichte dazwischen und verzögerte alles.“ Sie schüttelte den Kopf. „Und dann wurde Josh festgenommen.“

„Und wie sehen deine Pläne jetzt aus?“

„Ich möchte, dass Josh zu mir kommt. Ich will alles tun, um ihn wieder in die richtigen Bahnen zu lenken.“

„Und was will Josh?“

Marissa schlug die Handflächen zusammen. „Dasselbe wie ich – zumindest wollte er es. Seit er verhaftet wurde, hatte ich noch keine Möglichkeit, mit ihm zu sprechen. Ferngespräche sind von Seiten der Gefängnisleitung nicht erlaubt, und seit meiner Ankunft gestern Abend gab es noch keine Besuchszeit. Ich werde nachher von hier aus direkt dorthin gehen.“

„Und ich soll für dich mit der Gefängnisleitung wegen einer Besuchsregelung verhandeln?“, fragte er enttäuscht. War das alles, wofür sie hergekommen war?

„Nein“, antwortete sie. „Eigentlich hatte ich gehofft, mit dir über die morgige Verhandlung sprechen zu können.“

„Ich weiß nicht, ob ich dir da helfen kann. Vielleicht solltest du besser mit dem Staatsanwalt reden.“

„Aber das ist ja gerade das Problem. Der Staatsanwalt will Josh in die Erziehungsanstalt schicken – für sechs Monate oder sogar ein Jahr. Dylan, das ist das Letzte, was Josh jetzt brauchen kann. Er muss zu mir kommen. Ich übernehme die Verantwortung. Ich werde dafür sorgen, dass er keinen Ärger mehr macht.“ Sie hielt einen Augenblick inne. „Ich hatte gehofft, du würdest mir helfen, den Richter davon zu überzeugen.“

„Du vergisst, dass er ein schweres Verbrechen begangen hat.“

„Ich bestreite ja nicht, dass das, was er getan hat, falsch war. Josh ist ein Kind mit Problemen – großen Problemen.“ Sie holte tief Luft.

„Er braucht Liebe und Verständnis, nicht eine Justiz, die ihn in eine Zelle sperrt und ihn dann dort vergisst."

Dylan musste unwillkürlich lächeln. „Prescott sieht zwar wie ein Straflager aus, ist aber eher so etwas wie eine Militärschule. Und es ist nicht weit von hier. Du könntest Josh jederzeit besuchen."

Marissa konnte es nicht ertragen, sich Josh hinter Gittern vorzustellen. „Es wäre ein Fehler, ihn dorthin zu schicken."

Etwas in ihrem scharfen Ton brachte Dylan auf die Palme. Als Sheriff hatte er Josh wie jeden anderen Jungen behandelt, der ihm gebracht wurde, und er war dessen Tante keine Rechenschaft schuldig. Also wie kam es, dass Marissas blaue Augen in ihm das Bedürfnis weckten, sich zu rechtfertigen?

„In Prescott legt man Wert auf Disziplin, und das ist genau das, was Josh braucht", sagte er knapp. „Sieh mal, es liegt nicht an mir, über seine Verurteilung zu entscheiden. Aber ich muss dir sagen, angesichts von Joshs krimineller Vergangenheit ist es ziemlich sicher, dass der Richter ihn für einige Zeit in Gewahrsam wissen will."

Marissas Kopf schnellte hoch. „Ihr haltet ihn doch schon seit sechs Wochen in Untersuchungshaft."

Dylan sah die Leidenschaft in ihren Augen lodern und spürte, wie ein altes Gefühl sich wieder in ihm regte. „Richter Kent hat eine Kaution abgelehnt."

„Versteh doch", sagte Marissa verzweifelt. „In den letzten zwei Jahren ist so vieles in Joshs Leben passiert. Um Himmels willen, verdient er denn kein Mitgefühl? Er hat beide Eltern verloren!"

Dylan schleuderte den Stift, den er in der Hand hielt, auf den Schreibtisch. „Das ist mir durchaus bewusst. Aber Tatsache bleibt, dass Josh nicht zum ersten Mal festgenommen wurde. In den letzten zwei Jahren hatte ich den Jungen öfter hier, als ich an den Fingern abzählen kann. Josh hat eine Chance nach der anderen bekommen, sein Leben wieder auf die Reihe zu kriegen – und er hat jede einzelne davon vergeben. Jetzt wird er eines ernsthaften Verbrechens beschuldigt. Er und seine zwei Kumpels haben bewusst öffentliches Eigentum zerstört – und zwar auf dem Gelände eben jener Schule, an der du arbeiten wirst. Nur einem glücklichen Zufall ist es zu verdanken, dass es lediglich Sachschäden gab. Was passiert beim nächsten Mal? Sollen wir warten, bis wirklich jemand verletzt wird?“

Marissa wusste, dass er recht hatte. „Und wenn ich verspreche, dass es kein nächstes Mal geben wird? Für Josh ist es wichtig, sein Leben wieder in den Griff zu bekommen. Er soll wissen, dass jemand auf seiner Seite ist, jemand, der ihn nie im Stich lassen wird.“

Dylan erkannte die Liebe in ihren Augen und war versucht, an ihre Worte zu glauben. Aber dann erinnerten ihn düstere Bilder an eine vergangene Zeit, als er jenen sanften Blick schon einmal gesehen hatte. Damals hatte sie ihn angelogen – log sie jetzt auch?

Er atmete tief ein. Es war nicht fair, Vermutungen anzustellen über die Beweggründe einer Frau, die jetzt fast eine Fremde für ihn war. „Nicht du musst Versprechungen machen …“, sagte er leise, „sondern Josh.“ Er rang nach den passenden Worten. „Ob du’s glaubst oder nicht – ich mag Josh wirklich, und ich denke, dass er im Grunde ein guter Junge ist. Aber er muss anfangen, für seine Taten geradezustehen.“

„Aber er ist … er ist doch noch ein Kind …“

„Er ist fünfzehn Jahre alt“, unterbrach Dylan sie. „Jedes Mal, wenn ich ihn hier hatte, gab es jemanden – Penny, deinen Vater, jemanden aus dem Stadtrat, der mit deiner Familie befreundet ist –, jemand griff immer ein und kehrte alles unter den Teppich für Josh. Jetzt verlangst du von mir, dass ich dasselbe tue.“

„Ich verlange nicht, dass du irgendwas unter den Teppich kehrst“, sagte Marissa. Sie war gekommen, um Dylan um Hilfe zu bitten, und nicht, um Beziehungen spielen zu lassen. „Alles, was ich will, ist eine Chance, das Leben dieses Jungen wieder in eine neue Richtung zu lenken.“

„Sechs Monate Erziehungsanstalt könnten das auch.“

Marissa schwieg einen Augenblick. „Sieht so aus, als gingen unsere Meinungen in diesem Punkt auseinander.“ Sie nahm ihre Handtasche. „Danke, dass du dir Zeit für mich genommen hast.“

Dylan musterte sie eindringlich. „Du hast dich sehr verändert in den letzten sechzehn Jahren.“

Sie sank wieder auf den Stuhl zurück. „Soll ich das als Kompliment oder als Beleidigung auffassen?“

Er lachte. „Es ist nur – ich kann mich erinnern, dass du früher als die Stillere gegolten hast."

Ja, sie war die stillere der Zwillingsschwestern gewesen, diejenige, mit der er sich nicht abgeben wollte – die Zweitbesetzung. „Tja, seitdem hat sich einiges geändert." Sie zögerte kurz. „Vielleicht hast du mich auch nicht so gut gekannt, wie du dachtest."

„Vielleicht hast du mir auch keine Chance dazu gegeben", murmelte er.

Marissa stand auf. Auch Dylan erhob sich langsam aus seinem Sessel. Während er Marissa zur Tür folgte, beobachtete er ihren Gang. Trotz ihres schwachen Knöchels bewegte sie sich geschmeidig und sicher wie ein Mannequin auf dem Laufsteg. Sollte diese Frau jemals ein Mauerblümchen gewesen sein – dazu verurteilt, im Schatten ihrer Schwester zu leben –, jetzt war sie jedenfalls keines mehr. Sie war eine Frau, die wusste, was sie wollte, und die nicht zögerte, es sich zu nehmen. Marissa Wakefield war keine Frau, die er jemals wieder übersehen würde.

Sein Blick fiel auf ihr langes blondes Haar, das sich üppig und glänzend von ihrer blaugrünen Leinenjacke abhob. Dylan wusste noch genau, wie es sich auf seiner Haut angefühlt hatte – weich und seidig und zart nach Wiesenblumen duftend. „Ich bin sicher, du wirst eine sehr gute Direktorin sein." Er öffnete die Tür.

„Wieso? Weil ich nicht will, dass mein Neffe ins Gefängnis kommt?"

„Nein", sagte er. „Weil dir Kinder und ihre Nöte offenbar sehr am Herzen liegen."

„Nun, es wäre auch ziemlich dumm, an einer Schule zu arbeiten, wenn das nicht der Fall wäre."

Dylan kam einen Schritt näher und meinte, einen Hauch des Wiesenblumenduftes riechen zu können. „Trotzdem – es klingt wie eine Ironie des Schicksals, findest du nicht? Du magst Kinder so, und dennoch hast du keine eigenen."

„Du interpretierst da zu viel hinein."

„Mallory, du hast seinen Blick nicht gesehen."

Marissa hörte das Schnauben ihrer Schwester in der Telefonleitung. „Du benimmst dich paranoid", sagte Mallory. „Ich habe dir gesagt, dass das passieren würde, wenn du nach Jackson zurückgehst."

„Ich habe nur gesagt, dass er mich ziemlich seltsam angestarrt hat."

„Wahrscheinlich fand er, dass du toll aussiehst, und konnte es nicht fassen, was für ein Dummkopf er damals gewesen ist."

Marissa musste lachen. „Na ja, offensichtlich war er aber nicht hingerissen genug, um für uns ein gutes Wort beim Richter einzulegen."

„Aber du hast dennoch erreicht, was du wolltest, auch ohne den Beistand des guten Sheriffs."

Marissa seufzte und schaute ins Wohnzimmer, wo Josh sich auf das Sofa gelümmelt hatte und fernsah. Er blickte kurz auf und schenkte ihr ein schiefes Lächeln, das ihr Herz höherschlagen ließ. Er gehörte nun zu ihr. Auf diesen Tag hatte Marissa lange warten müssen.

Sie konnte sich noch genau erinnern, wie sie sich gefühlt hatte, als ihr der Arzt bestätigte, was sie im Innersten längst wusste – dass sie Dylans Kind erwartete. Sich an Dylan zu wenden war völlig ausgeschlossen gewesen. Er hasste sie. Und ihrer Meinung nach hatte er jedes Recht an ihrem gemeinsamen Kind in dem Augenblick verwirkt, als er sie „Zweitbesetzung" nannte. Aber sie musste es ihren Eltern sagen. Noch nie hatte Marissa ihre Eltern mehr geliebt als an jenem Nachmittag, als sie ihnen eröffnete, dass sie schwanger war. Es gab keine Szene, keine Standpauke. Ihre Eltern zwangen sie auch nicht, den Namen des Kindsvaters zu verraten. Sie setzten sich einfach hin und überlegten, wie man das Problem gemeinsam lösen konnte.

Der Plan war einfach. Sie würde zu ihrer Tante Bernice nach Maryland ziehen, um ihr Abschlussjahr an der High School zu absolvieren und fernab aller neugierigen Augen ihr Baby zur Welt zu bringen. Marissa hatte darauf bestanden, ihr Kind zu behalten – bis ihr Bruder Caleb zu Besuch gekommen war.

Caleb und seine Frau Penny hatten so gern eine Familie gründen wollen, und sie waren verzweifelt darüber, dass sie keine eigenen Kinder bekommen konnten. Sie hatten lange auf Marissa eingeredet, ihr klargemacht, dass sie noch einige Jahre der Ausbildung vor sich hatte. Sie konnten ihrem Baby ein Zuhause und Geborgenheit bieten. Sie versprachen ihr, dass sie das Kind jederzeit besuchen könnte, allerdings als seine Tante, nicht als seine Mutter.

Schließlich gab sie das Kind in die Hände von Caleb und Penny – obwohl ein Teil von ihr an jenem Tag starb. Und all die Jahre hatte sie das Versteckspiel mitgemacht – hatte die Rolle der Tante gespielt, die ihren Neffen abgöttisch liebte. Aber sie hatte nie aufgehört, Josh als ihren Sohn zu betrachten.

Und jetzt gehörte er wieder zu ihr, ganz legal. Richter Kent hatte Marissa das Sorgerecht übertragen und Josh und seinen Freunden erlaubt, ihre Strafe dadurch abzuarbeiten, dass sie weiterhin auf die Schule gingen und nachmittags den Geräteschuppen wieder aufbauten, den sie zerstört hatten. Alles in allem war der Verhandlungstag für Marissa höchst erfolgreich verlaufen.

„Nun, nachdem das geregelt ist, kannst du dich mit Josh auf euer weiteres Leben konzentrieren und brauchst dir keine Sorgen mehr um Dylan zu machen." Mallory klang zuversichtlich.

„Schön wär's", stöhnte Marissa und fühlte ihren Enthusiasmus schwinden. „Der Staatsanwalt hat beantragt, dass die Fortschritte der Jungs stichprobenartig kontrolliert werden."

„Und – was heißt das?"

„Es heißt, dass Sheriff James beauftragt wurde, Joshs Fortschritte zu überprüfen. Und wenn Dylan der Meinung ist, dass Josh seinen Verpflichtungen nicht nachkommt, kann er ihn wieder der Jugendbehörde übergeben."

„Oh", sagte Mallory bedrückt. „Dylan James ist also Knall auf Fall wieder mittendrin in deinem Leben. Vielleicht war das doch keine so gute Idee, nach Jackson zurückzuziehen."

„Wie kannst du das sagen? Mallory, ich habe meinen Sohn wieder. Verstehst du – mein ganzes Leben habe ich nicht gewagt, daran zu glauben, dass das noch mal geschehen könnte!"

„Aber um welchen Preis? Es wird wehtun, Dylan immer wieder zu sehen. Ich weiß doch, was du für ihn empfunden hast."

Marissa schloss die Augen. „Ich habe Josh wieder. Das ist das Einzige, was zählt."

„Ist Tante Mal dran?“

Marissas Herz machte einen Satz, als sie Joshs Stimme hinter sich hörte. „Ah … ja … sie wollte hören, wie es vor Gericht verlaufen ist.“

„Kann ich mit ihr sprechen?“

Sie suchte in seinem Blick nach einem Zeichen, dass er ihre Unterhaltung mitgehört haben könnte, aber sein junges Gesicht war die reine Unschuld. Vielleicht hatte Mallory recht – vielleicht war sie wirklich paranoid.

„Sicher, Schatz“, sagte sie und reichte Josh das Telefon.

„Hallo, Tante Mal“, sagte er und klemmte sich den Hörer ans Ohr. „Wie geht's dir, jetzt, da dein Neffe kein Knastbruder mehr ist?“

Marissa sah ihrem Sohn zu, und ihr Herz schlug höher vor Freude. Nach den sechs Wochen, die er in der Jugendvollzugsanstalt von Amador County verbracht hatte, war er verängstigt gewesen und wütend auf Gott und die Welt. Zudem machte ihm der Verlust von Penny immer noch zu schaffen. Er tat nach außen so, als mache ihm dies alles nichts aus – aber Marissa hatte den Ausdruck in seinen Augen gesehen, als der Richter ihn in ihre Obhut entließ. Josh war unglaublich erleichtert gewesen.

Sie dachte an Dylan, der sich während des Gerichtsverfahrens im Hintergrund gehalten hatte. Er hatte sich verändert. Seine Schultern waren immer noch so breit und stark, wie sie es damals auf dem Football-Platz gewesen waren, aber im Gegensatz zu früher hatte sich ein herber Zug in sein Gesicht geschlichen. Der hübsche Junge hatte sich zu einem gut aussehenden Mann entwickelt, doch was er während der Jahre erlebt hatte, hatte sich in seinen Ausdruck eingebrannt.

Sie sah wieder zu Josh, der immer noch telefonierte. Sein Profil, die Haltung seiner Schultern, die leicht schräg gestellten Augen – es war ihr alles so vertraut. Die Ähnlichkeit zwischen Vater und Sohn war so verblüffend, dass Marissa sich Sorgen machte. Wie lange würde es dauern, bis Dylan sich im Gesicht seines Sohnes wiedererkannte?

3. Kapitel

„Sie will wieder mit dir sprechen."

Mit einem Kopfschütteln scheuchte Marissa ihre Gedanken weg und griff nach dem Hörer.

„Also, was denkst du?", fragte sie. Josh nahm sich eine Tüte Popcorn und schlenderte zurück ins Wohnzimmer.

„Was ich immer schon dachte – dass er ein großartiger Junge ist", sagte Mallory ohne Zögern. „Und dass ihr zwei unheimliches Glück habt, einander zu haben."

„Da hast du recht", sagte Marissa lächelnd. „Ich bin heilfroh, dass er aus dieser entsetzlichen Vollzugsanstalt raus ist. Mallory, sag mir, dass ich es schaffen kann. Dass ich ihm helfen kann. Dass ich Mittel und Wege finden kann, ihn für immer von solchen Orten fernzuhalten."

Mallory konnte die Angst und Unsicherheit ihrer Schwester nachempfinden. Marissa brauchte dringend jemanden, der sie in ihrem Tun bestärkte. „Natürlich kannst du. Du bist die ‚Kluge', schon vergessen?", schlüpfte Mallory wieder in ihre alte Cheerleader-Rolle und feuerte ihre Schwester an. „Das Schlimmste hast du schon geschafft. Du hast deinen Sohn wieder, und du hast die Begegnung mit Dylan überlebt. Der Rest ist nur noch ein Klacks."

Die aufmunternden Worte erreichten ihr Ziel. Marissas Stimmung hob sich wieder. Nachdem sie den Hörer aufgelegt hatte, ging sie ans Fenster und sah hinaus. Einst hatte sie Dylan so geliebt, wie Mallory nun Graywolf liebte. War das die Chance ihres Lebens gewesen? Hatte sie ihre einzige Chance, glücklich zu werden, verpasst, als sie Dylan verlor?

„Hast du's dir anders überlegt?"

Überrascht fuhr Marissa herum. Joshs Stimme hatte so sehr wie die von Dylan geklungen, dass sie eine Gänsehaut bekam. „Ich sollte dir ein Glöckchen um den Hals binden, damit ich jederzeit gewarnt bin, wenn du hinter meinem Rücken auftauchst."

Josh lächelte. „Ich wollte dich nicht erschrecken. Du hast gerade so traurig ausgesehen …“ Achselzuckend ließ er den Satz in der Luft hängen.

Sein ängstlicher Blick zerriss ihr fast das Herz. „Was auch immer kommen mag – du gehörst jetzt zu mir, also versuch ja nicht, dich aus der Sache rauszuwinden, klar?“, sagte sie und nahm ihn in die Arme. „Und nur für den Fall, dass ich das noch nicht erwähnt haben sollte – ich war in meinem ganzen Leben noch nie so glücklich wie jetzt.“

Marissa glaubte, in seinen Augen Tränen zu sehen, als er sie seinerseits umarmte. Mit einem verlegenen Lächeln ließ er sie wieder los, trat einen Schritt zurück und hielt die halb volle Tüte Popcorn hoch. „Ich hab dir etwas übrig gelassen. Außerdem beginnt gleich ein toller Film. Hast du Lust zu gucken?“

Marissa ging vor Freude das Herz auf. „Na denn mal los.“

„Wollen Sie das wirklich tun?“

Verwirrt sah Dylan auf. „Was tun?“

„Den Kaffee trinken“, erklärte Kimberly und deutete auf die Tasse, die er gerade füllte. „Er hat den ganzen Tag gekocht. Das reinste Gift. Ich glaube kaum, dass Sie heute Nacht schlafen werden, wenn Sie den trinken.“

Dylan zuckte die Achseln und goss die Tasse voll. „Dann leg ich eben einen zusätzlichen Rundgang ein.“

Kimberly runzelte die Stirn. „Was hat Sie denn in eine solche Laune versetzt?“

„Welche Laune denn?“, entgegnete Dylan höhnisch.

„Schon gut“, murmelte Kim und wandte sich wieder ihrer Schreibmaschine zu. Sie arbeitete lange genug für Sheriff James, um zu wissen, wie sie ihn nehmen musste. Wenn er gut gelaunt war, konnte man mit ihm scherzen und Witze machen, aber wenn er schlechte Laune hatte … nun, da ging man ihm am besten aus dem Weg.

Dylan trat an ihren Schreibtisch und sah finster auf sie herab. „Wenn einer meiner Mitarbeiter sagt, ich hätte *Launen*, dann möchte ich das schon genauer wissen. Also, welche Laune habe ich Ihrer Meinung nach?“

Kimberly hörte auf zu tippen und drehte sich zu Dylan herum. „Nichts für ungut, Sheriff. Ich hatte nur den Eindruck, Sie seien etwas … verstimmt, seit Sie von der Verhandlung zurück sind."

„Wieso?", entgegnete er sarkastisch. „Ich bin vollkommen ruhig."

„Ja, ruhig", murmelte Kimberly fast unhörbar. Wie die Ruhe vor dem Sturm.

„Ich muss zugeben, dass es mich schon geärgert hat, mit ansehen zu müssen, wie ein leichtgläubiger Richter einem Jungen die einzige Chance, sein Leben wieder auf die Reihe zu kriegen, verbaut."

„Oh nein", stöhnte Kimberly. „Er hat Josh wieder gehen lassen? Einfach so?"

„Nicht ganz", antwortete er und dachte an Marissa und die Blicke, die sie mit ihrem Neffen gewechselt hatte, als Richter Kent sein Urteil fällte. „Er hat für Josh und die beiden anderen eine zehnmonatige Probezeit angeordnet. Sie sollen die Sommerkurse an der Sutter High School besuchen und darüber hinaus zusammen mit einem Werklehrer den abgebrannten Schuppen wieder aufbauen."

„Und Ron Cox war damit einverstanden?"

Dylan dachte an die hitzige Debatte zwischen dem aufbrausenden Staatsanwalt und dem Anwalt der Wakefields. „Er ist in die Luft gegangen. Ich sollte Richter Kent doch empfehlen, die Jungs für einige Zeit in die Erziehungsanstalt zu stecken. Aber Ron Cox bekam einfach keine Möglichkeit, mich als Zeugen aufzurufen."

„Wieso, was ist denn passiert?"

„Marissa Wakefield ist passiert, ganz einfach. Sie hat den Richter herumgekriegt", schnaubte Dylan vor Wut. „Sie war gestern hier, um zu versuchen, mich herumzukriegen, und als das nicht klappte, ging sie schnurstracks zu ihm. Sie hat Richter Kent um den Finger gewickelt. Als er auf dem Richterstuhl Platz nahm, war er bereit, ihr alles zu genehmigen, was sie verlangte – Straffreiheit, Schadensersatz und das Sorgerecht für Josh. Das Einzige, was wir erreichen konnten, war, dass wir beauftragt wurden, die Jungs regelmäßig zu kontrollieren."

„Und wenn sie nicht tun, was sie sollen?"

Dylan zuckte die Schultern. „Dann sperren wir sie ein."

„Wow“, murmelte Kimberly. „Warum passieren so aufregende Dinge nie, wenn ich bei Gerichtsverhandlungen dabei bin?“

Dylan kippte den Kaffee hinunter. Er dachte daran, wie Marissa ausgesehen hatte, als sie vor dem Richter stand – das lange, glänzende Haar zu einem strengen Knoten zusammengebunden, die Brille mit dem schmalen Horngestell sittsam aufgesetzt, die Figur unter einem seriösen Kostüm versteckt. Sie sah aus, wie man sich die perfekte Direktorin vorstellte – nach außen hin züchtig und streng, aber innerlich von einer verborgenen Sinnlichkeit erfüllt. Dylan konnte Richter Kent seine Entscheidung kaum übel nehmen. Wahrscheinlich hätte er selbst Marissa auch alles gegeben, was sie wollte.

„Wissen Sie“, sagte Kimberly, „als sie neulich hier aufgetaucht ist, war ich nicht sicher, welche der Schwestern es war – Mallory oder Marissa.“

Dylan zuckte zusammen. Woher kannte Kimberly die Zwillinge? Wusste sie, wie sie ihn seinerzeit zum Narren gehalten hatten? „Sie kennen die beiden?“

„Sheriff“, sagte Kim geduldig. „Jackson ist eine Kleinstadt. Jeder hier kennt die Wakefield-Zwillinge. Außerdem waren sie mit meiner älteren Schwester Jill befreundet. Marissa ist früher öfter bei uns gewesen, als Mom so krank wurde und dann starb. Sie hat Jill geholfen, auf uns aufzupassen – bei acht Kindern in der Familie konnte Jill jede Hilfe gut gebrauchen.“ Ein wehmütiger Ton schlich sich in Kimberlys Stimme. „Marissa war die Einzige, die mit Kevin umgehen konnte. Er war gerade mal sechs, als Mom starb, und ein ziemliches Häuflein Elend – aber Marissa wusste, wie sie ihn wieder aufmuntern konnte. Wir haben sie alle sehr vermisst, als sie wegzog.“ Sie schüttelte den Kopf. „Ist Mallory auch mit zurückgekommen?“

„Nein, nur Marissa.“ Dylan versuchte die Vorstellung abzuschütteln, wie Marissa ein verängstigtes Kind tröstete.

„Für immer?“

„Sie wird die neue Direktorin der Sutter High School“, erklärte er.

„Im Ernst? Mein Neffe geht auf die Schule“, sagte Kimberly überrascht. „Marissa trägt keinen Ehering. Ich nehme an, sie ist nicht verheiratet?“

„Kein Ehemann, keine Kinder“, murmelte Dylan. Was trieb eine Frau wie Marissa dazu, ihr Leben fremden Kindern zu widmen statt ihren eigenen?

Kimberly wandte sich wieder ihrer Schreibmaschine zu. „Nun, sie konnte schon immer gut mit Kindern umgehen. Vielleicht ist sie genau das, was Josh jetzt braucht. Warum hat sie eigentlich ausgerechnet Sie um Hilfe gebeten?“

Dylan hatte sich auch schon dieselbe Frage gestellt. „Vielleicht, weil wir mal ... Freunde waren?“

Kimberly nickte. Als er in seinem Büro verschwunden war, griff sie zum Telefon. „Jill?“, sagte sie nach einer Sekunde. „Du errätst nie, was ich gerade herausgefunden habe.“

Dylan brachte den Streifenwagen zum Stehen. Es war schon nach Mitternacht, aber der Asphalt strahlte immer noch die Wärme des vergangenen heißen Tages ab. Dylan wusste, dass er lieber ein paar Stunden schlafen sollte, statt sinnlos herumzufahren, doch Kimberly hatte recht gehabt. Der Kaffee war zu stark gewesen. Dylan war hellwach.

Er ließ seinen Blick über die Reihenhäuser gleiten, die die Straße säumten. Mit ihren gepflegten Rasenflächen und den getrimmten Hecken sahen sie alle gleich aus, aber Dylan schien es, als rage eines besonders heraus. Er konnte seine Augen nicht von Marissa Wakefields Haus abwenden. Was in aller Welt hatte er hier zu suchen? Er wünschte, er könnte aufhören, an Marissa zu denken. Warum konnte sie nicht in Arizona bleiben? fragte er sich. Warum musste sie zurückkommen und all die alten Erinnerungen wieder aufbrechen lassen? Seit zwei Tagen versuchte er sich weiszumachen, dass die Zeit längst alle Wunden geheilt hatte, dass Marissa ihm nun nichts mehr bedeutete – aber er konnte sie einfach nicht aus seinem Kopf verbannen.

Er hatte sich vor sechzehn Jahren in die Frau verliebt, mit der er den Sommer verbrachte. Es war unwichtig gewesen, wer sie war, welchen Namen sie trug. Es war *die Frau*, die er liebte, *die Frau*, die er begehrte. Was ihn verletzt hatte, war die Tatsache gewesen, dass sie ihn angelogen hatte.

Warum quäle ich mich jetzt noch mit Dingen, die vor so langer Zeit passiert sind? fragte sich Dylan. Aber er wusste, warum. Seit Marissa sein Büro betreten hatte, waren sein Leben und seine Gefühle völlig auf den Kopf gestellt. Er hatte bis dahin die Vergangenheit verdrängt, seinen Schmerz hinter einer Maske der Gleichgültigkeit verborgen – aber sich nie richtig damit auseinandergesetzt. Er war nie wirklich über den Schmerz hinweggekommen, er hatte ihn einfach nur beiseitegeschoben und gehofft, er würde von selbst verschwinden.

Aber er war nicht verschwunden. Er war in dem Augenblick zurückgekommen, als er Marissa wiedergesehen hatte. Er würde einen Weg finden müssen, mit seinen Erinnerungen fertig zu werden. Am besten, er ging Marissa aus dem Weg – aber das würde nicht einfach werden, wenn er der richterlichen Anweisung folgen und Joshs Fortschritte überwachen wollte.

Plötzlich ging hinter einem der Fenster, die er im Blick hatte, das Licht an. Dylan fuhr zusammen. Der Anblick der Gestalt, die sich hinter dem Vorgang des beleuchteten Fensters abzeichnete, raubte ihm den Atem. Sie war es. Er hätte den Umriss ihres geschmeidigen Körpers überall wiedererkannt. Das Herz schlug ihm bis zum Hals. Dylan hatte schon viele Nächte damit zugebracht, verdächtige Personen zu überwachen – und jedes Mal, wenn nach den langen Stunden des Wartens etwas Entscheidendes geschehen war, war jede Menge Aufregung mit im Spiel gewesen. Aber das war nichts im Vergleich zu seinen jetzigen Gefühlen. Er war kein Polizist, der einen mutmaßlichen Verbrecher beschattete. Er war ein Mann, der eine Frau beobachtete – eine verbotene Frau, eine Frau, die er vergessen musste.

Er war so in ihren Anblick versunken, so von ihren Bewegungen hypnotisiert, dass er überrascht zusammenzuckte, als sie plötzlich den Vorgang beiseite zog. Dann stand sie am Fenster und starrte in die Nacht. Atemlos ließ sich Dylan in seinen Sitz zurücksinken, in der Dunkelheit der Straße würde Marissa ihn kaum sehen können, aber er kam sich dennoch ertappt vor – wie ein in flagranti erwischter Voyeur.

Ihr langes Haar fiel offen und glänzend über ihre Schultern – welch ein Unterschied zu dem strengen Knoten, den sie vor Gericht getragen hatte. Ihr seidenes Nachthemd offenbarte mehr, als es verbarg. Dylan schluckte trocken. Ein überwältigendes Verlangen ergriff von ihm Besitz, sein Puls raste, seine Schläfen pochten.

Als das Funkgerät plötzlich knackte, zuckte er schweißgebadet zusammen. Woran zum Teufel denke ich eigentlich? fragte er sich. Wie konnte es nur passieren, dass ich derartig den Kopf verloren habe? Er sah wieder hinauf zu Marissas Fenster, das nun dunkel war. Kein Licht, keine Spur von Marissa. Dylan strich sich über die heiße Stirn, fluchte leise vor sich hin und versuchte verzweifelt, seinen Herzschlag wieder zu normalisieren. Er drehte den Zündschlüssel und startete den Wagen. Während er an Marissas Haus vorbeifuhr, sah er noch einmal zu dem verdunkelten Fenster hinauf. Diese Frau zwang ihn, sie zu begehren, obwohl er sich mit aller Macht dagegen wehrte.

4. Kapitel

„Karen, wissen Sie, wo …“ Marissa trat aus ihrem Büro, blieb mit einem Ruck stehen und blinzelte Dylan überrascht an. „Was machst du hier?“

„Ich wollte dich sprechen“, sagte er. Marissa trug eine schlichte Baumwollbluse, und ihr Haar war wieder zu einem Knoten hochgesteckt, aber in Dylans Erinnerung blitzte das Bild auf, wie sie in jener Nacht am Fenster gestanden hatte – in ihrem durchscheinenden Nachthemd und mit offenem Haar. „Deine Sekretärin ist nicht hier.“

„Sieht so aus“, murmelte Marissa und erinnerte sich dunkel daran, dass Karen einen Arzttermin erwähnt hatte.

Seit Joshs Verhandlung waren fast zwei Wochen vergangen – zwei der hektischsten und gleichzeitig schönsten Wochen in Marissas Leben. Josh ging wieder zur Schule und hatte unter der Leitung des Werklehrers Rick Mathers mit dem Bau des neuen Schuppens begonnen. Marissa hatte ihre Stelle als Direktorin angetreten. Sie konnte sich nicht erinnern, je so hart gearbeitet zu haben – und so glücklich gewesen zu sein. Nach all den Jahren der Trennung waren sie und ihr Sohn endlich wieder eine Familie.

„Waren wir verabredet?“, fragte sie scheinheilig. Eine Verabredung mit Dylan hätte sie sicher nicht vergessen.

Er schüttelte den Kopf. „Nein, das ist sozusagen ein unangekündigter Kontrollbesuch.“

„Um mich zu kontrollieren oder Josh?“, fragte sie mit einem schwachen Lächeln.

„Kommt darauf an“, sagte er leise. „Hast du irgendwas angestellt, das ich wissen sollte?“

Sein Humor erheiterte und schmerzte sie gleichermaßen. Josh hatte dieselbe Art zu lächeln und denselben spitzbübischen Blick wie Dylan. Je älter er wurde, desto mehr glich er seinem Vater.

Marissa hatte das Gefühl, auf einer tickenden Zeitbombe zu leben. Wie lange würde es dauern, bis jemand die Ähnlichkeit bemerkte?

„Also, wo willst du anfangen?“, fragte sie und blickte auf die Wanduhr. „Der Vormittagsunterricht ist schon vorbei, und das Mittagessen wird auch gleich beendet sein. Die drei Jungs werden in ein paar Minuten hinaus zum Schuppen gehen. Soll ich dich dahinbringen, oder wolltest du noch über etwas anderes mit mir sprechen?“

Der kühle Glanz ihrer blaugrünen Augen traf Dylan bis ins Mark. Marissas Ton war rein geschäftlich – es gab kein warmes Lächeln mehr, kein freundschaftliches Geplauder. Die Lady wollte nichts mehr von ihm, und sie hatte die Umgangsregeln entsprechend geändert. Er versuchte sich einzureden, dass er nicht enttäuscht war, sondern erleichtert. War es nicht das gewesen, was er wollte – dass sie nur rein geschäftlich miteinander umgingen?

„Eigentlich würde ich gern die Anwesenheitslisten der drei Jungs sehen“, sagte er nüchtern. „Und vielleicht könnte ich davon ein paar Kopien für den Richter haben?“

„Sicher“, erwiderte Marissa und drehte sich zu dem großen Aktenschrank an der hinteren Wand um. „Du könntest schon mal in mein Büro gehen. Ich bringe dir dann gleich alles.“

Dylan nickte und betrat das Büro der Direktorin. Überrascht betrachtete er die rein funktionale Einrichtung, die bescheidenen Regale, die nüchternen weißen Wände. Das war nicht das, was er erwartet hatte. Schließlich stand der Name Wakefield seit Generationen für Eleganz und opulenten Lebensstil. Die einzigen persönlichen Gegenstände waren zwei gerahmte Fotos auf dem Schreibtisch – eins, das einen etwa fünfjährigen, pausbäckigen Josh zeigte, und eins von Mallory und ihrem, wie Dylan annahm, neuen Ehemann, einem groß gewachsenen Navajo.

Die schlichte Büroausstattung überraschte ihn – aber es war nicht das erste Mal, dass ihn Marissa überraschte. Ihr Umzug nach Jackson, die Übernahme des Sorgerechts für ihren auf Abwege geratenen Neffen, die Tatsache, dass sie ein kleines Reihenhaus dem herrschaftlichen Familienanwesen vorzog – all das deutete daraufhin, dass Marissa Wakefield eine selbstbewusste, eigenständige Person war, unabhängig von ihrer Familie und ihrer Zwillingsschwester. Marissa brauchte keine opulente Büroeinrichtung. Sie selbst, ihre beeindruckende Erscheinung verlieh jedem kargen Raum Stil und Eleganz.

„Da wären wir", sagte Marissa und kam mit zwei Aktenordnern in der Hand herein. Sie deutete auf einen Stuhl neben ihrem Schreibtisch. „Nimm doch Platz", sagte sie und setzte sich in ihren Sessel. „Das sind die Unterlagen zu den drei Jungs. Sag mir, wovon du Kopien willst." Sie reichte ihm die Papiere.

Dylan saß neben ihrem Schreibtisch und hatte das Gefühl, ein Déjà-vu zu erleben. Wie oft war er als Jugendlicher ins Büro des Direktors zitiert worden, um sich die Leviten lesen zu lassen? Er musste ein ziemliches Problemkind gewesen sein, frech und aufsässig – nicht viel anders als Josh und seine Freunde.

Er nahm das eine oder andere Papier, das für den Richter von Interesse sein könnte, aus den Ordnern, aber seine Gedanken waren ganz woanders. Er hatte das dringende Bedürfnis, nach dem Knoten in Marissas Nacken zu greifen und ihn aufzumachen, sein Gesicht in ihrem fließenden goldenen Haar zu vergraben, ihre Augen vor Leidenschaft aufblitzen zu sehen. Er wollte sie an sich reißen, sie auf diesen nüchternen Schreibtisch legen, ihr die strenge Bluse von den Schultern streifen, sie …

„Alles in Ordnung?"

Beim Klang ihrer Stimme zuckte er ertappt zusammen, und die Akten rutschten von seinem Schoß und verteilten sich auf dem Fußboden. Atemlos beugte er sich hinunter, um sie aufzuheben. Was um Himmels willen tat er da eigentlich? Dies sollte doch alles rein geschäftlich bleiben. „Ja, alles klar", murmelte er und stopfte die Papiere zurück in die Ordner. „Und sonst – läuft alles gut?"

Marissa lehnte sich in ihrem Sessel zurück. „Bestens. Das Semester hat zwar gerade erst begonnen, und es ist noch zu früh, um große Fortschritte zu erkennen, aber die Lehrer halten mich über die Entwicklung der Jungs auf dem Laufenden. Alle drei haben bisher noch kein einziges Mal im Unterricht oder bei der Arbeit gefehlt." Sie lächelte. „Ich bin sehr zuversichtlich."

„Es sind ja erst ein paar Wochen vergangen." Dylan wollte diese Unterhaltung endlich hinter sich bringen und dann von Marissa und der Wirkung, die sie auf ihn ausübte, so schnell wie möglich wegkommen.

Marissa runzelte die Stirn. Seine offensichtliche Skepsis ärgerte sie. „Ich habe keine Veranlassung anzunehmen, dass die Jungs je wieder Probleme machen."

„Hm-hm", murmelte er abwesend.

Marissas Ärger wuchs. Wenn er schon hierherkommt und seine Nase in meine Sachen steckt, dachte sie, dann könnte er wenigstens die Freundlichkeit besitzen, mir zuzuhören. Sie holte tief Luft. „Jedenfalls hat sich alles sehr gut angelassen", sagte sie etwas lauter.

„Was?" Er sah überrascht auf. „Oh, gut angelassen, ja. Scheint so."

Marissas Miene verdunkelte sich wieder. „*Scheint*? Soll das heißen, du hast Zweifel?"

„Eigentlich nicht", murmelte Dylan.

„Was soll das denn wieder heißen – *eigentlich*?"

Die Wut in ihrer Stimme ließ ihn aufhorchen. Nicht, dass er ihr nicht zugehört hätte – er hatte nur Schwierigkeiten gehabt, sich auf das Thema statt auf die Person zu konzentrieren. „Habe ich irgendwas nicht mitbekommen? Was ist das Problem?"

Frustriert starrte sie ihn an. „Das Problem ist, dass mir deine Anspielungen nicht gefallen!"

Er hob verblüfft die Augenbrauen. „Welche Anspielungen? Worüber streiten wir überhaupt?" Er versuchte sich zu erinnern, was er gesagt haben könnte, das sie so in Rage gebracht hatte. „Ich sagte doch nur, es sei noch zu früh, über die regelmäßige Anwesenheit der Jungs ein objektives Urteil zu fällen."

„Und du meintest damit, mit fortschreitendem Semester würden sie immer häufiger fehlen."

„Das habe ich nicht gesagt."

„Aber gemeint."

„Nein, Marissa, das habe ich nicht", betonte er.

Der Klang ihres Namens aus seinem Mund machte sie nur noch wütender. „Ich denke doch, Sheriff. Und überhaupt denke ich, es käme dir gar nicht so ungelegen, wenn Josh oder die anderen beiden ihre Chance wieder vermasseln würden. Dann hätten du und

Ron Cox einen Grund, sie wieder hinter Schloss und Riegel zu bringen."

Dylan starrte sie ungläubig an. Wie in aller Welt waren sie in diese groteske Situation geraten? „Ich möchte etwas klarstellen", sagte er so gefasst wie möglich. „Mag sein, dass ich mit der Entscheidung des Richters nicht einverstanden war. Aber er hat nun einmal dieses Urteil gefällt. Das ist doch Schnee von gestern. Ich bin nur hier, um meiner Verpflichtung nachzukommen, das ist alles." Er hielt inne, lehnte sich vor und sah, wie die hereinscheinende Sonne Marissa goldenen Glitter ins Haar zauberte. „Egal, was du denkst, Marissa – ich will auch, dass Josh es schafft." Marissa hatte plötzlich einen Kloß im Hals. Sie wollte den liebevollen Blick aus Dylans Augen nicht sehen, sie wollte nicht, dass er mitfühlend und fürsorglich war – schon gar nicht im Zusammenhang mit Josh. Sie hatte sich absolut dumm benommen, hatte aus einer Mücke einen Elefanten gemacht. Sie hatte zugelassen, dass ihre Gefühle sie in eine Ecke drängten, aus der sie nun fast nicht mehr herauskam.

„Lassen wir's einfach, okay?", sagte sie verlegen. „Ich habe wohl überempfindlich reagiert. Wenn es um Josh geht, kommen zwangsläufig meine persönlichen Gefühle mit ins Spiel."

„Schon gut, das verstehe ich." Für mich ist das alles auch viel zu persönlich, dachte er und widmete seine Aufmerksamkeit wieder den Akten. „Ich glaube, ich habe jetzt die Papiere, die ich brauche. Wenn du mir sagen könntest, wo ich einen Kopierer finde ..." Er brach ab, als sein Blick auf eines der Dokumente fiel.

„Was ist denn?", fragte Marissa nervös.

Dylan schüttelte den Kopf. „Nichts. Ich hatte nur gedacht, Josh wäre hier in Jackson geboren. Hier steht aber Maryland."

„Stimmt, er ist in Maryland geboren." Ihr Magen verkrampfte sich. Sie hatte Dylan Joshs Akte gegeben, ohne darüber nachzudenken, was sie enthielt. Als Polizist war er es gewohnt, zwischen den Zeilen zu lesen. Würde er ahnen, dass Josh ihr Sohn war? Würde er zwischen Joshs Geburtsdatum und der Zeit, als sie ein Paar gewesen waren, einen Zusammenhang sehen?

„War es nicht eine Privatschule in Maryland, an der du im letzten Highschooljahr ein Stipendium bekommen hast?"

Sie versuchte sich an die Geschichte zu erinnern, die ihre Eltern als Erklärung für ihr damaliges Verschwinden aus Jackson verbreitet hatten. „Ja, richtig. Die Hardwick School in Maryland."

Dylan musterte sie eindringlich. „So ein Zufall, nicht?"

Ein kalter Schauer lief Marissa den Rücken hinunter. „Nicht ganz." Sie war dankbar, dass ihre Stimme nicht wie befürchtet zitterte. „Du weißt doch, dass Josh adoptiert ist? Caleb und Penny haben nie ein Geheimnis daraus gemacht. Und du weißt auch, dass ich eine Tante habe, die in Maryland lebt?"

„Hast du nicht bei ihr gewohnt, während du dort warst?"

„Genau." Marissa holte tief Luft. „Tante Bea wusste, dass Caleb und Penny ein Kind adoptieren wollten. Sie hat meinem Bruder und seiner Frau von Josh erzählt."

„Dann kannte deine Tante also Joshs leibliche Eltern?", fragte er. Marissas Herz klopfte zum Zerspringen. Ahnte er etwas? Würde er anfangen, zwei und zwei zusammenzuzählen? „Ich weiß nicht, ob sie sie kannte. Ich habe damals nicht alle Einzelheiten mitbekommen. Warum?" Dylan zuckte die Schultern. „Ich dachte nur – jetzt, da Caleb und Penny nicht mehr sind, möchte Josh vielleicht wissen, wer seine leiblichen Eltern waren."

„Was?" Marissa fuhr zusammen. „Wieso denn? *Wir* sind doch jetzt eine Familie – er und ich. Er braucht niemand anderen." Sie holte tief Luft. Sie tat ja genau das, was sie hatte vermeiden wollen – sie ließ ihren Gefühlen freien Lauf. Dylan war nicht auf den Kopf gefallen. Das Letzte, was sie wollte, war, dass er den Eindruck gewann, sie hätte etwas zu verbergen. Sie zwang sich zu einem Lächeln. „Tut mir leid. In den letzten Wochen ist es hier ziemlich drunter und drüber gegangen. Ich stehe wirklich unter Druck. Da habe ich wohl überreagiert." Sie schüttelte den Kopf. „Joshs Leben war kompliziert genug in den letzten Jahren, und wer weiß, was er auf der Suche nach seinen leiblichen Eltern finden würde. Ich glaube, die Vergangenheit aufzuwühlen würde uns jetzt kaum weiterbringen." Dylan sah ein Gefühl in ihren Augen aufflackern, das er nicht richtig einordnen konnte. Eine Mischung aus Trauer und … Bedauern. Aber sie hatte recht. Es nützte nichts, die Vergangenheit wieder hervorzukramen. Wie oft hatte er sich in den letzten beiden Wochen dasselbe vorgesagt.

Er nickte und reichte ihr die Ordner. „Ich glaube, in der Vergangenheit von jedem von uns gibt es Dinge, die am besten vergessen werden sollten."

Marissa legte die Akten auf den Schreibtisch. Ja, wenn sie das nur tun könnte – die Vergangenheit vergessen und unbelastet weiterleben. Aber wie sollte sie das tun, wenn sie bei jedem Blick ins Gesicht ihres Sohnes daran erinnert wurde, was sie gehabt – und verloren hatte?

Ihr Sohn. Josh war das Einzige, was Dylan ihr für immer geschenkt hatte, der einzige Teil von ihm, den ihr niemand je wegnehmen konnte. Sie stand eilig auf und griff nach den Akten, die er aus den Ordnern herausgenommen hatte. „Ich werde sie für dich kopieren."

Dylan erhob sich ebenfalls. Irgendetwas war geschehen. Marissa war nicht mehr die beherrschte und selbstbewusste Direktorin. Sie war eine Frau – sanft und verletzbar. Als sie an ihm vorbeiging, griff er nach ihrem Arm und hielt sie fest. „Ist mit dir alles in Ordnung?"

Die plötzliche Berührung raubte Marissa den Atem. Sie standen so nahe beieinander, dass sie die hellen Sprenkel in seinen dunklen Augen sehen konnte. Erinnerungen überfluteten sie. Sie dachte an seine Lippen auf den ihren, an seine Hände, die sie streichelten, an seine hungrige, sehnsüchtige Stimme an ihrem Ohr – *Ich liebe dich. Ich liebe dich. Ich liebe dich.*

Aber er hatte sie nicht geliebt. Es war nicht ihr Name, den er geflüstert hatte. Er hatte nicht sie begehrt, sondern Mallory. Marissa war nur ein billiger Ersatz gewesen, die Zweitbesetzung.

„Es ist nichts", sagte sie kopfschüttelnd.

„Aber ich kann es sehen." Seine Stimme war kaum mehr als ein Flüstern. „In deinen Augen."

„Dylan, bitte", wisperte sie und versuchte ihren Arm freizubekommen.

Der Klang seines Namens aus ihrem Mund ließ ihn erschauern. Er wusste, er hätte sie nie berühren dürfen, denn er war nicht sicher, ob er sie je wieder würde loslassen können. Er spürte ihre zarte Haut durch den dünnen Stoff ihrer Bluse. Der Duft ihres Parfüms benebelte ihn, der Anblick ihrer Augen brachte ihn halb um den Verstand. Seine Lippen näherten sich unwillkürlich den ihren, und sein Herzklopfen echote wie ein Sturm in seinen Ohren.

„Marissa", murmelte er heiser und zog sie Millimeter für Millimeter näher an sich heran.

Mit dem letzten Rest ihres Bewusstseins nahm Marissa wahr, dass er so aussah, als würde er sie gleich küssen. Das war unmöglich, das durfte sie nicht zulassen. Aber sie war außerstande, sich von ihm abzuwenden.

„Möchten Sie noch eine Tasse?"

Eine Sekunde lang konnte Marissa nichts anderes tun, als die junge Frau anzustarren, die mit der Kaffeekanne in der Hand im Türrahmen stand. Karens Stimme hatte wie ein Guss kaltes Wasser gewirkt – der Bann war gebrochen, und sie waren mit einem Schlag wieder zurück in der Realität.

„Karen", stammelte Marissa. „Ich ... habe Sie gar nicht kommen hören."

„Tut mir leid." Karen lächelte verlegen. „Ich wusste nicht, dass jemand bei Ihnen ist."

Plötzlich wurde Marissa bewusst, dass Dylan immer noch dicht neben ihr stand und ihren Arm hielt. „Der Sheriff ist gekommen, um Joshs Fortschritte zu überprüfen", erklärte sie rasch und wand sich vorsichtig aus Dylans Griff. Dann hielt sie Karen die Akten hin. „Nun, da Sie wieder da sind, könnten Sie davon bitte Kopien machen?"

„Klar, mach ich sofort", erwiderte Karen pflichteifrig. Sie hielt die Kaffeekanne hoch. „Möchte jemand noch eine Tasse?"

„Nein, danke." Marissa schüttelte den Kopf. „Der Sheriff und ich waren gerade auf dem Weg zur Baustelle des neuen Schuppens." Sie wandte sich Dylan zu und sah für den Bruchteil einer Sekunde in seine dunklen Augen. „Gehen wir?"

5. Kapitel

„Wieso lassen Sie zu, dass er uns schikaniert?"

Marissa wandte ihren Blick von Dylan ab, dessen athletische Gestalt fast völlig von Randy O'Riley verdeckt wurde. Die beiden standen neben einem riesigen Stapel Bauholz und unterhielten sich. Sie sah zu dem wütend dreinblickenden Skip Carver hoch.

„Glaubst du wirklich, dass er deswegen hier ist?"

„Ist er das nicht? Immer schnüffelt er hier herum." Dylan hatte darum gebeten, mit jedem der Jungs einzeln zu sprechen, und Skip war noch nicht an der Reihe gewesen. „Marshall Dillon hat wohl einen Heidenspaß daran, uns auf den Wecker zu gehen."

Marissa lehnte sich an die niedrige Mauer, die die Baustelle vom Rest des Schulgeländes abschirmte. Sie wusste, dass Skip Dylan „Marshall Dillon" nannte, um sie zu provozieren, aber diese Befriedigung wollte sie ihm nicht verschaffen. Wenn ein Jugendlicher so wütend war wie Skip gerade, war es besser, sich ihm auf subtilere Art zu nähern.

„Du kennst doch die gerichtlichen Auflagen", sagte sie. „Der Sheriff hat ein Recht darauf, euch zu überprüfen."

„Vermutlich stecken Sie mit diesem Quälgeist unter einer Decke", blaffte Skip.

„Wie bitte?"

„Sie finden es doch okay, dass er uns schikaniert."

Marissa musterte ihn eindringlich. „Klingt, als ob du denkst, er hätte es auf euch abgesehen."

„Und – hat er das etwa nicht? Erst war er wie der Teufel hinter uns her, nur um uns irgendwas anhängen zu können, dann kam diese faule Anklage wegen Brandstiftung – und jetzt das hier." Er deutete auf die Baustelle. „Das ist Sklavenarbeit, und das wissen Sie!"

Marissa lachte auf. Sie hatte die Beurteilungen über Skip gelesen. Er war ein cleverer Kerl, und er war wohl nur in Schwierigkeiten geraten, weil niemand da war, der sich um ihn kümmerte. „Faule Anklage? Komm schon, Skip, soll das ein Witz sein?"

„Lachen Sie nur, aber es ist wahr."

„Du vergisst, dass ich bei der Verlesung der Anklage dabei war. Ich kann mich nicht erinnern, dass du dich für unschuldig erklärt hättest."

Er sah Marissa an und zuckte die Schultern. „Ich habe nur ausgesagt, was mein Anwalt mir geraten hat."

Sie musterte ihn skeptisch. „Ich hätte nicht gedacht, dass dich jemand dazu bringen könnte, etwas zu sagen, das du nicht willst."

„Immerhin hat es mich aus dem Gefängnis rausgeholt."

Marissa hob eine Augenbraue. „Du willst mir also weismachen, du hättest mit dem Niederbrennen des Schuppens nichts zu tun?"

Skip kniff die Augen zusammen. „Niemand hat mich ein Streichholz anzünden sehen, oder?"

„Wir sprechen von zwei verschiedenen Dingen, findest du nicht?"

Skip starrte vor sich hin. „Vielleicht hat Josh ja das Streichholz angezündet."

Marissa sah zu Josh, der mit dem Werklehrer den Zement für das Fundament des Gebäudes anrührte. Josh hatte ihr alles über jene Nacht erzählt – wie er mit den anderen unterwegs war und Fenster eingeworfen, Wände beschmiert hatte. Aber für die Brandlegung waren weder er noch Randy verantwortlich – das war allein Skips Idee gewesen.

Sie sah zurück zu Skip und erkannte die Großspurigkeit, aber auch die Verletzbarkeit in seinem aufgesetzten Lächeln. Er wollte sie zu einem Machtspiel herausfordern, und das würde sie auf keinen Fall zulassen.

„Es wäre in jedermanns Interesse, wenn ihr drei euch darauf konzentrieren würdet, eure Verpflichtungen zu erfüllen und euer Leben auf die Reihe zu kriegen."

Skip baute sich bedrohlich vor Marissa auf. „Das scheint Sie nicht zu beunruhigen – dass Ihr Neffe ein Feuerteufel sein könnte?"

„Was ich über Josh weiß, beunruhigt mich kein bisschen." Ihr Herz schlug heftig, aber sie wich nicht zurück. „Dich etwa?"

„Das Einzige, was mich beunruhigt, ist Sheriff James und der blöde Job, den ich hier machen soll."

Marissa lächelte. „Vielleicht tröstet es dich ja, dass die anderen denselben Job machen müssen."

„Ich glaube kaum, dass Sie und Marshall Dillon Josh ebenso streng behandeln wie Randy und mich", murmelte Skip erbost.

„Tja. Ich fürchte, um das festzustellen, wirst du noch eine Weile hierbleiben müssen."

„Okay, Carver", rief Dylan quer über den Platz. „Du bist dran."

Dylan sah Marissa nach, als sie sich auf den Weg zu Rick Mathers, dem Werklehrer, machte. Ihm gefiel die Art, wie sie sich bewegte – ihre Schulterhaltung, ihr Hüftschwung. Er dachte an die Situation in ihrem Büro, als sie sich nahe gestanden hatten, fast so nahe, dass er ihren Körper an seinem hätte spüren können.

Er beobachtete, wie sie mit dem Werklehrer in dem Bauwagen verschwand, der als Baustellenbüro diente, und drehte sich wieder zu Josh, der auf einem großen Zementsack saß. Ein schmutziger Football lag vor ihm im Staub. „Du kommst mit Mathers also gut zurecht?"

„Hmm."

„Überfordert er euch nicht?"

Josh zuckte die Schultern. „Es geht schon."

„Und wie ist es in der Schule?"

Josh hob einen Kieselstein auf und warf ihn gegen den Ball. „Wie's in der Schule ebenso ist."

Dylan konnte sich ein Lächeln nicht verkneifen. Er erinnerte sich noch gut an die endlos langen Schulstunden und die langweiligen alten Lehrer, die er selbst hatte ertragen müssen. Bei einem solchen Schulalltag war es kein Wunder, dass die Kids sich ihren Spaß woanders holen wollten und dabei in Schwierigkeiten gerieten. Wie viele junge Leute mussten noch auf die schiefe Bahn geraten, bevor man das Schulsystem endlich änderte?

„Skip findet, ihr müsstet zu schwer arbeiten."

Josh verzog den Mund zu einem schiefen Lächeln. „Skip findet jede Arbeit zu schwer."

Aus den Gesprächen mit den anderen beiden Jungs hatte Dylan gemeint, eine gewisse Spannung herauszuhören. „Verbringst du außerhalb der Schule viel Zeit mit Skip?"

Josh sah auf. „Hören Sie, ich habe nichts angestellt. Wenn hier irgendwas los ist – ich habe nichts damit zu tun."

Dylan musterte ihn misstrauisch. „Ist hier irgendwas los?"

„Keine Ahnung", erwiderte Josh eine Spur zu schnell. „Das haben Sie doch gesagt."

Dylan schüttelte den Kopf. „Ich habe nur gefragt, ob du viel Zeit mit Skip verbringst."

Josh holte tief Luft. „Nein."

„Randy sagte, Skip denkt, du kriegst eine Sonderbehandlung, weil deine Tante hier Direktorin ist."

„So ein Quatsch", erwiderte Josh wütend. „Skip redet nur Sch…"

„Ich verstehe schon", unterbrach ihn Dylan. „Wie geht's zu Hause? Alles okay zwischen dir und deiner Tante?"

Joshs Stimme wurde weicher. „Ja, Tante Marissa ist voll in Ordnung." Dylan dachte an Marissas liebevolle Augen, an ihre samtweiche Haut. Mit einem Kopfschütteln verscheuchte er das Bild aus seinen Gedanken. Er deutete auf das halb fertige Fundament. „Sieht gut aus."

Josh nickte. „Ja. Eigentlich … na ja, ist gar nicht übel, daran zu arbeiten. Macht irgendwie … Spaß."

Dylan ließ sich den Satz durch den Kopf gehen. Spaß. In seinem Job hatte er fast begonnen zu glauben, dass Kids nur noch am Zerstören Spaß hatten. Er hatte Josh für ein verzogenes Balg, für einen arroganten Halbstarken gehalten. Aber nun, wie er ihn abseits von seinen Kumpels auf der Baustelle sitzen sah, kam ihm Josh plötzlich ganz anders vor. Wie ein Kind, das herausgefunden hatte, dass Zementrühren … Spaß machen konnte.

„Spielst du gelegentlich damit?", fragte Dylan und deutete auf den Ball.

„Manchmal."

Dylan nahm den Ball in die Hand. „Ich konnte mal mit so einem Ding ziemlich gut umgehen."

„Ehrlich?" Joshs Interesse wuchs. „Mein Dad hat früher Football gespielt."

„Ja, ich erinnere mich. Das war ein bisschen vor meiner Zeit." Dylan deutete einen Wurf an. „Willst du ins Team?"

Josh sah ihn eindringlich an und zeigte auf das Schulgebäude hinter sich. „In Sutter gibt's kein Footballteam."

In dem Moment kamen Marissa und Rick Mathers aus dem Bauwagen heraus. Dylan sah, wie sie zusammenstanden und redeten, und sein Magen verkrampfte sich. Plötzlich legte Mathers seine Hand auf Marissas Hüfte und deutete auf einen Punkt der Baustelle. Als Marissa in die angezeigte Richtung sah, war ihr Gesicht nur Zentimeter von Mathers' Gesicht entfernt.

„Mit dem bin ich mal zur Schule gegangen", sagte Dylan. „Mit Mathers, meine ich. Deine Tante übrigens auch."

„Ach ja?", erwiderte Josh desinteressiert.

Dylan nickte. Mathers hatte Marissa wohl etwas Witziges ins Ohr geflüstert, denn sie warf den Kopf zurück und lachte. „Er hat mich mal beim Football-Coach verpfiffen."

„Tatsächlich?" Josh horchte auf.

„Ja. Ich hab einmal das Training sausen lassen. Ich hatte die Nacht zuvor zu wenig geschlafen und zu viel Bier getrunken."

„Ehrlich?"

„Ja", antwortete Dylan gedehnt und sah, wie Mathers und Marissa wieder im Bauwagen verschwanden. „Die kleine Ratte hat mich auf laufen lassen."

Auf Joshs Gesicht machte sich ein Grinsen breit. „Wussten Sie, dass er ein Suspensorium trägt?"

Dylan starrte ihn ungläubig an. „Du machst Witze."

„Ich schwöre es", sagte Josh kichernd.

Dylan sah wieder zum Bauwagen hinüber. „So ein erbärmlicher Wurm."

„Mücke", korrigierte ihn Josh. „Eine müde Mücke."

„Was?" Dylan drehte sich abrupt zu dem Jungen um. Ihm war plötzlich klargeworden, dass Josh seine Zurückhaltung aufgegeben hatte.

Josh lächelte wehmütig. „Müde Mücke. Mein Vater hat den Ausdruck oft verwendet. War eine Art Witz über diese komisch aussehenden Köderfliegen. Sie wissen schon, für das Fliegenfischen?"

„O, ja, kenne ich", sagte Dylan, griff in Brusttasche seines Hemdes und holte ein kleines Federknäuel heraus. „Ich verwende allerdings lieber so was."

„Bist du sicher, dass ich dir nichts mitbringen soll?"

Marissa schüttelte den Kopf. „Klar, Rick, vielen Dank."

Rick Mathers wühlte in den Taschen seiner Jeans und brachte einige Münzen zum Vorschein. „Ich gehe nur schnell zu dem Automaten im Lehrerzimmer. Möchtest du vielleicht einen Eistee?"

„Nein, danke", beharrte Marissa. Rick war ein wirklich höflicher Kerl, aber er ging einem ziemlich auf die Nerven. „Hör mal, du könntest ja schon nach Hause gehen, du hast doch längst Feierabend. Ich werde hier auf Josh warten."

Rick lächelte. Das Sonnenlicht, das durchs Fenster fiel, spiegelte sich in seinen dicken Brillengläsern wider. „Es macht mir nichts aus zu warten. Außerdem muss ich Dylan noch einiges fragen. Schließlich bin ich einen großen Teil des Tages für die Jungs verantwortlich, und wir haben einen Zeitplan einzuhalten. Ich wüsste gerne, wie oft er diese Kontrollbesuche zu machen gedenkt."

Als Rick gegangen war, sah Marissa aus dem Fenster des Bauwagens hinaus zu Dylan und Josh, die sich immer noch angeregt unterhielten. Worüber sprachen sie bloß so lange?

Der Nachmittag war entsetzlich schwül geworden, und Marissa war dankbar für die Klimaanlage im Bauwagen. Erschöpft ließ sie sich auf einen Stuhl fallen. Dylan und Josh schienen gegen die Hitze unempfindlich zu sein. Seit über einer Stunde sitzen sie schon da und reden, stöhnte Marissa. Unterzog Dylan seinen Sohn einem Verhör? Marissa war sicher, dass Josh seit ihrem Auftauchen in Jackson nichts mehr angestellt hatte. Aber was gab es denn sonst zwischen ihm und dem Sheriff zu besprechen? Und was hatte es mit dem Football auf sich, mit dem Dylan herumfuchtelte?

Sie schlug auf die Platte des kleinen Schreibtisches vor ihr, sodass die darauf befindlichen Papiere hochflatterten. Ich habe es satt, hier herumzusitzen und zu warten, dachte sie. Ich werde jetzt nachsehen, was Dylan mit Josh so lange zu bereden hat. Entschlossen ging sie zur Tür, riss sie mit einem Ruck auf und blieb plötzlich verdutzt stehen.

„Hi", flötete Josh. Als die kühle Luft aus dem Bauwagen sein überhitztes Gesicht streifte, legte er den Kopf in den Nacken. „Mann, tut das gut." Er trat ein und küsste Marissa auf die Wange. „Weißt du eigentlich, wie heiß es da draußen ist?“ Er sah nicht so aus, als hätte er gerade ein Verhör über sich ergehen lassen müssen. Er ging zum Wasserspender und füllte sich einen Pappbecher. „Auch einen Schluck, Sheriff?“

Marissa wirbelte zu Dylan herum, der mit einem Fuß auf der niedrigen Treppe des Bauwagens stand. Der Kragen seiner Uniform war offen, und er hatte seine Ärmel bis zu den Ellbogen hochgerollt. Er sah Marissa an. „Darf ich?“

„Bitte, komm rein“, sagte sie. Sie schloss die Tür hinter ihm und sah verunsichert zu, wie Vater und Sohn sich aus dem Wasserspender bedienten. „Seid ihr fertig?“, fragte sie nach einer Weile. „Mit eurem Gespräch, meine ich?“

Dylan und Josh wechselten einen Blick. „Alles erledigt.“

„Und – alles okay?“

„Bestens“, sagte Dylan und nickte.

„Bestens“, sagte Josh und nickte.

Es war zum Verzweifeln. Wollte ihr denn keiner erklären, was in aller Welt sie besprochen hatten? „Hast du alles, was du für den Bericht für Richter Kent brauchst?“, fragte sie Dylan.

„Ich denke schon.“ Er knüllte den leeren Pappbecher zusammen und warf ihn quer durch den Raum direkt in den Abfalleimer. „Erst mal.“

Marissas Blick wanderte von einem zum anderen. Sie platzte fast vor Neugierde, und die beiden standen einfach nur da und lächelten sie freundlich an.

„Rick hat Skip und Randy vor einer halben Stunde gehen lassen“, sagte sie betont beiläufig zu Dylan. „Wir nahmen an, du wärst fertig mit ihnen. Ich hoffe, das ist okay?“

Dylan sah auf seine Armbanduhr. Schon nach fünf? Kim würde sich sicher fragen, wo er so lange blieb. „Klar“, antwortete er und bemerkte, wie Marissa unruhig ihre Finger knetete. Sie sah aus, als wäre sie kurz vor dem Explodieren. Was machte sie denn so nervös?

„Ich dachte nur, weil es mit Josh etwas länger gedauert hat … Ich dachte, du wolltest ihnen noch etwas sagen“, entgegnete Marissa.

Dylan schüttelte den Kopf. „Nein, ich habe ihnen schon alles gesagt.“

„Fein", murmelte sie.

Trotz der Klimaanlage kam ihr die Luft im Bauwagen plötzlich unerträglich stickig vor. „Karen hat vorhin angerufen. Sie sagte, sie würde die Kopien, die du haben wolltest, auf meinen Schreibtisch legen. Wir könnten schnell vorbeischauen und sie holen, bevor du gehst."

„Ja, danke", antwortete Dylan. Warum war sie nur so scharf darauf, ihn möglichst schnell wieder loszuwerden? Er wandte sich Josh zu. „Mach's gut, Kleiner. Wir bleiben in Verbindung."

„Klar", murmelte Josh und nickte.

Marissa wollte gerade nach der Klinke greifen, als die Tür plötzlich von außen aufgerissen wurde.

„Oh, prima, ihr seid fertig", sagte Rick Mathers und betrat den Bauwagen, einen Becher Limonade in der Hand.

„Wir waren gerade auf dem Weg in mein Büro", erklärte Marissa. „Der Sheriff braucht ein paar Akten für seinen Bericht."

Rick nickte und drehte sich zu Dylan herum. „Also, Sheriff, was denkst du?"

Dylan kniff die Augen zusammen. War Marissa deswegen so nervös gewesen – weil sie wusste, dass Rick zurückkommen würde? „Sieht alles ziemlich gut aus."

Rick lächelte. „Werden deine Kontrollbesuche jetzt immer so aussehen – dass du die Jungs zur Seite nimmst und mit ihnen sprichst?"

Dylan ließ seinen Blick zwischen Mathers und Marissa hin- und herwandern. Er dachte daran, wie sie zusammengestanden hatten, nur wenige Zentimeter voneinander entfernt. Was hatte Mathers ihr ins Ohr geflüstert, das sie so zum Lachen gebracht hatte? Welche Geheimnisse teilten die beiden?

„Vielleicht", sagte er vage. Er hatte keine Lust, sich von diesem aufgeblasenen Typen ausfragen zu lassen.

Rick nickte erneut, knüllte den leeren Becher zusammen und warf ihn in Richtung Abfalleimer. Aber der Becher verfehlte sein Ziel und trudelte unter den Schreibtisch. „Und wie oft sollen die Kontrollen stattfinden – einmal die Woche, einmal im Monat?"

Dylan erinnerte sich an Mathers' Gesichtsausdruck, als dieser ihn seinerzeit beim Football-Trainer verpfiffen hatte. „Wenn ich die genauen Termine bekanntgeben würde, wären es ja keine unangemeldeten Kontrollen mehr, oder?"

„Stimmt", gab Rick mit einem verlegenen Lächeln zu. „Aber ich kann schwerlich einen Zeitplan einhalten, wenn ständig jemand auftaucht und alles durcheinanderbringt."

„Damit wirst du wohl zurechtkommen müssen", sagte Dylan kühl.

Mathers wandte sich nervös an Marissa. „Ich hab da draußen noch zu tun. Wir sprechen uns später?"

„Sicher", antwortete Marissa. Als Mathers den Bauwagen verlassen hatte, schlug sie die Tür hinter ihm zu und drehte sich zu Dylan herum. „Tut mir leid wegen Rick."

Dylan zuckte die Schultern. „Macht nichts", sagte er und zwinkerte Josh zu. „Müde Mücke."

Josh nickte. „Müde Mücke."

6. Kapitel

„Was bitte ist eine müde Mücke?“

Josh sah von seinem Teller mit Spaghetti Bolognese auf und lächelte. „Mathers ist eine müde Mücke.“

„Es heißt *Mister* Mathers“, korrigierte ihn Marissa. Aber ihre Augen blitzten dabei schelmisch. „Und es beantwortet meine Frage nicht.“

„Du weißt wirklich nicht, was eine müde Mücke ist?“

„Nein, ich weiß nicht, was eine müde Mücke ist“, äffte sie Joshs Tonfall nach. „Aber Sheriff James weiß es offensichtlich.“

„Klar“, antwortete er und drehte eine mundgerechte Portion Spaghetti auf seiner Gabel. „Weil er sich mit Fliegenfischen auskennt.“

„Fliegenfischen?“, fragte Marissa. „Du meinst, was dein Dad auch gemacht hat?“

„Ja, genau. Er hat mich früher immer mitgenommen, weißt du noch?“

„Hmm“, murmelte sie und schob sich eine Gabel Pasta in den Mund. Mann, sie hatte Angeln immer gehasst. „Du meinst, Dylan – Sheriff James geht Fliegenfischen?“

Josh nickte mit vollem Mund.

Fliegenfischen. Marissa versuchte sich Dylan in hohen Gummistiefeln am Ufer eines Sees vorzustellen. Nicht, dass das Fischen in dieser seenreichen Gegend etwas so Besonderes gewesen wäre – aber Dylans Hobby überraschte sie dennoch. Er war, stellte sie verblüfft fest, eben doch mehr als ein Quarterback mit einem Ball in der Hand oder ein Sheriff mit einer Waffe.

„Und was hat das mit dieser müden Mücke zu tun?“

„Das ist eine spezielle Köderfliege. Dad hat manchmal eine verwendet.“ Josh lächelte wehmütig. „Hast du ihn nie jemanden eine müde Mücke nennen gehört?“

„Kann mich nicht erinnern“, erwiderte Marissa.

Josh zuckte die Achseln. „Es war so ein Dauerwitz zwischen uns – jemand, der anderen tierisch auf den Geist geht, war eben eine müde Mücke. Erinnert dich die Beschreibung übrigens an jemanden?" Marissa versuchte ihr strengstes Gesicht aufzusetzen. „Komm schon, Rick ist okay. Ich meine, zugegeben, manchmal ist er etwas ‚bescheuert'?'"

„Eigen", betonte sie. „Aber er ist ein guter Lehrer und versteht eine Menge vom Handwerken und von Computern. Ich kann mich glücklich schätzen, ihn im Kollegium zu haben."

„Und wie", witzelte Josh und verdrehte die Augen.

Er häufte sich eine zweite Portion Nudeln auf den Teller. Marissa dagegen hatte kaum die Hälfte aufgegessen und war dennoch satt. Sie schob ihren Teller weg und lehnte sich zurück.

„Nun, ich verlange nicht, dass du ihn magst. Du sollst nur deine Arbeit machen."

Das Lächeln wich aus Joshs Gesicht. „Ich habe nichts angestellt."

„Aber klar, das weiß ich doch", sagte Marissa schnell und griff über den Tisch nach seiner Hand. Sie wollte auf keinen Fall, dass er glaubte, sie würde bei jeder Kleinigkeit wieder die Vergangenheit ins Spiel bringen. „Du hast deine Strafe ohne Murren akzeptiert und hältst dich an alle Auflagen. Ich bin wirklich sehr stolz auf dich."

Josh errötete und sah rasch weg. „Ehrlich?"

„Ehrlich", sagte sie und wechselte dann das Thema, um ihn nicht noch verlegener zu machen. „Und – hast du dich mit Sheriff James gut unterhalten?"

„Ja", antwortete er gedehnt und nahm wieder einen Bissen.

„Ich dachte nur, weil er dich so lange da draußen mit Beschlag belegt hat", sagte Marissa. „Skip hat erzählt, der Sheriff hätte euch früher schon schikaniert."

„Skip ist paranoid", erwiderte Josh. „Er denkt, jeder sei hinter ihm her."

Marissa holte tief Luft. „Also worüber habt ihr denn so lange geredet?"

„Übers Fliegenfischen", sagte er kauend.

„Die ganze Zeit?"

„Na ja, die meiste. Er hat auch nach der Schule und nach Skip gefragt – und nach *Mister* Mathers. Aber die meiste Zeit haben wir übers Fliegenfischen gesprochen." Josh schob sich den letzten Rest Nudeln in den Mund. „Er hat gesagt, er nimmt mich vielleicht mal mit zum Fischen."

Marissa setzte sich ruckartig auf. „Wieso das denn?"

Josh wischte sich den Mund ab. „Ich hab ihm von einer Stelle erzählt, wo Dad und ich immer hingegangen sind, und er sagte, er könnte mir zeigen, wo er oft hingeht. Das ist alles."

„Und – was hast du gesagt?"

„Ich sagte vielleicht." Er sah seine Tante angestrengt an. „Oder hab ich irgendwas falsch gemacht?"

Marissa schüttelte den Kopf. „Nein, natürlich nicht. Ich war nur etwas überrascht, dass Dylan James zum Angeln geht."

„Nicht zum Angeln", korrigierte sie Josh. „Zum Fliegenfischen."
Marissa brachte lachend das Geschirr in die Spüle. „Für mich hat das eine wie das andere mit stinkenden Fischen zu tun."

„Frauen", murmelte Josh lächelnd.

Nachdem sie zusammen den Tisch abgeräumt und den Geschirrspüler gefüllt hatten, ging Josh in sein Zimmer, um Hausaufgaben zu machen. Als Marissa seinen CD-Player hörte, wanderten ihre Gedanken wieder zu Dylan. Sie konnte sich vorstellen, wie er im Gespräch darauf gekommen war, Josh zum Fischen einzuladen. Das war kein Grund zur Sorge, aber sie konnte nicht verhindern, dass der Gedanke, Dylan und Josh könnten eine engere Beziehung entwickeln, sie trotzdem nervös machte. Aber sie musste vorsichtig sein. Weder Dylan noch Josh durften etwas von ihren Ängsten merken und misstrauisch werden. Sie und Josh waren gerade dabei, sich ein gemeinsames Leben aufzubauen, und solange Josh auf dem Prüfstand war, war Dylan ein Teil dieses Lebens. Sie musste einen Weg finden, mit dieser Situation fertig zu werden.

Als sie die Kühlschranktür auf machte, fiel ihr die leere Milchflasche auf. Seit sie mit Josh zusammenwohnte, der wie alle Teenager offenbar ständig Hunger hatte, musste sie anders als früher immer darauf achten, genug Essen im Haus zu haben. Sie schnappte sich ihre Geldbörse und ging hinüber zur Treppe, die nach oben führte.

„Hey, Josh", rief sie hinauf.

Die Musik in seinem Zimmer wurde sofort leiser, und Marissa hörte, wie sich seine Tür öffnete. „Was gibt's?"

„Die Milch ist alle. Ich geh schnell neue kaufen. Bin gleich wieder da."

Dylan sah auf die Aktenmappe, die auf dem Beifahrersitz lag. Dieses Ding ist nichts anderes als ein dummer Vorwand, musste er sich eingestehen. Schließlich war Marissas Unterschrift unter dem Bericht eine reine Formalität, die genauso gut bis morgen früh Zeit gehabt hätte.

Er brachte den Jeep vor Marissas Haus zum Stehen und drehte den Zündschlüssel. Das alles war wirklich verrückt. Schließlich hatte er sich vorgenommen, Marissa so gut wie möglich aus dem Weg zu gehen. Die letzten Sonnenstrahlen wurden gerade von der anbrechenden Dämmerung verschluckt. Warum bin ich bloß hierhergefahren? fragte sich Dylan. Er dachte an jene Situation in ihrem Büro, als er Marissa zu sich herangezogen und sie ihn so voller Gefühl angesehen hatte. Als sie ihn so an das Mädchen erinnerte, das er vor vielen Jahren geliebt hatte.

Er sah wieder auf die Aktenmappe, die ihm als Vorwand diente. Es war ein großer Fehler gewesen hierherzukommen. Er sollte so schnell wie möglich von hier verschwinden, bevor ihn jemand sah und er sich zum Narren machte. Dylan streckte die Hand nach dem Zündschlüssel aus, aber bevor er den Motor anlassen konnte, ging das Licht in Marissas Hauseingang plötzlich an. Ein Schauer lief Dylan den Rücken hinunter. Marissa verließ das Haus und kam auf ihren Wagen zu, der direkt vor Dylans Jeep stand. Als sie sein Auto erblickte, blieb sie abrupt stehen und blinzelte durch die Dunkelheit zu ihm herüber.

Dylan fluchte vor sich hin, packte die Mappe und stieg aus. Nun gab es keinen Weg mehr zurück.

„Ich komme wohl ungelegen", sagte er und winkte zur Begrüßung.

„Ich ... ich war gerade auf dem Weg zum Einkaufen", stammelte sie und ging auf seinen Jeep zu. „Wolltest du mich wegen etwas Bestimmtem sprechen?"

Er hielt die Aktenmappe hoch. „Ich brauche eine Unterschrift unter dem Bericht für Kent, aber das hat Zeit.“ Fast erleichtert streckte er die Hand nach dem Türgriff aus. Marissa sah im schwachen Schein der Hauslampe einfach zu schön aus. Das Haar fiel ihr offen und glänzend über die Schultern. „Ich komme besser ein andermal wieder.“

„Aber wenn es doch wichtig ist …“, wandte sie ein.

„Nein, schon gut“, beharrte er und öffnete die Wagentür. „Geh ruhig zum Shopping.“

„Ich wollte nur Milch kaufen“, sagte sie und trat vom Jeep weg. „Josh scheint täglich ein paar Hektoliter davon zu trinken. Ich wollte schnell rüber zum Supermarkt an der Ecke.“

Dylan überlegte keine Sekunde. „Steig ein, ich bring dich hin.“

„Also, was denkst du?“

Marissa ließ die Aktenmappe sinken. Der Bericht war präzise und ordentlich. Es gab überhaupt nichts daran auszusetzen. „Klingt gut“, sagte sie und holte ihren Federhalter aus der Handtasche. Sie unterschrieb den Bericht und reichte ihn Dylan. „Könnte ich vielleicht eine Kopie davon für meine Unterlagen haben?“

„Klar.“ Er legte die Mappe auf den Sitz zwischen ihnen, bog dann in eine Parklücke ein und stellte den Motor ab. „Kim wird dir eine rüberschicken.“

„Danke“, sagte Marissa, griff nach ihrer Geldbörse und öffnete die Autotür. „Ich bin in einer Minute wieder da.“

„Ich komme mit“, erwiderte Dylan und stieg aus.

Der kleine Laden war fast leer, und niemand achtete auf die beiden, aber Marissa kam es so vor, als würden Dutzende von Augenpaaren sie verfolgen. Es hatte ihr einen ziemlichen Schock versetzt, Dylan vor ihrem Haus vorzufinden. In einem einzigen Augenblick waren ihr tausend Gründe durch den Kopf gegangen, warum er gekommen sein konnte – ein weiterer Kontrollbesuch, ein Schüler, der Ärger gemacht hatte. Und für den Bruchteil einer Sekunde hatte sie gedacht, er könnte ihretwegen gekommen sein. Sie griff im Regal nach der größten Milchtüte, die sie finden konnte.

„Lass mich das tragen“, bot Dylan an und nahm ihr die Packung ab. Für einen kurzen Moment berührten sich ihre Hände, und Marissa erschauerte.

„Danke“, murmelte sie.

„Wow“, sagte er und hielt die Milchtüte hoch. „Ich wusste gar nicht, dass es solche Großpackungen gibt.“

„Du ahnst nicht, was man alles neu lernt, wenn man mit einem Teenager zusammenlebt“, erwiderte sie und machte sich auf den Weg zur Kasse. „Ich verbringe in einer Woche mehr Zeit in Supermärkten als früher in einem Jahr.“

Während sie geduldig in der Schlange standen, bemühte sich Marissa, auf die Bluse der Kundin vor ihr zu starren, und Dylan konzentrierte sich auf die Werbeflächen, die die Kassenräume säumten. Als er einen Schritt auf Marissa zu machen musste, um andere Kunden vorbeizulassen, streifte sein Arm den ihren, und Marissa zuckte zusammen. Sie versuchte auszuweichen, aber der Platz war so beengt, dass sie dabei mit dem Knie gegen Dylans Unterschenkel stieß.

„Tut mir leid“, murmelte sie verlegen.

„Macht nichts“, erwiderte er und verlagerte den Milchkarton von einer Hand in die andere.

Mit wachsender Ungeduld sah Marissa auf die immer länger werdende Schlange. Als endlich der nächste Kunde an die Reihe kommen sollte, war die Papierrolle plötzlich leer, und die Kassiererin musste den Marktleiter rufen, damit er eine neue Rolle einlegte. Marissa schloss verzweifelt die Augen. Ich will hier raus, dachte sie. Alles schien sich gegen sie verschworen zu haben. Es machte sie nervös, Dylan so in ihrer Nähe zu haben.

„Marissa?“

Marissa riss die Augen auf und sah verwirrt die Frau an, die ihren Namen gerufen hatte. „Jill? Jill Lawrence?“

„Du kannst dich noch an mich erinnern“, schrie die Frau, stürzte auf Marissa zu und umarmte sie stürmisch. „Meine Schwester hat erzählt, dass du wieder nach Jackson gezogen bist, aber ich konnte es erst gar nicht glauben.“

„Jill“, murmelte Marissa. „Du hast dich überhaupt nicht verändert.“

„Findest du wirklich?", lachte Jill und deutete auf ihren Bauch. Marissa lächelte errötend und sah ihre hochschwangere Jugendfreundin an. „Na ja, höchstens ein bisschen."

„Wie lange ist es her?", fragte Jill. „Fünfzehn Jahre? Sechzehn?"

„Besser, wir zählen die Jahre nicht", erwiderte Marissa lachend. „Jill, kennst du Sheriff Dylan James?" Sie wandte sich an Dylan. „Das ist Jill Lawrence."

„Jeder hier in Jackson kennt Sheriff James", sagte Jill und streckte ihm ihre Hand entgegen. „Ich habe schon viel von Ihnen gehört, Sheriff. Ich bin Kimberlys Schwester. Sie erzählt ständig von Ihnen."

Dylan lächelte verkniffen, während er ihr die Hand schüttelte. „Sie sollten nicht alles glauben, was sie sagt."

„Oh, es ist ja nichts Schlimmes dabei", versicherte Jill. „Ich heiße jetzt übrigens Scaletti."

„Richtig, du hast Dom geheiratet", sagte Marissa und erinnerte sich an Dom und seine freundlichen braunen Augen. Er pflegte mit ihr und Mallory herumzualbern, wenn sie im Laden seines Vaters Salamisandwiches und Kartoffelsalat kauften.

„Diesen Herbst werden es vierzehn Jahre", erzählte Jill stolz und deutete auf ihren Bauch. „Das wird Nummer fünf. Und du, hast du Kinder?"

Marissas Blick ruhte eine Sekunde auf Dylan. „Etwa dreihundert", sagte sie lachend. „Ich bin die neue Direktorin der Sutter High School."

„Mein ältester Sohn geht nach Sutter. Ich bin froh, dass er dich als Direktorin hat. Du hattest schon immer ein Händchen für Kinder." Sie wandte sich an Dylan. „Mein Bruder Kevin war als Kind wirklich eine Plage. Aber Marissa ... sie wusste ihn als Einzige richtig zu nehmen."

„Tatsächlich?" Er erinnerte sich daran, dass Kim dieselbe Geschichte erzählt hatte.

„Wie geht's Kevin?", fragte Marissa.

„Er hat vor ein paar Monaten geheiratet", antwortete Jill. „Er lebt mit seiner Frau in Sacramento. Sie erwarten auch ein Baby. Er ist Arzt geworden, kannst du dir das vorstellen?"

„Wow", sagte Marissa lachend. „Mann, bin ich alt geworden."

Jills Lächeln verschwand. „Ich hab von deinem Bruder und seiner Frau gehört. Tut mir wirklich leid."

„Ja, vor allem für Josh war es ziemlich schlimm", sagte Marissa. Jills Mitgefühl hatte echt geklungen.

„Kim sagte, er wohnt jetzt bei dir."

„Stimmt."

„Teenager können eine ganz schöne Herausforderung sein", sagte Jill und tätschelte Marissas Hand. „Ich weiß, wovon ich rede, ich hab selbst zwei zu Hause."

Jill erzählte von ihren Kindern und von dem Laden, den Dom von seinen Eltern übernommen hatte. Während Marissa zuhörte, wurde ihr richtig warm ums Herz. Da war sie wieder, ihre liebe Jugendfreundin Jill – offenherzig, witzig und sympathisch. Marissa bereute beinahe, dass sie während der sechzehn Jahre nicht mit Jill oder anderen Freunden in Kontakt geblieben war, aber sie hatte sich damals gesagt, dass es so am besten wäre. Ihr Kind würde in Jackson aufwachsen, und sie wollte niemandem einen Grund liefern, misstrauisch zu werden. Aber sie hatte sich einsam gefühlt in Maryland. Und trotz der schrecklichen Dinge, die er zu ihr gesagt hatte, war es Dylan gewesen, den sie am meisten vermisst hatte.

Sie fragte sich, ob es Jill nicht eigenartig vorkam, sie und Dylan zusammen zu treffen. Niemand außer Mallory hatte damals gewusst, dass sie Dylan liebte, aber als bekannt geworden war, wie die Schwestern ihn hereingelegt hatten, hatte es eine Menge Gerüchte gegeben. Konnte sich Jill noch an die alte Geschichte erinnern? Würde sie, nun, da sie sie zusammen gesehen hatte, die falschen Schlüsse ziehen und eine neue Lawine von Gerüchten auslösen?

Marissa war so in Gedanken, dass sie gar nicht bemerkte, dass sie nun endlich an der Kasse waren, bis Dylan die riesige Milchtüte auf das Förderband legte.

„Ich sollte jetzt besser wieder zu meinem Einkaufswagen zurückgehen", sagte Jill und umarmte Marissa. „War schön, dich wiederzusehen. Können wir uns vielleicht bald mal zum Essen treffen?"

„Sicher", erwiderte Marissa. „Ich will all deine Kinder kennenlernen." Sie ließ sich von Dylan zum Auto begleiten. Er hielt ihr die Beifahrertür auf und ging dann zu seiner Seite hinüber.

„Oh, warte“, fiel ihr siedend heiß ein, als er einstieg. „Ich habe vergessen, die Milch zu bezahlen.“

Er legte ihr beruhigend die Hand auf den Arm. „Schon okay. Ich hab das erledigt.“

„Du hast sie bezahlt?“, fragte sie erstaunt.

„Nun, ich konnte ja schlecht zulassen, dass du dich ohne Bezahlung an der Kasse vorbeischleichst, oder?“

Es war dunkel geworden, und die hellen Lichter des Supermarktes spiegelten sich in Marissas klaren blauen Augen wider. Sie war wunderschön, und ihre Lippen sahen so sinnlich und einladend aus, dass Dylan sie am liebsten geküsst hätte. Er lehnte sich ein Stück näher zu ihr. „Wie sähe das denn aus, wenn der Sheriff die Schuldirektorin verhaften müsste?“

7. Kapitel

Marissa hatte das Gefühl, als bleibe die Welt plötzlich stehen. Bewegungsunfähig sah sie zu, wie Dylan sich zu ihr herüberbeugte, nach ihrem Arm griff und sie zu sich heranzog. Sie spürte seinen heißen Atem auf ihrer Wange. Er würde sie küssen, daran war nicht der geringste Zweifel möglich. Er würde sie küssen, und sie war unfähig, etwas dagegen zu tun.

Er liebkoste ihre Lippen nicht, hauchte keine zarte Berührung darauf. Er presste seinen Mund entschlossen und fordernd auf den ihren, drückte ihre Lippen auseinander und kostete mit der Zunge ihren Geschmack aus. Das war alles andere als ein erster, schüchterner Kuss. Es war der Kuss eines Geliebten, der Kuss eines Mannes, der eine Frau begehrte und keinen Widerstand duldete.

Dylan spürte, wie in seinem Inneren ein erloschen geglaubtes Feuer zum Leben erwachte. Es war Jahre her, seit er Marissa geliebt hatte, seit sie begehrlich seinen Namen geflüstert hatte. All die Jahre hatte er sich verzweifelt bemüht, sie aus seinen Gedanken und seinem Herzen zu verbannen. Aber jetzt, da ihre Lippen miteinander verschmolzen waren, wurde ihm klar, dass ein Teil von ihm nie aufgehört hatte, Marissa zu lieben.

Marissas Puls raste, und sie hatte das Gefühl, als bekäme sie keine Luft mehr. Es war nicht so sehr der Kuss, der sie überraschte, als vielmehr die Erkenntnis, wie sehr sie Dylan begehrte. Es hatte in den vergangenen Jahren andere Männer in ihrem Leben gegeben, die sie geküsst und geliebt hatten. Aber Dylan war völlig anders, und sein Kuss war völlig anders. Dylan war der Vater ihres Sohnes und der Mann, den sie liebte. Nach all der Zeit musste sie sich eingestehen, dass er es war, nach dem sie sich schon immer zurückgesehnt hatte.

Dylans Hand wanderte zu ihrem Nacken und fuhr liebkosend durch ihr goldenes Haar. Als sein Mund sich von ihrem löste, hörte

Dylan ihr leises Stöhnen, das sich wie ein Echo in seinem Kopf vervielfachte. Es war sechzehn Jahre her, seit sie zusammen gewesen waren, aber er erinnerte sich mit schmerzlicher Klarheit an die Laute, die sie ausgestoßen hatte, als er sie geliebt hatte, als er sich tief in sie hatte sinken lassen, bis sie beide fast den Verstand verloren vor Lust. Er sehnte sich danach, jene Laute wieder zu hören. Er wollte die Magie ihrer Liebe wieder zum Leben erwecken, wollte das Glück wiederfinden, das sie damals geteilt hatten.

Marissa sah die Begierde in seinen Augen, fühlte seinen rasenden Herzschlag. Was sie da taten, war völlig verrückt – und gefährlich. Sie durfte nicht riskieren, dass ihre Gefühle wieder so stark wurden. Aber in dem Augenblick, als sie ihn so nah bei sich spürte, war jeder Zweifel vergessen. Zu stark war das Verlangen nach ihm – ein Verlangen, geboren aus zu vielen Nächten ohne den Mann, den sie begehrte.

„Vergiss nicht anzurufen."

Erschrocken fuhren Marissa und Dylan auseinander, als Jill das Autofenster streifte und zum Abschied winkte, während sie auf ihren Wagen zuging. Dylan glitt zurück auf den Fahrersitz, während Marissa Jill bemüht zulächelte.

Schweigend fuhren sie die kurze Strecke zurück zu Marissas Haus. Dylan bog auf den Parkplatz ein, stellte den Motor ab und ging um den Wagen herum, um Marissa zu helfen, aber sie war bereits ausgestiegen, als er auf der Beifahrerseite ankam. Eine leichte Brise fuhr durch das Blattwerk der alten Eichen, die die Straße säumten. Aus einem Zimmer hoch über ihren Köpfen konnte Marissa den schwachen Klang von Joshs Stereoanlage hören.

„Ich muss dir noch das Geld für die Milch geben", sagte sie und nestelte an ihrer Börse herum.

„Nein." Er legte ihr eine Hand auf den Arm.

Sie erschauerte bei seiner Berührung und sah verlegen zu ihm hoch. „Aber …"

„Vielleicht sollten wir über das reden, was passiert ist", sagte Dylan, und seine Hand glitt zu ihrem Ellbogen. „Wie soll es jetzt weitergehen?"

„Ich … ich weiß nicht, was ich sagen soll", stammelte Marissa.

„Vielleicht … ich brauche einfach ein wenig Zeit, um darüber nachzudenken."

„Einverstanden." Es hatte sich zwar heimlich mehr erhofft, aber es war schon in Ordnung. Er würde warten, zumindest eine Weile. Er zog sie zu sich heran.

„Und das hier ist dafür, dass du mich in der Zwischenzeit nicht vergisst."

Er drückte seinen Mund mit derselben wilden Entschlossenheit auf ihre Lippen wie schon bei dem Kuss im Auto. Als er sie losließ, konnte Marissa nur atemlos dastehen und zusehen, wie er zu seinem Jeep zurückging, einstieg und davonfuhr.

Verwirrt starrte sie auf die Milchtüte in ihrer Hand. Was um Himmels willen war bloß passiert? Sie hatte das Haus verlassen, um Milch zu kaufen, und knapp eine halbe Stunde später schien es, als hätte ihre ganze Welt sich verändert. Sie fischte ihren Schlüssel aus der Handtasche und ging zum Hauseingang. Dylan James hatte es wieder einmal geschafft, ihr Leben auf den Kopf zu stellen. Aber sie war kein verliebter Teenager mehr, und sie würde denselben Fehler nicht zweimal machen. Schließlich musste sie diesmal nicht nur an sich denken, sondern auch an Josh.

„Er will mich sprechen?", fragte Dylan und schenkte sich den letzten Tropfen Kaffee ein. Die morgendliche Mitarbeitersitzung war gerade zu Ende, und außer ihm und Kim war niemand mehr im Besprechungszimmer.

„In seinem Amtszimmer", antwortete Kimberly. „Um halb eins."

Dylan nippte von dem schwarzen Gebräu und verzog das Gesicht. „Mann, das ist ja das reinste Gift!" Er ließ den Becher sinken. „Hat Richter Kent gesagt, worum es geht?"

„Nein." Kim schüttelte den Kopf.

Dylan holte einen Teebeutel aus dem Schränkchen über der Spüle und tat ihn in eine saubere Tasse. Er konnte sich einen einzigen Grund für Richter Kents Wunsch, ihn zu treffen, vorstellen – den Entwicklungsbericht, den er vor fünf Tagen an das Gericht geschickt hatte. Aber der Bericht war gründlich und ordentlich, also was konnte es für Fragen geben, die sich nicht telefonisch hätten abklären lassen? Er schüttelte den Kopf, goss kaltes Wasser in seine Tasse und stellte sie in den Mikrowellenherd.

„Hab gehört, Sie waren neulich Abend einkaufen."

Er drehte sich zu Kim um. „Wie bitte?"

„Meine Schwester Jill hat erzählt, sie hat Sie im Supermarkt gesehen."

„Ja", sagte Dylan gedehnt.

„Sie … hat auch gesagt, dass Sie nicht allein waren", fuhr Kim fort.

Als das Gerät hinter ihm piepte, holte Dylan seine dampfende Teetasse heraus. Er hatte sich schon gefragt, wie lange es dauern würde, bis Kimberly auf das Thema zu sprechen kommen würde. Immerhin war es fast eine Woche her, sechs lange Tage, seit er mit Marissa einkaufen gewesen war.

Kim sah ihn erwartungsvoll an. „Und?"

Dylan zuckte die Schultern. „Und was?"

„Jill sagte, Sie waren mit Marissa Wakefield unterwegs. Also – was ist los?"

Er legte die Stirn in Falten. „Wie kommen Sie darauf, dass etwas los ist?"

„Kommen Sie schon", sagte Kim beharrlich. „Jill sagte, Sie hätten Marissa … im Auto mitgenommen."

Dylan lachte auf. „Ich nehme Emma Crandall ab und zu mit dem Auto zur Post mit. Ich nehme an, Sie denken, da ist auch etwas im Busch?"

„Emma Crandall ist achtundsiebzig Jahre alt", erwiderte Kimberly trocken.

Er hob schelmisch eine Augenbraue. „Unterschätzen Sie diese netten grauhaarigen Ladys nicht."

„Sehr witzig", sagte sie und verdrehte die Augen. „Also pflegen Sie mit Emma auch im Auto herumzuknutschen?"

„*Herumknutschen?*", fragte er. „Ich bin nicht mal sicher, ob ich noch weiß, was das ist."

„Tatsächlich, Opa?", neckte ihn Kimberly. „Jill sagte, was Sie und Marissa da taten, hätte ziemlich nach Herumknutschen ausgesehen."

Das Lächeln wich aus Dylans Gesicht. Er hatte gehofft, Jill habe nichts Genaues gesehen. Nicht, dass es ihm etwas ausmachte, wenn jemand sah, dass er Marissa küsste, aber er hatte keine Lust, darüber zu reden. „Warum gehen Sie nicht zurück an Ihren Schreibtisch? Ich meine, wenn Sie nicht genug Arbeit haben, kann ich Ihnen gern noch etwas geben …"

„Schon verstanden", fiel ihm Kim ins Wort und ging zur Tür. Nach ein paar Schritten drehte sie sich noch einmal um. „Habe ich Ihnen schon gesagt, dass ich es hasse, wenn Sie sich wie ein Boss anhören?"

Dylan lachte und sah Kim nach. Es war eine lange, anstrengende Woche gewesen. Er hatte täglich bis spät in die Nacht im Büro arbeiten und dazu noch so manchen nächtlichen Rundgang übernehmen müssen.

Er sah zur Wanduhr hoch. Fast zwölf Uhr mittags. Er trank seinen Tee aus, ging dann zurück in sein Büro und setzte sich. Wenn Kim schon nach Marissa fragte, war es mehr als wahrscheinlich, dass auch unter den anderen Mitarbeitern diverse Gerüchte kursierten, die Dylan nicht gutheißen konnte. Als er sich zu Marissa hinübergebeugt und sie geküsst hatte, hatte er sich einfach keine Gedanken gemacht, wer ihnen dabei zusehen könnte. Das Einzige, woran er gedacht hatte, war, wie sehr er Marissa begehrte.

Sie hatte um Bedenkzeit gebeten, und vielleicht brauchte er die auch.

Aber seit jenem Abend war kein Tag vergangen, an dem er sich nicht danach gesehnt hätte, sie anzurufen, ihre Stimme zu hören, sie in den Armen zu halten. Er erinnerte sich daran, wie ihre Lippen auf den seinen geschmeckt hatten, wie sich ihr Körper in seinen Armen angefühlt hatte. Statt sich zu wehren oder ihn empört zurückzuweisen, hatte sie voller Leidenschaft geseufzt und sich willig seinem Kuss hingegeben. Seit der Trennung von Stephanie hatte es für Dylan andere Frauen gegeben. Aber er war nicht der Typ Mann, der jeder Frau in seiner Umgebung Avancen machte.

Marissa Wakefield hatte er Avancen gemacht – und wie. Denn Marissa war anders, und sie brachte ihn dazu, Dinge zu tun, die er ansonsten nicht tun würde – zum Beispiel, sie impulsiv auf einem öffentlichen Parkplatz zu küssen. Impulsiv, ja, so war dieser Kuss gewesen. Impulsiv, gefährlich und ... unglaublich. Und Dylan konnte nicht aufhören, daran zu denken.

Seufzend sah er auf seine Armbanduhr. Es wurde Zeit, dass er zu seiner Verabredung mit Richter Kent aufbrach. Er stand auf und verließ sein Büro. Gut, dass der Richter ihn erwartete. Sonst würde er vielleicht wieder etwas Dummes tun – etwa zur Sutter High School fahren und kopflos in Marissas Büro stürmen. Und das wäre absolut katastrophal. Sie war keine Frau, die man bedrängte, und Dylan verstand, dass sie Zeit brauchte. Aber er hatte den ersten Schritt gemacht, und es lag nun an ihr, den nächsten zu tun.

„Das ist natürlich nur ein grober Entwurf", sagte Marissa vorsichtig. „Man müsste noch vieles ausführen oder hinzufügen. Ich hoffe, es steht genug drin, um Ihnen einen gewissen Eindruck zu vermitteln."

Richter Kent lehnte sich in seinem Ledersessel zurück. „Ich habe Ihren Vorschlag sehr aufmerksam durchgelesen, Miss Wakefield", sagte er ernst. „Ich finde ihn sehr interessant."

Marissas Mut sank. Sie wartete auf das „Aber", das den einleitenden Worten des Richters unweigerlich folgen würde. Sie hätte sich mit ihrer Idee nie an Richter Kent gewandt, wenn er nicht ein so alter Freund ihres Vaters und für Joshs Belange so aufgeschlossen gewesen wäre. Aber sie hatte nicht vor, auch nur den leisen Verdacht einer Günstlingswirtschaft aufkommen zu lassen – auch wenn Dylan das nicht glauben würde.

Dylan. Der Gedanke an seinen Kuss jagte ihr einen Schauer über den Rücken. Sie hatte um Bedenkzeit gebeten – und weiß Gott, sie hatte nachgedacht. Nicht nur, dass sie zugelassen hatte, dass er sie küsste – nein, *sie* hatte *ihn* auch geküsst. Ich spiele mit dem Feuer, dachte sie. Das ist nicht irgendein Mann, zu dem ich mich hingezogen fühle – das ist Dylan.

Sie waren beide erwachsen, und sie waren beide ungebunden. Unter normalen Umständen wäre gegen eine Beziehung nichts einzuwenden gewesen. Aber dies waren keine normalen Umstände. Marissa war für Josh verantwortlich, und Dylan war Joshs Vater.

„Ja, sehr interessant", murmelte Richter Kent erneut. „Ich habe mir erlaubt, Ihre Ausführungen einigen Freunden zu lesen zu geben und nach ihrem Urteil zu fragen. Ich hoffe, das ist in Ihrem Sinne."

Marissas Augen weiteten sich erstaunt. „Ja, sicher."

„Gut", sagte er lächelnd. „Ich glaube, Sie kennen sie – Tom Dyer, der Bewährungshelfer, und Maureen Porter vom Bezirksaufsichtsrat. Ich muss sagen, sie waren beide von Ihrer Idee ziemlich beeindruckt. Ich habe sie gebeten, heute Nachmittag auch hierherzukommen. Sie müssten eigentlich gleich da sein."

Hocherfreut sah Marissa ihn an. Ihr Vorschlag war aus ihren Erfahrungen mit Josh erwachsen. Der auf Anordnung des Gerichts ausgearbeitete Plan, wonach Josh und seine Freunde – statt in eine Erziehungsanstalt geschickt zu werden – regelmäßig die Schule besuchen und zusätzlich auf der Baustelle arbeiten sollten, hatte so gut funktioniert, dass sich Marissa gefragt hatte, ob man die Methode nicht auch auf andere straffällig gewordene Jugendliche ausdehnen könnte. Und so war sie darauf gekommen, dass in Zusammenarbeit von Jugendgericht und Schulbehörde ein Programm ausgearbeitet werden könnte, das „Problem-Teenagern" nicht nur eine gute Schulbildung sowie praktische Fähigkeiten, sondern auch neue Hoffnung vermitteln würde. Jeder Jugendliche, der in Schwierigkeiten geraten war, verdiente eine zweite Chance.

Marissa hatte einen groben Entwurf ihres Plans gemacht und sich damit an Richter Kent gewandt. Und die Reaktion des Richters war mehr, als sie erwartet hatte.

„Klingt hervorragend", sagte sie aufgeregt.

„Wir sollten es natürlich erst mal langsam angehen lassen", erwiderte Richter Kent und fischte eine Akte aus dem Stapel auf seinem Schreibtisch. „Der Bericht, den Sheriff James über Ihren Neffen geschrieben hat, ist wirklich sehr vielversprechend. Ich denke, wir können diesen Fall sozusagen als Pilotprojekt behandeln."

In dem Augenblick öffnete Maureen Porter die Tür und trat ein, gefolgt von Tom Dyer. Marissa schüttelte ihnen die Hand und hörte erfreut zu, wie sie ihre Begeisterung über ihre Idee zum Ausdruck brachten. Richter Kent bot allen Stühle rund um seinen Schreibtisch an.

„Ich habe mir gedacht, es wäre ganz gut, auch den Sheriff zu uns zu bitten. Er und seine Mitarbeiter sollen uns helfen, die Jugendlichen auszusuchen, die von dem neuen Programm am besten profitieren könnten."

Marissa fuhr zusammen. „Sheriff James kommt auch?"

„Ja", antwortete der Richter und sah auf seine Uhr. „Er müsste eigentlich ..." Ein Klopfen an der Tür unterbrach ihn. „Das wird er wohl sein."

8. Kapitel

Das Letzte, was Dylan in Richter Kents Amtszimmer erwartet hätte, war eine Ansammlung von Menschen – und mitten unter ihnen Marissa. Plötzlich gehörte er zu einem Komitee, das über einen Plan beraten sollte, den Marissa ausgearbeitet hatte, und bekam den Auftrag, zusammen mit ihr einen detaillierten Bericht abzufassen, den man dem Aufsichtsrat vorlegen konnte.

„Bist du sicher, dass du damit zurechtkommst?"

Dylan folgte Marissa durch die Seitentür des kleinen Gerichtsgebäudes, die nach draußen führte. „Du meinst, damit, dass wir zusammenarbeiten sollen?"

Die Hitze, die Marissa in die Wangen schoss, hatte mit der warmen Nachmittagssonne nichts zu tun. „Ich meinte eigentlich das Programm, das wir ausarbeiten sollen."

Dylan hielt die Kopie der Akte hoch. Er hatte sie erst kurz überflogen. „Glaubst du wirklich, dass das funktionieren kann?"

„Klingt, als würdest du's nicht glauben."

Er zuckte die Schultern. „Ich habe schon öfter Programme gesehen, die zwar auf dem Papier gut waren, aber dann versagten, wenn man sie auf wirkliche Menschen mit wirklichen Problemen anwenden wollte. Vielleicht ist das Ganze ein bisschen zu optimistisch."

Marissa runzelte leicht die Stirn. „Was ist daran falsch, optimistisch zu sein? Ich sage ja nicht, dass das Programm auf alle Kids anwendbar ist. Wir können damit nicht jeden Jugendlichen retten. Aber das heißt nicht, dass wir es gar nicht erst versuchen sollten, oder?"

Dylan sah das Feuer und die Entschlossenheit in ihren Augen und ging einen Schritt auf sie zu. „Müssen wir jetzt darüber sprechen?"

„Warum nicht?", erwiderte Marissa. „Richter Kent hat die nächste Versammlung in einem Monat geplant. Ich möchte bis dahin etwas Konkretes vorlegen können."

„Vier Wochen sind eine lange Zeit“, sagte er und griff nach ihrem Ellbogen. „Außerdem gibt es da noch etwas anderes, worüber wir sprechen sollten.“

Marissa spürte, wie jeder Muskel in ihrem Körper sich versteifte. Sie wusste, wovon Dylan redete. Aber wenn sie zusammenarbeiten mussten, wäre es besser, von vornherein gewisse Grundregeln aufzustellen. „Wenn es um diesen Abend geht ...“

„Du hast gesagt, du brauchst Zeit.“ Er hatte sich vorgenommen, sie nicht zu bedrängen, aber etwas in ihren blauen Augen trieb ihn dazu, nicht länger zu warten.

„Ich weiß“, sagte sie und senkte den Blick. „Vielleicht hast du recht. Vielleicht sollten wir das jetzt klarstellen. Ich fürchte, ich habe dir einen falschen Eindruck vermittelt.“

Dylan war, als schnürte ihm etwas den Hals zu. „Wann? Als ich dich küsste – oder als du mich geküsst hast?“

Marissas Wangen glühten. „Wir haben uns wohl beide etwas zu sehr mitreißen lassen.“

Dylan ballte die Fäuste. Was war ich bloß für ein eingebildeter Idiot, dachte er. Als sie um Bedenkzeit bat, hatte er angenommen, sie müsste sich erst wieder an den Gedanken gewöhnen, mit ihm zusammen zu sein. Es wäre ihm nie eingefallen, dass sie die Zeit nutzen könnte, um es sich anders zu überlegen.

„Und jetzt ... mit diesem Projekt und ... unserer Zusammenarbeit“, fuhr sie fort. „Ich weiß nicht, ob es eine gute Idee wäre, uns in eine private Geschichte zu verwickeln.“

„Private Geschichte“ war ganz und gar nicht der Ausdruck, den Dylan für seine Empfindungen verwendet hätte. Nicht, dass er die Beziehung zu Marissa bis ins Detail geplant hätte, aber die Gefühle zwischen ihnen waren so intensiv gewesen, dass er bereit gewesen wäre, sich auf das einzulassen, was die Zukunft ihnen bringen würde. Aber Marissa sah das offenbar anders. Die Enttäuschung griff mit eisernen Fingern nach seinem Herz.

Also würde er tun, was er schon immer getan hatte – seine verletzten Gefühle hinter einer Maske verbergen. Er wusste, was er zu sagen und zu tun hatte, und niemand würde je erfahren, wie viel Überwindung ihn das gekostet hatte.

„Kein Problem“, sagte er lächelnd. „Wenn du nicht möchtest, möchtest du eben nicht.“

„Es ist nur …“

„Hey“, unterbrach er sie. „Du bist mir keine Erklärung schuldig. Versuchen kann man's ja mal, oder?“, sagte er betont locker, machte eine wegwerfende Handbewegung und begleitete Marissa zu ihrem Wagen. „Also, wie verbleiben wir wegen des Programms? Sollen wir gleich einen Besprechungstermin festmachen?“

Verwirrt sah Marissa ihn an. Er nahm es so unglaublich leicht auf. Er hatte sie fast in seinem Auto verführt, und nun stand er da und redete über Geschäftstermine, als wäre nichts geschehen. Hatte ihm das alles so wenig bedeutet? Sie wusste, sie sollte ihm dafür dankbar sein, dass er es ihr so leichtmachte, aber es war schon komisch mit anzusehen, dass er reagierte, als hätte sie lediglich eine Verabredung zum Essen abgesagt.

„Das hat keine Eile“, sagte sie, stieg in ihren Wagen und startete den Motor. „Ließ den Entwurf, und ruf mich dann nächste Woche an.“ Dylan sah zu, wie sie vom Parkplatz fuhr. Ich hätte es wissen müssen. Marissa und ich passen einfach nicht zusammen. Wie konnte ich so dumm sein anzunehmen, es könnte sich zwischen uns etwas entwickeln?

„Du klingst enttäuscht.“

„Quatsch“, erwiderte Marissa. Die samstäglichen Telefonate mit Mallory waren für beide zu einer lieben Gewohnheit geworden. „Ich bin erleichtert.“

„Hallo?“, rief Mallory schauspielernd. „Ist das meine Schwester am anderen Ende? Meine Schwester, die alle Geheimnisse mit mir teilt und nichts vor mir verbergen kann?“

Marissa seufzte. Konnte man diesen „Zwillingsradar“ nicht mal für eine Minute abschalten? „Okay, ich war etwas enttäuscht. Nicht, dass ich mich wirklich auf eine Beziehung hätte einlassen wollen, aber …“

„Vielleicht hättest du's einfach ausprobieren sollen.“

„Was?“ Marissa schnappte nach Luft. „Mallory, ich dachte, du würdest das am besten verstehen können. Wir sprechen über Dylan

James. Hast du vergessen, was er mir angetan hat? Hast du Josh vergessen?“

„Ich habe nichts vergessen“, antwortete Mallory leise. „Aber all das ist lange her. Es wird Zeit, dass du dir über deine Gefühle zu ihm klar wirst.“

„Ich habe keine Gefühle für ihn“, beharrte Marissa, aber noch während sie sprach, wurde ihr bewusst, wie unglaubwürdig sie klang. „Jedenfalls nicht *die* Art von Gefühlen.“

„Du meinst, du liebst ihn nicht mehr?“

„Wie sollte ich? Wir haben uns beide verändert. Wie sollte ich einen Mann lieben, den ich nicht mal kenne?“

„Vielleicht hättest du ihn kennenlernen können, wenn du ihn nicht vor den Kopf gestoßen hättest.“

Marissa schloss die Augen. „Ich will jetzt nicht mehr darüber sprechen. “ Josh war mit dem Fahrrad unterwegs zur Post, um einige Briefe für Marissa einzuwerfen, und sie hatte versprochen, ihm dafür eine Fahrstunde zu geben. Er musste bald wieder zurück sein, und sie wollte nicht, dass sie mit ihrer Schwester über Dylan redete, wenn er hereinkam. „Erzähl mir lieber etwas von dir. Wie geht's mit dir und Graywolf?“

Sie hörte zu, wie Mallory von ihrem Mann und den Geschehnissen im Indianerreservat berichtete. Sie war froh, dass sie für einige Minuten in die glückliche Welt ihrer Schwester entfliehen und an die wundervolle Wüstenlandschaft denken konnte statt an Dylan und ihre Gefühle für ihn.

„Also, alles bestens“, beendete Mallory ihre Erzählung.

„Ich hoffe, es bleibt dabei, dass ihr nächsten Monat hierherkommt?“

„Klar“, versicherte Mallory. „Graywolf hat Josh versprochen, dass er ihn mal seinen Jeep fahren lässt.“

Marissa hörte, wie die Tür aufgeschlossen wurde. Sie drehte sich um, als Josh in die Küche stürmte. „Wenn wir gerade vom Autofahren sprechen – rate mal, wer eben zu seiner Fahrstunde angetreten ist?“

„Gib ihm einen Kuss von mir“, erwiderte Mallory lachend.

„Und?“, fragte Josh, nachdem Marissa den Hörer aufgelegt hatte.

Er sah so jung und so aufgeregt aus, dass Marissa warm ums Herz wurde. Sie griff nach ihrer Handtasche und streifte sich den Riemen über die Schulter. „Los geht's."

„Oh-oh", sagte Josh und klammerte sich am Lenkrad fest. „Und was soll ich jetzt tun?"

Marissa drehte sich um. „Verdammt", murmelte sie, als sie das rote Licht eines Streifenwagens entdeckte. „Eine Verkehrskontrolle."

„Habe ich etwas angestellt?", fragte Josh ängstlich.

„Nicht dass ich wüsste", antwortete sie und versuchte ihre eigene Nervosität zu unterdrücken. „Bleib ganz ruhig. " Sie deutete auf den Straßenrand. „Fahr da vorne rechts ran. Wollen mal sehen, was los ist. Wahrscheinlich ist das nur eine Routinekontrolle." Sie sah, wie der Streifenwagen hinter ihnen ebenfalls anhielt. Sie schaute zurück, aber von ihrem Sitz aus konnte sie nur den Oberkörper eines uniformierten Beamten sehen, der auf ihren Wagen zukam. In Gedanken spielte sie tausend Erklärungen durch, doch als der Polizist sich auf der Fahrerseite herunterbeugte und ins Auto blickte, vergaß sie plötzlich alle.

„Dylan! ", rief sie mit einer Mischung aus Ärger und Erleichterung. „Du hast uns fast zu Tode erschreckt."

„Es wäre wohl sinnlos, nach einem Führerschein zu fragen", sagte er trocken und sah von Josh zu Marissa.

„Du weißt, dass er keinen hat. Das ist seine erste Fahrstunde. Niemand hat einen Führerschein in der ersten Fahrstunde", erwiderte sie. Die dunkle Sonnenbrille, hinter der Dylan seine Augen versteckte, machte sie nervös. „Und wieso fährst du eigentlich einen Streifenwagen?"

„Mein Auto ist in der Werkstatt." Er wandte sich an Josh. „Erste Fahrstunde, hm?"

„Ich kriege übernächste Woche meinen Führerschein", antwortete Josh aufgeregt.

„Vorausgesetzt, du bestehst die mündliche Prüfung", wandte Marissa ein.

„Ich schätze, die Zeit, die du und Skip letztes Jahr heimlich mit dem Auto deiner Mutter gefahren seid, zählt nicht?", fragte Dylan lächelnd.

Josh grinste verlegen. „Ehrlich gesagt, Skip ist die ganze Zeit gefahren. Ich saß nur daneben."

Dylan lachte. Josh Wakefield hatte einen für sein Alter ziemlich ausgeprägten Sinn für Humor. Das war etwas, das Dylan bei den Jungs, die ihm sonst ins Büro gebracht wurden, selten erlebte. „Du scheinst dich hinter dem Steuer wohlzufühlen. Wie läuft's denn so?"

„Bestens! Ich scheine ein Naturtalent zu sein."

Dylan wandte sich an Marissa und versuchte dabei seine Beklemmung zu ignorieren. „Du scheinst davon nicht ganz überzeugt zu sein." Marissa berührte eine schmerzende Stelle an ihrer Stirn. Josh hatte einmal zu stark gebremst, woraufhin ihr Kopf auf schmerzhafte Weise mit dem Rückspiegel Bekanntschaft geschlossen hatte. „Wir hatten schon unsere Sternstunden."

„Nach deiner Stirn zu urteilen, waren einige davon wohl besonders gut. " Seine Stimme wurde wieder ernst. „Noch etwas. Josh sollte wirklich seinen Führerschein machen, bevor er sich hinters Steuer setzt – auch wenn es nur Fahrstunden sind. Was bei anderen Leuten üblich ist, wäre bei Josh genau genommen eine Verletzung seiner Bewährung." Marissa verzog überrascht das Gesicht. „Oh. Daran hatte ich nicht gedacht."

Dylan zuckte die Schultern. „Es ist kein großes Problem. Aber ich dachte, ihr solltet es wissen."

„Hast du uns deshalb angehalten?"

Er runzelte die Stirn. Diese Frage hatte er sich selbst auch schon gestellt. Marissa hatte ihm deutlich genug zu verstehen gegeben, dass sie nichts von ihm wissen wollte. Er hatte es also nicht nötig, sich ständig neue Ausreden auszudenken, um sie wiederzusehen. Aber Tatsache war, er hatte sich Sorgen gemacht, als er Josh am Steuer von Marissas Wagen entdeckt hatte. Während der Bewährungszeit ohne Führerschein zu fahren mochte zwar ein Bagatelldelikt sein, konnte aber in Verbindung mit dem Übereifer eines Verkehrspolizisten eine hochexplosive Mischung ergeben.

Und Dylan wollte unbedingt verhindern, dass irgendetwas Joshs positive Entwicklung bremste. Er begann zu glauben, dass Josh eines der wenigen auf Abwege geratenen Kids war, der es wirklich schaffen konnte, und er musste sich eingestehen, dass es ihm sehr viel bedeuten würde, wenn Josh sein Leben wieder in den Griff bekam.

„Es könnte ein Problem geben, wenn euch jemand anders anhält – die California Highway Patrol zum Beispiel, jemand, der die Situation nicht kennt. Ich möchte nicht, dass irgendwas passiert."

„Verstehe", sagte Marissa. Dylan verhielt sich wie ein Vater, der seinen Sohn beschützen will, und diese Erkenntnis verursachte ihr ein unbehagliches Gefühl. „Vielen Dank."

Er wandte sich wieder an Josh. „Da fällt mir ein – kennst du den alten Feldweg drüben am Festplatz?"

„Klar." Josh nickte. „Wir haben da öfter …" Er brach ab und grinste verlegen.

„Ja", sagte Dylan lachend. Er wusste, dass Jugendliche dort gern nächtliche Autorennen und Partys veranstalteten. „Um die Zeit ist es ziemlich menschenleer da draußen." Er lächelte Marissa an. „Keine schlechter Platz zum Üben." Er wollte gerade weggehen, blieb aber dann noch mal stehen. „Das hätte ich fast vergessen." Er griff in seine Hemdtasche und holte ein kleines dunkles Etwas heraus. „Was hältst du davon?", fragte er Josh.

Josh musterte das Ding eindringlich. „Was ist das? Eine Schwarzmücke?"

Dylan hob die Augenbrauen. „Hey, du bist ja richtig gut."

„Ich bin nicht umsonst dreimal Junior-Champion im Fliegenfischen geworden", sagte Josh, nahm den Köder und untersuchte ihn gründlich.

Marissa sah zu, wie Josh und Dylan sich über Material und Gewicht der Fliege unterhielten. Sie waren sich nicht nur äußerlich ähnlich, sondern sie besaßen auch beide denselben trockenen Sinn für Humor, der ihnen immer wieder aus prekären Situationen heraushalf. Sie dachte zurück an ihr Gespräch mit Dylan vor dem Gerichtsgebäude. War die Leichtigkeit, mit der er ihre Absage aufgenommen hatte, seine besondere Art, seine wahren Gefühle zu überspielen, oder machte es ihm wirklich so wenig aus, dass sie ihm einen Korb gegeben hatte?

Sie schüttelte den Kopf. Egal. Die Grundregeln waren klar – von nun an war ihre Beziehung rein geschäftlicher Natur. Mehr konnte und durfte nicht passieren.

„Ich fahre nächste Woche nach Fiddle Town, zu dem Angelplatz, von dem ich dir erzählt habe." Dylan zuckte die Schultern. „Hast du Lust mitzukommen?"

Josh drehte sich aufgeregt zu Marissa herum. „Darf ich?"

9. Kapitel

Dylan ignorierte die heiße Sonne, die auf seinen nackten Oberkörper herunterbrannte, ebenso wie die Eiseskälte des Wassers, das seine Füße umspülte. Der Morgen war zu schön, der Fang zu reich, um sich um einen Sonnenbrand oder um kalte Füße Sorgen zu machen. Mit der Spitze seines nassen Stiefels kickte er den Deckel der Angelkiste zu, griff dann nach der Fischerweste, die neben ihm auf einem Felsen lag, und zog sie an.

Dylan war kurz vor Sonnenaufgang vor Marissas Wohnung aufgekreuzt, aber Josh hatte trotz der frühen Zeit bereits vor der Tür auf ihn gewartet, die Ausrüstung in der Hand. Dylan hatte gehofft, auch Marissa zu sehen, doch Josh hatte allein vor dem Haus gestanden.

Er holte die Schwarzmücke aus der Brusttasche und befestigte sie am Angelhaken. Ein Schatten glitt über sein Gesicht, als er daran dachte, wie Marissa dann doch noch eilig aus dem Haus gekommen war, gerade als Dylan Joshs Angelzeug auf die Ladefläche seines Wagens hievte. Der Anblick ihres kurzen Morgenmantels und ihrer locker über die Schultern wallenden Haare war mehr, als er um diese Tageszeit ertragen konnte. Er schüttelte den Kopf, um das Bild zu vertreiben.

Sein Blick wanderte zu dem Picknickkorb, der mitten auf der im Gras ausgebreiteten Decke stand. In Gedanken sah er noch einmal, wie Marissa ein paar Stunden zuvor auf Josh zugeeilt war – mit eben jenem Korb in der Hand, in den sie Brathähnchen, Kartoffelsalat und kalte Getränke gepackt hatte. Aber es war nicht das Essen, an das Dylan dachte, sondern der seidig glänzende Stoff von Marissas Morgenmantel und die Art, wie das Licht der Straßenlampe sich bei jeder Bewegung darin widergespiegelt hatte.

„Alles klar?“

Dylan sah überrascht zu Josh auf, der neben ihm knöcheltief im Wasser stand. „Warum?“

Josh schob sich die Baseballkappe in den Nacken. „Sie haben gerade so ein komisches Gesicht gemacht."

„Es ist nichts." Dylan schüttelte den Kopf und deutete dann auf den Fischkorb, der Josh von der Schulter baumelte. „Noch was gefangen?" Josh lächelte. „Nur drei weitere kleine Schönheiten." Er nahm die Forellen aus dem Korb und hängte sie nacheinander zu den anderen auf den Spieß, den er zwischen Flusssteinen im Wasser verankert hatte. Dann sah er zu Dylans Spieß hinüber. „Ich würde sagen, ich bin um ein oder zwei Stück voraus", sagte er fröhlich.

Dylan kniff gespielt ärgerlich die Augen zusammen. „Leg dich nicht mit dem Sheriff an. " Er sah auf den Köder, der an Joshs Leine baumelte. „Was hast du jetzt dran?"

„Ein graues Gespenst", antwortete Josh und lächelte verschmitzt. „Oder dachten Sie etwa eine müde Mücke?"

Dylan lachte auf. „Wie geht's unserem Freund Mathers eigentlich?"

„Es heißt *Mister* Mathers", korrigierte Josh grinsend. „Tante Marissa sagt, ich soll höflich zu Erwachsenen sein."

Das Lächeln wich aus Dylans Gesicht. „Deine Tante und Mr. Mathers sind wohl gute Freunde?" Das Bild, wie Marissa und Mathers nebeneinandergestanden hatten, schoss Dylan durch den Kopf, und er biss die Zähne zusammen. „Verbringen sie viel Zeit miteinander?"

„Manchmal", erwiderte Josh. „In der Schule."

Dylan nickte, und seine Gesichtsmuskeln entspannten sich wieder etwas. „Wie geht's denn so in der Schule? Und auf der Baustelle?"

„Die Schule ist ganz okay. Und die Arbeit am Schuppen ..." Er hielt inne und sah Dylan an. „Na ja, Mathers ist ein Lackaffe. Aber ansonsten ist es schon in Ordnung."

„Wie kommst du mit Randy zurecht?"

„Ganz gut", antwortete Josh.

„Und Skip? Macht er dir Ärger?", fragte Dylan.

Josh sah weg. „Ich werde mit Skip schon fertig."

Dylan merkte, dass das Verhältnis zwischen Skip und Josh sich offenbar weiter verschlechtert hatte. Besser, wenn Skip nicht erfuhr, dass Josh mit dem Sheriff zum Fischen ging.

„Ich hasse es, wenn meine Leine trocken wird“, sagte Josh betont locker, machte ein paar Schritte weiter in den Fluss hinein und drehte sich wieder zu Dylan herum. „Irgendwas sagt mir, ich schaffe mein Soll heute schneller als Sie.“

„Das soll wohl ein Witz sein, Kleiner“, erwiderte Dylan.

So, wie Josh durchs Wasser watete, die Baseballmütze nach hinten gedreht, das T-Shirt lose über seinen Shorts, erinnerte er Dylan an Kenny, den Sohn seines Bruders Michael. Sie waren fast gleichaltrig, hatten dieselben dunklen Augen und dieselbe hochgewachsene Gestalt. Dylan hatte Kenny ein paarmal zum Fischen mitgenommen, aber der Junge brachte nicht annähernd Joshs Begeisterung und Talent fürs Angeln mit.

Caleb Wakefield schien seinem Adoptivsohn die Liebe zum Fliegenfischen vererbt zu haben. Aus Joshs Erzählungen war deutlich herauszuhören, wie sehr ihn der Verlust seines Vaters getroffen hatte. Vielleicht hat Marissa recht, dachte Dylan. Vielleicht wäre eine Erziehungsanstalt wirklich nicht das Richtige gewesen. Vielleicht brauchte Josh viel eher jemanden, der die Leere wieder ausfüllte, die der Tod von Caleb hinterlassen hatte – eine neue Vaterfigur.

Dylan dachte an das Programm, das Marissa vorgeschlagen hatte. Es war wirklich sehr idealistisch – aber zur richtigen Zeit auf die richtigen Jugendlichen angewandt, konnte es womöglich funktionieren.

Er sah zu, wie Josh seine Leine auswarf. Vor einem Jahr wollte er nichts anderes, als diesen Jungen hinter Gittern zu sehen, und jetzt …

„Was soll ich?“ Marissa sah in den Eimer voller Forellen und versuchte verzweifelt, deren tote Augen zu ignorieren.

„Die Köpfe abschneiden“, erklärte Dylan, nahm einen Fisch und griff nach einem Hackbeil aus dem Messerblock. „So.“

„Bitte nicht! “ Marissa hielt seinen Arm fest. Der Gedanke, den Fischen den Kopf abzuhacken, verursachte ihr Übelkeit.

Dylan sah sie lächelnd an. „Du magst Forellen wohl nicht.“

„Ich liebe Forellen“, sagte sie und schenkte ihm ein Glas Chardonnay ein. „Mit einer feinen Sauce Amandine und dazu einem Schluck Weißwein.“

Er ging zur Spüle und wusch sich die Hände. „Du hast also noch nie einen Fisch ausgenommen. In einer Gegend, für die die Fischerei ein Markenzeichen ist, grenzt das an eine Bildungslücke."

„Viehhaltung ist hier auch ein Markenzeichen", erwiderte Marissa und kreuzte die Arme vor der Brust. „Aber deswegen kann ich mich doch sehr gut beherrschen, nicht jedes Mal, wenn ich Lust auf ein Steak habe, ein Rind aufzuspießen."

„Hat dein Vater dich denn nie mit zum Fischen genommen?", fragte er lachend.

„Klar. Aber ich war die ‚Klügere', schon vergessen? Ich war diejenige, die lieber die Vögel beobachtete, während Mallory die wirklich ‚spaßigen' Dinge tat – zum Beispiel Forellen den Kopf abschneiden."

Das Lächeln wich langsam aus Dylans Gesicht. „Ich kann mich erinnern, dass du auch ‚spaßige' Dinge mochtest." Er stieß mit seinem Weinglas mit ihr an. „Weißt du noch, was wir beide für schöne Sachen gemacht haben?"

Marissa sah in seine dunklen Augen, und eine unerklärliche Hitze stieg ihr ins Gesicht. Einen unendlichen Moment lang gab es auf der Welt nichts außer ihren überwältigenden Gefühlen und dem hungrigen Blick aus Dylans Augen.

„Sind die Fische schon fertig?"

Mit einem Schlag wurde Marissa wieder in die Realität zurückbefördert. Sie drehte sich in dem Augenblick herum, als Josh gerade zur Hintertür hereinstürmte.

„Machst du Witze?" Ihre Stimme kam ihr selbst seltsam rau vor. „Den Spaß wollte ich doch dir überlassen."

„Komm her, Kleiner", sagte Dylan und stürzte den Rest des Weines in einem Zug hinunter. „Wir haben zu tun."

Marissa trat einen Schritt zurück und versuchte sich zu beruhigen. Verzweifelt bemühte sie sich, nicht darauf zu achten, was Dylan und Josh für ein Bild abgaben – Vater und Sohn, die zusammen an der Spüle stehen und lachend Fische ausnehmen. War es die Blutsverwandtschaft, die diese einzigartige Umgangsweise zwischen den beiden möglich machte, oder würde Josh auch mit einem anderen Mann, der ihm genauso viel Aufmerksamkeit entgegenbrachte, so gut zurechtkommen können? Sie wusste, dass Josh Caleb sehr vermisste. Aber bis zu diesem Tag, als sie ihn mit Dylan so vertraut zusammenstehen sah, war ihr nie ganz klar gewesen, wie sehr Josh diese Art männlicher Kameradschaft, diese Art väterlicher Fürsorge gefehlt haben musste.

Es war irgendwie nicht fair. Sie liebte Josh, und sie würde alles für ihn tun. Aber wie sehr sie ihn auch liebte und egal, was sie auch tat – den Vater würde sie ihm nie ersetzen können. Sie nahm einen großen Schluck aus ihrem Glas, aber der Wein gelangte in die falsche Kehle und brachte sie zum Husten.

„Alles okay?“, fragte Josh.

Sie sah auf. Dylan und Josh schauten mit demselben besorgten Ausdruck zu ihr herüber. „Alles in Ordnung“, ächzte sie. „Hab mich nur verschluckt.“

„Bist du sicher?“ Dylan kam einen Schritt näher.

Marissa nickte und bedeutete ihm mit einer Handbewegung, dass sie keine Hilfe brauchte. Er blieb eine Sekunde unschlüssig stehen und widmete seine Aufmerksamkeit dann wieder den Forellen.

Marissa lief in das kleine Badezimmer neben der Treppe, spülte sich den Mund aus, trocknete sich das Gesicht und sah dann in den Spiegel. Ihre Augen waren gerötet, ihre Wimperntusche völlig verwischt. Wieso musste sie so viel Wein trinken? Sie konnte nichts gebrauchen, was ihre Sinne verschleierte, wenn Dylan James in der Nähe war. Sie brauchte eher etwas, das ihre Sinne schärfte.

Sie holte tief Luft und erneuerte ihr Make-up. Als sie in die Küche zurückkehrte, hatten Dylan und Josh die Küche blitzsauber aufgeräumt und sahen voller Stolz auf die aufgereihten ausgenommenen Fische.

„Hungern werden wir jetzt jedenfalls eine Weile nicht müssen“, scherzte Marissa.

Dylan musterte sie eindringlich. „Bist du wieder okay?“

„Klar.“

„Ich hab den Sheriff gebeten, zum Abendessen zu bleiben“, sagte Josh, nahm einen Holzlöffel und kostete von dem Topf mit Chili con Carne, das auf dem Herd vor sich hin köchelte. „Niemand macht besseres Chili als Tante Mar.“

Marissa rang sich ein Lächeln ab. Sie hatte nichts dagegen, wenn

Josh jemanden zum Essen einlud, aber musste es unbedingt Dylan sein? „Sicher“, sagte sie betont fröhlich. „Wir haben wirklich genug von dem Chili.“

„Sieht gut aus. “ Dylan schielte in den Kochtopf. „Aber habt ihr keinen Fisch?“

Marissa lachte. „Du bleibst also zum Essen?“

„Äh … danke, aber für ein Dinner hab ich die falschen Sachen an. Außerdem gibt es bestimmt ein Gesetz gegen Essensgäste, die nach toten Fischen riechen.“

„Solange der Gastgeber selbst nach Fisch riecht, ist das schon okay“, witzelte Josh zurück.

Dylan lachte und nahm seinen Fischspieß. Er war nicht sicher, dass er es einen ganzen Abend lang in Marissas Gegenwart aushalten und so tun könnte, als wäre nichts geschehen, als würde er sie nicht begehren. „Danke, Kleiner, vielleicht ein andermal.“

„Aber wir …“

„Josh“, unterbrach ihn Marissa. Nicht, dass sie auf ein Abendessen mit Dylan so erpicht gewesen wäre, aber es missfiel ihr, dass er so gar nicht bleiben wollte. Hatte er eine Verabredung mit einer anderen Frau, die er nicht absagen wollte? „Der Sheriff hat gesagt, er kann nicht bleiben. Also lass das jetzt.“

Sie übersah Joshs verwirrten Blick und folgte Dylan zur Tür.

„Hat Spaß gemacht, Kleiner.“ Dylan schüttelte Josh die Hand. „Du bist ein Teufelskerl von einem Fliegenfischer.“

„Danke. “ Josh wurde rot. „Und danke fürs Mitnehmen. Mir hat’s auch Spaß gemacht.“

Dylan wandte sich Marissa zu. „Ich hab deinen Plan durchgelesen. Können wir uns nächste Woche mal zusammensetzen und darüber sprechen?“

„Sicher“, antwortete sie. „Ruf mich einfach an.“

Sie schloss die Tür hinter ihm und marschierte zurück in die Küche. Als sie an Josh vorbeiging, sah sie ihn fragend an. „Chili?“

Josh folgte ihr. „Na klar.“

„Mach dir keine Sorgen.“ Jill tätschelte Marissas Hand. „Es sind doch nur zwei Nächte. Was kann da schon passieren?“

Marissa sah sie stirnrunzelnd an. „Ich wünschte, du hättest das nicht gefragt.“

Jill lachte. „Außerdem – da ich sowieso alle zwanzig Minuten auf die Toilette muss, werden wir wohl den größten Teil des Wochenendes auf dem Highway verbringen.“

Marissa musste auch lachen. Sie war glücklich darüber, dass Josh und Nico, Jills ältester Sohn, sich angefreundet hatten. Als Nico Josh eingeladen hatte, mit ihm und seiner Familie das Wochenende um den 4. Juli in ihrem Strandhaus in Santa Cruz zu verbringen, hatte Marissa gern eingewilligt – obwohl es bedeutete, dass sie drei Tage ohne Josh würde verbringen müssen. Nico war sicherlich ein besserer Umgang als Skip Carver, und sie würde alles tun, um Joshs Freundschaft zu Nico zu fördern.

Sie sah zu, wie Josh sein Gepäck in das Auto der Scalettis hob. „Noch mal vielen Dank, es ist wirklich sehr lieb von euch, Josh mitzunehmen“, sagte sie zu Jill.

„Ich muss mich bedanken“, antwortete Jill. „Solche Familienausflüge nutzt Nico sonst gern dazu, seinen Geschwistern das Leben schwerzumachen. Diesmal wird Joshs Anwesenheit ihn davon ablenken.“

„Nein, wirklich“, beharrte Marissa. „Josh hatte früher eine Menge Probleme. Es gibt nicht viele Eltern, die so verständnisvoll wären wie du und Dom.“

„Josh hat ein paar Dummheiten gemacht, okay“, sagte Jill ernst. „Aber welches Kind hat das nicht? Alles, was Josh gebraucht hat, war jemand, der an ihn glaubt, und jetzt hat er jemanden – dich.“ Sie nahm Marissa in die Arme.

Dom Scaletti packte seine Kinderschar in den Kleinbus und half seiner schwangeren Frau auf den Beifahrersitz. Josh kam mit leuchtenden Augen noch einmal auf Marissa zu gerannt.

„Hast du genug Geld mitgenommen?“, fragte sie hastig, um nicht in Tränen auszubrechen. „Und deine Badehose? Das Strandbadetuch?“

„Alles dabei“, versicherte er und schlang seine Arme um Marissa. „Danke, Tante Mar. Ich hab dich lieb.“

„Ich hab dich auch lieb, Baby“, flüsterte sie zurück.

Sie stand am Bordstein und winkte, bis der Kleinbus hinter der Kurve verschwunden war. Es war erst Freitag, und ein langes einsames Wochenende lag vor ihr. Am liebsten hätte sie sich die Augen ausgeweint. Aber stattdessen straffte sie die Schultern und ging zum Wagen. Nun, da niemand in der Schule war, würde sie ungestört einige Arbeit erledigen können.

Sie starrte auf die Aktenmappe auf dem Beifahrersitz. Es war nun fast eine Woche her, seit Dylan mit Josh zum Fischen gewesen war. In der Zwischenzeit hatte er tatsächlich angerufen, um mit ihr über das Programm zu sprechen. Es war ein frustrierendes Telefonat gewesen, bei dem im Endeffekt nichts herausgekommen war.

Okay, dachte sie, während sie den Wagen auf den Schulparkplatz steuerte, ich brauche seine Hilfe nicht, und ich will sie auch nicht. Ich kann das Programm auch allein ausarbeiten und dem Prüfungskomitee vorlegen – und dann werden wir ja sehen, welche Entschuldigung Sheriff James für Richter Kent parat hat.

„Hi, Karen“, sagte sie, als sie das Direktorat betrat. „Ich hatte doch gesagt, Sie müssten heute nicht unbedingt kommen.“

„Ich weiß“, erwiderte Karen. „Aber ich dachte, es wäre ein gutes Gefühl, am Montag hierherzukommen und einen aufgeräumten Arbeitsplatz vorzufinden. Außerdem sind die Jungs übers Wochenende bei Larry, und ich hatte keine Lust, allein in einem leeren Haus herumzusitzen.“ Marissa lächelte traurig. „Ich weiß, was Sie meinen.“ Sie wusste, dass Karens Ehe kürzlich gescheitert war, und konnte verstehen, dass sie sich durch Arbeit ablenken wollte. „Josh ist heute Morgen auch weggefahren. Also raten Sie mal, womit ich mein Wochenende verbringen werde?“, sagte sie und hielt die Mappe hoch.

„Sollte Sheriff James Ihnen nicht damit helfen?“

Marissa lachte. „Da würde ich wohl lange warten müssen.“

Karen schüttelte den Kopf und drehte sich wieder zum Karteischrank. „Männer – man kann nicht mit ihnen leben, aber erschießen kann man sie auch nicht.“

Marissa betrat lachend ihr Büro. Sie warf die Mappe auf den Tisch und setzte sich. Ärgerlich starrte sie die Akte an. Sie hatte Stunden damit zugebracht, dieses Programm zu Papier zu bringen, und Dylan hatte nicht einmal eine Stunde übrig, um mit ihr darüber zu sprechen. Für wen hielt er sich eigentlich überhaupt?

Seufzend öffnete sie die Mappe. Sie hatte gerade damit begonnen, die einzelnen Blätter vor sich auszubreiten, als das Telefon klingelte. „Ja, Karen“, sagte sie. „Was gibt's?“

„Da haben wohl jemandem die Ohren geklungen“, scherzte Karen durch die Sprechanlage. „Dylan James ist auf Leitung eins.“

10. Kapitel

Dylan starrte Marissas Haustür an und fragte sich, was in aller Welt er eigentlich hier zu suchen hatte. Nach dem Tag, den er mit Josh beim Fischen und danach in Marissas Küche verbracht hatte, war er nicht sicher, ob er einer weiteren Begegnung mit ihr gewachsen war. Er hatte viel Übung darin, seine wahren Gefühle hinter einer Maske aus Gleichgültigkeit und Humor zu verbergen, aber er hatte auch seine Grenzen. Und – ob es ihm passte oder nicht –, er empfand etwas für Marissa. Es spielt keine Rolle, dachte er, ob diese Gefühle echt sind oder nur Überbleibsel einer vergangenen Zeit – sie sind da, und ich kann nichts dagegen tun.

Er nahm den großen Pizza-Karton in die eine Hand und die Flasche Chianti in die andere. Die Pizza und der Wein waren als kleines Friedensangebot gedacht. Marissas eisiger Ton, als er heute Morgen angerufen und wegen des Berichts um ein Treffen gebeten hatte, war alles andere als einladend gewesen, und sie hatte keine Anstalten gemacht, ihren Unmut zu verbergen. Im Bestreben, Marissa nicht mehr als notwendig zu belästigen, hatte Dylan vorgeschlagen, sich in ihrer Wohnung statt in ihrem Büro zu treffen, aber das schien Marissas Laune nur noch mehr verschlechtert zu haben. Zum Glück ist Josh auch noch da, dachte Dylan. In seiner Gegenwart wird sie mich wohl nicht so streng behandeln.

Er drückte auf den Klingelknopf und holte tief Luft. Marissa öffnete die Tür.

„Ich weiß, ich komme zu spät", sagte er schnell und hielt lächelnd die Pizzaschachtel und die Weinflasche hoch. „Aber dafür habe ich auch etwas mitgebracht."

Marissa kreuzte die Arme vor der Brust. Dylan sah so unverschämt gut aus in seinen Jeans und dem hellen Poloshirt. Sie spürte, wie ihre Wut verrauchte. „Du hättest schon vor einer Stunde hier sein sollen."

„Jetzt bin ich ja da", sagte er hastig und schlüpfte an ihr vorbei in die Wohnung. „Die Pizza wird kalt."

Marissa sah zu, wie er wie selbstverständlich in die Küche ging und aus dem Schrank zwei Weingläser herausholte. „Fühl dich wie zu Hause." Er ignorierte den Sarkasmus in ihrer Stimme, öffnete den Wein und goss die Gläser voll. Dann reichte er ihr ein Glas. Er nahm selbst einen großen Schluck Wein und öffnete den Pizzakarton. „Ruf Josh. Wir können essen."

„Josh ist nicht da."

Dylans Hand, die gerade nach einem Stück Pizza greifen wollte, blieb kurz in der Luft hängen. „Er ist nicht da?"

Marissa ging hinüber zum Küchenschrank und holte zwei Teller und Besteck heraus. „Er ist mit den Scalettis übers Wochenende nach Santa Cruz gefahren."

„Aha", sagte Dylan trocken. Also kein Josh, der Marissas Zorn etwas mildern könnte. „Du willst die Pizza doch nicht etwa mit Messer und Gabel essen, oder?"

Marissa seufzte und sah ihn nachsichtig an. „Wie denn sonst?"

„Mit der Hand", sagte er und nahm noch einen Schluck. „Direkt aus der Schachtel."

„Nein."

„Nein? Du meinst, du isst Pizza wirklich von einem Teller?"

„Ja, tue ich, und heute Abend tust du das auch."

„Okay, okay", gab Dylan nach und nahm ihr einen Teller ab.

„Um auf Josh zurückzukommen", sagte Marissa, legte sich ein Stück Pizza auf den Teller und setzte sich an den Esstisch. „Ich werde ihn zwar am Wochenende vermissen, aber ich bin froh, dass er mit Nico Scaletti und seiner Familie mitfahren wollte. Nico ist ein guter Junge."

Dylan nahm seinen Teller und sein Weinglas und setzte sich ebenfalls an den Tisch. „Ich habe mich breitschlagen lassen, einen Teller zu nehmen, aber diese Dinger werde ich ganz sicher nicht benutzen", sagte er und hielt das Besteck hoch.

Erst verschiebt er dieses Treffen fast zwei Wochen lang, dachte Marissa, und wenn es dann endlich zustande kommt, taucht er eine Stunde zu spät auf. Ich habe allen Grund, böse auf ihn zu sein. Aber sie konnte nicht verhindern, dass sie ihn trotz ihres Ärgers auf eine ganz besondere Weise anziehend fand. Er hatte eine unerklärliche Art, unwiderstehlich zu wirken. „Ehrlich gesagt, Sheriff, es ist mir egal, wie du dein Essen in den Mund beförderst. Iss einfach, wir haben einen Haufen Arbeit vor uns."

Marissa öffnete die Terrassentür und genoss eine Sekunde den kühlen Nachtwind im Gesicht. „Jetzt kann man endlich die Klimaanlage ausschalten", sagte sie. „Ich werde mal nach oben gehen und die Schlafzimmerfenster aufmachen."

Dylan nickte, kritzelte noch eine Notiz auf den Schreibblock vor ihm und warf dann den Stift auf den Tisch. Er schloss die Augen und lehnte sich auf dem Sofa zurück. Es war schon nach Mitternacht, und sie hatten die letzten Stunden fast ohne Pause durchgearbeitet. Ich muss an die zehn Tassen Kaffee getrunken haben, dachte er. Aber gegen einen anstrengenden Achtzehnstundentag konnte selbst die geballte Koffeinzufuhr nichts ausrichten. Dylan war völlig übermüdet. Dieser Abend war ein Gewaltmarsch gewesen, doch der Bericht, den sie ausgearbeitet hatten, konnte sich sehen lassen.

„Noch ein Glas?"

Er sah zu Marissa hoch, die mit einer neuen Flasche Rotwein und zwei Gläsern in der Hand neben dem Sofa stand.

„Weiß nicht", antwortete er und setzte sich auf. „Müssen wir heute noch viel erledigen?"

Sie zuckte die Schultern, goss den Wein ein und reichte Dylan ein Glas. „Ich weiß nicht, ob ich noch lange durchhalte. Es ist schon nach zwölf." Sie ging zur Terrassentür und sah hinaus in die Dunkelheit. „Schön hier draußen", sagte sie und genoss die kühle Brise, die ihr durchs Haar fuhr.

Die Art, wie Marissas schlanker Körper sich gegen das schwache Mondlicht abzeichnete, war für Dylan beinahe mehr, als er verkraften konnte. Die stundenlange Arbeit hatte ihm keine Gelegenheit gegeben, daran zu denken, wie nahe sie beisammen waren, aber jetzt …

Er leerte sein Glas auf einen Zug und goss sich wieder ein. Er wollte sich nicht betrinken, aber er wollte seine Sinne betäuben, dieses unerträgliche Verlangen ein bisschen abmildern. „Du solltest vorsichtig sein, wenn du die Fenster offen lässt", sagte er, stand auf und ging mit der Weinflasche in der Hand zu Marissa. „Die meisten Einbrecher gelangen durch offene Fenster und Türen ins Haus."

Marissa verdrehte die Augen. „Typisch Polizist. Verdirbt einem immer den Spaß, indem er an jeder Ecke einen Verbrecher vermutet." Sie trat auf die Terrasse, setzte sich in einen Liegestuhl und bedeutete Dylan, sich neben sie zu setzen. Sie fühlte eine seltsame Mischung aus Erschöpfung und Hochstimmung. Dylan hatte sich überraschend als ein unermüdlicher Mitarbeiter entpuppt, und sie war mit dem Ergebnis ihrer gemeinsamen Bemühungen sehr zufrieden. „Warum trinkst du nicht einfach deinen Wein und genießt die kühle Nachtluft?"

„Gute Idee", murmelte Dylan und ließ sich in den Liegestuhl sinken.

Welch süße Qual – im Dunkeln neben Marissa zu sitzen und sie nicht berühren zu dürfen. Er goss sein Glas voll.

„Wir haben heute viel geschafft", sagte Marissa und sah den Mond an. „Ich hatte schon Bedenken, wir würden das Programm nicht mehr rechtzeitig zum nächsten Komiteetreffen fertigkriegen, aber …" Sie nippte an ihrem Wein. „Jetzt haben wir endlich etwas Konkretes in der Hand."

„Ja, ja", murmelte Dylan mit geschlossenen Augen und hatte den Eindruck, als würde der Sessel unter ihm sanft hin und herzuschwingen beginnen.

Sie schwiegen wieder, und Marissa trank langsam ihr Glas leer. Sie griff nach der Flasche. „Möchtest du noch etwas?"

„Oh", kicherte Dylan verlegen. „Ich fürchte, ich hatte schon zu viel." Er reichte ihr die leere Flasche. „Alles, um genau zu sein."

„Oh Mann", murmelte Marissa, der Dylans schlurrende Sprache nicht entgangen war. „Sheriff, ich glaube, du bist beschwipst."

Er kicherte wieder. „Miss Wakefield, ich glaube, der korrekte Begriff heißt ‚unter Alkoholeinfluss'."

„In dem Fall heißt der korrekte Begriff ‚blau' ", berichtigte Marissa, stand auf und überlegte, was sie am besten tun sollte. „Lass uns reingehen, du brauchst einen Kaffee."

„Oh nein“, stöhnte er, ließ sich von Marissa auf die Beine ziehen und ins Wohnzimmer führen. „Ich kann keinen Kaffee mehr trinken.“

„Doch, du kannst“, erwiderte sie streng und ließ Dylan auf das Sofa plumpsen. „Und du wirst.“ Mit diesem dämlichen Grinsen im Gesicht und den zerzausten Haaren sah er um Jahre jünger aus – wie der siebzehnjährige Quarterback, in den sie sich verliebt hatte. „Bleib hier“, sagte sie. „Ich bin gleich wieder da.“

Aber er griff nach ihrer Hand und wollte sie nicht loslassen. „Marissa“, murmelte er. „Du bist so schön.“

„Ach du liebe Zeit“, seufzte Marissa.

„Ich muss ständig an dich denken“, stammelte er.

„Dylan“, protestierte Marissa. Es war offensichtlich, dass er nicht mehr wusste, was er da redete, aber es machte sie dennoch verlegen.

„Weißt du noch, wie es mit uns war?“, fragte er und zog sie zu sich herunter, bis ihr Gesicht nur noch Zentimeter von seinem entfernt war. „Als wir zusammen waren, als wir uns liebten?“

„Hör auf damit.“ Das Herz klopfte ihr bis zum Hals.

„So schön“, flüsterte er und strich ihr über die Wange. „So wunderschön.“

„L… lass mich los“, stammelte sie. Ihr Puls raste, und sie bekam kaum mehr Luft.

„Aber ich will dich nicht loslassen. Ich will dich ansehen“, beharrte er. „So wunderschön. Du warst immer die Schönere. Schöner als deine Schwester.“

Mit einem Schlag kam Marissa wieder in die Realität zurück. Ein einziger Satz hatte genügt, um zum Kern des Problems vorzudringen – sie war nicht die Frau, die er wollte, sie war nicht die richtige Zwillingsschwester. Für Dylan würde sie immer nur die Zweitbesetzung bleiben.

Sie wand sich aus seinem Griff und rannte in die Küche. „Ich hole den Kaffee.“ Er weiß nicht, was er redet, er ist betrunken, versuchte sie sich zu beruhigen. Außerdem hat es keinen Sinn mehr zurückzuschauen. Ich habe ein neues Leben angefangen – mit Josh. Automatisch füllte sie Wasser in die Kaffeemaschine ein. Als das starke Gebräu endlich fertig war, nahm sie die Kaffeekanne und ging damit ins Wohnzimmer. So wie Dylan drauf war, würde er sicher die ganze Kanne brauchen.

„Okay“, sagte sie beherrscht. „Ich habe hier einen schönen heißen …“

Abrupt blieb sie stehen. „Oh nein!“ Dylan hatte sich auf dem Sofa ausgestreckt und schien eingeschlafen zu sein. Marissa setzte die Kanne ab und rüttelte an seiner Schulter. „Dylan, wach auf, dein Kaffee ist fertig.“

Keine Antwort.

„Komm schon, Sheriff“, sagte sie lauter. „Da draußen treiben sich eine Menge böser Buben herum. Du musst gehen. Wach auf, mach schon.“

Doch Dylan rührte sich nicht. „Dylan?“, rief sie mit plötzlicher Sorge und presste ihr Ohr an seine Brust, um seinem Herzschlag zu lauschen. „Zumindest bist du nicht tot. “ Ratlos setzte sie sich wieder auf und starrte Dylan an. Er sah so unverschämt gut aus, wie er so schutzlos auf ihrem Sofa lag. Unwillkürlich strich sie ihm die zerzausten Haare aus dem Gesicht.

„Marissa“, murmelte er verschlafen.

Sie zuckte ertappt zusammen. Aber Dylan schlief zweifellos tief und fest. Er erinnerte sie so an Josh – an den Jungen, von dem er nicht wusste, dass er sein Sohn war.

Wieder flüsterte er im Schlaf ihren Namen. Dachte er an sie, träumte er von ihr? Und war es wirklich *sie*, die er meinte? Es wäre viel einfacher, dachte Marissa, wenn ich ihn hassen könnte. Aber sie konnte es nicht. Seit ihrer Rückkehr nach Jackson war ihr Dylan ein guter Freund gewesen – ihr und Josh. Er hatte dem Jungen viel Zeit und Aufmerksamkeit gewidmet, sich fast wie der Vater benommen, der Josh so sehr fehlte. Dafür war ihm Marissa sehr dankbar. Aber was, wenn er einmal die Wahrheit herausfand?

Sie stieg die Treppe hoch, nahm ein Kissen und eine Decke aus dem Wandschrank und ging damit wieder ins Wohnzimmer.

„Sieht so aus, als würdest du über Nacht bleiben, Sheriff“, sagte sie, schob Dylan das Kissen unter den Kopf und deckte ihn zu. „Ich habe mich schon oft gefragt, wie das wohl wäre, wieder eine Nacht mit dir zu verbringen“, sagte sie, beugte sich unwillkürlich hinunter und küsste ihn auf die Stirn. „Irgendwie hatte ich mir das etwas anders vorgestellt.“

Dann machte sie eine Kontrollrunde durch das stille Haus, löschte die Lichter und schloss Türen und Fenster. Vielleicht lag es am Wein oder an der Müdigkeit, aber irgendwie war es ein gutes Gefühl zu wissen, dass Dylan da war, ganz in ihrer Nähe, und dass sie ihm einen Gutenachtkuss gegeben hatte.

Da war es wieder. Marissa blieb stehen, die Hand auf dem Treppengeländer, und lauschte angestrengt. Aber sie konnte nichts hören. Zuerst hatte sie gedacht, Dylan hätte sich im Dunkeln bewegt, aber das Geräusch war nicht aus dem Wohnzimmer gekommen.

Auf Zehenspitzen schlich sie die Treppe hinunter. Es war kurz nach drei Uhr nachts, und sie hatte erst ein paar Stunden geschlafen, aber die Angst ließ sie jede Müdigkeit vergessen.

„Dylan?“, flüsterte sie heiser und näherte sich langsam dem Wohnzimmer. Keine Antwort. Marissa klopfte das Herz zum Zerspringen. Sie dachte daran, wie sie erfolglos versucht hatte, Dylan zu wecken. Was, wenn sie ihn jetzt brauchte und er immer noch wie ein Toter schlief?

Sie erschauerte. Trotz der lauen Sommernacht fror sie in ihrem knappen Nachthemd erbärmlich. Sie schlang die Arme um die Brust. „Dylan?“, hauchte sie verzweifelt und näherte sich dem Sofa. „Dylan, wach …“

„Schsch“, flüsterte Dylan leise und legte ihr von hinten eine Hand auf den Mund. Dann drehte er Marissa in seinen Armen zu sich herum. „Er schleicht um das Haus herum.“

Marissa zwang sich, ruhig zu bleiben. Sie starrte zu Dylan hoch. „W… was geht hier vor?“, flüsterte sie.

Er deutete mit dem Kopf auf die Terrassentür. Marissa folgte seinem Blick und sah durch den dünnen Vorhangstoff eine dunkle Gestalt, die draußen geduckt herumlief.

„Oh Gott.“ Marissa schnappte nach Luft.

Dylan zog sie näher an sich heran. „Ist die Tür verschlossen?“

Sie nickte. Die dunkle Gestalt huschte über die Terrasse und rüttelte am Türgriff. „Er ... er versucht reinzukommen“, flüsterte Marissa und klammerte sich voller Panik an Dylan.

„Er hat auch schon alle anderen Türen ausprobiert.“

„S...sollten wir nicht die Polizei rufen?“, stammelte sie.

Er legte einen Finger an die Lippen. Als die Gestalt von der Terrasse verschwunden war, löste er sich aus Marissas Griff und spähte durch den Vorhangspalt nach draußen.

„Er ist weg.“

„Bist du sicher?“

Dylan schob den Vorhang beiseite, um ihr zu beweisen, dass niemand mehr auf der Terrasse war. „Ganz sicher. Du brauchst dir keine Sorgen mehr zu machen.“

„Wo ist deine Dienstwaffe eigentlich?“ Marissas Stimme klang immer noch zittrig.

Dylan lächelte unwillkürlich. „Ich brauche keine Waffe.“

Verblüfft sah sie ihn an. „Aber willst du nicht hinterher, um herauszufinden, wer es war?“

„Ich weiß, wer es war.“

Sie zuckte überrascht zusammen. „Was? Wieso verfolgst du ihn dann nicht?“

Dylan zog die Vorhänge zu. Dann drehte er sich zu Marissa und legte ihr sanft die Hände auf die Schultern. „Ich kann ihn nicht verfolgen.“ Marissa wand sich wütend aus seinem Griff. „Was redest du da? Jemand hat versucht, in meine Wohnung einzubrechen. Wenn du weißt, wer es war, warum ...“

„Weil ich ihn dann verhaften müsste.“

Marissa hielt verdutzt inne. „Moment mal. Was verschweigst du mir?“ Trotz des schwachen Lichts der Straßenlampen, das von den schweren Vorhängen gefiltert wurde, konnte Dylan ihre Verwirrung deutlich sehen. „Es war Skip.“

11. Kapitel

Ein kalter Schauer lief Marissa den Rücken hinunter. „Skip Carver hat versucht, hier einzubrechen?“ Verzweifelt hob sie die Hände. „Er ist ein Freund von Josh. Warum sollte er so etwas tun?“

„Ich weiß nicht“, antwortete Dylan beruhigend. „Vielleicht ist er sauer auf Josh. Oder … vielleicht wollte er dir eins auswischen.“

„Mir?“, wiederholte sie geschockt. „Aber ich habe ihm doch nie etwas Böses getan.“

„Das weiß ich“, erwiderte er. „Aber Skip …“ Dylan zögerte eine Sekunde. „Du weißt genauso gut wie ich, dass er ein schlimmer Kerl ist.“

Marissa kniff die Augen zusammen. „Du verschweigst mir etwas. Irgendwas ist passiert, nicht wahr? Skip hat etwas angestellt.“

Dylan holte tief Luft. „Ich weiß nichts Genaues. Es ist nur … seit einiger Zeit habe ich das Gefühl, dass Skip Probleme hat“, sagte er vorsichtig.

„Was denn für Probleme?“, fragte sie. „Ich habe seine schulische Entwicklung doch mitverfolgt. Seine Noten sind zwar nicht umwerfend, aber okay. Und er hat weder mit den Lehrern noch mit seinen Mitschülern Ärger.“

Dylan legte ihr eine Hand auf die Schulter. Ein Lichtschein fing sich in dem Sternenanhänger, der an Marissas Halskette baumelte. „Die Art von Problemen meine ich nicht. Ich denke, dass Skip Dinge tut, die er besser nicht tun sollte. Und dass er mächtigen Ärger bekommen wird.“

Marissas Blick verdüsterte sich. „Du sprichst nicht von Graffitisprayen oder Vandalismus, stimmt's?“

Dylan sah die Besorgnis in ihren Augen und hörte sie in ihrer Stimme. „Ich glaube, dass Skip Drogen nimmt und sich das Geld dafür durch Einbrüche beschafft.“

Marissa sog geräuschvoll die Luft ein. „Woher weißt du das?“

„Ich hab mich ein bisschen auf der Straße umgehört. Ich habe Josh gefragt …“ Marissa klammerte sich an seinen Arm. „Du glaubst doch nicht, dass Josh …“

„Nein“, unterbrach er sie bestimmt. „Ich denke, Josh hat sich aus den Problemen herausgehalten. Randy übrigens auch.“ Er holte tief Luft. „Aber Skip hat sie wohl in eine dumme Lage hineinmanövriert. Vielleicht wissen sie etwas über die Machenschaften, in die er sich verstrickt hat. Da sind Spannungen zwischen ihnen und Skip.“ Dylan zögerte und zuckte die Schultern. „Das Problem ist – wenn ich mir Skip greife … Der Staatsanwalt würde darauf bestehen, dass ich mich an die gerichtlichen Bestimmungen halte und alle drei Jungs verhafte.“

Welche Ironie des Schicksals – Dylan beschützte Josh genauso, wie ein Vater seinen Sohn beschützen würde. War das ein Zufall? Würde Dylan dasselbe auch allein für Randy tun, oder steckte mehr dahinter?

„Deswegen hast du Skip laufen lassen“, flüsterte sie gerührt. „Um Josh und Randy zu beschützen.“

Dylan ballte die Fäuste. Marissas zittrige Stimme und die Dankbarkeit, die in ihren Worten mitschwang, machten ihn verlegen. Wann immer er mit Marissa Wakefield zu tun hatte, musste er mit einer Fülle von verwirrenden Gefühlen fertig werden – Gefühlen aus der Vergangenheit ebenso wie aus der Gegenwart. Seit sie vor einigen Monaten sein Büro betreten hatte, hatte er verzweifelt gegen die Gefühle angekämpft, die während der ganzen sechzehn Jahre in ihm geschlummert hatten – Wut, Enttäuschung, Schmerz … und Liebe. Er wollte nicht, dass sie ihm jetzt auch noch dankbar war. Dankbarkeit würde das Gefühlschaos in ihm nur noch verschlimmern.

Er ließ ihre Schulter los und trat einen Schritt zurück. „Wenn Skip es tatsächlich geschafft hätte, hier einzubrechen, hätte ich ihn mir ohne mit der Wimper zu zucken geschnappt.“ Er ging zum Sofa hinüber. „Aber so – man hätte ihm im besten Fall Hausfriedensbruch zur Last legen können.“ Dylan legte abwesend die Decke zusammen, mit der Marissa ihn zugedeckt hatte. „Skip Carver läuft mir nicht weg. Ich habe keine Lust, wegen eines simplen Hausfriedensbruchs den ganzen Behördenapparat gegen ihn in Bewegung zu setzen. Und was Josh anbelangt – solange er sich aus der Sache heraushält, hat er nichts zu befürchten."

Marissa hörte den gewollt harschen Ton seiner Stimme und sah zu, wie er an der Decke herumnestelte. Es war dunkel im Zimmer, aber ihr schien es, als habe sie die Dinge noch nie in ihrem Leben so deutlich gesehen. Sie dachte an all die Situationen, in denen Dylan Witze gerissen oder Gleichgültigkeit an den Tag gelegt hatte, um seine wahren Gefühle zu verbergen. Die Wahrheit war – er hatte Angst vor ihr. Angst davor, mit ihr allein zu sein, sie zu berühren, ihr zu nahe zu kommen.

„Du machst das ziemlich gut", sagte sie lächelnd.

Frustriert warf er die Decke auf das Sofa. „Was?", fragte er. „Decken zusammenlegen?"

Marissa schüttelte den Kopf. Der Sheriff von Amador County war es offenbar nicht gewohnt, durchschaut zu werden. Er fühlte sich sichtlich unbehaglich. „Nein, ich meine diese *Harter-Cop*-Masche. Die hast du wirklich gut drauf."

„Du denkst, das war eine Masche?" Marissas schlanker Körper zeichnete sich im Gegenlicht des Fensters hinter ihr gegen den dünnen Stoff ihres Nachthemds ab, und Dylan spürte, wie sein Mund trocken wurde.

„War es nicht?" Sie kam langsam auf ihn zu, und mit jedem ihrer Schritte fühlte sich Dylan unbehaglicher. Marissa fand es unglaublich erregend, ihn nervös zu machen. „Du versuchst mir die ganze Zeit etwas vorzuspielen."

„Ach ja?", erwiderte er bemüht sarkastisch. „Sehr interessant." Er vergaß Skip und den versuchten Einbruch, vergaß seinen Job und seine Pflichten als Sheriff. Stattdessen versuchte er verzweifelt, nicht daran zu denken, dass er in diesem leeren, stillen Haus mit dieser Frau allein war, die nichts anderes am Leibe trug als ein hauchdünnes, halb durchsichtiges Nachthemd.

„Finde ich auch", sagte Marissa und sah lächelnd zu, wie Dylan einen Schritt zurückwich. Sie war in Bezug auf Männer noch nie besonders mutig gewesen, hatte nie gern die Initiative ergriffen. Aber in diesem Moment fühlte sie sich mutiger denn je, selbstsicher und voller Macht.

„Du findest das wohl lustig." Dylan fühlte sich wie ein Tier in der Falle. Die Dinge liefen zu schnell für ihn ab. Marissa ließ ihm keine Zeit zu reagieren oder seine Gedanken zu ordnen. Er wollte vor ihr weglaufen, soweit es nur ging. Aber er konnte sich nicht bewegen. Sein Körper gehorchte ihm nicht mehr.

„Oh ja, das ist wirklich lustig." Sie sah ihn unverwandt an und setzte weiter einen Fuß vor den anderen. „Ich glaube, diese Gleichgültigkeitsmasche kommt dir in manchen Situationen sehr gelegen – in brenzligen Situationen, wenn es um Gefühle geht." Sie machte eine Pause. „Wie jetzt."

„W…wovon redest du?", stammelte er. „Ist das eine brenzlige Situation?"

„Sicher", erwiderte sie lachend und kam noch näher. „Und ich denke, sie wird noch viel brenzliger."

Dylan taumelte einen Schritt zurück. „Marissa, ich weiß nicht, ob das eine gute Idee ist."

„Was?", fragte sie und ließ ihre Hand über sein Hemd gleiten. „Das hier?"

Dylan schluckte trocken. Er war unfähig, sich gegen Marissas Berührung zur Wehr zu setzen. „Vielleicht sollte ich lieber gehen."

Marissa schob ihn langsam in Richtung Sofa. „Aber Sheriff, du weißt doch, harte Jungs laufen nicht davon." Sie strich mit den Händen über seine Brust und presste ihren Körper gegen seinen.

Dylan schloss die Augen. Sein Puls raste, sein Atem ging stoßweise. „Ich … ich glaube, du weißt nicht, was du tust."

„Oh doch", erwiderte sie heiser. „Ich bin vielleicht etwas aus der Übung, aber ich habe vor, dich zu verführen."

„Okay, das war's", wandte er verzweifelt ein. „Du kannst jetzt mit dem Spiel auf hören. Das ist kein Witz mehr."

„Stimmt", sagte sie und drückte sich fester an ihn.

„Marissa, bitte", stöhnte er. „Vielleicht … sollten wir warten…"

„Dylan, ich will nicht warten", schnitt sie ihm das Wort ab. „Es ist sechzehn Jahre her. Meinst du nicht, wir haben lange genug gewartet?"

Ihre Lippen waren nur Millimeter von den seinen entfernt. Dylan kapitulierte. Er hatte sich genug gewehrt, er hatte alles getan, was in seiner Macht stand, aber letzten Endes war er auch nur ein Mann. Ein Mann, der die Frau vor ihm mehr begehrte als alles andere auf der Welt. Die Art, wie sie ihren geschmeidigen Körper an seinem rieb, entfachte ein unbeschreibliches Feuer in seinem Inneren. Mit einem heiseren Stöhnen schlang er seine Arme um sie.

Marissa drückte ihren Mund auf seinen, öffnete seine Lippen mit ihrer Zunge und kostete seinen Geschmack begierig aus. Sie vergrub die Hände in seinem Haar und spürte, wie er erschauerte. Noch nie in ihrem Leben war sie so sicher gewesen, das Richtige zu tun. Sie wusste, was sie wollte. Sie wollte Dylan James, und sie würde kein Nein als Antwort akzeptieren.

„Marissa“, stöhnte er, und sein Blick versank in ihren blaugrünen Augen. „Sag mir, dass du dir sicher bist. Sag es, denn ... ich glaube nicht, dass ich aufhören kann.“

Sicher? Er war der Mann, in den sie sich vor einer Ewigkeit verliebt hatte, der Mann, der ihr Leben verändert hatte, der Mann, dessen Kind sie unter dem Herzen getragen hatte. Sie waren füreinander bestimmt. Sie wollte ihn – in diesem Augenblick, in dieser Nacht, und so lange er es zulassen würde. „Dylan“, flüsterte sie, während sie ihre Hände unter sein Hemd schob. „Ich will nicht, dass du aufhörst.“

Dylan gab den letzten Widerstand auf. Er drückte Marissa heftig an sich und presste seinen Mund fast brutal auf ihren. Marissa begehrte ihn – das war alles, woran er denken konnte.

Sie spürte die Kraft seiner Arme und die Hitze, die durch seinen Körper floss. Ein erregender Schauer jagte ihr den Rücken hinunter, und ihr war, als würde die Erde unter ihren Füßen beben. Sie gab sich Dylans besonderer Magie völlig hin. Sie fühlte sich wild und wagemutig, unbesiegbar und mächtig. Marissa war immer die nüchternere der beiden Zwillingsschwestern gewesen – diejenige, die den sicheren Weg einschlug und sich an die Regeln hielt. Aber diesmal waren alle Regeln außer Kraft gesetzt.

Dylan ließ seine Hände rastlos über ihren zarten Körper gleiten. Nur der dünne Baumwollstoff trennte seine Haut von ihrer. Das Blut pochte in seinen Ohren, und ein rasendes Feuer breitete sich in seinen Adern aus. Er fand den Saum ihres Nachthemds und ließ seine Finger darunter schlüpfen. Er glitt über die seidenweiche Haut ihrer Oberschenkel hinauf zu den Hüften und umschloss ihre schmale Taille. Als er ihre aufgerichteten Brustknospen umspielte, entfuhr ein heiseres Stöhnen Marissas Kehle, das sich in Dylans Kopf zu einem tausendfachen Echo vervielfachte.

Er löste seinen Mund von ihrem und sah sie an. Ihr makelloser Teint glänzte im schwachen Lichtschein wie feinstes Porzellan, und ihr Haar umrahmte ihr Gesicht mit einer goldenen Aura. In einer Sekunde unwahrscheinlicher Klarheit wurde ihm bewusst, dass er sich sein ganzes Leben nach ihr gesehnt hatte. In jeder Frau, die er in seinen Armen gehalten hatte, hatte er immer nur Marissa gesucht, seine Seele hatte immer nur nach ihr geschrien.

„Du bist so schön", murmelte er atemlos.

„Sag es, Dylan", flüsterte sie. Da gab es noch etwas, das sie von ihm hören wollte. „Sag, dass ich es bin. Dass ich es bin, die du willst."

„Oh Gott, Marissa", stöhnte er. „Weißt du es denn nicht? Natürlich bist du es. Du warst es schon immer." Sie war es, die er schon immer begehrt hatte und die er immer begehren würde. Er hatte nicht vor, sie jemals wieder loszulassen. Er zog ihr das Nachthemd über den Kopf und ließ es zu Boden gleiten.

Marissa spürte den kühlen Hauch seines Atems auf ihrer nackten Haut. In diesem Augenblick gab es keinen Raum für falsche Scham oder Unsicherheit. Dylan küsste sie immer und immer wieder, und seine Hände liebkosten unaufhörlich ihren vor Verlangen zitternden Körper. Ihre Begierde steigerte sich ins Unermessliche. Marissa hatte den Angriff begonnen, aber nun war sie es, die sich ergab – einer Leidenschaft, die alle anderen Gefühle in ihrem Leben in den Schatten stellte.

Dylan fuhr mit den Lippen die Linie ihrer Wangen nach, liebkoste die weiche Haut an ihrem Hals, die sanfte Rundung ihrer Schulter und umspielte schließlich mit der Zunge ihre harten, aufgerichteten Brustspitzen. Er spürte, wie sie erregt erbebte. Sein Körper erschauerte in der neu erfahrenen Gewissheit, dass er ihr geben würde, was sie wollte, dass er sie so glücklich machen konnte, wie es noch kein anderer Mann getan hatte. Zum ersten Mal seit sechzehn Jahren war er an dem Ort, wo es ihm bestimmt war zu sein. Es war, als würde sich eine jahrtausendalte Prophezeiung erfüllen. Dylan James war dazu bestimmt, Marissas Wakefield zu lieben.

Marissas Atem ging stoßweise, und ihr Herz klopfte zum Zerspringen. Es gab keine Versprechen, keine Garantie, und es würde auch keine Reue geben. Wenn morgen die Welt untergehen sollte – sei's drum. Alles, was sie wollte, war dieser Mann und diese Nacht.

Dylan hob sie hoch und bettete sie vorsichtig zwischen die Sofakissen. Ihre Hände zerrten voller Begehrlichkeit an seiner Jeans. Er hörte sie an seinem Ohr wie ein gehetztes Tier atmen, und es schien, als würde ihm die Wirklichkeit entgleiten. Sein Körper schrie nach Erlösung, und seine Seele sehnte sich schmerzlich nach der Vereinigung mit der über alles geliebten Frau.

Vorsichtig legte er sich auf sie und suchte ein letztes Mal in ihren Augen nach einem Zeichen des Zweifels. Aber Marissas schönes Gesicht drückte nur grenzenloses Verlangen aus. Dylans Begierde wurde unerträglich. Mit einem einzigen kraftvollen Stoß drang er in sie ein, fügte ihrer beider Leben zusammen.

Für eine Sekunde blieb Marissas Herz stehen, und ein heiserer Schrei fing sich in ihrer Kehle. Dylan in sich zu spüren, die Bewegung ihrer beider Körper zu erfahren war mehr, als sie ertragen konnte. Ihre Sinne schwanden, die Realität versank, und Marissa trat die Reise zu dem Ort an, den sie bisher nur in ihren Träumen besucht und nach dem sie sich doch ihr ganzes Leben gesehnt hatte. Zu dem Ort, wo sich jedes Verlangen erfüllte und der Frieden vollkommen war.

Und dann erreichte sie ihn – jenen höchsten Gipfel, jenes Schloss in den Wolken. Sie war jenseits von Raum und Zeit, jenseits der Wirklichkeit. Sie war eins mit dem Mann, den sie liebte.

12. Kapitel

Dylan spürte, wie Marissa sich ihm entgegenbäumte, spürte, wie sie in einem gewaltigen Ausbruch aller Sinne zum Höhepunkt kam, und es war, als würde die Zeit in einer Sekunde voller Magie stehen bleiben.

„Marissa!" Mit einem heiseren Schrei gab er den letzten Widerstand auf und ließ sich in den süßen Abgrund höchster Erfüllung fallen.

Es dauerte lange, bis die Welt wieder klare Formen annahm, bis Dylan wieder zurück in der Realität war. Aber er hielt Marissa immer noch fest. Sie lagen da, Wange an Wange, ihre Körper in einer innigen Umarmung verbunden. Noch nie war es so für ihn gewesen – nicht einmal vor sechzehn Jahren. Doch selbst jetzt, da sein Körper völlig erschöpft war, hatte sein Herz noch lange nicht die letzte Erfüllung erfahren. Es würde mehr als eine Liebesnacht brauchen, um das Verlangen zu befriedigen, das tief in seiner Seele brannte – vielleicht mehr als ein ganzes Leben.

„Alles okay?", fragte er leise und hauchte einen Kuss auf Marissas Hals.

Sie sah die zärtliche Sorge in seinen dunklen Augen, und eine Welle der Rührung stieg in ihr hoch. „Alles okay."

„Bist du sicher? Ich meine … ich war nicht gerade … zartfühlend", sagte er verlegen und deutete auf die Unordnung um sie herum. Marissas Nachthemd lag achtlos am Boden, und Dylans Kleider waren chaotisch überall verstreut. „Hier sieht's eher nach einem Verbrechen als nach einer Verführung aus."

Sie lächelte. Sie hatte das Gefühl, Dylan nun viel besser zu verstehen. Sein bemühter Humor konnte nicht über seine wahren Gefühle ihr gegenüber hinwegtäuschen. Sie streckte die Hand aus und strich mit dem Finger über seine Wange, seine Lippen.

„Klingt, als würdest du behaupten wollen, *du* hättest *mich* verführt", sagte sie lachend. „Ich würde es eher andersherum sehen."

„Soso", murmelte er. Seine Lippen schlossen sich zärtlich um Marissas Finger. „Und was habe ich getan, während du mich verführt hast?"

Sie wand sich unter ihm heraus und legte sich auf ihn. „Du hast es genossen."

„Ja", sagte er lachend, griff mit einer Hand in ihren Nacken und zog ihren Kopf zu sich heran. „Das habe ich."

Der Kuss war lang und leidenschaftlich, und Dylan fühlte sich auf eine angenehme Art benebelt. Es gab so vieles, was er ihr sagen wollte, aber dies war nicht der richtige Zeitpunkt. Im Augenblick zählte einzig und allein, dass sie bei ihm war und er sie festhalten, berühren, lieben konnte. „Da wir nun zweifelsfrei festgestellt haben, dass du diesmal die Verführende warst", sagte er und erhob sich mit einem Ruck, seine Arme fest um Marissas schlanke Gestalt geschlungen, „schätze ich, dass ich jetzt an der Reihe bin."

„Ich habe dich beobachtet."

Marissa stand am Fenster und sah zu Dylan, der halb aufrecht im Bett saß. „Du hast mich beobachtet?"

Dylan nickte. Er dachte an den Abend, als er in seinem Jeep gesessen und Marissa am Fenster gesehen hatte. Er hätte nie zu hoffen gewagt, dass es tatsächlich geschehen könnte, aber nun war er genau da, wohin er sich schon damals gesehnt hatte – in Marissas Bett. „Ich bin zum Haus gefahren und habe dir zugeschaut, wie du die Vorhänge beiseitegezogen und die Fenster geöffnet hast." Marissa hatte sein verknittertes Hemd an. Es war ihr viel zu groß, aber irgendwie schaffte sie es trotzdem, darin unglaublich sexy auszusehen.

Sie schüttelte den Kopf. Wieder einmal war Dylan in ihr Leben getreten und hatte es völlig durcheinandergebracht. Aber diesmal war sie das Risiko mit offenen Augen eingegangen. Vielleicht hätte ich vernünftiger, vorsichtiger sein sollen, sagte sie sich. Doch ich war mein ganzes Leben lang vernünftig. Und wenn es nur diese eine Nacht ist, die ich mit ihm habe – die Erinnerung daran wird mir niemand nehmen können.

„Nie ist ein Cop da, wenn man ihn braucht", sagte sie und ging langsam auf Dylan zu.

Er griff nach ihrem Arm und zog sie zu sich auf das Bett. „Aber jetzt ist er genau da, wo er sein möchte."

Marissas Herzschlag beschleunigte sich. „Ehrlich, Dylan? Ist das wirklich der Ort, wo du sein möchtest?"

„Klingt, als würdest du daran zweifeln."

Sie strich ihm die Haare aus der Stirn. „Nein. Aber … das hier ging ziemlich schnell."

„Schnell?" Dylan lächelte. Wie lange hatte er schon von so einer Nacht geträumt? Und wie sollte er Marissa klarmachen, wie viel ihm diese Nacht bedeutete? „Sechzehn Jahre Wartezeit zwischen zwei Verabredungen ist nicht gerade wenig."

Marissa lachte, wurde aber rasch wieder ernst. „Du darfst nicht denken, dass ich jetzt etwas von dir erwarte. Ich meine … egal, wie es nun mit uns weitergeht – ich *wollte*, dass es passiert."

Dylan näherte seine Lippen den ihren. „Ich wollte es auch."

Marissa hörte die zärtliche Zuneigung in seiner Stimme, und Tränen der Rührung stiegen ihr in die Augen. „Dylan", flüsterte sie.

Er legte seine Lippen auf ihren Mund. Sie hatten sich während der letzten Stunden oft geküsst, hatten sich wild und leidenschaftlich geliebt, aber dieser Kuss war völlig neu und anders – zart, innig und voll der tiefen Gefühle, die unausgesprochen geblieben waren.

Er löste sich von ihr und sah sie liebevoll an. „Ich habe so lange darauf warten müssen – dich in den Armen zu halten, dich zu lieben." Er sah die Zuneigung und die Sehnsucht in ihren Augen, und sein Verlangen nach ihr wurde wieder überwältigend. Mit einer sicheren, sanften Bewegung glitt er in sie, fügte ihrer beider Körper zu einer Einheit zusammen. „Ich will nicht, dass es nur diese eine Nacht ist", flüsterte er ihr ins Ohr. „Ich will dich nie wieder loslassen."

Marissa stimmte in die Musik seiner Bewegungen ein. Es war nicht das erste Mal, dass sie sich liebten, aber es war so anders diesmal. Ihre Herzen waren untrennbar verbunden, ihre Seelen zu einer unauflöslichen Einheit verschmolzen. Dies war mehr als eine Nacht der körperlichen Leidenschaft. Es gab keine Fragen und keine Zweifel mehr. Wohin auch immer das Schicksal sie von nun an führen würde – sie würden den Weg gemeinsam gehen.

Als das erste Tageslicht ins Zimmer schien, lagen sie eng umschlungen beieinander. Dylan hielt Marissa fest an sich gedrückt und verbarg sein Gesicht in der sanften Biegung ihres Halses. Er strich über Marissas samtweiche Haut. „Du bist so schön, Marissa."

Marissa lächelte. Es war so herrlich, in seinen Armen zu liegen – ein Gefühl perfekter Harmonie.

Aber mit einem Schlag war alles ganz anders. Marissa sprang plötzlich auf, ihr Herz klopfte zum Zerspringen. „Oh mein Gott!", schrie sie.

„W ... was ist los?", stammelte Dylan bestürzt.

„Meine Schwester! Ich muss sie sofort anrufen."

„Was?"

„Ich muss Mallory anrufen!" Marissa drückte ihm einen schnellen Kuss auf den Mund, bevor sie zum Telefon stürzte. „Sie bekommt ein Kind!"

„Ich fasse es nicht – zwei Schwestern, die Hunderte von Meilen voneinander entfernt leben, können jeweils die Gedanken der anderen lesen!" Dylan sah Marissa über den Rand seiner Sonnenbrille hinweg an. „Das ist verrückt."

Marissa dachte an das Telefongespräch, das sie vor wenigen Stunden mit Mallory geführt hatte. Genauso, wie sie gespürt hatte, dass Mallory schwanger war, hatte ihre Schwester ihrerseits instinktiv gewusst, dass Marissa mit Dylan zusammen gewesen war. „Das war schon immer so zwischen uns."

Dylan lächelte und lehnte sich in seinem Liegestuhl zurück. „Und – freut sie sich auf das Baby?"

Marissa lächelte. „Und wie – sie kann's kaum erwarten."

Er wandte ihr sein Gesicht zu. „Und du? Möchtest du Kinder?"

In Marissas Nacken fing ein Muskel nervös an zu zucken. Kinder waren ein Gesprächsthema, bei dem sie sich unbehaglich fühlte. „Ich habe in Sutter 316 davon."

Er nickte nachdenklich. „Und dann ist da auch noch Josh."

Sie nickte und spürte, wie etwas ihr den Hals zuschnürte.

„Wie er wohl auf … dich und mich reagieren wird?"

Marissa schloss die Augen. „Ich hoffe, er wird es verstehen."

„Wenn du willst, spreche ich mit ihm", sagte Dylan.

Sie lächelte ihn an. „Danke."

„Um darauf zurückzukommen – möchtest du Kinder?"

Marissa bemühte sich, ihre Stimme möglichst normal klingen zu lassen. „Eines Tages schon."

„Wie wär's mit Zwillingen?", fragte er lächelnd.

Sie runzelte die Stirn. „Sehe ich aus, als wäre ich lebensmüde?"

Er lachte auf. „Wenn ich dich richtig verstehe – Zwilling sein ist wohl schöner als Zwillinge haben. Was ist mit Mallory? Bekommt sie Zwillinge?"

Marissa boxte ihm liebevoll in die Seite. „Graywolf ist die Person mit dem Zweiten Gesicht – nicht ich."

Dylan hob abwehrend die Hand. „Richtig. Du kannst nur Mallorys Gedanken lesen. Er ist derjenige mit den Zukunftsvisionen." Er lächelte. „Verrückt."

„Das ist nicht verrückt." Die Nachmittagssonne wurde unerträglich heiß. Marissa stand auf und setzte sich ein paar Meter weiter auf die schattige Türschwelle zum Wohnzimmer. „Das ist einfach so eine … Zwillingsgeschichte."

Er folgte mit den Augen jeder Bewegung von ihr. Er genoss es, mit ihr hier zu sitzen und entspannt zu plaudern. Er sah, wie sie ihre langen geschmeidigen Beine ausstreckte, und erschauerte bei dem Gedanken, wie sie sie um ihn geschlungen hatte, als sie sich liebten.

Über das Thema Zwillingsschwestern zu reden war ihm einst sehr schwergefallen – hatte es doch schmerzhafte Erinnerungen hervorgerufen, die er verzweifelt zu vergessen versuchte. Doch nun, nach der Nacht mit Marissa, war alles ganz anders. Der Schmerz jener fernen Tage war abgeklungen. Dylan schien es, als wäre endlich eine erdrückende Last von seinen Schultern genommen worden.

„Soso, eine Zwillingsgeschichte", sagte er lächelnd. „Wie damals, als ihr Plätze getauscht habt?"

Trotz der Hitze lief Marissa ein kalter Schauer über den Rücken. Die Vergangenheit hatte sie eingeholt. „Dylan, ich …"

Er stand auf, ging zu ihr hinüber und zog sie auf die Füße. „Schon gut. Das ist lange her.“ Er legte ihr sanft die Hände auf die Hüften. „Aber vielleicht wird es Zeit, dass wir offen miteinander reden.“

Marissa zuckte zusammen. Er hatte recht, es sollte keine Geheimnisse, keine Lügen, keine Missverständnisse mehr zwischen ihnen geben. Aber da war so vieles, was er noch nicht wusste. Sie sah zu Dylan hoch – doch in seinen Augen war keine Spur mehr von der Wut und der Enttäuschung zu sehen, die er vor sechzehn Jahren empfunden hatte. Wenn sie ihm die Wahrheit über Josh erzählte – was würde sie dann in diesen Augen lesen können? „Du hast recht“, sagte sie und schlang die Arme um seinen Nacken. „Es war so wunderschön mit dir – ich möchte nicht, dass irgendetwas uns das kaputt macht.“

Dylan drückte sie an sich. Gerade weil die zurückliegenden Stunden so perfekt gewesen waren, wollte er die Schatten der Vergangenheit ein für alle Mal verbannt wissen. „Nichts kann uns das kaputt machen. Diesmal nicht.“

„Du klingst so zuversichtlich“, flüsterte sie und klammerte sich verzweifelt an ihn.

„Das bin ich“, murmelte er. „Denn ich liebe dich, und daran wird sich nie etwas ändern.“

Marissa hatte den Eindruck, als gäbe der Boden unter ihren Füßen nach. Er liebte sie. Dylan James liebte Marissa Wakefield. „Dylan“, stöhnte sie.

Sie wollte ihm alles über ihre Gefühle erzählen, wollte ihm sagen, dass sie ihn auch liebte, aber er versiegelte ihre Lippen mit einem innigen Kuss. Sie ließ sich von seiner Leidenschaft mitreißen. Doch der Stachel des Unausgesprochenen gab ihrem Herzen einen schmerzhaften Stich. Sie musste ihm die Wahrheit über Josh sagen – über seinen Sohn.

„Dylan.“ Sie löste ihren Mund von seinem. „Ich muss dir etwas sagen …“

„Später“, unterbrach er sie mit einer von heftigem Verlangen rauen Stimme.

Marissas Worte erstarben. Sie konnte nicht klar denken, wenn er sie küsste. Sie tröstete sich mit dem Gedanken, dass sie später noch genug Gelegenheit haben würde, ihm die Wahrheit zu sagen. Bereitwillig überließ sie sich seinen starken Armen, die sie wie eine Feder hochhoben und ins Schlafzimmer trugen.

„Sicher, ich wäre dir aufgefallen."

„Natürlich", beharrte Dylan und strich über Marissas Hüfte. Die untergehende Sonne tauchte das Schlafzimmer in ein sanftes goldenes Licht. „Irgendwann schon."

„Klar", erwiderte sie lächelnd. Vor zwei Stunden hätte sie es nicht für möglich gehalten, dass sie mit Dylan über jene Zeit vor sechzehn Jahren scherzen könnte. Aber vor zwei Stunden hatte sie auch noch nicht gewusst, dass er sie liebte. Nun wusste sie es, und es hatte ihr Leben verändert. „Tatsache ist, du hättest der Leiterin des Debattierklubs keinen zweiten Blick gegönnt. Aber der Cheerleaderin mit dem knappen Minirock …" Sie ließ den Satz bedeutungsvoll im Raum schweben.

„Willst du damit sagen, ich sei oberflächlich gewesen?"

Marissa tat, als betrachte sie gelangweilt ihre Fingernägel. „Wenn du's so nennen willst …" Dylan schüttelte lachend den Kopf und drückte seinen Mund zärtlich auf ihre Lippen.

Seit der letzten Nacht verstand Marissa nun endgültig, warum er all die Jahre diese Maske aus Gleichgültigkeit und gekünsteltem Humor aufgesetzt hatte – um zu verbergen, dass sie ihm wehgetan hatte. Wenn sie nur nicht von ihren eigenen Gefühlen so geblendet gewesen wäre – wie anders hätte ihr Leben verlaufen können! Aber nun hatten sie eine zweite Chance bekommen, und Marissa war entschlossen, sie zu nutzen. Sie wollte alles – Dylan und Josh, und sie würde es nicht zulassen, dass ihr dabei irgendetwas im Weg stand.

„Vielleicht war ich nicht der Einzige damals, der oberflächlich war", murmelte er scherzhaft, während er tausend kleine Küsse auf ihr Ohrläppchen hauchte.

„Willst du *mich* etwa oberflächlich nennen?", fragte sie mit gespielter Empörung.

Er nickte. „Oder willst du behaupten, es hätte für dich keine Rolle gespielt, dass ich Quarterback war?"

„Natürlich nicht", beharrte sie.

„Wenn ich stattdessen Mitglied der Schachgruppe gewesen wäre. Wenn ich in zerbeulten Hosen statt im schicken Footballer-Dress herumgelaufen wäre, wärst du natürlich genauso scharf auf eine Verabredung mit mir gewesen, oder?"

„Klar, weil …"

„Weil Äußerlichkeiten für dich nie eine Rolle gespielt haben, richtig?"

„Okay, okay", kapitulierte Marissa lachend. „Ich war immer nur scharf auf deinen Körper. " Sie kniff ihn spielerisch in die Seite. „Ehrlich gesagt, es war dieser knackige Hintern in der engen Football-Hose, der es mir angetan hatte."

Ein schelmisches Grinsen machte sich auf seinem Gesicht breit. „Es war also alles rein körperlich."

„Was sonst", erwiderte sie und presste ihren Körper fester an seinen. „Ist es immer noch."

„Für mich auch", sagte er lachend. Aber der Kuss, der seinen Worten folgte, war lang und voller Gefühl, und als Dylan seine Lippen endlich von Marissas Mund löste, war er völlig außer Atem. „All die dummen Dinge, die ich gesagt habe", flüsterte er. „Ich habe sie nie so gemeint."

„Ich weiß", antwortete Marissa liebevoll.

Nach einigen Sekunden brach Dylan den zärtlichen Bann. „Okay, Lady. Wenn du mich hier schon zur Befriedigung deiner fleischlichen Gelüste festhältst – könntest du mich nicht wenigstens füttern?"

Sie lachte und merkte erst jetzt, wie hungrig sie selbst auch war. Gemeinsam richteten sie das Abendessen her. Während Dylan zwei gefrorene Forellen in der Mikrowelle auftaute, bereitete Marissa einen römischen Salat mit viel Parmesan-Käse vor. Nach dem Essen saßen sie noch lange zusammen am Tisch, tranken Wein und sprachen von alten Zeiten. Sie hatten den Tag als Liebespaar begonnen, und sie waren auf dem besten Wege, ihn als Vertraute zu beenden.

„Unglaublich", sagte Dylan, nachdem er gehört hatte, wie Marissa sich mit gebrochenem Knöchel und in Begleitung einer hochschwangeren Navajo-Frau und deren kleiner Tochter in der Wüste von Arizona verirrt hatte. „Du musst große Angst gehabt haben."

„Am brenzligsten wurde es, als Ruth Wehen bekam." Sie fröstelte.

Er führte ihre Hand zu den Lippen und küsste sie zärtlich. „Versprich mir, dass du nie mehr in der Wildnis herumvagabundierst, okay?"

Sie lächelte. War ich jemals glücklicher als in diesem Augenblick? fragte sie sich. Die Wahrheit über Josh hing zwar immer noch wie ein Damoklesschwert über ihrem Kopf. Sie würde es ihm sagen müssen. Aber nicht heute ... nicht heute.

„Dylan", flüsterte sie, beugte sich vor und küsste seine Fingerspitzen. „Ich liebe dich."

Sein Herz blieb für den Bruchteil einer Sekunde stehen, und ein langer, sehnsüchtiger Seufzer entrang sich seiner Kehle. Der magische Moment dehnte sich über die Grenzen von Raum und Zeit hinweg aus. Dylan wollte nichts anderes als dasitzen und Marissa ansehen – ihren Anblick und das Gefühl, das sie ihm vermittelte, mit jeder Faser seines Wesens bis in alle Ewigkeit aufnehmen.

Als das Telefon läutete, kehrten beide mit einem Schlag in die Realität zurück.

„Ich sollte besser drangehen", sagte Marissa.

„Wäre wohl besser", seufzte er und ließ widerwillig ihre Hand los.

Sie ging hinüber zum Telefon und hob den Hörer ab. „Hallo?" Ihr Magen verkrampfte sich, als sie die vertraute Stimme am anderen Ende der Leitung hörte. „Josh, Schatz, wie geht's dir?"

13. Kapitel

Marissa winkte dem Wagen der Scalettis hinterher, bis er um die Ecke verschwunden war, wandte sich dann Josh zu und drückte ihn an sich. „Ich hab dich vermisst."

Josh lächelte. „Ich dich auch."

„Hast du Hunger?", fragte sie, während sie zusammen ins Haus gingen. „Ich könnte dir ein Käsesandwich machen."

Er schüttelte den Kopf. „Vielleicht später. Wir haben unterwegs bei einem Schnellimbiss angehalten. Ich bin immer noch satt."

„Okay, dann lass uns was Kaltes trinken", erwiderte sie und öffnete den Kühlschrank. „Hast du dich gut amüsiert? Wie war das Strandhaus? Bist du mit Nico gut ausgekommen?"

Josh verdrehte die Augen, aber Marissa wusste, dass er froh war, wenn sie sich so offensichtlich für ihn und seine Erlebnisse interessierte. Penny war nach Calebs Tod zu sehr mit ihren eigenen Problemen beschäftigt gewesen, um Josh die nötige Aufmerksamkeit zu widmen, und Marissa war fest entschlossen, ihren Sohn dafür zu entschädigen. Außerdem interessierte es sie wirklich, was er erlebt hatte. Sie hatte so vieles in seinem Leben verpasst – nun wollte sie keine Sekunde mehr verpassen.

Josh begann zu erzählen – von einem Picknick am Strand, vom Wellenreiten auf einem Surfbrett und vom Feuerwerk, das sie am 4. Juli auf den Klippen veranstaltet hatten. Marissa sah, wie seine Augen beim Sprechen vor Freude aufleuchteten, und dachte an den verängstigten Jungen voller Probleme, den sie erst vor sechs Wochen unter ihre Fittiche genommen hatte. Josh hatte sich seitdem sehr verändert – er schien so viel glücklicher zu sein. Alles hatte sich zwischen ihnen so gut entwickelt, und Marissa wollte nicht, dass irgendwas diesen herrlichen Zustand änderte.

Aber Dylan hatte ihr Leben gerade völlig verändert. Während sie Josh zuhörte, fragte sie sich unaufhörlich, wie der Junge die Neuigkeiten wohl aufnehmen würde. Das Wochenende mit Dylan war einfach traumhaft gewesen. Sie liebte ihn, und sie war überglücklich, dass er sie auch liebte. Es war, als hätte das Schicksal zwei Menschen wiedervereint, die schon immer zusammengehört hatten. Aber sie zögerte. Wieviel Veränderungen konnte so ein Junge verkraften? Wie würde er darauf reagieren, dass Dylan nun Teil ihrer beider Leben war?

Früher oder später würde sie beiden die Wahrheit sagen müssen. Dylan und Josh mussten erfahren, dass sie Vater und Sohn waren. Marissa holte tief Luft. Alles schön der Reihe nach, dachte sie. Erst muss ich Josh von Dylan erzählen. Um den Rest kann ich mich später kümmern.

„Alles okay?"

Marissa zuckte zusammen. „Klar. Wieso?"

„Du hast gerade so seltsam ausgesehen", erwiderte Josh. „Hast du Kopfschmerzen?"

Sie schüttelte den Kopf. „Erzähl weiter."

„Also, das Feuerwerk war klasse. Jedenfalls bis Dino und Gina vor dem Lärm und der Dunkelheit Angst bekamen und zu weinen anfingen", berichtete er über die beiden jüngsten Kinder der Scalettis.

„Arme Kleine", sagte Marissa mitleidig. „Ich bin als Kind am 4. Juli auch immer erschrocken bei dem Krach."

„Ja, ich auch", gab Josh zu und goss sich noch ein Glas Limonade ein. „Dann hat Dad mich auf seinen Schoß genommen und mir die Ohren zugehalten."

„Stimmt, daran kann ich mich erinnern." Sie strich ihm liebevoll über die Wange. „Du vermisst ihn wohl sehr?"

„Hmhm." Josh nickte. „Und Mom auch." Er holte tief Luft und fuhr fort. „Als die Kleinen zu weinen anfingen, wollte Mrs. Scaletti, dass wir zurück ins Haus gehen, aber Nico und ich haben Sackhüpfen im Sand gespielt. Wir sind ständig hingefallen. Muss ziemlich albern ausgesehen haben – also haben die Kleinen aufgehört zu weinen und haben mit uns gelacht."

Marissa lachte. „Klingt, als wärst du gut mit ihnen ausgekommen."

Er zuckte die Schultern. „Oh, sie gehen einem schon manchmal auf die Nerven, aber irgendwie sind sie auch ganz niedlich. Du solltest hören, wie Nico das Baby beschreibt, das bald auf die Welt kommt. Er hört sich an wie eine Kinovorschau – seiner Mutter stehen die Haare zu Berge." Josh räusperte sich und senkte die Stimme. „Niemand ist vor ihm sicher. Es weiß, wo du wohnst. Es ist laut, und es riecht streng. Es ist …" Er ahmte das Geräusch von Trommelwirbel nach „… Quälgeist Teil V – der finale Schlag. Demnächst in diesem Theater."

Marissa lachte angesichts seiner schauspielerischen Talente, aber ein bitterer Beigeschmack mischte sich in ihre Freude. Josh hatte so viel Humor, konnte so viel Liebe geben. Er hätte eine richtige Familie verdient – Mutter, Vater und Geschwister. Er würde es genießen, die Rolle des großen Bruders zu spielen. Es schmerzte Marissa, dass der Junge auf all diese Dinge verzichten musste.

„Mrs. Scaletti sagte, du hättest früher mal ihre kleinen Geschwister gehütet", sagte Josh nach einer Weile.

„Stimmt", antwortete Marissa und dachte an die quirlige Lawrence-Familie mit den unzähligen Kindern. „Nach dem Tod ihrer Mutter war es ziemlich schwer für sie."

„Das kann ich gut nachfühlen."

Sie tätschelte mitfühlend seinen Arm. Aber Josh verbarg seine Trauer bereits wieder hinter einer Maske aus Humor. „Sie hat mir übrigens noch was erzählt. " Er grinste. „Sie sagte, du hättest heimlich für Sheriff James geschwärmt."

„Was?" Marissa schnappte nach Luft.

„Ja", lachte er. „Du hättest oft von ihm gesprochen und ihn ständig angesehen."

Sie spürte, wie ihr das Blut in die Wangen schoss. Sie hatte vorgehabt, auf das Thema Dylan zu sprechen zu kommen, aber das war wohl nicht der geeignete Einstieg. „Jill kann was erleben, wenn ich sie das nächste Mal wiedersehe."

Joshs Augen blitzten belustigt. „Tante Mar, ich glaube, du bist gerade rot geworden. Hat dich Sheriff James in der Highschool ins Schwitzen gebracht?"

„Schluss jetzt", sagte Marissa streng, aber Josh lachte nur noch lauter.

„Ich wette, du hast ihn jedenfalls ins Schwitzen gebracht."

Sie kreuzte die Arme vor der Brust und musterte ihn eindringlich. „Zwing mich nicht dazu, den Lehrern in meinem Kollegium zu raten, einigen *ganz bestimmten* Schülern in ihrer Klasse zusätzliche Hausaufgaben aufzubürden."

„Okay, okay." Josh hob abwehrend die Hände. „Du hast gewonnen. Das Thema ist gestorben."

Marissa lächelte zufrieden. „Dachte ich mir doch, dass wir uns verstehen würden."

„Was hast du eigentlich am Wochenende gemacht?", fragte Josh nach einer Weile. „Warst du allein?"

„Die meiste Zeit", antwortete sie ausweichend. Das ist keine richtige Lüge, sagte sie sich. Schließlich war ich allein mit Dylan. „Ich hab ein bisschen gearbeitet, aber ansonsten war ich viel zu Hause."

Josh runzelte die Stirn. „Du warst doch nicht einsam?"

„Nein, nein", beeilte sich Marissa zu versichern. Sie rieb ihre schweißnassen Handflächen aneinander. Eigentlich wäre jetzt der passende Zeitpunkt gekommen, ihm die Wahrheit über ihr Wochenende zu sagen. Wie sie und Dylan … dass sie … Nun, was waren sie eigentlich? Freunde? Ein Pärchen? Gingen sie miteinander? Wie drückte man sich aus, wenn man seinem fünfzehnjährigen Sohn erklären wollte, dass man einen Geliebten hatte? Verzweifelt schloss sie die Augen. „Übrigens …", sie holte tief Luft, „… gibt es da etwas …"

Das Klingeln des Telefons unterbrach sie. In einer Mischung aus Ärger und Erleichterung hob sie ab.

„Hast du's ihm schon gesagt?" Dylans Stimme am anderen Ende der Leitung klang besorgt.

„Hallo", sagte sie bemüht. „Wie geht's?"

„Ich nehme an, das heißt nein", schlussfolgerte er.

„Richtig."

„Soll ich rüberkommen?"

„Nein!", rief Marissa aus. Als Josh erstaunt aufsah, machte sie eine abwehrende Geste. „Ist schon gut. Ich kümmere mich darum."

„Okay", sagte Dylan. „Aber ruf mich nachher an, ja?"

„Ja."

„Du fehlst mir", flüsterte er.

„Nun ..." Sie bemühte sich um einen geschäftlichen Ton. „Das gilt ebenso für mich."

„Ich liebe dich."

Eine warme Welle der Rührung erfasste sie. Glücklich schloss sie die Augen. „Gleichfalls."

„Wer war das?", fragte Josh, nachdem Marissa den Hörer aufgelegt hatte.

„Oh, das war nur beruflich", log sie. „Aber ich wollte gerade mit dir über etwas sprechen."

Josh schenkte ihr ein schiefes Lächeln. „Okay. Aber erst mal – hattest du nicht etwas von einem Sandwich erwähnt?"

„Marissa sagte, sie hätte mit dir gesprochen."

Josh schlug den Nagel in den Balken ein und hängte den Hammer dann in eine Gürtelschlaufe seines Arbeitsoveralls. „Stimmt."

Dylan sah ihn nervös an. Atemlos wartete er auf die Reaktion des Jungen und fühlte sich wie damals vor sechzehn Jahren, als er vor dem Haus der Wakefields aufgekreuzt war, um Marissa zu ihrer ersten Verabredung abzuholen.

„Und?", fragte er nach einer Weile. „Was sagst du dazu?"

Josh runzelte die Stirn und stemmte die Hände in die Hüften. „Was gibt's dazu schon zu sagen? Ich will nicht, dass sie verletzt wird."

„Gut", sagte Dylan und reichte Josh einen Schraubenzieher. Der Junge liebte Marissa, und es war nur natürlich, dass er sie beschützen wollte. „Dann sind wir uns ja einig."

„Tatsächlich?" Josh hängte den Schraubenzieher neben den Hammer an seinen Gürtel.

Dylan hörte das Misstrauen, aber auch die Sorge in seiner Stimme. Eine Sekunde lang meinte er im Gesicht des Jungen einen flüchtigen, vertrauten Ausdruck zu erkennen, den er nicht einordnen konnte, aber gleich darauf war er wieder verschwunden.

„Hör zu", sagte er. „Ich empfinde sehr viel für deine Tante. Das Letzte, was ich möchte, ist, ihr weh zu tun."

Josh holte tief Luft und nickte. „Das glaube ich Ihnen."

„Marissa und ich werden uns jetzt oft sehen. Ich hoffe, du hast damit kein Problem?“

Josh schnaubte verächtlich. „Würde das irgendetwas ändern?“

Dylan lächelte. „Vermutlich nicht. Aber Marissa würde es viel bedeuten, dein …“

„Mein Einverständnis zu haben?“, brachte Josh den Satz zu Ende.

„So ungefähr.“

Josh kniete sich hin und pickte eine Handvoll Nägel aus der Werkzeugkiste. „Und was ist mit Ihnen? Liegt Ihnen auch etwas an meinem Einverständnis?“

Dylan musterte ihn eindringlich. „Würdest du es mir denn geben?“

Josh stand auf und steckte die Nägel in die Hosentasche. „Ich hab nichts gegen Sie – auch wenn Sie mich ein paarmal hinter Gittern gebracht haben. Tante Mar ist der beste Mensch, der mir je begegnet ist. Sie hat immer nur Gutes getan – für ihre Schüler, für Grandma und Grandpa, Tante Mal, meine Eltern. Und jetzt für mich.“ Er nahm einen Fensterrahmen in die Hand. „Sie hat es verdient, dass man sie glücklich macht. Wenn Sie das schaffen, haben Sie von mir keinen Ärger zu erwarten.“

Dylan kam es vor, als sähe er Josh zum ersten Mal. War das derselbe Junge, der während der letzten beiden Jahre nur Ärger gemacht hatte? War es Marissa zu verdanken, dass er sich so vollkommen geändert hatte? Dylan spürte, wie ihm warm ums Herz wurde. Marissa hatte dieses Wunder vollbracht – ihre Liebe und ihr Verständnis hatten einen aufsässigen jugendlichen Straftäter in einen vernünftigen, liebevollen jungen Mann verwandelt.

„Klingt fair“, sagte er und nickte. „Und sieh es mal so, Josh …“ Dylan deutete mit dem Daumen hinter sich „… es könnte schlimmer sein. Sie könnte ja auch mit der müden Mücke da hinten zusammen sein.“

Josh sah zu Rick Mathers hinüber, der gerade Randy Anweisungen erteilte, und grinste. „Da kann ich ja wirklich froh sein, nicht?“

„Ich nehme an, du bist hierhergeschickt worden, um mir Honig ums Maul zu schmieren.“

Dylan legte seine Arme von hinten um Marissas Taille. „Ich weiß nicht, wovon du sprichst."

Sie versuchte das Geschirr abzuspülen, während er sie im Nacken kitzelte. Die letzten zwei Wochen waren die schönsten ihres Lebens gewesen, und Marissa war so glücklich, dass es fast schon beängstigend war. Sie hatte den Mann, den sie liebte, und sie hatte ihren Sohn. Sie waren zu einem unschlagbaren Team, zu einer richtigen Familie zusammengewachsen. Die Schule war bald zu Ende, der Wiederaufbau des Schuppens machte gute Fortschritte, und Dylan war zum abendlichen Dauergast bei Marissa und Josh geworden. Sie waren zu dritt ins Kino gegangen, hatten Picknicks und Radausflüge unternommen. Daneben hatten sie und Dylan die Zeit gefunden, an dem Wiedereingliederungsprogramm für straffällige Jugendliche zu arbeiten. Der Vorschlag war dem Aufsichtsrat zur Entscheidung vorgelegt worden, und alle rechneten damit, dass er in die Tat umgesetzt werden würde.

Natürlich war es nicht einfach gewesen, sich Zeit für ihre neu aufkeimende Zweisamkeit zu nehmen. Marissa wollte um jeden Preis vermeiden, dass Josh sich unbehaglich oder fehl am Platz fühlte, aber sie und Dylan hatten doch einige Abende allein verbracht, und jeder davon war wunderschön gewesen.

„Ich weiß, was du vorhast", sagte sie betont streng. „Aber es wird nicht funktionieren."

„Tatsächlich?" Er zog sie enger an sich und presste seinen Körper gegen ihren.

„*Dylan…*", stieß sie hervor, als sie seine Erregung spürte. Sie löste sich hastig von ihm. „Josh ist nebenan, er könnte uns sehen."

Dylan drückte sie lächelnd wieder an sich. „Meinst du, er weiß nicht, dass wir …"

„Pst! Er wird dich noch hören", sagte sie leise und schielte ängstlich in Richtung Wohnzimmer.

Sein Lächeln wurde breiter. „Marissa, du wirst ja rot. Josh ist kein Kind mehr. Er weiß Bescheid." Er hauchte ihr einen Kuss auf die Nasenspitze.

„Ich weiß", seufzte Marissa. „Ich brauche nur etwas Zeit, um mich an den Gedanken zu gewöhnen." Sie ließ ihre Hände über seine Brust gleiten. „Ich bin es nicht mehr gewöhnt, einen Freund zu haben."

„Freund?“ Dylan verzog das Gesicht. „Ich würde den Begriff Geliebter vorziehen. Das kommt der Sache doch wesentlich näher, nicht?“

Marissa sah ihn gespielt streng an. „Josh gegenüber heißt es Freund, okay?“

„Okay“, erwiderte er lachend. „Und als dein Freund wüsste ich gerne, wann wir die nächste … Verabredung haben. “ Er zwinkerte spitzbübisch und drückte ihr kleine Küsse auf die Lippen. „Ich habe unsere Verabredungen bisher nämlich sehr genossen. Ich freue mich schon auf die nächste …“

„Ich mich auch“, flüsterte sie.

Dylan schloss die Augen und küsste sie – diesmal weniger verspielt als vielmehr voller Verlangen. „Ich möchte dich spüren, dich lieben, neben dir aufwachen“, flüsterte er ihr voller Sehnsucht ins Ohr.

Ein Beben ging durch Marissas Körper. Dylans Schläfen pochten, sein Herz raste. Die knisternde Spannung zwischen den beiden wurde auf einmal wieder fast unerträglich.

„Vielleicht sollten wir …“, stöhnte Dylan.

Marissa räusperte sich. „Ja, wir sollten.“

Er holte tief Luft und löste sich widerwillig von ihr.

„Du weißt doch …“, sagte sie tröstend, „… man soll sich in Geduld üben. Und Josh geht gegen halb elf ins Bett.“

Dylans Blick fiel sofort auf die große Wanduhr. Viertel nach sieben. Noch über drei Stunden, bis er Marissa berühren, ihre samtweiche Haut streicheln konnte. „Und – darf Josh jetzt am Freitag mit zum Fischen gehen?“, fragte er im verzweifelten Versuch, seine Gedanken abzulenken. Der Anblick von Marissas Brüsten, die sich bei jedem ihrer Schritte verlockend unter dem dünnen Stoff ihrer Bluse abzeichneten, war einfach umwerfend.

„Ich wusste doch, dass du mir Honig ums Maul schmieren willst“, neckte sie ihn. „Am Montag fangen die Prüfungen an. Außerdem muss Josh am Freitag um eins auf der Baustelle sein.“

„Wir sind doch nur ein paar Stunden am Vormittag weg. Ich verspreche, ihn rechtzeitig zurückzubringen.“

„Ich weiß nicht“, zögerte sie. „Er braucht wirklich Zeit zum Lernen.“

Dylan half ihr beim Einräumen der Teller in den Küchenschrank. „Wir wollen die neue Köderfliege ausprobieren, die ich gebastelt habe. Komm schon, gönn ihm die paar Stunden Spaß."

Marissa schüttelte den Kopf. „Kindsköpfe. Du versprichst, ihn bis um eins zurückzubringen?"

„Hoch und heilig." Er hielt zwei Finger seiner rechten Hand hoch.

„Okay. Unter einer Bedingung: Josh setzt sich heute noch an seine Bücher."

Dylan drückte sanft ihr Kinn nach oben und küsste sie zärtlich auf den Mund. „Du bist ein Sklaventreiber, weißt du das?"

„Nur bei bestimmten Leuten", erwiderte sie lächelnd.

„Wir bringen dir auch wieder ein paar schöne Forellen mit." Er ließ seine Hand über die Biegung ihres Nackens gleiten.

„Bloß nicht", stöhnte Marissa. „Die Kühltruhe ist immer noch voll davon."

Dylan lächelte und näherte seine Lippen den ihren. „Wann, sagtest du, geht Josh ins Bett?"

14. Kapitel

„Willst du darüber reden?“

Josh fluchte und saugte an seiner Fingerspitze, wo er sich am Haken gestochen hatte. „Worüber?“

Dylan durchstöberte die ansehnliche Sammlung von Ködern in seiner Angeltasche. „Komm schon, irgendwas nagt doch schon den ganzen Vormittag an dir. Was ist los?“

„Es ist nichts“, beharrte Josh. „Ich hab einfach schlechte Laune.“ Dylan fand die gesuchte Köderfliege und befestigte sie am Haken. „Hat es etwas mit Marissa und mir zu tun?“

„Nein“, erwiderte Josh sarkastisch. „Warum?“

„Ich dachte, wenn du irgendwelche Zweifel hast, könnten wir darüber reden.“ Dylan zuckte die Schultern.

Josh schüttelte den Kopf. „Haben Sie welche?“

Dylan lächelte. Sie hatten beide eine besondere Begabung darin, um den heißen Brei herumzureden. „Nur in Bezug auf diesen Angelplatz.“ Die Fische bissen schlecht heute.

Josh warf die Angelschnur aus. „Was ist, Sheriff? Haben Sie Angst, dass Ihnen ein jugendlicher Straftäter wieder mal eine Nasenlänge voraus ist?“ Dylan lachte, obwohl er durchaus den ernsten Unterton aus Joshs Bemerkung herausgehört hatte. „Ich liebe Herausforderungen. Also schau gut zu – jetzt kommt der Erfolgswurf des Tages.“ Schwungvoll warf er die Angel aus. „Also gut“, sagte er nach einer Weile. „Wenn es nichts mit Marissa und mir zu tun hat – geht’s vielleicht um Skip?“

Joshs Schwimmer tanzte auf dem Wasser, ganz in der Nähe des tief hängenden Astwerks einer alten Eiche. „Was wissen Sie darüber?“

„Ich weiß, dass Skip seine Finger in etwas drin hat, das ihm bald über den Kopf wachsen wird.“

„Das hat nichts mit mir zu tun. “ Joshs Leine hatte sich in den Zweigen verheddert, und er zog wütend daran.

„Vielleicht", antwortete Dylan. „Vielleicht auch nicht."

Josh zerrte mit aller Kraft. Plötzlich gaben die Äste nach, und Josh hatte den Köder mitsamt einem Büschel Eichenblätter in der Hand. Zornig wandte er sich Dylan zu. „Was soll das? Dieses Riegenfischen, dieses freundschaftliche Getue – geht's Ihnen nur darum, Skip einzulochen?"

Dylan sah in Joshs wütend blitzende Augen, und eine Sekunde lang meinte er etwas seltsam Wohlvertrautes darin zu erkennen. Frustriert warf er die Angel zu Boden. Wieso ging ihm der Gefühlsausbruch des Jungen so nahe? War es, weil er so viel von sich selbst, von seinem eigenen Ärger in Josh wiedererkannte? „Glaubst du das wirklich?"

„Was soll ich sonst glauben? Sie haben mich praktisch beschuldigt, mit Skip unter einer Decke zu stecken."

„Ich habe dich nicht beschuldigt", verteidigte sich Dylan. „Ich mache mir nur Sorgen."

Josh wirbelte herum. „Sorgen um mich? Oder darum, meine Tante zu beeindrucken?"

„Komm schon", sagte Dylan beruhigend und kam einen Schritt näher. „Du weißt, dass das Unsinn ist."

„Tatsächlich?"

Da war keine Wut mehr in Joshs Augen. Nur noch Traurigkeit – Traurigkeit und eine grenzenlose Einsamkeit, die Dylan zu Herzen ging. Josh und er hatten sehr unterschiedliche Leben geführt, Unterschiedliches erlebt, und doch war an dem Jungen etwas, das Dylan voll und ganz nachfühlen konnte. Er wusste, wie es war, wenn man ein Außenseiter war. Dylan war in ärmlichen Verhältnissen aufgewachsen und hatte immer vergeblich von Dingen geträumt – Geld, teure Kleidung, Autos –, die er nie haben konnte. Josh dagegen hatte nie erfahren müssen, was materielle Entbehrungen waren. Aber was er sich am meisten wünschte, was er am meisten gebraucht hätte – jemanden, der immer für ihn da war –, das hatte er bisher nie bekommen. Dylan spürte eine ungeahnte Zuneigung zu dem Jungen in sich aufsteigen.

„Du weißt doch, dass du mir vertrauen kannst. Ich kann dir vielleicht helfen."

Josh kniff die Augen zusammen. „Niemand kann mir helfen."

Dylan legte seine Hand auf die Schulter des Jungen. „Wenn du schon nicht mit mir sprechen willst – geh zu Marissa. Sie liebt dich, sie würde alles tun ..."

„Nein!", unterbrach ihn Josh ängstlich. „Ich will nicht, dass sie damit reingezogen wird. Sie hat schon so viel für mich getan, ich will nicht, dass sie sich noch mehr Sorgen machen muss."

„Gut, dann rede mit mir."

„Reden, reden", sagte Josh abfällig. „Nur Reden löst keine Probleme."

„Manchmal schon." Dylan legte seinen Arm fest um Joshs Schulter und ging mit ihm zu einem am Boden liegenden Baumstamm, neben den sich beide setzten. „Also was ist los?"

Josh holte tief Luft. „Skip hat eine Menge Mist gemacht."

„Es geht um Drogen, nicht wahr? Und um Einbrüche", sagte Dylan. Joshs Augen weiteten sich erstaunt. „Woher wissen Sie das?"

„Wir leben in einer Kleinstadt. Und manchmal gibt es Ganoven, die ihre Kumpels verpfeifen. Das Gerücht von der Solidarität unter Verbrechern ist eben auch nur ein Gerücht."

„Wieso haben Sie ihn dann nicht längst verhaftet?"

„Aufgrund von Vermutungen und übler Nachrede?" Dylan schüttelte den Kopf. „Außerdem würde der Staatsanwalt dann darauf bestehen, dass auch du und Randy festgenommen werdet."

Josh zuckte zusammen. „Also stimmt das wirklich. Ich hatte es schon vermutet."

„So lautet die richterliche Anweisung. Um sicherzustellen, dass nicht einer von euch die anderen vom rechten Weg abbringt." Dylan wusste, wie wichtig es war, dass er Josh nichts vormachte. Aber die Angst in Joshs Augen erweckte in ihm das Bedürfnis, den Jungen zu beruhigen. „Darüber brauchst du dir jetzt allerdings keine Sorgen zu machen. Wir haben Skip noch bei keinem Vergehen erwischt. Und zu einer Verurteilung braucht es mehr als reine Gerüchte." Er klopfte Josh tröstend auf die Schulter.

„Skip denkt, er würde alles so schlau einfädeln, dass man ihn nie erwischt", sagte Josh seufzend.

Dylan schüttelte lachend den Kopf. „Die Gefängnisse sind voll von Gaunern, die dasselbe gedacht hatten.“ Er wurde wieder ernst. „Kann es sein, dass Skip versucht, aus deiner Situation Kapital zu schlagen?“ Josh sah ihn fragend an. „Wie meinen Sie das?“

„Nun, Skip fühlt sich wohl sehr sicher. Es ist ihm doch bewusst, dass ich, wenn ich *ihn* einlochen würde, auch *dich* einlochen müsste. Und da er weiß, dass du und ich Freunde sind … und dass Marissa und ich … Freunde sind …“ Er hielt inne. „Hab ich recht?“

Josh nickte. In seinen Augen glänzten Tränen, und seine Stimme zitterte. „Skip denkt, er hätte alle Trümpfe in der Hand. Sie würden die Finger von ihm lassen, weil Sie mir nicht schaden wollten.“

Dylan hörte zu, wie all die angestauten Sorgen und Gedanken aus Josh hervorbrachen. Der Junge erzählte von den Streitigkeiten, die er mit Skip gehabt hatte, von Skips Drohungen und Erpressungsversuchen. Das war es, was Josh die ganze Zeit gefehlt hatte – jemand, dem er seine ganzen Ängste und Nöte anvertrauen konnte. Dylan ließ ihn einfach reden, ohne zu unterbrechen. Er wollte nicht riskieren, dass Joshs Redefluss plötzlich wieder abebbte. Zudem hatte er mit Marissa vereinbart, Josh nichts von Skips Einbruchsversuch in Marissas Wohnung zu erzählen, um die Spannungen zwischen den Jungen nicht noch zu verstärken.

„Und wie steht Randy zu alldem?“, fragte Dylan, nachdem Josh geendet hatte.

Der Junge schüttelte den Kopf. „Skip hat Randy so eingeschüchtert, dass er alles tut, was er sagt.“ Er schlug mit der Faust wütend auf den Baumstamm. „Aber ich habe keine Angst vor Skip. Und ich habe keine Angst, wieder in den Knast zu müssen. Damit kann mich Skip nicht mehr erpressen. Ich werde nicht mehr zulassen, dass er mich nach Lust und Laune herumschubst.“

Dylan lauschte eine Weile dem leisen Rauschen des vorbeifließenden Baches. „Warum bist du damit nicht schon früher zu mir gekommen? Ich hätte dich verstanden.“

Josh schüttelte den Kopf. „Ich … ich meine … Sie sind doch der Sheriff …“

„Ich hatte gehofft, wir wären schon über diese Sheriff-Geschichte hinweg.“

Josh stand auf, pickte eine Handvoll Kieselsteine vom Boden und warf sie nacheinander ins Wasser. „Haben Sie das vorhin ehrlich gemeint – dass wir Freunde wären?"

„Klar."

Josh sah Dylan zweifelnd an. „Jetzt klingen Sie nicht mehr ganz so sicher."

Dylan kam langsam auf die Beine. „Freundschaft schließen ist wie Tango tanzen, Kleiner – es gehören immer zwei dazu. Ich kann nur für mich sprechen. Ich betrachte dich als Freund. Du musst deinen Teil selbst beisteuern."

Josh sammelte wieder eine Handvoll Kiesel auf und bot Dylan einige davon an. „Sie und Tante Mar – seid ihr nur Freunde?"

Dylan lächelte. „Oh, nein, ich hoffe nicht." Er schleuderte einen Stein ins Wasser. „Ich bin verrückt nach ihr."

Josh nickte nachdenklich. „Klingt nach was Ernstem."

„Du hast gefragt, und du bekommst eine ehrliche Antwort. Ich bin immer ehrlich zu meinen Freunden."

Josh warf die Handvoll Steine auf einmal in den Fluss und wischte sich dann die Hände an der Hose ab. „Ich bin auch verrückt nach ihr. Und ich bin auch immer ehrlich zu meinen Freunden."

„Fein." Dylan fühlte sich, als hätte man eine tonnenschwere Last von seinen Schultern genommen.

„Oh, und – Sheriff?"

„Ja?"

„Die Sache mit Skip und so – das bleibt unter uns, oder? Ich will nicht, dass Tante Mar sich Sorgen macht."

„Okay." Wieder wurde Dylan bewusst, wieviel Ähnlichkeit zwischen ihm und Josh bestand – beide liebten sie dieselbe Frau, und beide wollten sie um jeden Preis beschützen. Aber große Worte und Gefühlsausbrüche waren weder Joshs noch seine Sache – also wechselte Dylan schnell das Thema. „Hast du eine Ahnung, an welcher Stelle dieses Flusses die Fische doch noch beißen könnten?"

Josh sah auf das Wasser. „Du meinst, hier gibt's Fische?"

Dylan lachte auf. „Komm, lass uns noch mal die Leinen auswerfen, bevor wir zusammenpacken. Ich hab deiner Tante versprochen, dich bis eins zurückzubringen, und ich habe keine Lust, mir eine Standpauke der Direktorin einzuhandeln."

Lachend wateten sie wieder in den Fluss.

„Hey, Dylan", rief Josh, nachdem er seine Angel ausgeworfen hatte. „Ja?"

Josh trat unsicher von einem Bein auf das andere und sah verlegen zur Seite. „Danke."

Dylan starrte geschäftig auf seinen Schwimmer. „Keine Ursache, Kleiner."

Marissa sah zur Wanduhr. Schon fünf vor eins, und immer noch keine Spur von Dylan und Josh. Sie seufzte. Eigentlich hätte sie ärgerlich sein müssen, aber in ihrer derzeitigen Stimmung war ihr das unmöglich. Sie war einfach zu glücklich, und sie musste sich zusammennehmen, um nicht ständig mit einem verklärten Lächeln im Gesicht herumzulaufen. Sie dachte an die vergangenen Wochen, an die verstohlenen Zärtlichkeiten mit Dylan, an die Telefongespräche, die sich bis in den frühen Morgen ausdehnten, an die heimlichen nächtlichen Besuche in absoluter Stille. Sie kam sich vor wie ein verliebter Teenager.

Aber dies war keine harmlose Schwärmerei. Sie liebte Dylan – mit aller Macht, mit jeder Faser ihrer Seele. Mallory war ihre Zwillingsschwester, mit der sie eine unauflösliche Kraft verband, aber Dylan war ihr zweites Ich, die seelenverwandte Hälfte, mit der zusammen sie die perfekte Einheit bildete.

Tränen brannten plötzlich in Marissas Augen. Dylan, Josh und sie hatten so vieles durchgestanden. Das Schicksal hatte sie getrennt, und dasselbe Schicksal hatte sie auf wundersame Weise wieder zusammengebracht. Und doch gab es noch ein Hindernis, über das sie hinwegkommen mussten – die Wahrheit. In den letzten Wochen war ein zartes, inniges Band zwischen den dreien geknüpft worden – was würde mit diesem Band geschehen, wenn die Wahrheit ans Tageslicht kam?

„Kopfschmerzen?"

Marissa zuckte zusammen. Sie starrte Karen an, die in der Tür stand, und versuchte ihre Gedanken zu ordnen. „Was haben Sie gesagt?"

„Tut mir leid, ich wollte Sie nicht erschrecken", entschuldigte sich Karen. „Ich dachte nur, Sie hätten vielleicht Kopfschmerzen."

„Nein, alles in Ordnung." Marissa erhob sich von ihrem Schreibtisch. „Sie haben Josh auch nicht gesehen, oder? Er soll um eins einen Bericht abgeben."

Karen sah auf die Wanduhr. „Ein paar Minuten hat er ja noch. Außerdem wird Rick heute sowieso erst später kommen."

„Wieso?", fragte Marissa und folgte ihrer Sekretärin ins Vorzimmer.

„Er ist doch zur Computermesse nach Sacramento gefahren. So gegen zwei wird er wohl wieder hier sein."

Nun erinnerte sich Marissa wieder. Wie hatte sie das nur vergessen können? „Ich werde mal raus auf die Baustelle gehen und nach den Jungs schauen", sagte sie und verließ das Gebäude.

Eine Wand heißer Sommerluft empfing sie draußen. Sie ging an Ricks Bauwagen vorbei und schlüpfte unter der Absperrung hindurch, die die Baustelle vom Rest des Schulgeländes abtrennte. „Josh?", rief sie. „Jemand da?"

Kein Laut war zu hören. Marissa kam das eigenartig vor. Dass Josh und Rick nicht da sein würden, damit hatte sie gerechnet, aber wo waren die anderen beiden Jungs?

„Skip? Randy?", rief sie. Nun, da der Rohbau fertig war, konnte man nur schwer erkennen, ob sich jemand innerhalb des Schuppens aufhielt. „Hey, Jungs, wo seid ihr?"

Sie stieg über eine Rolle Isolierkabel hinweg und betrat das Gebäude.

Sie wich einem lose herabhängenden Kabel aus und wischte sich die staubigen Hände an der Hose ab. „Randy?", rief sie wieder und sah sich kopfschüttelnd um. Wo sind die beiden bloß? fragte sie sich, während sie sich das Haar aus der Stirn strich. Es war entsetzlich stickig im Schuppen, und Schweißbäche begannen ihr über das Gesicht zu rinnen. „Skip?" Marissa wischte sich ratlos die Schweißperlen von der Oberlippe und rümpfte die Nase. Was war das für ein stechender, übler Geruch, der ihr plötzlich die Luft zum Atmen nahm?

Aber die blendende Explosion kam so schnell, dass Marissa keine Zeit mehr hatte, eine Antwort zu finden. Innerhalb von Bruchteilen von Sekunden war sie von einer undurchdringlichen Wand von Hitze und Licht umstellt. Tausend greller Blitze explodierten in ihrem Kopf, ihr Gesicht brannte wie Feuer. Doch selbst als sie mit dem Kopf auf dem harten Betonboden aufschlug, machte Marissa sich noch keine ernsthaften Sorgen. Dylan und Josh würden kommen, sie würden wissen, was zu tun war. Sie meinte zu hören, wie sie sie riefen – aber dann kam die Dunkelheit und umhüllte sie wie schwarzer Nebel.

„Was sagt die Uhr?"

Josh sah auf seine Armbanduhr. „Elf Minuten nach eins."

Dylan stöhnte und drückte fester auf das Gaspedal. „Marissa wird mich umbringen."

„Du fährst zu schnell, Sheriff", fügte Josh trocken hinzu. „Ich muss sagen, du gibst für einen labilen Jugendlichen wie mich kein besonders gutes Vorbild ab."

„Okay, okay. Ich fahre langsamer, aber dann musst du der aufgebrachten Direktorin erklären, dass wir zu spät sind, weil du unbedingt noch ein letztes Mal die Angel auswerfen wolltest."

Josh grinste breit. „Nun denn, guter Mann", sagte er näselnd und machte eine wegwerfende Handbewegung. „Schonet die Rösser nicht." Sie lachten noch immer beide, als sie auf dem Schulparkplatz direkt neben Marissas Wagen anhielten.

„Ich bin überrascht, dass sie noch nicht die Polizei gerufen hat", witzelte Josh und sprang aus dem Jeep.

„Ach was, Polizei", äffte ihn Dylan nach. „Die Nationalgarde."

Sie liefen zum Verwaltungsgebäude und sahen von außen, dass Marissa nicht in ihrem Büro war. Dylan sah Josh an und lächelte gezwungen. „Ich nehme nicht an, dass sie zum Mittagessen gegangen ist, oder?" Josh schüttelte den Kopf. „Wohl kaum." Er deutete in Richtung der Baustelle. „Sie wird drüben auf uns warten. Also bringen wir's hinter uns."

Sie waren gerade auf Höhe des Bauwagens, als Dylan plötzlich stehen blieb.

„Was ist los?", fragte Josh ratlos.

Dylan blinzelte in die Sonne und deutete auf den Himmel über der Baustelle. „Ist das Rauch?"

15. Kapitel

Durch den schmalen Vorhangspalt sah Dylan, wie sich Ärzte und Schwestern über Marissa beugten. Sein Herz klopfte zum Zerspringen. Noch einmal lief die entsetzliche Situation vor seinem inneren Auge ab. Als Dylan und Josh die Baustelle erreichten, hatte sie ein wahres Horrorszenario erwartet. Der Schuppen stand in Flammen, war ein einziger riesiger Feuerball. Dylan lief ein kalter Schauer über den Rücken bei dem Gedanken, was hätte passieren können, wenn Karen nicht dagewesen wäre und entsetzt geschrien hätte, dass Marissa im Gebäude sei.

Dylan erinnerte sich an den schwarzen Rauch und die grässliche Hitze, die ihn empfangen hatten, als er panisch nach Marissa gesucht hatte. Als er sie schließlich fand, war sie leblos und Furcht einflößend blass, als wäre jeder Funke Leben aus ihr gewichen. Wenn Dylan nur eine Minute später gekommen wäre, wenn ihn eine einzige rote Ampel aufgehalten hätte ... Er schloss verzweifelt die Augen bei der Vorstellung, dass es für Marissa dann zu spät hätte sein können.

Sie muss wieder gesund werden, sie muss einfach. Ich will nicht ohne sie leben, dachte Dylan, ich kann es nicht.

„Sheriff?"

Dylan drehte sich um. Was von seiner Angelweste übrig war, hing ihm in Fetzen vom Leib. Der wasserabweisende Stoff hatte ihn vor den Flammen geschützt. „Was gibt's?"

Ronnie Henders, der Hilfssheriff, sah einen Moment über Dylans Schulter hinweg in den Untersuchungsraum, wo Marissa versorgt wurde. „Wir haben den O'Riley-Jungen auf der Wache. Weint wie ein kleines Kind. Aber bisher keine Spur von Skip Carver."

Dylan ging langsam zum Wartesaal des Amador-County-Krankenhauses, wo Josh neben Marissas besorgten Eltern saß. „Habt ihr Randy schon vernommen?"

„Ja", sagte Ronnie und nickte. „Er schwört, er hätte gedacht, sie wollten ihr nur einen Schrecken einjagen. Von dem Feuer hat er nichts gewusst."

Josh sah zu Dylan auf und kam erwartungsvoll auf ihn zu. „Wie geht's ihr? Wird sie wieder gesund?", fragte er ängstlich.

„Die Ärzte sind noch bei ihr", erwiderte Dylan.

„Warum dauert das so lange?" Joshs Stimme brach zitternd ab.

„Sie tun alles, was sie können." Noch nie zuvor hatte Dylan sich so hilflos gefühlt. Er wandte sich Marissas Mutter zu, die neben Josh getreten war. „Wir können nichts anderes tun als warten."

Marie Wakefield nickte ergeben. „Haben Sie sie gesehen?", fragte sie Dylan.

Dylan schüttelte den Kopf. Er dachte an Marissas blutleeres, von Asche und Rauch geschwärztes Gesicht, und Tränen traten ihm in die Augen. „Sie haben mich nicht reingelassen."

Er legte Josh tröstend die Hand auf die Schulter. Der Junge brauchte jetzt jemanden, an den er sich lehnen konnte. Und umgekehrt brauchte er selbst Josh auch. „Sie wird wieder gesund, Kleiner, und sie braucht dich. Halt durch, okay?"

Eine Träne lief Josh über die Wange. Er nickte entschlossen. „Ich werd's versuchen."

Dylan klopfte ihm noch einmal aufmunternd auf die Schulter und wandte sich dann Ronnie Henders zu. „Haben sich die Brandstiftungsexperten den Schuppen schon angesehen?"

„Ja. Sieht ganz so aus, als hätten Sie mit Ihren Vermutungen recht", antwortete der Hilfssheriff. „Er hat gewartet, bis sie drin war, und hat das Feuer dann mit einem Fernzünder entfacht."

„Brandstiftung?", horchte Josh auf. „Soll das heißen, jemand hat das absichtlich gemacht?"

„Ganz ruhig", sagte Dylan. „Wir wissen noch nichts Genaues."

„Es war Skip. Ich weiß es", sagte Josh leise.

Dylan sah den zornigen Blick des Jungen. „Wir sind ihm auf der Spur. Wir kriegen ihn."

Josh ging zur Tür. „Ich weiß, wo er ist."

„Warte", rief Dylan hinter ihm her. „Ich komme mit."

„Nicht nötig", rief Josh ihm über die Schulter zu und bahnte sich rasch den Weg durch den Krankenhausflur.

„Warte! Komm zurück!“ Dylan lief ihm nach. Aber auf dem Gang standen zu viele Menschen im Weg. Als er den Ausgang erreichte, war Josh bereits verschwunden.

„Sheriff James?“

Fluchend drehte sich Dylan herum und sah den großen, hageren Arzt fragend an. „Ja?“

„Das Brandopfer, das Sie eingeliefert haben – sie möchte Sie sehen.“

„Schwester!“, rief Dylan, als Marissas Lider flatterten. Noch nie in seinem Leben hatte er eine solche Angst empfunden. Der Doktor hatte ihm gesagt, Marissa wolle ihn sehen, aber als er zu ihr gekommen war, gab sie kein Lebenszeichen von sich. „Könnten Sie bitte kommen?“

Die Krankenschwester trat an Marissas Bett und fühlte ihr den Puls. „Alles in Ordnung. Sie schläft nur.“ Vorsichtig legte sie Marissas Hand zurück auf das Laken. „Keine Sorge. Die Verletzung am Arm braucht eine Zeit lang, und die Lungen müssen sich auch wieder erholen. Aber in ein paar Wochen ist sie wieder ganz obenauf.“ Sie zeigte auf die Sauerstoffmaske, die über dem Bett hing. „Wenn sie anfängt zu husten, geben Sie ihr etwas Sauerstoff. Aber was sie jetzt am dringendsten braucht, ist Ruhe. Ich lasse Sie noch ein bisschen mit ihr allein, in ein paar Minuten muss ich Sie allerdings leider rauswerfen.“

Dylan nickte, und die Schwester verschwand hinter dem Vorhang, der das Untersuchungszimmer abtrennte. Er streckte die Hand aus und strich Marissa zärtlich über das Haar. Trotz ihres blutleeren Gesichts kam sie ihm so schön vor wie noch nie. Sie lebte, und nur das zählte.

„Dylan“, murmelte sie benommen und begann zu husten.

Er sprang auf und holte die Sauerstoffmaske herunter. „Tief einatmen“, sagte er, nachdem er ihr die Maske über die Nase gestülpt hatte. Nach einigen tiefen Atemzügen hörte Marissa auf zu husten und schob die Maske weg.

„Wo ist Josh?“, fragte sie und sah sich in dem kleinen Raum um.

„Mach dir keine Sorgen. Es geht ihm gut“, sagte Dylan lächelnd.

„Es … es war Skip“, stammelte sie. „Er wollte mir wehtun – mir und Josh.“

„Ganz ruhig, Liebling.“ Dylan strich ihr beruhigend das Haar aus der Stirn. „Ich kümmere mich darum, mach dir keine Sorgen.“

„Bitte sag Josh nicht, dass es Skip war“, sagte Marissa und versuchte den Kopf zu heben.

Die Verzweiflung in ihren Augen griff Dylan ans Herz. Josh war wie ein Racheengel unterwegs zu Skip. Was würde er tun? „Denk jetzt nicht daran. Wir werden Skip bald erwischen. Und du wirst bald wieder gesund. Nur das ist wichtig.“

Sie sank zurück ins Kissen und lächelte ihn schwach an. „Der Arzt sagte, du hättest mir das Leben gerettet.“

Dylan zuckte lächelnd die Schultern. „Das war das Mindeste, was ich tun konnte. Ich war mit Josh zu spät dran.“

„Gott sei Dank. Wärt ihr früher gekommen, wer weiß, was Josh geschehen wäre.“ Eine Träne rollte über ihre Wange.

Er wischte ihr zärtlich die Träne weg. „Wir hatten vereinbart, jetzt nicht an so was zu denken.“

Sie strich ihm sanft über das Gesicht. „Ich liebe dich.“

Dylan lächelte und küsste sie leicht auf die Lippen. „Gut. Dann habe ich meine Angelweste nicht ganz umsonst ruiniert.“

„Ich weiß das Opfer zu schätzen“, erwiderte sie lächelnd.

„Keine Sorge, ich lass mir was einfallen, wie du es wiedergutmachen kannst.“ Er hauchte ihr einen weiteren Kuss auf den Mund. „Wie fühlst du dich?“

„Meine Kehle ist ausgetrocknet, und mein Brustkorb tut weh, aber sonst …“ Sie sah auf den Verband an ihrem Oberarm. „Ach ja, und da ist noch das Ding hier.“

„In dem Schuppen lagen ein paar Werkzeuge am Boden. Der Arzt sagt, du musst dich daran verletzt haben, als du bei der Explosion hingefallen bist.“

Marissa sah in sein besorgtes Gesicht. „Ich schätze, ich habe Glück gehabt.“

„Das haben wir beide“, sagte er leise und stand langsam auf. „Du musst dich jetzt ausruhen. Ich hab noch ein paar Dinge zu erledigen, aber ich komme heute Abend noch mal vorbei, okay?“ Nun, da er wusste, dass es ihr gut ging, fühlte er sich besser, aber die Sorge um Josh ließ ihm dennoch keine Ruhe.

Marissa sah zu, wie er zum Vorhang ging. „Ach, Dylan? Schickst du mir Josh kurz herein?"

Die Frage erwischte ihn auf dem falschen Fuß. „Äh … ich glaube, sie wollen keine weiteren Besucher mehr reinlassen", stammelte er.

„Aber es geht mir gut", beharrte sie. Irgendwas in Dylans Augen beunruhigte sie. Sie stützte sich auf die Ellbogen. „Was ist los, Dylan?"

„Nichts. " Sein Gesichtsausdruck strafte seine Worte Lügen. „Ich bringe Josh heute Abend mit hierher."

„Aber ich will ihn jetzt sehen."

„Marissa, bitte …"

„Du hast gesagt, er sei okay", sagte sie vorwurfsvoll. „Also was ist los?"

„Er … er ist …", stammelte Dylan unsicher.

„Er ist nicht hier, stimmt's?" Marissa bemühte sich, sich im Bett aufzusetzen. „Wo ist er? Sag es mir, Dylan!"

Dylan legte ihr beruhigend eine Hand auf die Schulter. „Mach dir keine Sorgen."

In einer Sekunde plötzlichen Begreifens starrte sie ihn an. „Er ist hinter Skip her, nicht wahr? Oh Gott, Dylan, du musst ihn aufhalten! Du musst ihn zurückbringen." Verzweifelt klammerte sie sich an Dylan fest.

„Beruhige dich, Marissa. Alles wird gut."

„Gut?", schrie sie. „Josh ist wütend. Er kann nicht klar denken, wenn er wütend ist. Er wird etwas Schreckliches tun. Er wird sich wieder in Schwierigkeiten bringen. Ich kann das nicht zulassen. Wenn du ihn nicht aufhalten willst, werde ich das selbst tun."

Völlig hilflos starrte er sie an. Noch nie hatte er sie so erlebt. Sie benahm sich beinahe hysterisch, sie war völlig außer sich, und Dylan hatte keine Ahnung, wie er sie wieder zur Vernunft bringen sollte.

Marissa schlug das Laken zurück. „Ich werde ihn nicht im Stich lassen. Ich will ihn nicht noch mal verlieren."

„Marissa, bitte beruhige dich!"

Aber sie machte keinerlei Anstalten, sich zu beruhigen. Mit einem

Ruck riss sie sich die Infusion aus der Armbeuge und schwang die Beine über die Bettkante. „Ich werde ihn nicht im Stich lassen."

Doch die plötzliche Bewegung war zu viel für ihren geschwächten Körper. Kraftlos kippte sie zur Seite. Dylan fing sie rasch auf und legte sie wieder ins Bett. „Genug jetzt", sagte er streng. „Du wirst dir noch wehtun."

„Nein, nein! Ich muss ihn finden! Ich darf ihn nicht verlieren!" Marissa ließ sich nicht beruhigen.

„Hör jetzt auf!" Dylan drückte sie unnachgiebig auf das Kissen. „Du wirst ihn nicht verlieren."

„Du verstehst nicht, Dylan." Panische Angst lag in ihren Augen. „Er gehört zu mir, und ich darf ihn nicht verlieren – nicht noch mal. Ich will meinen Sohn nicht wieder verlieren!"

Dylan blieb fast das Herz stehen. Ihr Sohn? Unfähig zu denken wankte er einen Schritt zurück. Der Boden unter seinen Füßen schien zu schwanken. Ich muss mich verhört haben, dachte er mit Blick auf Marissas verstörtes Gesicht. Sie weiß nicht, was sie sagt, sie hat sich nur versprochen. Aber etwas in ihren Augen sagte ihm, dass er sich nicht verhört hatte, dass dies kein Missverständnis war.

„Dein Sohn?", fragte er heiser.

Marissa sah die Bestürzung in seinem Gesicht, und ein stechender Schmerz schnitt ihr den Atem ab. Wie hatte sie sich nur so vergessen können? Ja, sie hatte entsetzliche Angst um Josh, aber das war keine Entschuldigung dafür, dass sie sich so verplapperte. Dafür hatte sie viel zu viel zu verlieren – und Dylans Blick nach zu urteilen, hatte sie es bereits verloren.

„Dylan", flüsterte sie. „Es … tut mir so leid. Ich wollte nicht, dass du es auf diese Weise erfährst."

„Wie dann, Marissa? Oder hattest du überhaupt nicht vor, es mir zu sagen?"

„Natürlich wollte ich es dir sagen", verteidigte sie sich verzweifelt. „Aber nicht so, nicht hier."

Dylan schüttelte den Kopf. „Was war mit Caleb und Penny?"

„Sie konnten keine Kinder bekommen", erwiderte sie leise. „Ich war jung, ich hatte nichts, ich wusste nicht, wohin. Sie waren älter und abgesichert, sie konnten ihm ein Zuhause und Geborgenheit geben.“ Tränen rannen Marissa über die Wangen. „Also habe ich ihnen Josh anvertraut.“

Unfähig zu sprechen senkte Dylan den Kopf. Marissas Wunsch, das Sorgerecht für Josh zu übernehmen, ihr zäher Wille, ihm zu helfen, die Ähnlichkeit ihrer Augen – alles machte plötzlich einen Sinn. Vor sechzehn Jahren hatte sie ihm schon mal etwas verheimlicht. Der damalige Schmerz, das Gefühl, betrogen worden zu sein, kam plötzlich nach all der Zeit wieder in ihm hoch.

„Und Joshs Vater – wo war er?“

Marissa stöhnte. Dies war ein Albtraum. Sie wusste, die Wahrheit würde irgendwann ans Tageslicht kommen – aber doch nicht heute, nicht auf diese Art. Völlig erschöpft sank sie ins Kissen zurück.

Dylan war hin- und hergerissen zwischen widerstreitenden Gefühlen. Marissa hatte so viel mitgemacht – warum ließ er ihr nicht die dringend benötigte Ruhe, statt sie mit Fragen zu quälen? Aber ein unaussprechlicher Drang zwang ihn weiterzubohren.

„Wo ist er? Wo ist Joshs Vater?“ Und es war ihm, als wüsste er die Antwort bereits.

Sie wandte ihm ihr Gesicht zu, und bittere Tränen rannen ihr die Wangen hinab. Sie musste kein einziges Wort sagen. Die Antwort stand in ihren Augen, und sie traf Dylan mit der Wucht eines Hammerschlags.

„Nein“, stöhnte er und taumelte zurück. „Nein, nein.“

Die einzelnen Bruchstücke der Wahrheit fügten sich wie die Teile eines Puzzles plötzlich zu einem Bild zusammen. Dylan sah Joshs Gesicht vor seinem inneren Auge und erinnerte sich an das vertraute Gefühl, das er manchmal beim Anblick des Jungen gehabt hatte. Natürlich kamen ihm Joshs Gesichtszüge, seine Gefühlsausbrüche bekannt vor – denn Josh war *sein* Sohn.

„Warum hast du's mir nie gesagt?“, fragte er vorwurfsvoll. „Ich hätte ein Recht darauf gehabt, es zu erfahren.“

„Bitte, Dylan“, flehte Marissa. „Alles war damals so kompliziert – die Dinge standen schlecht zwischen uns.“

„Schlecht?“, wiederholte er zornig. „So schlecht, dass du mein Kind weggeben musstest? So schlecht, dass du mir all die Jahre meinen Sohn vorenthalten musstest?“ Sein wütender Blick durchbohrte sie förmlich. „Mein Gott, Marissa, du hast zugelassen, dass ich meinen eigenen Sohn verhafte!"

„So lass mich doch erklären …" Marissas Stimme überschlug sich vor Verzweiflung. „Gib mir doch eine Chance …"

„Eine Chance?", fragte er hämisch. „Wie die Chance, die du deinem Kind gegeben hast?" Er riss den Vorhang zurück. „Was war ich bloß für ein Narr, dir wieder zu vertrauen."

„Dylan, geh nicht!", rief sie hinter ihm her.

„Oh doch, ich gehe – ich werde meinen Sohn finden und ihm die Wahrheit sagen."

„Nein, nicht! Er würde es nicht verstehen. Bitte tu's nicht!" Verzweifelt versuchte sie aufzustehen.

„Was um Himmels willen geht hier vor?", rief die rasch herbeilaufende Krankenschwester aus. Sie drängte Marissa zurück ins Bett und sah Dylan streng an. „Okay, Sheriff, das reicht. Raus hier."

Mit letzter Kraft sah Marissa, wie Dylan aus dem Untersuchungsraum stürmte. Es war vorbei. Sie hatte Dylan verloren, und sie würde auch ihren Sohn verlieren.

„Danke für's Mitnehmen."

„Schon gut." Dylan zuckte die Schultern. „Geh rein. Ich komme später nach."

Er lehnte sich im Fahrersitz zurück und sah zu, wie Josh im Haupteingang des Krankenhauses verschwand. Er wusste erst seit zwei Stunden, dass er Vater war, und doch füllte sich sein Herz mit väterlichem Stolz, wenn er den Jungen ansah. Josh Wakefield war sein Sohn. Es schien ihm so unwirklich – aber jeder Instinkt in ihm sagte ihm, dass es die Wahrheit war. Konnte er diesen Jungen lieben – diesen problembeladenen Teenager, den er einst verhaftet hatte?

Aber der Josh, den er seitdem kennengelernt hatte, hatte nichts mehr mit dem aufsässigen, verstörten Jungen von damals zu tun. Die vielen Gespräche, die sie seither geführt hatten, die Witzeleien, die Angelausflüge – alles hatte dazu beigetragen, dass Dylan diesen neuen Josh lieben gelernt hatte. Er hatte gedacht, er würde den Jungen mögen, weil er zu Marissa gehörte. Aber nun war er nicht mehr sicher. Josh war sein Sohn – hatte ein verborgener Instinkt ihm dies nicht von Anfang an signalisiert?

Zwei Stunden zuvor hatte er Marissa mit dem festen Vorsatz verlassen, Josh zu finden und ihm die Wahrheit zu sagen. Er hatte Josh gefunden – und zwar ausgerechnet im Büro des Sheriffs. In einer Mischung aus Verblüffung und Erleichterung hatte Dylan registriert, wen Josh im Schlepptau hatte – einen wütenden, aber geständigen Skip Carver. Das Veilchen, das Skips Auge zierte, war zwar Hinweis darauf, dass Josh sich auf seine Weise gerächt hatte, aber das war weit weniger, als Dylan angesichts von Joshs Wut befürchtet hatte.

Dylan hatte es nicht fertiggebracht, Josh die Wahrheit zu sagen. Als er Josh gegenübergestanden und seine eigenen Augen in denen des Jungen wiedererkannt hatte, hatte ihn seine Wut auf Marissa verlassen. Sie hatte recht – Josh sollte die Wahrheit auf eine andere Weise erfahren. Und Dylan wollte nicht mehr derjenige sein, der sie ihm sagte. Also hatte er geschwiegen. Er würde Marissa die Möglichkeit geben, ihrem Sohn alles zu erzählen.

Marissa. Der Gedanke an sie war unbeschreiblich schmerzhaft. Wie vor sechzehn Jahren hatte er ihr geglaubt, als sie sagte, sie liebe ihn. Und wie vor sechzehn Jahren hatte sie ihn angelogen. Wie hatte er zulassen können, dass das geschah? Er drehte den Zündschlüssel. Er liebte Marissa Wakefield – so einfach war das. Und gleichzeitig so kompliziert. Wie konnte sie ihn lieben und ihn dennoch anlügen?

Dylan legte den Rückwärtsgang ein, wendete auf dem Parkplatz und fuhr wieder auf die Straße. Der Gedanke, wie Mutter und Sohn jetzt zusammen im Krankenzimmer miteinander sprachen, war mehr, als er ertragen konnte. Es würde eine Zeit lang dauern, bis Marissa herausfand, dass er Josh doch nicht die Wahrheit verraten hatte. Würde sie ihrem Sohn nun alles erzählen?

War es erst heute Morgen, dachte er, dass ich glaubte, ich hätte alles, was ich mir je im Leben gewünscht habe? Wie ist es nur möglich, dass sich Dinge so schnell ändern?

16. Kapitel

Marissa lehnte sich in ihrem Sessel zurück und sah Josh zu, der das Geschirr vom Mittagessen wegräumte. „Warum lässt du mich denn nicht helfen?"

Josh sah sie streng an. „Der Arzt hat gesagt, du brauchst Ruhe. Oder hast du irgendwas an meiner Haushaltsführung auszusetzen?"

Marissa schüttelte lächelnd den Kopf. „Auf keinen Fall."

Während der letzten fünf Tage, seit sie aus dem Krankenhaus entlassen worden war, hatte Josh sich um alles gekümmert und ihr jeden Wunsch von den Augen abgelesen. Aber Marissa fühlte sich dadurch nur noch schlechter. Sie hatte es nicht verdient, dass man lieb zu ihr war – nicht nach dem, was sie getan hatte.

Dylans Gesichtsausdruck in der Sekunde, als er begriffen hatte, dass Josh sein Sohn war, würde sie bis ans Ende ihrer Tage verfolgen. Der Schmerz in seinen Augen, die Wut, die Enttäuschung darüber, dass sie ihn hintergangen hatte – Dylan würde ihr niemals verzeihen, und sie konnte es ihm nicht verdenken. Ich hätte ihm die Wahrheit schon lange sagen müssen, hielt sie sich vor. Aber stattdessen habe ich auf den vermeintlich richtigen Augenblick gewartet, habe denselben Fehler gemacht wie vor sechzehn Jahren. Ich habe alles riskiert – und alles verloren.

Und nun war es an der Zeit, dass Josh alles erfuhr. Sie hatte die letzten Tage abgewartet, damit er unbelastet seine Abschlussprüfungen machen konnte. Aber nun gab es keine Ausrede mehr – die Stunde der Wahrheit war gekommen.

„Josh, könntest du bitte mal kurz herkommen? Ich möchte mit dir reden."

„Geht's um Dylan?", fragte Josh leise.

Trotz der warmen Sommersonne lief ihr ein eisiger Schauer über den Rücken. „Wie kommst du darauf?"

Josh setzte sich zu ihr heraus auf die Terrasse. „Es ist doch nicht zu übersehen, dass irgendwas passiert ist. Ich wollte nicht fragen – ich dachte, du würdest es mir schon sagen, wenn du so weit wärst." Marissa kamen die Tränen. „Danke für die Rücksichtnahme. Ja, es ist etwas passiert. Dylan und ich sind nicht mehr zusammen."

Josh sah zur Seite und holte tief Luft. „Er hatte mir versprochen, dir nicht weh zu tun", sagte er wütend.

„Gib ihm dafür nicht die Schuld", sagte sie schnell. „Die Sache ist viel komplizierter. Ich muss dir etwas sagen, was ich dir eigentlich schon vor langer Zeit hätte sagen sollen." Sie rückte ganz nahe zu ihm hin. „Aber zuerst möchte ich dir sagen, dass ich dich liebe. Ich habe dich immer geliebt. Und was immer ich getan habe – ich habe es getan, weil ich dich liebte und weil ich dachte, dass es das Beste für dich wäre."

Und dann sprudelte es plötzlich aus ihr heraus. Es war, als wäre nach sechzehn Jahren endlich, endlich ein Damm gebrochen.

„Du meinst – du und Dylan?", fragte Josh sichtlich bewegt. „Du hast ein Baby von ihm bekommen?"

Marissa nickte unter Tränen. „Und das Schlimmste ist – ich habe ihm nichts von dem Baby erzählt. Ich weiß, dass es ein Fehler war, aber ich war damals so verletzt. Er war so wütend, als er erfuhr, dass ich mich für Mallory ausgegeben hatte. Er sagte so schreckliche Dinge." Sie holte tief Luft. „Er sagte, er wolle mich nie wiedersehen."

Josh legte ihr tröstend einen Arm um die Schulter. „Du musst nicht weitersprechen, wenn du nicht willst."

„Doch, ich muss", beharrte sie. „Josh, das Baby … mein Baby." Sie wurde von einem Weinkrampf geschüttelt. „Das Baby ‚bin ich'", vervollständigte er ihren Satz.

Marissa riss überrascht die Augen auf. „Du weißt es?"

Josh nickte. „An einem Abend – es war nach Dads Tod – hat Mom angefangen zu trinken, zu weinen und verrücktes Zeug zu reden. Über dich und Tante Mal, darüber, dass ihr Grandmas und Grandpas Lieblinge gewesen wärt, während Dad von ihnen benachteiligt worden wäre." Er griff nach Marissas Händen. „Auf dich war sie besonders wütend – du weißt, wie sie manchmal sein konnte."

Marissa nickte. Die Abwehrhaltung ihrer Schwägerin hatte ihr das

Leben oft schwergemacht und so manches Mal verhindert, dass sie ihren Sohn besuchen konnte.

„Dann fing sie an, wie irre zu lachen", fuhr Josh fort. „Und sagte, was auch immer Grandma und Grandpa dir zu viel gegeben hätten – sie hätte etwas von dir, das sie nie zurückgeben würde. Ich habe nie viel auf das Zeug gegeben, das sie sagte, wenn sie in so einer Stimmung war, aber später an diesem Abend fing sie wieder an zu weinen und ließ mich schwören, dass ich sie nie verlassen würde. Und dass ich sie mehr lieben würde als dich."

„Der Schmerz über den Verlust von Caleb war zu viel für sie", sagte Marissa und strich Josh über die Wange.

„Ich weiß", erwiderte er traurig. „Und dann begann ich langsam zwei und zwei zusammenzuzählen. Niemand wollte mit mir über meine Adoption reden. Und mir fielen die vielen Geschenke auf, die du mir immer mitbrachtest, die vielen Fotos, die du jedes Mal machtest, wenn wir zusammen waren, die ganzen Kinderzeichnungen, die du aufgehoben hast."

Sie lächelte. „Ich wollte so viel von dir bei mir haben wie nur irgend möglich."

„Wir haben uns immer so nahegestanden. Da war schon von Anfang an eine ganz besondere Verbindung zwischen uns", sagte er.

„Wenn du es schon so lange vermutet hast – warum hast du nie mit mir darüber gesprochen?", flüsterte Marissa.

Josh zuckte die Schultern. „Ich wollte nicht, dass Mom von meiner Vermutung erfährt. Und vielleicht … hatte ich auch ein bisschen Angst."

„Angst? Wovor?"

„Dass ich mich vielleicht irren könnte."

„Oh, Josh", rief sie und drückte ihn an sich. „Mein Kind, mein Baby."

Sie begann wieder zu weinen, und auch Josh konnte die Tränen nicht mehr zurückhalten. Und so saßen Mutter und Sohn lange Zeit zusammen, umarmten sich, redeten miteinander und teilten all die Dinge, die ihnen so lange Jahre verwehrt gewesen waren.

„Deswegen hat sich Dylan also die ganze letzte Woche nicht blicken lassen", sagte Josh nach einer Weile.

Marissa seufzte. „Er wird mir nie verzeihen."

„Also weiß er es? Dass ich sein Sohn bin?"

Sie nickte traurig. „Es ist alles falschgelaufen. Im Krankenhaus – ich habe mich verplappert. Er war sehr verletzt. Er hasst mich, Josh, und ich kann's ihm nicht verdenken."

„Wie hast du mich gefunden?"

Josh balancierte über die Steine, seine Angelrute in der einen, die Ausrüstung in der anderen Hand. „War nicht schwer – wo sonst solltest du sein?"

„Hat dich Marissa geschickt?"

Josh schüttelte den Kopf. „Nein."

Dylan musterte den Jungen eindringlich. „Ich hoffe, du bist nicht selbst hierhergefahren?"

„Fahren ohne Führerschein ist verboten", erwiderte Josh lächelnd und setzte seine Ausrüstung auf einem Felsen ab. „Officer Kimberly Young, Nicos Tante, hat mich hergefahren." Und nach einer Weile fuhr er wie beiläufig fort und deutete auf das Wasser: „Schon Glück gehabt?"

„Nicht besonders", antwortete Dylan.

Josh machte die Köderfliege am Haken fest. „Gut, dass ich gekommen bin. Ich zeig dir, wo sie am besten beißen."

Dylan holte die Leine ein und ging ans Ufer. Hatte Marissa Josh die Wahrheit gesagt? Oder hatte sie beschlossen, weiter mit einer Lüge zu leben? Joshs Gesicht verriet nichts von seinen Gefühlen. Als Dylan ihn ansah, erkannte er sich selbst im Gesicht des Jungen wieder – Josh war sein Sohn, wie hatte er das nur die ganze Zeit übersehen können? „Warum bist du gekommen?"

Josh lächelte und warf die Angel aus. „Kannst du dir das nicht denken? " Dylan setzte sich auf einen Felsen. „Sie hat's dir gesagt."

„Richtig."

Hilflos schaute Dylan seinen Sohn an. Und nun? Sollen wir uns umarmen, uns die Hand schütteln – oder so tun, als wäre nichts geschehen? „Willst du darüber reden?"

Josh sah zu ihm herüber. „Wenn du es willst."

„Wie kannst du nur so ruhig sein, so gelassen?"

„Fändest du es besser, wenn ich ausrasten oder einen Schuppen anzünden würde?", fragte Josh grinsend. „Du solltest stolz auf mich sein. Ich bin rehabilitiert."

„Du bist also nicht wütend?"

„Worüber? Ich wusste doch, dass ich adoptiert bin", sagte Josh einfach. „Jahrelang habe ich mich gefragt, wie meine leibliche Mutter aussehen könnte. Sie hätte irgendjemand sein können. Soll ich jetzt sauer sein, weil die Tante, die ich schon immer geliebt habe, in Wirklichkeit meine Mutter ist?"

„Aber sie hat dich angelogen."

„Aber doch nicht, um mir weh zu tun, sondern um mich zu schonen." Dylan holte tief Luft. „Also für dich ist das okay?"

„Wie soll ich das erklären? Du weißt doch von diesem ... ‚Zwillingsradar' zwischen Tante Mar und Tante Mal, oder? Na ja, ganz so war es zwischen mir und Tante Mar nicht, aber wir hatten schon immer eine ganz besondere Beziehung."

„Soll das heißen, du wusstest es?"

„Sagen wir mal, ich hab's vermutet", erwiderte Josh. „Das Einzige, was ich nicht wusste, war, dass du mein Vater bist."

Dylan sah zu, wie Josh eine Handvoll Kieselsteine ins Wasser warf. War es wirklich erst acht Tage her, seit sie zusammen hier gestanden, Steine ins Wasser geworfen und über Freundschaft gesprochen hatten? „Und – wie stehst du dazu?"

„Die Frage ist eher, wie *du* dazu stehst", sagte Josh lachend. „Ich meine, es ist nicht gerade einfach für einen Sheriff, eines Tages festzustellen, dass der berüchtigtste jugendliche Straftäter von Jackson sein Sohn ist."

Plötzlich konnte Dylan verstehen, warum Josh sich hinter dieser Maske aus Witzeleien und gespielter Gelassenheit versteckte. Er konnte es verstehen – denn es war genau dieselbe Methode, mit der er selbst seine wahren Gefühle verbarg. „Du denkst, ich bin verlegen?" Das Thema war zu wichtig, um Witze darüber zu reißen.

Josh, der gerade einen Stein ins Wasser werfen wollte, hielt mitten in der Bewegung inne. „Bist du's?"

„Ja", gab Dylan nach einer Sekunde zu. „Aber nicht deinetwegen. Ich bin verlegen, weil ich nicht weiß, wie ich mich jetzt verhalten soll. Ich meine, du hattest einen Vater. Du hast ihn geliebt und bewundert. Du bist mein Sohn, Josh, aber brauchst du auch einen zweiten Vater?"

„Was ich brauche", sagte Josh und kam auf Dylan zu, „ist ein Freund." Er streckte Dylan die Hand entgegen. „Willst du mein Freund sein?"

„Das bin ich bereits", flüsterte Dylan und schüttelte Josh die Hand. Aber irgendwie war dieses Händeschütteln zwischen Vater und Sohn zu unpersönlich, zu distanziert. Dylan streckte die Arme aus und umarmte seinen Sohn. Tränen stiegen ihm in die Augen. Verlegen und etwas verwirrt lösten sich die beiden voneinander.

„Okay, Kleiner", sagte Dylan und hob seine Angel auf. „Du hast dich damit gebrüstet, du wüsstest, wo die Fische am besten beißen. Also dann mal los."

„Dylan?"

„Ja?"

„Wir waren so was wie eine Familie, weißt du – du, ich und Tante Mar. Auch ohne dass wir die Wahrheit wussten."

„Josh …", fing Dylan an, aber der Junge unterbrach ihn.

„Sie sagt, es ist aus zwischen euch."

Der plötzliche Schmerz raubte Dylan fast den Atem. „Das ändert nichts an dem, was zwischen dir und mir ist."

„Oh, doch, das tut es", sagte Josh traurig. „Sie ist ein Teil von uns beiden. Sie ist die Verbindung zwischen uns. Was ist mit unserer Familie? Sollen wir einfach zulassen, dass sie kaputt geht?"

Dylan legte die Angel wieder beiseite. „Josh, diese Familie hat nie wirklich existiert. Sie war nur eine Illusion – genährt von einer Lüge. Marissa hat uns angelogen. Wenn man jemanden liebt, lügt man ihn nicht an."

Josh stemmte die Hände in die Hüften und starrte seinen Vater an. „Und warum hast *du* mir dann nicht die Wahrheit gesagt – an dem Tag, als ich dir Skip gebracht habe?"

Dylan drückte hart auf die Bremse. Mit quietschenden Reifen kam der Jeep zum Stehen. Aber bevor Dylan aussteigen konnte, war sie bereits im Laden der Scalettis verschwunden. Fluchend setzte er sich wieder hinter das Steuer. Seit drei Tagen versuchte er Marissa zu sprechen. Ihr Büro war geschlossen, unter ihrer Nummer war nur ihr Anrufbeantworter zu erreichen, und sooft Dylan den Mut aufgebracht hatte, vor ihrer Haustür zu erscheinen, hatte ihm niemand geöffnet. Aber nun war sein Tag gekommen.

Durch das Schaufenster konnte er sehen, wie sie mit Dom Scaletti lachte, und sein Magen verkrampfte sich. Sie sah so schön aus mit der ärmellosen Bluse und dem offen über die Schultern fallenden Haar. Ihr Teint schimmerte rosig und gesund – welch ein Unterschied zu der Blässe, die sie vor zehn Tagen im Krankenhaus gehabt hatte.

Er erschauerte bei dem Gedanken an die unschöne Szene im Untersuchungsraum. Er hatte in seiner Verbitterung so gemeine Dinge zu ihr gesagt – genau wie vor sechzehn Jahren. Sie hatte ihm einmal verziehen – würde sie es wieder tun können? Die Tatsache, dass sie auf seine Anrufbeantworter-Nachrichten nicht reagierte, war kein sehr gutes Zeichen.

Er ballte die Hände. Er hatte so viele Fehler gemacht. Und erst sein Sohn hatte ihm geholfen, das einzusehen. Eine seltsame Weisheit und Weitsichtigkeit in Joshs jungem Gesicht hatte Dylan klargemacht, wie töricht und selbstgerecht er gewesen war. Er hatte Marissa die Schuld für alles gegeben. Er hatte ihr vorgeworfen, bewusst mit einer Lüge gelebt zu haben – wie oft schon hatte er selbst aber genau dasselbe getan? Er hatte sechzehn Jahre damit verbracht, sich einzureden, dass er Marissa Wakefield nicht liebte und dass sie ihn nicht verletzt habe. Aber das war eine Lüge. Er liebte sie, und er fühlte sich sehr wohl verletzt. Wenn er damals schon ehrlich zu ihr gewesen wäre, wäre all das vielleicht nicht passiert. Aber er hatte seine wahren Gefühle überspielt und lieber mit einer Lüge gelebt.

Warum hatte er Josh nicht die Wahrheit gesagt, nachdem er sie selbst erfahren hatte? Wirklich deswegen, weil er ihn schonen wollte? Er war keinen Deut besser als Marissa. Entschlossen stieg er aus und betrat den kleinen Laden. Immer noch wandte sie ihm den Rücken zu. Wie sollte er sie bloß dazu bringen, dass sie ihm noch mal verzieh?

„Wir müssen reden, und ich lass dich hier nicht raus, bevor wir nicht alles geklärt haben“, sagte er und packte sie am Arm.

Sie wirbelte herum. Die Tüte, die sie hielt, fiel herunter, und ihre Einkäufe verstreuten sich auf dem Boden. „Dylan James. Was zum Teufel soll das?"

Überrascht wich er einen Schritt zurück. Diese Frau war ihm auf so liebevolle Art vertraut – das Haar, die Augen, das Gesicht. Aber sie war nicht die Frau, für die er sie gehalten hatte.

„Mallory?", stammelte er. „Tut mir leid, ich dachte ..."

„Ich weiß, was du dachtest", erwiderte Mallory und bückte sich nach ihren Einkäufen.

„Lass mich dir helfen", bot er rasch an und packte alles wieder in die Tüte. „Es tut mir wirklich leid."

„Schon gut, Dylan. Oh, ich sollte dich jetzt wohl Sheriff nennen."

Er sah den Ärger in ihren Augen. „Ich schätze, dir würden noch ganz andere Namen für mich einfallen."

Mallory musste unwillkürlich lächeln. „Wie ich sehe, hast du dich seit der Highschool zum Gedankenleser gemausert."

„Unter anderem", murmelte er. Fasziniert starrte er Mallory an. Sie sah Marissa so unglaublich ähnlich – wie kam es dann, dass jede der Schwestern einen so individuellen Ausdruck besaß? Hatte es wirklich eine Zeit gegeben, in der er sie verwechseln konnte? „Bist du hier auf Besuch?"

„Ich bin hier, weil meine Schwester mich braucht." Mallory kniff die Augen zusammen. „Sie wäre in dem Feuer fast umgekommen."

„Ich weiß", erwiderte er. „Ich war dabei."

„Danke, dass du sie rausgeholt hast", sagte sie etwas freundlicher.

„Bitte sag mir, wo sie ist."

„Lass sie in Ruhe, Dylan", sagte Mallory leise. „Du hast ihr schon genug wehgetan. Jedes Mal, wenn du in ihr Leben trittst, endet das damit, dass sie am Boden zerstört ist."

„Ich will ihr nicht weh tun", sagte Dylan verzweifelt und griff nach Mallorys Arm. „Ich flehe dich an. Sag mir, wo sie ist. Ich muss mit ihr sprechen."

„Gibt's hier ein Problem?"

Dylan sah zu dem dunkelhäutigen Navajo hoch, der wie aus dem Nichts hinter Mallory aufgetaucht war. Er erkannte den Mann von Mallorys Hochzeitsfoto wieder.

„Es gibt kein Problem", sagte Mallory und drückte sich an ihren Ehemann. „Liebling, das ist Dylan James. Sheriff, das ist mein Mann, Benjamin Graywolf."

Graywolf streckte Dylan die Hand entgegen. „Mallory und Marissa haben oft von Ihnen gesprochen."

„Ja, das kann ich mir vorstellen", sagte Dylan und schüttelte Graywolfs Hand.

„Dylan möchte mit Marissa sprechen", sagte Mallory. „Ich habe ihm gerade erklärt, dass das keine so gute Idee ist."

„Hmm." Graywolf nickte.

Dylan sah die Entschlossenheit in Mallorys Augen. Er würde es niemals schaffen, dass sie ihre Meinung änderte. „Sag ihr wenigstens … sag ihr …" Verzweifelt gab er auf. „Ach, nichts." Er kam sich vor wie ein Idiot. Er nickte den beiden rasch zu und verschwand aus der Tür.

Als er neben seinem Jeep ankam und einsteigen wollte, sah er zu seiner Überraschung Benjamin Graywolf hinter sich stehen. Er musste ihm gefolgt sein.

„Wir wohnen alle im Haus der Wakefields", sagte Graywolf ohne Einleitung. „Ich wette, wenn Sie heute Nachmittag gegen zwei unangemeldet dort auftauchen, könnten Sie sie allein vorfinden."

Dylan fühlte eine seltsame Seelenverwandtschaft zu diesem Mann, der ihm eigentlich fremd war, in sich aufsteigen. Er streckte die Hand aus. „Danke."

Dylan starrte den Klingelknopf an und ließ die Hand, die ihn bereits drücken wollte, zögernd sinken. Er holte tief Luft und ging in Gedanken noch einmal durch, was er sagen wollte. Vorausgesetzt, sie würde ihn überhaupt hereinlassen.

Doch bevor er auf die Klingel drücken konnte, wurde die Tür von innen aufgerissen, und Marissa stand vor ihm. Verblüfft schnappte sie nach Luft. Die Handtasche fiel ihr zu Boden, und der Inhalt verstreute sich auf den schwarzweißen Fliesen. „Was machst du hier?"

Sein Stichwort. Nun war es an der Zeit, dass er ihr sagte, was er sich vorgenommen hatte. Aber seine Stimme versagte. „Marissa, ich …“, stammelte er. All die wohlüberlegten Worte – weg. Er liebte Marissa. Und sein Leben bedeutete ihm nichts, solange er sie nicht wiederhatte. Das war das Einzige, woran er denken konnte. Er sah die Angst und die Tränen in ihren blauen Augen, und sein Herz zog sich zusammen. Er ging einen Schritt auf sie zu. Sie wankte zurück. „Ich liebe dich.“

„Verdammt, wie kannst du so was sagen?“, fragte Marissa kopfschüttelnd.

„Es ist wahr.“ Er ging weiter auf sie zu. „Ich liebe dich. Ich habe es immer getan, und ich werde es immer tun.“

„Dylan, bitte“, bat sie und wich zurück. „Bitte geh jetzt.“

„Schick mich nicht weg, Marissa.“ Er drückte sie gegen den Türrahmen „Dylan“, seufzte sie, und Tränen rollten ihr die Wangen hinab. „Geh jetzt, bitte.“

„Ich liebe dich“, erwiderte er und legte ihr die Hände auf die Hüften. „Und du liebst mich auch.“

„Nein! “ Wütend schüttelte sie den Kopf und stemmte ihre Hände gegen seine Brust. „Ich … will nicht.“

„Ich weiß, dass ich es nicht verdiene“, sagte er und zog sie fester an sich. „Ich war ein Idiot. Ich hab so viele Fehler gemacht, ich habe dir wehgetan. Es tut mir so leid.“ Sie wehrte sich noch immer gegen seine Umarmung. „Aber ich liebe dich, und das wird sich nie ändern.“ Marissa nahm all ihre Kräfte zusammen, um sich gegen ihn zu stemmen. In den vergangenen zehn Tagen hatte sie nichts anderes getan, als voller Verzweiflung an das zu denken, was sie gehabt – und verloren hatte. Und nun war er hier, hielt sie in seinen Armen und sagte all die Worte, nach denen sie sich so gesehnt hatte. Aber sie musste stark sein, sie musste der Versuchung widerstehen.

Sie bäumte sich ein letztes Mal auf und schob ihn von sich weg. „Es würde nicht funktionieren. Es ist zu spät.“

„Sag das nicht“, beharrte er.

„Aber es ist wahr. Wie hatten zwei Chancen – und wir haben sie beide verpasst. Ich mache dir keinen Vorwurf. Es war meine Schuld. Ich hätte dir niemals die Wahrheit verheimlichen dürfen. Ich habe einen Riesenfehler gemacht, und nun müssen wir alle den Preis dafür bezahlen.“

„Nein“, sagte Dylan leise. „Ich werde nicht zulassen, dass du das wieder tust.“

„Was wieder tue?“

„Den Märtyrer spielen.“

„Du wirfst mir vor, ich würde den Märtyrer spielen?“, fragte sie wütend. Er griff nach ihren Armen. „Du gibst dir die Schuld an allem, du lädst alle Verantwortung für das, was geschehen ist, auf deine Schultern. Nein, Marissa – wir beide haben uns das eingebrockt. Und ich werde nicht zulassen, dass du unser aller Glück einfach so fortwirfst. Wir haben etwas ganz Besonderes zusammen – etwas, das man nur einmal im Leben findet und nur, wenn man Glück hat. Ich will nicht, dass wir das wieder verlieren.“ Er drückte sie an sich. „Ich hab eine Menge Blödsinn gesagt vor sechzehn Jahren. Ich war verletzt, und ich habe versucht, das durch Witze und Gleichgültigkeit zu überspielen. Ich war jung und dumm – vielleicht ist das eine Entschuldigung. Aber diesmal ...“ Er hielt inne. „Marissa, wir sind keine Teenager mehr. Wird es nicht Zeit, dass wir beide aus unseren Fehlern lernen? Ich liebe dich. Ich liebe Josh. Ich will, dass wir eine Familie sind. Ich will ein Haus und einen Garten und so viele Kinder, dass wir uns wie die Scalettis einen dieser albernen Kleinbusse kaufen müssen.“ Als er sie ganz eng an sich presste, leistete Marissa keinen Widerstand mehr. „Verzeih mir. Liebe mich. Heirate mich.“ Er küsste sie lange und zärtlich. *„Bitte.“*

Marissas Herz klopfte zum Zerspringen. „Ich ... ich habe Angst. Was ist, wenn es wieder schiefgeht?“

„Das wird nie geschehen“, sagte er. „Wir werden nicht zulassen, dass das passiert. Ich liebe dich. Willst du mich heiraten?“

Marissa gab den letzten Widerstand auf. Ihr ganzes Leben hatte sie von diesem Augenblick geträumt. „Ja, ja, ich will.“

In dem Moment stürzte Mallory zur Tür herein. Ihre Augen leuchteten. Aufgeregt schlang sie ihre Arme um Marissa und Dylan. „Graywolf sagt, wir bekommen Zwillinge!“ Freudentränen rollten ihr die Wangen hinab. „Und ihr auch!“

– ENDE –

Jennifer Drew

Dein Lächeln macht mich schwach

Roman

Aus dem Amerikanischen von
Kai Lautner

mtb

1. Kapitel

Liebe Holly Heartfelt,
vor sechs Monaten habe ich meine beste Freundin meinem Verlobten vorgestellt. Gestern bat sie mich, Brautjungfer bei ihrer Hochzeit zu sein – sie heiratet meinen Exverlobten. Sie will außerdem, dass ich ein Kleid trage, das fünfhundert Dollars kostet. Genau diese fünfhundert Dollars habe ich aber gespart, um diesen Sommer Urlaub am Meer zu machen. Was soll ich bloß tun?
Torn

Amy Patterson las den Brief auf ihrem Computerbildschirm und schlang sich dabei eine kupferrote Locke um den Finger, ohne darauf zu achten, dass sie ihr widerspenstiges Haar eigentlich zu einem glatten Bob geföhnt hatte.

„Du hast dir bereits einmal die Finger verbrannt, also wähl dieses Mal lieber ein Sonnenbad am Meer“, murmelte sie, um diese Antwort als stellvertretende Redakteurin der Ratgeberkolumne klanglich zu testen.

„Redest du mal wieder mit dir selbst?“, fragte Melanie Hayes, die hinter Amy stehen geblieben war und ihr neugierig über die Schulter spähte.

„Hat dir noch niemand gesagt, dass es sich nicht gehört zu lesen, was auf dem Monitor anderer Leute steht?“, gab Amy zurück und blickte die gertenschlanke blonde Lifestyle-Reporterin nicht besonders freundlich an.

„Himmel, bist du empfindlich! Oh, ich vergaß, heute ist ja dein großer Tag. Wirst du nun die nächste Holly Heartfelt oder nicht? Was für ein altmodischer Name. Also, wirklich, Amy, warum bewirbst du dich um diesen Job?“

„Ich muss meine Miete bezahlen“, erwiderte Amy. Sie hatte nicht vor, sich einer Reporterin zu offenbaren, deren Porträts sich darin erschöpften zu berichten, dass ihr Interviewpartner einen Swimmingpool besaß.

Deshalb tat sie, als würde sie sich wieder in den Brief vertiefen, bis Melanie sich endlich trollte, um jemand anderem auf die Nerven zu fallen.

„Liebe Torn“, schrieb sie dann und stellte sich dabei vor, Melanie wäre die unsympathische Braut. „Hier sind drei mögliche Antworten auf Ihre Frage. Wählen Sie einfach die, die am besten zu Ihren Empfindungen passt.

A: Ich mag dieses Paar und möchte, dass sie wieder meine besten Freunde werden.

B: Ich finde es gemein, was sie mir angetan haben, aber ich möchte den Hochzeitsgästen nicht den Eindruck vermitteln, dass ich nachtragend bin.

C: Ich habe doch nicht ein Jahr lang für meinen Urlaub gespart, damit meine ehemals beste Freundin mich noch mehr demütigt. Hallo, Sonne, Sand und Meer, ich komme!“

Amy lehnte sich zurück und las noch einmal durch, was sie geschrieben hatte. Sie war mit sich zufrieden. Es klang schon jetzt gut; später würde sie es noch einmal überarbeiten – falls Bertram Ulysses Garver ihr den Job gab.

Zehn Minuten später war Amy in der Chefredaktion.

„Du siehst gut aus.“ Roberta Higuera, eine Jungredakteurin und Amys liebste Kollegin beim „Phoenix Monitor“, steckte den Kopf aus einer der Türen. „Ich lade dich zum Mittagessen ein – damit wir deinen neuen Job feiern können.“

„Falls ich ihn bekomme!“ Amy strich nervös den kurzen Rock ihres pfirsichfarbenen Leinenkostüms glatt.

„Na, hör mal, du hast immerhin vier Jahre als Hollys Assistentin gearbeitet. Jeder hier weiß, dass du die Kolumne fast ein Jahr lang mehr oder weniger selbst geschrieben hast. Oh, Rose ist am Kopierer und bat mich, dir zu sagen, dass du direkt zu B. U. reingehen sollst. Er erwartet dich. Viel Glück!“

„Sie sind vier Minuten zu spät, Patterson“, sagte Bertram Garver, als Amy zögernd die schwere Eichentür zu seinem Büro öffnete.

Ihr Chefredakteur wählte seine Kleidung, um die Leute einzuschüchtern. Obwohl er seit fast zwanzig Jahren in Phoenix lebte, versuchte er wie ein Bankpräsident der Ostküste zu wirken: anthrazitfarbener Nadelstreifenanzug, gestärktes weißes Hemd, Manschettenknöpfe aus Silber mit Onyx, Halstuch in Bordeauxrot und Grau. Selbst seine Halbglatze sah aus wie auf Hochglanz poliert. In seiner Gegenwart fühlte Amy sich zerknittert und unordentlich. Sie musste sich zwingen, nicht ständig auf den Boden zu schauen, wenn sie mit ihm sprach.

„Entschuldigung, Mr. Garver. Ich habe noch an der Kolumne gearbeitet und nicht gemerkt, wie die Zeit verflog …" Während sie sprach, fiel ihr Blick auf zwei blank gewienerte braune Cowboystiefel, die zu einem Paar langer Beine gehörten, die in legeren Hosen steckten.

„Ich möchte Sie mit jemandem bekannt machen, Amy."

Die Tatsache, dass Garver ihren Vornamen verwendete, ließ Schlimmes ahnen.

„Dies ist …"

„Joe Malone!", platzte Amy heraus, als der Angesprochene sich umwandte.

„Amy … Amy Patterson?" Ein hochgewachsener, schlanker, dunkelhaariger Mann musterte sie aus azurblauen Augen. Ungeniert ließ er den Blick von ihrem Scheitel bis zu ihren Schuhen gleiten.

Diesen Mann würde sie selbst mit neunzig noch wiedererkennen. Seine dunkle, schmeichelnde Stimme hatte sich ihr schon als Teenager eingeprägt. Die feinen Lachfältchen in den Augenwinkeln machten ihn nur noch attraktiver. Sie wurde in zwei Jahren dreißig, doch er wirkte, als wäre diese magische Zahl ein äußerst erstrebenswertes Alter.

„Ihr beide kennt euch bereits?", fragte Garver irritiert, als hätten Amy und Joe ihm die Show gestohlen.

„Ich bin mit einer Amy Patterson zur Schule gegangen", erwiderte Joe grinsend, „und ich würde diese Haarfarbe überall wiedererkennen."

Amy hatte jahrelang daran gearbeitet, ihr Highschool-Image hinter sich zu lassen. Damals war sie klein und pummelig gewesen, hatte eine Zahnspange getragen und über eine wilde rote Mähne verfügt. Während Joe sie nun aufmerksam musterte, hatte sie das Gefühl, sich wieder in das hässliche Entlein zurückzuverwandeln.

„Joe und mein Bruder gingen in dieselbe Klasse, Mr. Garver", klärte Amy ihren Chef auf. „Ich war zwei Klassen unter ihnen." Sie fühlte sich überaus unbehaglich. Warum musste Joe auch ein so umwerfend attraktiver Mann sein?

„Freut mich, dass Sie beide sich kennen", sagte Garver betont sachlich. „Sie werden nämlich zusammenarbeiten."

„Nicht noch mal!", rief Amy.

„Was meinen Sie damit?", wollte Garver leicht entnervt wissen.

„Wir haben zusammen die Schülerzeitung gemacht, Bert", informierte Joe ihn, ehe Amy etwas sagen konnte.

Aha! dachte sie. Er nennt Bertram Ulysses Garver beim Vornamen! Das wird Gesprächsstoff in der Nachrichtenredaktion geben. Ein neuer Redakteur, der ein Kumpel des Chefredakteurs ist!

„Ich habe die Zeitung geleitet", fuhr Joe fort, ohne sich um Amys Groll zu kümmern. „Amy war eine von meinen kleinen Reporterinnen."

Er legte ihr beiläufig den Arm um die Schultern und zog sie an sich.

Amy hätte ihn am liebsten geboxt. „Ich verstehe Sie nicht, Mr. Garver." Sie befreite sich aus Joes Griff. „Ich betreue und schreibe die Kolumne nun schon, seit Holly krank ist. Sind Sie mit meiner Arbeit nicht zufrieden?"

„Ganz im Gegenteil. Sonst wären Sie heute nicht hier, Amy. Sie haben sehr gute Arbeit geleistet, aber wir brauchen ein neues Konzept für die Ratgeberkolumne. Zukünftig wird es Antworten vom Standpunkt eines Mannes und von dem einer Frau aus geben. Er und Sie. Damit wollen wir jüngere Leser ansprechen – die gleiche Zielgruppe, der auch unsere neuen Anzeigen gelten. Natürlich dürfen wir dabei nicht unsere treuen Stammleser verlieren."

Amy schüttelte ungläubig den Kopf. Sie war jetzt seit vier Jahren Holly Gordons Assistentin. Begonnen hatte sie als Briefesortiererin, und vom Briefeöffnen über erste Recherchen hatte sie sich zur stellvertretenden Redakteurin entwickelt, die die Briefe jetzt selbstständig beantwortete. Sie verdiente es nicht, dass man ihr den Job nun wieder wegnahm!

„Wenn das neue Konzept ein Erfolg wird, wollen wir es über unser Syndikat weitervermarkten", erläuterte Garver. „Joe haben wir angeheuert, damit er der Sache den richtigen Biss gibt."

Amy bemühte sich, ruhig zu bleiben. „Ich bin immer noch etwas verwirrt, Mr. Garver. Rat zu erteilen ist ein Spezialgebiet. Die Arbeit funktioniert ganz anders als in der Nachrichtenredaktion, wo man einfach berichtet, was sich ereignet hat. Für die Ratgeberseite benötigt man Erfahrung, Sensibilität ..."

„Ich habe zeitweise für eine Ratgeberseite in Minneapolis gearbeitet – neben meiner Tätigkeit als Polizeireporter", unterbrach Joe sie. „In beiden Fällen hatte ich es oft mit kaputten Beziehungen zu tun, daher bin ich nicht ganz so unerfahren, wie du denkst." Nonchalant strich er Amy eine Haarsträhne aus dem Gesicht.

Sie unterdrückte den Impuls, ihm auf die Finger zu schlagen oder Bertram Garver zu erdrosseln. Noch schlimmer war das sichere Gefühl, dass ihr die Röte in die Wangen stieg. Sie erinnerte sich noch zu gut an ihr ständiges peinliches Erröten in Schülertagen.

„Das neue Konzept ist beschlossen, und wir können Joes Erfahrung gut gebrauchen", sagte Garver und erhob sich, um anzudeuten, dass er zu beschäftigt sei, um sich mit Widerspruch auseinanderzusetzen. „Ich glaube, Sie werden mit Ihrem neuen Vertrag sehr zufrieden sein, Amy. Wir sprechen die einzelnen Paragrafen durch, sobald Sie Gelegenheit hatten, ihn zu lesen. Die Rechtsabteilung wird Ihnen den Vertrag in Kürze übermitteln. Währenddessen kann Joe Ihnen die Details erklären, die die neue Kolumnenstruktur betreffen."

„Er ist verantwortlich für die Kolumne?", fragte sie mit schriller Stimme.

„Nein, fürs Erste sind die Aufgaben fünfzig zu fünfzig verteilt. Ich habe großes Vertrauen zu Ihnen beiden. Wenn es gut läuft, werden wir Sie an der Vermarktung des Konzepts beteiligen – sagen wir in etwa einem Jahr. Es steht alles in Ihrem Vertrag, Patterson."

Garver schichtete einen Papierstapel auf seinem Schreibtisch um. Amy warf Joe einen raschen Blick zu. Er grinste sie unverschämt zufrieden an.

„Joe, Sie sollten heute Nachmittag in der Personalabteilung vorbeischauen. Dort warten ein paar Unterschriften auf Sie. Danach wird man Sie durchs Haus führen. Ich freue mich, Sie beim ‚Monitor' begrüßen zu dürfen."

„Danke, Bert. Ich freue mich auch sehr auf meine neue Aufgabe."

„Patterson, ich habe eine Idee bezüglich der neuen Kolumne, die ich später gern mit Ihnen besprechen würde. Ich erwarte Großes von der Umgestaltung, und ich bin sicher, dass Sie Ihren Teil dazu beitragen werden, damit das neue Konzept ein Erfolg wird."

„Ja, Sir."

Nun sind wir also wieder Patterson, dachte Amy. Dagegen nannte ihr Chef Joe unverändert beim Vornamen, als seien sie alte Kumpel, die regelmäßig zusammen fischen gingen.

„Gibt es noch Fragen?", wollte Garver in einem Ton wissen, der es von selbst verbat, welche zu stellen.

„Nein, Sir", behauptete sie.

Amy kochte innerlich, und sie fühlte sich beobachtet, als sie mit Joe durch die hektisch arbeitende Nachrichtenredaktion ging. Doch sie war entschlossen, ihm erst dann ihre Meinung zu sagen, wenn ihnen niemand mehr zuhören konnte. Mehrere Redakteurinnen wandten den Kopf nach ihnen um und warfen Joe einen anerkennenden Blick zu.

„Hier ist mein … unser Büro", brachte sie mühsam heraus.

„Sehr intim", bemerkte Joe und betrat das von Glaswänden umgebene Zimmer.

Sofort wirkte der Raum überfüllt. „Es ist klein, Joe", korrigierte sie ihn. „Eigentlich bin ich fast sicher, dass es zu klein für uns beide ist."

„Wieso? Ich finde es nett – außer du verteidigst deine territorialen Ansprüche."

„Wollen Sie mir damit einen Rat erteilen, Sir?", fragte sie mit gespielt naiver Stimme.

„Komm, lass uns unsere Zelte aufschlagen …"

„Du meinst, das Revier verteilen …"

„Ich lege meine Karten normalerweise auf den Tisch und stelle die

Stiefel brav unters Bett, aber wenn du unbedingt mit Kreide eine Trennlinie zwischen unseren Bereichen ziehen willst …"

„Dies hier ist mein Schreibtisch", erklärte sie und überging seine ironische Bemerkung. Wenn er es nötig fand, alles, was sie sagte, ins Lächerliche zu ziehen, würde er sich bald wundern. Sie schob ein paar Stapel Papier zur Seite, setzte sich auf den Schreibtisch und schlug die Beine übereinander.

Nun konnte sie seiner vollen Aufmerksamkeit sicher sein. Tatsächlich, trat da nicht ein anerkennendes Glimmen in seine Augen, als er nun ihre wohlgeformten Beine betrachtete? Sie war keine Femme fatale, aber sie war bereit, jede Waffe zu nutzen, die ihr zur Verfügung stand, um Joe Malone wissen zu lassen, dass sie nicht mehr die kleine Reporterin der Schülerzeitung war. Die Kontrolle der Ratgeberkolumne würde sie nicht aus der Hand geben!

„Damals in der Highschool warst du kein solcher Blickfang", meinte Joe.

„Das ist auch ziemlich lange her. Ich bin kein kleines Schulmädchen mehr."

„Du warst widerborstig. Ich erinnere mich an den Beschluss der Schulverwaltung, die Waschräume der Mädchen umzubauen. Du hast einen regelrechten Krieg dagegen geführt. Ich habe mich oft gefragt, warum du dich dermaßen ereifert hast – du warst ja kaum noch zu bremsen."

Die Richtung, die ihre Unterhaltung nahm, gefiel ihr nicht. Nur ungern erinnerte sie sich an ihren zum Scheitern verurteilten Waschraum-Kreuzzug.

„Ich war nicht zu bremsen? Da würde mich mal interessieren, ein paar deiner Artikel zu lesen, die du in Minneapolis geschrieben hast. Ich nehme an, die ergrauten Bewohner der Stadt fanden deine Beiträge echt hip. Total abgefahren."

„Ach, Amy, lass uns doch einfach noch mal von vorn anfangen." Er griff nach ihrer Hand und schüttelte sie fest, doch nicht so, dass es weh tat. „Hallo, ich bin Joe Malone, dein neuer Partner. Du hast mich nicht danach gefragt, aber ich freue mich, dass ich hier im sonnigen Südwesten sein darf. In Minnesota kann es nämlich verflixt kalt werden."

„Bestimmt hat dich in den eisigen Nächten im Mittleren Westen jemand warm gehalten, richtig? Oh, natürlich geht mich das nichts an." Verflixt! Sie wurde schon wieder rot.

„Nun, so wie die Dinge jetzt stehen, scheint meine Zukunft bei dieser Zeitung ebenso deine zu sein, auch wenn dir das Angst macht", antwortete er unerwartet scharf.

Hatte sie mit ihrer Frage nach einer Lebenspartnerin einen empfindlichen Nerv getroffen?

Er beugte sich vor und stützte die Arme zu beiden Seiten ihrer Oberschenkel lässig auf den Tisch. Ihr Rock war ziemlich weit hochgerutscht. Sich auf den Tisch zu setzen war offensichtlich der falsche Schachzug gewesen. Es machte sie verrückt – nach Joe.

„Damit diese Kolumne ein Erfolg wird", sagte er, „bin ich bereit zu vergessen, dass du den Namen unter einem meiner Artikel in Joe Baloney geändert hast ..."

„Du konntest nie beweisen, ob ich es tatsächlich war! Außerdem ist diese Kolumne bereits ein Erfolg", erwiderte sie und bemühte sich, den Blick von seinem dichten dunkelbraunen Haar zu lösen, das er relativ lang trug. Es kringelte sich im Nacken auf dem Kragen seines olivfarbenen Sportblazers aus Rohleinen. Wenn er ihr in Highschooltagen jemals so nah gekommen wäre, hätte sie noch wochenlang davon geträumt. Im Moment jedoch war sie nur entnervt von dem, was er in ihr wachrief. Vergiss die Vergangenheit! sagte sie sich. Vergiss einfach, dass deine Jungmädchenträume um diesen Mann gekreist sind, wogegen er noch nicht einmal wahrgenommen hatte, dass du überhaupt ein Mädchen bist. Nun besaß sie zwar seine volle Aufmerksamkeit, aber sie hasste den Grund dafür.

„Holly Heartfelt war über zwanzig Jahre der Renner im ‚Phoenix Monitor'", erklärte sie.

„Weiß ich. Holly Gordon hat ihre Sache wirklich gut gemacht, aber jetzt sind wir dran. Also sollten wir die Leser vergessen lassen, dass der Ratgeber jemals von einer goldigen alten Dame geschrieben wurde."

„Mag sein, dass wir eine Zeit lang zusammenarbeiten müssen. Aber das heißt noch lange nicht, dass Joe Malone das Kommando übernimmt."

„Du weißt ja immer noch nicht, wie man einen herausfordernden Mann behandelt, Amy." Zu ihrer Überraschung lachte er und richtete sich auf. „Es gibt keinen Grund, mir feindlich gesonnen zu sein."

„Ich bin dir nicht feindlich gesonnen. Ich bin nur vorsichtig. Schließlich weiß ich, was ich von dir zu erwarten habe."

„Ich vermute, du bist immer noch sauer, dass man dich damals nicht zur Chefredakteurin unserer Schülerzeitung gemacht hat."

„Das habe ich alles längst vergessen." Von wegen! Fast hatte sie den Vorstand der Studentenvertretung davon überzeugt gehabt, dass sie als junge, energiegeladene Schülerin – sie war damals in ihrem zweiten Highschool-Jahr – eine bessere Zeitung machen würde als ein Typ aus der Abgangsklasse, besonders wenn der Typ Joe Malone hieß. Sie war erschüttert gewesen, als er den Job dann doch bekam.

„Es ist ganz normal, dass du mich deshalb auch heute noch misstrauisch beäugst", sagte er.

„Spar dir deine Schmalspurpsychologie. Wenn das die Art ist, wie du den Ratgeber schreiben willst …"

„Wenn du nicht mit mir gemeinsam an der Kolumne arbeiten willst, kannst du dich ja für einen anderen Posten bewerben."

„Ich habe vier Jahre in diese Kolumne investiert! Und ich lasse mich nicht einfach verdrängen." Sie würde durchhalten! Auch damals in der Highschool hatte sie ihren Kampf nicht aufgegeben, obwohl das bedeutete, dass sie einen Kleinkrieg gegen den beliebtesten Jungen der vierten Klasse führen musste. Jetzt war sie weniger denn je bereit, sang- und klanglos das Feld zu räumen.

„Ich habe ein paar deiner Kolumnen gelesen. Sie sind nicht schlecht, Amy. Da du meine noch nicht gelesen hast, solltest du mit deinem Urteil vorsichtiger sein. Könnte doch sein, dass ich ein großartiger Ratgeber bin."

„Könnte aber auch sein, dass du ein egoistischer Macho bist." Sie war leider zu wütend, um darauf zu achten, was sie sagte.

„Es gibt nur einen Weg, das herauszufinden", forderte er sie prompt heraus. „Lies meine Artikel. Wenn du danach immer noch meinst, du könntest nicht mit mir arbeiten, hast du wenigstens einen Grund dazu."

„Es hat gar nichts damit zu tun, ob ich mit dir zusammenarbeiten will oder nicht. Ich finde die Idee einfach nicht gut, ein völlig neues Ratgeberkonzept zu installieren. Holly Heartfelt ist dazu viel zu beliebt. Seit ich die Kolumne mache, hat sich die Zahl der Zuschriften um zwanzig Prozent erhöht. Da ich so viel Engagement in diesen Job hineingepackt habe, denke ich nicht daran, mich geschlagen zu geben."

„Gut. Ich fände es auch nicht besonders angenehm, die Umstellung auf das neue Konzept zu verschieben, weil wir erst eine Redakteurin für den ‚Sie'-Part suchen müssen."

„Ich treffe mich mit einer Freundin zum Mittagessen", sagte Amy abrupt und erhob sich.

Draußen in der Nachrichtenredaktion schienen alle eifrig bei der Arbeit zu sein. Selbst Louie, der Redaktionsbote, hatte die Ellbogen auf den Tisch gestützt und den Kopf in die Hände gelegt und tat so, als würde er einem der Lokalreporter fasziniert beim Tippen zuschauen. Doch Amy ließ sich nichts vormachen. Vor wenigen Sekunden hatten sie alle noch ihre Fertigkeit im Lippenlesen geübt. Denn sie besaß zwar ein eigenes Büro und konnte daher mehr in Ruhe arbeiten als ihre Kollegen im Großraumbüro, doch ihre vier Wände bestanden nun mal aus Glas. Sie hatte also ebenso viel Privatsphäre wie ein Fisch im Aquarium.

Roberta kam ihr durch die lange Reihe der Schreibtische entgegen. Sie trug eine schimmernde Lederhandtasche über der Schulter, und ihr Kleid war so farbenfroh wie ein Gemälde von Gauguin. Ihr mitternachtsschwarzes Haar fiel in Locken bis auf die Schultern. Dazu bevorzugte Roberta schweren indianischen Silberschmuck. Im Gegensatz zu den meisten ihrer Kollegen wusste sie, dass Roberta glücklich mit einem Kieferchirurgen verheiratet war und zwei Söhne hatte.

Sie trat nun aus ihrem Glaskasten, um Roberta zu begrüßen, und bemühte sich, dabei zu ignorieren, dass Joe ihr folgte.

„Was gibt's Neues?", fragte Roberta leise.

„Ich bin noch im Rennen – jedenfalls mehr oder weniger. Erzähl ich dir beim Mittagessen."

„Es tut mir ja so leid, Honey, aber ich muss absagen. Todds Lehrer hat angerufen. Todd hat hohes Fieber und befindet sich im Krankenzimmer der Schule. Ich muss ihn abholen. Melanie wartet in der Lobby auf uns. Sie hat mich gefragt, ob sie mit uns essen gehen kann, und ich fand keinen Grund, Nein zu sagen. Hoffentlich nimmst du es mir nicht übel."

Amy stöhnte insgeheim. Klar, dass Melanie begierig war, heute mit ihr zu Mittag zu essen. Wahrscheinlich hoffte sie auf eine Klatschgeschichte, die sie dann weiterverbreiten konnte.

„Hallo, ich bin Joe Malone", stellte Joe sich Roberta nun unumwunden selbst vor. „Ich werde gemeinsam mit Amy die Ratgeberkolumne schreiben."

„Oh." Roberta wirkte völlig verblüfft.

„Es gibt ein neues Konzept. Ein Mann und eine Frau erteilen Rat", fuhr Joe fort.

„Nett, Sie kennenzulernen, Mr. Malone. Ich bin Roberta Higuera und arbeite hier als Juniorredakteurin. Willkommen beim ‚Monitor'."

„Danke. Ich freue mich sehr auf die Arbeit. Sagen Sie, könnten Sie mir ein brauchbares Restaurant empfehlen? Mit schnellem Service, aber kein Fast-Food."

Als ob er Mühe hätte, in seiner Heimatstadt ein Restaurant nach seinem Geschmack zu finden, dachte Amy.

„Ich muss Amy leider versetzen, aber sie trifft sich mit einer unserer Lifestyle-Reporterinnen in der Lobby", sagte Roberta, die ihm damit – zu Amys Ärger – in die Falle ging. „Ich bin sicher, sie werden sich freuen, wenn Sie sich ihnen anschließen. Allerdings sind es dann zwei Frauen gegen einen Mann."

„Das stört mich gar nicht – falls du nichts dagegen hast, dass ich euch begleite, Amy."

Diesen Moment wählte Melanie, um zu erscheinen. „Ich habe mich schon gefragt, wo ihr bleibt. Mein Lunch fällt leider aus. Ich muss irgend so einen Typ interviewen, der über achtzig ist und immer noch jedes Jahr die Wände des Grand Canyon hochklettert. Wahrscheinlich brauche ich erst mal eine Stunde, um sein Haus in Sun City zu finden."

„Hoffentlich ist es diesmal ein Haus ohne Katzen“, meinte Amy. Sie war nicht besonders stolz auf diesen kleinen Seitenhieb, verteilte ihn aber trotzdem. Melanie hatte eine Katzenallergie, doch eine Lifestyle-Reporterin musste nun einmal zu den Leuten hingehen, die sie interviewen wollte, gleichgültig ob es Erfinder von Mausefallen oder Sammler von Karussellpferden waren. Mehrmals war sie mit verschwollenem Gesicht und triefender Nase in die Redaktion zurückgekommen, aber sie behauptete, eine Todesangst vor Spritzen zu haben und deshalb keine Desensibilisierungstherapie durchführen zu können.

„Darf ich dir Joe Malone vorstellen, Melanie?“, sagte Roberta. „Er hat gerade erst beim ‚Monitor‘ angefangen. Joe, dies ist Melanie Hayes. Ich sehe euch dann später.“

„Ich freue mich sehr, Sie kennenzulernen.“ Melanie streckte beide Hände aus, umschloss Joes Hand und strich mit ihren langen, spitzen Fingernägel leicht über sein Handgelenk. Das war ihre Version eines erotischen Händedrucks.

Joe grinste.

Amy erschauerte bei dem raubtierhaften Ausdruck in den Augen ihrer Kollegin. Doch Joe war schließlich alt genug, um auf sich selbst aufzupassen. Gleichzeitig unterdrückte sie eine unliebsame Stimme in ihrem Kopf, die sie fragte: eifersüchtig, Amy?

„Nun, Amy“, verlangte Melanie zu wissen, während sie weiterhin Joe mit den Blicken verschlang, „was hat Garver gesagt?“

„Er nannte mich beim Vornamen, wedelte mit einem Vertrag vor mir herum und …“ – sie lächelte maliziös – „gab mir Joe.“

„Gab dir …“

„Joe.“

„Aber …“

„Oh, ich weiß, unser Büro ist klein, aber wir besitzen immerhin zwei Stühle und zwei Bildschirme. Was brauchen Partner mehr?“

„Partner?“

„Ich werde weiterhin meinen guten, fundierten Rat erteilen, und Joe wird aus männlicher Sicht argumentieren.“

„Oh, jetzt verstehe ich“, sagte Melanie. „Endlich ein bisschen Spaß statt endloser Moralpredigten. Sie sind genau der richtige Mann dazu.“

„Los, lasst uns gehen, Joe", kommandierte Amy und fand Melanies Kommentar alles andere als komisch.

Joe sah der Blondine nach, dann folgte er Amy die breiten Marmortreppen hinunter in die große verglaste Lobby. Er bereute bereits, diese Einladung zum Lunch selbst herbeigeführt zu haben. Amy benötigte offensichtlich Zeit, sich mit der neuen Situation abzufinden und sich an die Vorstellung zu gewöhnen, mit ihm gemeinsam an der Ratgeberkolumne zu arbeiten.

Draußen atmete er tief durch und ließ die warme Sonne auf sein Gesicht scheinen. Es war erst März, und die wirklichen heißen Monate kamen erst noch. Doch man brauchte bereits jetzt kein Jackett mehr zu tragen. Er liebte die flirrende Hitze des Südwestens, nicht zuletzt deshalb, weil man sich in der Wärme legerer geben konnte. Wieder in Phoenix zu sein erfüllte ihn mit tiefer Zufriedenheit. Vielleicht konnte er Amy ja überreden, mit ihm zum Frühjahrstraining seiner bevorzugten Baseballmannschaft zu gehen.

Gleich darauf fragte er sich verblüfft, wie er denn auf diese Idee kam. Schlimm genug, dass er mit einer Frau zusammenarbeiten musste, die außer ihrer Karriere nichts sah. Er hatte nicht vor, eine solche Frau noch einmal in seinem Privatleben zu dulden – genauer gesagt, in seinem Bett. Hätte er keine Lehre aus seiner Erfahrung mit Carla gezogen, dass karrierebewusste Frauen lausige Geliebte waren, dann wäre er schlichtweg zu dumm, um irgendjemanden einen Rat zu erteilen.

Seine neue Kollegin ging neben ihm die Straße entlang, und er versuchte, nicht an ihre wohlgeformten Beine zu denken. Besser, er erinnerte sich daran, dass sie ziemlich bissig sein konnte.

Allerdings war das Bild der rothaarigen, etwas pummeligen Nervensäge, die zwei Klassen unter ihm gewesen war, ziemlich verblasst. Immerhin musste sie genug Eindruck auf ihn gemacht haben, dass er sie nach zwölf Jahren sofort wiedererkannt hatte, obwohl sie nun keine Locken mehr trug und eine Traumfigur hatte.

„Und die frittierten Shrimps sind einfach fabelhaft."

„Wie bitte?"

„Die Shrimps, die man in Petes Kneipe bekommt. Dorthin begeben wir uns gerade. Ich habe deinen letzten Grunzer als Zustimmung aufgefasst", sagte Amy.

„Ja, bin total einverstanden", erwiderte er.

Sie betraten eine Kneipe, deren Eingang durch einen verblichenen grünen Baldachin überschattet wurde. Auch drinnen war sie durch schwache nackte Glühbirnen, die in einer blechverkleideten Decke steckten, kaum beleuchtet. Kleine Bistrotische aus hartem Kunststoff mit verchromten Beinen standen dicht an dicht. Die Grundfarbe war ein schäbiges Beige, und der Boden war mit einem abgenutzten, rostfarbenen Teppich bedeckt.

„Wunderbare Atmosphäre", meinte er, um die Unterhaltung einzuleiten, während sie darauf warteten, von einem der Kellner in Bluejeans einen Tisch zugewiesen zu bekommen.

„Genau wie das Raucherzimmer, in das sich unsere Aufsichtspersonen in der Highschool immer zurückzogen", erwiderte Amy trocken.

„Merkwürdig, dass du gerade unsere alte Penne erwähnst. Ich habe in der letzten Zeit oft an sie gedacht."

„Ich nicht."

„Hier geht's lang, Leute", unterbrach einer der Kellner im Cowboylook ihre Konversation.

Joe folgte Amy zum Tisch. Sie setzte sich rasch, nahm eine Speisekarte und studierte sie regelrecht.

Gleich darauf erschien eine junge Kellnerin in Jeansshorts und schulterfreier Rüschenbluse, um die Bestellung aufzunehmen. Joe wählte einen Super-Hamburger, medium gebraten, mit einer doppelten Portion Zwiebeln. Falls Amy jemals angenommen hatte, ihr Büro sei klein, dann würde sie es nach dem Lunch …

„Ein Vollkornsandwich mit Thunfischsalat, bitte", sagte Amy. „Gibt es das immer noch mit gehackten Zwiebeln und grüner Paprika?" Als die Kellnerin nickte, fügte sie hinzu: „Dann bitte ein paar Zwiebelringe extra."

Auf zum Gefecht, dachte Joe und lachte in sich hinein. Schließlich hat sie keine Ahnung, über welche weiteren Waffen ich im Geschlechterkampf verfüge.

„Sag mal, Joe, wie kamst du eigentlich dazu, dich für diesen Job zu bewerben?“, fragte Amy, die nun angelegentlich die Desserts studierte.

„Ich las die Anzeige im ‚Editor & Publisher‘.“

„Natürlich, wo sonst.“ Amy klappte die Speisekarte zu und lehnte sie gegen den alten, verchromten Serviettenspender.

„Dachtest du, ich hätte einen einflussreichen Freund bei der Zeitung?“

„Nein – kam mir nie in den Sinn.“

„Einen Freund wie Bert Garver?“

„Der Vorname kommt dir ja locker über die Lippen.“

„Du denkst, weil ich ihn Bert nenne …“

„Oh, nein! Ich verstehe eure Rituale: sich auf die Schulter klopfen, sich gegenseitig den Bauch tätscheln …“

„Lass das, Patterson.“

„Ach, habe ich eine wunde Stelle getroffen?“

„Nein. Nur weil Garver dich einschüchtert und mich nicht …“

„Ich und eingeschüchtert? Das ist ja lächerlich!“ Amys Stimme überschlug sich fast vor Empörung.

„Dann musst du Schuhfetischistin sein – du hast ihm nämlich nicht einmal in die Augen geschaut.“

„Du hast dich überhaupt nicht verändert! Du warst schon früher ein …“

„Bin ich wahrscheinlich immer noch. Aber du hast Garver wirklich nicht genug Aufmerksamkeit geschenkt. Er hat von unserer Beteiligung an der Vermarktung des Kolumnenkonzepts gesprochen. B … e … t … e … i … l … i … g … u … n … g, hast du gehört?“

„Buchstabier mir nichts vor!“

„Holly Heartfelt steht für eine nette kleine Kolumne, und ich bin sicher, sie hat vielen Menschen geholfen. Aber sie hat keine Chance, im ganzen Land verbreitet zu werden. Da gibt es ganz andere, zum Beispiel …“

„Eine nette kleine Kolumne! Ich habe noch nie etwas so Überhebliches und …“

„Richtiges?“

„Wenn du nichts von Holly Heartfelt hältst – warum hast du dich dann um den Job beworben? Warum hast du zugestimmt, mit mir zu arbeiten?"

„Glaub es oder glaub es nicht – ich hatte keine Ahnung, dass du den Job machst. Ich wusste nur, dass Holly in Pension geht und mittlerweile ihre Assistentin die Kolumne schreibt. Vergiss nicht, dass ich den Job bereits hatte, als Garver ihn dir heute Morgen anbot."

Ein verräterisches Schimmern trat in Amys bernsteinfarbene Augen, und Joe fürchtete schon, sie würde hier vor allen Leuten weinen.

„Hey, Amy, ich hab's doch nicht so gemeint. Garver ist ein mieser Kerl. Er hätte dich in die Planungsphase einbinden müssen."

„Nun, darüber sind wir uns einig."

„Könnte sich negativ auf die Kolumne auswirken, wenn wir zu oft einer Meinung sind."

„Möglich."

Ihr Mittagessen wurde herangeschafft. Während der Mahlzeit sprachen sie dann nicht über die Kolumne. Amy gönnte Joe einen Bericht über die politische Situation in Arizona, und er informierte sie über die Gewinnchancen der Baseball-Cubs in der kommenden Saison. Joe aß in Windeseile, völlig ignorierend, dass seine Mutter ihn stets mahnte, er solle sein Essen nicht so hinunterschlingen. Doch Amy war noch vor ihm fertig. Auf ihrem Teller stapelten sich die Brotkrusten, die sie nicht gegessen hatte, sowie die Hälfte ihres Sandwiches.

„Wir möchten gern zahlen. Getrennt bitte", sagte sie zu der Kellnerin, die an den Tisch trat, um sich nach ihren Dessertwünschen zu erkundigen.

„Lass mich …"

„Nein, Joe. Danke."

2. Kapitel

Am Nachmittag kam Joe in die gläserne Bürokabine zurück. Die Hände in den Hosentaschen und den Kopf eingezogen, als wollte er sich kleiner machen, trat er ein.

„Wie war deine Tour durchs Haus?“, fragte Amy beiläufig.

„Ich habe mich bemüht, beeindruckt zu erscheinen. Was machst du?“

„Ich lese immer noch Briefe der letzten Woche.“

„Was machst du mit jenen, die du nicht für die Kolumne verwendest?“

„Es ist üblich, dass jeder eine Antwort bekommt. Meistens senden wir Formbriefe oder verweisen an bestimmte Stellen oder Personen, bei denen die Ratsuchenden Hilfe bekommen können. Manche Zuschriften sind zu heikel, als dass wir sie beantworten dürften. Zum Beispiel, wenn es um Medikamentenabhängigkeit geht oder um Selbstmordabsichten.“

„Wie lange liegen die Briefe, bis sie in der Regel beantwortet werden?“

„Eine Woche, höchstens zehn Tage. Als Holly noch dabei war, ging es schneller.“

„Trotzdem – zu langsam.“ Joe schob sich an ihr vorbei zu seinem Schreibtisch und hätte dabei fast einen Stapel Papier zu Boden befördert.

„Wenn du glaubst, du wärst schneller, dann mach dich doch einfach über den Briefstapel vom letzten Donnerstag her.“ Amy warf ihm einen Packen ungeöffneter Umschläge zu, wobei die Hälfte davon auf dem Boden landete, noch bevor er danach greifen konnte.

„Zuerst müssen wir ein System entwickeln“, entgegnete er.

„Ich verfüge bereits über ein System. Du bist eingeladen, mir zuzuschauen und etwas zu lernen.“

Joe ignorierte die Donnerstagsbriefe und erklärte: „Selbst in der

Wildnis Minnesotas müssen Redakteure gewisse Dinge beherrschen, um die Spalten zwischen den Anzeigen zu füllen. Könnte natürlich sein, dass du nie woanders gearbeitet hast …"

„Ich habe nach dem College in Prescott gearbeitet", erwiderte Amy pikiert und schlitzte eine weitere Zuschrift mit ihrem scharfen Brieföffner auf. „Du stehst auf Leserbriefen."

Joe warf ihr einen grollenden Blick zu, bückte sich aber dann und hob die verstreuten Briefe auf. Amy konnte bei dieser Gelegenheit recht gut seinen attraktiven Po betrachten und musste gegen das Bedürfnis ankämpfen, ihm darauf einen Klaps zu verpassen. Daher konzentrierte sie sich rasch auf den Brief, der vor ihr lag. Er war mit Filzstift auf liniertem Notizpapier geschrieben und sah nicht sehr appetitlich aus.

„Wie gehst du mit Anfragen von Kindern und Jugendlichen um?", wollte Joe, sich aufrichtend, wissen. Er stapelte seine Briefe ordentlich.

„Sehr vorsichtig, und normalerweise erhalten sie eine persönlicher gefasste Antwort. Wenn sie wirklich schwerwiegende Probleme haben, empfehle ich ihnen, sich an den Schulpsychologen zu wenden oder gebe ihnen die Telefonnummer einer Beratungsstelle."

„Hört sich vernünftig an."

„Danke. Erlaubst du nun, dass ich mit dem fortfahre, was ich tue?"

„Wie geht's deinen Brüdern?", fragte Joe ungerührt.

„Sonny ist Lehrer für Geschichte in Texas und trainiert die Footballmannschaft der Schule. Brian sucht immer noch nach sich selbst und fährt Lastwagen in Tucson."

„Du weißt ja, dass wir gute Freunde waren, aber ich kannte Sonnys richtigen Namen bis zum Examen nicht. Wie kamen deine Eltern bloß auf so was Verrücktes wie ‚Orson Bernard'?"

„So heißt der Bruder meiner Mutter", erwiderte Amy kurz angebunden.

„Wie geht's deiner Mutter? Ich mochte deine alte Dame."

„Gut. Sie ist die lustige Witwe von Sun City, spielt Golf und Tennis." Amy hütete sich hinzuzufügen, dass ihre Mutter mehr Verabredungen mit Männern hatte als sie.

„Prima. Bist du jetzt abgekühlt genug, dass wir arbeiten können? Zusammenarbeiten?"

„Kommt drauf an, was du damit meinst. Ich schlage vor, wir verfahren so, dass du dir deine Briefe auswählst und ich mir meine."

„Das ist aber nicht das, was William III. im Sinn hat."

Wie kam Joe dazu, sogar ihren Verleger beim Vornamen zu nennen! Sie hatte William John Ranson III. nur zweimal in vier Jahren gesehen.

„Wir wurden aufgefordert, Briefe auszuwählen, die typische Beziehungsprobleme der Neunzigerjahre zum Thema haben, die wir dann beide von unserem jeweiligen Standpunkt aus beantworten sollen", erläuterte Joe.

„Ist das mal wieder eine Idee, die Garver vergessen hat, mir mitzuteilen? Müssen wir uns jetzt hinsetzen und uns die Briefe gegenseitig vorlesen?"

Joe zuckte die Achseln. „Ich schlage vor, wir teilen die Briefe zwischen uns auf, sortieren die unpassenden heraus und schauen uns dann die, die infrage kommen, zusammen an."

„Brillanter Plan. Nur dass ich noch eine Holly-Heartfelt-Kolumne fertig schreiben muss. Die läuft doch wohl weiter, bis das neue Konzept steht, oder?" Amy wandte sich wieder ihrem Computer zu und rief die Antwort auf, die sie der zögernden Brautjungfer geschrieben hatte. Fünfzehn Minuten lang löschte sie, tippte neu, löschte, wobei sie nichts Wesentliches änderte. Doch es gab ihr Zeit, ruhiger zu werden.

„Find ich gut. Ich mag es, wenn man sich eine Antwort aussuchen kann", hörte sie irgendwann Joes Stimme. Er war hinter sie getreten und blickte ihr über die Schulter.

„Danke."

Danach arbeiteten sie ein paar Minuten schweigend weiter, bis Joe die Stille brach. „Ich habe was Gutes gefunden. Darf ich es dir vorlesen?"

„Na schön."

Er präsentierte ihr einen ellenlangen, ziemlich platten Brief. Es ging um eine Frau, die glaubte, ihr Freund sei ihr untreu, und die die Beziehung beenden wollte.

„Diese Frau schreibt ja Romane!“ Sie stöhnte, als er das nächste Blatt des Briefes in die Hand nahm.

„Sie ist ein bisschen geschwätzig, aber hier kommt das Entscheidende: ‚Bitte sagen Sie mir, nach welchen verräterischen Dingen ich Ausschau halten soll‘.“

„Ich finde, sie sollte ihren Freund einfach offen fragen“, sagte sie genervt.

„Das ist aber nicht der Rat, den die Frau erbeten hat“, bemerkte Joe. „Sie will wissen, an welchen Verhaltensweisen sie erkennen kann, ob ihr Freund sie betrügt.“

„Nun, was sagt uns, dass eine Beziehung zu Ende ist?“, überlegte sie laut. „Eigentlich ist es doch ganz einfach. Nehmen wir an, der Freund nimmt seine Zahnbürste und seinen Rasierapparat am Morgen danach mit.“

„Nach was?“

„Du weißt genau, was ich meine.“

„Ich dachte, Frauen der Neunziger nennen die Dinge beim Namen.“

Sie errötete, doch er fuhr unbekümmert fort.

„Lass uns zur Ausgangsfrage zurückkehren“, sagte er. „Ein Mann kann zum Beispiel erkennen, dass eine Beziehung vorbei ist, wenn sie seine Zahnbürste benutzt, um damit den Dreck in den Fugen der Badezimmerfliesen zu beseitigen.“

„Puh! Kennst du das aus eigener Erfahrung?“

„Nein, aber du darfst gerne deine ganz persönlichen Erfahrungen in diese Kolumne mit einbringen.“

„Ich bleibe lieber hypothetisch. Was ist, wenn der Freund im höchsten Moment der Leidenschaft den Namen einer anderen ruft?“

„Was ist, wenn er überhaupt nichts sagt?“, meinte Joe.

„Oder wenn er anlässlich einer Geschäftsreise heimlich kleine Plastikpäckchen in seine Reisetasche packt?“

„Das ist ziemlich gemein. Warst du am Boden zerstört, als du sie fandest?“

„Warum denkst du, dass mir das passiert ist?“ Leider errötete sie erneut.

„Nur so ein Gefühl.“

„Ha! Zu deiner Information: Ich habe ihm einen Zettel in seine Aktentasche gesteckt. Doch diese Sache ist lange her, und es war das Beste, was mir passieren konnte. Er war auch beim ‚Monitor', und ich habe seitdem begriffen, dass eine Beziehung zwischen Kollegen für mich nie wieder infrage kommt." Sie war zwar schon lange über den Schmerz hinweg, erinnerte aber noch sehr gut, wie furchtbar es gewesen war, ihrem Exfreund jeden Tag im Büro zu begegnen.

„Gibt es zur Zeit jemanden in deinem Leben?", fragte Joe beiläufig.

„Niemand Besonderen. Jedenfalls nicht die große Liebe."

„Falls du jemals männlichen Rat brauchst ..."

„Niemals!"

„Mein Angebot steht trotzdem. So, ich glaube, ich mache jetzt Schluss für heute. Morgens arbeite ich besser."

„Du gehst schon heim? Ich werde gerade erst wach", erwiderte sie zuckersüß. „Man könnte ja fast glauben, Mama wartet zu Hause mit dem Dinner auf dich."

„Nein, meine Eltern leben jetzt in Sedona, aber ich bin dafür zu gehen, wenn es an der Zeit ist. Ich bin kein Workaholic."

„Ich habe heute schon viel zu viel Zeit verschwendet. Daher werde ich noch bleiben und die Sachen aufarbeiten", sagte sie ...

„Keine Verabredung heute Abend?"

„Du scheinst ja höchst interessiert an meinem Liebesleben zu sein. Willst du nicht lieber für ein Klatschblatt wie den ‚National Insider' arbeiten?"

„Will nur wissen, ob du auch Ahnung von dem Thema hast, über das du schreibst."

„Chauvi."

„Das war das Stichwort für meinen Abgang. Bis morgen."

Amy biss sich auf die Unterlippe, dass es schmerzte, während sie Joe unverwandt nachblickte.

Es war siebzehn Uhr eins, als er aus ihrem Büro verschwand. Sie lehnte sich erschöpft zurück und starrte an die Decke. Wieder war sie sich unangenehm bewusst, dass ihr kleines Büro Glaswände hatte und oben offen war, und sie fühlte sich erneut wie ein Goldfisch im Aquarium.

Gut, dass Joe offensichtlich jemand war, der gern morgens arbeitete. Sie dagegen hatte ihre beste Zeit am Abend. Dann war die Nachrichtenredaktion fast leer, und es herrschte mehr Ruhe.

Solange sie hier etwas zu melden hatte, würde sie nicht zulassen, dass Holly Heartfelts Kolumne zu einer Karikatur wurde. Viele Menschen, die ihr schrieben, hatten wirkliche Probleme. Sie brauchten moralische Unterstützung ebenso wie praktischen Rat.

Amy griff nach einem Briefstapel und ging ihn durch, um die Briefe auszusortieren, die man rasch beantworten konnte.

Eineinhalb Stunden später lagen vor ihr auf dem Tisch ein Stapel für Formbriefe, einer für persönliche Antworten und zwei Briefe, bei denen es sich um typische Fragen der Neunziger handelte.

Sie verspürte plötzlich Hunger und ging hinüber zu den Automaten mit Snacks und Getränken, als ihr ihre Verabredung wieder einfiel. Sie wollte sich heute Abend mit einem Doktoranden der Arizona State University treffen, und zwar in einem Bistro in der Nähe der Uni. Espresso mit Ed. Der Gedanke deprimierte sie. Ed war zwar ganz nett, abgesehen davon, dass sein Haar bereits schütter zu werden begann und er einen kleinen Bierbauch vor sich herschob, den er zu kaschieren versuchte, indem er sein Hemd lose über der Hose trug, doch heute hatte sie nicht die geringste Lust auf einen Vortrag über die Molekularstruktur irgendeines Einzellers. Also gut, sagte sie sich, aber das ist heute mein letztes Date mit Ed.

„Ich hasse solche Termine", teilte sie dem Getränkeautomaten mit, während sie ihm eine Diätcola entnahm.

Dann ging sie hinüber zum Sandwichautomaten, begutachtete das Angebot, warf ihre letzten Münzen hinein und erstand ein Schinken-Käse-Sandwich.

Als sie wieder zu ihrem Schreibtisch kam, sah sie, dass ihr Anrufbeantworter Gespräche anzeigte. Sie hörte sie ab. Ihr Mutter erkundigte sich, ob sie den Job bekommen habe. Es würde aber nichts nützen, sie heute Abend zurückzurufen, denn sie sei verabredet.

„Viel Spaß, Mom", murmelte sie.

„Amy, hier ist Ed", begann die nächste Nachricht. „Ich bin leider zu beschäftigt mit meinem Forschungsprojekt und kann dich heute Abend nicht treffen. Wir telefonieren."

Sie konnte sich denken, welche Art von Forschung er momentan betrieb. Sie galt einer schwarzhaarigen Doktorandin mit großer Nase und einem Busen, der Anlass zu Spekulationen über Silikonimplantate gab. Bei ihrer letzter Verabredung mit Ed war diese Dame an ihren Tisch gekommen und hatte mit Ed über wissenschaftliche Themen diskutiert, bis sie fast eingeschlafen war.

Mist! dachte sie. Nun hat er mich sitzen lassen. Wenn ich eine Viertelstunde früher angerufen hätte, wäre ich am Zug gewesen.

Sie nahm sich den nächsten Brief vor, in dem es um die Fehde zweier Schwestern um ihr Erbe ging – einen dreikarätigen Diamanten.

„Verkauft ihn und teilt das Geld unter euch auf, ihr Geier", zischte sie und legte die Anfrage zu denen, die einen Formbrief als Antwort erhalten würden.

„Immer noch bei der Arbeit?"

Erschrocken sprang sie auf und stieß dabei ihren Stuhl um.

„Tut mir leid. Ich wollte dich nicht erschrecken." Joe stand in der Tür zum Glaskasten, die Hände in den Hosentaschen.

„Ich habe nicht erwartet, dass du zurückkommst", erwiderte sie und stellte rasch ihren Stuhl wieder hin, bevor Joe das womöglich täte. „Aber da du schon mal hier bist, kannst du einen Blick auf diesen Brief werfen. Er stammt von einem Typ, der schreibt, dass seine Freundin darauf besteht, ihren Dobermann mit ins gemeinsame Bett zu nehmen. Ist das modern genug für dich?"

„Was mag es wohl mit Tierliebhabern auf sich haben, die ihre haarigen Gefährten mit ins Bett nehmen wollen?", fragte Joe dozierend. „Ich werde morgen früh darüber nachdenken. Ich bin nur zurückgekommen, weil ich ein paar Ideen entwickelt habe."

„Ich dachte, du arbeitest abends nicht gern."

„Wollte auch nicht hier arbeiten. Dachte, du hättest vielleicht Lust, diesen Stuhl dort zu verlassen und mit mir ..."

„Halt! Ich gehe nicht mit Männern aus, mit denen ich zusammenarbeite."

„Es wäre ja auch keine Verabredung der üblichen Art. Aber du bist doch sicher daran interessiert, die neue Kolumne so rasch wie möglich auf den Weg zu bringen."

„Jedenfalls bin ich diejenige, die Überstunden macht", erinnerte sie ihn.

„Falls du andere Pläne für diesen Abend hast ..."

„Nein, das nicht, aber wir können genauso gut hier reden."

„Heute Abend nicht. Die Suns sind in der Stadt, und ein alter Kumpel hat mir seine Eintrittskarten gegeben, weil er keine Zeit hat. Ich dachte, wir schauen uns das Spiel an und reden in den Pausen übers Geschäft. Außer du gehörst zu jenen Frauen, die Basketball nicht ausstehen können."

„Also für mich hört sich das nicht nach Arbeit an."

„Welcher Teil ist dir zu sehr Verabredung?"

„Ich müsste in deinem Wagen fahren, du würdest mir ein Ticket schenken, ich würde neben dir sitzen ..."

„Wenn du willst, fahren wir mit deinem Auto, oder du fährst hinter mir her. Du kannst gern für das Ticket bezahlen, aber ich habe es umsonst bekommen. Und neben mir zu sitzen ist doch recht praktisch, wenn wir reden wollen, oder?"

„Stimmt. Wir treffen uns dort. Gib mir eine der Eintrittskarten."

„Ich hatte gehofft, du würdest fahren. Mein Auto hat ein Loch im Auspuff, und ich habe keine Lust, gleich am ersten Tag in der Stadt einen Strafzettel zu bekommen."

„Also gut. Aber mach mich nicht dafür verantwortlich, wenn du dich in meinem alten Vehikel schämst."

„Es braucht schon ein bisschen mehr, damit mir etwas peinlich ist."

Das Basketballspiel schien ausverkauft. Als Amy und Joe ankamen, hatten sich vor den Erfrischungsbuden lange Schlangen gebildet.

„Hast du Hunger?", fragte Joe. „Ich habe noch nicht zu Abend gegessen."

„Ich auch nicht", antwortete Amy. Das Sandwich lag unberührt auf ihrem Schreibtisch.

„Da wir keine übliche Verabredung haben und die Tickets von mir stammen, möchtest du mir sicher einen Hotdog mit Chili spendieren."

„Kein Problem."

„Danke. Dazu bitte eine große Portion Nachos und eine Riesencola. Scharfe Sachen machen mich durstig. Du hast hoffentlich nichts dagegen, wenn ich schon zu meinem Platz gehe. Ich will den Spielbeginn nicht verpassen, nur weil ich Schlange stehe. Und du bist schließlich nur mitgekommen, weil du mit mir über die Kolumne reden willst."

„Ich hole die Sachen." Sie stellte sich an und murmelte: „Dir werd ich helfen, Joe Malone."

„Danke, Patterson." Er war bereits einige Meter entfernt, als er sich umdrehte und ihr zurief: „Das ist nicht die Art, wie ich Frauen behandle, mit denen ich wirklich verabredet bin!"

Ihre Plätze befanden sich in einer der obersten Reihen, und so war es ein Balanceakt, das Tablett mit Essen und Trinken dort hinaufzubefördern. Danach musste sie auch noch über ein halbes Dutzend Füße mit Schuhgröße sechsundvierzig staksen, um zu Joe zu gelangen. Mittlerweile war ihre Hand klebrig von verschütteter Cola.

„Danke, Patterson."

Er verfolgte das Spiel so gebannt wie ein Fluglotse, der hundert Jets gleichzeitig koordinieren soll, doch er hielt Wort und arbeitete mit ihr während der Pausen und Unterbrechungen.

„Wir brauchen einen zugkräftigen Namen für die Kolumne", erklärte er. „‚Er und Sie' hört sich an, als hätte man die Monogramme von zwei Handtüchern vor sich."

„Ich dachte, die Kolumne würde den Namen Holly Heartfelt behalten."

Er zog eine Grimasse.

„Zugegeben, er ist altmodisch, aber er klingt vertrauenerweckend."

„Wie ein alter Bademantel, der an den Ellbogen durchgescheuert ist", gab er zurück.

Das Basketballteam lief wieder aufs Spielfeld. Dadurch wurde ihr Gespräch unterbrochen. Die Suns spielten gegen die Lakers, und das Match war spannend genug, dass sie es aufmerksam verfolgte. Als schließlich die Suns gewannen, hatte sie fast vergessen, weshalb sie eigentlich hier war.

„Du hast dich auf das Spiel konzentriert", bemerkte Joe auf dem

Weg nach draußen. „Das ist ein sicheres Zeichen, dass wir keine Verabredung hatten.“

„Gehst du nur mit Frauen aus, die keinen Sport mögen?“

„Nicht bewusst, aber es scheint immer darauf hinauszulaufen. Ich bin dankbar, wenn meine Begleiterin wenigstens so tut, als interessiere es sie.“

„Spricht nicht gerade für deinen Geschmack, was Frauen betrifft.“

Langsam schoben sie sich weiter Richtung Ausgang und gelangten schließlich zu ihrem Wagen.

„Ich bin immer noch wahnsinnig durstig von diesem Chili“, sagte Joe. „Ich spendiere dir einen Drink dafür, dass du Schlange gestanden hast – falls das nicht zu sehr nach Verabredung riecht.“

„Wir haben noch keinen Namen für die Kolumne gefunden. Ich nehme an, ein Drink verwandelt dieses Meeting noch nicht in eine Verabredung.“

„Keine Verabredung zu haben gestaltet sich offenbar schwieriger, als eine zu haben. Man muss ständig Regeln festlegen.“ Er wies ihr den Weg zu einer kleinen Bar in der Nähe des „Monitors“, wo er seinen Wagen geparkt hatte.

Er bestellte sich ein alkoholfreies Bier, und sie trank genussvoll einen fruchtigen Cocktail.

„Du bist anscheinend froh, wieder zu Hause zu sein“, sagte sie und hatte wenig Lust, über die Arbeit zu reden. Joe anscheinend auch nicht.

„Klar. Ich war den Schnee und die Kälte leid. Außerdem stechen die Mücken in Minnesota teuflischer als die Skorpione in Arizona. Und wo sonst als hier gibt es bereits im März Basketballspiele?“

Sie hätte ihn gern nach etwas persönlicheren Dingen gefragt, doch sie fühlte sich nach ihrem Cocktail wohlig entspannt und hatte keine Lust, das Gespräch zu komplizieren. Sie wartete, bis er sein zweites alkoholfreies Bier ausgetrunken hatte, und brachte ihn dann zu seinem Auto.

„Danke, Patterson. Wir sehen uns morgen“, meinte er zum Abschied nur.

Nachdenklich fuhr sie nach Hause und hatte das unbestimmte

Gefühl, dass irgend etwas an diesem Abend nicht richtig gelaufen war, kam aber nicht darauf, was es sein könnte.

Als sie dann ihr Apartment betrat, kam es ihr dort merkwürdig ruhig vor. War die Stereoanlage des Nachbarn etwa kaputt? Sie kickte die Schuhe von den Füßen und tappte über ihren sandfarbenen Teppich ins Schlafzimmer. Plötzlich war sie todmüde.

Bevor sie jedoch zu Bett ging, hörte sie rasch noch den Anrufbeantworter ab. Beim Klang der Stimme auf dem Band war sie wieder hellwach.

„Patterson, hier ist Bertram Garver. Wir müssen Werbung für die neue Kolumne machen. Dazu findet morgen ein Fototermin statt. Ziehen Sie etwas Scharfes an."

Was, um Himmels willen, sollte sie denn davon halten? Und welche Art von Kleidung bezeichnete Garver als scharf?

Unschlüssig durchforstete sie ihren Kleiderschrank. Was sollte sie bloß anziehen? Sie dachte daran, jemanden anzurufen und zu fragen, doch die erste Person, die ihr in den Sinn kam, war Joe. Unmöglich! Völlig absurd.

„Ob du es nun ‚scharf' findest oder nicht, Garver", sagte sie schließlich zu ihrem Anrufbeantworter. „Ich werde anziehen, nach was mir der Sinn steht."

Als am nächsten Morgen der Wecker klingelte, war sie sofort missmutig, weil ihr erster Gedanke Garvers unmöglichem Ansinnen galt. Jahrelang hatte er sie zu Überstunden motiviert, indem er ihr den Job der Kolumnistin wie einen ersten Preis vor die Nase hielt. Und nun kam das!

Immerhin hatte er, als er ihren neuen Vertrag erwähnte, auf eine Gehaltserhöhung angespielt. Wenn die hoch genug war, musste sie ihr Apartment endlich nicht mehr mit einer Wohngenossin teilen. Es träfe sich gut, denn die letzte, Marcella, war gerade zu ihrem Freund gezogen.

Sie duschte, föhnte ihr widerspenstiges Haar zu einem glatten Bubikopf und ging dann wieder auf die Suche nach einem „scharfen" Kleidungsstück.

Was ich brauche, überlegte sie, ist ein Ausschnitt, der mir schmeichelt. Daher wählte sie ihr jadegrünes Strickkleid, zögerte noch einmal, zog es dann aber doch an. Weil es so kurz war und eng anlag, war es eigentlich zu gewagt, um es im Büro zu tragen, aber sie liebte den großzügigen V-Ausschnitt.

Im Büro angelangt, wurde sie neugierig, was Joe heute trug. Er kam herein, wie gewöhnlich die Hände in den Hosentaschen vergraben. Was suchte er dort bloß?

Er trug ein tiefblaues Jeanshemd, legere braune Hosen und eine rote Krawatte mit kleinen Figuren, die sie, als er näher kam, als Comicfiguren erkannte.

„Hast du gestern Abend einen Anruf von Garver erhalten?“, fragte sie ihn.

„Hm.“

„Und das ist die Kleidung, die dir für den Anlass passend erschien?“ Nun, sie musste zugeben, dass er gut aussah – allerdings kaum wie ein seriöser Mensch, der Rat erteilen konnte.

Joe wollte sich umgehend an die Arbeit machen, doch als Amy vorschlug, erst Kaffee zu besorgen, stand er sofort auf, um ihn zu holen. In seinen vergangenen Jobs hatte er gelernt, dass Frauen sehr eigen sein konnten, wenn es ums Kaffeeholen ging.

In der letzten Nacht hatte er eine ganze Weile über seinen neuen Job nachgedacht. Seine Highschool-Erfahrungen mit Amy lehrten ihn, cool zu bleiben. Denn sie war zu drastischen Maßnahmen fähig. So hatte sie damals – unter anderem – das Schachturnier boykottiert, weil keine Mädchen im Schachklub waren. Nun, er würde mit dem kleinen Feuerkopf schon fertig werden, wobei er allerdings hoffte, dass ihr Temperament ebenso geschmeidig geworden war wie ihre Figur. Denn gegen diese gab es nichts einzuwenden – außer dass sie ihn von der Arbeit ablenkte. Besonders wenn sie dieses Kleid trug!

Er ließ sich Zeit mit dem Kaffeeholen und sprach mit ein paar Kollegen am Kaffeeautomaten. Als er dann zurück in den Glaskasten kam, fand er Amy in die Lektüre eines Briefes vertieft.

Sie ignorierte ihn, doch eine Stunde später hatte er zumindest eins über sie gelernt: Amy arbeitete wirklich hart. Sie war bei der Sache, und ihre Vorstellung von einer Pause bestand darin, an ihrem kalten Kaffee zu nippen. Er war regelrecht erleichtert, als der Anruf des Fotografen kam und der Fototermin anstand.

Es überraschte ihn dann, dass Garver die Fotosession mit seiner Anwesenheit beehrte.

„Dies ist Paul Lambeau, unser bester Fotograf", stellte Graver den Mann vor. „Warten Sie nur, bis Sie seine Arbeiten auf den Plakatwänden sehen."

„Auf was?", krächzte Amy.

„Wir kündigen unsere neue Kolumne auf riesigen Plakatwänden in ganz Phoenix an. Gut gewählt, Amy", lobte Garver ihr Kleid.

„Heißt das, dieses Bild von uns wird auf Plakatwänden erscheinen?"

„Sie werden keine Meile fahren können, ohne auf eins zu stoßen", sagte Garver stolz.

„Es geht doch sicher nur um eine Porträtaufnahme von uns, oder?" In Amys Stimme schwang Panik mit.

„Aber nein. Ganzfigur natürlich."

„Wusstest du das, Joe?"

„Ich hatte so eine Ahnung."

„Warum hast du es mir nicht gesagt?"

„Ich dachte, du wüsstest Bescheid."

„Es ist alles für die Kolumne", sagte Garver. „Selbstverständlich erwarte ich Ihre volle Mitarbeit, falls Sie heute Nachmittag Ihren Vertrag unterschreiben wollen."

Joe fand es nicht besonders nett, wie Garver sich verhielt, hatte aber genug Selbsterhaltungstrieb, um die Idee auch gut zu finden. Denn wenn die Kolumne keinen Erfolg hatte, konnten Amy und er sich einen neuen Job suchen.

„Wir versuchen zwei Einstellungen und schauen mal, welche die bessere ist", sagte Lambeau. „Zuerst mache ich Einzelporträts. Zeigen Sie mir Gegensätze. Amy, Sie sind bereit, den Typ wegen seiner Machoallüren zu erwürgen. Sie haben eine irre Wut im Bauch."

„Eine meiner leichtesten Übungen."

Die Fotosession begann.

Joe erkannte bald, dass es kaum etwas Idiotischeres gab, als Modell zu stehen. Als er an die Reihe kam, wäre er vor Langeweile fast eingeschlafen, während Lambeau ein Bild nach dem anderen schoss.

Garver erschien mehrmals während der Aufnahmen und ging wieder.

„Jetzt ein bisschen freundlicher“, forderte Lambeau sie schließlich auf und wechselte den Film. „Diesmal möchte ich, dass Sie sich mögen.“

„Sie hätten Schauspieler engagieren sollen“, sagte Amy grollend.

Diese verlangten Posen gingen Joe und ihr dann auch wesentlich schlechter von der Hand. Als Joe den Arm um Amys Schultern legte, versteifte sie sich völlig.

„Das funktioniert nicht“, beschwerte sich Lambeau. „Hey, Leute, ihr seid ein Team. Seid locker. Es soll doch Spaß rüberkommen. Zeigt mir ein bisschen Leben.“

In diesem Moment kam Garver wieder einmal ins Studio und beobachtete die Szene von der Tür aus.

„Mr. Garver, dies ist das Dümmste …“, begann Amy.

Anscheinend will sie ihre Karriere beenden, dachte Joe, hatte aber nicht vor, sich ihr anzuschließen. Rasch fasste er Amy um die Taille und brachte sie auf die einzige Art zum Schweigen, die ihm so schnell einfiel. Er küsste sie.

„Großartig“, jubelte Lambeau. „Weitermachen, Kinder. Yeah, yeah!“

Joe nahm Amy fest in die Arme und küsste sie leidenschaftlich, während Lambeau wie ein Verrückter auf den Auslöser drückte.

„Noch mal!“, forderte Lambeau begeistert.

Joe spürte überrascht, dass Amy sich kaum wehrte. Nach anfänglichem Widerstand schmolz sie in seinen Armen förmlich dahin. Noch mehr verwunderte es ihn, dass es ihm plötzlich vollkommen gleichgültig war, wie lange diese Fotosession noch dauern würde. Es gab viel unangenehmere Dinge, mit denen man sich die Zeit vertreiben konnte.

„So, das ist im Kasten. Ihr beide könnt jetzt aufhören – wenn ihr wollt.“ Lambeau lachte, als hätte er gerade einen tollen Witz gemacht.

Joe gab Amy frei und war auf einen wirbelsturmartigen Wutausbruch gefasst. Stattdessen wischte sie sich nur mit der Hand über den Mund und starrte ihn sprachlos an.

Er nutzte den Augenblick und eilte zu Garver hinüber, den er auf den Flur hinausbugsierte, um zu verhindern, dass ihr Chef hörte, wie Amy explodierte.

Er selbst fühlte sich wie ein Mann, der gerade einen Tiger geritten hatte – und nicht abwarten konnte, es erneut zu tun. Nachdem Garver gegangen war, schüttelte er den Kopf, um wieder klar denken zu können. Amy Patterson verfügte über köstliche Lippen und einen Körper, der die erotischsten Träume weckte. Doch darüber hinaus war sie karrierebesessen und damit genau der Typ Frau, den er nur noch mit der Kneifzange anfassen würde. Wenn Patterson jemals wieder dieses Kleid trug, würde er sie gnadenlos nach Hause schicken. Oder sich ein Kämmerlein suchen, wo er ungestört arbeiten konnte.

„Verflixt", murmelte Joe. „Warum machen Frauen das Leben nur so kompliziert?"

3. Kapitel

Amy fühlte sich regelrecht gebrandmarkt. Sie lief durch die Nachrichtenredaktion und war sicher, dass ihre Lippen geschwollen waren und die Haut darum herum verräterisch gerötet. Joe musste auch die letzte Spur ihres Lippenstifts weggeküsst haben.

Sie holte ihre Handtasche aus der Hängeregistratur, wo sie sie unter N abgelegt hatte – N für notwendig –, und hockte sich neben den Metallschrank, um ihr Make-up wiederherzustellen. Dazu benutzte sie den kleinen rechteckigen Spiegel, der an ihrem Lippenstift befestigt war. Hier und unter dem Schreibtisch waren die einzigen Orte, wo sie für „die dort draußen" unsichtbar war.

Er küsst gut, dachte sie und fügte umgehend hinzu: und wenn schon! Was ist schon ein Kuss? Eine rein mechanische Angelegenheit.

Sie stand auf und zog am Saum ihres Strickkleides, um es länger zu machen, doch die paar Zentimeter, die sie unten gewann, verlor sie am Dekolleté, wo nun ihr BH sichtbar wurde.

„Zeit für meinen Pulli", murmelte sie, stopfte ihre Handtasche wieder in die Hängeregistratur unter N, wühlte dann unter P einen Pulli heraus und zog ihn eilig über. „Arbeiten. Ich muss in die Arbeit vertieft sein, wenn er wiederkommt."

Hastig wandte sie sich ihrem Computer zu und rief einen persönlichen Brief auf den Bildschirm, den sie an eine Freundin in Kalifornien geschrieben hatte. Sie fühlte sich zurzeit nicht in der Lage, anderen gute Ratschläge zu erteilen. Natürlich hatte sie mehr oder weniger erwartet, dass Joe gut küsste. Wahrscheinlich beherrschte er die meisten erotischen Künste sehr gut.

Es war leicht, sich vorzustellen, wie er ihre Lippen mit seinem Kuss öffnete, während er mit den Händen über ihre …

„Genug!", befahl sie sich.

Ihre Reaktionen auf Joes Küsse bewiesen nur, dass sie schon viel zu lange nicht mehr von jemandem geküsst worden war, der es konnte. Denn selbstverständlich war sie nicht in Joe Malone verliebt. Okay, er war sexy. Aber sie hatte nicht vor, sich jemals wieder mit einem Kollegen einzulassen.

„Es ist einfach zu lange her, nur deshalb bin ich etwas aus der Fassung geraten", versicherte sie ihrem Computer und speicherte den Brief an ihre Freundin wieder ab. Heute würde sie daran nicht weiterschreiben.

„Redest du mit dir selbst?" Joe war so leise hereingekommen, dass sie erschrak. „Hey, meine Großmutter besitzt auch so einen Pulli."

„Er gehörte mal meiner Mutter", erwiderte sie und verschwieg, dass sie den rosafarbenen Strickpulli aus Synthetik in der Altkleidertasche ihrer Mutter gefunden hatte. „Ich benutze ihn, wenn mir die Klimaanlage zu kühl ist." Was momentan nicht der Fall war. Ihr war eher zu warm. „Wir sollten weiterarbeiten. Was hältst du von der Anfrage mit der Katze?"

„Hm." Er ließ sich vor dem zweiten Bildschirm nieder.

Die beiden Schreibtische standen L-förmig aneinander. Das funktionierte, solange keiner der beiden Davorsitzenden gleichzeitig mit dem Stuhl zurückrollte. Denn dann war ein Zusammenstoß programmiert. Ansonsten hatte diese Anordnung den Vorteil, dass sie sich von Joe nicht beobachtet fühlen musste, jedenfalls solange er auf seinen Bildschirm schaute.

„Hier ist der Brief", sagte sie und las einen Teil vor. „Ich habe eine Katzenallergie. Meine Freundin hat zwei Katzen und hat jetzt noch eine herrenlose aufgenommen, die sie behalten will. Was soll ich tun?"

„Ja, an den kann ich mich erinnern. Ein Mann hat ihn geschrieben."

„Richtig, und die Lösung ist einfach. Er sollte sich Desensibilisierungsspritzen geben lassen."

„Ich schlage eine neue Freundin vor." Joe lehnte sich zurück und spähte auf Amys Bildschirm.

„Ganz schön drastisch."

„Sie weiß doch, dass der arme Kerl allergisch ist. Die dritte Katze ist ein recht deutliches Zeichen, dass für sie die Beziehung beendet ist. Wir haben uns doch bereits über Anzeichen für Krisen unterhalten. Du darfst entscheiden, ob wir den Brief benutzen."

„Wir sollten ihn zumindest als Reserve behalten."

„Du darfst die Antwort schreiben", sagte Joe.

„Danke, sehr gnädig. Dir ist wohl gerade nicht danach, das selbst zu erledigen", entgegnete Amy bissig.

„Wieso? Es ist doch kein großer Akt. Aber, bitte, ich sauge mir eine Antwort aus den Fingern, wenn du das möchtest."

„Darum geht es ja gar nicht, Joe. Ich habe nichts dagegen, es zu tun – aber ich will gefragt werden. Etwas tun zu ‚dürfen' hört sich an, als hätte ich deine Erlaubnis nötig. Es klingt so herablassend."

„Sind wir jetzt wieder beim Thema: Wer leitet die Kolumne? Richtig?"

„Ich habe dich nur auf eine deiner kleinen Eigenheiten hingewiesen."

„An dir konnte ich auch ein paar bemerken."

„So? Welche denn?"

„Du isst deine Brotkrusten nicht auf."

Amy schnaubte verächtlich. „Was hat das denn mit dem Schreiben einer Kolumne zu tun? Sag mir lieber, ob du weißt, welche Ideen Garver noch produziert hat."

„Du wechselst das Thema. Aber, nein, ich weiß nicht, was er vorhat. Lass uns weitere Briefe durchsprechen. Hier, den zum Beispiel: ‚Ich bin neu in der Stadt, und ich hasse die Bar-Szene. Wie lerne ich Frauen kennen?'"

„Frauen gibt's überall. Einen netten Mann kennenzulernen ist viel schwieriger."

„Nur, wenn du verkniffen bist. Was ist so übel daran, sich seinen Freund am Arbeitsplatz zu suchen? Es ist einfach, liegt in der Natur der Sache, und man hat immerhin etwas gemeinsam."

„Oh, sicher, und wenn es vorbei ist, darfst du jeden Tag sein grinsendes Gesicht sehen. Und du kannst den Kerl nicht vergessen, weil er praktisch immer anwesend ist."

„Zugegeben – das könnte unangenehm sein, aber es kommt sicher nicht so oft vor."

„Dir passiert so was vielleicht nicht. Dich lassen Frauen wahrscheinlich nicht sitzen. Daher musst du dich auch nicht vor unliebsamen Begegnungen im Aufzug fürchten oder der kalten Schulter am Kaffeeautomaten."

„Du hörst dich an, als wüsstest du genau über mein Liebesleben Bescheid. Falls du an weiteren Informationen interessiert bist …"

„Quatsch."

„Meine letzte Beziehung endete im beiderseitigen Interesse. Meine Freundin erhielt die Chance, ihre Karriere in New York fortzusetzen. Sie ging, ich ließ sie gehen. Es geschah einfach."

„Du willst doch wohl nicht behaupten, dass es keine verräterischen Anzeichen dafür gab, dass eure Beziehung kaputt war?"

„Ich fürchte, ihre Vierzehnstundentage, die sie im Büro verbrachte, waren ein sicheres Anzeichen. Können wir uns jetzt bitte wieder um die Kolumne kümmern?"

„Klar, aber …"

In diesem Moment klingelte das Telefon. Joe hob ab, sprach mit jemandem, legte auf und erhob sich dann. „Gute Neuigkeiten. Ich bekomme einen Parkplatz. Bin gleich wieder da."

Amy blieb etwas atemlos zurück und starrte auf einen kleinen lilafarbenen Keramikelefanten. Ein Impuls überkam sie, den ganzen Schnickschnack und Plunder, den Holly und sie im Lauf der Jahre im Büro angesammelt hatten, einfach wegzuwerfen. Gerade überlegte sie, ob sie einen Truthahn, der aus einem Kiefernzapfen hergestellt war, entsorgen sollte, als Louie, der Redaktionsbote, zwei große braune Briefumschläge brachte.

„Der hier ist für Sie", sagte er mit seiner üblichen Grabesstimme. „Der Neue kriegt den anderen."

„Danke, Louie. Gibt's irgendwas Neues?"

„Nö." Louie legte Joes Umschlag auf dessen Schreibtisch und ging.

Sie fürchtete sich fast davor, ihren Umschlag zu öffnen. Was, wenn Garvers Vorstellung von einer passablen Gehaltserhöhung darin bestand, ihr zehn Cents pro Stunde mehr zu zahlen? War es ihrer Gesundheit zuträglich, weiterhin mit Joe zu arbeiten, wenn dabei finanziell nichts heraussprang?

Der Umschlag war nicht zugeklebt, sondern nur mit einer Metallklammer verschlossen. Sie öffnete ihn und entnahm ihm den neuen Vertrag. Rasch überflog sie die einzelnen Paragrafen, bis sie zum Entscheidenden gelangte.

„Ja, ja ja!“ Es reichte zwar nicht für einen Mercedes, aber es war ab sofort nicht mehr nötig, eine Mitbewohnerin zu suchen.

Sie stopfte den Vertrag in ihre Handtasche. Die eng gedruckten Paragrafen in Juristensprache würde sie später genauer lesen. Das Einzige, was sie nun noch interessierte, war, wie viel Joe für den Job bekam.

Es juckte sie in den Fingern, seinen Arbeitsvertrag zu lesen.

Langsam drehte sie ihren Stuhl in die Richtung von Joes Schreibtisch.

Natürlich dachte sie nicht im Traum daran, den Umschlag zu öffnen, aber wenn sie sich sehr konzentrierte … Manche Leute bekamen hellseherische Fähigkeiten, wenn sie wichtige Objekte in der Hand hielten.

Der große Umschlag erwies sich als vollständig undurchsichtig. Das fand sie heraus, als sie ihn gegen das Licht hielt.

„Du darfst ihn öffnen, wenn du so neugierig bist.“

„Huch!“, quiekte sie erschrocken – und schuldbewusst. „Ich habe ihn nicht gelesen.“

Sie ließ den Umschlag neben Joes Computer fallen und zog sich hektisch an ihren Schreibtisch zurück. Ihre Wangen waren mit Sicherheit gerötet.

„Du brauchst ein Halsband mit einem Glöckchen, damit man dich hört, wenn du dich mal wieder anschleichst“, sagte sie.

Der Witz war alt, und Joe lachte natürlich nicht. Dagegen kam er auf sie zu, näher und näher, bis sie sich gegen den harten Metallschreibtisch gedrängt fühlte.

„So leicht kommst du mir nicht davon“, erklärte er.

Sie war nicht in der Lage zu denken, solange sie sein Aftershave roch und sich sein markantes Kinn so dicht an ihrem Gesicht befand.

„Du bist unmöglich, Patterson. Mach eine Therapie.“

„Du bist auch nicht viel besser. Außerdem spielst du dich hier als Chef auf.“

„Das ist keine Entschuldigung dafür, dass du meine Privatpost liest."

„Hab ich ja gar nicht getan."

„Nun, dann tu es jetzt." Er wandte sich um und ging zu seinem Schreibtisch.

„Nein …"

„Lies den Vertrag, Amy."

„Das ist doch lächerlich."

„Lies ihn!"

Leider konnte sie einschätzen, wessen er fähig war, wenn sie nicht tat, was er verlangte. Daher war es wohl klüger, die Sache rasch hinter sich zu bringen. Sie nahm seinen Vertrag aus dem Umschlag und blätterte, bis sie zur Gehaltsvereinbarung kam.

„Wir kriegen das gleiche Gehalt", teilte sie ihm mit.

„Hast du erwartet, mehr zu bekommen als ich?", fragte er amüsiert.

„Schließlich habe ich mehr Erfahrung mit dieser Kolumne als du", erwiderte sie matt.

„Ich gehe jetzt Mittagessen." Mit diesen Worten verließ er das Büro.

Sie fühlte sich in dem alten rosa Pullover mittlerweile wie in einer Sauna.

Joe trat nachdenklich auf die Straße. Die härteste Aufgabe in seinem neuen Job bestand offenbar darin, Amys Wunden zu lecken. Er konnte ihr das durchaus nachfühlen. Sie hatte erwartet, dass sie die Leitung der Kolumne bekam – und hatte stattdessen ihn bekommen. Als er sie jedoch mit seinem Vertrag in der Hand ertappte, wäre er vor Wut fast explodiert …

Während er in der Mittagshitze rasch die Straße entlangging, dachte er weiter über Amy Patterson nach. Die wilde Hummel Amy hatte sich äußerlich zwar verwandelt, doch ihr voller Einsatz galt immer noch dem Kampf gegen Windmühlen, statt zu erkennen, dass sie eine grandiose Frau war. Wie so viele Frauen, die sich einer Sache mit Haut und Haaren verschrieben hatten, trug sie Scheuklappen, die verhinderten, dass sie Karriere als das erkannte, was es war – eine einsame Tretmühle.

Er seufzte, erleichtert, dass er wieder bei seiner wesentlichen Erkenntnis angelangt war. Amy zu küssen hatte ihn für kurze Zeit aus dem Gleichgewicht gebracht, aber er würde nicht zulassen, dass sie ihn umgarnte. Mit karrieresüchtigen Frauen wollte er nichts mehr zu tun haben, gleichgültig wie verführerisch sie waren.

Er hatte das winzige mexikanische Restaurant, das er gesucht hatte, nun erreicht. Dort entspannte er sich zunehmend. Wenn er und Amy es fertigbrachten, ihre Gegensätzlichkeit in die Kolumne einzubringen, konnten sie wirklichen Erfolg haben.

Nach dem scharfen, original mexikanischen Essen ging er zurück ins Büro. Amy hämmerte wie wild in die Tasten ihres Computers.

„Warst du nicht Mittagessen?“, fragte er freundlich.

„Keine Zeit. Ich habe eine Liste von siebzehn Orten gemacht, an denen man Leute kennenlernen kann.“

Er nahm die Herausforderung an, und eine halbe Stunde später präsentierte er seine eigene Liste, die fast so lang war wie Amys.

„Ich habe mit Fitnessclubs begonnen“, sagte er.

„Das ist okay, falls du es erotisch findest, in der Gruppe zu schwitzen. Meine erste Wahl sind Vereine.“

„Dort treffen sich doch nur verheiratete Männer mit Bauchansatz.“

„Was hältst du davon, wenn wir uns die Kommentare fürs Erste sparen?“, schlug sie vor.

„Okay. Wie findest du die Pool-Liga?“

„Schwimmen?“

„Nein, Billard.“

„Kann sein, dass es funktioniert. Mein nächster Punkt ist Einkaufen. Manchmal gibt es in Supermärkten spezielle Veranstaltungen für Singles.“

Das Telefon klingelte, und er hob ab.

„Wir sollen raufkommen“, informierte er Amy nach dem kurzen Telefonat.

„Lass mich raten. Garver verlangt nach uns.“

Ihr Chefredakteur erhob sich, als Joe und Amy sein Büro betraten. „Wie geht’s, Jungs und Mädels?“

„Gut, Sir“, antwortete Amy und war darauf bedacht, Garver nicht ins Gesicht zu blicken.

„Setzen Sie sich. Ich möchte Ihnen eine neue Idee vorstellen. Mit dem Verleger habe ich vereinbart, dass wir eine Serie zu einem bestimmten Thema produzieren – aber nur für die Sonntagsausgabe. Die Woche über behalten Sie das übliche Frage- und Antwortschema bei. Aber für den Sonntag muss ein Knaller rein. Wie finden Sie das Thema? Ausgeh-Etikette der Neunzigerjahre.“

„Ausgeh-Etikette?“ Joe nickte und versuchte, nachdenklich zu wirken.

„Sie meinen Sachen wie ... der Frau die Tür aufhalten, die richtige Gabel benutzen und so weiter?“, fragte Amy.

„Auf keinen Fall! Ich will nichts von dem Kram, den man in Büchern nachlesen kann. Ich rede von einer richtigen Recherche. Informationen aus erster Hand. Sie beide werden anfangen auszugehen.“

„Aber ... aber ich habe zur Zeit niemanden, mit dem ich mich regelmäßig treffe“, stammelte Amy.

„Doch, ab sofort haben Sie jemanden.“ Garver deutete auf Joe. „Jedenfalls so lange, bis die Serie abgeschlossen ist.“

„Oh, nein!“ Amy errötete tief. „Das steht aber nicht im Vertrag.“

„Im Vertrag steht, dass Sie zustimmen, alle Recherchen durchzuführen, die für die Ausführung Ihrer Arbeit notwendig sind. Nun, diese Recherche ist notwendig. Verlassen Sie abends das Büro und finden Sie heraus, was sich in der Single-Szene so tut. Dann berichten Sie Ihren Leserinnen und Lesern, wie man peinliche Situationen meistert und den Traumpartner kennenlernt.“

„Wir haben gerade an einer Liste der Orte gearbeitet, an denen man Singles treffen kann“, erklärte Amy. „Wenn wir selbstständig arbeiten, können wir ein wesentlich breiteres Spektrum abdecken.“

„Ihre Leser wollen aber keinen aufgewärmten Veranstaltungskalender. Was sie wollen, sind saftige Details. Ich erwarte den ersten Teil der Serie fürs übernächste Wochenende. Das war’s.“

Sie durften gehen.

Joe folgte Amy zum Lift. Schweigend fuhren sie nach unten.

„Ich hole mir was zu trinken“, sagte Amy.

„Bring mir bitte was mit.“

Er holte etwas Kleingeld aus der Hosentasche, doch bevor er es Amy geben konnte, war sie bereits auf und davon zum Getränkeautomaten.

Joe blickte ihr nach und erfreute sich an ihrem Hüftschwung, als sie durch die Schreibtischreihen der Nachrichtenredaktion eilte. Die Art, wie eine Frau ging, hatte ihn schon immer sehr angesprochen. Nur schade, dass seine neue Kollegin ein großes Schild „Verboten" über ihrem süßen Po platziert hatte.

Schließlich zog er sich in den Glaskasten zurück. Es könnte durchaus unangenehm werden, mit Amy auszugehen, überlegte er. Er war zu lange allein gewesen, und seine heftige Reaktion auf die kleine Patterson bewies es. Noch einmal mit einer Frau im Bett zu landen, die nebenbei ihre Arbeitsplanung für den nächsten Tag machte, kam allerdings nicht infrage.

Also, wo konnte man potenzielle Partnerinnen kennenlernen. Er las sich seine Liste noch einmal durch, fand aber nichts Passendes. Was, zum Teufel, war so falsch daran, sich in eine Kollegin zu verlieben? Bei einer Zeitung gab es massenweise schicke Frauen, unter denen er nur zu wählen brauchte.

„Fang!"

Er schreckte hoch, als Amy ihm die Dose Mineralwasser zuwarf. Er fing das kalte, feuchte Geschoss gerade noch auf und blickte Amy danach misstrauisch an.

„Wenn ich die Dose öffne, sprudelt das Zeug in einer Fontäne über mich, stimmt's? Ich gebe dir erst mal das Geld." Er stellte die Dose auf den Tisch und kramte in seiner Hosentasche.

„Ich lade dich ein. Oder ich schreibe es als Spesen auf."

„Stimmt. An diesen positiven Nebeneffekt unseres neuen Auftrags habe ich noch gar nicht gedacht. Vielleicht sollten wir den ‚Monitor' dazu bringen, auch unser Mittagessen zu bezahlen. Alles für die neue Kolumne."

„Du steckst wohl mit Garver unter einer Decke, was?", entgegnete Amy.

„Inwiefern?" Er gab sich betont unwissend und grinste.

„Ausgeh-Etikette! Was Garver will, sind Details über das Sexleben von Singles!"

„Er versucht nur, die Auflage seiner Zeitung zu steigern. Das ist sein Job.“

„Und du lieferst ihm die Ideen.“

„Wir haben während meines Vorstellungsgesprächs ein paar Ideen angesprochen, aber er wurde nie konkret. Ich wusste ja nicht einmal, dass ich mit dir zusammenarbeiten würde. Wenn ich geahnt hätte, dass meine neue Kollegin eine Stubenhockerin ist, wäre es mir nie in den Sinn gekommen, eine Außenrecherche vorzuschlagen.“

Er amüsierte sich königlich, als Amy zu schmollen begann.

„Ich sonne mich in deiner Wertschätzung“, gab sie schließlich sarkastisch zurück.

„Lass mich dich etwas fragen“, begann er gedehnt. „Was war die übelste Verabredung deines Lebens?“

„Warum willst du das wissen?“

„Schau mal, wir werden zusammen ausgehen, weil wir eine Kolumne schreiben müssen. Dass wir Spaß daran haben, ist nicht eingeplant. Also kann es gar keine Enttäuschung geben. Bei einer richtigen Verabredung erwartet man aber, dass man eine nette Zeit miteinander verbringt …“

„Schon verstanden.“

„Also, was war deine schlimmste Verabredung?“

„Damals war ich noch auf dem College. Ein Typ, der bei der Studentenzeitung arbeitete, fragte mich, ob ich mit ihm ins Kino gehe. Er schlug legere Kleidungvor, also zog ich Jeans und T-Shirt an. Als er mich abholte, musste er lange nachdenken, ob er zulassen würde, dass ich auf den Plüschbezügen seiner Autositze Platz nehme.“

„Hatte er einen flotten Sportwagen?“

„Nein, einen uralten Kombi. Wir gingen in einen der Filme, in dem Köpfe zermatscht werden und Eingeweide herausquellen. Danach versuchte er mich zu irgendeiner abstrusen Religion zu bekehren. Er war das einzige Mitglied der Sekte westlich des Mississippi und behauptete, er benötige regelmäßigen Sex, um sein inneres Licht zu finden.“

Joe lachte und räkelte sich auf seinem Stuhl.

„Jetzt bist du dran“, forderte Amy ihn auf. „Oder hattest du noch nie eine scheußliche Verabredung?“

„Warum sollte ich keine gehabt haben? Nur weil ich ein Mann bin?“

„Weil du so … egal, lassen wir das.“

„Weil ich wie bin?“

„Selbstbewusst.“

„Meinen Albtraum hatte ich im ersten Jahr an der Uni. Sie war älter als ich, und ich bildete mir ein, sie sei etwas ganz Besonderes, bis sie zu unserem ersten Treffen jemanden mitbrachte.“

„Vielleicht war sie schüchtern?“

„Von wegen. Der Jemand, den sie mitbrachte, war männlich und ihr Zimmergenosse. Sie seien bloß Freunde, versicherte sie mir, aber sie schliefen miteinander, weil sie ihm helfen wolle, die künstlerische Ader in sich zu entdecken. Dann bot sie mir an, auch mit mir zu schlafen, um meinen inneren Dämon auszutreiben.“

„Was für eine furchterregende Frau. Hast du zugestimmt?“

„Wir sprechen nur über unsere unangenehmsten Verabredungen“, erinnerte Joe sie, öffnete seine Dose Mineralwasser und trank einen großen Schluck. „Ist es dir irgendwie zu warm?“

„Oh, nein, alles prima. Warum fragst du?“

„Weil dein Wangen so rosa sind.“

„Nun, kann sein, dass es ein kleines bisschen zu warm ist.“

„Oder ist es dir unangenehm, über Sex zu reden?“

„Quatsch! Das ist doch lächerlich!“

„Wie du weißt, werden wir uns demnächst über eine ganze Menge intimer Dinge unterhalten müssen. Den ersten Kuss, zum Beispiel, oder was zu tun ist, wenn dir dein Verehrer zum Valentinstag einen schwarzen Strapsgürtel schenkt.“

„Wie schaffst du eigentlich dein Arbeitspensum, Joe Malone? Wir haben Briefe zu beantworten und eine Kolumne zu schreiben.“

„Und eine Verabredung zu planen.“

„Wir könnten doch das Basketballspiel mitzählen“, schlug Amy vor.

„Zu einfach. Wir müssen echte Erfahrungen machen – von der Kleidungsfrage über die vor Aufregung feuchten Hände beim ersten Treffen bis zum Problem, über was man reden soll.“

„Du meinst das ganze blöde Ritual? Wo stammen Sie her? Was ist

Ihr Lieblingssport? Haben Sie jemals einen Maulwurf im Garten gehabt?"

„Über irgendetwas müssen wir ja schreiben. Wie lernst du denn die Männer kennen, mit denen du dich triffst?"

„Durch Freunde oder zum Beispiel in der Waschküche des Mietshauses, in dem ich wohne. Ganz normal halt."

„Zu langweilig. Wir sollten einfach behaupten, wir hätten uns in einem düsteren, verräucherten Club getroffen. Du saßt allein an der Bar …"

„Kommt nicht infrage!"

„Unterbrich mich nicht. Ich stelle mir die Szene doch gerade vor. Dann setze ich mich neben dich …"

„Ach ja?"

„Du trägst etwas unbeschreiblich Erotisches unter deinem weiten Trenchcoat … Lass deinen rosa Pulli also bitte zu Hause."

„Ich trage zu dieser Jahreszeit einen Trenchcoat?"

„Okay, ich bin ja flexibel. Also trage ich den Trench. Du trägst einen kurzen Lederrock – sehr kurz und dazu eines dieser engen Stretchoberteile."

„Hier ist Schluss", protestierte Amy lachend.

„Ich fange doch gerade erst an." Tatsache war, dass ihm nun ebenfalls heiß wurde. Er räusperte sich und versuchte sich zu konzentrieren. „Aber wenn du darauf bestehst, komme ich auch zu dir und helfe dir bei der Wäsche."

„Bleib auf dem Teppich."

„Anderer Vorschlag. Vielleicht solltest du eine Bekanntschaftsanzeige schalten, und ich antworte dir. Oder wir gehen zu einem dieser Serviceunternehmen – natürlich getrennt –, über die man sich per Video verabreden kann."

Amy knabberte an ihrem Bleistift. Anscheinend gefielen ihr diese Ideen noch weniger.

„Okay, vermutlich dauert das alles zu lang", gab er zu, bevor sie einen Einwand erheben würde

„Etikette ist so ein langweiliges Wort", sagte sie nachdenklich.

„Darin gebe ich dir recht. Ich würde es eher als Maßnahmen zur Umschiffung von Klippen im Spiel der Geschlechter bezeichnen."

„Was hältst du von folgendem Szenario? Wir gehen zu einem Basketballspiel – jeder mit einem anderen Partner. Ich trage eins dieser überladenen Tabletts mit Hamburgern und Drinks …“

„Welcher Mann würde dich so etwas tun lassen?“

„Gutes Argument“, erwiderte sie ironisch. „Aber nun lass mich ausreden. Ich komme jetzt zu dem Punkt, an dem wir zusammenstoßen und ich dir eiskalte Cola über die Hose kippe.“

„Hm, es ist schon spät für mich. Freitags gehe ich aus Prinzip gern früh. Lass uns Montag weiterreden.“

„Prima“, sagte sie schnippisch. „Ich habe hier auch noch eine Menge zu tun.“

„Ich denke an dich, während ich im Kino Popcorn verspeise.“ Joe nahm sich die neueste Ausgabe der Zeitung und blätterte sie durch, bis er zu den Veranstaltungstipps kam. Plötzlich schien er das Kino völlig vergessen zu haben. „Patterson, deine Frisur ist in Unordnung.“

„Was?“ Automatisch zerrte Amy an einigen Strähnen, um den Makel zu beheben.

„Du musst zum Friseur!“

„Hör mal, Malone, mein Haar geht dich überhaupt nichts an.“

„Weiß ich. Aber schau dir das hier an.“ Er schob ihr die Zeitung hinüber und tippte auf eine Annonce.

„Single-Party bei ‚Hair Amore‘“, las Amy.

„Das ist ein total abgefahrener Trendfriseur. Keine Anmeldung nötig. Nimm deinen Notizblock. Du kriegst auf Firmenkosten eine Generalüberholung, und ich finde heraus, wie es sich mit einer Frau flirtet, die unter einem Haartrockner sitzt.“

„Aber ich bin total zufrieden mit meinem Haar. Ich will keine Generalüberholung. Du bist derjenige, der mal zum Friseur müsste.“

„Komm schon. Ich fahre auch. Der Auspuff ist wieder repariert.“ Joe ignorierte ihren Protest und schob Amy vor sich her aus dem Glaskasten.

4. Kapitel

„Hair Amore“ entpuppte sich als Laden, der aus gewöhnlichen Menschen Top-Modelle machte – zumindest für eine Nacht. Die Luft war geschwängert mit chemischen Gerüchen – einige erinnerten an verfaulte Fisch, andere an Ammoniak.

„Du hattest recht!“, rief Amy laut, um die stampfenden Rhythmen zu übertönen, die aus versteckten Lautsprechern drangen. „Ein Schönheitssalon ist genau der richtige Ort, um jemanden kennenzulernen. Versuchen wir es.“

„Ich finde, die Chancen stehen gut.“ Joe blickte sich in dem überfüllten Raum um.

„Hair Amore“ beschäftigte augenscheinlich eine Unmenge Personal, weiblich und männlich. Alle trugen schwarze Shorts und weiße Stretchoberteile. Sie sahen aus wie lebende Werbung für ihren Service. Ihr Haar war perfekt geschnitten, gefärbt, pomadisiert und in trendgerechte Formen gezwungen, die nur aus den schicksten Magazinen stammen konnten. Die weiblichen Angestellten hatten dick Mascara aufgelegt.

Eine gertenschlanke Rezeptionistin, die ein schwarzes Netzoberteil trug, schrieb Amy und Joe in eine Liste ein und reichte ihnen zwei Plastikweingläser – solche, deren Stiele man abschrauben und mehrmals verwenden konnte. Misstrauisch beäugte Amy die helle Flüssigkeit darin. Es sah aus wie Chablis, konnte aber genauso gut verdünnter Apfelsaft oder Dauerwelllotion sein. Amy trank einen Schluck, doch ihre Geschmacksnerven schienen geradezu streiken.

Daher wollte sie Joe ihre Aufmerksamkeit widmen, doch der lauschte gebannt einer Blondine mit unglaublich langen Wimpern.

Nichts macht einsamer, als die einzige Person in einem bevölkerten Raum zu sein, mit der niemand redet. Amy rettete sich zu einem leeren Sessel im Empfangsbereich — schwarzes Gusseisen mit

Kunstleopardenfellbezug – und ließ sich hineinsinken. Dort klammerte sie sich an ihr Weinglas, als hätte sie seit achtundvierzig Stunden nichts mehr zu trinken bekommen.

Auf einen Mann kamen hier mindestens drei oder vier Frauen. Wobei die weiblichen Angestellten ebenso wie das weibliche Publikum in der Mehrzahl waren. Amy betrachtete die verspiegelten Frisierplätze, die in dem großen Salon nebeneinander aufgereiht waren.

Dachte auch nur eine einzige der Kundinnen, sie würde hier wirklich den Mann ihres Lebens kennenlernen, während ihr jemand das Haar mit Frisiergel an den Kopf pappte oder es mittels Lockenwicklern auftürmte?

„Hallo, bist du Amy?"

Amy sah zuerst nur ein Paar stark behaarte Beine. Als sie dann aufblickte, gewahrte sie einen breit lächelnden, nicht mehr ganz jungen Mann in einer Trendversion von Trachtenlederhosen. Der Stylist trug einen schwarzgrau melierten Bart, der in kleine Zöpfe geflochten war.

„Ich bin Fritz. Heute Abend bin ich dein Schönheitsberater." Er nahm eine Strähne von ihrem roten Haar zwischen die Finger. „Ein bisschen fade. Ich empfehle dir, es einen Ton aufzuhellen. Dazu einen Proteinfestiger."

„Auf keinen Fall! Ich meine, ich färbe mein Haar nicht. Die Farbe ist Natur."

Fritz, der Stylist, runzelte die Stirn, doch dann grinste er wieder. „Okay, eigentlich ist es ja auch der Schnitt, der die Frau macht, und ein so grandioses Gesicht wie deins sollte eingerahmt sein und nicht zugewallt werden. Das da muss weg." Er griff links und rechts von ihrem Gesicht nach jeweils einer dicken Strähne.

„Das da bleibt!" Sie schob seine feuchte, feiste Hand zur Seite und hielt verzweifelt nach Joe Ausschau. Um den kümmerten sich gerade intensiv zwei Stylistinnen. „Wirklich, ich mag meine Haare, so wie sie sind."

„Dann halt nur Waschen und Frisieren. Wir möchten, dass unsere Kunden zufrieden sind", sagte Fritz in einem Ton, der sie als Niete in Modedingen abqualifizierte. „Josie wird sich um dich kümmern. Sie kommt, sobald sie ihre Kundin geföhnt hat."

„Vergiss es“, erwiderte sie, doch ihre Worte erreichten nur noch Fritz’ Rücken.

Joe war mittlerweile verschwunden. Da sie vorhatte, diese Tortur hier über Firmenkosten abzurechnen, entschied sie sich für Waschen und Frisieren, um die Zeit, bis Joe mit seinen „Recherchen“ fertig sein würde, annähernd sinnvoll zu verbringen.

Ein Kaugummi kauendes Mädchen kam schließlich und geleitete sie zu einem Waschbecken. Danach musste sie sich auf einen mit schwarzem Plastik bezogenen Stuhl setzen und mit nassen Haaren warten, bis sich ihre Stylistin in ihre Richtung bequemte.

Die Männer wurden in einem separaten Bereich bedient. Dort sahen nur die Stylisten, ob er eine Dauerwelle, Strähnchen oder einen neuen Schnitt bekam. Offensichtlich erhielt Joe eine intensivere Zuwendung als sie. Denn sie sah ihn – nach seiner Haarwäsche und angetan mit einem lilafarbenen Plastikumhang – in den abgelegenen Männerbereich entschwinden. Dabei stellte sie wütend fest, dass ihr Kollege leider auch mit nassem Haar und Plastikcape unverschämt gut aussah. Außerdem hatte er einen klassisch geformten Hinterkopf, der keines kaschierenden Haarschnitts bedurfte. Das Schlimmste war, dass Joe das auch noch wusste. Denn anders als die übrigen Kunden hatte er sich um seinen Kopf keinen ablenkenden Blickfang in Form eines Frottee-Turbans schlingen lassen.

„Hi, ich bin Josie. Heute Abend bin ich deine Stylistin“, stellte sich ihr nun ein dünnes Mädchen vor, die wie fünfzehn wirkte.

Sie stöhnte innerlich und bereitete sich darauf vor, ihr Haar ein zweites Mal zu verteidigen.

Obwohl Joe vor ihr drangekommen war, war sie es, die dann im Empfangsbereich auf ihn warten musste. Sie fragte sich, ob seine Stylistin ihm jedes Härchen einzeln schnitt.

„Da bist du ja endlich“, sagte sie, als er schließlich erschien. Er sah nicht auffallend verändert aus.

„Hast du genug Material für die Kolumne gesammelt?“, erkundigte er sich.

„Es muss genügen“, entgegnete sie knapp und fühlte sich überflüssig inmitten all der aufgepeppten Schönheiten, die ihn umschwirrten. „Ich möchte gehen." Eine bildschöne Rothaarige, die zwei Gläser trug, drängte sich an ihn, und sie fügte hinzu: „Jetzt."

„Ich bin fertig", antwortete er, nahm sie beim Arm und geleitete sie zum Ausgang. „Noch ein paar Telefonnummern mehr, und ich weiß nicht mehr, welche Frau zu welcher Nummer gehört."

„Wenn du lieber bei deinen Anbeterinnen bleiben willst ..."

„Nein, schon okay", meinte er und tat ganz erschöpft. „Nach all dem Aufwand brauche ich deine Gesellschaft."

„Wirke ich so beruhigend auf dich?"

„Ich finde es beruhigend, dass ich mich in deiner Gegenwart nicht unwiderstehlich fühle."

„Wäre ja auch schrecklich, wenn du ein aufgeblasener Angeber würdest, oder?"

Er ging auf ihre Spitze nicht ein, sondern brachte sie zu seinem feuerroten Sportwagen, der noch das Kennzeichen Minnesotas trug und die Buchstaben NWSHND.

„Ich bin mir nicht ganz sicher, ob wir auf der Fahrt zum Restaurant über unsere Eindrücke reden sollten", sagte er und öffnete ihr die Beifahrertür des Cabriolets. „Könnte doch sein, dass wir schärfer formulieren, wenn wir uns vorher nicht kollegial austauschen."

„Kann mich nicht erinnern, dass ein Dinner Teil unserer Abmachung war."

„Wir müssen aber was essen."

„Aber nicht gemeinsam."

„Du hast schlechte Laune, weil sich dir heute Abend kein Mann genähert hat, stimmt's?"

„Das kannst du ja gar nicht mitbekommen haben! Du warst doch viel zu beschäftigt, deine liebeskranken Stylistinnen abzuwehren."

„Dann hast du mehr von mir gesehen als ich von dir."

„Wenn du glaubst, ich hätte dich beobachtet, um herauszufinden, ob ..."

„Ist doch in Ordnung, sauer zu sein, wenn man sich vernachlässigt fühlt. Aber irgendeiner hat sich um dich gekümmert. Ich sah einen grässlichen Kerl in Lederhosen bei dir stehen."

„Ich habe mich überhaupt nicht vernachlässigt gefühlt. Und der ... der Kerl war Fritz."

„Oh, der Inhaber des Salons. Wie selbstlos von ihm. Denn, weißt du, Amy, du wirkst auf Männer abschreckend mit deiner kühlen, leicht arroganten Art."

„Was fällt dir ein?", fauchte sie wütend.

„Das war ein Kompliment."

„Ich bin schließlich nicht in diese Folterkammer gegangen, um einen Typen aufzureißen. Eigentlich habe ich keine Ahnung, warum ich mich dem überhaupt ausgesetzt habe."

„Aber, Amy, das haben wir doch zusammen getan", erläuterte er mit enervierender Geduld.

„Du sahst aber nicht besonders frustriert aus."

„Ich bin halt von Natur aus gesellig. Frauen finden das nett."

Sie unterließ den Kommentar, dass Frauen besonders auf seinen wohlgebauten Körper und sein zugegebenermaßen recht attraktives Gesicht standen. Sein Selbstbewusstsein war bereits aufgebläht genug.

„Ich habe eine Menge Material für unsere erste Spezialkolumne über Ausgeh-Etikette gesammelt", teilte er ihr mit, während er seinen Sportwagen in den Verkehr einreihte.

„Fein für dich."

„Sag nicht, dass du mit leeren Händen da rausgegangen bist."

„Ich denke erst nach, bevor ich mich an den Computer setze."

„Lass uns im Java-Joint ein Sandwich essen."

„Oh, na gut. Ich lade dich ein, wenn du … nein, lass nur."

„Wenn ich dir meine Beobachtungen mitteile? Das wäre aber nicht im Sinne des Erfinders, Patterson."

„Ich denke, wir sind Partner?"

„Stimmt. Spendier mir ein Stück Pfirsichtorte, und ich erzähle dir ein paar Punkte, über die ich schreiben werde."

Das Java-Joint, in das sie dann gingen, war ehemals berühmt für seinen Espresso gewesen. Im Lauf der Zeit hatte es sich in ein schickes, auf der Nostalgiewelle schwimmendes Bistro mit Neonlicht und verchromten Möbeln verwandelt.

Sie war einmal mit Ed hier gewesen, dem Doktoranden der Arizona State University, ihrem verflossenen faden Flirt. Ed hatte darauf bestanden, sich mit ihr an einen der langen Gemeinschaftstische zu setzen, „damit man neue Kontakte knüpfen konnte“, wie er das genannt hatte. Er verstand darunter in erster Linie minderjährige Mädchen. Sie konnte jetzt nicht umhin, ihn mit Joe zu vergleichen, dem es mit seinem Charme gelang, dass die Empfangsdame ihnen den letzten freien Einzeltisch in einer ruhigen Ecke anwies.

Der Kellner, der sie bediente, trug Sandalen und eine lange weiße Schürze. Sie bestellte ein Roggensandwich mit Avocado und Frischkäse.

„Bitte mit ganz viel Kresse“, fügte sie hinzu. „Und einen Eistee.“

„Ich nehme ein Pumpernickelbrot mit Schinken und Käse“, sagte Joe. „Und ein alkoholfreies Bier. Nun“, fuhr er mit der Miene eines Mannes fort, der sich dem Geschäft zuwendet, „lege ich dar, wie ich …“

„Brauchst du nicht.“

„Ich dachte, du wolltest meinen Ansatz wissen?“

„Ich habe selbst ein oder zwei gute Ansätze“, erwiderte sie leichthin.

„Bist du sicher …“

„Ganz sicher.“

„Was für Ansätze?“ Joe beugte sich vor und legte seine entblößten Unterarme auf den Plastiktisch. Er hatte sich im Lauf des Abends die Ärmel seines Hemdes hochgekrempelt.

„Sag bloß, du hast es nötig, mich auszuhorchen, damit du deinen Part schreiben kannst.“

„Also, wahrscheinlich werde ich über die ersten Sätze schreiben, die Frauen sagen, wenn sie an einem Mann interessiert sind. Und darüber, welche einen Mann langweilen und welche sein Interesse wecken.“

„Halbwegs originell“, bemerkte sie.

„Und, welche Ideen hast du? Du benimmst dich, als müsstest du Staatsgeheimnisse hüten.“ Joe vermutete, dass Amy seine Informationen nötiger hatte als er ihre, doch der kleine Zweikampf musste bis zum Ende ausgefochten werden.

„‚Hair Amore‘ tut alles, um immer voll im Trend zu sein. Die Frauen und Männer jedoch, die ich dort gesehen habe, spielen das uralte Spiel ‚Wie lerne ich einen Partner kennen?‘ auf ganz gewöhnliche Art und Weise. Sicher, manche Sätze klangen etwas moderner als das, was Singles auf Kontaktsuche vor hundert Jahren gesagt haben würden …"

„Du glaubst also nicht, dass es so etwas wie eine eigene Anmach-Etikette der Neunzigerjahre gibt?", fragte Joe.

„Nichts Neues, nur Wiederaufgewärmtes anders verpackt. Die Szenerie wandelt sich, aber die Bedürfnisse von Männern und Frauen bleiben die gleichen."

„Glaubst du wirklich, man könnte die neue Rolle der Frau in unserer Gesellschaft auf einen so einfachen Nenner bringen? Meinst du nicht, dass sich die heutige Partnersuche doch stark verändert hat?"

„Vielleicht ein bisschen, aber nicht stark."

„Das gefällt mir." Joe lehnte sich zurück und grinste breit.

„Stimmst du mir etwa zu?"

„Ganz im Gegenteil. Darum finde ich es ja so gut. Du konzentrierst dich auf das, was gleich geblieben ist. Ich suche nach den Unterschieden."

Plötzlich fühlte Amy sich schrecklich altmodisch. Entwickle ich mich etwa zu einer vertrockneten alten Jungfer? fragte sie sich und antwortete leichthin: „Ich werde über meinen Ansatz noch einmal nachdenken."

„Und ich werde die Sätze, die ich heute Abend aufgeschnappt habe, verwenden, um zu zeigen, dass sich die Bedürfnisse von Frauen verändert haben. Sie suchen nach einer neuen Art von Partnerschaft."

„Du hörst dich an wie ein radikaler Feminist." Warum musste sie aus Disputen mit Joe immer als Unterlegene hervorgehen?

Das Essen wurde gebracht, und sie war froh über die Ablenkung. Sie ließ sich Zeit damit, die Brotkrusten von ihrem üppigen Sandwich abzuschneiden und die Kresse wieder daraufzulegen, die heruntergefallen war.

„Wirst du heute die Krusten aufessen, Amy?"

„Kommt drauf an, wie satt ich bin."

„Du isst zuerst das Beste und danach, wenn du noch hungrig bist, die Krusten?"

„Mehr oder weniger.“ Ihr Appetit ließ merklich nach.

„Meine Mutter hat immer gesagt, dass mir Haare auf der Brust wachsen, wenn ich die Krusten aufesse.“

„Der Lieblingsspruch meiner Mutter war: Haferflocken sind gut gegen Pickel.“

„Dann weiß sie offensichtlich Bescheid. Denn deine Haut ist makellos.“

„Oh, das wollte ich damit nicht …“

„Ich weiß. Aber ich hätte nicht gedacht, dass Komplimente dich schüchtern machen. Das ist eine wertvolle Information. Dich zum Essen einzuladen hat sich gelohnt.“

„Jetzt muss ich mich wohl bedanken.“ Sie biss vorsichtig in ihr Sandwich und hoffte inständig, dass die Kresse ihr nicht zwischen den Zähnen hängen blieb.

„Ich bin froh, dass dich die Stylisten nicht dazu überreden konnten, deine Frisur zu ändern. Es gefällt mir, wie du dein Haar trägst.“

„Danke“, erwiderte sie zunehmend verwirrt. „Schmeckt dir dein Sandwich?“ Er hatte es bisher nicht einmal angerührt, weil er offenbar vollauf damit beschäftigt war, ihr beim Essen zuzuschauen. Doch sie war kaum in der Lage zu schlucken, solange er sie mit seinen azurblauen Augen beobachtete. Merkwürdig, dass ihr nie aufgefallen war, wie sich das Licht darin spiegelte. Es wirkte, als würden winzige Sterne in seinen Augen tanzen. Sie empfand plötzlich eine Wärme und Zuneigung für ihn, die Joe Malone gegenüber völlig fehl am Platz war.

Der Augenblick ging vorüber. Joe begann zu essen und redete zwischendurch über das Frühjahrstraining der Baseballclubs. Da sie wenig Ahnung von Baseball hatte, hörte sie nur mit halbem Ohr zu und betrachtete stattdessen fasziniert seinen Haarschnitt. Die dunkelbraunen Locken fielen ihm wie gewohnt in die hohe Stirn. Der Besuch bei „Hair Amore“ hatte offenbar wirklich nichts an seiner Haarlänge geändert. Sie hätte schwören können, dass selbst die kleinen Locken, die auf seinen Hemdkragen fielen, genauso lagen wie vor dem Friseurbesuch.

„Was ist? Habe ich Senf auf der Oberlippe?“, fragte er.

„Nein, nein. Ich wundere mich nur, warum ich keinen Unterschied zu deinem alten Haarschnitt entdecken kann, obwohl du eine Ewigkeit im Herrensalon verschwunden warst."

„Ich habe dort einfach erklärt, dass ich eine Recherche durchführe und nicht zum Haareschneiden gekommen bin. Die Mädchen waren so nett, nicht darauf zu bestehen. Sie durften mir das Haar waschen und föhnen, damit sie nicht enttäuscht waren."

„Das war aber nett von dir", entgegnete sie säuerlich.

Die Kellnerin erschien und räumte ihre Brotreste sowie Joes leeren Teller ab. Dann brachte sie den Kaffee. Doch selbst das Koffein zeigte keine Wirkung bei ihr. Für eine Nachteule war sie heute bemerkenswert müde. Joe dagegen wirkte deprimierend wach. Auf jeden Fall nicht schläfrig. Der leichte Anflug von Bart betonte sein markantes Kinn und seinen sinnlichen Mund.

Sie bemühte sich vergeblich, ein Gähnen zu unterdrücken.

„Ich bin ebenfalls müde", sagte er zu ihrer Überraschung. „Es war ja auch ein langer Tag. Wenn wir allerdings eine wirkliche Verabredung hätten, würde ich denken, du langweilst dich mit mir."

„Werde mich bemühen, nicht zu oft zu gähnen, wenn wir demnächst zwangsweise miteinander ausgehen."

„Den Termin müssen wir am Montag als Allererstes planen." Anscheinend machte es ihm einen Heidenspaß zu beobachten, wie sie sich mit diesem Auftrag quälte. Unwillkürlich dachte sie wieder an ihre Highschool-Tage, als sie sich in Gegenwart von Joe Malone so unbehaglich gefühlt hatte.

„Lass uns gehen", forderte sie.

Joe bezahlte die Rechnung und fuhr sie dann zum Parkplatz des „Monitors", wo sie ihren Wagen stehen hatte.

„Danke", sagte sie und öffnete die Beifahrertür, kaum dass er gebremst hatte.

„Hab es doch nicht so eilig. Ich bringe dich zu deinem Auto."

„Es ist doch gleich gegenüber."

„Läufst du etwa vor mir davon?", fragte er und hatte sie eingeholt, als sie ihren Wagen erreichte.

„Natürlich nicht. Ich will nur nach Hause."

Sie hielt ihre Wagenschlüssel in der Hand, doch einen verrückten Moment lang sah sie in Joes Augen – und vergaß, was sie tun wollte.

Der Fototermin lag fast einen ganzen Tag zurück, dennoch dachte sie nun so intensiv an den Kuss, dass sie fast Jos Lippen auf ihren spürte.

Die mit Natrium betriebenen Metalldampfleuchten des Parkplatzes warfen ein bräunliches Licht auf alles, was in irgendeiner Weise rot war. Da sie – dank ihrer Fantasien – mit Sicherheit bis über beide Ohren rot geworden war, konnte sie jetzt nur hoffen, dass ihre Gesichtsfarbe überraschend braun wirkte.

Joe stand mit in den Hosentaschen vergrabenen Händen vor ihr, und mit einem Mal fand sie diese jungenhafte Attitüde sexy.

Unsinn, Amy, schalt sie sich. Du bist einfach übermüdet. Warum musste Joe Malone auch auftauchen und ihr Leben wie vor zwölf Jahren durcheinanderbringen?

„Danke", sagte sie erneut, um den Abend wenigstens höflich zu beenden.

„Wofür?"

„Weil du mich nicht gezwungen hast, die ganze Nacht bei ‚Hair Amore' zu verbringen." Sollte sie sich für eine Einladung zum Dinner bedanken, deren Kosten er unter Spesen abrechnen würde? Vorausgesetzt er tat das wirklich. Verflixt, sie hatte keine Ahnung, wo ihr Arbeitsverhältnis endete und das wahre Leben begann. Wenn sie mit Joe zusammen war, schienen sich die Dinge unauflöslich zu verwirren.

„Gern geschehen", antwortete er ruhig. „Ich glaube, wir haben heute Abend beide etwas gelernt."

Da sie sich ein wenig davor fürchtete, was das sein könnte, hakte sie nicht nach. Mit bebenden Fingern schloss sie dann – nach zweimaligem vergeblichem Versuch – die Wagentür auf.

Joe öffnete ihr die Tür, doch sie war schlichtweg unfähig, sich vom Fleck zu rühren und einzusteigen.

„Gute Nacht", sagte er sanft.

„Gute Nacht", erwiderte sie, doch er war schon gegangen.

Wenn es eine wirkliche Verabredung gewesen wäre, hätte er sich bei ihr gerade unbeliebt gemacht, weil er erst so getan hatte, als würde er sie küssen wollen, und es dann unterlassen hatte.

Was er wohl alles tun würde, wenn sie begannen, sich richtig zu verabreden?

„Nichts wie heim“, murmelte sie. Im Moment geschah viel zu viel zu schnell. Sie stand unter Hochspannung, doch sie hatte keine Lust zuzugeben, dass Joe daran schuld war.

Normalerweise betrat Joe das Büro Samstags nur in absoluten Notfällen. Daher konnte er sich nicht erklären, woher der verrückte Impuls gekommen war, heute um die Mittagszeit dort zu erscheinen. Wie erwartet fand er Amy dort vor. Sie saß in ihrem kleinen verglasten Büro und konzentrierte sich auf ihren Computerbildschirm.

Da er Schuhe mit Gummisohlen trug, konnte man seine Schritte auf den Fliesen nicht hören. Er blieb in der Tür stehen und beobachtete Amy unbemerkt. Sie hatte ihr kupferrotes Haar zu einem kurzen Pferdeschwanz gebunden, sodass es ihren Nacken freiließ. Er musste den starken Wunsch unterdrücken, sie dort zu küssen, und schob dafür sein Friedenspräsent von einer Hand in die andere. Es stimmte ihn kaum ruhiger. Wie es wohl wäre, wenn er seine Hände auf Amys zarte, leicht gebräunte Schultern legen würde, die von ihrem rosafarbenen Top nicht bedeckt wurden?

Wahrscheinlich würde sie mich umbringen, dachte er grinsend. Das forderte ihn fast dazu heraus, es tatsächlich zu tun und sie zu berühren.

Er räusperte sich laut, damit sie sich nicht darüber beklagen konnte, dass er sich angeschlichen hätte. „Mitten in der Arbeit, wie ich sehe.“

„Was machst du denn an einem Samstagmorgen im Büro?“ Verwundert drehte sie sich mitsamt ihrem Stuhl halb zu ihm herum.

„Wir haben bereits nach Mittag“, korrigierte er sie.

„Ich dachte, du wärst dabei, alle Telefonnummern auszuprobieren, die du gestern Abend bei ‚Hair Amore‘ bekommen hast.“

Kann sie nicht einmal mit mir reden, ohne mich zu reizen? dachte er entnervt, und statt sie mit den Blumen, die er spontan für sie gekauft hatte, zart im Nacken zu kitzeln, warf er diese auf die Tischplatte neben ihren Computer.

„Langschläfer sind die besten Partner für den Abend“, entgegnete er und hoffte auf eine heftige Reaktion. Amy verdiente sein Geständnis nicht, dass er noch gestern Abend sämtliche Zettel mit Telefonnummern, die er in seinen Hosentaschen fand, in den Papierkorb geworfen hatte. Nun überlegte er ernsthaft, ob er sie dort wieder hervorholen sollte. Er war in der Stimmung für einen netten, unkomplizierten Flirt.

„Blumen? Fürs Büro?", fragte sie leicht verwirrt.

„Meinen Arbeitsplatz schmücke ich normalerweise nicht mit Blumen."

„Sind sie für mich?"

Als er nickte, nahm sie die Blumen und wickelte sie aus dem grünen Papier.

Als sie die Nase in dem Strauß aus gelben Gänseblümchen, weißen Nelken und Schleierkraut barg, entschädigte ihn dieser Anblick in geradezu erschreckend intensiver Weise für die paar Dollar, die er für die Blumen ausgegeben hatte. Verflixt! Er sollte besser mit der echten Holly Heartfelt zusammenarbeiten. Er hatte sie zwar noch nie gesehen, aber er stellte sich eine grauhaarige Lady mit Brille und Gesundheitsschuhen vor. Mit ihr als Kollegin wäre er zumindest in der Lage, sich auf seinen Job zu konzentrieren.

„Ich habe sie unterwegs mitgenommen", brummte er.

„Danke, Joe. Sie sind wunderschön."

Sie zog ein Gänseblümchen heraus, steckte es sich hinters Ohr und befestigte es in ihrem zurückgebundenen Haar. Er wünschte, sie hätte diese Geste unterlassen. Sie sah damit so ... bezaubernd begehrenswert aus. Das Letzte, was er sich von einer Kollegin wünschte.

„Ein Friedensangebot", fügte er seiner brummigen Erklärung hinzu, „weil ich dich gezwungen habe, mit zu ‚Hair Amore' zu gehen. Es war dort nicht besser als auf dem Viehmarkt. Lukrativ für Männer, aber entwürdigend für die Frauen."

Er blickte sich im Büro um, weil er hoffte, etwas zu entdecken, das als Vase dienen konnte. Es war Zeit, dass er Amy die Blumen abnahm. Sie sah einfach zu hinreißend damit aus.

„Woher wusstest du, dass ich im Büro bin?", fragte sie und stellte den Strauß in ihre halb leere Mineralwasserflasche.

„Hatte so eine Ahnung."

„Bist du nur hergekommen, um die Blumen abzugeben?"

„Würdest du mir glauben, wenn ich Ja sage?"

Sie hob eine Augenbraue, schwieg jedoch.

Er hatte zwar keine große Lust zu arbeiten, ließ sich aber an seinem Schreibtisch nieder, um den Blumen nicht zu viel Gewicht zu verleihen. Langsam tippte er ein paar seiner Ideen in den Computer. Nein, das war eindeutig nicht die Art und Weise, wie er einen Samstagnachmittag verbringen wollte.

„Lass mich deinen Text lesen, und ich gebe dir meinen", schlug er vor, nachdem er ein paar Absätze geschrieben hatte.

„Ich weiß nicht recht ..."

„Du arbeitest doch an der Kolumne, oder? Falls du natürlich Tagebuch schreibst oder heimlich einen Roman ..."

„Quatsch. Du kannst es lesen, wenn du darauf bestehst."

Sie tauschten ihre Plätze, und bald erkannte er, dass Amy mehrere Stunden hart gearbeitet haben musste. Was er las, war so gut, dass er sich einen Sport daraus machte, einen Fehler zu finden.

Ha! Endlich, da war einer! „Ein getrennter Infinitiv!", rief er.

„Nein!" Amy sprang auf und beugte sich über seine Schulter, sodass ihr zarter Blumenduft ihn umwehte. „Mist! Du hast recht!"

Ein paar Minuten später revanchierte sie sich. „Aha! Ein zu langer Satz!"

„Das passiert mir nie", widersprach er, stand auf und beugte sich über ihre Schulter.

Da es ihn ohnehin zu viel Mühe kostete, sich auf seinen Text zu konzentrieren, solange Amy in seiner unmittelbaren Nähe war, trat er lieber gleich näher und wagte es auch, sein Kinn leicht auf ihren Kopf zu stützen. Während er das Kitzeln ihres Haars auf seiner Haut genoss, stützte er sich rechts und links von ihr auf die Armlehnen ihres Stuhls und tat nun so, als lese er aufmerksam durch, was er geschrieben hatte.

Sie rutschte bis zur Stuhlkante vor, wodurch der Stuhl kippte und sie fast zu Boden befördert hätte. Er reagierte sofort, legte die Hände um ihre schlanken Arme und hielt sie fest.

„Wir sollten vorerst besser kommentarlos lesen", schlug sie nun vor, „und nicht nach Fehlern suchen. Das hier ist ja nur ein Entwurf."

„Stimmt." Es fiel ihm nicht leicht, sie loszulassen. Ihre Haut war warm und seidenweich. Was er jetzt brauchte, war entweder Sex mit irgendeiner Frau, die er danach nie wiedersehen würde, oder eine eiskalte Dusche.

Er zog sich zurück und begann wieder, ihren Text zu lesen. Ihr Stil entlockte ihm ein Lächeln. Amys ganze quirlige, sensible Persönlichkeit drückte sich in dem aus, was und wie sie schrieb. Er sagte allerdings nichts darüber, weil er warten wollte, bis sie sich zu seinem Text äußerte.

„Gern gebe ich es ja nicht zu“, meinte sie schließlich, „aber ich hätte keine Angst zu haben brauchen, dass du an der falschen Stelle Witz einsetzt. Ich fürchtete, du würdest auf Lacher zielen, während unsere Leser Hilfe erwarten. Aber dein Text ist humorvoll und sensibel, Malone. Er ist gut.“

Dieses Lob erfüllte ihn mit solchem Stolz, dass er sich irritiert fragte, warum ihm Amys Anerkennung so wichtig war.

„Das freut mich“, erwiderte langsam. „Denn du weißt wirklich, wovon du sprichst.“

Bildete er es sich nur ein, oder überzog eine zarte Röte ihren Hals?

„Ich verschwinde jetzt“, sagte er. „Gehst du mit mir mittagessen?“

„Nein, danke. Ich bleibe, bis ich diese Briefe sortiert habe. Montag will ich nicht damit anfangen, Liegengebliebenes aufzuarbeiten.“

Sie bat ihn nicht um Hilfe, und er bot ihr keine an.

„Also dann, bis Montag.“ Damit ging er.

Er durfte froh sein, dass er kein besonders Interesse daran hatte, sich privat mit ihr zu treffen. Ihr Arbeitseifer würde ihm nur auf die Nerven gehen.

5. Kapitel

Am Montagmorgen stürzte Amy sich in den Berufsverkehr und hoffte, dass sie in keinen Stau kam. Zwar war es überhaupt nicht nötig, im Büro zu sein, bevor Joe dort einträfe, doch sie würde sich einfach wohler fühlen, wenn sie bei seiner Ankunft mitten in der Arbeit steckte.

„Was willst du dir eigentlich beweisen?“, fragte sie sich und kurbelte das Wagenfenster herunter, um die kühle Morgenluft hereinzulassen. Das Beste am Wüstenklima war der Temperatursturz in der Nacht. So erschien jeder Morgen wie Neuanfang.

Sie war abergläubisch und hielt einen schlechten Montagmorgen für ein böses Omen. Wenn an dem Morgen etwas schiefließ, konnte man die ganze Woche vergessen. Natürlich ist das Unsinn, dachte sie und reckte den Hals, um eine Lücke in der Autoschlange zu erspähen, die es ihr ermöglichen würde, schneller voranzukommen.

Sie hasste es, im Stau zu stecken, besonders wenn ihr ein Lastwagen auch noch die Sicht versperrte. Alles, was ihr jetzt übrig blieb, war, die Umgebung zu genießen – und das in einer Straße, in der sich ausschließlich Geschäftshäuser, kleine, heruntergekommene Restaurants und ein paar Kneipen mit Bierreklame in den Fenstern befanden. Dann, plötzlich, bog der Lastwagen rechts ab und gab die Sicht frei auf …

„Oh, nein!“

Die riesige Plakatwand, die auf dem Flachdach eines Lagerhauses in den Himmel ragte, war unübersehbar. Letzten Freitag hatte dort noch eine Brauerei für ihr Bier geworben. Heute verlangsamten die Fahrer ihr Schneckentempo noch, weil ihr Blick auf ein Paar weibliche Beine gerichtet wurde – auf ihre, Amy Pattersons Beine –, die auf dem überdimensionalen Plakat prangten. Warum nur, um alles in der Welt, hatte sie dieses hautenge Kleid getragen? Dadurch wirkte ihre Figur wie die eines Pin-up-Girls, das sich Männer in den Spind hängten. Am schlimmsten aber war, dass Joe ihre Lippen auf dem Foto mit so viel Leidenschaft attackierte, dass sie den Kuss förmlich hören konnte.

Sie war an dem Plakat vorbeigefahren, noch bevor sie den dazugehörigen Text gelesen hatte.

„Ich habe bestimmt nicht richtig hingeguckt. So schlimm, wie es aussah, kann es gar nicht sein", sagte sie sich und kurbelte das Fenster wieder hoch, als wollte sie sich verstecken.

Bevor sie den Parkplatz des „Monitors" erreicht hatte, war sie noch an zwei weiteren verkehrshemmenden Plakaten vorbeigekommen. Joe erschien ihr mittlerweile mindestens so sexy wie die Modelle, die Calvin Klein seine Herrenunterwäsche präsentieren ließ. Selbst Joes Füße wirkten in den abgetragenen Stiefeln erotisch.

Zwei Autofahrer hupten ihr nach und winkten, während sie über den Parkplatz zum Eingang des Zeitungsgebäudes lief. Halbherzig erwiderte sie ihr Winken.

Ich werde dieses Kleid verbrennen! schwor sie sich.

Als ob sie noch mehr Unglückszeichen an diesem Montagmorgen benötige, fand sie Joe bereits im Büro vor.

„Sag nichts!", warnte sie ihn, eilte zur Hängeregistratur, nahm ihren ausgeblichenen rosa Pulli heraus und zog ihn über. Wie war sie nur darauf verfallen, heute ein knappes weißes Seidentop und einen kurzen schwarzen Rock anzuziehen?

„Oh, nein …" – Joe seufzte – „du hast so unglaublich …"

„Sag es nicht!"

„… sexy ausgesehen."

Das Telefon klingelte. Joe nahm ab, hörte kurz zu und antwortete dann: „Ich muss mich erst mit meiner Partnerin abstimmen, aber der Termin morgen könnte klappen. Ich rufe Sie an." Nach dem Telefonat erklärte er: „Das war Dana DeJong von der Morgenshow. Ich rufe sie zurück, sobald wir unseren Terminplan mit Garver besprochen haben."

„Erwartet er von uns, dass wir an einer Fernsehshow teilnehmen?"

„Ja, aber ich freue mich wesentlich mehr über den Beitrag in den Abendnachrichten, obwohl Danas Show gute Einschaltquoten hat."

„Abendnachrichten?“, brachte sie mühsam heraus.

„Ja, von denen kam der erste Anruf heute Morgen. Seitdem klingelt ununterbrochen das Telefon.“

Wie auf Kommando läutete es erneut, und Joe war so freundlich, den Interviewwunsch eines regionalen Radiosenders entgegenzunehmen.

„Joe, mach sofort Schluss damit!“

„Wieso?“ Er runzelte die Stirn, als er nun ihren Pulli betrachtete. „Ist dir wieder mal kalt?“

„Nein. Doch! Hör auf, Termine auszumachen, über die wir vorher nicht gesprochen haben!“

„Wir müssen den Zeitplan nachher sowieso gemeinsam mit Garver besprechen. Diese Termine sind noch nicht bestätigt.“

Wieder klingelte das Telefon, und Joe wollte nach dem Hörer greifen.

„Lass ihn liegen!“

„Dann heb du doch ab.“

Das wäre ihr noch unangenehmer. „Nein, geh du ran.“

„Es ist für dich“, sagte er eine Sekunde später und reichte ihr den Hörer.

„Hallo … oh, tatsächlich?“

Ihr Telefonat dauerte nicht lang.

„Du musst dich an deine Fans gewöhnen“, teilte Joe ihr danach umgehend mit. „Ab sofort bist du nicht mehr die anonyme Holly Heartfelt.“

„Das war kein Fan, sondern meine Mutter. Sie findet das Plakat gut.“

„Warum auch nicht? Ihre kleine Tochter ist jetzt berühmt.“

„Ich will aber nicht berühmt sein. Alles, was ich will, ist, meine Miete zahlen zu können, ohne eine psychopathische Mitbewohnerin dulden zu müssen. Dieser Albtraum muss sofort aufhören!“

„Lies deinen Vertrag, Patterson. Werbung ist eine Facette im Gesamtbild.“

Amy krampfte sich der Magen zusammen, wenn sie an das „Gesamtbild“ dachte.

Es war früher Nachmittag, bevor Amy und Joe Zeit hatten, sich um die Details zu kümmern, die die neue Kolumne betrafen, deren Name in „Ansichtssache“ verändert worden war.

„Wir müssen unsere erste Verabredung planen“, sagte Joe.

Weiß er eigentlich, dass das blaue Leinenhemd seine blauen Augen in tiefem Azurblau leuchten lässt? fragte sich Amy. Natürlich weiß er das! Ihm gefällt die Rolle als Showstar. Wahrscheinlich hatte Joe dieses Outfit seinem neuen Image entsprechend gewählt. Die schwarzen Jeans saßen jedenfalls wie angegossen. Oh, sie durchschaute ihn genau.

„Wohin könnten wir denn gehen?“, fragte sie und meinte damit eher: Wie können wir vermeiden, die Sensation des Abends zu werden, weil man uns erkennt?

„Lass uns mit einem Dinner in einem netten kleinen Restaurant beginnen“, schlug er vor.

„Was hältst du davon, in die Berge zu fahren? Flagstaff wäre doch nett, und ‚Blackie's Saloon‘ hat eine schöne Atmosphäre.“ Leute, die sich verbergen mussten, nahmen ihre Zuflucht immer in die Berge – das war Tradition in Arizona.

„Hm“, meinte Joe zweifelnd, „könnten wir schon … Aber warum sollten wir bei unserer ersten Verabredung mehr als vier Stunden im Auto sitzen, um hin- und zurückzukommen? Immerhin müssen wir vorgeben, uns nicht zu kennen.“

„Vorgeben“, murmelte sie frustriert und wünschte, Joe Malone nie kennengelernt zu haben.

Sie brauchte niemanden, der ihr Leben komplizierte. Wie sollte sie bloß damit umgehen, plötzlich ein Riesen-Pin-up zu sein? Eigentlich hatte sie geplant, sich mit einigen Freundinnen zu einem Kurs in Wasser-Aerobic anzumelden. Das konnte sie jetzt vergessen, denn ihre Freundinnen würden nicht eher Ruhe geben, bis sie mit ihren anzüglichen Fragen nach dem sexy Mannsbild auf dem Plakat das Wasser zum Brodeln gebracht hatten.

„Irgendwie habe ich den Eindruck, dass du nicht ganz bei der Sache bist, Patterson.“

„Oh, ich bin durchaus bei der Sache.“ Sie würden beide als „Der Kuss“ in die Geschichte Arizonas eingehen. „Was wir brauchen, ist eine Verabredung während der Woche. Da wir uns angeblich das erste Mal treffen, kann jeder von uns bei Bedarf den folgenden Arbeitstag als Ausrede benutzen, um sich früh zu verabschieden, wenn es nicht klappt. Wir könnten uns auch zum Lunch treffen."

„Nein, ich bin für ein Dinner. Diese Woche wird hektisch. Was hältst du von Donnerstag? Bis dahin hat sich der Aufruhr wahrscheinlich gelegt, und wir haben unsere fünfzehn Minuten Ruhm genossen."

„Na gut. Und wohin?"

„Die Wahl des Restaurants überlasse ich gern dir. Ich esse alles, außer deinen verschmähten Brotkrusten."

„Sehr witzig, Joe. Ich werde nachdenken und dir das Ergebnis später mitteilen." Er gestattete ihr mal wieder, etwas zu tun, worum er sich nicht kümmern wollte.

Joe versuchte es erst gar nicht, in dieser Woche noch einmal früher als Amy im Büro zu sein. Glücklicherweise war sein Laptop mit dem Computersystem des „Monitors" kompatibel, sodass er seinen Teil der Kolumne zu Hause entwerfen konnte, bevor er ins Büro kam und dort mit Anrufen und Terminwünschen bombardiert wurde, die durch die Plakataktion hervorgerufen worden waren.

Er konnte besser arbeiten, wenn er Ruhe hatte – besonders vor seiner irritierenden Kollegin. Ihr schlanker Arm befand sich viel zu nah an seinem, wenn er neben Amy im Büro saß. Ständig war er in Versuchung, seinen Stuhl ein wenig näher zu rücken, sodass er ihren Arm berühren könnte – außer, sie trug diesen scheußlichen rosa Pullover. Er hatte schon daran gedacht, ihn zu verstecken oder ihr irgendein unförmig weites Kleidungsstück mitzubringen, damit er nicht ständig in Versuchung geriet, sich ihr zu nähern. Denn selbst ihr hässlicher Pullover verströmte Amys unverwechselbares Parfüm, dessen verführerischen Duft er immer wahrnahm, sobald er sich in dem kleinen gläsernen Büro befand.

Amy grollte ihm zwar, als er am Donnerstagvormittag erst nach zehn Uhr im Büro erschien, doch sie konnte sich über sein Arbeitspensum nicht beschweren. Er hielt so gut Schritt mit seiner arbeitswütigen Kollegin, dass sie mit der täglichen Kolumne weit vor den jeweiligen Abgabeterminen fertig waren, und auch die erste Folge von „Ansichtssache“ war geschrieben und würde am Sonntag erscheinen können. In Nummer eins ging es um Freud und Leid beim Kennenlernen neuer Leute. Die verschiedenen Erfahrungen, die sie beim Single-Treff in „Hair Amore“ gemacht hatten, lassen sich witzig und interessant. Ihre Texte waren außerdem so kontrovers, dass sie dazu sicher eine Menge Zuschriften erhalten würden.

Nachdem Amy ihm am Dienstag ihre Wahl des Restaurants für die Verabredung mitgeteilt hatte, verloren sie kein Wort mehr über den „Termin“, und da sie keinerlei Form von Begeisterung zeigte, hatte er keinen Grund, sich auf den Abend mit seiner hinreißenden Kollegin zu freuen. Anscheinend betrachtete sie das Dinner als Fortsetzung ihres hektischen Arbeitstags.

Er musste allerdings anerkennen, wie sie mit ihrer plötzlichen Berühmtheit umging. Vor ihrem ersten öffentlichen Auftritt war sie zwar noch nervös gewesen, doch nachdem sie ihren Humor zurückgewonnen hatte, hatten sie gemeinsam tapfer eine Reihe äußerst langweiliger Interviews durchgestanden.

„Ich hole dich um sieben Uhr zu Hause ab, wenn es dir recht ist“, sagte er, da heute der betreffende Donnerstag war, und wunderte sich, dass es ihm so schwerfiel, die Sache beiläufig zu behandeln.

„Lass nur. Wir treffen uns im Restaurant.“

„Warum gehen wir nicht direkt vom Büro dorthin? Dann kannst du noch eine Stunde arbeiten.“

„Bei einer echten Verabredung gehe ich normalerweise vorher nach Hause und ziehe mich um. Manchmal bringe ich die Sachen auch mit und ziehe mich hier um. Daran habe ich allerdings heute nicht gedacht. Also muss ich heimfahren.“

„Gib dir nicht zu viel Mühe“, meinte er ironisch.

„Kaum. Wir treffen uns ...“

„Nein. Wenn wir uns im Restaurant treffen, verpasse ich meine Chance, durch Pünktlichkeit Eindruck zu schinden und dir die Beifahrertür zu öffnen.“

„Okay, dann hol mich ab.“

„Sieben Uhr?“

„Gut.“

Er konnte auf langjährige Erfahrung zurückschauen, doch nie zuvor war ihm eine Verabredung so kompliziert erschienen.

Irgendwie fand er es schwierig, zwischen echt und gestellt zu unterscheiden, wenn es um Amy Patterson ging. Diese Verabredung war dienstlich, sollte jedoch möglichst nah an der Realität bleiben. Diese Realität schloss nun aber ein, dass er sich vorstellte, wie es sein würde, Amy zu küssen, sie in den Armen zu halten und ihre vollen Brüste an seinem Oberkörper zu spüren. Denn er legte keinen Wert darauf, von ihr später als Frauenhasser oder Eunuch beschrieben zu werden, hatte allerdings keine Ahnung, was passieren würde, wenn er sie dann auch tatsächlich in die Arme nahm. Wie weit ging ihre Bereitschaft, Material für die Serie zu sammeln?

„Das ist also geklärt", sagte er. „Gibt es noch etwas, worüber wir reden müssten?"

„Nicht dass ich wüsste", erwiderte sie.

Er warf einen Blick auf ihren Computerbildschirm. Wusste Amy, dass sie einen Text gegenlas, den sie bereits vor zwei Tagen zum Satz gegeben hatte?

An diesem Donnerstag ab etwa vier Uhr nachmittags tat Amy wenig anderes, als ständig auf die Uhr zu schauen. Es war höchste Zeit, dass Joe Malone verschwand. Normalerweise verließ er das Gebäude immer als Erster. Heute wurde es fünf Uhr, und er saß immer noch an seinem Schreibtisch und blätterte in einem Stapel Frauenzeitschriften, die er sich als Recherchematerial aus der Dokumentation geholt hatte.

Sie wünschte sich dringend, allein zu sein. Sie hatte vorgehabt, früh zu gehen, um sich zusätzliche Zeit zum Schönmachen zu verschaffen, wollte aber nicht, dass Joe das mitbekam. Angesichts der Sachlage fragte sie sich nun, ob sie sich bei ihrem ersten Treffen Minuspunkte einhandeln würde, wenn sie es erst in letzter Minute schaffte, sich zurechtzumachen.

„Liest du gerade etwas Interessantes?", fragte sie ihn.

„Nein, ich erfreue mich nur an den Anzeigen. Ich wusste gar nicht, dass man in Frauenzeitschriften so viel nackte Haut bewundern kann."

Er grinste breit, und sie erkannte, dass er sie necken wollte.

„Ich schaue noch im Supermarkt vorbei und kaufe ein, bevor ich nach Hause fahre“, behauptete sie. „Damit ich noch einen Happen essen kann und das Dinner nachher nicht so üppig wird.“

„Brauchst du nicht. Wir sind bei Garver zur Zeit so gut angeschrieben, dass wir uns Hummer bestellen könnten – natürlich auf Spesen.“

Sie holte ihre Handtasche aus der Hängeregistratur und überlegte sich einen neuen Schachzug.

„Ach, ich habe ganz vergessen, dass die Reinigung um sechs Uhr schließt. Ich muss los.“

„Wenn du mehr Zeit brauchst, um dich zurechtzumachen …“

„Oh, nein! Wir treffen uns um sieben Uhr.“

Was soll ich bloß anziehen? überlegte Amy zu Hause nervös. Sie durfte sich keinen Fehlgriff erlauben, denn wenn Joe ihr übel mitspielen wollte, erschien ein negativer Kommentar über ihr Outfit in der Kolumne. Sie begutachtete den Inhalt ihres Kleiderschranks, wobei sie nur den schwarzen Hosenanzug und das Kleid ausschloss, das sie bei der Plakataktion getragen hatte. Schließlich entschied sie sich für ein weizengelbes Schlauchkleid, zu dem ein heller Blazer gehörte. Der Rocksaum endete zwar oberhalb der Oberschenkelmitte, doch der Rest war konservativ genug für ein Vorstellungsgespräch. Sie war nicht ganz sicher, welchen Eindruck sie erwecken wollte. Das Kleid war hochgeschlossen und hatte lange, schmale Ärmel. Dadurch wirkte es äußerst ladylike. Würde Joe sie für schüchtern oder für langweilig halten?

Nachdem sie hineingeschlüpft war, hatte sie sich gerade entschieden, doch etwas anderes anzuziehen, als es an der Haustür klingelte.

Das musste Joe sein.

Sie lief zur Tür, atmete tief ein und zählte bis zehn, bevor sie öffnete.

„Hi.“ Soll ich ihn hereinbitten? überlegte sie.

„Hallo.“ Er dehnte das Wort und ließ sich Zeit für einen abschätzenden Blick.

Er findet mich langweilig, dachte sie ernüchtert. Nur ihren Beinen widmete er einen zweiten, anerkennenden Blick. Großartig! Das einzige, was dem Mann, mit dem sie heute Abend ausgehen würde, gefiel, würde unsichtbar unter dem Tisch bleiben.

Joe war sich klar darüber, dass jetzt der Moment gekommen war, um seine Partnerin durch ein Kompliment zu entspannen. Er wusste jedoch, dass Amy konventionelle Floskeln sofort durschaute. In ihrer Gegenwart hatte er immer das Gefühl, besonders clever und originell sein zu müssen. Lag das daran, dass sie beide Journalisten waren? Legten sie deshalb jedes Wort auf die Goldwaage? Oder war Amy einfach etwas Besonderes?

„Du siehst sehr nett aus“, sagte er.

„Danke.“

„Das sagt der Mann, mit dem du dich verabredet hast“, fügte er hinzu. „Dein Kollege findet, dass du das perfekte Kleid gewählt hast. Du wirkst wie eine Prinzessin aus Eis, unnahbar, aber immer noch verführerisch genug, weil du so viel der Fantasie überlässt. Immerhin ist das Ding so kurz, dass man zweimal hinguckt.“

„Jetzt muss ich wohl noch mal Danke sagen.“

„Ich würde alles tun, um dich zum Erröten zu bringen.“

„Warum sagst du etwas Nettes zu mir, nur um es gleich darauf durch eine ironische Bemerkung wieder aufzuheben?“, beschwerte sie sich.

„Habe ich das getan? Tut mir leid. Darf ich noch mal von vorn anfangen? Hallo, ich bin Joe Malone. Du siehst heute Abend hinreißend aus.“

„Du auch. Mir gefällt dein Anzug.“

„Danke.“ Er würde Amy natürlich nicht gestehen, dass er ihn extra für diesen Abend gekauft hatte. Schließlich schadete es nichts, einen anthrazitfarbenen Einreiher zu besitzen, falls man sich mal wieder irgendwo bewerben musste.

Im Verlauf der nächsten Minuten bemühte er sich, der Etikette Genüge zu tun. Er hielt Amy Türen auf, führte eine lockere Unterhaltung und lachte an den richtigen Stellen. Was er unterließ, war, das unbändige Gefühl von Stolz zu zeigen, das ihn überkam, als er mit Amy am Arm das exklusive Restaurant „Silver Swan“ betrat.

Sie hatte gut gewählt. Das Restaurant war schick, aber nicht übertrieben teuer. Der Inhaber hatte seine Einrichtung an englischen

Pubs orientiert. Das war nicht überraschend in einem Land, das einst die London-Bridge über den Atlantik transportiert hatte.

„Tisch für zwei Personen, auf den Namen Malone“, sagte er zu einem würdevoll aussehenden Maître de Table.

„Tut mir leid, Sir. Wir haben leider keine Vorbestellung auf diesen Namen.“

„Hast du den Tisch unter deinem Namen bestellt?“, erkundigte er sich bei Amy.

„Ich? Ich dachte, du hättest das Restaurant angerufen.“

„Du hast es aber doch ausgesucht. Daher nahm ich an, du hättest auch den Tisch bestellt. Wie lange müssten wir denn warten?“, fragte er den Maître.

„Mindestens drei Stunden, Sir.“

„An einem Donnerstag?“ Er entnahm seiner Brieftasche eine Fünfdollarnote und war überrascht, als der Maître den Kopf schüttelte.

„Wir haben heute Abend zwei private Veranstaltungen, Sir. Es ist leider kein Tisch mehr frei.“

„Lass uns woanders hingehen“, sagte Amy.

„Entweder das, oder wir verschieben unsere Verabredung aufs Frühstück.“ Er präsentierte eine Zehndollarnote, jedoch vergeblich.

„Wir könnten doch darüber schreiben, welche Pannen beim ersten Treffen passieren können“, schlug sie vor.

„Das würde Garver bestimmt nicht gefallen.“ Und Malone ebenfalls nicht. Er hatte keine Lust, den Abend zu beenden, noch bevor er begonnen hatte. „Sind Sie ganz sicher, dass Sie uns nicht irgendwo dazuquetschen können?“

„Lass uns gehen, Joe“, drängte Amy. „Ich bekenne mich schuldig, weil ich nicht vorbestellt habe.“

„Nein, es war mein Fehler. Ich hätte fragen sollen.“

„Darüber können wir uns später streiten. Wähl du ein anderes Restaurant.“

Die Fahrt bis zu dem Restaurant seiner, Joes, Wahl – das „Tommy O'Malley's“ – war kurz, und Amy und er wurden umgehend zu einem freien Tisch geleitet. Die hochlehnigen Stühle waren mit rotem

Samtpolster bezogen. Das Personal verkörperte Gestalten aus der Geschichte des Wilden Westens und aus Western. Darunter erblickten sie Calamity Jane, Miss Kitty aus dem Film „Gunsmoke", Wyatt Earp, Buffalo Bill und andere legendäre Figuren.

„Und, wie gefällt es dir hier?", fragte er Amy.

„Nicht ganz das, was ich für ein erstes Treffen gewählt hätte. Irgendwie ist es ein bisschen …"

In diesem Moment erschien eine als Saloongirl verkleidete Kellnerin im roten Satinkleid, um die Bestellung aufzunehmen.

„Ich erkenne Sie wieder!", rief sie aufgeregt. „Sie sind der Typ, der überall auf den Plakaten zu sehen ist! Oh, haben Sie etwas dagegen, wenn ich meine Freundin hole? Brenda, schau mal, wer hier ist!"

Ein zweites Saloongirl, diesmal in lila Satin, eilte mit wogenden Brüsten und schwingenden Hüften herbei. „Ich bin ganz verliebt in das Plakat! Bitte, bekomme ich ein Autogramm? Hier auf die Speisekarte."

Er signierte zwei Speisekarten und wies darauf hin, dass Amy ebenfalls auf dem Plakat zu sehen war. Amy fügte ihre Unterschrift mit eisigem Gesichtsausdruck hinzu.

„Nette Mädchen", bemerkte er, als die Kellnerin davonging, um Amys Weißwein und sein Mineralwasser zu holen. Er war durstig, wollte heute Abend aber einen klaren Kopf behalten.

„Die Lilafarbene hat sich dir fast auf den Schoß gesetzt, als du sie nach ihrem Namen fragtest." Amy öffnete ihre Handtasche, holte einen Block heraus und machte sich ein paar Notizen.

„Sag bloß, du schreibst mit."

„Nur zur Erinnerung."

„Vergiss dabei nicht, den Abend zu genießen. Deswegen sind wir nämlich hier."

„Ich dachte, wir führen eine Recherche durch. Wie soll ich mich daran erinnern, ob du allen Anforderungen gerecht geworden bist, wenn ich nicht mitschreibe?"

Er ließ sich durch ihre Unschuldsmiene nicht beeindrucken. „Hast du keine Angst, dass du meinen Kriterien nicht genügst?"

Sie ließ Bleistift und Block zurück in ihre Tasche gleiten. „Was mache ich falsch?"

„Du widmest mir nicht genügend Aufmerksamkeit."

„Warum sollte ich, wenn du Kellnerinnen ermutigst, sich ..."

„Von jetzt an konzentriere ich mich ganz auf dich. Schließlich war ich noch nie zuvor berühmt. Eine Minute lang habe ich es wirklich genossen. Mehr nicht. Mit was beginnen wir unsere Unterhaltung?"

„Wieso soll ich einen Vorschlag machen?"

„Gut, dann fange ich an. Meinst du, die Cubs sollten ..."

„Nein, Joe! Kein Sport."

„Du magst Basketball, also dachte ich ..."

„Das hat damit nichts zu tun. Wir haben uns gerade das erste Mal getroffen. Über Sport reden Männer untereinander. Du kannst nicht annehmen, dass eine Frau sich für Baseball interessiert. Wie wär's mit einem persönlicheren Thema?"

„Na schön. Darf ich wenigstens davon ausgehen, dass du die Zeitung liest?"

„Du machst Minuspunkte mit deinem Sarkasmus."

„Dann also Standardprogramm. Was machst du, wenn du nicht arbeitest?"

„Eine Menge. Ich lese, will mich zu einem Kurs in Wasser-Aerobic anmelden und spiele ab und zu Tennis."

„Ich dachte, wir reden nicht über Sport."

„Nur solange du nicht weißt, ob deine Partnerin sich dafür interessiert."

„Scheint ein Anstandsbuch zu geben, das ich nicht kenne."

„Kaum. Sei doch einfach du selbst, Malone. Charmant, faszinierend ..."

„Darüber kann ich aber nicht reden. Sonst kriege ich Minuspunkte für Eitelkeit."

Amy kicherte. Ihre Getränke wurden gebracht, und er hatte Zeit, einen Moment lang nachzudenken, während er von seinem Mineralwasser trank.

„Ich habe eine Tätowierung", sagte er dann.

„Warum?"

„Falsch, Amy, total falsch! Du hättest fragen müssen, wo ich sie habe oder was sie darstellt. Dagegen ist ‚warum' eine Herausforderung und hört sich an, als würdest du meine Intelligenz in Zweifel ziehen. ‚Was' hätte gezeigt, dass du Interesse hast, und ‚wo', dass du Feuer gefangen hast."

„Lass mich nachdenken. Du hast dir einen Drachen auf die Rückseite tätowieren lassen, und ich gehe noch weiter. Es passierte in deiner Studentenzeit, und du warst betrunken."

„Das mit dem College stimmt. Ein Drache war allerdings aufgrund Geldmangels nicht drin. Ich habe einen kleinen Phoenix gewählt, weil ich die Legende vom Vogel, der aus der Asche neu ersteht, besonders mag."

„Und du bist in Phoenix aufgewachsen. Jedenfalls ist es besser als eine Schlange."

Die rot gekleidete Kellnerin erschien und nahm ihre Essensbestellung auf. Amy wählte Kalbschnitzel mit Parmesan; er nahm Schwertfisch.

„Ich bin überzeugt, dass das mit der Tätowierung nicht stimmt", sagte Amy, nachdem die Kellnerin gegangen war.

„Wieso?"

„Es passt zu den Tricks, die du sonst auf Lager hast."

„Wir haben uns heute das erste Mal verabredet. Dies nur zur Erinnerung. Du kannst also noch gar nichts über mich wissen."

„Es könnte aber doch sein, dass wir uns vor unserem ersten Treffen schon eine Weile kannten."

„Nein. Wir müssen davon ausgehen, dass wir uns völlig fremd sind."

„Na gut. Hast du nun ein Tattoo oder nicht?"

Er lachte.

„Du hast also keins!"

Er lächelte.

„Joe, sag die Wahrheit."

„Jetzt habe ich dich dazu gebracht, dir ein bestimmtes Körperteil von mir vorzustellen, stimmt's?"

„Du hast mich angeschwindelt! Du hast gar kein Tattoo!"

„Das habe ich damit nicht gesagt. Außerdem ist diese Unterhaltung viel zu intim für ein Paar, das sich völlig fremd ist."

„Du bist unmöglich! Ich werde über Verabredungen schreiben, die zum Albtraum wurden."

„Fürchtest du nicht, damit meine Gefühle zu verletzen?"
„Oh ..."
„Gerettet", sagte er grinsend, denn in diesem Augenblick wurde der Salat serviert. Das erinnerte ihn an den Grund, warum er sich mit Frauen so selten hier in diesem Restaurant traf. Der Service war zu rasch, und er genoss das Zusammensein mit Amy, auch wenn sie ihn eher unter Albtraum verbuchte. Interessiert beobachtete er, wie sie ein wenig Dressing über ihren Salat träufelte und dann zu essen begann.
„Schau mir nicht beim Essen zu", wies sie ihn an.
„Hm?"
„Du beobachtest mich beim Kauen. Mache ich es falsch?"
„Wusste gar nicht, dass es dafür auch Regeln gibt."
„Also, zurück zu unserer Unterhaltung. Wir könnten als Nächstes über unsere Familien reden. Dabei kann nichts schiefgehen."
Er löffelte Gorgonzoladressing über seinen Salat. „In Ordnung. Erzähl mir alles über deine."
„Du weißt doch bereits alles über sie. Du warst jahrelang mit Sonny befreundet."
„Wenn ich nicht mit ihm befreundet gewesen wäre, würde ich mich wahrscheinlich nicht dafür interessieren, was er heute macht. Familie ist ein langweiliges Thema, Patterson."
„Dann schlag du etwas vor."
„Ich rede gern über die Arbeit."
„Wir haben aber den gleichen Job."
„Wenn du keine Angst vor einer Beziehung mit einem Kollegen hättest, gäbe das eine gute Gesprächsgrundlage: Leute, Politik, Anekdoten."
„Na schön. Ich versuche es. Hast du Garvers Sekretärin schon kennengelernt? Ich habe gehört, sie hätte sich letzte Woche mit einem Anzeigenvertreter in die Haare gekriegt."
Er lächelte. Es war ihm egal, über was sie redeten. Ihm machte es Spaß, Amy zuzuhören und sie anzusehen.
Da das Dinner allzu rasch serviert wurde, bestellte er extra noch ein Dessert, damit der Abend nicht so schnell verging. Danach versuchte er, Amy noch zu einer Eisschokolade zu überreden, doch es

gelang ihm nicht. Als die Kellnerin dann die Rechnung brachte, wollte er danach greifen.

„Halt!“, sagte Amy. „Wir werden doch bestimmt auch mal über die finanzielle Seite von Verabredungen schreiben. Gehen wir in der Regel davon aus, dass der Mann die Rechnung bezahlt?“

„Wenn dies eine richtige Verabredung wäre, ja.“

„Denken alle Männer so? Ich dachte, wir lebten in den Neunzigerjahren.“

„Stimmt. Du bist ja die Konservative – und ich bin der Verkünder der Moderne. Also zahlst du und wartest dann darauf, dass der ‚Monitor‘ dir das ausgelegte Geld zurückzahlt.“

Amy wirkte nicht besonders erfreut über diesen Sieg, nahm die kleine Ledermappe, die die Rechnung enthielt, jedoch an sich.

„Grässlich“, murmelte sie im nächsten Moment stirnrunzelnd und wedelte mit einem kleinen Zettel vor seinem Gesicht. „Die lilafarbene Schönheit hat dir ihre Telefonnummer hinterlassen.“

„Danke.“ Er nahm den Zettel, zerknüllte ihn und wollte ihn in seine Jackettasche stecken, doch es funktionierte nicht, da er völlig vergessen hatte, dass bei neuen Anzügen die Taschen in der Regel zugenäht waren.

„Neuer Anzug?“, bemerkte Amy.

„Yeah.“ Er stopfte den Zettel in die Hosentasche.

„Nett. Aber du hast dir gerade Minuspunkte eingefangen.“

„Weil meine Taschen zugenäht sind?“

„Nein. Ein neuer Anzug extra für unsere Verabredung ist eher schmeichelhaft. Aber du hättest den Zettel in den Aschenbecher werfen müssen.“

„Wir sitzen im Nichtraucherbereich und haben keinen Aschenbecher. Außerdem, warum sollte ich die Gefühle des Mädchens verletzen?“

„Aha. Über deine Wortwahl müssen wir auch noch reden. Mädchen, Ladys, Frauen. Wann benutzt du welches Wort?“

Es gab Momente, da würde er Amy am liebsten schütteln, abgesehen davon, dass er ohnehin ständig das Bedürfnis verspürte, sie zu berühren, gleichgültig wo und wie.

Amy fühlte sich so fröhlich, dass es fast ein leichter Rausch war. Eigentlich hätte ich diese Verabredung als Albtraum empfinden müssen, sagte sie sich. Doch sie hatte sich köstlich amüsiert.

Die Fahrt zu ihrem Apartment dauerte leider nicht lange und ließ ihr kaum Zeit zu überlegen, ob sie Joe noch auf eine Tasse Kaffee hinaufbitten sollte.

Er parkte und stellte den Motor ab. „Ich bringe dich noch zur Tür."

„Das ist nicht nötig."

Ihr Protest war halbherzig, und Joe ging um den Wagen herum und öffnete ihr die Beifahrertür. Ehe sie in der Lage war, auch nur einen Schritt Richtung Haustür zu machen, nahm er ihre Hand in seine und hielt sie fest. Während sie dann zusammen ins Haus gingen, strich er mit dem Daumen über ihr Handgelenk. So zart, dass sie heftiges Herzklopfen bekam.

Sie wollte ihm ihre Hand entziehen, doch auch dazu war sie jetzt nicht in der Lage. Es war einfach zu warm und sinnlich, was er tat.

„Hast du deinen Schlüssel parat?"

Sie wusste kaum, wie sie die Stufen zu ihrem Apartment hinaufgekommen war. „Ja." Sie bemühte sich, die Schlüssel mit der linken Hand aus ihrer Handtasche zu wühlen, die über ihrer linken Schulter hing. Was natürlich nicht gelang. Deshalb war sie nun gezwungen, ihre Hand aus Joes Griff zu lösen. Nach einer kurzen Suche hatte sie ihren Schlüssel dann gefunden.

„Lass mich das machen."

Sie sah es an seinem Gesichtsausdruck, dass er sie küssen wollte. Diesen Blick kannte sie bereits von anderen Männern. Also schloss sie die Augen, doch nichts dergleichen geschah. Stattdessen öffnete Joe die Tür.

„Du musst mich nicht hereinbitten", sagte er.

Sie hatte das gerade tun wollen. „Wahrscheinlich ist es auch besser, einen Fremden nicht sofort mit in die Wohnung zu nehmen", antwortete sie nun.

„Ich würde mir Sorgen um dich machen, wenn du es tätest. Ein Mädchen … hm, eine Frau muss vorsichtig sein."

„Wirst du das in deiner Kolumne schreiben?"

„Könntest nicht du die Sicherheitsmaßnahmen behandeln?"

„Stimmt. Ich vertrete ja die konservative Seite", erwiderte sie resigniert.

Er sah wieder so aus, als würde er sie gleich küssen. Sie schlug die Augen nieder und hob den Kopf, richtete sich noch ein wenig mehr auf und schob die Brüste vor – tat also alles, um einladend zu wirken. Nie zuvor war sie so bereit gewesen für einen Kuss – und so enttäuscht, als Joe sich umgehend verabschiedete und ging.

„Ich rufe dich an", rief er über die Schulter.

„Na toll", murmelte sie und schloss die Tür hinter sich. „Das sagen alle Männer."

Sie hätte schwören können, dass er sie küssen wollte. Doch ein Kuss hätte alles nur noch komplizierter gemacht. Morgen würden sie wieder gemeinsam im Büro sitzen. Sie würden so tun, als wäre nichts geschehen – und sich verstohlen beobachten und sich ständig fragen: was nun? Vielleicht funkte es sogar zwischen ihnen. Dann konnten sie ihr kollegiales Arbeitsverhältnis begraben.

Affären im Büro lohnten sich nicht. Das hatte sie leidvoll erfahren.

Sie ging in ihr kleiderübersätes Schlafzimmer. Der Anblick erinnerte sie daran, wie schwer ihr die Entscheidung für ein passendes Kleid für den Abend mit Joe gefallen war. Rasch zog sie sich aus, als könnte sie damit auch gleich jede unliebsame Erinnerung abstreifen.

Ich bin verrückt, dachte Amy. Nicht nach Joe, natürlich. Nur einfach verrückt.

6. Kapitel

Amy war gerade dabei, am nächsten Morgen ihre Wohnung zu verlassen, um ins Büro zu fahren, als das Telefon klingelte.

„Hallo?“ Ihr Herz schlug schneller bei dem Gedanken, dass es Joe sein könnte.

„Hi, Amy. Wie geht’s?“

Sie hasste es, wenn ein Mann anrief und seinen Namen nicht nannte.

„Ich bin auf dem Weg zur Arbeit. Wer ist am Apparat?“

„Ed. Ich wollte wissen, was du morgen Abend vorhast.“

„Morgen ist Samstag“, überlegte sie laut. „Tut mir leid, Ed. Ich bin das ganze Wochenende ausgebucht.“

„Na ja, dachte halt, ich versuch es einfach. Vielleicht ein andermal.“

„Gern. Danke für deinen Anruf, Ed.“

Dass sie ausgebucht sei, war eine maßlose Übertreibung gewesen. Samstagmittag wollte sie sich mit einer Freundin zum Lunch treffen, und danach musste sie wie versprochen die Blumen ihrer Mutter gießen. Deren neuer Freund hatte sie zu einem Golfturnier in Palm Springs eingeladen.

Außerdem war Ed eigentlich gar nicht so übel. Was sie am meisten an ihm störte, war seine Gewohnheit, mit ihr zu reden und dabei anderen Frauen nachzuschauen.

Als sie wenig später auf der Fahrt ins Büro wieder an den großen Plakatwänden vorbeikam, bemühte sie sich wie gewohnt, nicht hinzusehen, doch das Bild zog sie wie immer magisch an. Jeden Tag entdeckte sie an Joes Konterfei etwas Neues, Anziehendes.

„Du hättest heute Morgen anrufen müssen“, sagte sie zu dem überdimensionalen Foto. „Ich kann schließlich nicht ewig Verabredungen absagen, nur weil ich darauf warte, dass du dich ans Telefon bequemst.“

Dass sie ihn ohnehin gleich im Büro sehen würde, zählte nicht. Falls ihm an einem zweiten Treffen gelegen war, hätte er bereits die Initiative ergreifen müssen. Eigentlich hätte er sie gestern Abend noch anrufen können, um ihr eine gute Nacht zu wünschen.

Da er sich weder gestern Abend noch heute Morgen gemeldet hatte, kam sie leicht verärgert im Büro an.

„Guten Morgen.“ Joe gönnte ihr ein strahlendes Lächeln.

„Morgen.“ Sie verstaute umständlich ihre Tasche in der Hängeregistratur, ließ den rosa Pulli aber, wo er war. In ihrem luftigen, elfenbeinfarbenen Seidentop, dem schokoladebraunen Rock und dem legeren Blazer fühlte sie sich wohl. So einfach war das. Wovor sie sich ein bisschen fürchtete, waren Joes Kommentare, den vergangenen Abend betreffend. Außerdem hatte sie das lächerlich unwiderstehliche Bedürfnis, sich an ihn zu schmiegen und zu schnurren wie eine Katze.

„Der Abend gestern war schön“, sagte er.

„Ja, finde ich auch“, erwiderte sie und bemühte sich, nicht zu erfreut zu klingen.

„Vermutlich sollten wir uns noch einmal treffen, bevor wir die Kolumne schreiben. Wie wäre es mit morgen Abend?“, fragte er ungewohnt sachlich.

„Tut mir leid, Joe. Ich bin das ganze Wochenende ausgebucht.“

„Sonntagabend auch? Kannst du unseren Termin nicht irgendwo dazwischenquetschen?“

„Nein.“

„Höre ich in deiner Stimme Missbilligung? Ist es, weil ich die Telefonnummer der lilafarbenen Schönheit behalten habe?“

„So ein Unsinn. Was du in deiner Freizeit machst, geht mich nichts an.“

„Dann bist du sauer, weil ich dich gestern Abend nicht geküsst habe.“

„Das ist doch lächerlich!“

„Ich hätte es ja auch fast getan. Das darfst du mir glauben.“

„Wir sollten über solche Dinge nicht reden“, sagte sie.

„Warum nicht?“

„Leute, die sich gerade erst kennengelernt haben, reden darüber nicht sofort.“

„Du meinst also, es ist in Ordnung, einen netten Abend miteinander zu verbringen, aber nicht, danach über Gefühle zu sprechen? Vielleicht ist es ja so, dass die Fortschritte der Emanzipation dazu geführt haben, dass Frauen es einfach tun, statt darüber zu reden. Könnte doch sein, dass du bei unserem nächsten Treffen über mich herfällst."

„Du träumst wohl!"

„Die Vorfreude könntest du mir ruhig gönnen. Ich will ja nur wissen, was von mir erwartet wird – und was ich zu erwarten habe. Falls du enttäuscht warst, weil ich dich nicht geküsste habe ..."

„War ich nicht!"

„Falls doch, dann mache ich es das nächste Mal mehr als wett."

„Ein nächstes Mal würde es nicht geben, wenn ich diesen verflixten Vertrag nicht unterschrieben hätte", fauchte sie.

„Ich muss mich um meinen Text kümmern", erklärte Joe kühl.

„Ich mich auch", gab Amy zurück, weil sie das letzte Wort behalten wollte.

Am Sonntagabend versuchte Amy, sich davon zu überzeugen, dass das Wochenende produktiv gewesen war. Sie hatte ihr Apartment geputzt, die Wäsche erledigt, eingekauft und mit einigen Freundinnen lange Telefongespräche geführt. Und um sich endgültig zu beweisen, dass es für sie auch ein Leben außerhalb des Büros gab, hatte sie sich nicht einmal in die Nähe des Zeitungsgebäudes gewagt.

Als sie am Montag ins Büro kam, erwartete ein Haufen Arbeit sie. Die neue Kolumne erwies sich als Riesenerfolg. Die Briefe kamen körbeweise. Joe und sie machten sich daran, jeden Brief zu beantworten, sogar die, die ihnen nur gratulierten. Keiner von ihnen hatte mit der Flut von Fragen gerechnet, die zum Thema Ansichtssache auf sie einstürmten.

„Mit diesem hier habe ich ein Problem." Joe reichte ihr einen schmuddeligen Brief auf liniertem Papier. „Wie soll man einem zehnjährigen Mädchen erklären, dass ihr Freund ausschließlich an den selbst gebackenen Plätzchen interessiert ist, die sie immer mitbringt?"

„Armes Kind. Sie sollte lieber an Hüpfseilwettbewerben teilnehmen, anstatt zuzulassen, dass Männer ihr Leben komplizieren."

„Warst du als Kind so ehrgeizig, Patterson?"

Auf diese Frage gab sie selbstredend keine Antwort.

Während der ganzen Woche kam Joe nicht mehr auf ein zweites Treffen zu sprechen. Die Zeit für den dritten Teil der Serie wurde langsam knapp. Wenn er doch nur endlich anrufen würde, dachte Amy. Sie hatte jedenfalls nicht vor, die Initiative zu ergreifen.

Am Samstag erhielt sie den Anruf eines Fremden, der sich auf eine gemeinsame Freundin berief. Sie hatte vor einigen Wochen zugestimmt, sich mit ihm zu einem „Blind Date" zu treffen. Nun jedoch erschien ihr die Aussicht auf einen stundenlangen Small Talk ziemlich unerquicklich. Daher sagte sie höflich ab und schob ihren vollen Terminkalender vor, wobei sie sich hütete, den Anrufer gänzlich abzuweisen.

Am Sonntagmorgen erwachte sie durch ein unerwartetes Geräusch. Ihren Wecker hatte sie nicht gestellt. Als sie sich aufsetzte, sah sie, dass es erst kurz vor halb acht war, und erkannte das Geräusch nun als ein nachdrückliches Klingeln an der Tür. Anscheinend ein Notfall! Entweder war ihrer Mutter etwas passiert, oder das Gebäude brannte.

Sie sprang aus dem Bett, warf einen Blick auf ihr riesiges T-Shirt, das sie statt eines Nachthemds trug, rannte dann ins Bad und zog sich ihren Bademantel über. Der alte gelbe Frotteemantel war zwar nicht viel besser als das T-Shirt, aber er hatte wenigstens keine Löcher.

Die Türklingel schrillte immer noch. Irgendjemand war fest entschlossen, sie zu wecken. Falls es sich nicht um einen Notfall handelte, war dieser Jemand ziemlich unverschämt.

Der Jemand erwies sich als Joe Malone. Er stand im Flur, trug die Sonntagsausgabe der Zeitung unter dem Arm und in einer Hand eine weiße Papiertüte.

„Ich dachte, das Haus brennt", sagte sie ungnädig.

„Guten Morgen, Patterson. Wenn es brennen würde, hätte ich jetzt angekohlte Füße. Du brauchst ja ewig."

„Du hättest vorher anrufen können!"

Er störte sich nicht an ihrem Einwand, sondern betrat ihr kleines Wohnzimmer. Er blickte sich um, nahm mit Sicherheit das mit Chintz bezogene gemütliche Sofa und die kleinen Tische vom Flohmarkt wahr, die sie altrosa gestrichen hatte, damit sie zum Sofa passten, und begab sich dann geradewegs in die Küche.

„Fühl dich wie zu Hause", rief sie ihm bissig hinterher, knallte die Haustür zu und folgte ihm in die Küche, wo er an ihrem kleinen Bistrotisch mit den zwei Stühlen stand.

„Kaffee und Donuts", verkündete er, legte die Zeitung ab und packte die Tüte aus. Gleich darauf türmten sich mindestens ein Dutzend verschiedene und nicht gerade kalorienarme Gebäckstücke auf einem sauberen Teller, den er sich von der Spüle geholt hatte.

„Styroporbecher sind umweltschädlich", bemerkte sie, während ihr gleichzeitig einfiel, dass ihr Haar vermutlich völlig zerzaust war.

„Tut mir leid. Andere hatten sie an der Tankstelle nicht."

„Was willst du hier eigentlich, Joe?"

„Das fragst du noch? Nach allem, was du mir angetan hast? Kein Wunder, dass du so geheimnisvoll tätest, als du deine letzte Kolumne zu unserem neuen Thema schriebst."

„Du hast zugestimmt, dass wir über unser Treffen im Restaurant unabhängig voneinander schreiben sollten."

„Das war, bevor du aller Welt verkündet hast, dass ich die Unverschämtheit besessen habe, dich nach unserer ersten Verabredung nicht anzurufen. Ich erinnere mich aber sehr genau, dich gefragt zu haben, ob wir ein zweites Treffen planen sollen."

„Wenn ein Mann eine Frau wiedersehen will, ruft er an. Das ist allgemein so üblich."

„Wir sehen uns doch jeden Tag im Büro. Was ist falsch daran, dich dort zu fragen?" Er nahm den Plastikdeckel vom Becher und trank einen Schluck Kaffee. Dann reichte er ihn ihr. „Vorsicht, heiß."

„Ich habe dir bereits mitgeteilt, dass Büroaffären nicht funktionieren. Unsere Aufgabe ist es, so zu tun, als hätten wir uns gerade erst kennengelernt, und müssen deshalb vergessen, dass wir zusammenarbeiten. Also wäre ein Telefonanruf angebracht gewesen."

„Was ist an einem Anruf so Bedeutungsvolles?", fragte er, ließ den

Plastikdeckel in die leere Tüte fallen und legte einen nussigen Donut auf eine Serviette.

„Es hätte bedeutet, dass du dich um mich … um eine Frau bemühst."

„Nimm dir auch einen Donut." Er biss in sein Exemplar. Kleine Erdnussstückchen rieselten zu Boden.

„Wenn es dir ernst wäre, würdest du nicht essen, während wir reden."

„Ich habe noch nicht gefrühstückt. Willst du das andere Stück mit den Nüssen?"

„Nein, ich will das mit der Schokolade."

Er legte das gewünschte Teil auf eine Serviette und schob sie in ihre Richtung. „Setz dich und iss."

Er trug gelbe Shorts, die seine Figur bestens zur Geltung brachten, als er zum Spülbecken ging und seinem Kaffee ein wenig Wasser hinzuzufügen.

„Das Zeug ist ziemlich stark", erklärte er.

„Ziemlich." Sie hatte den Kaffee zwar noch nicht probiert, aber eins wusste sie: Es müsste ein Gesetz geben, das es gut gebauten Männern verbot, Shorts zu tragen. Ebenso ein kurzes, bauchfreies Football-Shirt, das einem erregende Schauer verschaffte. Sie jedenfalls konnte sich kaum zurückhalten, über den Anflug von schwarzem Haar zu streichen, der über dem Bund von Joes Shorts sichtbar wurde.

„Magst du keine Donuts?"

„Doch, sehr", erwiderte sie und biss hinein.

Sie saßen sich gegenüber und aßen schweigend, bis die Stille peinlich wurde.

„Ich habe doch gesagt, dass ich dich anrufen würde, als ich am Donnerstagabend wegfuhr, oder etwa nicht?" Er wischte ein paar Krümel vom Tisch in seine Hand und ließ sie in die Papiertüte rieseln.

„Vergiss es einfach."

„Nein, ich habe meine Lektion gelernt. Ich werde dich morgen von der Empfangshalle des ‚Monitor' aus anrufen. Das gibt prima Material für die nächste Kolumne."

Sie lächelte schief. „Vielleicht habe ich etwas überreagiert, als ich erwartete, dass du dich wie ein tatsächlicher Flirt benimmst."

„Da wir gerade von der Kolumne sprechen ..." Er unterbrach sich und wählte einen weiteren Donut. „Oder willst du das mit den kleinen bunten Streuseln drauf?"

„Nein, nimm du es."

„Also weiter. Wir haben uns für die nächste Sonntagsausgabe noch nichts überlegt. Ich dachte, wir könnten unsere Recherche fortsetzen, indem wir uns heute treffen. Es ist höchste Zeit für eine zweite Verabredung. Diesmal wird es ein Tagesausflug."

„Wie kommst du denn auf die Idee?"

„Hab ich aus einer der Frauenzeitschriften. Es lohnt sich, die Dinger zu lesen. Man bleibt über die Aktivitäten des Feindes auf dem Laufenden."

„Aha. Du betrachtest Frauen also als Feinde!" Sie leckte sich den Rest der Schokolade von den Fingern.

„Nicht alle Frauen."

„Was bin ich für dich?"

Er blickte sie durchdringend an, was sie daran erinnerte, dass sie ungekämmt vor ihm saß. „Dich betrachte ich mehr als Freundin – einen guten Kumpel, mit dem ich zusammenarbeite."

„Na prima", murmelte sie matt und nahm sich ein Heidelbeerdoughnut. Es schmeckte ihr nicht.

„Würde es dir heute passen?", fragte er.

„Ach ja, der Tagesausflug. Glaub schon, aber ich muss erst mein Auto waschen."

„Ist das eine neue Verzögerungstaktik? Autowaschen statt Haare waschen?"

„Mein Auto ist ziemlich dreckig. Ich habe fast vergessen, welche Farbe es hat. Geh runter und überzeug dich selbst. Ich rufe dich an, wenn ich mit der Autowäsche fertig bin."

„Klar, und dann vergisst du es."

„Vernehme ich da etwa Misstrauen? Zu solch billigen Methoden greife ich nicht."

„Ich habe einen besseren Plan. Ich helfe dir, und danach führen wir unseren Ausflug durch."

„Das Angebot ist verlockend. Ich muss das Wasser aus der Waschküche zum Parkplatz schleppen und …“

„Wieso fährst du nicht einfach durch die Waschanlage?“

„Es ist so ein schöner Tag. Mir machen ein paar Stunden Bewegung in frischer Luft Spaß.“

„Indem du Wassereimer schleppst?“

„Hört sich arbeitsintensiv an, was? Also gut. Ich fahre durch die Waschanlage, und nachher treffen wir uns dann.“

„Ist es nicht praktischer, wenn wir nur ein Auto benutzen? Was hältst du davon, dass ich deinen Wagen waschen gehe, während du dich fertig machst? Außer, du möchtest in diesem Aufzug mitkommen.“

Er muss mein Aussehen ja grauenvoll finden, dachte sie. Wenn er schon meinen rosa Pulli nicht leiden kann …

„Gehst du so, wie du bist, Joe?“

„Nein, ich ziehe mich um, ehe ich wiederkomme.“

„Es würde mir helfen, wenn ich wüsste, wohin wir fahren.“

„Zieh einfach etwas Legeres an. Gib mir deine Autoschlüssel.“

„Okay.“ Sie ging ihre Handtasche suchen und war gerade dabei, den Autoschlüssel von ihrem Schlüsselring zu lösen, ohne sich dabei die Fingernägel zu ruinieren, als Joe neben ihr erschien.

„Gib mir den ganzen Schlüsselbund.“

„Ich habe es doch schon fast geschafft.“

„Ich lasse auch bestimmt keine Kopie deines Wohnungsschlüssels anfertigen.“

„Vermutlich nicht“, erwiderte sie und sah ihn in ihrer Fantasie nackt in ihrem Bett liegen – sozusagen als Überraschung, wenn sie nach Hause kam. „Sag mir, wohin wir fahren.“

Er fing den Schlüsselbund auf, als sie ihn ihm zuwarf. „Es soll eine Überraschung werden.“

„Joe …“

„Vertrau mir.“

Während er ging, überflog sie rasch noch einmal alle freizügig bloßgelegten Körperstellen, konnte das mutmaßliche Tattoo aber nicht entdecken. Wenn er tatsächlich eins besaß, befand es sich an einer sehr intimen Stelle.

„Stell dir das vor“, sagte sie dann zu ihrem Kühlschrank, in dem sie die restlichen Donuts verstaute. „Ein Mann wäscht mein Auto.“

Das war ihr noch nie passiert. Manchmal hatten Männer ihr Blumen geschenkt, witzige kleine Mitbringsel oder Modeschmuck. Ein Verehrer hatte ihr sogar schwarze Spitzenunterwäsche geschenkt – und sie wieder mitnehmen müssen. Keiner jedoch hatte jemals angeboten, ihr Auto zu waschen. Sie war über alle Maßen geschmeichelt, denn sie hasste es, auf Waschplätzen mit Wasserschlauch und Politur zu hantieren. In den automatischen Waschanlagen fürchtete sie sich dagegen vor den riesigen Bürsten.

Joe wählte den schnellsten Weg, um Amys Auto zu waschen – er fuhr durch die Waschanlage. Er brauchte auch nicht lange, um sich danach zu Hause Jeans und einen fröhlichen, gelb-weiß gestreiften Pullover anzuziehen. Doch die Rückfahrt erschien ihm endlos. Straßen waren wegen Baustellen gesperrt, dazu kam, dass Amys Wagen nicht so spritzig war wie sein eigener.

Sie öffnete ihm sofort die Tür, als er ankam, und er sah, dass sie bereits fertig war. Sie trug weiße Bermudashorts, weiße Leinenschuhe und ein rostorangefarbenes Top, das den Kupferton ihres Haars widerspiegelte. Sie sah großartig aus, doch auch ihr alter Bademantel hatte sein Interesse an ihr nicht abgeschwächt gehabt.

„Du bist schneller zurück, als ich dachte. Was bekommst du für die Autowäsche?“

Sie schlüpfte in ein langärmliges Baumwollhemd, das mit lustigen chinesischen Drachen in Orange- und Grüntönen bedruckt war. Obwohl er mit seinem Blick nur zu gern auf ihren nackten Armen und Schultern verweilt wäre, musste er zugeben, dass sie ein Talent hatte, verrückte Farbkombinationen zu wählen, die ihr perfekt standen.

„Für den Fall, dass wir draußen in der Sonne sind“, erklärte sie und machte ihn so darauf aufmerksam, dass er sie anstarrte. „Ich hole mir auch mit Sonnencreme einen Sonnenbrand. Also, wie viel Geld bekommst du? Ich habe es wahrscheinlich sogar passend.“

„Lass gut sein“, erwiderte er großzügig, als sie ihm ein paar Dollarnoten hinhielt.

„Vielen, vielen Dank, Joe. Wo fahren wir hin?"

„Wir machen einen spannenden Ausflug, und das, was dabei geschieht, wird dich in deinen Träumen heimsuchen", sagte er dramatisch. Ihr Lachen belohnte ihn für die Mühe, Boris Karloff nachzuahmen.

Neugier war Amys große Schwäche – das wusste er –, und so konnte sie es nicht lassen, es weiter zu versuchen, ihm ihr Fahrtziel zu entlocken. Er genoss ihre quirlige Spannung.

Als er schließlich vor dem großen antiquarischen Büchermarkt parkte, jauchzte sie vor Freude.

„Ich tue nichts lieber, als nach alten Büchern zu stöbern. Wie bist du auf diese geniale Idee gekommen?"

„Das war nicht schwierig, nachdem ich dich neulich während der Arbeit in einer alten, gebundenen Ausgabe der ‚Nine Tailors' von Dorothy L. Sayers lesen sah."

„Ich lese nur während meiner Pausen", protestierte Amy, während ihre Wangen vor Vorfreude auf den Büchermarkt gerötet waren. „Hoffentlich langweilst du dich nicht, während ich mich umschaue."

„Überhaupt nicht", erwiderte Joe. „Ich stöbere auch gern in Antiquariaten, denn ich sammle Bücher über die Geschichte Arizonas. Mit etwas Glück finde ich meistens etwas, das ich noch nicht besitze."

Einige Stunden später verließen Amy und Joe den Büchermarkt mit zwei vollgepackten Rucksäcken, die Joe vorsichtshalber mitgebracht hatte. Drinnen stapelten sich überwiegend alte Krimis, die Amy entdeckt und gekauft hatte.

„Das war eine tolle Idee, Joe."

„Bisher habe ich mir also keine Minuspunkte eingehandelt?"

„Nein. Sieht so aus, als wäre das ein wirklich schöner Tag."

Joe drückte Amys Hand und war überrascht über das angenehme Kribbeln, das er dabei empfand.

„Der spannende Ausflug geht aber noch weiter", sagte er, nachdem sie wieder im Auto waren.

Als er dann das nächste Ziel fast erreicht hatte, lachte Amy verschmitzt. „Diesmal hast du mich nicht überrascht. Ich wusste, dass wir ins Compadre Stadion fahren, als du südwärts Richtung Chandler abgebogen bist."

„Ihre detektivischen Fähigkeiten erstaunen mich, Madam." Seine Kopie von Sherlock Holmes war nicht viel besser als sein Boris Karloff, doch Amy ging auf das Spiel ein und erwiderte in Anlehnung an Dr. Watson:

„Sagen Sie, Holmes, was glauben Sie, werden wir hier entdecken?"

„Ob die Cubs gut genug sind, die Milwaukee Brewers zu schlagen."

„Ich halte die Daumen für die Brewers und behaupte, sie gewinnen mit drei Läufen."

„Unsinn. Beim Baseball gibt es keinen Punktvorteil."

„Na gut. Dann gewinnen die Brewers halt einfach so. Wenn ich recht behalte, musst du mein Auto noch mal waschen."

„Und wenn die Cubs gewinnen, bekomme ich von dir ein Pfand."

„Das könnte ja alles sein!", protestierte sie. „Nein, du musst schon sagen, was ich tun soll."

„Ich verspreche dir, dass es dich nicht mehr kostet als eine Autowäsche."

„Das genügt mir nicht."

„Vergiss es. Wenn du kein Vertrauen in dein Team hast ..."

„Also gut, die Wette gilt."

Das Stadion erwies sich als beliebtes Ausflugsziel. Auf dem Rasenplatz hinter der dritten Basis hatten Familien ihr Sonntagspicknick ausgebreitet, und Scharen von Kindern umschwärmten den Bereich, wo sich die Spieler aufhielten, um Autogramme zu sammeln. Außerhalb der Umzäunung hatten sich Leute auf den Dächern ihrer Autos niedergelassen, um dem Spiel von dort aus zu folgen.

„Scheint, als wäre es ausverkauft", bemerkte Amy.

„Yeah, könnten an die sechstausend Zuschauer sein. Hoffentlich kriege ich keine Minuspunkte, weil ich dich zu einem Sportereignis mitnehme", sagte Joe, als sie ihre Plätze einnahmen.

Sie gönnte ihm ein strahlendes Lächeln. „Du hast heute schon so viele Pluspunkte gesammelt. Außerdem hat das Spiel ja noch nicht begonnen."

Bald fand er heraus, dass Amy zu den Enthusiasten gehörte, die einem Spiel mit vollem Körper- und Stimmeinsatz folgten. Wenn sie die Cubs nicht gerade beschimpfte, feuerte sie lautstark die Brewers an.

„Du willst deine Wette ja tatsächlich gewinnen", neckte er sie.

„Wenn ich verliere, kann es mir passieren, dass du irgendetwas Widerliches von mir verlangst. Ich will, dass es mindestens ein Unentschieden gibt."

„Kommt nicht infrage."

„Gib mir wenigstens einen Tipp, worin mein Pfand besteht."

„Nichts da, erst musst du die Wette verlieren."

Seit seiner Schulzeit hatte er ein Baseballspiel nicht mehr so genossen. Als die Cubs dann im neunten Durchgang gewannen, hätte der Tag für ihn nicht schöner sein können.

„Also gut, dann verkünde mein Urteil", sagte Amy auf dem Rückweg zum Auto.

„Noch nicht. Zu deiner Strafe gehört, dass du warten musst, bis du es selbst herausfindest."

„Das ist nicht fair! Für heute hatte ich Aufregung genug."

„Tatsächlich?" Er lächelte sie an. Wie gelang es ihr bloß, mit pinkfarbenen Wangen so niedlich auszusehen? Die Sonne hatte ihr zugesetzt, doch ihm war ebenfalls reichlich heiß. Langsam begann er sich zu fragen, ob diese beruflichen Verabredungen nicht mehr wurden, als Amy und er es beabsichtigt hatten.

„Ich bin stolz auf dich", sagte er. „Du hast dir heute noch kein einziges Mal Notizen gemacht."

„Ist alles in den kleinen grauen Zellen gespeichert."

„Was hältst du davon, den Tag mit einem schönen Dinner zu beenden?", schlug er vor, als sie wieder die Stadt erreichten.

„Oh, Joe, wie soll ich einem guten Menü nach Popcorn und Hotdogs Gerechtigkeit widerfahren lassen?"

„Dann bestellen wir uns halt nur Pizza."

Sofort trat ein wachsamer Ausdruck in ihre Augen, und sie erklärte: „Um sich Pizza nach Hause zu bestellen, ist das zweite Treffen noch ein bisschen früh."

„Erinnere mich nur ständig daran, dass wir arbeiten", erwiderte er trocken. „Ich finde aber, dass es romantischer ist, in einem Restaurant bei Kerzenlicht zu speisen, als Pizza in einem hell erleuchteten Wohnzimmer zu essen."

„Wenn das so ist ..." Sie lachte und wirkte etwas entspannter.

„Also dann Pizza."

„Bei mir oder bei dir?"

Er grinste. „Ist diese Frage denn schon angebracht?"

„Du weißt genau, wie ich es gemeint habe", beschwerte sie sich und errötete. „Also, wo willst du die Pizza essen?"

„Du entscheidest."

„Wir holen die Pizza auf dem Weg zu meiner Wohnung. Dann musst du nachher keine Extrafahrt machen, um mich heimzubringen."

„Du könntest ja auf meiner Couch übernachten."

„Und in diesem Aufzug morgen zur Arbeit gehen?"

„Deinen Kollegen würde es nicht stören."

„Danke, lieber nicht."

Amy hatte zwar Bedenken, Joe mit in ihr Apartment zu nehmen, aber die gemeinsame Pizza könnte ein netter Abschluss für den schönen Tag sein. Der einzige Haken daran war, dass Joe und sie privat keine Beziehung hatten, sondern Arbeitskollegen waren. Das war auch in Ordnung, solange sie das beide akzeptierten. Nur dass sie mittlerweile die private Seite von Joe durchaus schätzen gelernt hatte. Er war charmant, unterhaltsam und insgesamt einfach wundervoll.

Sie warteten zwanzig Minuten auf ihre Pizza zum Mitnehmen, und das erste Mal an diesem Tag fiel es ihnen schwer, miteinander zu reden.

Als sie dann in ihr Apartment gingen, wuchs ihre innere Unruhe.

„Ich frage mich, ob wir unseren Lesern einen spannenden Tagesausflug empfehlen sollten", überlegte sie laut, nachdem sie die Pizza auf einen der altrosa Wohnzimmertische gestellt hatte.

„Darüber können wir später reden. Lass uns die Arbeit vergessen und uns einfach entspannen", schlug Joe vor.

„Hört sich gut an."

Joe nahm die Fernbedienung des TV-Geräts und suchte nach einem passenden Fernsehprogramm.

„Schau mal, im Klassikkanal gibt es ‚His Girl Friday'."

„Ja, das ist einer der guten alten Filme", erwiderte er und ließ ihn weiterlaufen.

„Ich liebe sein Tempo und seinen Witz." Sie angelte mit der Zunge nach dem von der Pizza herunterlaufenden Käse.

„Rosalind Russell ist ziemlich gut."

„Ich meinte eigentlich Cary Grant."

„Er ist brauchbar."

„Brauchbar? Er war rasant, gut erzogen, gebildet …"

„Ist das dein Traumbild eines Mannes?"

„Darüber habe ich noch nicht nachgedacht."

„Lügnerin."

„Nein. Ich habe mir zwar viele Gedanken darüber gemacht, welche Eigenschaften ich an einem Mann nicht mag, aber umgekehrt …"

„Hört sich plausibel an. Ich entschuldige mich für meine Verdächtigung. Und welche Eigenschaften könnten dir an einem Mann gefallen? Ich frage das natürlich nur wegen der Recherche."

„Ich dachte, wir wollten uns entspannen und nicht arbeiten."

„Es hätte mich zwar schon interessiert, aber wenn dir die Frage unangenehm ist, lassen wir das Thema fallen."

„Gut."

„Na schön", meinte er und klang nicht ganz zufrieden.

Sie hatte seine Frage zwar nicht beantwortet, doch im Stillen dachte sie schon darüber nach. Sie wünschte sich einen Mann, der gut aussah, aber nicht filmreif, der humorvoll und fürsorglich war, klug und aufmerksam – jemand, der ihr Auto durch die Waschanlage fuhr. Vielleicht kam Joe diesem Bild sogar recht nah … aber als Partner in ihrem Privatleben kam er deshalb noch lange nicht Betracht. Denn er war ja ihr Kollege.

„Und welche Eigenschaften schätzt du an einer Frau?", fragte sie nach einigen Minuten, in denen sie Pizza gegessen hatten und dem Film gefolgt waren.

„Wir hatten uns doch entschieden, über dieses Thema nicht zu reden."

„War ja auch nur so ein Gedanke. Wenn es dir unangenehm ist …“

„Nein, ist es mir nicht. Ich möchte eine Frau, mit der es Spaß macht, zusammen zu sein, und die ein paar der Dinge mag, die ich auch mag. Humor müsste sie haben und weitgefächerte Interessen. Besonders viel reden braucht sie nicht, aber schweigsam sollte sie auch nicht sein. Das ist genauso schädlich für eine Beziehung wie zu viele Fragen.“

„Eine Frage möchte ich aber trotzdem noch stellen. Möchtest du eine Portion Eiscreme?“

„Nein, danke. Ich will nicht, dass es zu spät wird. Morgen ist Montag.“

„Aber den Film kannst du dir doch noch zu Ende anschauen.“

„Danke, aber ich habe ihn mindestens ein halbes Dutzend Mal gesehen. Ich gehe jetzt. Es war ein langer Tag für dich.“

„Ich habe ihn genossen, Joe. Die nächste Kolumne wird wohl eher positiv ausfallen.“

„Darüber können wir morgen reden.“

Warum hat er es plötzlich so eilig? fragte sie sich.

„Eine Sache ist allerdings noch offen“, sagte er.

„Ja?“

„Du bist mir das Pfand für die verlorene Wette noch schuldig.“

„Diese Cubs! Warum haben sie bloß gewonnen …“

„Nun, das ist das Spielerleben“, erwiderte er.

„Was schulde ich dir?“

„Ich frage mich, ob ich dich darum bitten darf … Nein, back mir einfach einen Kuchen oder so was in dieser Art.“

„Ist es das, was du bei der Wette im Sinn hattest?“

„Nein, aber …“

„Ich zahle meine Schulden, Joe.“

„Auch wenn ich dich um einen Kuss bitte?“

„Oh!“

„Es ist ja schließlich unser zweites Treffen, daher …“

„Du musst es nicht begründen.“ Sie schloss erwartungsvoll die Augen. „Ich bin bereit.“

„Dieser Kuss ist nicht zur Veröffentlichung bestimmt.“

„Einverstanden.“ Sie öffnete die Augen.

Er legte ihr eine Hand auf den Rücken und zog sie an sich. Sie roch den frischen, sonnendurchwärmten Duft seines T-Shirts und sein aromatisches Aftershave. Dann schloss sie erneut die Augen.

Mit dem anderen Arm fasste er sie nun um die Schultern und neigte sich zu ihr, bis sie seinen Atem auf der Nase spürte.

„Das schuldest du mir wirklich", flüsterte er und hauchte ihr einen schmetterlingsgleichen Kuss auf die Lippen.

„Ja", stimmte sie ihm zu und vergaß, die Lippen zu schließen.

Er küsste sie auf den Mundwinkel und ließ seine Lippen dann zum anderen gleiten.

„Oh." Sie hatte nicht erwartet, dass es so zart sein würde. „Das war aber kein richtiger Kuss", flüsterte sie atemlos.

„Nein, nur der Anfang."

Er ließ ihr keine Zeit mehr zum Nachdenken und nahm ihren Mund mit seinem hart und fordernd in Besitz.

Überrascht, überwältigt, einfach hingerissen klammerte sie sich an ihn. Ihre Knie drohten nachzugeben.

„Meine Güte!", seufzte sie, als er irgendwann den Kopf hob, um Atem zu schöpfen. „Bin ich meine Schulden nun los?" Sie hoffte inständig auf ein Nein.

„Eigentlich schon, aber da das bereits unsere zweite Verabredung war …" Er küsste sie erneut, diesmal langsam und aufreizend, bis ihre Lippen vor Verlangen bebten. „Sonst kriege ich Minuspunkte, wenn ich dir keinen Gutenachtkuss gebe."

Sie ließ alle Bedenken fallen und erwiderte seine Küsse, bis er flüsterte:

„Ich sollte jetzt besser gehen."

Wie ist seine Hand bloß auf meinen Po geraten? fragte sie sich benommen.

„Wenn du meinst", erwiderte sie betont gleichmütig.

„Gute Nacht."

Sein nächster Kuss war sanft und süß, aber nichtsdestoweniger erregend. „Danke", sagte sie leise.

„Du zahlst doch nur deine Schulden."

„Ich bedanke mich ja auch nur für den schönen Tag. Für den Büchermarkt, für das Baseballspiel …"

„Ich weiß, was wir heute getan haben. Gute Nacht, Amy." Er rührte sich nicht vom Fleck und ließ seine Lippen an ihrer Schläfe ruhen.

„Gute Nacht, Joe."

„Yeah, gute Nacht."

„Bis morgen."

„Du brauchst deinen Schönheitsschlaf, nehme ich an", sagte er und gab sie frei.

Sie war zu durcheinander, um ihn darauf hinzuweisen, dass es noch nicht einmal neun Uhr war. „Danke fürs Autowaschen und …"

„Alles andere. Du hast dich heute schon genug bei mir bedankt, Patterson."

Er wandte sich um und ging. Sie blieb aufgewühlt zurück.

„Gute Nacht, Malone." Ihre Stimme klang heiser, aber das lag bestimmt nur daran, dass sie die Brewers neun Durchgänge lang angefeuert hatte.

7. Kapitel

Amy hatte keine Lust, zur Arbeit zu gehen. Ungeachtet der Tatsache, dass es Montagmorgen war, blieb sie noch liegen, nachdem sie den Wecker ausgeschaltet hatte. Sie fühlte sich heute nicht imstande, im Büro zu erscheinen.

Sie schniefte ein paarmal, doch eine hilfreiche Erkältung war leider nicht im Anmarsch.

„Mist, mir geht's gut“, schmollte sie und setzte sich zögernd auf.

Nein, das stimmte nicht. Am liebsten hätte sie sich in ein Mauseloch verkrochen. Die Pseudoverabredungen mit Joe nahmen Formen an, denen sie sich nicht mehr gewachsen fühlte.

Wie sollte sie arbeiten, wenn sie in seiner Nähe nur ans Küssen dachte … und an mehr? Dagegen ging Joe davon aus, dass sie nur Kollegen waren. Schließlich war sie es ja auch gewesen, die jeden Gedanken an eine Büroaffäre weit von sich gewiesen hatte.

„Er ist bestimmt schon im Büro und wartet darauf zu sehen, ob mich seine Küsse aus der Fassung gebracht haben“, murmelte sie zu ihrem Spiegelbild, nachdem sie sich ins Bad geschleppt hatte. „Er wird prüfen, darüber schreiben und mir das Gefühl geben, ich sei eine weitere Kerbe in seinem Bettpfosten.“

Eigentlich sollte sie ihre Leserinnen vor Küssen und elektrisierenden Umarmungen warnen. Denn Männer, die in einer Frau ein Feuer entfachten, waren nicht notwendigerweise jene, die auch Liebe zu geben hatten.

Mittlerweile hatte sich ein Grund eingestellt, der es ihr erlaubte, zu Hause zu bleiben. Über Joe nachzudenken hatte ihr heftige Kopfschmerzen verschafft.

Joe trank gerade seine dritte Tasse Kaffee, als er die Information erhielt, dass Patterson sich krankgemeldet hatte.

Kleiner Angsthase, dachte er. Amy will mir heute also nicht begegnen. Er überlegte, sie anzurufen. Nein. Schließlich hatten sie keine private Beziehung. Dass sie sich bei ihren Recherchen ein wenig näher kamen und Spaß miteinander hatten, änderte daran nichts.

Er hatte viel zu tun, und eigentlich gab es keinen Grund, sich wegen seiner Kollegin Sorgen zu machen. Warum konzentrierte er sich dennoch nur darauf, Pläne für die nächsten beiden Verabredungen mit Amy zu schmieden?

Am Dienstagmorgen hatte er einen Plan gefasst. Falls Patterson heute ebenfalls nicht erschien, würde er sie zu Hause besuchen. Vielleicht brauchte sie eine heiße Suppe und Aspirin ... Er sonnte sich bereits in seiner neuen Rolle, als er ins Büro kam – und Amy dort bereits eifrig arbeitend vorfand.

„Aha, du bist wieder da. Was war mit dir los?“

„Mir ging es einfach nicht gut.“

„Eine lahme Entschuldigung.“

„Vielleicht habe ich zu viel Sonne abgekriegt.“

„Mach mir nichts vor, Patterson.“

„Ich habe zu tun, Joe. Mein Text für die nächste Kolumne muss fertig werden.“

„Ich behaupte, dass du gar nicht krank warst“, reizte er sie. „Du hattest Angst vor mir wegen der Dinge, die nach Sonnenuntergang passiert sind.“

„Du träumst wohl!“

„Dachtest du vielleicht, ich zerre dich hier in eine stille Ecke und tue es wieder?“

„Sei doch vernünftig, Joe. Ich muss arbeiten.“

„Ist es nur deswegen, weil du mal schlechte Erfahrungen mit einem Kollegen gemacht hast?“

„Lass das.“

„Ich versuche nur herauszufinden, warum du dich so dagegen wehrst, mit mir auszugehen.“

„Ich wehre mir nicht, ich suche mir meine Verabredungen nur lieber gern selbst aus.“

„Klar. Unsere Verabredungen waren rein dienstlich, und du hast recherchiert, als du mich küsstest.“

„Ich dich küssen? So ein Schwachsinn! Du hast mich geküsst!“

„Du warst sehr entgegenkommend, meine Liebe“, sagte er betont sanft.

„Hör auf!“

„Hast du deinen Humor zu Hause gelassen?“

„Im Gegensatz zu dir bin ich nicht hier, um komisch zu sein, sondern um zu arbeiten.“

In diesem Moment erschien Garver in ihrem Büro. Er räusperte sich, um ihre Aufmerksamkeit zu erhalten. „Joe, Amy, ich möchte Ihnen gratulieren. Die Serie über Etikette ist ein echter Hit. Der Verleger ist ganz begeistert und wünscht sich acht Folgen davon. Mindestens. In Kürze werden wir über ein Thema für die nächste Sonntagsserie reden. Noch reicht es nicht für eine Beteiligung, doch wenn Sie so weitermachen ...“

„Danke, Mr. Garver“, sagte Amy. „Ich fürchte jedoch, die Serie über Etikette wird den Lesern langweilig werden, wenn wir sie ewig ...“

„Dann tun Sie etwas, damit sie es nicht wird“, erwiderte Garver brüsk und rauschte davon.

„Du hättest ruhig auch etwas sagen können, Joe. Acht Folgen sind ein Unding!“

„Glaubst du wirklich, nach zwei Verabredungen sei bereits die Grundlage für eine Beziehung gelegt?“

„Natürlich nicht, aber ...“

„Möchtest du bei unserem Verleger den Eindruck erwecken, dass das frischgebackene Paar seinen Job miserabel macht?“

„Wir arbeiten gut, und wir sind kein Paar!“

„Oh, doch, das sind wir. Jedenfalls solange die Serie läuft. Daher müssen wir schleunigst unser nächstes Treffen planen.“

„Wir könnten uns doch einfach etwas ausdenken ...“

Joe schüttelte nachdrücklich den Kopf. „Unser nächstes Date findet statt. Und wir müssen wir uns etwas Originelles einfallen lassen.“

„Am Samstag kann ich aber nicht, weil ich zu einer Hochzeit eingeladen bin.“

„Ist doch Spitze! Genau das, was wir für die Serie brauchen. Ich komme mit.“

„Du bist aber nicht eingeladen."

„Es ist dir doch sicher erlaubt, einen Begleiter mitzubringen. Das ist so üblich."

„Vermutlich könnte ich das tun", erwiderte Amy ungnädig. „Aber warum sollte ich?"

„Denk doch nach, Patterson. Was ist trauriger, als einem Junggesellen dabei zuzuschauen, wie er in den Hafen der Ehe einläuft?"

„Für dich vielleicht. Ich gehe gern zu Hochzeiten."

„Frauen kommen dabei nur auf dumme Gedanken. Wenn zwei Leute gerade angefangen haben, miteinander auszugehen ..."

„Dann glaubt der Mann vielleicht, die Frau würde ihn einfangen wollen, wenn sie ihn zu einer Hochzeit schleppt."

„Könnte doch sein, oder? Jedenfalls gäbe es darüber etwas zu schreiben. Außer du hast eine bessere Idee."

„Nein. Aber ich muss bei Hochzeiten immer weinen, und der Champagner lässt mich verrückte Dinge tun, und ich nehme dich nur mit, wenn ich deinen Teil der Kolumne lesen darf, bevor er in Druck geht."

„Ich fühle mich wesentlich wohler, wenn ich deinen Text ebenfalls gegenlesen darf."

„Okay, abgemacht. Hol mich zu Hause ab. Die Hochzeit ist um drei Uhr in Scottsdale."

Am Freitagabend probierte Amy jedes Kleid an, das sie besaß, sogar das, das sie bei der Plakataktion getragen hatte. Danach stellte sie fest, dass sie nichts Passendes für eine Hochzeit besaß. Schließlich entschied sie sich schweren Herzens für ein marineblaues, durchgeknöpftes Kleid mit schwingendem Rock. Es war mit Weinranken bedruckt und wirkte dadurch fröhlicher.

Samstagmorgen erwachte sie und wusste, dass sie das marineblaue Kleid nicht tragen würde. Sie ging einkaufen.

In ihrer Lieblingsboutique fand sie ein Dutzend Kleider, die perfekt waren – für die Brautmutter. Sie eilte von Laden zu Laden, verwarf Spitze, Satin, Seide, Netzstrick sowie alles, was irgendwie schimmerte, wallte oder eng anlag. Joe sollte auf keinen Fall den Eindruck erhalten, sie würde ihn beeindrucken wollen.

Die Zeit wurde langsam knapp, als sie in eine Boutique stürmte, die sie normalerweise wegen der hohen Preise mied. Fast hatte sie sich damit abgefunden, ihr marineblaues Kleid doch zu tragen, da sah sie an einem Ständer mit herabgesetzter Ware ihr Traumkleid hängen. Sie verschwand damit in einer Umkleidekabine und zog das schulterfreie pfirsichfarbene Kleid an, das ihre Figur besser zur Geltung brachte als der schärfste Bikini. Es war kurz, und das Oberteil bestand aus sich kreuzenden, eng nebeneinanderliegenden Bändern, die zwischen den Brüsten eine kleine Öffnung freiließen. Der fließende Stoff saß wie eine zweite Haut. In diesem Kleid würde sie grandios aussehen, ohne dass es wirkte, als habe sie es extra für diesen Anlass gekauft.

Obwohl der Preis bereits herabgesetzt war, war das Kleid immer noch sündhaft teuer. Doch ausnahmsweise kümmerte sie sich einmal nicht darum, wie lange sie nun mit einem überzogenen Konto leben musste.

Atemlos von ihrer Aktion kaufte sie dann noch ein Paar schicke Sandaletten mit schockierend hohen Absätzen und eine winzige Handtasche mit langem Riemen zum Umhängen.

Das Glück war heute mit ihr. Sie betrat einen Friseursalon und wurde sofort bedient. Nach einer Dreiviertelstunde verließ sie den Salon mit einer Frisur, die dem festlichen Anlass angemessen war, sie jedoch nicht völlig veränderte.

„Mach dich auf etwas gefasst, Malone", murmelte sie, während sie ihre Einkäufe im Auto verstaute.

Genau in der Minute, als Amy ihr Erscheinungsbild mit ihren Perlenohrringen abgerundet hatte, klingelte es an der Haustür, und Joe stand davor.

Allein seine Verblüffung entschädigte sie überreichlich für ihre Investition.

„Du siehst unglaublich gut aus."

„Danke. Du auch", erwiderte sie betont gelassen.

„Ich meine es ernst. Dieses Kleid hättest du bei der Plakataktion anziehen sollen."

Prima, Joe, dachte sie ernüchtert. Erinnere mich nur an die Plakate. Mach mir den Tag kaputt. Sie riss sich zusammen und schob ihn aus der Tür.

Obwohl es wieder nur eine berufsbedingte Verabredung war, fühlte sie sich königlich, als sie auf den ungewohnt hohen Absätzen zum Auto ging. Joe trug einen cremefarbenen Anzug, dazu ein Leinenhemd und eine dunkelbraune Krawatte, auf der sich kleine Schachfiguren tummelten. Seine Schuhe glänzten, als wären sie neu.

„Wer heiratet eigentlich?“, fragte er, während sie nach Scottsdale fuhren.

„Cindy Weller. Wir haben uns in der vierten Klasse kennengelernt. Wahrscheinlich kennst du sie auch. Sie war eins der Mädchen, die in der Cheerleader-Gruppe getanzt haben.“

„Keine Ahnung.“

„Groß, blond, berühmt für ihre Beine. Du hast sie mal umgerannt, als du bei einem Footballspiel außer Rand und Band gerietst.“

„Kann mich nicht mehr dran erinnern.“

„Du wirst sie bestimmt wiedererkennen. Eigentlich sollte ich es dir nicht erzählen, aber es ist ja schon so lange her. Sie war total verrückt nach dir. Monatelang hat sie dich mehr oder weniger verfolgt.“

„Das erfindest du gerade.“

„Wieso? Ist es mein Job, dein Selbstbewusstsein zu stärken?“

„Und was macht der Bräutigam?“

„Er ist Anästhesist an einem Krankenhaus. Du fragst typisch männlich, Malone. Dass die Braut vielleicht auch einen tollen Job hat, darauf kommst du gar nicht erst.“

„Und, hat sie?“

„Wie man’s nimmt. Sie ist Systemanalytikerin für die Erikson-Corporation.“

„Was macht denn eine Systemanalytikerin?“

„Sie analysiert Systeme, nehme ich an.“

„Du weißt es auch nicht, stimmt’s?“

Die übrigen Gäste warteten bereits, als Joe und Amy eintrafen.

Es war angenehm kühl im Kirchenschiff. Joe sah keine bekannten Gesichter und konnte sich beim besten Willen nicht an die langbeinige Braut erinnern. Deshalb fand er es umso erstaunlicher, dass Amy, die wilde Hummel, einen so nachhaltigen Eindruck bei ihm hinterlassen hatte.

„Ich glaube dir einfach nicht, dass du dich nicht an Cindy erinnerst.“

„Es ist aber die Wahrheit.“

Amy besaß die Hartnäckigkeit eines Pitbull-Terriers, wenn sie sich in eine Sache verbissen hatte. Daran hatte sich seit ihrer Schulzeit nichts geändert.

„Sind Sie Freunde der Braut oder des Bräutigams?“, wurden sie von einem jungen Platzanweiser im dunkelblauen Smoking gefragt. Seine Stimme klang so düster, als fände hier eine Beerdigung statt.

Er folgte Amy, die vom Platzanweiser geführt wurde, und erfreute sich daran, dass sie, bedingt durch ihre hohen Absätze, beim Gehen noch ein bisschen mehr als sonst mit den Hüften schwang. Sie durfte froh sein, wenn sie nicht stolperte, doch ihm gefiel es, wie die Sandaletten ihre schlanken Fesseln und die wohlgeformten Waden betonten.

Er setzte sich neben sie und warf einen Blick auf das Programm. Das Beste an dieser Hochzeit war, dass er nichts damit zu tun hatte. Die Erinnerung an geliehene Smokings, die nicht richtig saßen, und Schuhe, die drückten, war nicht erfreulich. Wie vielen Freunden hatte er bereits beigestanden, als sie den großen Schritt wagten?

„Sieben Brautjungfern“, flüsterte Amy. „Gott sei Dank hat Cindy genug Schwestern und Cousinen, sodass sie mich nicht gefragt hat.“

„Ich dachte, du magst Hochzeiten.“

„Es geht los“, informierte Amy ihn, und ebenso sie wie alle Anwesenden erhoben sich.

Die Parade der Brautjungfern begann mit einer Brünetten in einem silbergrauen Kleid mit weitem Reifrock und Puffärmeln aus steifer Spitze.

„Sieht aus wie Fledermausflügel“, bemerkte er.

Amy kicherte, hielt den Blick aber anstandslos nach vorn gerichtet.

„Clevere Braut.“

„Joe, jemand könnte dich hören.“

Das war jedoch unwahrscheinlich, denn die Orgel spielte laut genug, um die farbigen Glasfenster vibrieren zu lassen.

„Warum ist sie clever?", fragte Amy, von Neugier getrieben, natürlich nach. „Nur weil sie mal in dich verknallt war?" Sie rückte näher an ihn heran, damit sie sich besser verständigen konnten.

„Nein, die Kleider der Brautjungfern garantieren, dass sie die Schönste ist."

„Du bist unmöglich!"

Es gefiel ihm sehr, dass seine Kommentare sie amüsierten, denn dass sie das taten, spürte er genau. Jetzt erschien die Braut. Sie klammerte sich an den Arm eines gedrungenen Mannes mit Halbglatze, der offensichtlich unter seinem geliehenen Smoking litt. Oder er dachte an all die Rechnungen, die demnächst auf seinen Tisch flattern würden.

Das Kleid der Braut musste einige Schneiderinnen tagelang beschäftigt haben. Das Top war über und über mit kleinen Perlen besetzt und fügte der bereits beträchtlichen Oberweite noch einiges hinzu. Warum glaubten alle Bräute, sie müssten meterweise Stoff um sich drapieren, um Eindruck zu schinden? Diejenige, die heute wirklich Aufsehen erregen würde, war Patterson. Sie sah fantastisch aus in einem Kleid, an dem nicht genug Stoff war, um damit ein Auto zu polieren.

„Ich wette zehn Dollar gegen alles, was du setzen willst, dass dieses Ding auf ihrem Kopf runterfällt, noch bevor sie Ja gesagt hat", flüsterte er.

„Du bist wirklich gemein!", zischte Amy und grinste.

„Gilt die Wette?"

„Ja, aber nur, damit du still bist."

Als die Braut dem Bräutigam zugeführt worden war, setzten sie sich alle wieder.

„Sind diese Schuhe, die du trägst, auch bequem, Patterson?", fragte er, ehe der Pfarrer zu sprechen begann.

„Total."

Er hätte die Zeremonie noch mehr genossen, wenn Amy ihm die Füße auf den Schoß gelegt hätte. Die Absätze mochten notfalls zwar als gefährliche Waffen eingesetzt werden, doch er konnte der Versuchung kaum widerstehen, die schlanken Fesseln zu streicheln.

Freunde und Verwandte des Brautpaares hielten Reden und sangen. Als endlich die Ringe getauscht wurden, blickte er zu Amy und entdeckte, dass sie sich Notizen machte. Er verdrehte die Augen.

„Ich halte nur meine Eindrücke fest“, wisperte sie, steckte den Notizblock dann aber doch weg.

Nach der Zeremonie begannen die Platzanweiser, die Hochzeitsgäste Reihe für Reihe hinauszuführen. Da Amy und er zu spät gekommen waren, dauerte es ewig, bis sie aufstehen durften.

Er hasste das Anstehen bei solchen Gelegenheiten. Die heutige Schlange bildete sich sofort nach Verlassen der Kirche, sodass es kein Entrinnen gab. Er küsste die Braut, an die er sich immer noch nicht erinnern konnte, und gratulierte dem Bräutigam, der so benommen wirkte wie alle frischgebackenen Ehemänner. Danach begrüßte er die Eltern und Großeltern. Mittlerweile hatte sich bei den Brautjungfern herumgesprochen, dass Amy und er jenes Paar waren, das zur Zeit auf Plakatwänden zu bewundern war. Eigentlich hätte er gegen ein bisschen Show nichts einzuwenden gehabt, doch Amys undurchdringliche Miene ließ es ihm ratsam erscheinen, davon Abstand zu nehmen.

„Lass uns gehen“, schlug er vor, legte Amy den Arm um die Taille und schob sie hinaus in die helle Nachmittagssonne. „Willst du am Empfang teilnehmen?“

„Ja.“

„Schade.“

„Typisch Joe Malone. Versucht sich wieder mal zu drücken“, entgegnete sie.

Amy studierte die Skizze, die den Gästen den Weg zum Hotel wies, wo der Hochzeitsempfang stattfinden sollte. Joe folgte ihren Anweisungen, und bald hatten sie das elegante, etwas ausgefallene Hotel erreicht. Da es dort Angestellte gab, die sich um die Autos kümmerten, übergab Joe seine Wagenschlüssel und warf dem jungen Mann, der einen Pferdeschwanz trug sowie eine rote Livrée, einen kritischen Blick zu.

„Bitte blockieren Sie mein Auto nicht. Wir haben nicht vor, allzu lange zu bleiben.“

„Du scheinst nicht gerade in Partystimmung zu sein", beschwerte sich Amy.

„Wir recherchieren hier für unsere Kolumne, oder?"

„Du vielleicht. Aber ich finde schon jemanden, der mich nach Hause bringt, wenn du dich langweilst."

Joe gab einen undefinierbaren Laut von sich, sodass Amy nicht wusste, ob er zustimmte.

Um den Swimmingpool herum war ein Büffet aufgebaut. Amy merkte, dass sie Hunger hatte, denn sie hatte nichts zu Mittag gegessen. Ob ihr Kleid allerdings noch passen würde, wenn sie etwas zu sich nahm …

Joe gab sich nicht mit solchen Überlegungen ab und geleitete Amy unverzüglich zu einem Tisch mit Kanapees. Er war der Erste, der von den frischen Shrimps nahm, die auf einer herzförmigen Platte arrangiert waren. Amy stand ihm nicht nach und füllte einen Teller mit knackigen Karottenstiften, gefülltem Sellerie und kleinen Blätterteigpasteten.

Auf einem anderen Tisch spendete ein Brunnen roséfarbenen Champagner. Joe schenkte ihnen zwei Kelche ein. Danach aßen sie, nippten an ihrem Getränk und sahen sich um.

Exotische Fische tummelten sich in kleinen Aquarien, mit denen die Esstische dekoriert waren. Die Hochzeitstorte hatte fünf Stockwerke. Weiße Rosen und zarte grüne Blätter aus Zuckerwerk schmückten das Kunstwerk.

„Wenn du dir Notizen machen würdest – nur angenommen, du würdest es tun –, was fändest du an diesem Hochzeitsempfang besonders mitteilenswert?", fragte Joe.

„Viel Luxus. Bedenke doch bloß, wieviel Arbeit es gemacht haben muss, die verschiedenen lustigen Sandwichformen herzustellen. Allein der erste Gang ist pure Schwelgerei. Die Hauptgerichte kommen erst später."

„Unsere Leser werden sich bei der Beschreibung eines Menüs tödlich langweilen, auch wenn es so üppig ist wie hier. Was hast du über die Leute zu sagen, die man kennenlernen könnte?"

„Wahrscheinlich das Gleiche wie du."

„Dann geht es dir so wie mir. Über die Leute ist nichts zu sagen!", erwiderte Joe triumphierend. „Ich wäre viel lieber allein mit dir. Schließlich haben wir eine Verabredung."

„Wir brauchen ja nicht zu schreiben, dass Hochzeiten die wahren Orte sind, um sich zu amüsieren, besonders wenn die Beziehung noch so frisch ist wie ... wie unsere. Lass uns die Geschenke anschauen."

„Sie werden einen Lastwagen brauchen, um das alles abzutransportieren", bemerkte Joe, als sie den langen Tisch abschritten, der sich unter der Last der Hochzeitsgeschenke förmlich bog. „Allein mit dem Geschenkpapier ließe sich ein Jumbojet einwickeln."

„Mach Hochzeiten nicht so schlecht. Denk daran, dass dies Cindys schönster Tag im Leben ist."

„Der des Bräutigams ebenfalls." Joe wies mit dem Kopf auf einen Mann, der seinen Arm um die Taille einer wohlgebauten Rothaarigen gelegt hatte.

„Er macht sich an eine der Brautjungfern ran! Diese Ratte!"

„Was haben wir eigentlich dem glücklichen Paar geschenkt, Patterson? Hoffentlich war es nicht so teuer. Ich gebe ihnen höchstens sechs Monate."

„Eine Porzellanschüssel. Deinen Namen habe ich übrigens nicht auf die Karte geschrieben."

„Sollten wir das nicht nachholen? Immerhin sind wir als Paar hier erschienen."

„Zwei Verabredungen machen aus uns noch kein Paar, Malone. Außerdem habe ich das Geschenk vorab überbringen lassen."

„Ich finde, dass es unsere Beziehung auf eine neue Basis stellt, wenn du mich zu einer Hochzeit mitnimmst. Eine Hochzeit ist etwas anderes als ein Footballspiel oder ein ländliches Fest, auf dem wir Reigen tanzen."

„Footballspiel und Reigentänze – sind das unsere nächsten Termine?"

„Nur ein paar Vorschläge. Eigentlich könnten wir doch jetzt gehen und ..."

„Du kannst jederzeit gehen. Ich bleibe, bis sie die Torte anschneiden." Amy stellte ihren leeren Teller und ihren Champagnerkelch ab.

„Vielleicht wird die Party ja doch noch besser", sagte Joe im nächsten Moment. „Schau mal."

Auf der großen Terrasse, wenige Meter vom Pool entfernt, war eine Band erschienen.

„Klasse." Amy beobachtete die vier Musiker, die weiße Sakkos trugen und sich gerade einspielten.

Joe grinste und nahm Amy bei der Hand.

„Was tust du da?"

„Das ist unser Tanz, Lady."

„Aber zuerst sollten doch die Braut und der Bräutigam tanzen."

„Siehst du die Braut irgendwo? Bemerkst du, dass der Bräutigam seiner jungen Frau zu Füßen liegt? Lass uns Spaß haben."

„Ich glaube nicht, dass ..."

„Das ist ‚Blue Moon'."

„Ich wusste gar nicht, dass du Oldies magst."

„Es gibt eine Menge, was du nicht über mich weißt, Honey. Los, komm. Hat dir deine Mama nicht beigebracht, dass man Männer nicht warten lassen soll?"

Sie waren die Ersten, die sich auf der Tanzfläche drehten, doch bald folgten andere Paare ihrem Beispiel.

„Ja, diese Hochzeit beginnt mir zu gefallen", sagte Joe, während er Amy sicher führte. Langsam zog er sie näher an sich und lehnte seine Wange an ihr Haar.

„Du tanzt gut", bemerkte Amy etwas atemlos.

Er antwortete nicht, sondern summte nahe an ihrem Ohr die Melodie mit. Ab und zu streifte er mit den Lippen Amys Ohrläppchen.

„Hast du dir in der Kirche vorhin ausgemalt, wie du dich als Braut fühlen würdest?", fragte er leise.

„Eigentlich nicht."

„Sei ehrlich. Ich will doch nur herausfinden, warum Frauen Hochzeiten so toll finden."

Amy konnte sich kaum konzentrieren. Sie hatte ihre Hand auf Joes Rücken gelegt und spürte seine Körperwärme selbst durch das Jackett hindurch. Es fiel ihr nicht schwer, sich seinen muskulösen Oberkörper nackt vorzustellen.

„Hochzeiten sind romantisch", erwiderte sie.

„Das ist keine Erklärung." Joe ließ auch seine zweite Hand zu ihrer Hüfte gleiten und wiegte Amy in den Armen. Ihre Wange lag an seiner Brust.

„Aber …", begann Amy und versuchte, sich von Joe zu lösen, doch er gab sie nicht frei. „Die Musik ist zu Ende."

„Das weiß ich. Aber ich weiß noch nicht, was in deinem Kopf vor sich geht."

„Möchtest du, dass ich dir alles über mich in fünfundzwanzig Worten sage oder in weniger?"

„Von mir aus können es vierhundert Seiten Text werden oder mehr."

„So viel gibt es über mich nicht zu berichten."

„Ich helfe dir. Die kluge und humorvolle Kolumnistin – ist dies die Person, als die du abends in dein Bett steigst?"

„Kann ich nicht beantworten."

„Du bist kompliziert."

„Jeder Mensch hat eine vielseitige Persönlichkeit. Du auch."

„Wir reden aber über dich, Amy."

„Vor allen Dingen stehen wir allein auf der Tanzfläche."

„Ja, kaum zu glauben, dass wir miteinander getanzt haben."

Amy wollte sich erneut von Joe lösen. Er ließ es nicht zu. „Joe, die frischgebackenen Eheleute sind jetzt gänzlich verschwunden."

„Lass sie tun, was immer ihnen gefällt."

„Warum hat sie nur gerade diesen Typ ausgewählt?"

„Liebe macht blind."

„Könnte eine Idee für die Kolumne werden."

„Nicht jetzt. Ich bin es leid, dass du die Journalistin hervorkehrst, sowie ich versuche, dir ein wenig näher zukommen. Du zeigst mir nicht dein wahres Ich."

„Mein wahres Ich?"

„Ich möchte herausfinden, wie du wirklich bist."

Amy sah den verräterischen Blick in Joes Augen, wusste aber, dass es diesmal nicht ums Küssen ging.

„Weißt du was", sagte er weich und ließ seine Hände noch ein Stück tiefer wandern „lass uns noch ein Glas Champagner trinken."

„Er macht mich aber …"

„Eben. Ich freue mich doch darauf, dass du verrückte Dinge tust."

„Und ich glaube, ich werde kurz mal nach drinnen gehen." Sie benötigte unbedingt ein paar Spritzer kaltes Wasser ins Gesicht und einen Augenblick Zeit zum Atemholen.

„Vergiss nicht, wiederzukommen", rief Joe ihr nach.

Auf dem Weg zum Waschraum traf Amy eine alte Freundin und eine weitere vor dem Spiegel. Als sie dann wieder auf die Terrasse ging, war sie sich über Joes Absichten einigermaßen im Klaren. Er hoffte einfach nur auf ein paar saftige Details, über die er dann schreiben konnte.

Sie fand ihn weder auf der Veranda noch in der Nähe des Champagnerbrunnens. Daher goss sie sich selbst ein Glas ein und trank es in kleinen Schlucken, während sie nach Joe Ausschau hielt. Vielleicht war er ja auch schon gegangen?

Sie wanderte umher, sprach mit ein paar Hochzeitsgästen, und dann erblickte sie Joe. Er stand nah beim Swimmingpool, fast zu nah, und war in ein Gespräch mit einer attraktiven Brünetten vertieft, die einen Bikini trug. Sofort fiel ihr ein Kolumnenthema ein: Was tut eine Frau, wenn ihr Partner sie bei einer Hochzeit wegen einer anderen Frau stehen lässt?

„Amy!" Joe hatte sie entdeckt und winkte sie heran. „Erinnerst du dich an Dana DeJong?"

„Natürlich. Sie moderieren die Morgenshow." Während des Fernsehinterviews war es ihr, Amy Patterson, genau zweimal gelungen, einen Satz in die Unterhaltung einzuflechten. Denn Dana DeJong hatte ausschließlich Interesse an Joe gezeigt.

„Sie erinnern sich doch sicher an meine Kollegin Amy Patterson, Dana?"

„Hallo. Also, Joe, Sie können doch nicht behaupten …"

Amy befand sich in ernsthaften Schwierigkeiten. Ihre hohen Absätze und die glatten Ledersohlen fanden auf dem glitschigen Boden neben dem Pool keinen rechten Halt, sodass sie genau in dem Moment, als sie sich umdrehte, um die zwei wieder sich selbst zu überlassen, den Halt verlor. Sie versuchte noch, sich an Joe festzuklammern, was ihr jedoch gründlich misslang gründlich, und sie fiel kopfüber in den Pool.

Noch bevor sie wieder an die Wasseroberfläche gekommen war, hatte Joe sich schon in die chlorierten Fluten gestürzt, um Amy zu retten.

„Oh, Joe!“ Sie tauchte prustend auf und wusste nicht, ob sie lachte oder weinte.

Joe kam ebenfalls prustend an die Wasseroberfläche. Seine Schuhe fühlten sich an wie Mühlsteine.

„Nun sind wir beide nass“, rief Amy.

„Konstatierte die Reporterin“, ergänzte Joe lachend.

Gemeinsam paddelten sie an den Rand des Schwimmbeckens und nahmen dort dankbar die Hilfe mehrerer Leute an, die ihnen die Hände entgegenstreckten. Hotelangestellte mit Handtüchern waren sofort zur Stelle, als kämen solche Zwischenfälle öfter vor. Der Manager trat auch in Erscheinung

„Alles in Ordnung“, versicherte Joe, legte Amy den Arm um die Taille und war bemüht, sich so würdevoll wie möglich mit ihr zurückzuziehen.

Leicht verspätet fragte sich Amy, ob ihr Kleid überhaupt Nässe vertrug.

8. Kapitel

Jetzt, als die Party für Joe und sie vorbei war, blickte Amy ständig in bekannte Gesichter. Dabei hätte sie schwören können, dass sich vor ihrem Bad unter den Hochzeitsgästen höchsten zehn oder zwölf Bekannte befunden hatten. Doch nun, da sie pitschnass war, schienen alte Schulfreundinnen geradezu wie Pilze aus dem Boden zu schießen.

„Zu viel Champagner", hörte sie jemanden sagen, aber die meisten Kommentare waren mitfühlend oder neugierig.

Joe entfloh mit ihr auf dem schnellsten Weg. Als sie dann endlich außer Atem vor dem Hotel angelangt waren, hatten sie die Meute abgehängt.

Der livrierte Page brachte das Auto, und sie ließen sich lachend in die Sitze fallen.

„Wir sind verrückt." Amys grüne Augen glitzerten, und sie schüttelte sich vor Lachen.

„Wahrscheinlich", erwiderte Joe und bemühte sich, ernst zu bleiben, was ihm nicht gelang.

Sie ließen das Auto noch eine Minute im Halteverbot stehen, während sie sich langsam beruhigten.

„Es tut mir leid", sagte Joe, als ihnen die Puste ausgegangen war.

„Aber es lag doch gar nicht an dir."

„Ich habe versucht, dich festzuhalten, und dich in den Pool gestoßen."

„Ich bin auf dem nassen Boden ausgerutscht. Unhaltbar."

„Deine Schuhe …"

„Weiß ich. Die Absätze waren zu hoch."

Joe startete den Wagen. „Abgesehen davon, sahst du heute Abend großartig aus."

„Wie findest du mich tropfnass? Glaubst du, ich kreiere einen neuen Trend?"

„Könnte sein. Ist der BH neu?"

Amy blickte an sich hinunter und stellte fest, dass das Kleid mit den eingearbeiteten Körbchen wie eine zweite Haut an ihrem Körper klebte. Ihre aufgerichteten Brustspitzen waren deutlich zu erkennen.

„Jeder konnte es sehen!", rief sie entsetzt und verschränkte die Arme vor der Brust.

„Keine Angst. Ich bin sicher, du bist eine der Frauen, die ohne Kleider noch besser aussehen als mit."

„Das kannst du gar nicht wissen!"

„Aber ich würde gern."

Amy wechselte rasch das Thema. „Ich hoffe, dein Anzug ist nicht ruiniert. Du sahst gut aus heute."

Sein heller Anzug war so nass, dass sie das Paisleymuster seines Slips erkennen konnte.

„Und, schreiben wir über Verabredungen zu Hochzeitspartys, bei denen alles schiefgeht?"

„Wahrscheinlich."

„Was, nur wahrscheinlich? Du willst dich nicht über meine Versäumnisse auslassen?"

„Nein."

„Warum nicht?"

„Ich will heute nicht mehr darüber nachdenken."

Glücklicherweise musste Joe sich gerade voll auf den Verkehr konzentrieren und ersparte ihr einen seiner scharfzüngigen Kommentare.

„Du bibberst ja", bemerkte er eine Weile später. „Draußen ist es wärmer als hier drinnen. Ich schalte die Klimaanlage aus und öffne die Fenster."

„Wie bitte? Damit der Wind mein Haar in Unordnung bringt?"

„Nicht, Amy. Mir tut alles weh vom Lachen. Ich kann nicht mehr."

„Ich wünschte, es wäre dunkel."

„Damit deine Nachbarn nicht sehen, dass du pitschnass nach Hause kommst? Kein Problem. Meine Wohnung ist sowieso näher. Wir unterbrechen die Fahrt dort und ziehen was Trockenes an, bevor ich dich nach Hause bringe."

„Danke, aber ich möchte lieber gleich nach Hause."

„Ich muss aber tanken, wenn ich von dir zurückfahre. Und ich habe nicht geringste Lust, in diesem Zustand an der Tankstelle herumzulaufen."

„Dass du auf Reservetank fährst, hätte ich nie gedacht. Aber, okay, ich warte einfach im Auto, bis du dich umgezogen hast."

„Ich werde deinen Ruf schon nicht schädigen, wenn du auf ein paar Minuten mit zu mir kommst", erwiderte Joe. „Wenn du nett bist, leihe ich dir auch was Trockenes zum Anziehen."

„Und was? Irgendwelche Sachen, die deine Verflossenen bei dir vergessen haben?"

„Normalerweise vergessen sie keine Oberbekleidung, aber irgendetwas wird sich schon finden. Außer, du hast Angst vor mir."

„Hm", meinte Amy nur und fand, dass diese berufsbedingten Verabredungen mit jedem Mal komplizierter wurden.

Joe wohnte in einem zweigeschossigen Altbau, der im Obergeschoss einen kleinen Balkon besaß.

„Wohnst du oben oder unten?", fragte Amy.

„Sowohl als auch. Jede Wohneinheit hat ein Wohnzimmer und eine Küche im Erdgeschoss sowie zwei Schlafzimmer oben. Ich nutze eins davon als Büro."

Auf dem Parkplatz standen nur ein paar Autos. Weit und breit war glücklicherweise kein Mensch zu sehen. Falls Joe nicht gerade Nachbarn hatte, die hinter Gardinen lauerten, konnten sie ungesehen ins Haus gelangen.

Das Wohnzimmer seines Apartments war sparsam, doch mit ausgezeichnetem Geschmack möbliert.

„Das ist ja ein wundervoller Raum, Joe. Er strahlt Ruhe und Behaglichkeit aus."

„Hast du etwa Neonlicht und Pin-ups erwartet?", gab er zurück, doch sie merkte, dass er sich über ihr Kompliment freute.

Allerdings hatte er die Klimaanlage recht kühl gestellt, weil es draußen so warm war, und es fröstelte sie.

„Warum gehst du nicht nach oben und duschst dir das Chlor ab?", meinte er. „In der Zwischenzeit ziehe ich mich um und suche dir ein paar trockene Sachen zusammen."

Sie stimmte zu und verschwand im Bad. Es war merkwürdig, in diesem privaten Raum zu sein – und aufschlussreich. Das Bad war ganz in Blau gehalten, sogar die Badetücher waren blau. Da das an der Stange neben der kombinierten Dusch-Wanne benutzt aussah, öffnete sie einen Schrank. Fein säuberlich gestapelt lagen dort mehrere frische.

Verglichen mit ihren Brüdern empfand sie Joe geradezu als ordentlich. Die gesamte Wohnung wirkte so aufgeräumt, als hätte er Besuch erwartet.

Hatte er etwa sie ... Nein, er konnte unmöglich damit gerechnet haben, dass sie heute hier landen würde. Schließlich hatte sie ihn in keiner Weise zu einer solchen Annahme ermutigt. Oder etwa doch?

Sie zog sich aus, um unter die Dusche zu kommen, konnte dann aber nicht widerstehen, erst einmal einen Blick in den Spiegelschrank zu werfen. Joe benutzte Rasiercreme mit Menthol, auswechselbare Rasierklingen, zwei Sorten teures Aftershave, einen Deostift sowie Mundwasser. Seine Zahnpasta und eine rote Zahnbürste standen in einem Becher auf der Ablage.

„Hier gibt's also keine Geheimnisse“, murmelte sie und nahm an, dass Joe nichts dagegen haben würde, wenn sie sich einen Klecks Shampoo ausborgte. Da sie auf den ersten Blick keins erspähte, schaute sie in alle weiteren Badezimmerschränke, ohne jedoch fündig zu werden. Schließlich entdeckte sie eine fast volle Flasche Shampoo in der Dusche auf der Ablage für die Seife, wo man sie für gewöhnlich ja auch abstellte.

Als sie dann endlich unter der Dusche stand, konnte sie ihre Fantasie nicht im Zaum halten und stellte sich Joe nackt neben ihr unter dem Wasserstrahl vor. Besonders sein dunkles Brusthaar hatte sich ihr eingeprägt, das in einer schmalen Linie ...

Rasch seifte sie sich ein, wusch sich das Haar, stieg wieder aus der Wanne und griff nach dem Handtuch.

„So gut, wie ich es mir einbilde, kann er gar nicht aussehen!“, sagte sie zu der digitalen Waage, stellte sich darauf und legte das Handtuch zur Seite, damit es nicht zusätzlich wog.

„Hm“, murmelte sie, „ich mag deine Waage lieber als meine, Malone ...“, und wäre fast heruntergefallen, als Joe an die Tür klopfte.

„Mach einen Spalt auf, dann gebe ich dir ein paar Kleidungsstücke“, sagte er.

„Eine Sekunde!“ Sie ergriff hastig das Badetuch und wickelte es wie einen Sarong um ihren Körper. Trotzdem öffnete sie Tür gerade nur so weit, um das Bündel Kleider in Empfang zu nehmen.

„Danke, Joe.“

„Kein Problem, Patterson. Wenn die nicht passen, suche ich nach etwas anderem.“

Wenige Minuten später erschien sie in schwarzen Jogginghosen und schwarzem Sweatshirt wieder im Wohnzimmer. Die Ärmel hatte sie aufgerollt, weil sie zu lang waren. Es fühlte sich merkwürdig an, keine Unterwäsche zu tragen, doch man konnte es ja schließlich nicht sehen.

„Hol dir etwas zu trinken“, rief Joe, der sich irgendwo im ersten Stock befand. „Ich gehe duschen.“

Sie war tatsächlich durstig und ging in die Küche. Im Kühlschrank fand sie eine Zitronenlimonade. Die Gläser in Joes Küchenschrank standen in exakten Reihen und waren nach Größe sortiert. Sie füllte eins davon mit Eisstückchen – dem einzigen Inhalt des Gefrierfachs.

Während sie die Limonade darübergoss, war von oben das Rauschen der Dusche zu hören, und sie konzentrierte sich mit Bedacht auf das knisternde Eis und die aufsteigende Kohlensäure im Glas. Unzweifelhaft duschte Joe regelmäßig, aber sie hatte sich diesen Vorgang bisher niemals bildlich vorgestellt. Es machte sie nervös, und sie trank einen großen Schluck Limonade, um sich abzulenken.

Als Joe dann herunterkam, saß sie am Küchentisch und musste sich bei seinem Anblick sehr bemühen, nichts von ihrer Limonade zu verschütten. Er trug graue Shorts von der Machart, die keinen Zweifel an der Männlichkeit ihres Trägers lassen. Sie versuchte, nicht hinzusehen.

Er holte sich ebenfalls eine Limonade und trank einen tiefen Schluck.

„Ist der Inhalt meines Spiegelschranks zu deiner Zufriedenheit geordnet?“, wollte er wissen.

„Warum denkst du, dass ich …“

„Irgendwann bringt dich deine Neugier noch in Schwierigkeiten." Er grinste breit. „Aber heute nicht. Was hältst du von einem Sandwich?"

Er öffnete den Kühlschrank. Dort hatte sie schon zuvor eine große Staude Bananen entdeckt, die ausreichen würden, eine Schimpansenfamilie zu ernähren.

„Ich brauche eher eine Plastiktüte, um meine nassen Sachen hineinzutun. Dann möchte ich nach Hause."

„Ich habe deine Kleider schon zusammengelegt und in eine Tüte getan."

„Danke." Bei dem Gedanken, dass Joe nicht nur ihr Kleid, sondern auch ihre Unterwäsche in den Händen gehabt hatte, verspürte sie ein gewisses Kribbeln auf der Haut.

„Ist unsere berufsbedingte Verabredung für heute beendet?", erkundigte er sich, während er zwei Bananen von der Staude brach. Eine davon reichte er ihr.

Sie schälte sie, um irgendetwas zu tun zu haben. Er tat das mit seiner Banane auch und biss dann ein großes Stück davon ab. Während sie an ihrer noch knabberte, hatte er seine schon aufgegessen und die Schale beseitigt.

„Erst muss ich dich noch etwas fragen", erwiderte sie.

„Und was?", fragte er und lächelte sie auf unergründliche Weise an.

„Hast du wirklich eine Tätowierung?"

„Ja."

„Nun ..."

„Ja?"

„Wo ist sie?"

„Willst du sie sehen?"

„Ja ... nein."

„Welches von beiden?" Er stützte sich mit beiden Armen auf den Tisch und beugte sich leicht vor, sodass sich sein Gesicht nun nah an ihrem befand.

„Sag mir einfach, wo sie ist. Ich glaube einfach nicht, dass du eine hast", antwortete sie.

„Ich lüge nicht."

„Aber du könntest schwören."

„Okay, ich schwöre bei allen Göttern, dass ich mich in mein Schwert stürzen werde, wenn ich dich jemals anlügen …“

„Hör auf!“

„Ich habe doch gerade erst begonnen.“

Er kam noch näher, schob die Finger in ihr feuchtes Haar und bog ihren Kopf eine Spur zurück. Sie war praktisch gezwungen, ihn anzublicken. Sie tat es, und er küsste sie.

Wie es dann dazu kam, dass er in voller Größe vor ihr stand und sie in seinen Armen lag, erinnerte sie später nicht mehr. Seine Küsse waren voll Verlangen, sinnlich lockend und fordernd zugleich.

„Du fühlst dich so zart an“, flüsterte er und streichelte ihren Rücken.

„Dies ist der Augenblick …“, begann sie.

Er küsste sie erneut und sehr leidenschaftlich.

„Dies ist der Augenblick für die Frage, was du eigentlich von mir denkst.“

„Du bist sexy, aufregend, unterhaltsam …“

Er streichelte sie unterhalb der Arme, wo sie kitzlig war, und natürlich kicherte sie. „Unterhaltsam! Erwartest du, dass ich für dich singe und tanze?“

„Ich nehme, was ich kriegen kann“, erwiderte er sanft und fuhr fort, sie so zu berühren, dass ihr die Knie weich wurden und sie sich an ihn klammern musste, um nicht zu fallen.

Seine Haut war warm und fest. Sie massierte seine Schultern und strich mit beiden Händen über seinen Rücken – erkundete genüsslich seinen nackten Oberkörper.

„Wir sollten das eigentlich nicht tun“, hauchte sie irgendwann.

„Nimm es einfach als Schicksal“, murmelte er und liebkoste ihre Brüste und erregte sie gekonnt noch viel mehr.

„Oh, bitte nicht“, flüsterte sie verzückt.

Da nahm er ihre Brustknospen zwischen Daumen und Zeigefinger und rieb sie leicht, bis sie sich aufrichteten und hart wurden.

„Soll ich das wirklich nicht tun?“ Er knabberte an ihrem Ohrläppchen, was ihr lustvolle Schauer über die Haut jagte, und glitt mit den Lippen wieder zu ihrem Mund.

Sie wollte selbstverständlich, dass er es doch tat, deshalb gab sie sich seinen Küssen ja auch hin und erwiderte das erotische Spiel seiner Zunge. Und je verlangender er sie küsste, desto mehr stieg ihre Erregung.

Plötzlich wurde es dunkel vor ihren Augen. Joe hatte ihr Sweatshirt hochgeschoben – genau genommen gehörte es ja ihm – und streifte es ihr über den Kopf.

„Tut mir leid, dass es so riesig ist", entschuldigte er sich.

Als sie wieder sehen konnte, fand sie sich eng an ihn gepresst, und die schwarzen Härchen auf seinem Oberkörper kitzelten sie an ihren nackten Brüsten.

„Es gibt in dieser Wohnung schönere Räume als die Küche", sagte er und verteilte kleine Küsse auf ihrem Hals, ihrem Kinn, liebkoste erneut ihr Ohrläppchen und ließ seine Zungenspitze spielerisch über ihre Ohrmuschel kreisen.

Seine Zärtlichkeiten machten sie halb verrückt vor Lust. „Wenn wir nicht aufhören, wird unser Kolumne zensiert."

„Kannst du nicht mal an was anderes denken als an die Arbeit?" Er glitt mit den Händen in ihre Jogginghose und streichelte ihren Po.

Sie keuchte leise und murmelte: „Das war eine verletzende Bemerkung."

„Und mich verletzt es, wenn du mich nur als Stofflieferanten für die Kolumne betrachtest. Bedeute ich dir sonst nichts?"

Darauf konnte sie ihm jetzt keine Antwort geben. Denn das hieße, Dinge zuzugeben, über die sie sich noch gar nicht richtig klar geworden war. „Warum hast du mich Dana DeJong als deine Kollegin vorgestellt, wenn ich dir mehr bedeute?"

„Weil du es bisher immer so haben wolltest", antwortete er und zog sich etwas von ihr zurück. „Du hast die Grenzen unserer Beziehung gesteckt. Von Anfang an. Ich habe nie verstanden, was du dagegen hast, mit einem Kollegen auszugehen."

„Vielleicht habe ich meine Ansicht …"

„Geändert?", fragte er weich.

„Eine Frau hat das Recht dazu."

„Und du bist unbedingt eine Frau." Damit nahm er sie wieder in die Arme und küsste sie so tief, dass sie seine Absichten nicht mehr in Zweifel ziehen konnte.

„Ich habe ein Problem“, flüsterte er dann und verteilte winzige Küsse auf ihr Gesicht, während er sein Knie zwischen ihre Beine schob.

„Das wollte ich auch gerade sagen, Joe.“

„Ich habe es nicht geplant.“

„Der Tag ist sowieso anders verlaufen, als ich es erwartet hatte.“

„Gehen wir nach oben, Amy?“

„Ja!“

„Ich muss aber zuerst noch etwas besorgen. In einem Laden.“

„Einem Laden?“

„In einer Drogerie, einer Apotheke oder wo auch immer.“

„Ach dort.“

„Genau!“

„Du hast in letzter Zeit keinen Safer Sex praktiziert?“, fragte sie ihn.

„Ich habe in letzter Zeit überhaupt keinen Sex gehabt. Das Problem ist nur …“

„Was?“

„Ich befürchte, dass du verschwunden bist, wenn ich wiederkomme.“

„Ist das das ganze Problem?“

„Ja“, antwortete er. „Und, wirst du noch hier sein?“

„Solange du nicht drei oder vier Stunden wegbleibst.“

„Würdest du so lange auf mich warten?“

„Muss ich?“

„Auf keinen Fall!“

Joe küsste Amy noch einmal heiß und tief, im besten Sinn besitzergreifend, und rannte dann nach oben, um sich Schuhe und Hemd anzuziehen.

Amy blieb leicht nervös zurück und zog vorsichtshalber das Sweatshirt wieder an. Sie begab sich ins Schlafzimmer, das ebenfalls sehr geschmackvoll eingerichtet war. Auf dem riesigen Bett lag ein wunderschöner Quilt in Braun-, Ocker- und Blautönen. Sie hob eine Ecke an, um zu sehen, welche Art von Bettwäsche er verbarg. Gott sei Dank war es kein schwarzer Satin, sondern edle elfenbeinfarbene Baumwolle.

Wenn ich eine Femme fatale wäre, würde ich mich jetzt ausziehen und mich auf möglichst aufreizende Weise aufs Bett drapieren, überlegte sie. Oder ich würde Joe nackt oben an der Treppe erwarten.

Stattdessen setzte sie sich an den Frisiertisch und bürstete ausgiebig ihr Haar.

„Hier sitzt sie und benutzt ohne meine Erlaubnis meine Haarbürste."

Joe war so leise hereingekommen, dass sie bei seinen Worten aufschrie. „Erschrecke mich nie wieder so!"

„Entschuldige. Aber ich dachte, du hättest mit mir gerechnet."

Er hielt die weiße Tüte mit dem Apothekenschriftzug so vorsichtig, dass sie unwillkürlich an den Werbespot denken musste, in dem sich in einer vergleichbaren Tüte ein Schwarm summender Bienen befand.

„Ich glaube schon, dass ich das getan habe, Joe … Ja, natürlich."

Er zog Schuhe und Hemd wieder aus, und sie konnte deutlich erkennen, dass er auf der Fahrt zur Apotheke seine Absichten nicht vergessen hatte.

„Möchtest du zuerst lieber etwas anderes tun? Vielleicht essen?", bot er ihr an. „Wir haben es nicht eilig."

Sie lächelte und empfand eine so intensive Zärtlichkeit für diesen Mann, dass ihr Tränen in die Augen traten. „Du bist wirklich sehr, sehr lieb."

„Wie kommst du denn darauf?", fragte er und näherte sich ihr.

„Ich kann auch mal sentimental sein."

„Oh, ja. Ich möchte nämlich alles über dich wissen, Amy."

„Manchmal bist du es, der zu viel redet." Sie löste den Gürtel, der die viel zu weite Jogginghose in ihrer Taille zusammenhielt. Die Hose fiel zu Boden, und sie stieg heraus, um sich sofort in Joes Armen wiederzufinden.

„Du bist wunderschön", flüsterte er und küsste ihre Augenlider, ihre Nasenspitze, ihre Wangen und ihr Kinn. „Und du schmeckst fantastisch."

Seine Liebkosungen ließen sie vor Entzücken erbeben, und ihr ganzer Körper prickelte vor Erwartung.

„Amy …" Zwischen betörenden Küssen, die ihrem Nacken galten, ihrem Haaransatz und dem klopfenden Puls an ihrem Hals sagte er heiser: „Lass mich dir dein Sweatshirt ausziehen."

„Dann bin ich aber nackt …"

„Genau darum geht es doch …" Er strich mit der Zungenspitze den weiten Ausschnitt entlang und glitt dann zu der kleinen Mulde zwischen ihren Brüsten.

Sie seufzte lustvoll auf. „Gut, aber nur, wenn du dich auch ausziehst."

„Tu du es für mich", antwortete er und befreite sie blitzschnell von ihrem Sweatshirt.

Sie streichelte seinen glatten, festen Rücken und erkundete dann die besonders sensible Zone unterhalb des Hosenbunds.

„Was hast du mit mir vor?", fragte er und atmete heftig.

„Dich verrückt zu machen."

„Ich bin bereits verrückt nach dir. Zieh mir meine Shorts aus."

„Geht nicht."

„Du bist doch Meisterin im Lösen von Problemen."

„Es ist aber ein sehr großes Problem."

„Hm", murmelte er.

Sie tat, was zu tun war, und erfreute sich an dem Anblick, der sich ihr bot.

„Ich möchte dich spüren, Amy."

Oh, ja, sie ihn auch, und sie verlor sich in seinen Armen und gab sich dem erregenden Spiel seiner Lippen, seiner Zunge, seiner Hände hin.

„Warte eine Sekunde", sagte er, als sie mehr und mehr dahinschmolz.

Joe zog dann den Quilt vom Bett. Amy wusste nicht, wie es geschehen war, aber die Jalousien waren nun heruntergezogen. Im weichen Dämmerlicht blickte sie aufs Joes schlanke, hochgewachsene Gestalt und das breite, einladende Bett.

Ebenso überrascht darüber, wie mühelos er sie hochhob, war sie damit einverstanden, dass er sie fest an seinen warmen, muskulösen Körper drückte.

Langsam bettete er sie in die Kissen, und mit einem Blick, der ihr viel mehr zeigte als Bewunderung und Begehren, schaute er sie an.

„Ich möchte, dass es für uns beide so schön wird wie noch nie", sagte er zärtlich.

Für sie war es das schon.

Er küsste und streichelte sie, sandte ihr Schauer reinster Verzückung. Dann kehrte sie das Spiel um und verwöhnte ihn, bis wiederum er mit seinen hinreißenden Liebkosungen fortfuhr.

Mehrere Male dachte sie, ihr Höhepunkt stünde kurz bevor, doch jedes Mal zögerte Joe ihn wieder hinaus, küsste ihren Mund und ihre Brüste, ihre Fingerspitzen, ihre Zehen, die kleinen Grübchen auf ihrem Rücken unterhalb der Taille. Sie widmete sich ihm ebenso intensiv, ließ ihre Zungenspitze in seinen Nabel tauchen, liebkoste seine harten Brustwarzen und streichelte seine sensiblen Kniekehlen.

Instinktiv erkannte sie den Moment, in dem Joe sich nur noch unter Qualen zurückhielt. Sie vereinigten sich so selbstverständlich wie die Hälften eines Ganzen. Nie zuvor war sie so bereit, so durchströmt von Verlangen gewesen. Sie erbebte unter Joes kraftvollen Stößen und spürte, wie die Wellen der Lust sich in einem Punkt höchster Erregung sammelten, um in einen wilden, erfüllenden Gipfel zu münden.

„Du bist unglaublich." Joe sank gelöst auf sie und stützte sich dann mit den Ellbogen ab, damit Amy sich von seinem Gewicht nicht erdrückt fühlte.

„Oh, Joe!"

Er küsste zärtlich ihre geschlossenen Lider, ihre Lippen, ihre Brüste. „Als kleines Dankeschön", murmelte er, rollte sich neben sie und küsste liebevoll ihr Handgelenk.

„Das war ..." Amy fehlten die Worte. Joe hatte ihr das Gefühl gegeben, etwas ganz Besonderes zu sein. Nie hatte sie ihre eigene Sinnlichkeit so stark und intensiv empfunden wie mit ihm.

„Du bist wundervoll, Joe."

„Komm zu mir, Amy."

Das ließ sie sich nicht zweimal sagen. Sie schmiegten sich aneinander und schliefen ein.

Joe wachte als Erster auf. Seine Arme und Schultern waren etwas steif, weil er Amy im Schlaf umfangen gehalten hatte, doch er empfand ein geradezu überwältigendes Glücksgefühl.

Nie zuvor hatte er ein so unglaubliches sexuelles Erlebnis gehabt wie in dieser Nacht mit Amy. An ihn gekuschelt lag sie da. Ihr Kopf ruhte in seiner Armbeuge, und ihr verwuscheltes Haar kitzelte ihn. Er liebte den warmen Kupferton ihres Haars; ihre langen Wimpern, die noch länger wirkten, wenn sie die Augen geschlossen hatte; ihre schmalen Hände; ihren zierlichen, so geschmeidigen Körper.

Ich habe recht gehabt, dachte er. Amy ist nackt noch schöner als angezogen.

Er war noch verrückter nach ihr als vorher. Nach ihren vollen kleinen Brüsten, ihren wundervollen Beinen, ihrem süßen, wohlgerundeten Po. Am liebsten hätte er sie mit einem liebevollen Klaps geweckt.

Er war von Neuem stark erregt, aber es war nicht nur ihr erotischer Körper, was ihn zu ihr zog. Mit Amy Patterson könnte er einen ganzen Monat im Bett verbringen, ohne je genug von ihr zu bekommen. Was er aber genau von ihr wollte, wusste er nicht.

Amy konnte man nicht besitzen. Sie war selbstständig, eigenwillig und intelligent. Die Vorstellung einer Nur-Hausfrau Amy, die ihrem heimkehrenden Gatten das Essen auftischte, war absurd.

Sie bewegte sich schläfrig und streckte sich dann genüsslich. „Ich habe es immer noch nicht herausgefunden“, murmelte sie.

„Was?“

„Ob du ein Tätowierung hast.“

Er lachte, rollte sich zur Seite und zog die Knie an.

„Und, hast du nun eine?“

„Der Lichtschalter ist neben der Tür. Wenn du sie sehen willst, musst du Licht machen.“ Er blieb zusammengerollt liegen.

„Und ob.“ Flink sprang sie aus dem Bett, und gleich darauf war der Raum hell erleuchtet.

„Das Tattoo muss gestern von den grauen Shorts verdeckt gewesen sein“, überlegte sie laut.

„Du hast aber ziemlich genau hingesehen.“ Er konnte sein Lachen kaum zurückhalten.

„Lass mich nachschauen." Amy kniete sich aufs Bett und inspizierte genau Joes Rückseite. „Ich glaube immer noch, dass du schwindelst."

Er rollte sich auf den Rücken und spreizte leicht die Beine. Ihre weitere ausführliche Erkundung bereitete ihm viel Genuss.

„Oh!", rief sie. „Du hast ja die Wahrheit gesagt!" Und sie berührte die Tätowierung. „Das ist obszön, Joe Malone!"

„Ich gebe ja zu, dass ich sturzbetrunken war, als ich sie machen ließ."

„Aber warum genau dort?"

„Der Künstler war eine Dame, und ich wollte meinen Slip nicht ausziehen."

„Ein Phönix auf der Innenseite deines Oberschenkels. Hat es wehgetan?"

„Teuflisch. Seitdem war ich nie wieder total betrunken."

Amy kicherte und lachte dann aus vollem Hals, wobei ihre süßen Brüste verführerisch auf und ab hüpften. Er begehrte sie unendlich.

„Ich bin auch bereit", sagte sie mit rosigen Wangen, und schon war sie über ihm.

Sie nahm eins der Plastikpäckchen vom Nachttisch, übernahm es, ihm den Schutz überzustreifen, und dann liebten sie sich erneut und so erfüllend, als wären sie seit Jahren ein Paar.

Danach, um drei Uhr morgens, aßen sie Sandwiches mit Erdnussbutter und Gelee. Am darauffolgenden Mittag lasen sie zusammen die Sonntagsausgabe des „Monitors" im Bett. Unter der Dusche erwiesen sie sich dann als besonders erfinderisch und zeigten einander rückhaltlos, wie viel Spaß sie zusammen haben konnten.

Irgendwann waren sie so hungrig, dass Joe in Windeseile zu einem Chinarestaurant fuhr. Er kam mit einer solchen Menge an Essbarem zurück, dass es für eine Woche gereicht hätte.

Nachdem sie sich Sonntagabend erneut geliebt hatten, bestand Amy darauf, nach Hause gebracht zu werden.

„Ich dachte, ich behalte dich einfach hier", sagte Joe und wunderte sich, warum sie nicht halb so erschöpft aussah wie er.

„Als deine Liebessklavin?"

„Ganz egal. Such dir was aus." Er küsste sie sanft. „Mit dir erscheint mir alles möglich", flüsterte er und streichelte ihre Beine.

„Wir müssen morgen früh arbeiten."

„Davon will ich nichts hören." Er hielt sich ein Kissen vors Gesicht.

„Los, komm schon, Malone." Amy stieg aus dem Bett und wühlte in mehreren Schubladen, bis sie die Jogginganzüge gefunden hatte. „Wenn du das nächste Mal kommst, musst du deine eigenen Kleider mitbringen."

„Aber es drückt meine Wäschekosten, wenn ich deine Sachen mitbenutze."

Er sah ihr zu, wie sie in seine alte grüne Jogginghose stieg und einen Gürtel anlegte. Sie wirkte so hinreißend zierlich in seinen Sachen. Er wollte sie beschützen, für sie sorgen.

„Schwing dich aus den Federn", forderte sie.

Ebenso hätte er sie gern geschüttelt, wenn sie die kühle Reporterin spielte.

„Stehe zu Diensten." Und mit wenig Begeisterung erhob er sich.

9. Kapitel

Es war, als würde Amy von innen leuchten. Joe war es schon häufiger aufgefallen, dass Frauen nach der Liebe so aussahen, doch noch nie hatte er erlebt, dass es so lange anhielt wie bei Amy. Sie sah einfach unvergleichlich schön aus.

Trotzdem taten sie den ganzen Morgen im Büro so, als wäre am Wochenende nichts geschehen. Er beneidete Amy darum, dass sie konzentriert an ihrem Computer arbeiten konnte. Er selbst war außerstande, irgendetwas zu tun. Das einzig Beruhigende war, dass sie ab und zu ganze Seiten löschte, vor sich hin murmelte und von Neuem zu schreiben begann.

„Lass uns den Rest des Tages freinehmen", schlug er um die Mittagszeit nicht ohne Hintergedanken vor.

„Tut mir leid. Ich habe nicht einmal Zeit, um Mittagessen zu gehen. Mein Pensum ist riesig."

„Du scheinst aber doch tüchtig aufzuholen", erwiderte er und konnte kaum seine Enttäuschung verhehlen.

„Ich habe die Hälfte meiner nächsten Sonntagskolumne geschrieben. Willst du den Text lesen?"

„Nein. Ich glaube, es ist besser, wenn wir wie bisher unabhängig voneinander schreiben."

„Heißt das, ich darf deinen Text nicht lesen?"

„Wir haben eine Vereinbarung. Du kannst ihn haben, wenn er fertig ist."

„Will ich nicht. Dass du ihn mir vorab zeigen würdest, heißt, dass er in Ordnung ist. Falls du essen gehst, würdest du mir netterweise ein Thunfischsandwich mitbringen? Der Automat ist leer."

„Komm doch lieber mit. Vom zu viel Sitzen bekommst du nur einen breiten Po." Es war als Scherz gemeint, kam bei Amy aber schlecht an.

„Danke für deinen guten Rat", erwiderte sie kühl.

„Sweetheart, das habe ich doch nur gesagt, weil ich will, dass du mit mir kommst. Dein Po ist wundervoll."

„Joe, so etwas sagt man zu einer Kollegin nicht."

„Doch, wenn man die letzten vierundzwanzig Stunden zusammen im Bett verbracht hat, schon."

„Ich wusste, dass das passieren würde!" Amy stand auf und verschränkte die Arme vor der Brust. „Männer können Beruf und Privatleben nicht trennen. Nur weil wir uns auch außerhalb des Büros gut verstehen, braucht du mich nicht wie ein Betthäschen zu behandeln."

„Habe ich dich etwa zu küssen versucht? Habe ich dich betatscht?" Er wusste, dass er die Situation verschlimmerte, doch er war zu verärgert, um jetzt aufzuhören. „Ich weiß über sexuelle Belästigung Bescheid. Du jedoch hast mir Grund genug zu der Annahme gegeben, dass dir meine Aufmerksamkeiten nicht unwillkommen sind."

„Na hör mal! Ich habe nicht im Traum daran gedacht, dich zu verklagen. Deine Reaktion zeigt mir nur, dass ich mit meinem Urteil über Beziehungen zwischen Kollegen recht hatte. Wenn wir weiterhin zusammenarbeiten und außerhalb des Büros Freunde ..."

„Nur Freunde?"

„Freunde sein wollen, dann brauchen wir ein paar Regeln."

„Du kannst mir mit deinen Regeln gestohlen bleiben", entgegnete er scharf und verließ mit langen Schritten das Büro.

Amy hätte am liebsten geweint, doch sie wollte Joe den Triumph nicht gönnen, sie mit roten, verschwollenen Augen zu sehen, wenn er zurückkam.

Er erschien den ganzen Tag nicht mehr. Sie arbeitete konzentriert weiter. Sie wollte nicht, dass ihre persönlichen Probleme sich auf ihren Job auswirkten. Als sie am Abend nach Hause fuhr, schmerzten ihre Handgelenke vom krampfhaften Tippen.

„Nun läute schon", sagte sie zu ihrem Telefon, sobald sie ihr Apartment betreten hatte. Auf dem Anrufbeantworter fand sie keine Nachricht von Joe, und er rief an diesem Abend auch nicht an.

Da sie keine Lust hatte, sich am nächsten Tag krankzumelden, überlegte sie, wie sie mit der Situation am besten umgehen sollte.

Musste sie sich entschuldigen? Oder musste er?

Auch am Dienstagmorgen erschien Joe nicht im Büro. Als er nach zwei Uhr endlich eintraf, hatte er eine Diskette dabei und lud sie in den Computer.

„Hast du heute Morgen zu Hause gearbeitet?", fragte Amy.

„Ja."

„Bist du mit deinem Text weitergekommen?" Sie war bestrebt, einen normalen Ton anzuschlagen.

„Einigermaßen. Ich habe nicht deinen Arbeitseifer."

„Ach, du hast nur nicht die richtige Einstellung."

Für den Rest der Woche gingen sie halbwegs höflich miteinander um, doch sie flüchtete sich dreimal auf die Toilette, um zu weinen. Joe behandelte sie, als wäre sie ein Teil der Büroeinrichtung. Falls er ihre roten Augen bemerkte, sagte er jedenfalls nichts dazu.

Ed rief Samstagnachmittag an, und sie verabredete sich mit ihm zu einem Konzert, das an der Uni gegeben wurde. Sie hatte nicht vor, allein zu Hause zu sitzen und wegen Joe zu leiden. Im Konzert schlief sie dann vor Langeweile fast ein, weil das Streichquartett endlose Stücke spielte, die alle irgendwie mit langsam dahinströmenden Flüssen zu tun hatten.

Als Ed sie zum Abschied küsste und ihr einen sehnsüchtigen Blick zuwarf, sagte sie ihm endgültig, dass er von ihr nichts zu erwarten habe. Sie zog es vor, lieber allein und unglücklich zu sein als mit Ed gelangweilt und unglücklich.

Am nächsten Morgen hatte sie miserable Laune und nicht eine Idee, was mit diesem Sonntag anzufangen war. Als es an der Tür klingelte, rannte sie mit klopfendem Herzen hin und öffnete.

Joe stand draußen, und der Ausdruck seiner dunklen Augen verriet, dass er wütend war.

„Du hast mich benutzt!" Er hielt ihr eine Zeitungsseite unter die Nase und kam so nahe, dass sie ihm Platz machte. Dann stand er auch schon in ihrer Wohnung.

„Anscheinend werden wir heute nicht im Bett frühstücken." Ihr lahmer Scherz erhielt keine Erwiderung.

„Ich dachte, du würdest über die Hochzeitsfeier schreiben. Stattdessen lese ich eine Tirade, die alle Frauen davor warnt, Sex mit Liebe zu verwechseln."

„Ich habe ja nicht über dich geschrieben."

„Hör dir das an." Er tippte auf die Kolumne und zitierte einige ihrer Sätze: „‚Erst vergeht lange Zeit zwischen Kuss eins und Kuss zwei'. Und hier: ‚Dann haben beide das Verlangen, sich körperlich nah zu kommen.', ‚Sie verwechselt Begehren mit Liebe.', ‚Sie lässt sich von einem attraktiven Gesicht beeindrucken.', ‚Man sollte ruhig seinem Verlangen nachgeben, solange man es nicht für wahre Liebe hält.'"

„Du reißt alles aus dem Zusammenhang! Lass mich sehen, was du geschrieben hast." Sie riss ihm die Zeitung aus der Hand und las rasch seinen Teil der Kolumne. In Sekunden erkannte sie, dass ihm absolut nichts vorzuwerfen war. Er hatte witzig und einfühlsam über eine sich entwickelnde Beziehung geschrieben.

„Das liest sich nett, Malone."

„Ich wusste, dass du eine Menge Fehler hast, Patterson, aber ich hätte nie gedacht, dass du Männerhasserin bist."

„Das stimmt nicht! Ich liebe Männer. Ich habe nur meinen Job gemacht …"

„Denk trotzdem mal drüber nach. Ich bin es leid, dir Stoff für deine Texte zu liefern, Amy."

„Du bist aber doch nur mit mir ausgegangen, weil Garver es angeordnet hat."

„Ach glaub doch, was du willst. In einer Sache hast du allerdings recht. Eine Beziehung zu einer Kollegin ist der Beginn einer Katastrophe."

„Aha! Jetzt, nachdem ich mit dir im Bett war, findest du es praktisch, dir meine Ansicht zu eigen zu machen, damit du dich durch die Hintertür verabschieden kannst."

„Wenn ich Angst hätte, mich zu binden, würde ich mir eine bessere Ausrede einfallen lassen."

„Wie sprichst du eigentlich mit mir!"

„Wie du es verdienst. Versuch bloß nicht, mir weiszumachen, ich hätte dich verführt. Dein Verlangen war genauso groß wie meins."

„Kann ich etwas dafür, dass du der erotischste Mann bist, dem ich je begegnet bin?" Peinlich, Amy, dachte sie errötend. Aber nun war es heraus.

„Und deshalb hast du dir vorgenommen, mich zu benutzen?“

„Du bist egoistisch und eingebildet, Joe!“

„Und sexy.“ Er schaute sie grimmig an.

Sie zerknüllte die Zeitung und warf damit nach ihm. „Man muss Frauen vor solchen Männern warnen.“

„Das nächste Mal wirfst du mir dann öffentlich vor, ich würde dich um deine Ersparnisse bringen wollen.“

„Ich besitze keine – und was ich in der Kolumne geschrieben habe, hatte nichts mit dir zu tun. Wenn du dich getroffen fühlst, heißt das nur, dass man berufliche und private Beziehungen nicht mischen darf.“

„Du hast mich überzeugt. Von jetzt an werden wir diese Dinge trennen.“

Er ging.

Sie hatte ihm ihren Standpunkt klargemacht, doch sie fühlte keinen Triumph. Statt dessen brach sie in Tränen aus.

Den Rest des Tages verbrachte sie mit Kopfschmerzen, die sie vom Weinen bekommen hatte.

Alle Dinge, die Amy am Montagmorgen passierten, verhießen wenig Gutes für die Woche. Ein Fingernagel brach ihr ab, sie verschüttete Kaffee auf ihrem Rock, und sie erhielt einen Anruf von ihrer Mutter: Sie sei von ihrem neuen Freund für eine Woche nach Monte Carlo eingeladen worden. Man denke daran, längerfristige Pläne für die Beziehung zu schmieden. Ob sie so nett sei, in der Zwischenzeit ihre Blumen zu gießen.

Der Gedanke an einen zukünftigen Stiefvater war für sie deprimierend genug. Schlimmer jedoch war es, dass sie heute ins Büro musste. Wo Joe war. Er saß an seinem Computer.

„Ich dachte schon, du würdest dich wieder krankmelden.“

„Dazu habe ich zu viel zu tun“, erwiderte sie, was ihr ungewöhnlich spätes Erscheinen nicht ganz erklärte.

„Fang mit der Post an.“

„Ich habe einen eigenen Arbeitsplan.“

„Na gut. Aber es könnte sein, dass dich der Brief ganz oben auf dem Stapel interessiert.“

Sie nahm den Brief sofort und ärgerte sich über ihre unbezwingbare Neugier. „Der ist ja von unserem Verleger“, sagte sie überrascht.

„Offensichtlich.“

Sie überflog die wenigen Zeilen. „Ihm gefällt die Kolumne. Garver hat William III. also nicht nur als Druckmittel erwähnt.“

„Viel wichtiger ist, dass die Auflage der Zeitung gestiegen ist.“

„Das …“ – ihr fiel ein, dass zwischen Joe und ihr einiges nicht in Ordnung war, und sie dämpfte ihre Begeisterung – „finde ich toll.“

„Ich habe einige Briefe zur Seite gelegt, die wir meiner Meinung nach für die Kolumne nutzen können. Wenn sie dir nicht gefallen, sortieren wir sie aus. Das Einzige, was wir dann noch zusammen tun müssen, ist, uns über ein Thema für die nächste Sonntagsausgabe zu einigen.“

„Ich habe mir darüber noch keine Gedanken gemacht“, sagte sie unwahrheitsgemäß.

„Sag mir Bescheid, wenn du es getan hast.“

Er verließ das Büro, die Hände wie üblich in den Hosentaschen. An diesem Montag begegnete sie ihm nicht wieder.

Abends saß sie frustriert zu Hause und wusste, dass sie niemand anderem als sich selbst die Schuld an dem Desaster geben konnte. Eine persönliche Beziehung zu Joe hatte unweigerlich zu Problemen am Arbeitsplatz führen müssen.

Fast geriet sie in Versuchung, ihren Job aufzugeben. Der „Monitor“ brauchte nicht zwei Ratgeber. Außerdem würde es kein Problem für sie sein, anderswo einen Job zu finden. Vielleicht in Denver, in Kalamazoo oder auf den Aleuten.

Am Dienstag arbeitete sie allein im Büro, doch nachdem sie von ihrem Mittagessen mit Roberta zurückkam, fand sie eine Nachricht von Joe auf ihrem Bildschirm. Diese Art der Kommunikation erschien ihr äußerst merkwürdig, da Joe mittlerweile eingetroffen war und an seinem Schreibtisch saß.

„Eine Verabredung zu viert ist eine gute Idee“, sagte sie zu ihm, nachdem sie die Mitteilung gelesen hatte. Komisch, aber sie vermisste Joe am meisten, wenn er sich im selben Raum befand.

„Wenn du Probleme hast, einen Partner zum Ausgehen zu finden …“

„Ah, ich verstehe. Jeder von uns mit einem neuen Partner. Kein Problem."

„Dann haben wir Gelegenheit, die Sache von einem neuen Blickwinkel aus zu betrachten. Das wird der Kolumne guttun."

„Ich sagte doch bereits, dass ich verstanden habe, Joe. Also wann und wo?"

„Morgen, falls es dir passt."

„Gut."

Sollte sie zu diesem Anlass Ed noch einmal anrufen? Vielleicht würde er ihre Abfuhr vergessen, wenn sie ihm sagte, dass der „Monitor" für das Essen bezahlten würde.

„Wir treffen uns hier auf dem Parkplatz. Sagen wir um sieben Uhr", fügte Joe hinzu.

„Halb acht fände ich besser. Und wir fahren mit getrennten Wagen."

„In Ordnung. Ich reserviere einen Tisch, damit nichts schiefgeht."

„Wie nett von dir, mich an mein Versehen zu erinnern."

„Lass das doch, Amy."

„Aber gern, Joe."

Immerhin hatte sie ihn dazu gebracht, sich über sie zu ärgern. Das war aber auch schon der einzige Lichtblick an diesem Tag.

Zu Hause wählte sie Eds Nummer, legte aber sofort wieder auf, als er sich meldete. Nein, mit Ed wollte sie nichts mehr zu tun haben. Ihr fiel die von ihrer Freundin arrangierte Verabredung wieder ein. Zwar hatte sie den Mann noch nie gesehen, doch darin lag ja auch ein gewisser Reiz.

Dale VanderPlant brauchte einige Minuten, um seinen Kalender zu studieren, meinte dann aber gnädig, er könne den Termin mit ihr noch dazwischenschieben.

Sie wählte ihr Outfit im Voraus, damit sie morgen Abend keine Zeit verschwenden musste, wenn sie abgehetzt aus dem Büro kam. Der schwarze Hosenanzug war ihr gerade recht für den Anlass. Um Joe zu zeigen, was ihm entging, wählte sie einen neuen BH, der ihre Büste besonders vorteilhaft zur Geltung brachte. Darüber würde sie ein gelbes Stretchtop tragen, das dem konservativen Hosenanzug ein wenig Pep verleihen sollte.

Diese Verabredung würde dann aber die letzte sein, die sie bereit war, zugunsten der Sonntagskolumne einzugehen. Sie hatte es satt, sich mit Männern aus beruflichen Gründen zu treffen. Dale wusste es zwar noch nicht, doch er würde nach dem Dessert eine deutliche Abfuhr erhalten.

Joe traf pünktlich auf dem Parkplatz des „Monitor" ein. Er war missgelaunt und absolut nicht in der Stimmung, auf Amy und ihren Partner zu warten. Auf dem Weg hierher hatte er bereits all seine Themen erschöpft, die sich für eine lockere Konversation eigneten. Belinda schien sich an seiner plötzlichen Schweigsamkeit jedoch nicht zu stören. Sie redete ununterbrochen.

Genervt schwor er sich, nie wieder so rasch Telefonnummern wegzuwerfen, wie er es mit denen getan hatte, die man ihm bei „Hair Amore" und im „Tommy O'Malley" zugesteckt hatte. Denn es war gar nicht so einfach gewesen, kurzfristig eine Frau zu finden, die mit ihm ausgehen wollte. Zu lange hatte er nicht in Phoenix gelebt. Seine Exfreundinnen waren mittlerweile entweder verheiratet oder aus anderen Gründen nicht verfügbar. Eine Kollegin von der Zeitung war nicht infrage gekommen.

Glücklicherweise hatte er gestern Abend noch seine Nachbarin Belinda getroffen, die gerade ihren übergewichtigen Pudel ausführte. Es hatte ihn ein wenig Small Talk und ein Lächeln gekostet, um die hübsche Blondine zu einem Treffen zu bewegen. Nun saß sie neben ihm im Wagen, trug ein äußerst knappes Kleid, Unmengen falschen Schmuck, silberfarbene Sandaletten mit durchsichtigen Plastikabsätzen – und langweilte ihn entsetzlich.

„Sind sie das?", fragte Belinda und deutete auf einen großen dunkelgrauen Buick, der auf den Parkplatz fuhr.

Er stieg aus und ging zum Beifahrerfenster des Buick. Amy ließ das Fenster herunter.

„Hallo, Joe. Dies ist Dale."

„Nett, Sie kennenzulernen", sagte er.

Der andere Mann nickte.

Er ersparte sich das Händeschütteln. Amys Partner hatte feines blondes Haar, das offensichtlich von einem teuren Friseur in Form gebracht worden war, und trug einen eleganten dunkelblauen Anzug. Er kam sich in seinen Jeans und dem olivfarbenen Leinenblazer fast schäbig vor.

Wahrscheinlich trägt der Kerl auch noch italienische Designerschuhe, dachte er und informierte Amy und Dale: „Ich habe im Roxy reservieren lassen. Ich hoffe, der Tisch ist noch frei."

„Oh, haben wir uns verspätet?", fragte Amy.

Er ließ sich von ihrer gespielten Unschuld nicht einfangen.

Das Restaurant war schick genug, um Belinda in Aufregung zu versetzen und Dale die Absätze seiner Maßschuhe zusammenschlagen zu lassen. Joe registrierte, dass Amy nun eine säuerliche Miene zeigte.

Ihm gefiel der leise Jazz als Hintergrundmusik, und er entspannte sich zumindest so weit, um ebenfalls einen Cocktail zu bestellen, als es die anderen taten.

Der Abend nahm für ihn wieder eine unangenehme Wendung, als der Kellner Gläser, gefüllt mit einer blauen Flüssigkeit, servierte.

„Sieht das nicht hübsch aus?" Belinda war entzückt.

Amy sah aus, als würde sie Schlangengift bevorzugen.

„Meine Lieblingsfarbe", sagte Dale und brachte einen Trinkspruch auf die „neuen Freunde" an.

Die Speisen auf der Karte variierten zwischen traditioneller Küche und Nouvelle Cuisine. „Bestellt, was euch gefällt", verkündete er. Schließlich zahlte der „Monitor".

Während sie die Bestellung aufgaben, ruhte sein Blick auf Amys Ausschnitt. Er wünschte, sie würde den Blazer ihres Hosenanzugs schließen. Unter ihrem gelben Top wölbten sich ihre kleinen Brusthügel so verführerisch, dass ihm allein beim Hinsehen schwindlig wurde. Hinzu kam, dass seine Tätowierung merkwürdigerweise juckte.

Dale konnte seinen Blick offenkundig auch nicht von Amy abwenden, beeindruckte aber gleichzeitig Belinda mit Berichten seiner gelungenen Finanzspekulationen.

„Meine Großmutter hat mir ein klitzekleines Vermögen hinterlassen", erzählte Belinda ihm mit großem Augenaufschlag. „Ich frage mich, ob ich es anlegen sollte."

Das genügte, um Dale zu Hochform auflaufen zu lassen. Während des Dinners redete fast nur er. Nach dem Dessert trank er, Joe, einen Scotch auf Eis. Amy enthielt sich.

„Morgen ist ein Arbeitstag“, sagte sie dann irgendwann.

„Ich hätte gern noch ein Eis“, verkündete Dale und winkte dem Kellner.

„Entschuldigt mich. Ich gehe mir die Nase pudern.“ Amy erhob sich. „Möchten Sie mitkommen?“, fragte sie Belinda.

Es war das erste Mal an diesem Abend, dass sie Belinda direkt ansprach. Ob sie Belinda im Waschraum wohl einen Frosch in die Handtasche stecken wollte? Wahrscheinlich nicht, sagte er sich und trank seinen Scotch aus. Vermutlich findet sie, dass ich so etwas wie Belinda verdient habe.

Belinda lehnte ab, und Amy verließ den Tisch. Er konnte nicht anders, er musste ihr nachblicken. Wie sexy ihre Hüften sich beim Gehen bewegten!

Sein Tattoo juckte immer noch. Vielleicht sollte ich es entfernen lassen, überlegte er. Jedenfalls hatte er keine große Lust, es einer anderen Frau als Amy zu zeigen. Da er die Toilette aufsuchen musste, entschuldigte er sich und stand ebenfalls auf.

Als er zurück zum Tisch kam, fand er die Rechnung in einer schwarzen Ledermappe darauf vor. Dale und Belinda waren verschwunden.

Amy erschien hinter ihm. „Wo sind sie?“

„Auf der Toilette?“

„Belinda habe ich dort nicht gesehen.“

„Aha, man hat uns eine Nachricht hinterlassen.“ Er hatte die Ledermappe mittlerweile aufgeschlagen. „Sie sind gegangen. Zusammen.“

„Tatsächlich?“

„Dale muss angeblich sofort eine finanzielle Transaktion vornehmen.“

„Wir sind sie los!“, frohlockte Amy.

„Wo hast du den Typ eigentlich kennengelernt?“

„Eine Freundin bestand darauf, dass wir uns treffen.“

„Jetzt hast du ihn kennengelernt.“

„Und bin ihn los. Ich finde, die beiden passen perfekt zusammen."
„Finde ich auch. Lass uns gehen."
„Ich werde mir ein Taxi rufen." Sie öffnete ihre Handtasche und begann Münzen hervorzukramen.
„Ach was. Ich fahre dich heim."
„Es liegt aber nicht auf deinem Weg. Ich komme schon zurecht."
„Das hier ist ein Arbeitsessen, Amy. Ich werde der Zeitung die zusätzlichen Kilometer berechnen. Lass mich zahlen, und dann gehen wir."
„Ich bin überwältigt von deiner Großzügigkeit."
Er fuhr sie nach Hause und versuchte unterwegs, eine Unterhaltung in Gang zu bringen, doch Amy schwieg beharrlich.
Immer noch hätte er sie gern gebeten, ihren Blazer zuzuknöpfen.
Als sie das Haus erreichten, in dem sie wohnte, hielt er so nah wie möglich vor dem Eingang. Er bot ihr nicht an, sie bis zur Haustür zu begleiten, doch er blickte ihr unverwandt nach.

10. Kapitel

Amy musste auf ihrem Tischkalender nachsehen, um sich zu vergewissern, dass es tatsächlich Freitag war. Der einzige Unterschied zu all den anderen Tagen dieser Woche war, dass Joe heute im Büro erschienen war, anstatt zu Hause zu arbeiten.

Er blieb allerdings nicht lang. Bereits um drei Uhr verabschiedete er sich.

„Hast du vor, die Einladung unserer Highschool zum Tanz in den Mai wahrzunehmen?", fragte er und stand bereits in der Glastür.

Sie hatte sich bisher redlich bemüht, diese Einladung zu verdrängen.

„Ich finde, du solltest hingehen", fuhr er fort, ohne ihr Gelegenheit zu einer Ausflucht zu geben. „Wir gehören schließlich zu den Absolventen, die es beruflich geschafft haben und sogar eine gewisse Berühmtheit erlangt haben. Bestimmt zählen sie auf uns, damit wir die Party in Schwung bringen."

„Verstehe. Dann treffen wir uns dort."

„Ich könnte bei dir vorbeikommen", meinte er beiläufig, als habe er ohnehin nichts Besseres zu tun.

„Ich fahre lieber mit meinem eigenen Auto."

Und so bleibt mir nichts anders übrig, als wie Cinderella allein zum Ball zu fahren, dachte sie, während sie Joe nachblickte, der die Nachrichtenredaktion durchquerte.

Sie hatte aber nicht vor, sich für die Schulfeier besonders schick zu machen. Diesmal kein Friseurbesuch und kein neues Kleid. Ihre normale Frisur und ihr blaues Kleid mussten genügen, auch wenn sie darin vermutlich wie eine Anstandsdame wirkte.

Am Samstagabend stand Amy allein vor dem Portal der Schulturnhalle und wünschte sehnlichst, Joe als Begleiter zu haben. Eines hatte sich seit Schülertagen nicht geändert: Sie fühlte sich hier nach wie vor wie ein Mauerblümchen. Es musste an der Umgebung liegen.

„Amy Patterson! Wie schön, Sie zu sehen! Darf ein alter Lehrer Sie um die Ehre eines Tanzes bitten?"

„Hallo, Mr. Phelps."

Im zweiten Highschooljahr war sie in diesen Englischlehrer verliebt gewesen. Obwohl mittlerweile ein paar graue Strähnen sein schwarzes Haar durchzogen, sah er immer noch aus wie ein französischer Filmstar.

„Aber nennen Sie mich doch nicht Mr. Phelps, Amy", sagte er jovial. „Für Sie bin ich Russ. Kommen Sie, ich stelle Sie ein paar Anstandswauwaus vor. So nennen wir uns nämlich spaßeshalber."

Die Schüler hatten sich bei der Umwandlung der Turnhalle in einen Ballsaal wirklich selbst übertroffen. Blechsterne hingen glitzernd von der Decke, und an den Wänden standen große, selbst gemachte und bemalte Pappfiguren, die Tänzer darstellten. So wurden die Betonpfeiler und die ausgeblichenen Vorhänge nahezu verdeckt.

Joe trug einen dunklen Anzug und unterhielt sich angeregt mit Mr. Baker, einem der Tutoren. Sie nickte Joe zu und defilierte dann an der Seite von Mr. Phelps an der langen Reihe von Eltern und Lehrern vorbei, die als Tänzer abgeordert worden waren. Mr. Higgins, der Physiklehrer, in dessen Unterricht sie immer Blut und Wasser geschwitzt hatte und der ihren Notendurchschnitt durch ein „Befriedigend" gedrückt hatte, reichte ihr seine schlaffe Hand und verschlang sie fast mit den Augen.

Wie merkwürdig es war, Lehrer plötzlich als Menschen wahrzunehmen. Sie genoss es, obwohl sie sich noch nicht dazu durchringen konnte, Mr. Phelps tatsächlich Ross zu nennen.

„Bevor das Orchester zu spielen anfängt, werde ich Sie und Joe den Anwesenden kurz präsentieren. Danach können Sie den Tanz eröffnen", sagte er.

Als es dann soweit war, kam Joe zu ihr. „Lächle", forderte er sie auf. „Tu so, als wolltest du gern mit mir tanzen."

Sie nahm weder die Musik noch die Umstehenden wahr. Joes Nähe machte sie blind und taub für ihre Umgebung. Er hielt sie in den Armen, doch sie wusste, dass es ihm nichts bedeutete. Mit Mühe hielt sie die Tränen zurück.

Als der Tanz zu Ende war, bedankte er sich.

Eigentlich hatte sie den Ball schleunigst wieder verlassen wollen. Überraschenderweise wurde ihr das unmöglich gemacht, da sie die Attraktion des Abends war.

Mr. Phelps berichtete ihr von seiner Scheidung und zählte ihr während des ersten Tanzes sämtliche Gründe auf, derentwegen seine Frau ihn verlassen hatte. Als die Band irgendwann eine Pause einlegte, hatte sie es gerade einmal geschafft, ihn Russ zu nennen.

Und ihr ehemaliger Englischlehrer blieb nicht ihr einziger Tanzpartner. Sie war kaum in der Lage, sich die Gesichter all der Männer zu merken, die sie im Lauf des Abends aufforderten. Es gab sogar welche, die sie ihrem jeweiligen Partner abklatschten. Joe nahm sich dieses Recht nicht, obwohl sie ab und zu sehnsüchtig in seine Richtung blickte. Er stand oder saß die meiste Zeit am Rand und unterhielt sich mit seinen alten Lehrern. Dabei trank er süßen Pusch aus einer Tasse.

Sie beneidete ihn. Er durfte sich hinsetzen und wurde nicht von ältlichen Lehrern mit gierigem Hundeblick belästigt. Sie hatte nicht erwartet, dass es so erschöpfend war, eine Berühmtheit zu sein. Ihr Gesicht schmerzte vom ständigen Lächeln, und ihre Füße taten so weh, als wäre sie barfuß über Kieselsteine gerannt. Mr. Phelps teilte ihr gerade mit, dass er durchaus geneigt sei, weitere Kinder zu haben, solange er noch fit sei.

Einmal gelang es ihr fast zu entkommen, doch da bat sie der liebe alte Mr. Fitzsimmons, der sie einst auf kluge, sanfte Weise in die Geheimnisse der Geometrie eingeweiht hatte, um einen Tanz. Danach schien das Footballteam eine Wette einzulösen, die darin bestand, wer von ihnen am häufigsten mit ihr tanzen würde. Mr. Phelps zog ein saures Gesicht.

Es gab kein Entkommen. Erst als die Band ihre Instrumente einpackte, war auch für sie die Gelegenheit da, zu verschwinden. Allerdings erst, nachdem Mr. Phelps ihr klargemacht hatte, dass er seine nächsten Kinder von ihr wollte. Joe war nirgendwo zu erblicken, als sie endlich floh.

Zu dumm, dachte sie, als sie im Auto saß. Nun, da ich mich ausschließlich für einen einzigen Mann interessiere, laufen sie mir scharenweise nach.

Weil sie zu aufgedreht war, um schlafen zu gehen, und keine Lust hatte, allein in eine Bar zu gehen, fuhr sie zunächst nach Sun City. Es konnte nicht schaden, die Blumen ihrer Mutter heute schon zu gießen. Dann brauchte sie es morgen nicht zu tun.

Das Gießen der Pflanzen in der Küche war rasch erledigt. Für die Farne im Wohnzimmer brauchte sie schon länger. Sie wollte nicht, dass ihre Mutter nach Hause kam und nur noch kümmerliche braune Reste der einstigen grünen Pracht vorfand. Danach öffnete sie die Tür zum begrünten Patio. Dort musste sie aufpassen, dass sie nicht gedankenverloren eine der Kakteen wässerte. Es dauerte eine Weile, bis sie nahezu fertig war. Nun noch die schönen gelben Blumen dort drüben …

Sie stutzte. Die hatte sie hier noch nie gesehen. Anscheinend waren sie ein Geschenk, denn um den Topf war noch eine Schleife gebunden. Sie betrachtete die Pflanze eingehender. Bei ihrer letzten Gießaktion musste sie sie übersehen haben.

„Na, meine kleinen Treibhausschönheiten, wie kommt ihr denn hierher?"

Ein schmaler weißer Umschlag ragte aus den Blättern. Es gehörte sich zwar nicht, die Post von anderen zu lesen, doch ihre Mutter hätte die Karte sicher nicht stecken lassen, wenn sie es keineswegs wollte, dass jemand sie las.

Vorsichtig öffnete sie den Umschlag und zog eine kleine Karte heraus, auf die ein niedlicher Liebesengel gedruckt war.

Auf der Karte stand, mit der Hand geschrieben: Darling, du machst mein Leben wieder lebenswert.

Tränen der Reue traten ihr in die Augen. Sie konnte nachfühlen, wie es zwei Menschen ging, die ihre geliebten Partner verloren hatten und sich nach Jahren der Einsamkeit nun fanden. Wie egoistisch von ihr, den Freund ihrer Mutter bisher immer abgelehnt zu haben, aus Furcht, er würde sich ihr als Vaterersatz aufdrängen. Nun erkannte sie, dass dies hier absolut nichts mit ihrem Vater zu tun hatte. Hier ging es um Einsamkeit und Liebe. Es stand ihr nicht zu, die

Richterin zu spielen.
Und ich lasse mir die Liebe meines Lebens durch die Finger gehen, gestand sie sich ein. Ist mein Job wirklich so wichtig? Warum habe ich mich mit Joe bloß gestritten? Um mein Glück durch starre Prinzipien zu zerstören?
Sie weinte heftig, und diesmal hatte es eine klärende Wirkung auf sie.
Sie liebte Joe Malone.
Alles andere zählte nicht.
Amy weinte noch ein bisschen, weil sie noch keine Ahnung hatte, wie sie ihn wiedergewinnen konnte.

Am Montagmorgen ging Amy mit neuer Entschlossenheit zur Arbeit.
Gleichgültig, was Joe tat oder sagte – sie würde um ihn kämpfen.
Er kam spät ins Büro, wie immer die Hände in den Hosentaschen vergraben. Er sah so gut aus, dass sie wegschauen musste, um sich nicht zu verraten.
„Morgen“, murmelte er.
„Guten Morgen.“
Genau, dachte Amy. Ich werde fröhlich sein und ganz normal. Das ist das Beste.
„Ich habe gestern gar nicht mitbekommen, dass du gegangen bist“, sagte er. „Ich wollte dich noch zu einem Drink einladen.“
„Ich bin heimgefahren, als die Band zu spielen aufhörte.“
„Hattest du einen schönen Abend?“
„Ja, danke.“
„Dieser Englischlehrer, Mr. Phelps, hat bei uns im Unterricht immer seinen Bleistift oder die Kreide fallen lassen, damit er den Mädchen unter den Rock gucken konnte. Vermutlich ist er immer noch ziemlich interessiert an allem, was weiblich ist.“
Offensichtlich wollte er wissen, ob sie mit Mr. Phelps den Ball verlassen hatte. Sie hatte nicht vor, ihn aufzuklären.
„Ich glaube, aus dem Ball können wir Stoff für die Kolumne gewinnen“, meinte er halbherzig, als sie nicht antwortete.
„Wahrscheinlich.“

„Also dann, an die Arbeit."

Sie unterließ den Hinweis, dass sie bereits arbeitete – allerdings nicht unbedingt zugunsten des „Monitors". Als sie mit ihrem ganz speziellen Text zufrieden war, eilte sie davon und erbat sich einige kleine Gefälligkeiten von Kollegen. Ihr neuester Text würde nun am Mittwoch erscheinen. Nun konnte sie nur noch eins tun: Daumen drücken und darauf achten, dass sie am Mittwoch die richtige Kleidung wählte.

Am Mittwoch lag die Morgenausgabe äußerst pünktlich vor ihrer Haustür. Ein gutes Zeichen. Anscheinend hatte der Zeitungsjunge diesmal nicht verschlafen.

Ihre Hände zitterten, als sie die Seite mit der Kolumne aufschlug. Dort las sie ihren Text:

Liebe Leserinnen und Leser,
es ist viel einfacher, Rat zu erteilen, als eigene Probleme zu lösen. Können Sie mir bei dem folgenden Problem helfen?

Warum habe ich das bloß getan? dachte sie erschrocken. Ich habe meine Gefühle für Joe öffentlich ausgebreitet, auch wenn nur er in der Lage sein wird, dies zu erkennen.

Sie schämte sich entsetzlich. Doch dann riss sie sich zusammen. Sie hatte es getan und durfte jetzt nicht feige sein. Deshalb las sie auch das Ende.

Sie sehen also, dass wir eigentlich einen guten Anfang für eine Beziehung gemacht haben. Und dann habe ich alles wieder zerstört. Was kann ich tun, um den Mann meines Lebens wiederzubekommen?

Natürlich hatte sie weder Namen genannt noch intime Details über das leidenschaftliche Wochenende verraten. Doch Joe würde wissen, wer gemeint war.

Nun stand ihr das Schlimmste bevor. Sie musste zur Arbeit fahren. Und dort würde sie Joe begegnen. Vielleicht würde er sie auslachen. Vielleicht würde er wütend sein.

Sie könnte es ihm nicht einmal verübeln, wenn er nie wieder ein Wort mit ihr sprach. Selbst, dass er sich weigerte, weiterhin mit ihr zusammenzuarbeiten, könnte passieren.

Während sie dann zur Arbeit fuhr, malte sie sich jedes mögliche Horrorszenario aus. Sie war so angsterfüllt, dass sie aus Versehen die Ausfahrt verpasste und zwanzig Minuten verlor – und damit sehr wahrscheinlich auch noch den Vorteil, vor Joe im Büro zu sein.

„Das bin ich nicht", sagte sie zu sich selbst, als sie sich kurz im Rückspiegel musterte, nachdem sie ihren Wagen auf dem Parkplatz des „Monitors" abgestellt hatte. „Ich bin nicht ich. Und dieses Nicht-Ich geht jetzt in die Redaktion und trifft mit Joe zusammen."

Der Weg in ihr Büro schien ihr der längste Weg zu sein, den sie jemals beschritten hatte. Unterwegs begrüßte sie jedes halbwegs bekannte Gesicht mit einem „Guten Morgen".

Warum habe ich bloß nicht an die Konsequenzen meines Handelns gedacht? fragte sie sich unablässig und kam zu keinem Ergebnis.

Joe war natürlich schon da. Er trug ein blaues Jeanshemd, und sein Haar lockte sich verführerisch auf dem Kragen.

Er wird mich umbringen! Sein Blick war fest auf den Bildschirm gerichtet.

Sie wollte nur noch weg. Nach Hause zu ihrer Mutter.

Als sie den Glaskasten betrat, blickte Joe auf. „Morgen. Hast du im Stau gesteckt?"

„So ähnlich."

„Ich habe schon mal mit der Post angefangen. Die Rechtsabteilung hat eine Frage zu dem Ratschlag, den wir der Frau gegeben haben, die sich gerade scheiden lässt. Unsere Dokumentation dürfte diese Frage beantworten. Heute kommt übrigens auch der Haustechniker, um sich deinen quietschenden Stuhl anzusehen."

„Ist das alles, was ich bisher verpasst habe?", brachte sie mühsam heraus.

„Mehr oder weniger." Er wandte sich wieder seinem Computer zu und tippte weiter.

Anscheinend hatte er die Kolumne noch nicht gelesen. Amy verstaute ihre Handtasche und sah dabei, dass die neue Ausgabe des „Monitors“ auf seinem Schreibtisch lag.

Er rührte die Zeitung den ganzen Tag nicht an.

Er hat es gelesen und quält mich nun, schloss sie aus seinem Verhalten.

Am Donnerstag wurde es noch schlimmer. Die Zeitung vom Mittwoch lag immer noch auf seinem Tisch, doch obwohl er die Kolumne mittlerweile bestimmt gelesen hatte, sagte er nichts dazu.

Warum tut er mir das an? fragte sie sich verzweifelt.

An diesem Nachmittag kamen die ersten Antworten auf ihre Bitte um Rat.

„Ich schaue die Post durch“, bot sie an.

Joe nickte und erkundigte sich nur, ob ihr Stuhl immer noch quietschte, nachdem der Techniker dagewesen war.

Am Freitag kam haufenweise Post. Ihre Fans überschlugen sich in Hilfsangeboten. Anscheinend erteilten Menschen noch lieber Rat, als dass sie welchen suchten. Bald saß sie vor wahren Bergen von Briefen.

„Habt ihr eine Lotterie ins Leben gerufen?“, fragte Louie, der Redaktionsbote, der sich über die Extraarbeit ärgerte, legte den nächsten Postberg auf den Tisch und entschwand wieder.

„Du brauchst dich nicht um die Post zu kümmern, Joe“, sagte sie. „Ich mache das schon.“

Er blickte sie amüsiert an, während sie versuchte, die Briefstapel irgendwo unterzubringen.

„Brauchst du Hilfe?“, fragte er.

„Nein! Nein, danke. Scheint, als wären die Leute geradezu verrückt nach unserem Rat.“ Sie hoffte, dass es zumindest auch ein paar Ratsuchende in der Post gab. „Ich nehme die Briefe mit nach Hause und lese sie übers Wochenende.“

„In Ordnung.“

Sie war ebenso erleichtert wie erzürnt, dass er sich vorerst nicht um die Post kümmerte. Er fand es wohl sehr angenehm, die langweilige Sortierarbeit an eine Frau abgeben zu können.

Als er zum Mittagessen ging, holte sie sich ein Sandwich am Automaten und überflog einige der Briefe. Manche versuchten, ihr Problem psychologisch zu ergründen, andere erteilten ihr sofort einen praktischen Rat. Ein Leser riet ihr sogar, sie solle Joe öfter das Gefühl geben, ein toller Kerl zu sein.

Sie seufzte. Der Mann weiß nicht, wie gut Joes Selbstbewusstsein bereits ausgeprägt ist, sagte sie sich.

Sie müssen ihm in allem zustimmen, riet ihr ein weiterer Leser. Von wegen, dachte sie.

Und Joe? Warum reagiert er nicht? fragte sie sich unaufhörlich. Schließlich hatte sie sich ihm mehr oder weniger offenbart. Wollte er keine Beziehung zu ihr? Hatte er Angst, sich zu binden?

Bevor er womöglich zurückkam und sie ihn nicht kommen hörte, verstaute sie die Briefstapel im Kofferraum ihres Wagens.

Er kam erst nach zwei Stunden Pause wieder ins Büro. Am Nachmittag sprachen sie kaum ein Wort miteinander. Vor Dienstschluss verschwand er erneut.

Normalerweise kümmerte sie sich wenig um das, was in der Nachrichtenredaktion vor sich ging. Heute jedoch geschah kurz vor fünf Uhr etwas. Alle eilten plötzlich zu den Fenstern. Sie bemühte sich, die allgemeine Aufregung zu ignorieren, doch natürlich siegte ihre Neugier.

Auf der gegenüberliegenden Straßenseite überklebte gerade ein Plakatkleber die alte Werbung mit einer neuen. Sie starrte mit offenem Mund auf die dicken schwarzen Buchstaben auf leuchtend gelbem Papier. Bisher war Folgendes zu lesen:

LIEBE AM
I
WILLST D
JO

„Scheint eine Art Mitteilung zu werden“, bemerkte einer der Sportredakteure.

Roberta warf Amy einen fragenden Blick zu.

Der Mann auf der Leiter fügte ein weiteres Stück des Plakats hinzu und dann noch eins, das letzte. Zum ersten Mal in ihrem Leben war Amy völlig sprachlos. Sie stand einfach nur da und starrte auf das Plakat.

LIEBE AMY,
ICH LIEBE DICH.
WILLST DU MICH HEIRATEN?
JOE

Amy spürte, dass ihr jemand die Hände auf die Schultern legte. Wie auf ein Zeichen verschwanden die schaulustigen Redakteure. Die Nachrichtenredaktion leerte sich in Sekundenschnelle.

Nur Joe war noch da und stand hinter ihr.

„Was hältst du nun von Plakataktionen?“, fragte er sanft. „Es kommt vor, dass sogar ein Arbeitskollege eine romantische Seite hat.“

Sie brachte immer noch kein Wort heraus.

„Komm mit“, flüsterte er. Seine warme, heisere Stimme ließ Schauer über ihren Rücken rinnen.

Er nahm sie bei der Hand und ging mit ihr zum Lift, zog einen Schlüssel hervor und benutzte ihn, um den Lift im vierten Stock halten zu lassen.

„Da darf doch eigentlich niemand hin. Dort residiert William III.“

„Er hat mir einen Schlüssel geborgt“, antwortete er.

„Er hat dir auch die Plakatwand überlassen, stimmt’s, Joe? Das Ganze ist nur ein Werbegag.“

„Was mich betrifft, habe ich andere Motive, Sweetheart. Mich interessiert die Auflage der Zeitung nur ganz am Rande.“

Sie betraten die vierte Etage, die mit Teppichen ausgelegt war. Kostbare Gemälde hingen an den Wänden.

„Ich kann es kaum glauben, dass diese Plakatwand kein Werbegag ist.“

„Wir brauchen im Moment keine Publicity. Dein Rat suchender Artikel hat uns ganz an die Spitze katapultiert. Warum, glaubst du wohl, hat mir unser Verleger seine private Suite angeboten, damit wir ungestört reden können?“

„Du hast die Kolumne also gelesen?“

„Das weißt du doch genau.“

„Warum hast du mich dann so lange im Ungewissen gelassen?“

„Ich wollte etwas ganz Großartiges tun. Etwas so Romantisches wie dein Hilferuf in der Zeitung. Dass du den geschrieben hast, hat mich unglaublich beeindruckt. Ich hätte nie die Courage dazu gehabt, und ich brauchte eine Weile, bis mir etwas Passendes einfiel."

Er geleitete sie in das Zimmer am Ende des Flurs und schloss die schwere Tür.

„Der größte Kaffeetisch der Welt", spottete Joe und deutete auf einen großen, runden Tisch, dessen Platte auf Hochglanz poliert war. Die Hälfte der Ledersessel, die den Tisch umgaben, war schwarz, die andere Hälfte bordeauxrot. Vervollständigt wurde das Bild durch zwei lange Ledercouches an den Wänden.

„Warum sind wir hier?", wollte Amy im Flüsterton wissen.

„William III. ging davon aus, dass die Nachrichtenredaktion nicht der passende Ort für einen Heiratsantrag ist."

„Ich glaube immer noch, er hat sich das Ganze ausgedacht."

„Nein. Ich muss ihm zugestehen, dass er an der Plakatwand und dem Zimmer beteiligt ist – und muss ihm für die Anregung danken, dass wir ein Buch über unsere Erfahrungen mit der Kolumnen schreiben – aber worum es dabei geht, kommt nur von mir."

„Das geht mir alles viel zu schnell. Was soll das mit dem Buch?"

Joe nahm Amy in die Arme und küsste sie. Augenblicklich zählte nur noch Joe für sie, sein warmer, fester Körper, seine zärtlichen, leidenschaftlichen Küsse. Sie kickte ihre Pumps von den Füßen und schmiegte sich auf Zehenspitzen an ihn. Ihr Herz hämmerte vor Glück.

„Oh, Baby." Er umfasste ihren Po und zog sie so nah wie möglich an sich. Dann küsste er Amy erneut.

Irgendwie gelangten sie zur Couch, und Amy sank in die kühlen Lederpolster.

„Du bist mir entglitten", neckte Joe sie, war sofort wieder bei ihr und verteilte kleine Küsse auf ihren Hals.

„Meine Strumpfhose ..."

„Ich nehme diese Bemerkung als Einladung."

Joe richtete sich auf und zog Amy aus, bis sie von der Taille abwärts nackt war. Daraufhin entkleidete er sich bis auf sein Hemd, das er aufknöpfte.

„Du hast das tatsächlich geplant", sagte Amy immer noch überrascht und verwirrt. Dieser Mann hat eine wirklich einmalige Art, mich in Besitz zu nehmen, dachte sie.

„Ich habe gehofft, doch was mir an dir so gefällt, ist, dass man sich bei dir nie sicher sein kann."

Zuerst spielerisch, dann verlangender streichelte er ihre Brüste unter dem Stricktop, bis sie lustvoll aufstöhnte.

Sie liebten sich rasch und in dem Bewusstsein, dass dies ein neuer Anfang war. Was folgte, würde ein gemeinsames Leben sein und Liebe für immer.

„Du bist einfach ... toll", hauchte Amy.

„Ich liebe dich, Patterson. Ich bin verrückt nach dir." Er sank entspannt auf sie.

„Ich liebe dich, Malone."

Er rollte sich mit ihr in den Armen auf die Seite, und sie schmiegten sich aneinander.

„Wie lautet deine Antwort?", murmelte er in ihr Ohr.

„Ja."

„Heißt das, ja, du willst mich heiraten?"

„Gab es noch irgendwelche anderen wichtigen Fragen?"

„Nein."

„Wird uns hier auch niemand stören?"

„Dafür kann ich garantieren. Wenn es dir zu schnell geht ..."

„Zu schnell für eine Frau, die dich schon in der Highschool geliebt hat?"

„Du schwindelst, Amy."

„Vielleicht, vielleicht auch nicht. Jedenfalls will ich dich heiraten."

„Gut. Sehr gut. Einfach perfekt."

„Wenn wir als Ehepaar nicht mehr gut zusammenarbeiten sollten, werde ich kündigen."

„Das würde ich nicht zulassen."

„Ach, du erlaubst mir mal wieder etwas, beziehungsweise du tust es eben nicht?"

„Ich würde dann auch kündigen."

„Ist es das, was Liebe ausmacht?" Amy lachte glücklich.

„Ich glaube nicht, dass wir uns darüber Gedanken machen müssen. Ich habe das Geheimnis entdeckt, wie man mit dir zusammenarbeiten muss."

„Ja, das habe ich gemerkt. Mich nicht beachten und zu Hause schreiben."

„Nein. Eher, dich um den Getränkeautomaten scheuchen."

„Hört sich prima an."

„Auf der Couch liegen macht Spaß. Lass uns nach Hause fahren."

„Ist unser romantisches Intermezzo vorbei?"

„Es fängt gerade erst an. Wir fahren natürlich zusammen heim."

Joe stand auf und zog Amy hoch. Rasch nahm er sie dann noch einmal in die Arme.

„Ich habe eine prima Idee für die neue Serie", murmelte sie.

„Wenn es irgendetwas mit Sex zu tun hat, bin ich dagegen."

„Wir schreiben über unsere Hochzeitsvorbereitungen." Amy lachte ausgelassen.

Joe seufzte und knabberte an ihrem Ohrläppchen. „Könnten wir nicht nach Las Vegas fahren?"

„Viel zu einfach! Denk doch nur an all das Recherchematerial, das wir gewinnen, wenn wir eine richtig große …"

„Und Flitterwochen!"

„Unbedingt. Sind wir zur Zeit wirklich in der Gnade von William III.?"

„Wir sind seine Wunderkinder."

„Joe, dann lass uns auch noch ein besseres Büro verlangen."

„Größer?"

„Solide Wände und eine Tür, die man abschließen kann."

„Ich glaube, unsere Partnerschaft wird funktionieren, Patterson."

– ENDE –